Les fleurs du soir

IMPRIME au CANADA
COPYRIGHT © 2003-2007 par
André Mathieu

Dépôt légal:
Bibliothèque nationale du Canada
Bibliothèque nationale du Québec

ISBN 2-922512-25-8

André Mathieu

Les fleurs
du soir

(trilogie Docteur Campagne tome 2)

ROMAN

L'Éditeur
9-5257, Frontenac
Lac-Mégantic G6B 1H2

Le grand lit de l'amour doit être bordé de santé et de liberté.
A.Mathieu

Pour être heureux, il ne s'agit pas de toujours donner raison au coeur, il faut parfois donner du coeur à la raison.
A.Mathieu

Prologue

Résumé du premier tome: Docteur Campagne

Samuel Goulet, jeune médecin qui a perdu sa fiancée quitte la grande ville pour aller s'établir avec sa mère dans la lointaine campagne beauceronne.

L'homme possède une voix exceptionnelle et s'en sert autant à son balcon du coeur du village qu'au jubé de la chorale paroissiale, et fait chavirer le coeur de bien des jeunes filles en fleur qui ont vite fait de le consacrer star paroissiale.

Il fait la rencontre accidentelle d'une quêteuse de grands chemins qui, sans le vouloir et pour cette raison peut-être, le fascine par son mystère et une sensuelle beauté vêtue de haillons. Il recherche sa présence, mais la distance, la forêt et le mariage de la jeune femme apparaissent des obstacles insurmontables que seul Dieu pourrait aplanir.

Une jeune mère de la paroisse, Maria Boutin, meurt et ses enfants sont dispersés. Le docteur prend l'aînée, Clara, une fillette de dix ans, sous son aile, l'adopte et on la transforme peu à peu en jeune personne bon chic bon genre.

D'autres événements hasardeux surviendront pour rapprocher Catherine et Samuel, mais pas tous des plus heureux. Il y a par exemple la mort violente d'une jeune femme, Rose-Anna Bougie, et tous ces doigts accusateurs pointés vers la mendiante venue d'ailleurs et en qui l'on trouve le bouc émissaire parfait.

9

Grâce à Clara, Samuel, médecin-légiste (coroner), va libérer Catherine du piège mortel qui a claqué sur elle et dont elle ne peut pas se défaire seule tant ses mâchoires d'acier sont solides.

Le jour même où le père de Rose-Anna monte sur l'échafaud, Samuel et Catherine partent en carriole, en randonnée sentimentale... et thérapeutique...

On est à la fin décembre 1939. L'Europe est en guerre depuis quatre mois, mais ce n'est encore qu'une bien drôle de guerre...

Personnages

dans

Docteur Campagne

Notes

–Les personnages au nom en caractères gras sont réels et pour la plupart portent leur nom véritable.

–Le lecteur de *Les fleurs du soir* pourra se référer à ce lexique de personnages pour une compréhension suffisante de la trame et de l'évolution des caractères sans avoir à lire *Docteur Campagne*.

–Samuel Goulet, né en 1905, devenu médecin, surnommé *Docteur Campagne*. C'est un fils de la ville établi dans la campagne beauceronne après avoir perdu sa fiancée malade de la tuberculose.

–Armandine Goulet, sa mère, veuve qui le suit et voit à l'ordinaire de la maison, et qui seconde son fils dans sa pratique médicale.

–Catherine Bussière, femme dans la vingtaine (en 38), séparée de son mari abuseur, puis devenue veuve, quêteuse de grands chemins qui exerce son métier autant par recherche de liberté que de sous pour nourrir ses deux jeunes enfants.

–Clara Boutin (Goulet), née en 1928, adoptée par les Goulet suite à la mort de sa mère et la dispersion de sa famille. Ses parents adoptifs font en sorte que grandisse et s'épanouisse son très grand talent vocal.

–**Bernadette Grégoire**, née en 1904. Encore célibataire dans la trentaine, elle habite dans sa propre maison, voisine de celle des Goulet. Son personnage fut dans une douzaine de livres de l'auteur. Joyeuse, heureuse, dévotieuse, colporteuse de nouvelles, mais que de bonnes, audacieuse, elle va partout et met de la couleur dans la vie souvent morose des gens de cette époque et de ces lieux.

–Mathias Bougie, quinquagénaire aux atavismes amérindiens, renfermé, bizarre et finalement très dangereux.

–Rose-Anna Bougie, sa fille qui trouve la mort par la faute de son père.

–La femme Bougie, morte de tuberculose. Elle ne possède pas de prénom dans le livre. Et représente les si nombreuses sans-nom de son époque.

–Roméo Boutin, jeune père de famille. Il hésite trop avant de faire venir le docteur et sa (première) femme meurt de la fièvre puerpérale.

–Maria Boutin, mère de Clara et de 7 autres enfants.

–**Jeanne d'Arc Maheux**, maîtresse d'école de dix-sept ans (en 38) qui n'a pas froid aux yeux.

–**Éva Maheux**, née en 1901, mère de Jeanne d'Arc et de nombreux autres enfants. Naïve et spontanée, elle possède une forte intuition.

–**Ernest Maheux**, né en 1899, forgeron de village, bougonneux, "ordilleux" et obstineux, mais juste et honnête.

–**Laurent-Paul Maheux** dit Paulo, garçon qui s'intéresse beaucoup à Clara, mais qui, faute de savoir s'y prendre et par manque d'audace, rate les plus belles opportunités.

–**Pampalon Grégoire**, hôtelier, personnage généreux, grand conteur à l'esprit ouvert.

–**Freddy Grégoire**, frère de Pampalon et Bernadette, marchand général et maire de la paroisse.

–**Luc Grégoire**, 16 ans, fils de Pampalon et ami de Jeanne d'Arc. Grand et fort comme un ours.

–**Jean Jobin**, vieil homme bourru qui fut longtemps secrétaire municipal et maître-chantre.

–**Gaby Champagne**, maître de chapelle, jolie jeune femme qui fréquente un temps le docteur Goulet.

–**Marie-Anna Nadeau**, organiste, autre jolie jeune femme qui aimerait bien, elle aussi, fréquenter le nouveau docteur.

–**Raoul Blais**, jeune homme qui n'a d'yeux que pour sa belle Marie-Anna.

–**Uldéric Blais**, industriel qui possède une autorité plutôt ferme sur les gens et les événements paroissiaux.

–**Dominique Blais**, fils d'Uldéric, joyeux luron, employé des pompes funèbres et grand farceur. Et grand buveur...

–**Monique Blais**, jeune femme que le docteur intéresse...

–**Cécile Jacques**, autre jeune femme qui rêve au beau et talentueux Samuel.

–Joseph Boulanger, cultivateur qui vit au voisinage des Bougie et des Boutin au fond du rang dit le Grand-Shenley.

–Germaine Boulanger, épouse de Joseph, femme aux désirs interdits...

–**Rose Martin**, personnage central de la série de volumes dite la série des *Rose*, comprenant *Rose, Le coeur de Rose, Rose et le diable* ainsi que *Les parfums de Rose*. Si elle a 50 ans dans la série des *Rose*, elle n'en a encore que 38 dans *Docteur Campagne*. En fait, née en 1900, elle "suit les années" et musèle en sa chair un peu vive des pulsions qu'elle perçoit et désigne par euphémisme comme "un certain désir".

–Curé **Thomas Ennis**, jeune prêtre assez paternaliste, mais qui aime ses paroissiens et recherche sincèrement la justice pour tous.

–Vicaire **Joseph Turgeon**, jeune prêtre de fort belle apparence, coqueluche secrète de certaines qui lui vouent un culte inavouable... Inavouable aussi qualifie un certain penchant qu'il alimente...

–**Suzanne Gaboury**, enfant de 10 ans qui meurt dans un incendie, et que l'on va surnommer l'enfant-boudin suite à la macabre exposition de son corps.

–**Tommy Gaboury**, son grand-père qui se défend d'avoir agi avec négligence criminelle.

–Docteur **Raoul Poulin**, médecin de la paroisse voisine et futur député de Beauce.

–Marcel Lavoie, époux légitime de Catherine. Il meurt dans un accident de train après s'être fait enfourcher par sa femme qu'il a voulu violer...

–**François Bélanger**, homme au visage monstrueux mais à la grande sensibilité.

–**Pit Roy**, célibataire, passionné de politique et curieux comme une fouine. Fan de Duplessis dont il est le sosie.

–**Athanase Pépin**, père de grosse famille, accidenté du travail, fier et bougon.

–Huguette Lapointe, meilleure amie de Clara.

–**Soeur Clara**, supérieure du couvent.

–**Soeur Bethléem**, religieuse qui enseigne le piano aux enfants.

–Le policier Vachon et son adjoint Thibodeau : enquêteurs dans l'affaire Bougie.

–**Napoléon Lambert**, homme aveugle qui fit en face des Goulet, qui prédit le temps qu'il fera et 'soigne' les animaux. Il sonne les cloches de l'église et transporte le courrier du presbytère. Il sent ce que tant d'autres ne voient pas...

–**Anne-Marie Lambert**, son épouse qui agit comme correspondante du journal L'Éclaireur, un hebdomadaire beauceron.

–**Jos Page** au nom véritable de Joseph Lepage. Homme très malpropre et malodorant, un peu benêt et sans-gêne.

–**Laurier Dubreuil**, jeune homme bourré d'orgueil et venu d'ailleurs. Et qui donne des leçons à tous ceux qu'il rencontre sur sa route.

–**Blanc Gaboury**, jeune homme de santé fragile, postillon du roi.

–**Armand Grégoire**, frère de Bernadette. Buveur, joyeux luron et peu travaillant.

–Et plusieurs autres. **Fernande Maheux**, la fouine. **Yves Grégoire**, le gamin débrouillard. **Jean-Jacques Labbé**, enfant calculateur. **Colette** et **Menomme** Grégoire. **Gus**, époux de Rose. **Ida. Itha.** Irma. Etc...

Chapitre 1

Samuel Goulet se demandait ce qu'il pourrait bien trouver si par magie ou par miracle, il lui était donné de voyager avec un attelage de l'esprit dans les sinueux replis du coeur de sa compagne.

Et pourtant, en ce moment même, c'était Catherine qui entendait les battements du sien, elle qui venait de poser sa tête contre sa poitrine. C'est à sa demande à lui qu'elle l'avait fait. Mais c'est avec un immense bonheur qu'elle lui accordait cette faveur. Les baignait donc une félicité commune, une communion des ondes dont on ne savait pas très bien le point d'origine. Et ça n'avait aucune importance.

Le couple ravi se laissait emporter dans la grosse carriole noire tirée par le cheval de Catherine sur un chemin aplani et tout blanc qui servait de seul guide à la bête puisque les rênes reposaient lâchement sur son dos.

Derrière eux, la maison s'éloignait peu à peu et pourtant, depuis une fenêtre, des yeux ne les perdaient pas de vue, qui regardaient, grands et luisants, tout humides à trop fixer l'image qui s'offrait à eux, cette voiture transportant à belle épouvante deux êtres chers à son coeur et qui semblaient n'en former plus qu'un tant la perspective les rapprochait.

Clara, fille adoptive du docteur, se rappelait des scènes d'une grande tristesse du temps où elle vivait chez ses parents naturels, scènes misérables qui, merveilleux paradoxe, l'avaient rendue heureuse par certains côtés. Comme quand elle réunissait ses petites soeurs autour d'elle pour leur montrer à écrire ou bien pour les rassurer après une colère de leur père ou pour les consoler à la mort de leur mère. Puis elle se souvint d'une parole de son père adoptif dite au cours de leur randonnée en carriole l'année précédente pour visiter Catherine. *"Tu sais, les larmes qu'on verse sont comme la pluie, elles font pousser les fleurs... les fleurs du coeur..."* Et elle se rappela aussi qu'il répétait souvent cette phrase en d'autres mots, plus odorants encore, comme *"les plus belles fleurs du coeur sont celles que l'on arrose de ses larmes."* Et se demandait pourquoi le bonheur a besoin d'être arrosé de tant de pleurs pour grandir.

Grandir, voilà qui ne se faisait pas sans inconvénients. On disait d'elle dans son village qu'elle avait poussé en orgueil depuis qu'elle habitait chez les Goulet. Son ami Laurent-Paul (Paulo) Maheux le lui avait rapporté entre deux leçons de piano et la jeune fille l'avait mal pris, ignorant le sens réel de l'anodin propos. Ce n'est pas parce qu'elle chantait à l'église et se tenait dans les premiers de classe qu'elle se pensait fine, se dit-elle alors avec une moue de contrariété. Éva, à l'origine de l'expression malencontreuse, avait simplement voulu dire que Clara grandissait vite et restait filiforme malgré la naissance de seins peu évidents.

On lui avait confié la garde des deux enfants de Catherine. Leur mère ne les laissait jamais seuls à la maison vu leur jeune âge encore. Carmen n'avait pas ses sept ans et son jeune frère Lucien marchait sur ses quatre ans.

L'adolescente calcula le temps disponible de cette journée. D'abord, on avait mis plus d'une heure ce matin-là pour venir en auto. Maintenant, il était près de dix heures de l'avant-midi; il faudrait compter quatre heures pour le voyage aller et retour de Catherine et Samuel jusqu'aux limites de Shenley. Après quoi, Clara et son père adoptif reprendraient la route du retour à la maison en auto en passant par les villages comme ils étaient venus.

Par bonheur, le temps était au beau fixe depuis la veille.

Le froid de ce vingt-six décembre ne mordait ni ne pinçait. À telle enseigne que les deux voyageurs n'avaient pas attaché leurs lourds manteaux et ne portaient ni l'un ni l'autre un nuage de laine pour se protéger le visage.

L'air pur et sec dormait dans les champs cousus de clôtures et portait aux quatre vents si doux le son léger des grelots. La neige sur le sol et les arbres se disputait avec l'azur d'un ciel clair les éclats brillants du soleil.

On fut bientôt devant l'école silencieuse qui reprendrait vie en janvier avec le retour des enfants du voisinage parmi lesquels la petite Carmen. En les attendant, la joie de vivre imprégnait tout ce qui apparaissait aux regards, car elle se trouvait profonde dans ces yeux qui mélangeaient en leurs bleus et leurs bruns les reflets de l'amitié, de l'amour et même d'une forme de sérénité installée dans les coeurs suite aux terribles événements de l'été précédent.

Randonnée de bonheur, certes, mais aussi exorcisme qui finirait de libérer tout à fait la jeune femme de l'inimaginable emprise subie en juin quand on l'avait assommée pour ensuite l'accuser de meurtre.

Le docteur s'était fait psychiatre la nuit de Noël. Et pour que son amie de coeur en finisse avec les cauchemars qui la hantaient depuis ce lendemain si noir de la Fête-Dieu, il avait suggéré une visite à la maison Bougie où elle avait été séquestrée par le père infanticide, soupçonnée du meurtre de Rose-Anna par la foule anonyme et lavée de toute accusation via une enquête du coroner menée de main de maître par lui-même, Dr Samuel Goulet.

"Il faut revoir les lieux avec d'autres sentiments dans le coeur," a-t-il soutenu.

"À condition d'y aller à deux," a-t-elle répondu.

"Et en carriole..."

Catherine était retournée dans le canton de Shenley après l'affaire Bougie mais sans jamais passer par la concession forestière et toujours en faisant le tour par les villages. Et Samuel qui l'avait vue au moins une fois par mois durant l'été et l'automne se rendait chez elle en auto, lui aussi par

17

le grand détour. Toutefois, à titre de coroner, il possédait la clef de la maison Bougie qui, avec la terre, serait vendue dans les mois à venir par le curateur public, aucun héritier connu ou inconnu n'ayant réclamé le bien.

Et c'est ainsi qu'on avait planifié cette journée du vingt-six sans penser que ce serait aussi le jour du châtiment pour Mathias Bougie. En effet l'homme montait en ce moment même sur l'échafaud, prêt à chuter dans la mort pour un crime qui en était bien un au sens moral du mot mais pas au sens légal. La justice n'avait pas fait la différence parmi des événements et rebondissements dont le premier acte s'était joué durant l'enquête du coroner elle-même quand Éva Maheux avait mis en doute la bonne foi du père de la jeune femme assassinée, en fait que l'on croyait avoir été victime d'un meurtre en raison de tant de preuves circonstancielles.

Samuel fit s'arrêter le cheval.

–Huhau ! Huhau !

Catherine releva la tête pour interroger le geste.

Il consulta sa montre et dit :

–C'est l'heure.

–De quoi ?

–Bougie va payer le gros prix pour... ce qu'il a fait...

Catherine frissonna et referma les pans de son manteau de fourrure pour interdire au froid d'ajouter à sa chair de poule. Et soupira sans rien dire. Et l'écouta.

–On a bien fait de venir aujourd'hui, même si on n'a pas pensé que c'était le jour du châtiment. Ce qu'on a entrepris, qu'on appelle ça un exercice ou bien un exorcisme, aura sur ton âme des effets thérapeutiques inestimables. En des mots plus simples, ça va te faire grand bien, tu verras.

–Espérons-le !

Et elle se réfugia dans de longs soupirs.

Et pendant une minute de silence, chacun revécut au gré de sa propre souvenance les événements dramatiques du lendemain de la Fête-Dieu en juin de cette année 1939 qui prendrait fin dans quelques jours.

18

Pour elle, ce furent des éclairs, pour lui des mots.

Elle revit la première scène du drame.

« Elle frappe à la porte de la maison Bougie ce matin-là. On ouvre. Tout devient noir. »

Lui entendit d'abord certains premiers mots de l'affaire :

"Je sais 'pa'... (a dit Clara à son père adoptif revenant de Québec) *c'est Rose-Anna (Bougie) qui a été tuée par une bête sauvage..."*

Elle revoit une autre scène...

« Catherine est attachée solidement au poteau de la rampe d'escalier, du sang dans le cou, revêtue d'un manteau de guenille taché de sang, un bâton d'une forme bizarre tout ensanglanté à ses pieds... »

"Le mobile, l'arme du crime, les pièces à conviction, tout est là," dit le rouquin policier, le premier à enquêter sur les lieux du crime.

« Toute image ultérieure à sa sortie de chez Roméo a disparu de sa mémoire... Pourquoi son visage est-il ainsi tuméfié ? Pourquoi est-elle ainsi ligotée ? Pourquoi ce vêtement tout taché de sang ? Où est-elle en ce moment ? »

"Tout le monde me regarde comme une coupable."

« Elle se retient de crier son innocence. L'accusateur en ajouterait encore. Elle choisit de se taire malgré sa révolte intérieure et un galimatias d'autres sentiments plus désordonnés les uns que les autres. »

"J'avais un vieux manteau plein de sang sur le dos. Y avait personne dans la maison... J'savais pas que Rose-Anna était morte dans la chambre..."

« Le curé lui demande de s'asseoir à la table de cuisine et d'attendre sans rien dire. Elle obéit. »

"Je (le coroner Goulet) *vais constituer ce jury de cinq personnes. Et ne vous inquiétez pas, je vais trouver des gens qui n'ont pas trop de préjugés et qui, selon moi, ont un certain sens de la justice."*

« Quand elle sait qu'elle a le droit de ne rien dire sans avoir vu un avocat, elle choisit cette voie. Ce qui la rend encore plus suspecte. En fait, elle veut se confier à Samuel Goulet, le coroner, et à personne d'autre. »

"Le rôle du coroner, c'est pas celui d'un avocat de la défense..." dit le chef de police.

« Le *"mais qui d'autre* (qu'elle)*?"* redevient un index accusateur pointé en direction de l'étrangère venue mendier...»

"J'ai jamais été aussi peu fâché après toi (Clara) *que maintenant, jamais... Tu sais, je pense que grâce à toi, on va sortir Catherine des griffes du diable."*

«–Catherine, Catherine, c'est Bernadette, je le sais que c'est pas toi qui a fait ça, je le sais... »

"Et là, le père de Rose-Anna arrive. Il entend les cris de sa fille. Il entre et il maîtrise la meurtrière tandis que sa fille agonise en travers du lit. Il faut qu'il l'assomme, la meurtrière et ensuite l'attache."

«–Pour juger une femme, une autre femme, ça serait peut-être une bonne idée, non ? »

"Il était temps pour Samuel d'annoncer à Catherine la mort (accidentelle) *de son mari. Il devait obtenir d'elle les raisons de sa violence envers lui* (son mari)*. Elle échappa deux mots quand il lui révéla l'accident de train et la fin du tyran : –Enfin libérée* ! "

« Dans la plupart des têtes, on ne peut même pas examiner l'idée d'un sinistre infanticide. »

"Et voilà que monsieur Bougie reprend alors une partie de sa conscience. Il se dit aussitôt qu'on le prendra pour l'assassin... Il y a là une femme morte et une autre assommée, peut-être morte aussi. Quoi faire ?"

«–T'aurais été prêt à faire pendre une petite madame innocente qui passe par les portes pour faire manger ses enfants pis tu penses qu'on va te croire asteur, là, nous autres ? dit Pampalon Grégoire. »

"Pourquoi c'est faire, monsieur Bougie, que votre fille a déboulé l'escalier en pleine nuitte avec un poinçon entre les mains ? Ça serait-il qu'elle avait peur de quelque chose ou de quelqu'un ? De l'orage... ou ben de la rage ?..." dit Éva.

« Catherine est libérée à six heures du soir et lavée de tout soupçon. Elle ôte alors le bandage qui lui entoure la tête en passant sous la mâchoire. Déjà mis en état d'arrestation, Bougie est emmené par les policiers à la prison de Saint-Joseph où il devra séjourner en attendant son enquête préliminaire. Une ambulance vient chercher le corps de Rose-Anna. On ferme la maison, on met les scellés sur les portes. Joseph Boulanger verrait au soin des animaux en l'absence de son voisin. La patte de l'ours est ajoutée aux pièces à conviction... »

Chacun de Catherine et Samuel pensait à la même chose en ce moment : à cette patte d'ours qui avait sauvé la jeune femme des griffes du loup. Et alors, il leur parut à tous deux que le temps se figeait dans la nature hivernale. Un bruit sourd leur parvint. Comme une porte qui claque. Ce ne pouvait être le vent : il n'y avait pas la moindre brise. Et puis seule l'école se trouvait à proximité; or elle était déserte pour la période des fêtes.

Troublé par le moment que l'on traversait alors que se jouait le destin d'un criminel à soixante milles de là, il ne put s'empêcher de prononcer une phrase à mi-voix, comme s'il se parlait à lui-même :

–As-tu entendu, Catherine ? On aurait dit la trappe de la potence qui vient de s'ouvrir.

Elle s'enveloppa le corps de ses mains gantées et dit en regardant au loin :

–Ça me fait frissonner dans le dos... jusqu'aux os. On devrait repartir.

–Tu as bien raison.

Et il clappa. Le cheval prit un pas tranquille.

–C'était quoi, ce bruit-là, selon toi ?

–Probablement une porte derrière l'école... Un petit animal... Suis sûr qu'il y a une explication... Rien à voir avec l'échafaud... même si c'était l'heure du châtiment pour Mathias Bougie.

Pour la première fois depuis qu'il la connaissait, Samuel avait entendu Catherine dire le mot toi autrement qu'à l'ancienne en le prononçant toé... La jeune femme avait passé la veille et le jour de Noël chez lui, et ses contacts avec Armandine, Clara et lui-même l'amenaient sans doute à peaufiner sa 'parlure'.

La bête se mit au petit trot. Les grelots tintinnabulèrent.

–Est-ce que tu voudrais remettre ta tête sur ma poitrine ?

Ce qu'elle fit avec bonheur.

Et elle écouta son coeur. Il dit :

–Aujourd'hui, tu vas retrouver la tranquillité d'esprit.

–On peut-il jamais l'avoir ? Y'a toujours un boutte qui retrousse quelque part, disait ma mère.

–Au moins quant à l'affaire de Rose-Anna, ma petite Cathou. Tu sais, le Mathias Bougie, il ne peut plus faire de mal à personne. Ni asteur ni jamais...

Là, Samuel se rendit compte qu'il venait de dire asteur au lieu de maintenant, ce qui voulait dire que son langage à lui se rapprochait aussi de celui de la jeune femme. Les avenues de leur être convergeaient...

Ce fut ensuite un long moment de silence. Dans les fenêtres des maisons, on les regarda passer. Mais comme l'attelage avait déjà traversé depuis une certaine distance la ligne de démarcation entre les deux paroisses de Saint-Sébastien et Courcelles, les gens ne connaissaient ni l'un ni l'autre de ces randonneurs amoureux et leur tournaient le dos sans insister.

En même temps que les éléments du paysage, les images des deux derniers jours défilaient devant leurs yeux. Il y avait eu fête exquise chez les Goulet à Noël. Tout d'abord, Samuel s'était rendu chercher Catherine et ses enfants en automobile le matin du vingt-quatre. Pour être certain de se rendre et revenir sans encombres, il avait posé des chaînes aux roues de la voiture et emprunté les chemins entretenus et mieux tapés du grand détour par les villages. De toute façon, une auto ne pouvait passer par le chemin de la concession que rarement dans l'année, seulement l'été et non sans le risque d'enlisement ou celui de voir se défoncer la panne à l'huile. Seul Foster Drouin pouvait se permettre ce raccourci avec son autoneige. D'ailleurs, advenant du trop mauvais temps le jour de Noël, c'est avec lui que le jeune docteur ramènerait son amie et ses enfants à Saint-Sébastien le vingt-six.

Mais il avait fait beau dans le ciel et plus beau encore dans les coeurs.

Un jour de Noël mémorable.

Les enfants avaient eu un plaisir fou à voyager dans ce qu'ils appelaient une si belle 'machine'. Et tout en s'amusant, ils avaient fait attention de ne jamais excéder les grands avec leur joie confiante et leurs rires retenus de même que leurs éclats de murmures. Et puis, ils savaient tous les deux que des 'bebelles' les attendaient sous l'arbre : c'était la première chose que Samuel leur avait dite en venant les prendre avec leur mère.

Pas un cas d'urgence médicale ne n'était présenté pour distraire de son bonheur Samuel ou quiconque du groupe réuni chez lui. Armandine avait gardé les enfants le soir, tandis que Catherine, Clara et Samuel assistaient à la messe de minuit. La jeune femme avait alors fait la merveilleuse découverte de leurs voix. Et à chacune, elle avait donné un dix sur dix. Clara avait livré la partie solo de *Les anges dans nos campagnes* et on avait chanté en trio, tout comme l'année d'avant, le *Minuit Chrétiens*, la troisième voix étant celle du vieux Jean Jobin à qui Samuel autant que Catherine vouaient une grande reconnaissance pour son rôle et surtout son intégrité dans l'enquête du coroner à la mort suspecte de Rose-Anne Bougie.

Puis on avait réveillonné à quatre. En se racontant des faits. Armandine avait beaucoup parlé du vieux temps. Et s'était attristée en parlant de l'absence de son mari pendant le premier conflit mondial. Il parut un moment à Catherine que la femme cherchait à lui livrer message par son discours et ces sentiments profondément enfouis et soudain remontés

23

à la surface de son âme. En tout cas, elle comprit que si le père de Samuel avait survécu à la guerre, il y avait laissé une grande partie de lui-même et que cette perte avait été par la suite l'une des principales causes de son décès pour avoir été selon elle la raison de son cancer.

Mais ce court intermède aux propos agréables n'avait duré que le temps d'une bouchée de poule. Et peut-être aussi d'une de pommes de terre en purée. Pour dessert, on eut droit à du sucre à la crème, rien de moins. Et du meilleur, fabriqué par Bernadette Grégoire, leur voisine qui était venue le porter durant l'après-midi, sachant que les Goulet recevaient de la grande visite, soit Catherine Bussière qu'elle connaissait bien et aimait beaucoup. Et qu'elle avait sauvée d'un long procès en s'exclamant devant Clara le matin de la mort de Rose-Anna que 'seule une bête sauvage avait pu faire ça', propos répété par Clara à son père adoptif plus tard dans la journée.

Puis Clara s'était couchée, partageant sa chambre avec la petite Carmen. Armandine regagnait à son tour sa chambre du premier étage, laissant son fils et Catherine en tête à tête au salon dans cette atmosphère de Noël que rehaussaient le sapin odorant décoré, enluminé, et aussi des guirlandes de verdure suspendues autour des cadres.

Samuel avait alors parlé d'Elzire. Mais que des souvenirs heureux. Le grand bal de l'hôtel Windsor. Les belles marches du dimanche au bord du fleuve. Des fêtes d'anniversaires. Sa famille Laplante qui lui était si chère. Leurs amis communs tout aussi choyés. Les autres aussi. Et un joyeux voyage à New York aux péripéties romantiques avec vue sur la ville depuis le dernier étage de l'Empire State Building.

Puis il rassura sa nouvelle amie de coeur. Elzire, c'était le passé. Catherine, c'était le présent et, l'espérait-il, l'avenir. On planifia ensuite une randonnée en carriole pour le vingt-six. On visiterait Roméo Boutin au passage de la concession pour ensuite se rendre à la maison Bougie afin d'envisager le terrible événement du lendemain de la Fête-Dieu avec un recul de six mois.

Il fut question des cadeaux achetés à Québec par Armandine et Samuel pour Clara et les deux enfants de Catherine. Il en déballa le secret pour elle seulement et la jeune femme s'endormit, le coeur chargé d'agrément, aux côtés de son jeune fils dans la chambre des visiteurs. L'homme, lui, demeura encore une heure à rêver, assis sur son lit, à se remémorer des Noëls d'antan et à s'imaginer des Noëls futurs avec de nouveaux enfants : ceux qui naîtraient de son union à la femme de son coeur. Mais un mot rôdait en son esprit et il ne parvenait pas à le brider, ce qu'il n'aurait pas dû vouloir faire car nul ne pourra jamais museler le mot 'liberté'... Comment pourrait-on concilier le sens de la liberté de Catherine et le sens de la sienne ? Est-il possible entre deux êtres qui s'aiment de trouver un sens commun à cette valeur classée haut dans son échelle ? Un chemin qui convienne à chacun sur lequel voyager côte à côte sans être harnachés comme une paire de chevaux de trait ? Voudrait-elle continuer à parcourir les grands chemins en quête de quelque chose d'autre que des sous noirs rendus dérisoires par la reprise économique et par un mariage avec lui si cela devait se produire ? Et lui-même que ces menaces hitlériennes à la liberté des peuples harcelaient de plus en plus à mesure qu'il lisait dans le Soleil les comptes rendus des exactions nazies qu'il savait devoir empirer avec cet état de guerre, n'en viendrait-il pas à envisager sérieusement, comme sa mère le craignait sans le dire à mots découverts, un départ pour l'Europe afin d'y agir comme médecin au front, à l'exemple de son père un quart de siècle plus tôt ?

Il finit par hocher la tête en se disant que des blessés, des malades et des santés en déficit, il s'en trouvait en masse dans la paroisse, et que de s'en aller en mettrait trop sur les épaules du docteur Poulin de Saint-Martin qui, de son propre aveu, ne suffisait plus à la tâche en ce temps où Shenley avait été privé de médecin avant l'arrivée de Samuel en 1938.

Il sombra bientôt dans une somnolence extatique et entra dans un demi-rêve ayant peu à voir avec la réalité du jour. Il se voyait debout dans une bacagnole tirée par deux gros chevaux lents, et remplie de médicaments pour les malades du sanatorium du Mont Sinaï où Elzire avait été hospitalisée pendant quatre années avant d'y expirer au bout de sa tuberculose et de son souffle. Mais tout était blanc et plutôt agréable : les champs, le chemin, les bâtisses et les visages.

Combien de temps cela dura-t-il ? Il ne le savait pas. Un bruit le réveilla. On frappait à sa porte. Son pouls s'accéléra à l'idée qu'il s'agissait peut-être de Catherine qu'il appelait affectueusement et de plus en plus souvent Cathou. Mais c'était Clara. Elle lui dit qu'il avait omis de l'embrasser sur la joue comme tous les soirs avant qu'elle ne monte dans sa chambre. Il fut sur le point de lui dire que maintenant qu'elle était grande fille, ce ne serait plus nécessaire, mais il se retint. Il ressentait chez sa 'fille' une certaine crainte à cause de la présence de Catherine, une contrariété inquiète de la même nature quoique moindre que celle démontrée du temps où il fréquentait Gaby Champagne.

Catherine conduisit ses enfants à la messe le matin suivant. Armandine y alla aussi. Clara et Samuel pratiquèrent des chants et mirent tous deux la main à la pâte dans les préparatifs du repas. Après avoir mangé, on déballa les cadeaux. Lucien reçut de sa mère un cahier à colorier et de Samuel, Clara et Armandine un camion de pompier en bois peint en rouge. Un cadeau grand luxe. De sa mère, Carmen eut une crémone toute rouge; et des Goulet une poupée. Les deux enfants en demeurèrent tout un temps bouche bée, le sourire incrédule et affaibli par l'émotion, à se demander ce qu'ils avaient donc accompli pour qu'on les aime autant. Le docteur surtout qui était un homme et par conséquent, dans leur entendement, un personnage sévère et distant... Ils savaient remercier et le firent avec politesse à deux reprises.

Puis ç'avait été au tour de Clara d'ouvrir les siens. Une crémone tricotée par Catherine, semblable à celle offerte à Carmen, mais toute de rouge et de blanc, lui plut beaucoup. Elle serra la jeune femme dans ses bras. Un signe d'affection dont elle avait pris l'accoutumance au contact des Goulet qui avaient eux-mêmes acquis leur habitude des étreintes publiques à l'instigation du père de Samuel revenu de France après la guerre avec au moins ça de positif dans son mince et si douloureux bagage.

D'Armandine et Samuel, Clara reçut une guitare toute neuve. Elle l'avait bien deviné par la forme de la boîte sans toutefois le dire et en feignant tout ignorer. Pour manifester sa reconnaissance, elle promit, une larme de joie à l'oeil, d'en jouer tous les jours.

Puis ce fut le cadeau de Catherine de la part des Goulet. Il s'agissait d'une simple enveloppe brune n'indiquant aucun objet palpable, ni bijou, ni bague, ni parfum, ni quoi encore. Elle ouvrit et trouva une part-action de la compagnie de téléphone de sa paroisse de même qu'un reçu d'abonnement pour une période de deux ans. Quant à l'appareil, lui dit Samuel, il était compris et serait installé avant le jour de l'An par l'homme de la dite compagnie, un certain Léopold Beaulieu qu'elle connaissait bien.

"C'est mademoiselle Bernadette qui sera contente pour moi. Elle m'a souvent dit que je devrais me faire installer le téléphone."

"Le plus beau cadeau qu'on peut se faire, c'est bien celui de se parler," dit Armandine.

Une autre que Catherine se serait attendue à une bague de fiançailles peut-être, mais pas elle. Le maître de chapelle, Gaby Champagne que Samuel avait fréquentée un temps, Marie-Anna, l'organiste qui demeurait dans la maison en biais avec celle des Goulet, deux jeunes femmes jolies et de bonne éducation, n'auraient pas hésité une seconde à tendre le doigt devant un anneau qu'il leur aurait offert. Pareil pour la pulpeuse Cécile Jacques. Et sans le grand Luc Grégoire aux alentours, Jeanne d'Arc Maheux aurait travaillé fort à tisser sa toile pour attraper le jeune docteur, ce qu'elle et son amie Rachel Grégoire avaient commencé de faire sans trop de succès en 1938. Quant à Bernadette, personnage simple, sans prétention et qui adorait parler des hommes, il roulait dans ses veines du sang de célibataire endurcie, mais... 'on sait jamais', ainsi qu'elle-même le disait souvent à d'autres sujets.

Quand Samuel avait abordé la question de leur mariage durant l'année écoulée, la jeune veuve lui avait dit qu'il serait plus sage de ne rien précipiter. Il fallait d'abord qu'elle digère des événements comme cette horrible affaire Bougie à laquelle on l'avait mêlée de force et, tout aussi pire et cruel, son mariage désastreux, heureusement terminé par la mort accidentelle de son mari abuseur dans cet accident de train survenu à Sherbrooke trois jours avant le meurtre de Rose-Anna Bougie.

Samuel Goulet, ça le connaissait, des fiançailles durables. Pendant quatre ans, sa chère Elzire avait eu la bague au doigt sans qu'il puisse l'épouser à cause de la tuberculose confinant la jeune femme au Mont Sinaï, dans la blanche geôle du sanatorium. Et ce lien avait abouti non en des épousailles, mais en des funérailles.

Voilà pourquoi, en ce lendemain de Noël, sur le chemin de Catherine, au retour de leur visite à la maison Bougie alors que prendrait fin peut-être sa hantise suite au drame de juin, la veuve se verrait offrir une fort jolie bague qu'elle ne s'attendait pas de recevoir si vite et qu'il gardait soigneusement dans son écrin enfoui au fond d'une poche de son lourd capot.

La veille, après les cadeaux, on avait demandé à Clara de livrer une chanson. Ce qu'elle avait fait devant l'attention soutenue et l'admiration des autres. Son choix se portait alors sur *Bonjour Noël*. Et sa mère adoptive l'accompagnait au piano :

Bonjour, Noël !
Voici que dans les rues,
La neige est revenue,
Comme un tapis tout blanc.
Bonjour, Noël !
Bonjour, belles vitrines
Qui le soir s'illuminent
Pour la joie des passants.

Les petits nez s'écrasent
Pour mieux admirer,
Et les yeux pleins d'extase
Sont tout émerveillés.
Bonjour, Noël !
Chacun fait sa demande,
Toutes les mains se tendent
Vers les jouets rêvés.
   Bonjour Noël !
   Sonnez, sonnez, clochettes !
   C'est aujourd'hui la fête
   De la terre et du ciel.

*paroles et musique de Marc Fontenoy

Les derniers mots de la chanson mirent aussi un terme à la rêverie de Samuel à propos des événements de la veille. L'homme reprit un vague contact avec la réalité du moment. Quelques respirations plus profondes l'y aidèrent.

Tandis que Catherine fredonnait gauchement quelques notes du chant de Clara, plongée elle aussi dans les vapeurs des heureux souvenirs de la veille, les milles tranquilles glissaient sous les patins de la carriole. Beaux et sereins. Avec quand même quelques contraintes dans les coeurs. Quelles seraient leurs réactions une fois dans la maison Bougie ? Celles de le jeune femme surtout. Elle avait beau se montrer forte en toutes circonstances, l'événement tragique survenu là avait laissé en elle des lacérations aussi profondes que celles de la patte de l'ours sur le corps et le visage de la pauvre victime.

Pour l'heure, elle voulait oublier. Ne pas penser non plus que Mathias Bougie venait de rendre l'âme sur l'échafaud. Ne songer qu'à sa liberté qu'elle tâchait d'arrimer avec son sentiment envers cet homme qu'elle fascinait tout autant qu'avant et admirait pour sa droiture, sa force placide, son savoir et l'intelligence de son coeur.

Ainsi couchée contre sa poitrine, le désir lui vint de le toucher directement au corps avec ses doigts. Elle se déganta et glissa l'index et le majeur entre les boutons de sa chemise. Et commença de les faire tournoyer dans la toison. Ce fut pour lui un électrochoc de toutes les sensualités. Le courant parcourut toutes ses cellules jusque dans sa substance la plus secrète...

***

Chapitre 2

Croyant pouvoir tout effacer du drame vécu par Catherine en prenant le taureau par les cornes, c'est-à-dire en la ramenant sur les lieux mêmes de l'abominable affaire Bougie, Samuel se sentait bien d'un devoir en train de s'accomplir. Et mieux encore d'une reconstruction d'un coeur voire d'une personnalité, à l'image même de ce que les Goulet avaient réalisé pour la jeune Clara.

Sauf que l'âge de la veuve n'était pas le même et qu'on ne peut remodeler une âme en deux temps trois mouvements. Il comptait sur Roméo Boutin à l'aller et sur la bague de fiançailles au retour pour le soutenir dans l'exercice délicat.

Sur les hauteurs de Dorset, près de l'église de bois beige érigée et inaugurée au temps de la crise, on s'arrêta un moment pour voir au loin, si loin, jusque là-bas, au mont Adstock découpé tout bleu sur l'horizon. Et pour permettre au cheval, prénommé Jigg à cause d'une bande dessinée, de reprendre un peu de souffle. En fait la bête n'en manquait pas, mais chacun, lui surtout, voulait communier avec la brillante nature givrée. Sauf que son esprit à lui ne s'arrêta pas au fond de l'horizon et poursuivit son chemin jusqu'au-delà des mers vers ces fronts militaires où entre chars d'assaut, avions et corps d'armée, se jouait au jeu de la guerre

31

une valeur sûre et fondamentale: la liberté.

Catherine voyait seulement le lointain bleu et tous ces champs de blancheur et toutes ces forêts noires où elle aurait aimé mettre le pied à la condition de se retrouver dans la chaleur du foyer le soir même.

–Va faire beau toute la journée, crois-tu ?

–Comment ? fit-il distraitement.

–Il va faire beau toute la journée, je pense.

–Assurément !

Elle comprit qu'il ne lui prêtait guère oreille et voulut 'respecter' cela. Une autre qu'elle aurait dit: "À quoi penses-tu? Quel est l'objet de ta rêverie ?" En femme de son épo-que, elle savait se taire devant les silences sans toujours pi-corer à la porte de l'âme de son compagnon, guettant son ouverture pour s'y précipiter, y mettre le nez à satiété, en apprendre les mécanismes et les manier ensuite à profit et à volonté.

Docteur Campagne, comme plusieurs appelaient Samuel depuis ses études, surnom transplanté dans la Beauce avec sa personne et celle de sa mère Armandine, parlait bien assez comme ça. Elle ne voulait pas en rajouter en lui creusant dans l'âme un puits profond afin d'en extraire tous les mys-tères, s'en abreuver et peut-être s'en lasser prématurément.

Après une longue pause où chacun soupira par les yeux autant que par la bouche, il fit s'agiter les rênes sur le dos de Jigg qui reprit son gros pas après quelques sons de grelots vite tus.

–Une belle journée !

–Hum hum...

–Dans un quart d'heure, vingt minutes, on arrive chez le père de Clara. Il pourrait être parti trapper dans le grand bois. J'espère que non. D'après ce que j'en sais, il est pas trop pressé de se remarier.

–Quelle importance d'abord que t'as adopté Clara légale-ment ?

–C'est sûr qu'elle va pas retourner là, mais elle s'inquiète pour ses petites soeurs.

–À onze ans, on peut toujours pas se rendre si malheureuse que ça pour ses petites soeurs.

–Pour elle, ses petites soeurs, c'est mieux que de l'or... comme tes enfants pour toi, Cathou.

–Oui, c'est vrai, ça ! Une vraie petite mère !

À cette hauteur, l'on pouvait apercevoir au loin sur la droite l'étendue glacée du lac des Îles au coeur de la grande concession forestière. Et autour apparaissaient les traces d'un feu de forêt qui avait ravagé un large secteur quelques années plus tôt. Catherine y savait la présence l'été de bleuets en abondance et chaque fois qu'elle passait là, elle se promettait de venir en cueillir un jour ou l'autre, mais ne l'avait jamais fait.

Les habitations se faisaient rares et distantes. Mais il y avait partout de la vie que racontaient des fumées éloquentes sorties des cheminées, aussi des enfants bruyants qui riaient à la vie autour des bâtisses, et des adultes qui mettaient leur éphémère curiosité à l'affût derrière les rideaux clairs de salons étroits.

La jeune femme avait préparé du manger remplissant un panier mis sur la petite banquette des enfants de l'autre côté de leurs pieds. Des sandwiches, du lait, des oeufs cuits durs et une tarte au complet. Il y en aurait assez pour eux deux mais aussi pour Roméo Boutin si son désir était de les accompagner lors du repas du midi qu'on anticipait prendre dans sa maison.

On fut bientôt à l'équerre du trécarré.

–Plus rien qu'un demi-mille, même pas !

–C'est la première fois que je passe par ici, moi, dit-il. Toi, t'es une vieille habituée.

–Pas tant que ça, tu sais. Même pas huit fois si mes souvenirs de tournées sont bons.

–Tu m'as toujours pas dit si t'en avais fini de ces tournées-là.

Elle prit un ton désolé :

–J'en sais rien, Samuel, j'en sais rien du tout. C'est pas rien que pour les sous. Ça m'apporte beaucoup de voir des gens, de les entendre parler d'eux-mêmes, de leurs problèmes, de leurs enfants...

–Mais c'est pas sans danger comme t'as pu t'en rendre compte.

–Une histoire comme celle-là, ça arrive une fois dans une vie... pis à pas grand-monde.

–Bien sûr !

La neige tombée formait des bancs maintenant sur le chemin étroit qui pénétrait entre la ligne sombre des arbres de chaque côté; et la carriole allait, montant et descendant. Jigg travaillait plus fort. Ses sabots s'enfonçaient jusqu'aux paturons. On pouvait voir un début d'écume quand il levait la queue.

–Ça commence à saboter, mais...

–Mais c'est comme ça...

Et ils se parlèrent du dernier épisode de radio-roman *Un homme et son péché* qui avait tant alimenté les conversations dans les chaumières du Québec le jour de Noël. La pauvre Donalda avait dû se résigner à épouser ce baise-la-piastre de Séraphin en qui tant de femmes reconnaissaient leur mari. Mais les auditeurs répétaient que jamais le mariage n'aurait lieu, qu'il surviendrait un événement de dernière minute pour empêcher un tel 'désastre national'.

–Il n'y aura pas de deus ex machina, dit Samuel. J'ai lu le livre de Claude-Henri Grignon et la Donalda va bel et bien épouser l'avare.

Elle ne comprit pas la première partie de son propos en raison de l'expression rare utilisée, mais en devina le sens quand il livra la seconde phrase. Et commenta :

–Le problème, c'est que le bonheur est sans histoire.

–Penses-tu ! Et si c'est Alexis qui épousait Donalda, l'histoire finirait là. Les méchants sont toujours bien plus intéressants que les autres. Ils sont les faire-valoir des bons. Ils sont essentiels à toute oeuvre culturelle. Mais... les vrais méchants, ça n'existe pas. Ceux qu'on prend pour des numéros abjects sur toute la ligne sont presque toujours des malades qu'il faut soigner.

–Même Bougie qui a tué sa propre fille ?

–Même lui. Un jour, on ne pendra plus des gens comme lui malgré toute l'horreur de leur crime. Cet homme était un irresponsable.

–Crois-tu qu'il l'a réellement tuée, sa fille ?

–Dans le sens où madame Maheux l'entendait : oui ! Il l'a tuée par la peur. Dans le sens légal : non. Sans doute qu'elle est morte comme il l'a dit, en tombant sur le poinçon après avoir dégringolé dans l'escalier. Il ne l'a pas blessée à mort même s'il en a probablement eu l'intention à un moment ou un autre, guidé alors par ses instincts les moins contrôlés : celui de tuer pour survivre et celui de... s'accoupler comme une bête. Mais il ne l'a pas secourue comme il aurait dû...

Catherine eut l'air de réfléchir tout haut :

–Mais... Roméo Boutin a fait un peu la même chose en retardant trop pour te faire venir au chevet de sa femme malade. Et les résultats sont pires: un veuf et huit orphelins.

–Roméo pouvait difficilement imaginer que ça tournerait aussi mal pour sa femme Maria, tandis que Mathias Bougie a vu, et il l'a avoué devant la cour, la blessure subie par Rose-Anna lors de sa chute dans l'escalier. Même ça, qui était probablement la vérité, les jurés ne l'ont pas cru.

La maison Boutin parut entre les arbres. On l'avait rechaussée de neige et elle apparaissait comme une chose que la terre aspire lentement. De la fumée sortait de la cheminée, ce qui n'indiquait pas forcément une présence au moment même. L'occupant pouvait bien avoir mis une attisée avant de s'en aller trapper, ce qui était tout de même improbable en ce lendemain de Noël.

Clara viendrait voir son père au jour de l'An ainsi que trois de ses petites soeurs. On s'était passé le mot afin que le père puisse voir ses enfants au moins une fois par année. Il en fut question avant d'entrer dans la cour :

–Si son veuvage s'éternise, aucune d'elles ne va revenir vivre ici. En tout cas pour ce qui est de Clara, c'est réglé depuis un bout de temps.

–Elle en a fait du progrès depuis qu'elle est avec toi...

–Grâce à ma mère surtout. C'est l'idéal, ce qui arrive pour elle. Tu vois, elle a pas été élevée dans la soie et pour cette raison, elle sait tout apprécier ce qui lui arrive... Et puis elle a une soif d'apprendre plutôt rare chez ceux de son âge.

–Avec la voix unique qu'elle possède, elle pourrait chanter à la radio.

–Ça, tout le monde le dit... Pour en revenir à son père naturel, il est pas trop à la recherche d'une nouvelle femme dans sa vie d'après ce que j'en sais...

–Clara m'a souvent parlé de lui dans ses lettres.

–Ah oui ? Je l'ignorais. Je savais qu'elle t'écrivait de temps en temps, mais on a pour politique de respecter sa vie privée donc son courrier. Elle fait pareil pour nous autres. Tu... t'es pas obligée de m'en parler, hein...

Catherine se releva et lui dit avec une lueur dans le regard :

–Mais elle parlait plus de toi que de lui.

–Ah, suis pas jaloux de son père naturel, tu sais. On l'a prise en adoption et on fait de notre mieux pour en faire quelqu'un de bien.

–J'en doute pas une seule minute.

*

Chez Catherine, en ce moment, Clara chantait a cappella avec les deux enfants. Lucien faisait son possible pour entrer dans le choeur improvisé sans trop y parvenir et en interrogeant souvent les deux autres du regard pour y rechercher une approbation à sa voix imprécise et fausse.

> *Mon beau sapin, roi des forêts, (bis)*
> *Que j'aime ta parure! (bis)*
> *Quand par l'hiver, bois et guérêts (bis)*

Sont dépouillés de leurs attraits, (bis)
Mon beau sapin, roi des forêts, (bis)
Tu gardes ta parure. (bis)

Les deux enfants étaient debout devant l'adolescente qui agissait comme directrice de chorale mais chantait aussi. En fait, sa voix dominait quand on livrait le vers mais elle la retenait au moment de bisser. Il était important pour leur enseigner mieux de mettre sa voix en retrait afin de valoriser les deux autres. Et cet aspect pédagogique de l'exercice lui plaisait tout autant que l'aspect purement artistique et vocal.

Il était arrivé un jour à Gaby Champagne de lui dire qu'elle la remplacerait dans quelques années comme maître de chapelle à l'église. Et cela incitait Clara à se pratiquer tout en amusant les enfants dont elle avait la garde pour quelques heures encore. Et puis elle avait l'habitude d'enseigner puisqu'elle l'avait fait longtemps à la maison pour ses petites soeurs qui n'allaient pas à l'école comme elle à cause de la distance et de mauvaises décisions de leurs parents.

Toi que Noël planta chez nous (bis)
Au saint anniversaire, (bis)
Joli sapin, comme ils sont doux, (bis)
Et tes bonbons et tes joujoux, (bis)
Toi que Noël planta chez nous (bis)
Par les mains de ma mère. (bis)

—Vous voyez, faut pas dire toé mais faut dire toi. Si vous êtes capables de le chanter, vous êtes capables de le dire. Alors vous allez dire tout haut: moi, je suis moi et toi, tu es toi. O.K ? Ensemble... moi, je suis moi... et toi, tu es toi...

Elle accompagna les mots de gestes de l'index et l'exercice devint un jeu aussi amusant que celui de chanter. Armandine et les soeurs du couvent ainsi que Samuel avaient corrigé le langage de Clara sans lui expliquer toutefois les origines de la parlure québécoise ni lui en faire goûter les saveurs particulières. La jeune fille était devenue manichéenne à cet égard, rejetant le français populaire parce que langue vernaculaire ainsi que le disait parfois le docteur, et s'efforçant de faire sien le bon parler français ainsi que le disaient tous les jours les religieuses, la bouche en cul-de-poule.

> *Mon beau sapin, tes verts sommets (bis)*
> *Et leur fidèle ombrage, (bis)*
> *De la foi qui ne ment jamais, (bis)*
> *De la constance et de la paix, (bis)*
> *Mon beau sapin, tes verts sommets (bis)*
> *M'offrent la douce image. (bis)*

*

Roméo qui les vit arriver chez lui sortit pour les accueillir.

–D'la visite rare! s'exclama-t-il. Attache ton cheval, Samuel, pis venez prendre une tasse de thé. Je viens d'en faire infuser, là, moé.

–On sera pas longtemps... On pensait que tu pouvais être parti dans le bois.

–Pas aujourd'hui. Mais peut-être demain. Y'a pas Clara avec vous autres ?

–Elle va venir ces jours-ci. Elle garde les enfants chez Cathou... chez Catherine.

–Laissez-moé vous dire que vous faites un ben beau couple, vous deux.

L'homme portait des culottes d'étoffe et une chemise à carreaux noirs et blancs : un personnage 'pure-laine' de son époque. Et ses deux visiteurs qui s'avançaient vers lui après avoir immobilisé le cheval et attaché sa longe à un piquet de clôture, donnaient l'air de grosses bêtes poilues dans leurs manteaux de chat sauvage, celui de Catherine lui ayant été donné par Armandine au début de l'hiver, et en tous points semblable à celui de Samuel.

On se serra la main puis Roméo ouvrit largement la porte tandis qu'il retenait la contre-porte avec son pied et invitait du geste les arrivants à entrer au coeur de sa petite masure chaude. Le docteur y était entré à quelques reprises, sa compagne aussi. Les deux premières fois pour chacun avaient été à l'occasion d'événements plus que dramatiques, soit l'accouchement de Maria, son agonie et l'exposition de son corps. Samuel était venu par la suite, une fois avec Clara et une autre pour obtenir la signature de Roméo sur les papiers d'adoption de la fillette. Et Catherine avait fait un arrêt mémorable ce matin de l'assassinat de Rose-Anna Bougie au lendemain de la Fête-Dieu. Cet arrêt avait permis au coroner de démontrer plus aisément son innocence dans cette affaire au départ plus que ténébreuse.

On ne tarda pas, une fois débarrassé des capots et installé sur des berçantes autour du poêle, tasse de thé chaud à la main, à revenir sur l'affaire Bougie dont on parlerait longtemps non seulement dans la paroisse mais dans toute la région voire le Canada français en entier.

–C'est ben pour dire qu'il a fallu un maudit bout de temps à Joseph Boulanger, d'après ce qu'il m'a conté, pour s'apercevoir que le boiteux qui avait besoin d'un bâton pour marcher, c'était Bougie pis pas toé, Catherine.

–J'aurais pu traîner un bâton pareil avec moi pour d'autres raisons. Pour me défendre... Malgré que les attaques de bêtes sauvages, c'est pas mal rare... pour pas dire que ça se produit jamais.

–Sauf, dit-elle quand la bête sauvage est une personne humaine, comme l'a dit Bernadette Grégoire.

–Et comme l'a répété Clara pour te sauver au bout du compte.

–Vrai : c'est cette parole-là qui m'a sauvée.

–On aurait quand même fini par démontrer ton innocence à l'enquête préliminaire ou au procès, mais... on sait pas...

Roméo glissa :

–Aussi ben que ça se fasse à l'enquête du coroner : c'est moins de trouble comme ça.

Il se fit une pause. L'oeil de Boutin se mit à briller :

–Pis, vous deux, là, allez-vous nous faire des belles noces c't'année ?

–Ça va dépendre, dit Samuel qui souffla sur son thé sans regarder l'un ou l'autre.

–De quoi ou ben de qui ?

–De quelque chose et de quelqu'un, répondit énigmatiquement le docteur en aspirant de l'air après la gorgée.

Catherine demeura silencieuse et se contenta d'un sourire vague. Samuel reprit :

–Et si on parlait un peu de notre chère Clara ?

Et l'on se répéta ce que tous savaient déjà quant à la découverte de sa voix, son désir d'apprendre, sa fierté de jeune adolescente et son bonheur de vivre au village. Roméo fit un aveu :

–Tous les enfants sont dans des familles de valeur pis c'est pour ça que je me presse pas trop pour me trouver une autre femme. Faut dire que je me suis pas mal trompé avec Maria quand elle était malade. J'ai ben trop attendu avant de faire venir le docteur, ben trop... Elle est morte par ma faute pis j'ai pas envie d'en faire mourir une autre.

Cette ouverture candide de son coeur et le ton de regret par lequel l'homme l'exprimait émut la jeune femme. Ils étaient rares, ceux capables de faire un tel mea culpa; et de surcroît devant deux autres personnes.

–T'as pas fait pire qu'un autre, dit Samuel. La fièvre puerpérale, c'est traître comme mal, c'est sournois parce que ça tue le temps de le dire. Et ça s'était jamais produit à aucun accouchement précédent.

–Dans le fond, je me fiais un peu sur... sur toé, Catherine. J'me disais qu'en tant que femme qui a eu des enfants, tu saurais quoi faire.

–Mais je te l'ai dit plusieurs fois, Roméo, durant la journée, de faire venir le docteur.

–Aurait fallu que tu décides à ma place comme t'as fini par le faire. Tu me le disais comme une question, pis moé, pas plus fin, ben, j'attendais en me disant que ça passerait.

Le pauvre gars hochait la tête et il finit par avoir la gorge serrée et les yeux dans l'eau, comme si sa femme venait à peine de rendre l'âme.

Catherine et Samuel s'échangèrent un regard désolé et surpris. Et gardèrent le silence. Peut-être fallait-il que sorte ce résidu de chagrin en même temps que ce terrible sentiment de culpabilité qui devrait s'amenuiser pour que l'homme se décide à entreprendre sa recherche d'une nouvelle compagne de vie.

–Vous m'excuserez, finit-il par pouvoir dire après s'être calmé un peu.

–On comprend ça. J'ai perdu une fiancée et... Catherine, comme tu sais, a vécu des choses pas mal pénibles, elle aussi.

–Comme ça, on est trois coeurs brisés? dit Roméo pour noyer son désarroi dans un sourire en travers.

Samuel réfléchit un moment :

–Mais... paraît qu'un coeur brisé et réparé, c'est pas mal plus solide qu'avant.

–Tu penses ça, toé ?

Si la question s'adressait à l'homme, le regard interrogateur de Roméo visait la femme. Catherine se sentit en devoir de répondre :

–Sais-tu quoi ? On s'en va à la maison Bougie. Pour essayer justement de réparer quelque chose... Samuel pis moi, on pense que ça pourrait être utile.

Samuel eut une idée qui alluma son regard et fit bifurquer la conversation de plusieurs degrés :

–Es-tu au courant que la curatelle publique va vendre le bien à Bougie au mois d'avril au plus tard ? Pourquoi que tu l'achèterais pas, Roméo, pour t'établir cultivateur à plein temps sur une bonne terre à toi ? Ça va se vendre pour une bouchée de pain.

–Une bouchée de pain qu'il faut payer argent sonnant. Pis j'ai pas une maudite cenne qui m'adore.

–T'as pas de la parenté ? Ceux qui ont pris tes enfants avec eux autres : ils pourraient se mettre ensemble pour te donner le coup de main qu'il faut pour te sortir... du bois, si je peux faire un jeu de mots pas trop drôle ?

–On sort ben tranquillement de la crise. Tout le monde continue à être ben pauvre. Non... moé, j'pense à sacrer mon camp du bord des États pour un bout de temps. Pour me ramasser un pot. J'ai pris contact avec Louis Talbot au mois de juin... c'est le mari à Rose-Anna Bougie... La journée de son enterrement, j'ai parlé avec lui. Il va me donner des nouvelles par la malle, voir si y pourrait me trouver de l'ouvrage dans le coin où c'est qu'il se trouve...

–Tu dis que t'as pas d'argent, mais de l'argent, y'en a à la Caisse populaire. Pas trop, mais y'en a.

–Pas de garantie : pas de prêtage ! C'est connu, ça, une caisse populaire...

–Le terre servira de garantie... sur hypothèque.

–Oui, mais les bidous en cash, eux autres ? Ça me prendrait quelqu'un pour me les prêter en deuxième hypothèque.

Samuel prit une dernière gorgée, longue et pleine, qui vida le contenu de la tasse :

–C'est chose faite ! Je vais la prendre, moi, la deuxième hypothèque. Si ça t'intéresse naturellement, la terre à Bougie. Et puis je sais que tu vas arriver dans tes affaires... Tu me l'as ben prouvé la fois que t'as tiré ma machine des rayages de vase, termina Samuel sur une touche de taquinerie.

Roméo sourit. Il se souvenait avoir chargé au docteur le même montant pour délivrer sa 'machine' que le docteur lui avait chargé pour délivrer sa femme du nouveau-né, dans une sorte de kif-kif pas si évident que ça, mais acceptable avec une petite dose d'humour.

–Sûr que ça m'intéresse ! fit Roméo en regardant Catherine, comme s'il avait été embarrassé d'envisager son futur prêteur.

–Ça comprend tout... les animaux avec... c'est Joseph Boulanger qui s'en occupe comme tu sais. Le curateur le paye pour ça. Et tout le contenu de la maison.

–Ça, je vas tout brûler. Faudrait qu'il reste rien des Bougie. Rien en toute.

L'homme s'arrêta et tourna la tête vers une horloge sur une tablette haut perchée et reprit la parole :

–Savez-vous que c'est aujourd'hui que...

Samuel fit des signes de tête affirmatifs et poursuivit :

–Que Bougie a expié pour son crime. On y a pensé tout à l'heure, en chemin. Un peu plus et on aurait entendu la trappe claquer sous ses pieds.

Et d'un bond, il fut sur ses jambes en ajoutant :

–Nous autres, on va retourner prendre la fraîche un peu. T'es prête, Cathou ? Prends le temps de finir ton thé.

–J'ai fini. Suis prête.

Elle se leva aussi de même que Roméo qui les reconduisit à la porte en parlant du beau temps qu'il faisait, tandis que les visiteurs remettaient leurs gros capots. Au moment de quitter les lieux, Samuel revint sur la question de la terre à Bougie et il fit promettre à Roméo qu'il ne s'en irait pas aux États avant la vente de la dite terre.

Et ce fut le départ.

On se désola tout d'abord d'avoir oublié la nourriture dans la carriole, mais il était un peu tard pour y penser.

Quelque temps après, on arrivait devant la maison noire qui avait l'air de les regarder venir et de les prévenir d'un malheur s'ils osaient pénétrer à l'intérieur.

Jos King, le cousin d'Éva Maheux, avait failli la faire mourir de peur en lui parlant de réincarnation et en lui disant que Mathias Bougie, qu'elle avait dirigé vers l'échafaud, sans le vouloir et juste pour satisfaire un caprice, celui de faire un tour de 'machine', pourrait bien habiter un enfant qu'elle porterait dans son ventre. Peut-être avait-il raison et peut-être que l'esprit de Mathias, en attendant un ventre de femme, rôdait déjà dans tout le corps de sa maison de jadis.

Des vandales, comme pour venger la mort violente de Rose-Anna, avaient crevé les yeux de la maison et toutes les vitres de la façade avaient été brisées.

–Mais c'est une bonne maison solide, tu sais. Suffirait d'un peu de réparations. De la peinture, ça coûte pas une fortune. Y a Ernest Maheux qui en fabrique. Roméo pourra poser des vitres, nettoyer tout l'intérieur, brûler comme il l'a dit tout le contenu, peinturer et peinturer couche par-dessus couche pour faire disparaître à jamais tout souvenir de ce qui s'est passé ici.

–En tout cas, moi, il m'en faudrait plusieurs, des couches de peinture en dedans de l'âme pour oublier ce qui s'est passé dans cette maison-là...

–On est là justement pour ça, en mettre une bonne couche aujourd'hui. Tu vas voir comme tu vas te sentir libérée quand on va en sortir...

La jeune femme regarda la maison dans les deux yeux et elle se sentit menacée, transpercée par son regard noir et inquiétant... Quelque chose lui donna froid dans le dos et aux épaules...

***

44

Chapitre 3

–T'aurais pas envie qu'on laisse nos capots dans la voiture ?

–Si on les a pas sur le dos, on aura pas chaud. Pourquoi est-ce que tu dis ça ?

–Je voudrais pas qu'on les tache de quelque chose. C'est une maison tachée de sang partout. Une sanglante maison !

Il grimaça un peu :

–Tout a eu le temps en masse de sécher...

–Je sais que tout est figé par le temps et le froid, mais... ce qu'on voit pas et qui pourrait s'attacher a nous autres...

–C'est même mieux avec nos manteaux, ma petite Catherine. Ensuite, on les mettra sur la corde dehors, une journée, au grand vent. Toute particule sera emportée dans les tourbillons de l'air au diable vauvert et jusqu'à la mer...

Par un hochement de tête, elle répondit au sourire quémandeur qu'il lui adressait tout en fouillant dans une poche intérieure de son manteau en quête de la clef du gros cadenas noir barricadant la porte avant.

Il entra le premier. Une fois à l'intérieur, il la vit hésiter à franchir le seuil comme si elle devait une autre fois, comme ce matin du drame, se faire accueillir par un coup de bâton en pleine figure.

–Fais le pas, c'est le plus important; les autres vont se faire d'eux-mêmes, tu verras. Viens ma petite Cathou, viens donc vers moi.

Il tendit le bras vers elle qui s'y accrocha et traversa l'embrasure pour enfin mettre les deux pieds à l'intérieur. Par bonheur, aucun souvenir de la journée fatidique ne lui revint en tête. Elle n'aperçut que le poêle mort et des lisières de neige qui s'étaient formées sur le plancher devant les fenêtres aux vitres brisées.

–Ça sent rien. Il reste rien ici.

–Peut-être la malice du sort.

–Crois donc pas en des pareilles superstitions, Catherine ! Tu verras, Roméo va acheter la terre, il va nettoyer la maison comme je le disais, la peinturer en neuf et faire venir monsieur le curé pour la bénir. Si les fantômes existent, jamais aucun, pas un maudit voudrait alors hanter les lieux.

Le regard de la femme se releva et se posa sur la porte entrebâillée donnant sur la chambre du crime, en tout cas de la mort affreuse de Rose-Anna. Cette fois, elle revit dans sa tête une scène terrible. Un ours qui se ruait sur le corps de la jeune femme et en labourait les chairs.

–À quoi tu penses ? lui demanda-t-il en voyant son regard bourré de contrainte.

–À... l'ours qui attaque Rose-Anna...

–Et puis ?

–C'est épouvantable...

Il la toucha au bras pour rassurer et hocha la tête :

–Mais ça s'est jamais produit. C'était dans mon scénario pour confondre Bougie, mais c'est jamais arrivé dans la réalité de la vie.

–C'est vrai, mais... on dirait, là, dans ma tête que c'est arrivé bel et bien.

–Tu vois, les fantômes, on les invente de toutes pièces. Ils n'existent que là, entre nos deux oreilles, pas ailleurs, surtout pas les vieilles maisons. Forte comme tu es, je suis certain que tu n'y crois pas non plus.

46

–C'est vrai, je n'y crois pas. Pas plus que je croirais qu'une bénédiction du curé pourrait les chasser s'ils existaient.

Il s'esclaffa, s'éloigna de quelques pas :

–En effet, si des fantômes, y'en a pas, j'vois pas qu'une bénédiction du curé pourrait les chasser. Mais un rituel, ça sécurise. C'est toujours mieux de mettre de son bord toutes les chances, y compris Dieu.

Il regarda au loin et soupira en poursuivant :

–C'est ce que disent les Seigneurs de la guerre comme Adolf Hitler. Au nom de Dieu, le contrôle des autres est bien plus facile, tu as raison. Je te comprends quand tu dis que Dieu n'intervient pas ici-bas. Qu'il laisse le monde évoluer au hasard. Mais... y a tellement de choses qui nous dépassent et qu'on ne peut expliquer sans le surnaturel.

Elle fit une moue désabusée :

–C'est pour ça que dans les situations désespérées, on se met à prier.

L'homme se tenait plus loin et la sondait du regard :

–C'est ce que t'as déjà fait ?

–Ou tout comme... Quand j'étais attachée là, à ce poteau, que je venais de me réveiller, la face enflée, pleine de sang, accusée par Bougie, je me suis mise à chanter... et tu sais quoi ? *La prière en famille*.

–À l'enquête, on me l'a dit et toi aussi, tu me l'as dit que tu avais chanté, mais je croyais que c'était pour te calmer un peu.

–C'était ça d'abord, mais j'aurais bien pu chanter autre chose que ça.

–Tu veux me dire que c'était une sorte de prière ?

–Peut-être... à y bien penser...

–Crois-tu que le bon Dieu a pu y être pour quelque chose dans la suite des événements ? Ta libération et tout ? Libération de l'accusation de Bougie, libération de ton mariage par la mort de ton mari dans l'accident de train... et tant qu'à faire, notre rapprochement ?

Il fit des pas vers elle et attendit la réponse qu'elle avait l'air de réfléchir au plus profond d'elle-même :

—Pas... directement !... Mais... la prière nous fait agir dans la direction... la meilleure pour nous. Elle nous prépare à ça, on dirait...

Il l'éprouva :

—Oui, mais, Catherine, elle pourrait aussi nous rendre paresseux... passifs... Se dire: le bon Dieu va nous arranger ça... et attendre qu'il le fasse...

Elle soupira et le regarda droit dans les yeux :

—Et on en revient au vieux dicton : aide-toi et le ciel t'aidera.

—Ça, j'aime bien. Et je t'aime aussi, est-ce que tu le sais ?

Il fit d'autres pas et voulut l'étreindre :

—J'ai le goût de t'embrasser.

—Tu penses que c'est le bon endroit pour ça ?

Il blagua et son oeil allumé par les reflets du soleil sur la neige du plancher brilla :

—Pas trop : nos capots sont trop épais. L'hiver nous sépare: quelle tristesse !

Il se fit une pause. Le jeune homme regarda l'escalier et fit une proposition :

—On fait la tournée des lieux comme ce jour-là ?

—Moi, je suis allée dans la chambre de Rose-Anna avec monsieur le vicaire... pour me confesser, c'est tout.

—Et tu as refermé un tiroir ouvert. Et ton geste a failli se retourner contre toi quand on a trouvé sur toi la chaînette appartenant à Rose-Anna.

—Un tiroir est ouvert : je passe devant, je le ferme. C'est tout.

—Admets que ton geste regardait plutôt mal.

—Je pense bien !

—Tu sais ce que je vais faire, tant qu'à être là ? Je vais

boucher les fenêtres avec des linges, des couvertures, n'importe quoi... pour empêcher que la neige et la pluie fassent trop de dommages en dedans. Surtout que Roméo va peut-être vivre ici avec quelques-uns de ses enfants qu'il aura repris à sa charge... et, qui sait, peut-être une nouvelle épouse. Faudrait que je trouve un marteau et des clous. C'est certain que Mathias Bougie avait ça, mais où ? À moins que quelqu'un ait dévalisé la maison... mais on dirait pas.

Ils regardèrent les lieux sans bouger pendant un instant. La table de cuisine était au même endroit que le jour de l'enquête du coroner suite à la mort de Rose-Anna, plutôt à l'arrière de la pièce qui occupait presque tout le carré de la maison, à l'exception d'une petite chambre de toilettes et de la chambre de Mathias Bougie où le corps mutilé et ensanglanté de sa fille gisait le jour de sa mort. Les chaises étaient tirées, comme si leurs derniers occupants, sans doute Bougie, le curé et Catherine elle-même, n'avaient pas pris soin de les remettre en place, chacun exprimant inconsciemment par là que tout n'était pas fini et que des rebondissements à cette enquête surviendraient, qui dépasseraient en importance et de beaucoup peut-être les conclusions du coroner.

—Fouillons dans les armoires !

Samuel ne tarda pas à trouver ce qu'il cherchait. Marteau à la main et pot de clous dans l'autre, il précéda sa compagne dans l'escalier menant à l'étage. Là-haut, on trouverait le reste du nécessaire.

En montant, Catherine se remémora quelques souvenirs du jour du drame.

« *–Catherine, Catherine, c'est Bernadette, je le sais que c'est pas toi qui a fait ça, je le sais...*

Catherine tourna la tête et essaya de sourire. Ce sont des larmes qui lui vinrent.

–Mon doux Seigneur, c'est qu'ils t'ont donc fait ? »

Puis, quelques marches plus haut, la personne de Samuel en enquêteur du coroner lui revint en mémoire :

« *Et je vais vous dire au sujet des gestes violents qu'elle a posés envers son mari, qu'elle les a posés uniquement*

49

pour la protection de ses enfants et d'elle-même. »

Ensuite, Éva Maheux avait posé à Bougie la question éclairante qui le perdrait et le conduirait droit à l'échafaud :

« *–Pourquoi c'est faire, monsieur Bougie, que votre fille a déboulé l'escalier en pleine nuitte avec un poinçon entre les mains ? Ça serait-il qu'elle avait peur de quelque chose ou de quelqu'un? De l'orage... ou ben de la rage ?... »*

Les mots de cette femme naïve, mais qui l'avait été moins que tous ce jour-là, résonnaient en écho dans sa tête quand Catherine arriva en haut de l'escalier. Déjà Samuel pénétrait dans la chambre de Rose-Anna et sa compagne l'y rejoignit, qui eut un autre souvenir en franchissant le seuil, celui de sa confession au vicaire tôt le jour du drame, peu après l'arrivée des prêtres.

« *–Monsieur Bougie prétend qu'il t'a surprise à frapper Rose-Anna avec un bâton, qu'il t'a maîtrisée et qu'il a fini par devoir t'assommer pour te faire tenir tranquille.*

Catherine gémit :

–Il dira ce qu'il voudra, moé, je me rappelle de rien. Mais j'peux pas avoir tué quelqu'un, j'peux pas... J'ferais jamais ça. Mon père me battait, mon mari m'a battue pis j'ai jamais pu me revenger, jamais.

–Comme a dit monsieur le curé, c'est pas au prêtre d'enquêter. La justice des hommes va suivre son cours. As-tu d'autres péchés à accuser ?

–Non... pis j'ai pas celui-là non plus.

–En ce cas, je te donne l'absolution. »

L'intérieur de la chambre était en tous points le même. La neige n'avait pas pénétré, car les trous faits dans les vitres de la fenêtre avec des cailloux que l'on pouvait voir sur le plancher de bois, étaient trop petits et parce que l'excédage du toit ne permettait qu'à la seule neige poussée par un vent d'ouest de se frayer un chemin par les interstices. Mais le vent coulis les jours de poudrerie profiterait lui, en janvier, février et mars des moindres opportunités pour pénétrer à l'intérieur.

Il fut donc décidé d'utiliser la catalogne du lit. Il avança une chaise près de la fenêtre et y monta. Elle lui tendit le morceau de tissu qu'il cloua aux quatre coins, ce qui eut pour effet de plonger la pièce dans une pénombre certaine.

L'occupation du moment chassa des deux têtes les souvenirs pénibles ou autres du jour du grand drame. On se rendit boucher la fenêtre de l'autre chambre que remplissaient maints objets hétéroclites dont plusieurs pièges de trappe maculés de sang séché.

–Roméo jettera toujours pas tout ça au feu. Lui qui fait pas mal de trappage...

–Une fois cultivateur, j'ai dans l'idée qu'il mettrait fin à... ce moyen de survie. Il manquerait de temps pour le faire et il aurait moins le goût de courir le bois.

–Bougie faisait bien les deux, opposa-t-elle.

–Bougie était un primitif... un demi-civilisé... un chasseur-cueilleur avant tout. C'était un vrai sauvage.

–Une bête sauvage.

–Un sauvage, un sauvage... Ce qui a tué Rose-Anna au fond, c'est qu'il était un sauvage et elle une civilisée. Selon moi, il a dû la violer... pas le jour du drame puisque les expertises ont démontré que non, mais avant ce jour-là, ce qui n'aurait pas été vu comme un viol si elle aussi avait été une sauvage... C'est sa culture à elle qui a fait obstacle à ses gènes à lui. Et quand la culture élève une barrière devant les gènes, il se produit toujours un drame. C'est arrivé.

Catherine qui tenait un drap tandis qu'il approchait sa chaise de la fenêtre prit le ton de l'évidence :

–Samuel, elle a été élevée dans cette maison.

–Oui, mais dans un milieu catholique canadien-français. Elle lisait les journaux. Son livre de chevet était *Autant en emporte le vent*. Elle était une fervente catholique.

–Lui aussi se montrait fervent.

–Il oscillait entre sa sauvagerie primitive et les bienfaits si je puis dire de la civilisation judéo-chrétienne. Et c'est la bête sauvage en lui qui a eu le dernier mot.

–Peut-être qu'il est mort... en bon chrétien.

–Peut-être: t'as bien raison de le dire. En fait, notre dernier mot n'est jamais dit avant notre dernier soupir.

La fenêtre fut aussi bloquée et l'on retourna en bas, sans ramener de couvertures, Samuel ayant décidé de chercher des planches dehors à l'arrière de la maison pour mieux condamner les fenêtres du premier étage.

Une demi-heure plus tard, l'ouvrage était complété et il faisait sombre à l'intérieur. Une seule fenêtre n'avait pas été encore bouchée : celle de la chambre où Rose-Anna avait rendu l'âme vraisemblablement, selon les dires de son père et puisque son corps y était à l'arrivée des premiers témoins ce matin-là, les Boulanger du voisinage.

Samuel entra le premier. La pièce était vide. Quand on avait emporté le corps de Rose-Anna, on avait pris la literie aussi. Quant au lit même, Joseph Boulanger l'avait défait et ses composantes se trouvaient maintenant derrière la grange. Aucune vitre de la fenêtre n'était brisée. Comme si les vandales avaient craint de le faire pour ne pas s'attirer les foudres des deux personnes y ayant vécu leurs derniers instants, soit la mère Bougie emportée par une pleurésie hémorragique quelques mois avant la mort tragique et navrante de sa fille unique et cette pauvre Rose-Anna qui, au contraire de sa mère, n'avait que rarement et dans des moments désespérés seulement, aspiré à la mort.

–Peut-être qu'on devrait laisser la lumière entrer par là ? dit Catherine.

Il la regarda dans les yeux :

–J'aime t'entendre dire ça. Le soleil matinal, chaque jour, purifie un peu plus les lieux. La femme Bougie et sa fille doivent approuver là où elles se trouvent.

–Au paradis... s'il y a un paradis.

–Il y en a un, Catherine, il y en a un.

–Tu l'as vu ?

Il fit une pause avant de dire :

–Non, mais... je l'entrevois quand je songe au sentiment que j'éprouve pour toi.

Elle fit un regard en biais :

–Rien ne dure ici-bas.

–C'est pour ça que j'ai dit: 'entrevois'...

Il s'approcha, lui enveloppa la taille et voulut l'étreindre. Elle s'opposa :

–Plus tard, mon ami. Ici, c'est pas l'endroit...

–Au contraire, faut vivre ici quelque chose d'intensément beau pour effacer ce que d'autres y ont vécu d'intensément laid. On donne au meilleur toute la place occupée par le pire et le meilleur gagne. Je t'aime, Catherine Bussière. Depuis le premier jour où je t'ai rencontrée. Et ça va durer jusqu'à la fin de mes jours.

Elle répondit avec une grande tendresse :

–Ma mère disait toujours qu'il ne faut jurer de rien. C'est comme ça qu'elle disait ça. On peut pas savoir. Mon mari, il avait des si beaux mots avant le mariage... L'amour est aveugle. Il nous fait faire des promesses qu'on ne peut pas tenir. Les amoureux se jurent leur amour éternel avec des millions de mots et un jour vient où ils ne se le disent même plus en deux petits mots.

Le sang de Catherine se glaça tout à coup. La sonnerie du téléphone la fit sursauter et elle ne put retenir un cri. Samuel la regarda, incrédule :

–Veux-tu ben me dire ? Je pensais qu'on avait débranché la ligne téléphonique. Et à part de ça, qui c'est qui peut appeler ici ?

–C'est peut-être pas ici : un grand, trois petits.

–Bien sûr, j'oubliais. C'est quelqu'un qui appelle quelqu'un du rang.

L'événement les sépara et ruina la scène affectueuse installée entre eux depuis un moment. La jeune femme eut beau scruter le plancher de bois, il ne lui fut pas donné d'y voir des traces de sang. Il se fit un silence que l'hiver de la grande concession voisine capta pour grandir le sien qui semblait éternel en cette saison.

Et ce fut la fin de cette visite visant à libérer Catherine de ses cauchemars. En sortant, elle avoua ne pas avoir une seule fois pensé à de mauvaises choses à l'intérieur et dit que tous les souvenirs venus à sa mémoire en étaient des bons. Aucune vision d'horreur fondée sur la réalité sauf ce tableau créé avec la patte d'ours attaquant Rose-Anna. Pas de peur. Sauf la surprise provoquée par le téléphone, rien ne l'avait effrayée. De là à pouvoir transformer la maison en lieu de romance, il y avait quand même tout un monde.

Quand on se remit en carriole, on put apercevoir au loin les Boulanger qui faisaient des signes auxquels on répondit en les interprétant comme des salutations et non point des invitations.

Sur le chemin de la concession, entre les lignes d'arbres rapprochés, à un endroit familier aux deux, mais surtout au docteur dont l'auto s'était enlisée là le jour de l'accouchement de Maria Boutin, il fit s'arrêter Jigg. Il lui paraissait que le moment des fiançailles était venu.

–Tu vois : il ne s'est rien produit de mauvais à cause de notre visite à la maison Bougie. On dirait qu'il ne s'est jamais rien passé là-bas, trouves-tu ?

–Pas vraiment... Je verrai dans les jours qui viennent ce que ça produit en moi, cette visite-là.

Deux oiseaux de neige volèrent au-dessus de leurs têtes et Jigg parut les saluer par un petit hennissement et une secousse de la crinière comme s'il avait été sous attaque d'insectes en plein été.

–C'est ici que j'ai décidé de... de te dire quelque chose.

Elle devina aussitôt ce à quoi il faisait allusion et parce qu'elle ne se sentait pas prête pour un autre mariage précipité et contracté peut-être par réaction à des événements, elle voulut gagner du temps. Il fallait qu'elle refuse et accepte à la fois. Et blagua :

–Avec ceux qui ont la patience d'attendre, on doit au moins avoir la patience de les écouter.

–Comme c'est bien dit : on dirait un livre qui parle.

–Je m'améliore depuis que je suis en contact avec toi et ta mère, tu sais. Dans mon rang, y a de quoi rester arriéré par le tonnerre...

–Parle donc pas comme ça, Catherine! Ce langage-là en est un de... d'une sorte de résignation... non, c'est plutôt de la modestie de mauvais aloi. Non, c'est trop embrouillé, ce que je dis là... je veux dire... Ah, et puis je ne sais plus...

–Pas besoin des mots pour comprendre ce que tu veux me dire.

–Et c'est justement ça qui est important ! Oui, ma belle et bonne Cathou, se comprendre sans avoir à tout se dire. Deviner l'autre. J'aime donc ce que tu me dis aujourd'hui. Je sens un tel rapprochement entre nous deux. Et c'est pour ça que je veux te montrer quelque chose, attends un peu...

Il fouilla dans la poche intérieure de son manteau et en sortit l'écrin de velours bleu contenant la bague de fiançailles et l'arbora devant les yeux féminins tel un trophée précieux :

–C'est pour toi.

Il avait pris soin de ne pas emballer le boîtier, sachant qu'il lui ferait ouvrir quelque part dans la nature, loin de toute personne humaine y compris les enfants.

–T'aurais pas dû, fit-elle dans un mélange d'étonnement feint et de sincérité.

–Mais je l'ai fait.

Elle ôta ses mitaines et prit l'écrin qu'elle ouvrit pour découvrir la bague dont le diamant enchâssé lui projeta aussitôt jusqu'au fond du regard la brillance du soleil et de la neige.

–Plus belle que toutes celles que j'ai vues... dans la vraie vie ou dans le catalogue Eaton.

–C'est rien encore. Imagine quand tu l'auras à ton doigt. Tu acceptes que je te la mettes ?

Elle montra un brin de désolation par les traits de son visage et son port de tête en biais :

–Oui, mais... à une condition. Faudrait pas que ça dise un mariage en 1940... pas avant 1941 ou même 1942... Tu devras savoir attendre.

Il fit des signes affirmatifs en souriant :

–Ça, je sais le faire, tu peux en être assurée.

–Je sais... Alors, tu peux me la passer au doigt. Mais...

–Mais ?

–Je ne vais la porter que dans les grandes occasions.

–Quand on se verra ?

–O.K !

Il prit la bague et remit l'écrin dans sa poche. La tint à hauteur du doigt qu'elle tendait et l'y inséra jusqu'au fond puis leurs regards s'étreignirent. Il dit :

–Je t'aime, tu sais.

–Et moi aussi, tu sais.

–Plus de cauchemars, plus rien que des rêves d'amour... On parlera de mariage quand t'en auras envie...

–C'est pas que j'en ai pas envie, c'est qu'il faut que mes cicatrices...

–Que les plaies se cicatrisent : je comprends, suis médecin. Je guérirai les corps et tu guériras les coeurs.

Elle se sentit redevenir enfant, mais une enfant joyeuse.

–T'es adorable, mon vieux Sam.

–T'es adorable, mon doux chaton.

Les mots suffisaient pour commander le baiser.

Et baiser il y eut. Le premier en fait depuis celui, si douloureux, à la porte de la chambre de Catherine, le soir du grand drame alors qu'elle avait encore le visage enflé et tuméfié de la blessure que Bougie lui avait infligée ce matin-là en la frappant si sauvagement avec un bâton.

***

Chapitre 4

Aucune nouvelle occasion ne s'était présentée au couple permettant un rapprochement physique intime après cette douce et étonnante rencontre de l'année précédente alors qu'ils avaient tous deux dit oui à l'amour sans pouvoir consommer l'acte parce que dérangés par une visite inopportune et la présence des enfants. Puis il y avait eu l'éloignement de Samuel suivi des événements tragiques du lendemain de la Fête-Dieu qui les avait ramenés l'un vers l'autre. Mais il fallait du temps à Catherine, beaucoup de temps pour se remettre des chocs subis.

Jamais il ne fut question, par le propos ou par le geste, de relations intimes entre eux, ni directement, ni par allusions. Il ne se livra à aucun attouchement et leurs baisers furent d'une chasteté à toute épreuve. On se soumettait sans discuter aux impératifs de la moralité de l'époque. Et puis Samuel avait acquis l'habitude de l'abstinence par ses interminables fiançailles avec sa chère Elzire atteinte de consomption et hospitalisée dans les Laurentides.

Il n'en était pas de même de tous les amoureux de la Beauce. En d'aucuns coulait du sang abénakis et le flot, quand ils étaient en présence l'un de l'autre, se transformait parfois en lave brûlante. Ce qui était le cas, ce soir-là, de Jeanne d'Arc et Luc, assis à une cabine de bois au fond de la

salle à manger de l'hôtel Grégoire, et qui s'embrassaient copieusement, passionnément, depuis une bonne demi-heure.
Ida et Pampalon faisaient semblant de ne pas les voir et se
disaient que leur fils de dix-sept ans se conduisait bien et
possédait de bonnes moeurs puisqu'il communiait tous les
dimanches. Après tout, se disaient-ils aussi, il ne saurait rien
se passer de si grave ailleurs que dans un lit et de surcroît en
un lieu public où les deux jeunes amoureux risquaient à tout
moment de se faire surprendre.

Ce qui se produisit tandis qu'ils étaient l'un sur l'autre,
elle sur lui, assis à moitié et allongés à demi, bouches qui se
cherchaient, se trouvaient, se léchaient et se pourléchaient.
Samuel Goulet qui arrivait de manière impromptue fut sur le
point de tourner les talons pour ne créer d'embarras à personne. Il dit plutôt :

–Me faudrait deux bons bras pour m'aider à sortir mon
automobile de la cour à monsieur Maheux. J'ai reculé là et
suis resté pris.

–Le mois de mars, c'est trop de bonne heure pour sortir
les machines, fit Luc en riant et en se dégageant de l'emprise de sa blonde.

Jeanne d'Arc regarda le docteur, retroussa une mèche de
lourds cheveux noirs lui barrant le front et passa sa langue
sur ses lèvres. Samuel eut une pensée pour Catherine et sourit. Il alla jusqu'à se demander s'il ne devrait pas oser davantage avec sa fiancée. Car on avait fini par prendre une
décision et par fixer une date : on s'épouserait à l'été 1941
donc dans un peu plus d'une année. Si tout allait bien. On
préparerait le terrain. Il faudrait habituer Armandine et Clara
à l'idée et le docteur aurait tout le temps pour bien apprivoiser Carmen et Lucien, les deux enfants de Catherine.

–Tant qu'on reste sur le grand chemin, c'est pas si pire.

–Je te suis.

–Fais attention à tes pieds ! cria Jeanne d'Arc.

Luc avait une faiblesse aux pieds. Il en souffrait constam-
ment et s'en plaignait presque tous les jours. La jeune
femme, d'un an de plus que lui, était portée à le protéger

comme un jeune frère, mais quand venait le moment de l'expression des sentiments, il ne restait entre elle et lui rien de trop fraternel.

—Je reviens, ça prendra pas de temps.

—Je t'attends, le grand.

Et les deux hommes s'en allèrent. Ils furent bientôt près de l'auto enlisée dans la neige et la boue. Déjà Ernest Maheux se trouvait là pour donner son coup d'épaule, de même que son fils Paulo. Ils avaient bien essayé une première fois, mais sans succès. On avait pensé à Luc, le jeune homme fort par excellence du voisinage voire du village et Samuel était allé demander son aide.

C'était le soir. La rue principale n'avait pour éclairage que celui jaune et maigre d'un lampadaire qui, par chance, était là, au-dessus d'eux ou presque.

—J'ai une idée, dit Samuel avant de se mettre derrière le volant. On va pousser à trois hommes et c'est Laurent-Paul qui va conduire.

—Il a jamais chauffé ça, une machine, lui, s'empressa de dire Ernest qui ne l'avait jamais fait lui non plus.

—Ça prend une première fois. Viens, Paulo, je vais te montrer quoi faire. Regarde là...

Le garçon resta à côté de la portière ouverte et Samuel montra le jeu de pédales. Il appuyait sur l'accélérateur et relâchait la pédale d'embrayage en alternant afin que le véhicule s'engage dans un mouvement de va-et-vient qui, ajouté aux efforts des épaules et des bras, entraînerait l'auto hors des ornières profondes et noires qui s'agrippaient mordicus à ses pneus.

—J'peux toujours aller chercher mon cheval, dit Ernest qui ne se sentait aucun enthousiasme à l'idée de voir son fils accomplir une chose que lui-même était incapable de faire.

—Prends ma place, dit Samuel au jeune garçon qui obéit et posa ses pieds sur les pédales et tenta de reproduire la manoeuvre enseignée.

—Par trop fort sur la pédale à gaz et c'est ce qu'il faut.

Paulo comprit et réussit parfaitement le va-et-vient qu'il fallait.

Ernest à l'arrière gauche, Samuel au centre, épaule contre la valise et Luc à l'arrière droit, se plantèrent les pieds au sol, dans la terre mouillée mêlée de neige en sel. Et sur un énorme 'hahan' d'Ernest, synchronisé avec le coup de gaz de Paulo, les trois poussèrent de toutes leurs forces puis relâchèrent la pression aussitôt, alors que le chauffeur exécutait la partie repos des deux temps du mouvement induit.

–Hahan !

Deuxième poussée. Second temps d'arrêt.

–Hahan !

Par son cri expérimenté de bûcheron, Ernest se berçait de l'illusion qu'il constituait, lui, le rouage essentiel du système de dépannage. Il était plus que la mouche du coche, il était presque la condition sine qua non permettant d'extraire le véhicule de son fâcheux enlisement.

Au moment du second hahan, Luc eut une sorte de vision par laquelle il aperçut son corps allongé, écrasé, ensanglanté, derrière la voiture noire. Il dut secouer la tête pour chasser cette bizarre d'image.

Et au troisième hahan, chacun comprit qu'on était sur le point de réussir. Paulo le saisit aussi qui plutôt de relâcher l'accélérateur et de neutraliser l'embrayage, appuya fort sur le champignon, tandis qu'un grand cri à l'arrière, loin du hahan par le sens mais tout près par le son, éclata :

–Ha ha ha ha ha ha...

C'était Luc qui ne parvenait pas à retenir son rire énorme à voir Ernest se faire copieusement arroser de boue noire après être tombé à genoux, la voiture s'étant dérobée de sa poussée sans retenue.

Entre les deux, Samuel restait interdit. Il ignorait que ce qui en fait rendait la chose si drôle pour Luc était cette vision macabre qu'il avait eue un moment plus tôt et qu'il pouvait maintenant s'expliquer sans frissonner. C'est Ernest que dans son imagination, il avait habillé en lui-même au second hahan, et le sang aperçu n'était autre que cette boue qui éclaboussait toute la personne du père de son amie de coeur. L'infortuné quadragénaire s'indigna en se levant :

–Quoi c'est donc que y a de drôle là-dedans, toé, le grand Luc ? Si ça serait toé à ma place, hein ?

Luc dut composer avec les faits :

–C'est pas que j'veux rire de vous, monsieur Maheux, c'est juste que Paulo va faire une tête quand il va vous voir.

Ernest s'adressa au docteur sur le ton de la plus noire des colères tout en essuyant tant bien que mal son visage souillé de boue :

–Je te l'avais dit, maudit torrieu, qu'il savait pas chauffer ça, une machine, lui.

Samuel haussa les épaules :

–On voulait la sortir de la cour : c'est fait.

Témoin de la scène, Éva s'amena à l'extérieur de la maison et cria :

–Monsieur le docteur, ça vous ferait-il rien de venir pour m'examiner... j'ai des affaires pas trop correctes.

Enceinte de presque sept mois, la femme avait eu un écoulement sanguin qui l'inquiétait. Autant faire d'une pierre deux coups : se faire soigner et désamorcer la bombe Ernest sur le point d'éclater ou en train de le faire.

–Et je vous dis d'avance que ça va rien vous coûter, reprit Samuel. C'est en remerciement à monsieur Maheux pour avoir débourbé ma... voiture.

Calmé par cette parole, Ernest déclara quand même, toujours bourru et bougon :

–On avait pas besoin de s'y prendre de même : j'aurais pu aller chercher mon cheval pis le chaîner à ton 'bumper'.

Paulo laissa le véhicule au milieu de la rue dont le fond de glace présentait des ornières ne risquant pas de l'embourber. Il revint vers Luc, tout fier de son oeuvre.

–T'as ben fait ça ! dit le grand jeune homme.

–Toé, tu sais pas mener ça, une machine, lui dit Ernest.

Samuel prit sa trousse dans l'auto et se dirigea vers la maison Maheux, suivi d'Ernest que la requête de sa femme inquiétait.

—Combien je te dois, Luc, cria de loin Samuel ?

—Rien en toute. Un plaisir.

—Merci ! Je vais aller te voir à l'hôtel.

—O.K! boss !

*

—Je vous dis que le père Ernest, il jacassait, disait Luc devant son père et Samuel, tous deux assis dans la même cabine que lui, celle du fond où la grand jeune homme aimait tenir des réunions d'un autre ordre, les bons soirs, avec sa 'douce' et chaleureuse Jeanne d'Arc.

Pampalon était mort de rire à s'imaginer ce qui était arrivé à son deuxième voisin quand on avait poussé l'auto du docteur l'autre jour.

—La vase, ça l'aura pas trop déguisé, il a de la suie dans la face à l'année, notre bon Ernest.

Et l'on rit encore sans méchanceté. Car on aurait trouvé ça aussi comique si la mésaventure était survenue à soi-même. Puis tous les visages redevinrent sérieux quand l'hôtelier pointa de l'index un titre de la une du Soleil et qui disait: *Invasion de la France : imminente.*

—La ligne Maginot ? dit Samuel sur un ton interrogatif et sans aucune nuance affirmative.

—Tu parles, les Allemands vont en faire le tour. Ça fait des années que Churchill le dit : les nazis sont armés jusqu'aux dents. Chars d'assaut, sous-marins, avions en quantité. Une fois en France, ils vont prendre les armées françaises et pis les armes françaises et tourner tout ça contre l'Angleterre avec leurs propres forces. Pis si l'Angleterre tombe, et c'est ce qui va arriver, ben c'est l'Empire britannique au complet qui tombe... ça veut dire nous autres avec.

L'oeil de Pampalon, de coutume bourré d'une douce malice, exprimait en ce moment un mélange d'inquiétude profonde et de grande tristesse. Plus encore que son frère

Freddé, que le vicaire ou le curé, il possédait une sorte de science infuse à propos de l'échiquier politique international et des enjeux mondiaux. Et lui qui savait rire et faire rire tous les jours de sa vie, n'entendait pas à rire quand il lisait les nouvelles d'Europe. Pour lui, ce conflit que l'on qualifiait de drôle de guerre n'avait rien de drôle et promettait des lendemains qui pleurent.

Il continua de pérorer sur les risques pour l'humanité entière de se retrouver sous la botte nazie et la tutelle d'un Reich dont Hitler annonçait qu'il durerait mille ans.

Pampalon trouva quand même moyen de rire dans son inquiétude :

–Mille ans à se faire botter le cul, on va l'avoir pas mal échauffé.

L'on sourit. C'est que chacun des deux jeunes hommes alimentait sa propre réflexion. Luc, comme tout bon garçon de 1940, rêvait d'attraper des Allemands par le chignon du cou et de les bouter hors de ces pays que, selon son père, ils risquaient d'envahir après la Rhénanie, le pays des Sudètes et la Pologne. Comme il l'avait fait l'été d'avant sur le cap à Foley avec ce Laurier Dubreuil arrogant et vindicatif, venu de Courcelles pour s'emparer de Jeanne d'Arc et piétiner les valeurs locales. L'étranger avait trouvé chaussure à son pied à Shenley...

Le rêve de Samuel Goulet était fort différent en ce moment et consistait plutôt en une réminiscence. Il se souvenait d'une conversation entendue en 1915 alors qu'il avait tout juste dix ans. Cela se passait chez lui, à Montréal, dans la cuisine où ses parents se croyaient seuls, ignorant que des oreilles attentives se tenaient à l'affût pas loin, de l'autre côté de la moustiquaire de la porte arrière. Des oreilles inquiètes qui savaient qu'il se passait quelque chose d'important dans la famille.

"Tuer d'autres hommes, c'est mal !" affirmait sa mère.

"Pas si la cause est juste."

"Tuer, c'est toujours mal."

"Pas si la patrie est en danger."

"Ah !..."

"C'est pour sauver des vies que je dois aller à la guerre, pas pour en perdre."

"La guerre, c'est la guerre. On tue à qui mieux mieux."

"Je suis médecin, pas soldat."

"Sauver des vies, tuer l'ennemi pour une cause juste : les chefs de guerre le disent tous... Le kaiser, le roi d'Angleterre, Wilson, Borden..."

"Le président Wilson, ça me surprendrait : les États-Unis sont neutres."

"Vont pas rester neutres. Pourront pas. Et eux autres, ils vont faire le ménage en Europe. C'est pas de notre faute à nous autres si le feu est toujours pris dans les vieux pays."

"Tu sais, c'est d'abord et avant tout une question de liberté. On a le devoir de se battre pour la liberté."

"La liberté ou la mort : c'est du pareil au même."

"Je vais à la guerre par idéal humain."

"Et tu vas revenir avec des morceaux en moins."

"Armandine, les médecins ne vont pas sur le premier front. On ne les expose pas au feu. Ils vont sur le champ de bataille après la bataille. Comme je te disais : pour sauver des vies, pas pour en perdre."

"Mince consolation !"

Pampalon parla sans toutefois sortir les deux autres de leurs rêves éveillés :

–Ça me surprendrait pas que Mackenzie King décrète la conscription, pareil comme Borden en 1917. Moi, j'avais... attendez un peu... suis venu au monde en... maudit, je m'en rappelle pas, j'étais trop jeune... en 1897... J'avais vingt ans l'année de le conscription... C'est pour ça que j'ai décidé de me marier... pour me faire exempter... Non, non, c'est une farce... c'est pas sérieux...

Samuel se rappelait du jour du départ de son père pour la guerre. L'homme avait subi son entraînement à l'île Sainte-

Hélène pendant l'automne et l'hiver. Et en cet avril 1916, il partait outre-mer. Revêtu de son uniforme militaire qui ne le différenciait guère d'un soldat sinon par la croix blanche portée à l'épaule, il quitta la maison par un jour de plein soleil et Armandine le suivit un bout sur le trottoir comme pour faire une ultime tentative afin de le retenir. Embusqué derrière une fenêtre qu'il avait lui-même entrouverte, Samuel avait entendu leur dernier adieu :

"T'aurais qu'à te déclarer une maladie pour te faire exempter de traverser l'océan."

"La plus grande maladie dont souffre un médecin, c'est son désir de sauver des vies humaines."

"Il y en a en masse à sauver par ici."

"Pas tant que là-bas. Et puis les médecins n'y vont pas tous. J'ai l'âge, j'ai la santé, j'ai la volonté."

"Et une famille."

"Je reviendrai grandi pour ma famille et à ses yeux pour toujours."

"Tu veux jouer au héros."

"Non, à l'humain dans ce qu'il a de plus fondamental."

"Je savais qu'il n'y avait plus rien à faire."

"Je vais vous revenir: la guerre achève. Les généraux le disent tous."

"Ce que disent les généraux et ce que disent les politiciens, c'est pas toujours vrai."

"Prends bien soin de toi."

Puis sa mère était rentrée en pleurant et avait joué du piano et chanté en s'arrêtant souvent pour sangloter. Il n'oublierait jamais cet air et ces paroles de *Maudite soit la guerre**.

> *Quel est ce bruit qui, du lointain, m'arrive ?*
> *Est-ce l'écho de la brise plaintive ?*
> *Non, c'est l'éclat des engins meurtriers*
> *Qui, dans les champs, moissonnent nos guerriers !*

*paroles de René Gry

65

Et mon enfant, bonheur du toit champêtre,
Mon pauvre enfant qui, sans haine a grandi,
Mon fils est là... mon fils est là peut-être !
Là qui se bat pour un tyran maudit !
    Mais on frappe à ma porte...
    Est-ce un ange, aujourd'hui,
    Un ange qui m'apporte
    Des nouvelles de lui ?
    Mais non, c'est une mère
    Qui pleure en s'écriant :
    Maudite soit la guerre !
    J'ai perdu mon enfant !

–À quoi tu penses, Samuel ? T'as l'air ben loin, dit Pampalon. Gageons que tu penses à ta petite madame Catherine !

Le docteur secoua la tête :

–Pas là ! J'étais loin en arrière dans le temps.

Pampalon blagua sans rire et en soupirant :

–Pis toi, Luc, tu penses à Jeanne d'Arc ? Ça veut dire que je parle tout seul : comme ça, y aura pas d'obstination.

Pendant qu'il poursuivait, Samuel renoua avec le chant de sa mère revenu dans sa mémoire, avec son image affligeante derrière la piano :

Mais, il me semble, on parle de victoire ?
Et, d'un héros, on proclame la gloire ?
Ah !... ce héros qu'ici vous acclamez...
Son nom ?... son nom ?... est-ce lui ?... répondez!
Oui, c'est bien lui... c'est ton fils, bonne mère !
Sèche tes pleurs !... enivre-toi d'orgueil !...
Ton fils Caïn vient de tuer son frère !...
C'est un héros !... Il dort sur un cercueil !
    Mais on frappe à ma porte !

Est-ce un ange, aujourd'hui,
Un ange qui m'apporte
Des nouvelles de lui ?
Non, c'est un pauvre père
Qui s'écrie en pleurant :
Maudite soit la guerre !...
J'ai perdu mon enfant !

Mais pourquoi ce chant qui parle de mère et de fils, tandis que l'homme parti de la maison est le père et non le fils ? Se pourrait-il que sa mère se projette dans le futur et dise ainsi des adieux à son fils ? Ou bien en sa tête change-t-elle le mot fils pour celui de mari ? Difficile pour un enfant de onze ans en 1916 de se démêler dans les sentiments humains. Elle avait fini son chant de peine et de misère, la gorge en feu, des larmes incessantes coulant de ses yeux :

Le jour s'enfuit et fait place aux ténèbres...
C'est le moment des visions funèbres.
Que vois-je ? Ô ciel !... un guerrier terrassé !
Grâce ! dit-il... grâce !... je suis blessé !...
Rendez un fils à sa mère chérie !...
Grâce pour elle !... ayez pitié de moi !
Plus rien !... plus rien !... Je m'incline... je prie...
J'attends... j'appelle... est-ce toi ? Est-ce toi ?
Mais on frappe à ma porte !
C'est un soldat !... Grands dieux !...
Il me dit... je t'apporte
De suprêmes adieux.
Ton fils, ah ! pauvre mère !...
Est mort en combattant !...
Maudis... maudis la guerre !...
Et pleure ton enfant !

Soudain, Samuel marmonna des excuses et quitta les lieux à l'étonnement des deux autres.

–Il a dû penser à un rendez-vous, supputa Luc en redressant une couette de ses lourds cheveux noirs.

–Ou j'ai dit quelque chose qui a pas fait son affaire... on sait jamais. Pourtant...

Et le jeune médecin alla s'enfermer dans sa chambre pour songer. Des visages passaient dans sa tête. Le visage de sa mère aux cheveux blancs, puis celui qu'Armandine avait en 1916, celui de son père à son départ pour l'Europe puis d'autres, celui de Catherine, celui d'Elzire et tout aussi important, celui de Clara, sa fille adoptive qui prenait maintenant une grande place dans ses pensées.

Et pour la première fois au coeur de cette nuit profonde surgit en lui la grande question à deux volets :

"Par amour pour les siens, devait-il aller à la guerre ?"

"Par amour pour les siens, devait-il rester parmi eux ?"

Se battre pour la liberté, c'était se battre pour eux, mais...

Il eut un sommeil agité.

Il rêva à la guerre. Une guerre qui traverse l'océan et s'étend au pays canadien, une occupation qui se répand dans les villes et campagnes du Canada français... et des visages en détresse : celui de Catherine, de ses enfants, le visage de Clara... mais pas celui d'Armandine...

Pourquoi le visage de sa mère était-il absent de son rêve, se demanda-t-il au réveil. Peut-être avait-elle trouvé la mort à cause de cette guerre ? Sous un bombardement réel ou bien celui de son coeur par cet autre départ ?...

Il secoua la tête. Une autre journée de labeur s'annonçait pour Docteur Campagne...

***

Chapitre 5

Tout l'hiver et jusque là, fin mars, Samuel fréquenta assidûment sa fiancée secrète. D'un commun accord, Catherine et lui avaient pris la décision de ne révéler à personne leurs fiançailles et leur mariage prévu pour le milieu de l'année 1941, soit dans un peu plus d'un an. On le taquinait à qui mieux mieux pour connaître ses intentions; et parmi ceux qui le faisaient, on trouvait des émissaires des jeunes filles qu'il appelait **les fleurs du soir**, soit celles comme Marie-Anna Nadeau, Cécile Jacques, Rachel Grégoire, Jeanne Bellegarde et autres qui conservaient le mince espoir que le jeune docteur en vînt à s'intéresser à elles. Mais, sachant que Gaby Champagne avait dû faire son deuil de leurs fréquentations de quelques mois au printemps 1939, on comptait de moins en moins là-dessus. Et chacune se disait au creux de son lit : "Mais c'est quoi qu'elle a donc, la quêteuse de grands chemins, que j'ai pas, moi ?"

Et Marie-Anna se laissait voir par Raoul Blais tout en gardant un oeil assidu sur la maison des Goulet. Et Cécile Jacques se laissait approcher par Philippe Boutin tout en passant le soir, l'été, sous le balcon du troubadour en se disant vaguement qu'une vue plongeante sur elle éveillerait peut-être une certaine forme de sensibilité chez l'original médecin que Montréal avait donné à la paroisse.

Mais Samuel fut l'homme d'un seul coeur. Il se rendait chez Catherine tous les dimanches, parfois en passant par les villages avec son auto quand les chemins le permettaient, d'autres où le temps se montrait difficile, par la concession, reconduit alors par Foster Drouin dans son autoneige qui servait de véhicule-taxi fort efficace.

Et il lui téléphonait dans le courant de la semaine, généralement le mercredi, se disant sans trop y penser qu'un feu doit être tisonné et nourri pour brûler durablement.

Il y avait toutefois une pomme de discorde entre eux. Lui ne voulait pas qu'elle reprenne ses tournées de grands chemins, arguant qu'il lui fournirait le même montant et plus qu'elle y gagnait depuis qu'elle y consacrait ses belles saisons. Elle parlait de liberté. Il lui opposait les dangers encourus. Et il avait un argument de taille en rappelant l'affaire Bougie. Il y a des âmes sombres dans les coins les plus éclairés, disait-il aussi. Et il reprenait l'idée de Bernadette en la modifiant pour le besoin de la cause : l'homme est une bête sauvage qui dort et garde toujours un oeil bien ouvert.

"Une jolie jeune femme, seule, loin de chez elle, court de gros risques, même si elle sait se défendre et n'a pas froid aux yeux."

Elle rétorquait :

"Quand je sens venir l'été, les fourmis me montent dans les jambes et il y en a même dans les roues de mon bicycle."

Elle le désarçonnait en badinant. Il finissait par lui dire d'en faire selon son bon vouloir. Et un bon soir, elle lui lança même : "Si tu veux me garder, tu me garderas... à la condition de me garder libre."

Bien entendu qu'après leur mariage et si en plus des enfants devaient venir, elle mettrait fin à cette errance estivale. On rêva même de ces futurs membres de la famille. Et on alla jusqu'à imaginer leur nombre et leur nom : Marie, l'aînée, Alexis (sous influence de *Un homme et son péché*) et Mireille.

Mais on se gardait de pécher contre les commandements de Dieu et de l'Église à propos de la morale. De toute façon, les occasions de s'aimer avant mariage se faisaient rarissimes et on ne les provoquait pas comme certains autres de leur âge dont la patience amoureuse avait des limites peu supportables. Les prêtres savaient, eux, que les écarts de conduite relevaient de l'exceptionnel car quand les corps brûlaient trop, les jeunes s'épousaient, ce qui généralisait l'habitude de se marier avant l'âge de vingt ans.

Or le docteur marchait sur ses trente-cinq ans qu'il aurait dans quelques jours, soit le sept avril, jour de Pâques cette année-là. On soulignerait son anniversaire de deux façons. Catherine et lui se rendraient au cinéma le samedi soir pour assister à la projection tant attendue et en français de *Autant en emporte le vent*. Le plus grand film de tous les temps, disaient la réclame et les journaux. Et le lendemain midi, Armandine servirait un repas de bonne fête.

–Tu sais ce que j'ai le plus hâte de savoir ? demanda à mi-voix le jeune homme à sa compagne quand ils furent assis dans la salle de cinéma de Saint-Georges où ils s'étaient rendus dans l'après-midi.

Catherine plaisanta :

–Clark Gable embrasser Vivien Leigh...

–Non... autre chose...

–Sais pas, j'ai pas vu le film ni lu le livre.

–J'voudrais comprendre pourquoi Rose-Anna Bougie avait fait de ce livre son livre de chevet.

–Comment le sais-tu ? Il était sur sa table, mais ça veut pas dire que...

–Je te coupe... Tu sais, un enquêteur doit tout remarquer. D'après plusieurs signes dans le livre, elle le lisait et le relisait sans cesse. Et au procès de Bougie, il l'a confirmé. Pages aux coins tournés pour servir de signets. Feuilles d'arbre séchées qui servaient aussi à ça. Et même du foin d'odeur séché dans d'autres pages. Usure de certaines. Elle devait souvent lire quasiment à la noirceur.

–Tu penses qu'il y a un rapport avec sa mort ?

–Pas sa mort, non, mais... On comprend pourquoi une

personne lit les Évangiles tous les jours... les prêtres, le bréviaire... mais qu'une personne isolée comme elle l'était se réfugie dans un roman, et toujours le même...

–Dans la plupart des maisons ordinaires, je ne parle pas des maisons de docteur comme chez toi, y a qu'un ou deux livres. Moi, tu le sais, j'ai *Don Quichotte* et *Maria Chapdelaine*, c'est tout. Comment veux-tu qu'une quêteuse de grands chemins possède plus que deux livres dans sa maison ? Et ailleurs, c'est pareil. Les gens se sentent tous quêteux quand il est question de s'acheter un livre.

–À mon prochain voyage à Québec, j'irai bouquiner chez Garneau et je t'apporterai plein de livres, tu verras.

OVERTURE

Le mot parut en lettres noires sur le grand écran devant un paysage de coucher de soleil aux tons foncés de bleu et de rose. Quelques piquets de clôture émergeaient d'une terre plongée dans l'obscurité et se détachaient dans le soir rougeoyant. Sur la gauche, un arbre à moitié exposé semblait attendre que le vent fasse bouger ses ramures. La musique du film commença aussitôt, riche et puissante comme la réputation de l'oeuvre de Margaret Mitchell que le cinéma avait consacrée l'année précédente par une production gigantesque. Un film qui s'était fait attendre plusieurs mois dans la campagne canadienne-française. La salle remplie de spectateurs se tut d'un seul mouvement. Dans la Beauce comme partout ailleurs en Amérique et de par le monde entier, c'était gagné d'avance pour la MGM et son réalisateur Selznick. On aurait applaudi *Gone with the wind* en chinois, en noir et blanc ou même en muet, tant on était prêt à le faire. Mais le film était en français, en couleurs appuyées et très bavard, sur des décors rappelant celui de l'été canadien. C'est tout dire pour un peuple à l'émerveillement facile devant tout ce qui est américain, mais qui lui rappelle une petite part de lui-même...

Après le générique, ce fut la première scène alors que

Scarlett O'Hara est entourée de deux prétendants qui lui parlent de l'imminence de la guerre :

"La guerre va éclater d'un jour à l'autre. De toute manière, nos études sont finies."

"La guerre : n'est-ce pas grisant, Scarlett ? Quand je pense que ces pauvres Yankees veulent se battre. On va leur faire voir ça."

"Taratata ! La guerre, la guerre, la guerre, ces bruits de guerre finiront par empêcher tout le monde de s'amuser ce printemps. Ça finit par me taper sur les nerfs. Du reste, vous verrez que la guerre n'aura pas lieu."

"Vous dites qu'il n'y aura pas de guerre ?"

"Mais si, ma belle, c'est sûr qu'il y aura la guerre..."

"Si l'un de vous deux prononce encore le mot guerre, je monte aussitôt m'enfermer dans ma chambre."

"Vous ne voulez pas qu'il y ait la guerre ?"

Taratata ! premier mot de Scarlett à l'écran. Un mot qui à lui seul la définit toute dans son caractère. Sceptique. Frondeuse. Énergique. Ricaneuse. Forte et remplie de colère orgueilleuse confinant souvent à l'arrogance. Et armée d'une tendance certaine à la procrastination afin de mieux soulager les durs sentiments quand ils accablent moment présent. "J'y réfléchirai demain," reviendra en leitmotiv tout le long de la production. Pour le moment c'est : action !

Samuel pensa que Rose-Anna n'avait rien de Scarlett. Germaine Boulanger et Rose Martin lui ressemblaient beaucoup plus quoique bien imparfaitement. Rose surtout par son regard effronté ou par l'absence de son regard en des occasions bien choisies afin que son interlocuteur masculin s'en donne à coeur joie à promener le sien sur sa personne pulpeuse et sa démarche charnelle.

Mais la pauvre fille Bougie : aucunement ! Première évidence dans son analyse comparative : Rose-Anna ne se retrouvait pas dans Scarlett et devait plutôt rêver devenir ou être cette jeune Américaine délurée et si magnifiquement vêtue, mais dont l'image évanescente n'était plus que "vent dans les arbres" ainsi que l'évoquait le titre de l'oeuvre. Le jeune homme souffla à l'oreille de sa compagne :

–C'est par ses rêves que Rose-Anna s'évadait de sa prison intérieure.

–C'est sûr !

Les deux mots de Catherine suggéraient à Samuel que tout le monde avait compris cela bien avant de voir le film ou de lire le livre. Lui-même d'ailleurs l'avait pensé et même dit lors de son enquête le jour du drame.

La suite du film interrompit l'échange. Et pour cause ! Voici qu'on mettait en scène Scarlett et son père, cavalier émérite survenant de nulle part et de partout, et dissertant, sitôt exprimée la beauté pure de sa relation avec sa chère petite Kitty Scarlett, sur la valeur incommensurable de la terre mère, et par voie de conséquence de sa vaste propriété à lui, baptisée Tara.

Du premier dialogue entre les personnages, c'est le mot guerre qui continuait de résonner dans la tête de la jeune veuve. Incessante guerre des hommes sur la terre des hommes ! Quand Samuel parlait de celle qui, outre-mer, ne faisait encore, au dire de tous, que commencer, il devenait un tout autre personnage. Comme si son âme s'échappait de lui pour s'envoler autre part. Il parlait avec une profonde tristesse de ceux qui mouraient sur le champ de bataille, de leur jeunesse, de leur désespoir, de leurs terreurs, de leurs douleurs... Le médecin en lui devenait un super-médecin, un surhomme apercevant de haut des airs les torts à redresser, les plaies à coudre, les yeux à fermer pour toujours dans la douceur et dans la paix.

Scarlett attira Ashley dans la bibliothèque afin de lui avouer tout son amour.

"Ne voulez-vous pas que je sois votre femme ?"

"Je vais épouser Mélanie."

"Mais c'est insensé puisque vous m'aimez."

"Oh, Scarlett, pourquoi m'obligez-vous à vous dire des choses cruelles ? Comment vous faire comprendre ? Vous

êtes si jeune, si insouciante. Vous ignorez ce que représente la mariage."

"Je sais que je vous aime et que je veux être votre femme. Vous n'aimez pas Mélanie."

"Elle me ressemble, Scarlett. Le même sang coule dans nos veines et nous nous comprenons."

"Mais Ashley, vous m'aimez !"

"Comment pourrais-je ne pas vous aimer, vous qui possédez cette passion de la vie qui me manque ? Mais cette sorte d'amour n'est pas suffisante pour rendre heureux en ménage deux êtres aussi différents que nous."

"Espèce de lâche, ayez le courage de l'avouer : vous avez peur de m'épouser ! Vous préférez vivre avec une sainte-nitouche qui n'ouvre jamais le bec autrement que pour dire oui et non, et qui vous affligera d'une bande de marmots bâtis comme elle."

"Vous n'avez pas le droit de dire ça de Mélanie..."

"Et vous, de quel droit me donnez-vous des conseils ? Vous m'avez bercée d'illusions. Vous m'avez fait croire que vous vouliez faire de moi votre femme."

"Voyons, Scarlett, soyez franche : je n'ai en aucune circonstance..."

"Je vous dis que c'est vrai. Je vous le dis. Je vous haïrai toute mon existence. Je ne trouverai jamais de termes assez vils pour qualifier votre conduite."

Sur ces mots, Scarlett gifla cet homme qui venait de l'éconduire à regret. Il quitta la pièce sans rien dire. Pour se libérer d'une partie de sa colère, la jeune femme lança un vase contre la cheminée devant laquelle, hasard, le beau Rhett Butler, étendu sur un divan, avait assisté à la scène sans se montrer le bout du nez, et ce, sous le douteux prétexte de se conduire en gentleman.

Rébellion, insoumission autant devant l'homme qu'elle aimait que devant cet impertinent de capitaine Butler qui cherchait à la ridiculiser, Scarlett en sortit la tête haute. Mais au pied de l'escalier, elle se cacha pour pleurer. Et c'est à ce moment que l'on cria l'annonce de la guerre.

L'agitation générale lui fit comprendre que son univers venait de basculer.

Dans la salle, Catherine soupira. Une opinion d'Ashley à propos de la guerre lui revint en mémoire :

"La plupart des misères de ce monde sont causées par les guerres. Et quand elles sont finies, nul ne sait quels en furent les motifs."

Puis il y eut une scène de départ comme Samuel avait été le témoin d'une semblable en 1916. Ashley dit à sa femme que le devoir l'appelle et que leur séparation sera de courte durée. Elle, par la voie d'un baiser, insuffle quelque part dans son inconscient la certitude du retour pour qu'ainsi guidé, il en prenne tous les bons chemins. Armandine Goulet avait dû transmettre aussi cette volonté à son mari. Et s'il fallait qu'il parte aussi un jour, Samuel voudrait qu'on lui injecte pareille dose de détermination à revenir. Car il a beau arriver sur le devant du front après la bataille, le médecin peut quand même devenir la cible de tireurs isolés, la victime d'une mine non détectée ou d'obus ennemis, voire amis, ou bien se faire prendre comme prisonnier de guerre et envoyer dans un camp où la mort par maladie est un risque tout aussi important que celui encouru sur le champ de bataille lui-même.

Catherine admirait le calme et la générosité à toute épreuve de cette Mélanie Hamilton-Wilkes. Mais elle ne s'en trouvait pas les mêmes dispositions et en fait, se sentait quelque part à mi-chemin entre les personnages de Scarlett et celui de cette femme de patiente substance.

Il lui était arrivé récemment d'imaginer le départ de son fiancé pour outre-mer et de se dire qu'elle ne se mourrait pas d'ennuyance en son absence et reprendrait sa vie pas si mal d'avant leurs fréquentations. Pauvre mais libre.

Ce fut plus loin une séparation entre Rhett à l'esprit patriotique retardataire et Scarlett, responsable d'une femme gravement malade, d'un nouveau-né et d'une jeune négresse stupide, sur le chemin de Tara, en pleine déroute des Sudistes devant l'avance des Yankees.

"*Rhett, je vous en supplie, ne partez pas. Faites ça pour moi. Je vous en prie. Je ne vous le pardonnerai jamais.*"

"*Je n'ai que faire de votre pardon, ma belle. Je ne pourrai jamais me pardonner moi-même. Et si par malheur, je reçois une balle, tant pis, je rirai bien d'avoir fait l'imbécile. Mais il y a une chose dont je suis sûr, c'est que je vous aime, Scarlett... Scarlett, regardez-moi. Je vous aime plus que je n'ai jamais aimé aucune femme. Je vous ai attendue plus longtemps que je n'ai jamais attendu aucune femme...*"

"*Ah ! laissez-moi tranquille !*"

"*Voyez ce soldat qui vous aime, Scarlett. Pressez-le sur votre coeur. Que le souvenir de vos baisers le soutienne dans le fracas des armes ! Ça m'est égal que vous ne m'aimiez pas. Lorsqu'il va se faire tuer, le soldat a droit qu'on lui fasse l'aumône d'un baiser. Scarlett... un baiser... un baiser... un seul...*"

Samuel s'empara de la main de Catherine, languissamment posée sur l'accoudoir entre les deux, et la serra dans la sienne tandis que le couple de l'écran s'adonnait à un baiser aussi brûlant que bref.

"*Espèce de goujat, canaille, lâche, voyou, j'avais raison, tout le monde avait raison : vous n'êtes pas un gentleman.*"

"*C'est vraiment secondaire en un tel moment.*"

"*Partez, je ne veux plus vous voir. J'espère qu'un boulet de canon vous écrabouillera, qu'il vous réduira en mille miettes.*"

"*Je vous fais grâce du reste. J'ai compris l'idée générale. Seulement, quand je me serai sacrifié sur l'autel de la patrie, j'espère que vous en aurez quelques remords. Au revoir, Scarlett !*"

–Elle a du caractère, celle-là, souffla Samuel à l'oreille de sa compagne.

–Un peu trop : ça lui fait manquer de bien belles choses.

Le docteur renoua avec son analyse concernant Rose-Anna Bougie lorsque Scarlett, exténuée et affamée, en fin de la première partie du film, venant de retrouver son père démentement et sa mère morte, jure devant Dieu sur l'horizon rose, son personnage dessiné en ombre chinoise, le poing fermé levé au ciel à côté d'un arbre desséché, les cheveux aux allures de branches dérisoires sur fond crépusculaire :

"*Je jure devant Dieu, je jure devant Dieu que je ne me laisserai pas abattre. J'aurai le dernier mot et lorsque ce cauchemar sera terminé, je ne connaîtrai jamais plus la faim. Non, ni moi-même ni les miens. Dussé-je mentir, voler, tricher ou tuer, je jure devant Dieu que je ne connaîtrai jamais plus la faim.*"

Voilà ce qui avait dû soutenir la volonté de survie de la pauvre Rose-Anna dans ces temps d'abandon et de désolation ayant suivi la mort de sa mère alors qu'elle avait dû vivre sous la botte d'un père féroce et détraqué, un personnage bien plus dangereux que la famine et la guerre.

Durant l'entracte, laissant leurs manteaux pour tenir leur place, Catherine et Samuel se rendirent comme la moitié au moins de la salle dans le lobby pour y prendre un Coca-Cola debout à se donner des impressions :

–Tout un film ! dit-il, le premier.

–Les deux figures centrales, Rhett et Scarlett, sont pas mal... haïssables, je trouve.

–Si eux autres parviennent à s'apprivoiser, qui n'y arriverait pas ?

–On verra tout à l'heure, s'ils finissent par s'entendre.

La plupart des gens formaient des couples et se regardaient comme Rhett et Scarlett dans l'une ou l'autre des scènes de la première partie, d'aucuns en chiens de faïence, d'autres en passionnés, plusieurs en tendresse et la majorité dans une apparente indifférence. Les jeunes femmes arboraient pour la plupart des toilettes neuves à l'occasion de Pâques, à l'exception des chapeaux qu'il eût été malséant de porter dans une salle de cinéma. Et quand la plupart eurent regagné leur place, l'on put voir un parterre fleuri avant que les lumières ne s'éteignent et que le territoire émotionnel fut tout entier, de nouveau, celui de l'écran.

Et ce furent Scarlett et Ashley. Lui, désespérément mollasson, défait comme la Confédération, perdu dans les étroits vêtements troués de ses pensées. Elle qui s'entête à lui quémander une sorte d'amour passionné dont il est absolument incapable par nature. Elle voudrait qu'il soit de la trempe de Rhett et trouve en elle une partie au moins de sa Mélanie toute de miel et de mie de pain. La situation conduit à l'impasse une fois de plus... Cette fois, ce n'est pas la guerre qui les sépare, mais ses conséquences sur des êtres aux tempéraments extrêmes et opposés.

–*Ah, Scarlett, je suis si lâche !*

–*Vous, Ashley, un lâche ? Et de quoi auriez-vous peur ?*

–*Ah, mon Dieu, que la vie devienne trop réelle pour moi, je suppose. Non pas que ça me coûte de fendre du bois, mais ça me fait de la peine de voir cette vie que j'aimais perdre sa beauté. Sans la guerre, j'aurais accepté avec joie de m'enterrer aux Douze-Chênes; mais la guerre est venue. J'ai vu des amis d'enfance massacrés, des hommes s'abattre en hurlant quand je tirais. Et maintenant, je me retrouve dans un monde qui est pour moi pire que la mort, un monde dans lequel je n'ai que faire.* (Il se rapproche d'elle.) *Je n'arriverai jamais à vous faire comprendre parce que vous ignorez la peur. Vous n'avez pas peur des réalités. Contrairement à moi, vous ne cherchez pas à y échapper...*

–*Y échapper ? Ah, Ashley, vous avez tort. Moi aussi, je rêve d'évasion. Je suis à bout de nerfs. Je suis lasse de tout. J'ai lutté pour que les miens mangent à leur faim. J'ai semé, manié la houx et cueilli le coton jusqu'à en être ivre de fatigue. Ashley, le Sud est mort. Il n'en reste rien, rien. Ces Yankees et les profiteurs de guerre s'arrangeront pour nous dépouiller... Ah, Ashley, allons-nous en ! Nous vivrons à Mexico. On manque d'officiers de valeur là-bas. Le vie serait si belle. Ah, Ashley, pour vous, je trahirais, je ferais n'importe quoi. Vous savez que vous n'aimez pas Mélanie. Vous m'avez dit une fois que c'était moi que vous aimiez. Et d'ailleurs Mélanie est... le docteur Mead m'a dit qu'une autre grossesse la tuerait. Tandis que moi...*

–*Ah, Scarlett, arriverons-nous à oublier les Douze-Chê-*

nes ?

–Croyez-vous que j'ai oublié ? Avez-vous oublié ? Ose-riez-vous soutenir que vous ne m'aimez pas ?

–Non, je... ne vous aime pas.

–Menteur !

–En admettant que je mente, croyez-vous que je puisse abandonner Mélanie et mon fils. Briser la vie de ces deux êtres : êtes-vous folle ? Quitteriez-vous votre père et...

–Oui, j'en suis capable. J'en ai assez de cette vie. J'en ai assez de tout.

–Mais vous êtes excédée et c'est pourquoi vous dites n'importe quoi. La tâche est trop lourde pour vous seule. Mais désormais, je ferai tout pour vous aider, je vous le pro-mets.

–Il n'y a qu'une seule façon de m'aider : emmenez-moi. Rien ne vous en empêche.

–Non rien... excepté l'honneur.

(Scarlett s'éloigne de lui et pleure contre un arbre. Il s'en rapproche et la prend dans ses bras.)

–Ah, voyons, Scarlett, voyons, un peu de courage, il le faut. Vous si brave, si courageuse, ne pleurez pas !

(Ils s'échangent un baiser important sous une musique puissante qui remplace les mots muets.)

–Vous m'aimez, vous m'aimez, ah ! dites-le...

–Non, non...

–Vous m'aimez, vous m'aimez...

–Il ne faut pas, Scarlett, nous n'avons pas le droit. Ça ne se reproduira pas : je vais emmener Mélanie et mon fils au loin.

–Dites que vous m'aimez...

–Oui, je le reconnais ! J'aime votre courage, votre vo-lonté. Je les aime tellement que j'ai failli oublier que j'ai la meilleure épouse qu'un homme puisse avoir. Mais Scarlett, jamais je n'oublierai Mélanie.

–Alors... il ne reste rien dans ma vie, rien qui vaille un effort, rien qui soit un but...

–Il vous reste une raison de vivre, plus forte que votre amour pour moi, quoique peut-être vous l'ignoriez... (Il se penche et prend une poignée de terre...) *Tara.*

–Ah oui, j'ai... j'ai encore ça... Restez à Tara, je ne veux pas que vous mouriez de faim parce que je me suis jetée dans vos bras... Ça ne se reproduira pas...

Là ils s'éloignent un de l'autre.

Un peu plus tard, c'est Catherine qui s'empara à son tour de la main de son compagnon tandis qu'à l'écran, tout allait pour le mieux entre Rhett et Scarlett devenue son épouse.

–Tirez votre force de la terre rouge de Tara, Scarlett. Vous en êtes pétrie et elle est pétrie de vous.

–Ah, Rhett, je ne sais ce que je donnerais pour que Tara redevienne comme avant la guerre.

–Vraiment ? Alors il n'y a pas d'hésitation : dépensez autant qu'il vous plaira ! Que Tara redevienne la belle plantation qu'elle était jadis !

–Ah, Rhett, vous êtes le plus gentil des maris !

Malgré les événements tragiques comme la mort de leur fille et celle de Mélanie, le couple ne parvenait qu'à se diviser, même si chacun en son for intérieur se savait amoureux de l'autre. Et survint une fin abrupte par le départ d'un capitaine Butler qu'emportait une crise de jalousie, vers un ailleurs dont il avait parlé sans trop de conviction.

–Rhett, Rhett, disait Scarlett en le rattrapant alors qu'il sortait de la maison, *si vous partez, où vais-je aller ? Que vais-je devenir ?*

–Franchement, ma chère, c'est le cadet de mes soucis !

Malgré ses pleurs et son abattement momentané, l'indomptable Scarlett cherchait à retomber sur ses pattes.

–Sans lui, il ne me reste rien. Il faut absolument trouver le moyen de le ramener. Ah, je suis hors d'état de réfléchir. Si je commence, je vais devenir folle. J'y réfléchirai demain...

Et il lui semblait que le moment était à la douleur morale et aux pleurs. Elle se jette dans les marches de l'escalier pour se vider de ses larmes. Sauf que des voix familières se mirent à prononcer dans sa tête des phrases entendues :

"Vous voudriez me faire croire, Kitty Scarlett O'Hara, que Tara ne signifie rien pour vous ? Mais voyons, la terre, c'est la seule chose qui compte, la seule chose qui dure."

"Il vous reste une raison de vivre, plus forte que votre amour pour moi : Tara."

"C'est de la terre que vous tirez votre force, de la terre rouge de Tara..."

"La terre, c'est la seule chose qui compte, la seule chose qui dure..."

"Il vous reste une raison de vivre, plus forte..."

Scarlett relève la tête et lance doucement la réplique finale du film :

—Tara, la maison : je suis sauvée... Là, je réfléchirai aux moyens de le ramener. Après tout, demain, le soleil luira encore...

La terre mère a eu le dernier mot. Et la musique thème sur une image proche du leitmotiv, montrant la jeune femme sur fond de soleil qui se couche derrière les nuages, près d'un chêne calciné aux bras fantasmagoriques, mit fin au rêve dans lequel avaient été transportés pendant trois heures les deux fiancés et tous ces gens de la salle sombre.

En chacun, des scènes avaient déposé quelque part l'une de ses couleurs. Et plus encore en Catherine et Samuel, elle qui lui rappelait un mélange de Scarlett et de Mélanie et lui qui pour elle avait beaucoup de Rhett et de Ashley.

Ils se dirent en sortant qu'ils en reparleraient souvent et longtemps...

***

Note : les dialogues en italique de ce chapitre furent reproduits textuellement depuis le film *Autant en emporte le vent* de la MGM.

Chapitre 6

–Talam ! La chambre est fini de peinturer !

Catherine en salopette de travail de tissu dit overall (denim) descendait l'escalier au pied duquel un an plus tôt, elle s'était réveillée un jour, le visage enflé, habillée d'un vêtement ensanglanté, accusée à faux de meurtre par celui que la loi reconnaîtrait plus tard comme le vrai meurtrier de Rose-Anna Bougie.

C'était une journée d'entraide comme on en a tant connu en terre beauceronne depuis l'ouverture de l'arrière-pays au milieu du dix-huitième siècle. Là, il a fallu se serrer les coudes pour survivre et les individualismes farouches ont vite appris à se regrouper pour bâtir quelqu'un quand survient son besoin. Ou bien le rebâtir quand survient son malheur.

Quelque temps auparavant, Roméo Boutin avait acheté la terre Bougie de la curatelle publique grâce au prêt en deuxième hypothèque obtenu du docteur et à celui en première de la caisse populaire. Le projet élaboré par Samuel avait fonctionné à la perfection. Même que le prix de vente avait été moindre que prévu et personne, pas même Joseph Boulanger qui avait pourtant l'oeil sur ce bien afin d'y établir un jour son plus vieux, n'avais osé enchérir. On savait bien assez solides les reins de Samuel Goulet derrière Roméo pour que celui-ci obtienne le dernier mot de toute manière.

Mais les bâtiments de ferme étaient négligés au possible, tant la grange que la maison plus un hangar rabougri entre les deux qui contenait des instruments aratoires : charrues, herses à ressorts, râteau mécanique, moulin à faucher et autres accessoires plus petits.

Venu évaluer la quantité de peinture de sa fabrication requise pour tout repeindre ce qui le demandait, Ernest Maheux avait dressé une liste, de concert avec Roméo, des travaux à exécuter pour rendre ces bâtisses convenables et ainsi permettre au nouveau cultivateur de se consacrer à des tâches encore bien plus lourdes dans les champs. La misère relâchait son étreinte dans les campagnes, l'argent recommençait à circuler grâce à l'effort de guerre et Roméo ambitionnait garder le double de bêtes qu'entretenait Bougie. Par contre, fini l'élevage des renards, fini les animaux sauvages mis en cage et le moins de trappage possible.

Tout d'abord, il fallut vider la maison de tout ce qui n'était pas essentiel et gardé. Les objets revendables mais dont ne voulait pas Roméo ou bien qui les possédait en double furent entreposés pour être mis aux enchères plus tard dans une vente à l'encan quelque part dans la paroisse. Puis on décapa en quelque sorte murs, et plafonds pour en faire disparaître toute trace, tout souvenir de sang ou autre substance indésirable laissée là par les précédents occupants. Ensuite, l'on recouvrit les murs intérieurs et les plafonds de petites planches embouvetées achetées chez Ulodéric Blais. Il fallut une semaine à trois hommes pour exécuter ces travaux de base dans la maison.

Entre-temps, avec l'accord de Roméo, Samuel se rendit au presbytère et demanda au curé d'annoncer une corvée paroissiale pour la fin de semaine de la Fête-Dieu alors qu'aucune tâche agricole n'était urgente chez les cultivateurs. L'annonce fut faite le dimanche précédent et le prêtre y mit tout son pouvoir de persuasion. Il parla de la nécessité de donner un coup d'épaule au nouveau cultivateur, un jeune homme bien qui avait perdu sa femme et ses enfants. Le curé dit aussi que si toute la paroisse s'y mettait, on effacerait de la terre Bougie toutes les taches qui s'y trouvaient encore par le souvenir ou autrement, et qui avaient tant écla-boussé la paroisse un an plus tôt. Enfin, il parla de Clara, la jeune adoptée qui faisait honneur aux siens par sa conduite, ses notes scolaires, son chant merveilleux, et il rassura tout le monde en disant que la jeune adolescente resterait quand même chez les Goulet puisque son adoption était légale et définitive, mais qu'elle souhaitait de tout son coeur que l'on aidât son père à s'établir 'comme il faut'.

Et il termina son annonce au prône par ces mots :

"Je veux voir samedi et dimanche de la Fête-Dieu autant de monde qu'il y en avait le jour du drame l'an passé. Et la procession annuelle est annulée pour permettre à le plus d'hommes et de femmes possible d'assister à la basse messe pour se rendre plus tôt chez Roméo Boutin du Grand-Shen-ley. Ceux qui veulent apporter du manger, faites-le. Il y aura toutes sortes de travaux à faire : menuiserie, nettoyage, pein-ture, bardeaux à poser, asphalte à mettre sur les couvertures et quoi encore. Les travaux seront dirigés par messieurs Jo-seph Boulanger et Ernest Maheux. Et du côté féminin par madame Joseph Boulanger. Monsieur le vicaire y sera, j'y serai aussi... y serez-vous ? Le ciel, j'en suis assuré, va vous indulgencier, tous ceux qui serez là-bas..."

Une rumeur parcourut l'assistance. On entendit des voix approbatives. Bernadette Grégoire fit de grands signes de tête que la plume noire de son chapeau rendit plus éloquents encore. Mais plusieurs femmes dans l'église prirent la déci-sion de se rendre à la corvée ou de ne pas y aller, qui deux mois plus tôt auraient suivi l'idée de leur mari ou de leur père en cette matière comme en bien d'autres. C'est que le vingt-cinq avril, elles avaient enfin obtenu le droit de vote et d'éligibilité. Un vent d'autonomie avait soufflé sur elles et nombre d'entre elles, le dernier dimanche de ce mois-là, avaient remis leur toilette de Pâques pour fêter ça en grâce et en beauté. Et pourtant, d'autres se sentaient menacées par cette nouvelle liberté démocratique. Les femmes en use-raient-elles avec bon sens ? Celles-là en doutaient encore. De toute façon, pas une n'oserait se porter candidate à quel-que élection que ce soit par crainte d'être la risée générale.

85

"C'est pas un droit qu'on nous donne, avait dit Catherine à Samuel qui l'avait approuvée, c'est un droit qu'on nous a toujours volé."

Et ce samedi-là, le tour de la maison fut noir de monde dès sept heures. Il vint des gens en auto, en boghei, en voitures à planches, en 'rack à foin. Par petits ou moyens groupes. Tous les chemins de la paroisse menaient au Grand-Shenley. On finirait par compter plus de cent personnes sur le terrain, ce qui voudrait dire l'équivalent de deux cents journées d'homme (ou de femme), soit quasiment deux tiers d'une année de main d'oeuvre gratuite. Sans compter tous ceux qui viendraient une heure ou deux. Tout un coup d'épaule pour le veuf reconnaissant. Et que d'argent sauvé !

Déjà deux feux brûlaient sous de grands chaudrons contenant de l'asphalte qu'on y mettait par morceaux taillés à la hache à même un bloc de la grosseur d'un baril de trente gallons. Et cette dure substance se liquéfiait pour être bientôt prête à servir d'enduit sur les couvertures de la grange et de la maison. Des échelles en place sur les toits et contre les bâtisses permettraient aux hommes d'exécuter le travail à l'aide de chaudières et de vieux balais.

Un groupe d'hommes rebâtissait le hangar. Un autre travaillait dans l'étable pour la nettoyer de fond en comble. Et un troisième groupe était à défaire toutes ces cages où tant de bêtes des bois avaient connu des jours atroces et une fin pénible, parfois écorchées vives par leur bourreau qui aimait tant la vue du sang. Enfin, une dizaine d'autres travaillaient à régrandir la dépense pour qu'on y puisse garder assez de nourriture pour une grosse famille comme celle que Roméo ne tarderait pas à reconstituer.

Ce sont les femmes dirigées par Germaine qui voyaient à repeindre l'intérieur de la maison tandis que d'autres s'affairaient au jardin potager pour le sarcler, arracher les herbes folles, arroser, ajouter de l'engrais. D'autres femmes dans la pièce du bas cousaient à la main des rideaux pour les fenêtres de la maison. D'autres enfin s'occupaient de préparer à manger pour tout le monde. On servirait le repas à midi à une immense table de fortune installée sur le côté de la maison à l'endroit le plus exposé au vent qui ne soufflait guère, mais dont les sursauts ajoutés à la fumée des feux aideraient à tenir les mouches et moustiques à distance.

Et peu à peu, comme l'avait souhaité le curé, la mémoire des Bougie s'effaçait sous le goudron, les planches, la peinture, les volontés agissantes.

On était au coeur de ce samedi quand Catherine descendit du deuxième, souillée de peinture et heureuse de l'être. Au pied de l'escalier, elle s'arrêta un moment, main sur le poteau et s'adressa à Samuel qui s'était fait, quant à lui, porteur d'eau pour les travailleurs de l'extérieur et s'apprêtait à repartir avec un seau rempli obtenu par la pompe à bras toute neuve installée récemment par Roméo au-dessus de la cuve de métal servant d'évier de cuisine.

–Comment ça va, le monde, dehors ?

–Le paradis sur terre. Et en haut ?

Elle arbora un pinceau beurré de peinture verte qu'elle tenait dans la main gauche :

–Le paradis en l'air.

Il y avait dans la pièce cinq femmes sous la gouverne de Germaine, soit deux voisines du rang auxquelles s'étaient jointes Armandine Goulet et Jeanne d'Arc Maheux, elle, venue avec le grand Luc qui s'était greffé au groupe du goudronnage du toit de la grange. Toutes assises. Toutes cousant. Toutes sérieuses.

En raison de la circulation nécessaire, les portes de l'avant et de l'arrière avaient été ouvertes à pleine grandeur et bloquées ainsi. À ce moment survint, soutane battante, le curé qui entra comme un coup de vent et s'arrêta net quand il aperçut Catherine au même endroit où il l'avait vue blessée et à la merci d'un homme détraqué et gibier de potence un an plus tôt. Le prêtre se souvint qu'alors, il avait prié le ciel de lui venir en aide. Et voici qu'il avait une pensée de reconnaissance envers le ciel qui l'avait exaucé.

Des salutations lui parvinrent de tous. Il ne s'adressa qu'à une personne :

–La petite madame Bussière, suis bien content de vous revoir. Il ne saurait y avoir quelqu'un de mieux choisi que vous pour nettoyer le mal de cette maison et de ces lieux. Il fallait quelqu'un venu d'ailleurs pour donner à ce travail sa plénitude. Et je sais que vous pardonnez leur manque de jugeote à ceux qui, l'an dernier à pareille date, souhaitaient que l'on vous pende.

–J'ai apprécié votre sens de la justice, monsieur le curé. Samuel et moi, on en a souvent parlé depuis que c'est arrivé, hein, Samuel ?

–C'est vrai...

Le curé coupa en secouant la tête :

–Mais qu'est-ce que j'ai donc fait alors si ce n'est prier pour vous, madame Bussière ?

Germaine se racla la gorge et prit son courage à deux mains pour dire à voix glapissante :

–Je vous ai parlé de mes doutes sur Catherine : vous auriez pu vous en servir contre elle. Mais vous l'avez pas fait pis c'est tout à votre honneur. J'avais tort. Je me trompais en motadit.

–La peur, Germaine, fait accomplir bien des choses qu'on ne ferait pas en d'autres temps. Vous aviez peur et ça se voyait. Moi, je n'avais pas cette peur et ce n'est pas me vanter que de le dire, c'est simplement que j'ai l'expérience pour ainsi dire de l'agonie et de la mort. Vous avez agi au mieux en pensant qu'il était impossible qu'un père donnât la mort à sa propre fille et sous le coup de l'émotion. Ce n'est pas un péché. Personne ne vous le reproche, pas même, j'en suis certain, madame Catherine qui, voyez-le, s'en est formidablement bien sortie.

–Au fond, sans monsieur Boulanger, j'aurais pas pu être libérée le jour de l'enquête du coroner... je pense...

Elle interrogea Samuel du regard. Mais la conversation devait vite bifurquer vers autre chose.

Le prêtre avait une bosse sur sa soutane, à hauteur de la poitrine du côté droit et qu'il touchait de sa main, ce qui piquait la curiosité des femmes. Il s'adressa à Samuel de façon plus particulière :

–J'ai le journal du matin. Je ne sais pas si vous savez, mais... un développement majeur s'est produit en Europe... Attends, j'ai ça ici...

Il fouilla à l'intérieur de son vêtement et en sortit l'exemplaire du Soleil qu'il avait apporté. Il le déplia, le tint par les coins et le braqua devant le visage atterré du docteur. La une titrait en grosses lettres encadrées de noir :

‹‹ Les Allemands à Paris ››

–Ça y est ! s'exclama Samuel en posant son seau sur le plancher et s'approchant du prêtre.

–Ils ont balayé la France en quelques jours... je devrais dire quelques heures. Débandade complète. Tiens, si tu veux le lire. Désolant !

Samuel accepta et jeta un coup d'oeil sur les mots principaux qui résumaient la situation, tandis que le curé allait vers Catherine pour lui redire ses félicitations. Elle lui dit que la rénovation du deuxième étage serait chose faite avant la fin de la journée.

–C'est quelqu'un comme vous qu'il faudrait ici, pour animer cette maison, pour en devenir l'âme. Ce qu'il y a de plus important dans tout foyer, c'est la femme, pas l'homme. La femme. La reine du foyer. Reine : pas au sens de 'je me fais servir', mais au sens de gouvernement... Vous savez, je crois que si les femmes étaient au pouvoir et avec ce droit de vote, elles le seront un jour ou l'autre, –peut-être avant la fin de ce siècle–, peut-être qu'il n'y aurait pas de guerre en Europe maintenant. C'est la nature vindicative de l'homme en tant qu'être masculin qui est la grande responsable de tous les conflits.

Des propos renversants. Comment un personnage aussi paternaliste que le curé Ennis pouvait-il les tenir devant un groupe de femmes ? Sur la queue de quel chat avait-il donc pilé ce jour-là ? Il aurait fallu fouiller dans son esprit pour savoir, pour y découvrir peut-être un lien pas ordinaire l'unissant à sa mère ou autres femmes de sa vie en général.

On disait qu'il avait le dessein de faire venir deux de ses soeurs pour vivre avec lui au presbytère, des femmes discrètes et secrètes venues passer quelques semaines déjà et qui avaient confié à Bernadette qu'elles "aimaient bien la place".

Catherine lui adressa des mots courts propres à nourrir ses réponses, tandis qu'elle jetait un oeil rapide vers son fiancé qui lui parut pâle comme la mort. Depuis qu'il était question de guerre, elle avait remarqué ses réactions, avait lu entre les lignes de ses propos et il lui passait de plus en plus souvent par la tête qu'il pensait à s'enrôler comme son père avant lui pour aller sauver des vies sur le champ de bataille d'outre-mer.

Peut-être devrait-elle aborder le sujet directement avec lui, et lui poser la grande question ? Aller au fond du puits. Elle avait beau continuer de se vouloir et de se montrer autonome, elle avait beau garder bien des réserves envers l'homme en général de trop d'expériences douloureuses entre leurs mains, Samuel entretenait en elle un beau grand sentiment, mélange de confiance, de reconnaissance, d'admiration, de sécurité, mais aussi un feu agréable en son coeur et de plus en plus un besoin de lui, de sa présence, de sa voix. Parfois même une soif de lui. Même si le désir y était, et souvent puissant, il ne manquait plus entre eux que la fusion charnelle. On savait se contrôler par respect, par amour, par conformisme. Mais pourrait-on attendre jusqu'à l'été 41 ?

Et souvent, le soir, en couchant Carmen et Lucien, elle s'imaginait un enfant de lui, une petite fille toute mignonne, aux cheveux noirs et aux yeux bleus. Comme son père.

Bien qu'elle n'eût pas la grande certitude de ces amoureux qui n'ont jamais trop connu la souffrance, la solitude, l'échec et la déception, elle se disait que ce devait être ça, le grand amour. Mais elle se faisait plutôt avare de ses mots sur la question, même dans les situations les plus romantiques.

Et puis on avait reparlé des erreurs avouées de Scarlett et de Rhett dans *Autant en emporte le vent*, qui tous deux ont tendance à s'y perdre drôlement et longtemps dans la vérité de leurs rapports.

—Monsieur le curé, je vous emmène voir les hommes et bénir les travaux, dit Samuel en lui remettant le journal et reprenant son seau de bois plein d'eau pure et fraîche.

—Suis venu pour ça... et je vais leur demander de prier pour la France, notre presque mère patrie. Elle en a très grand besoin.

—Et qui donc après la France ? L'Angleterre ? L'Amérique ? Nous ?

—C'est un grand jour pour Saint-Honoré (le curé était l'un des rares à appeler Shenley par son vrai nom, celui reçu le trois janvier 1869 avec sa bénédiction, de Mgr Baillargeon de Québec), mais ce n'est pas le meilleur jour pour l'humanité et bien loin de là.

Songeuse, Catherine les regarda sortir. Elle se rendit boire une grande tasse d'eau froide puis regarda ses consoeurs en plein travail. Seule Jeanne d'Arc releva la tête et lui sourit. Les autres qui, un temps la considéraient comme une femme inférieure, la voyaient maintenant comme un être qui leur était supérieur puisqu'on anticipait son mariage avec l'homme le plus en vue de la paroisse parmi les laïcs, le docteur Goulet qui n'était surpassé en prestige que par les deux prêtres, le prestige de la soutane surpassant tous les autres au pays canadien français.

En ce moment même, le vicaire au volant de sa Pontiac, soulevait la poussière du Grand-Shenley. Il avait à ses côtés sur la banquette avant une passagère qui émettait des sons presque langoureux chaque fois que l'auto atteignait le sommet d'une côte et chaque fois qu'elle en redescendait :

—Ah, monsieur le vicaire, vous me faites passer des frissons, là, vous.

—Je vais aller moins vite.

—Ah, c'est pas que j'haïs ça !

C'était Rose: Rose Martin qui venait d'atteindre la quarantaine et s'inquiétait de son avenir tout en regrettant son passé. Il y avait en sa chair de femme le puissant appel de l'homme fort, et le seul homme que le sort lui ait donné, c'était son mari, ce pauvre Gus à la guimauve. C'est de virilité dont elle aurait voulu dans son lit, c'est de force qu'elle aurait désiré dans les bras d'un homme, c'est de folie dont elle aurait eu besoin dans l'exercice du devoir conjugal. Elle aussi avait assisté à la projection du film *Autant en emporte le vent* et ne s'était reconnue ni dans Mélanie, ni dans Scarlett quoique un peu dans celle-ci par sa débrouillardise, et plutôt dans Belle, la tenancière du bordel. Ce n'était que fantasme fugace bien sûr, et rien qui ne justifiait un aveu en confession. Et la grande question qui apparaissait dans sa tête de plus en plus souvent était : pourquoi y a-t-il péché de la chair ? Pourquoi toutes ces règles humaines afin de régir et encadrer le désir et le plaisir, tous deux inscrits dans la nature profonde de ses créatures par le Créateur lui-même ? Le Créateur se serait-il donc trompé à ce point que les hommes se croient le devoir de corriger ainsi ses travaux ?

–Je vous remercie de m'avoir fait embarquer. Mon Gus avait trois machines à arranger aujourd'hui.

–Un homme remarquable, votre mari. Très bon en mécanique, en passant.

–En mécanique, il a la main, ça, faut le dire. Mais...

Elle pensa : "Mais une femme, c'est pas un moteur de machine."

Elle dit plutôt :

–Mais ça lui laisse pas grand temps pour sa famille.

–Vous en souffrez, Rose ?

–Non quand même !...

Rose avait choisi d'apporter des victuailles pour nourrir quelques travailleurs et appelé au presbytère dans l'espoir que le vicaire l'emmène à la terre Bougie en train de devenir la terre Boutin. Et, chance pour elle, le curé était parti et le vicaire s'apprêtait à le faire à son tour. Il accepta volontiers de la faire monter. Le plaisir était bien plus grand pour elle. Pourvu qu'elle soit la seule passagère.

Entre les deux côtes de l'érablière, dans le creux, là où

s'étaient connus Catherine et Samuel ce jour de l'accident de vélo, elle demanda :

—Arrêtez, monsieur le vicaire !

Surpris, il freina et stoppa.

—Entrons dans le chemin de cabane.

—Mais pourquoi ça ? Je ne comprends pas.

—Je voudrais... je voudrais me confesser.

Un prêtre ne pouvait pas refuser cela.

—On peut le faire ici. Mais je n'ai pas mon étole.

—S'il arrive d'autres machines, on va se demander c'est quoi qu'on fait. On va penser que la machine marche pas. On va s'arrêter... Non, allons dans le chemin de cabane, là, à l'abri. La sucrerie va nous servir de confessionnal.

—Et si on reste pris ?

—Vous savez ben que non : c'est un chemin montant. Y a pas de vase là, pas du tout.

—Bon...

Le prêtre était flatté et inquiet. Disait-elle la vérité ou bien ne lui proposerait-elle pas... quelque chose de... ? Non... il chassa cet impensable de son esprit... Elle désirait vraiment se confesser. Peut-être avait-elle commis un péché mortel ? Mais comment une femme comme Rose Martin, mariée de surcroît et mère de trois enfants, pourrait-elle bien commettre un péché mortel ? Peut-être s'agirait-il du péché que Germaine Boulanger lui avait avoué un an plus tôt et qui n'en était pas un ? Elle s'était accusée de pécher contre le neuvième commandement parce qu'il lui arrivait de penser à un autre homme en accomplissant son devoir conjugal, mais il l'avait convaincue de sa non-culpabilité pourvu qu'elle ne se complaise pas dans ces visions et les chasse impitoyablement quand elles se présentaient à son esprit.

Rose portait une robe plutôt moulante, d'un bleu pâle, avec des petites fleurs blanches. Sa poitrine généreuse lançait des appels à l'imagination des hommes les plus réservés. Et ainsi assise, elle remontait un peu au-dessus du genou, le tissu dans un certain désordre qui ajoutait au plaisir du regard.

Le prêtre pénétra dans le bois par le chemin sinueux et au bout de cent mètres, quand l'auto fut enfouie dans le feuillage des aulnes et cachée par des petits conifères perdus çà et là dans l'érablière, il fit demi-tour et stoppa.

–Faut-il que je dise les formules de la confession ?

–Non, pas nécessaire. Suffit que vous disiez vos péchés.

Elle soupira :

–C'est un péché contre le neuvième commandement.

Il pensa : "C'était couru. Une autre qui croit pécher parce que sa chair est trop vive..."

Mais il dit :

–Je vous écoute.

–C'est au sujet de ce qui est arrivé au pique-nique de la Fête-Dieu, l'année passée, sur le cap à Foley.

–Et alors ?

Le vicaire Turgeon ne la regardait pas. Il avait mis ses deux mains sur le volant et fixait un point inexistant quelque part entre les arbres.

–Ben... vous devez vous en rappeler... quand c'est que vous m'avez épongé le dos avec le linge plein de glace.

–Ah, ça ? ! Oui, si je me rappelle... Mais où était le péché ?

–Pas sur le coup, mais par après... J'ai pas pu m'empêcher de repenser à ça... surtout... ben surtout quand mon mari pis moé, on a... le soir, vous voyez...

–Détaillez, Rose, détaillez ! Le péché, vous savez, c'est dans l'intention, la préméditation...

Elle lança sa main vers lui et toucha la sienne, l'enveloppa, la serra en avouant le pire :

–Ben j'ai eu du plaisir autant que mon mari... mais en pensant que vous étiez en train de m'éponger le dos comme dans l'après-midi.

–Et vous n'en avez jamais parlé en confession ? Vous vous confessez à monsieur le curé d'habitude.

–Souvent à des prêtres étrangers en visite dans la paroisse. C'est moins gênant, vous comprenez.

Il retira sa main. Ce n'était pas du rejet envers elle, c'était le refus de se laisser trop troubler par ce contact assorti de révélations aussi chaudes que cette histoire de glace.

–Donc vous n'en avez jamais soufflé un mot à votre confesseur ?

Elle le regardait, mais pas lui. Et comme elle le trouvait beau, ce prêtre aux cheveux roux et aux traits à la fois juvéniles et virils.

–Je pense que je refusais de voir la vérité en face. Je me disais que c'était pas de ma faute, que c'était pas péché, de se faire rafraîchir le dos par un homme qui est pas son mari.

–Et vous aviez bien raison, Rose, il n'y a aucun péché là. Vous vous tracassez la conscience pour rien. Vous n'avez rien sur la conscience, rien du tout...

Et le prêtre mit sa main sur le levier des vitesses pour repartir. Elle fit en sorte qu'il attende :

–Arrêtez le moteur qu'on se parle. Je veux savoir quand c'est qu'on fait un péché... je veux dire... bon, disons dans la situation qu'on est là... vous, un bel homme, faut le dire, pis moé, une femme mariée... tout seuls dans une machine en plein coeur d'une sucrerie... fait beau, fait chaud, on se sent bien... où c'est qu'elle serait la limite entre disons la pureté pis le péché ?... Je veux pas aller en enfer. Mais je veux pas non plus que ma vie sur la terre soit un enfer, vous comprenez ? Faut-il considérer un homme comme un... comme un arbre, mettons ? Pis même là, un arbre, on peut s'accoter dessus pour se reposer... Rendez-moé ça clair, monsieur le vicaire : c'est quoi, le péché de la chair ?

–Vous m'avez touché la main : vos intentions, Rose, étaient-elles honnêtes ?

Elle mordit dans sa réponse mensongère :

–Ben certain !

–Alors il n'y a pas de péché.

–Oui, mais... mettons que je vous toucherais... disons au

genou, tiens...

Ce qu'elle fit aussitôt en le regardant droit dans les yeux. L'homme devint rouge comme un soleil couchant une veille de pluie. Elle poursuivit :

–Encore là, si mon intention est honnête ?...

–Ben... c'est sûr qu'il y a des limites physiques, là...

–Si je comprends bien : vous toucher la main, c'est pas péché, mais vous toucher le genou, ça pourrait l'être ?

Il secoua lentement la tête, regarda tout autour, tâcha de ne pas laisser le profil de Rose s'arrêter dans sa vision périphérique :

–C'est un peu ça, oui.

–On dirait que vous le savez pas plus que moé, vous...

Et elle glissa doucement sa main sur sa cuisse, s'arrêta :

–Rose, vous êtes en train de vous conduire comme...

–Comme ?...

–Comme une tentatrice...

–Mais... je fais rien que vous toucher la cuisse avec ma main... disons ma main chaude, tandis que vous m'avez touché le dos l'année passée avec la compresse de glace... Le péché, ça serait-il une différence de température dans les objets qui touchent au corps, mettons ?

Il ne perçut aucunement la malice du propos.

–Ah, écoutez, vous me mêlez comme c'est pas possible.

–Un prêtre a fait des études sur le péché : il est supposé connaître ça ben mieux que nous autres, les pauvres fidèles aveugles. Éclairez-moé... Joseph ?

Elle glissa sa main un peu plus loin pour s'arrêter cette fois à mi-distance entre le genou et l'aine. Par chance pour lui, l'abbé portait une soutane qui mettait sa virilité à l'abri des regards, car cette virilité avait beaucoup grandi depuis quelques instants.

Avec un courage à toute épreuve voire un courage extrême, il prit la main de la femme et l'éloigna de sa chair que la fièvre était à envahir :

—Vous savez, ce que vous me demandez, c'est comme de longer un précipice en pleine nuit et d'essayer d'établir la limite entre le gouffre et la sécurité de la terre ferme. Le mieux, c'est de s'éloigner du bord. Et si on craint de tomber, alors on se referme sur soi et on ne bouge pas en attendant que le jour revienne et que le soleil éclaire les choses et apporte des certitudes face au danger. Et c'est ça que la bonne morale chrétienne demande. Et c'est ça que comprennent les deux commandements à propos de l'oeuvre de chair. Vous voilà éclairée maintenant, madame Rose ?

—Vous me parlez avec une image. Je voudrais vous voir nous prendre comme exemple... quelque chose de vrai, de présent... asteur... asteur... vous pis moé... dans le bois... un homme, une femme...

—Un prêtre, une épouse...

—Un prêtre, c'est un homme; une épouse, c'est une femme.

L'abbé soupira, qui prenait une plus grande conscience encore de la situation délicate dans laquelle Rose les avait embarqués. S'il fallait qu'il passe par là un marcheur. Quoique la chose fût improbable à cette heure du jour en ce temps de l'année. Une seule porte de sortie lui apparaissait : user de son autorité de prêtre et d'homme.

—Il est clair que vous n'avez rien sur la conscience et je mets donc un terme à cette confession.

—Non, Joseph, fit-elle avec plus d'autorité encore. Ma conscience est pas libérée pantoute encore. Ça me travaille depuis un an... j'ai de la misère à dormir souvent... je me sens coupable pis vous un prêtre, l'homme qui a déclenché tout ça —j'dis pas que c'était malhonnête de votre part pis pour mal faire— qui sans le vouloir a réveillé peut-être en moé le démon de la chair... ben il refuse de m'aider... il veut pas me donner un peu de lumière... Pis si je meurs avec un péché mortel sur la conscience, c'est la damnation... c'est pas ça que vous voulez... C'est quoi, ça, un devoir de prêtre ? Joseph, vous êtes un ben bel homme... c'est pas de votre faute, c'est pas un crime pis ni un péché, mais c'est une occasion pour le diable de... ben d'essayer de nous faire suc-

97

comber à la tentation, nous autres, les femmes de la paroisse... Pis moé, je pense que j'ai succombé parce que j'ai pensé à vous durant que mon mari... pis ce qui me fait dire que j'ai fait un péché, c'est que j'ai été noyée on dirait par... par les plaisirs défendus. C'est terrible, monsieur le vicaire, aidez-moé. Faites votre devoir de prêtre...

Et la femme se mit à gémir.

L'abbé en fut tout retourné, fut touché au plus sensible de sa fibre profonde. Il mordait à l'hameçon, ignorant que la coquine de Rose avait cent fois trituré ses appâts dans sa tête depuis un an et attendu une occasion meilleure que le confessionnal de l'église ou un échange sur la rue pour tenter de l'engluer dans la toile de ses mots, de ses tons voire de ses odeurs. Car un parfum subtil émanait de sa personne. Un parfum rare acheté chez Paquet à Québec. Un parfum prenant au nom de *Nuit de rêve*.

—Je... je dois avouer que la situation me dépasse, Rose.

—J'ai du mal à comprendre, Joseph, que vous m'ayez dit que je me conduis comme une tentatrice alors que... que la tentation a fondu sur moé le jour du pique-nique de la Fête-Dieu à travers vous. J'vous dis pas que vous avez été le tentateur, mais j'pense que le tentateur s'est servi de vous sans que vous vous en soyez rendu compte... malgré vous... Le saint curé d'Ars... son histoire est un peu semblable... le tentateur rôdait tout le temps autour de lui...

—Je sais, je connais fort bien la vie du saint curé d'Ars... Mais... vous voulez quoi au juste ?

—Ben... d'abord me donner l'absolution parce que j'ai ressenti les plaisirs de la chair en pensant à vous...

Il leva la main, fit devant elle le signe de la croix tout en l'aspergeant de mots :

—Je vous absous de tous vos péchés, au nom du Père et du Fils et du Saint-Esprit... Amen...

Avant qu'il ne redescende la main, elle l'attrapa et l'approcha de son visage :

—Asteur que j'suis purifiée... blanche comme de la neige,

dites-moé les limites du péché... J'fais toujours pas de péché à mettre votre main sur mon visage comme ça...

–Non, bien sûr. C'est la convenance...

–Pis même... bon mettons que j'serais un petit animal, là, pis que je la lécherais, votre main... comme ça...

Elle promena doucement sa langue sur le dessus de la main velue en imaginant qu'il faisait pareil entre ses jambes.

–Rose, Rose, vous me torturez... vous me torturez...

–C'est-il péché ? Dites-moé que c'est pas péché.

–Non, bien sûr, mais c'est le chemin qui mène au péché, la route qui conduit tout droit au péché mortel. On ne sait pas trop où sont les limites et tout à coup, elles sont franchies. C'est ça qui est terrible en morale chrétienne quand il est question de bonnes moeurs.

Il retira brusquement sa main et dans des gestes déterminés remit l'auto en marche :

–Il est temps de poursuivre notre route. Une belle oeuvre nous attend à la corvée...

–L'oeuvre de chair ne désireras qu'en mariage seulement. L'oeuvre de chair ne désireras...

–Voilà, mais voilà Rose, que vous trouvez vous-même la réponse que vous recherchez. Elle est en vous, la réponse ! Répétez encore et encore ces mots du neuvième commandement et leur sens va se préciser avec l'aide de Dieu. Et Satan, s'il rôde, s'en ira. Il verra qu'il n'a rien à faire autour de vous et partira...

"Et les délices du péché aussi !" songea la femme.

Mais elle dit, résignée :

–Un jour, je vas savoir quoi faire pis je vas le faire.

–En plein la vérité !

***

Chapitre 7

–Monsieur le curé, je voudrais vous voir dans le particulier, dit Samuel qui suivait le prêtre à l'extérieur de la maison.

–Conduis-moi auprès des divers groupes d'hommes et on parlera en même temps.

–Bonne idée !

–Et alors, est-ce qu'il y a quelque chose qui te tracasse, mon ami ? Tu as l'air bien soucieux depuis que je t'ai fait lire la manchette du journal.

–Je le suis et pas rien que depuis tout à l'heure, mais depuis le jour de la déclaration de la guerre. Mais là, c'est le comble.

–Parlant de comble, ils sont en train de le noircir comme il faut, celui de la grange.

–C'est du 'pitch' pour empêcher de couler.

–Du 'pitch' ?

–Du goudron d'asphalte, si vous voulez.

–Ah bon ! Oui, bien sûr...

–Ah ben, si c'est pas monsieur le curé qui nous fait une petite visite ! s'exclama une voix dans leur dos.

Qui n'aurait pas reconnu Bernadette Grégoire et sa joie exubérante ? Les deux hommes se tournèrent et furent devant elle qui ajouta aussitôt :

–Gageons que vous êtes venu bénir nos travaux, vous !

–En effet, Bernadette, en effet !

Derrière eux, le soleil luisait fort et la femme devait mettre sa main en visière sur son front et se défendre aussi d'une trop grande luminosité par ses yeux rapetissés :

–Ben moi, on m'a confié la tâche de préparer à manger. J'en ai apporté du magasin. Freddé s'est montré ben généreux.

–Comme toujours ! fit le prêtre avec un signe de tête en biais.

–Pampalon m'a emmenée dans sa machine. Avec Jeanne d'Arc pis le grand Luc qui est là, sur le couverture de la maison. Je vous dis que d'ici à demain soir, on va les avoir pas mal 'radoués', ces bâtiments-là !

–C'est pour ça qu'on a levé la corvée, dit Samuel.

Il reprit son pas et ajouta :

–Mais là, on va continuer jusqu'à la grange si je veux que l'eau reste un peu fraîche.

–Ah, c'est pour faire boire les hommes ?

–Bien deviné !

Et les deux hommes poursuivirent leur chemin. Des travailleurs saluèrent le prêtre en passant, qui transportaient des planches, des poutres, des outils, des paquets de bardeaux. François Bélanger avait reçu pour tâche de séparer des morceaux de goudron solide du bloc placé près du chaudron de liquéfaction. Son visage tout en plis semblait s'améliorer en raison des nombreuses taches noires le souillant, comme si cet enduit lui avait servi d'heureux maquillage. Le curé se rendit auprès de lui et s'enquit de ce qu'il faisait et l'écouta sans rien saisir, mais en feignant avoir tout compris.

–Tu fais de la belle ouvrage, mon François, de la ben belle ouvrage.

–Arci, arci... bredouilla l'homme contrefait.

Samuel se demandait si la porte lui serait bientôt ouverte

afin qu'il puisse s'ouvrir, lui, au prêtre, du sujet si important qu'il voulait aborder.

Un cri retentit :

—Bonjour, monsieur le curé !

La voix qui venait de prononcer ces mots retentit dans tous les environs et annonça mieux qu'un haut-parleur la présence du prêtre sur le chantier de rénovation. C'était Luc, debout sur le toit, à cheval sur le pignon, balai noir de goudron à l'épaule et qui avait crié de tous ses poumons en utilisant ses mains comme porte-voix.

Le curé et le docteur se tournèrent vers lui et le prêtre lui lança :

—Attention de ne pas culbuter en bas et de te casser le cou, mon Luc.

Le jeune homme exulta :

—La plus belle mort qu'on peut faire : vous pour me donner les sacrements, le docteur pour m'assister pis ma blonde pour m'ensevelir.

—Manque rien que l'embaumeur pis il est icitte, cria une autre voix aussi forte que celle de Luc.

Dominique Blais, comme la plupart des travailleurs autour, avait entendu le joyeux propos funèbre du jeune homme et venait d'y ajouter son noir grain de sel. Affairé à la reconstruction du hangar des instruments aratoires, il ne manqua pas de livrer aussi ses salutations au prêtre avec un grand geste de la main droite :

—Monsieur le curé, on a répondu à votre 'call'. La cause est juste. Pis nous autres itou...

Ces paroles écrivirent une ride soucieuse dans le front de Samuel qui resta coi et laissa le prêtre bénir le groupe du hangar. Parmi les gars qui y oeuvraient plusieurs ôtèrent leur casquette et tous penchèrent un peu la tête afin de montrer leur crainte de Dieu.

Et ce fut un autre départ pour les deux hommes qui ne parvinrent toutefois pas encore à entrer en contact verbal l'un avec l'autre. Déjà Roméo Boutin accourait au-devant

103

d'eux.

–Tu vas avoir un ben beau bien, mon Roméo, un des plus beaux du Grand-Shenley et je dirais même de toute la paroisse. Une terre généreuse rebâtie en neuf.

–Ah, ça, je le sais ! Pis j'dois ça à monsieur le docteur.

–Chut ! fit Samuel. C'est entre nous deux, ça.

–Je sais ben, mais... monsieur le curé...

–Oui, bien entendu... monsieur le curé, c'est pas la même chose.

Le prêtre reprit la parole à voix lente et assurée :

–Les bons gestes ne devraient-ils pas être étalés au grand public tout autant et bien plus que les mauvais ? Pour servir de bon exemple à tous. Pour édifier les autres.

Roméo mit sa tête en biais :

–Moé, monsieur le docteur m'a demandé d'en pas parler pantoute... ça fait que j'en parle pas... mais ça s'est su autrement que par moé, là... Moé, j'ai dit que j'avais eu l'argent par ma parenté d'ailleurs que par icitte... faut ben mentir un peu des fois, monsieur le curé...

–Et moi, je te dis d'en parler encore et encore, fit le prêtre avec un geste de prêcheur dans le bras droit, la main et les doigts. C'est notre Samuel qui est bien trop modeste.

Roméo questionna Samuel du regard et celui-ci fit une moue et un petit haussement d'épaule :

–Je m'incline devant la volonté de monsieur le curé. C'est un homme éclairé et généreux. Il sait ce qu'il fait et il sait ce qu'il veut.

–Dis donc, Samuel, as-tu une faveur à me demander, là, toi ?

Et le prêtre eut son rire mesuré qui provoquait celui des autres par la grâce d'une soumission flatteuse. Il reprit :

–Et puis il y a un autre chantier dans l'étable ? Allons donc bénir ça, mes amis.

–L'eau, c'est pour qui ? demanda Boutin en désignant le seau du docteur.

–Pour les gars de l'étable justement. Fait chaud là-dedans et c'est poussiéreux tant qu'on veut.

–Je vas la prendre pis leur donner, moé. Si vous avez des affaires à vous dire, là, vous autres...

–Bonne idée ! déclara le curé. J'avais affaire à Samuel. Ou plutôt c'est lui qui a affaire à moi.

À une fenêtre de la maison, au second étage, une très jeune fille les regardait sans bouger, sérieuse, dubitative. Le tableau qui s'offrait à son regard s'imprima dans toutes ses mémoires. Elle qui avait commencé à peindre, nouveau talent qui se développait en elle avec le chant et la piano grâce à l'encouragement de ses parents adoptifs, en ferait un jour une toile remarquable. Il y avait là, en bas, au milieu de cette cour bourdonnante, grouillant de monde, ses trois pères réunis dans un moment d'échange qui resterait gravé dans son éternité : Roméo Boutin, son père naturel, en rouge et noir, Samuel Goulet, son père adoptif en couleur pâle, et le curé Thomas Ennis, le père spirituel de tous les paroissiens donc le sien aussi.

Le tableau qui lui paraissait imparfait se corrigea de lui-même quand le seau d'eau passa de la main du docteur à celle du cultivateur, et que celle du curé se leva pour bénir quelque chose de "bénissable".

Comme elle avait grandi depuis un an ! Elle dépassait en taille toutes les jeunes personnes du même âge. Devenue adolescente, voici que sa poitrine naissait délicatement, que sa taille s'affirmait au-dessus de hanches légères. Mais toute sa féminité bourgeonnait dans son regard qui allait de grand et pétillant à modeste et réservé dans le même court temps. Ce jour-là, elle portait sur sa tête un foulard-turban noué sur le front afin de protéger sa chevelure des éclaboussures de peinture. Car elle travaillait là-haut aux côtés de Catherine et deux autres femmes. On avait terminé la chambre dite de Rose-Anna mais qui avait perdu son nom au dernier coup de pinceau quand elle s'était exclamée :

"La chambre de Rose-Anna n'est plus; c'est maintenant

la chambre de Catherine."

L'autre s'était étonnée :

"Pourquoi pas celle de Clara ?"

"Sais pas. Me semble que Catherine, c'est plus beau."

Et on venait d'entreprendre la chambre de débarras qui serait, comme celle du premier étage, entièrement blanche et non vert pâle comme celle de Catherine.

—Qu'est-ce que tu regardes ?

—C'est monsieur le curé avec 'pa' et papa.

—Ah, c'est drôle de t'entendre dire ça.

—Catherine, est-ce que Samuel et toi, vous allez vous marier cette année ?

—Tu me surprends de me poser cette question aujourd'hui.

—Alors ?

—Non.

—Ah !... L'an prochain alors ?

—Peut-être.

—Dis-moi oui ou non.

—Ben... oui.

Clara soupira :

—Suis bien contente.

—Mais faut pas le dire !

—Pourquoi ?

—Parce que... c'est un secret entre lui et moi. Un secret qui n'appartient qu'à nous deux, c'est sûr puisque c'est un secret... C'est important dans la vie, des choses comme ça qui appartiennent rien qu'à deux personnes. Quand on partage quelque chose avec quelqu'un et seulement lui, ça le rend unique.

—C'est ça, l'amour ?

—C'est une façon d'aimer, oui, je crois. Mais c'est pas obligé que ça se fasse avec un homme...

—Partager quelque chose ? Comme un objet qu'on nous

106

donne ?

–Ou un moment mémorable quelque part ailleurs que dans sa vie de tous les jours.

–Mais, Catherine... si c'est rien qu'à deux, c'est un peu triste pour les autres. Beaucoup de personnes sont venues partager leur temps ici aujourd'hui...

–Ça aussi, il en faut ! Et je ne parle pas de cadeaux qu'on peut se faire, je parle de choses sans valeur mais qui en prennent parce qu'on les partage à deux.

–Fais-moi mieux comprendre, Catherine.

–Tiens, disons que tu es attachée à quelqu'un. Tu trouves une jolie pierre sans valeur là, dans la cour, tu la mets sur ton coeur, tu la remplis de toi et tu l'offres à cette personne en lui disant ton attachement. C'est unique. C'est rien qu'à vous deux pour l'éternité. Les autres pourront voir la pierre, ils ne comprendront pas. Et ce n'est pas leur faire du tort. C'est juste que vous avez un lien qui ne peut pas être avec quelqu'un d'autre.

–Alors je vais te trouver une pierre, Catherine, et te la donner.

–Tu me l'enverras... par la malle... et quand je la recevrai, je ressentirai un grand bonheur... dans mon coeur... Prends-la rose si tu peux, ce sera encore mieux. Et je te trouverai quelque chose d'unique, moi aussi...

Un nuage de poussière levé par une auto noire indiquait la venue d'autres 'corvéistes'.

–C'est monsieur le vicaire qui s'en vient, on dirait.

–Tu penses ?

–Oui, c'est sa machine.

Catherine et Clara reprirent leur travail et quelques instants plus tard s'arrêtèrent de nouveau pour voir arriver l'auto dans la cour.

–Y a madame Rose avec monsieur le vicaire, dit Clara.

–Une jolie madame ! dit Catherine quand Rose fut descendue de voiture

–Elle vient, des fois, se faire soigner.

–Elle est malade ?

–Non... ben... c'est sûr que quand elle vient, c'est pour un problème...

Catherine la regarda aller, le pas pressé, vers le curé qu'elle avait repéré.

–Et pleine d'énergie, on dirait.

–Est habituée, elle marche tout le temps. Paraît qu'elle marche deux, trois heures par jour.

–Pas d'enfants ?

–Trois, mais... sont grands.

Il apparut que ce n'est pas le curé que Rose allait voir et plutôt Samuel. Alors que Roméo venait de quitter le trio et se dirigeait vers l'étable, les deux autres se tournèrent vers l'arrivante pour la bienvenir. Le curé qui gardait en tête la demande de Samuel lui dit avant de saluer Rose :

–Viens donc me voir au presbytère lundi soir. Parce qu'ici, ça va être difficile d'avoir un entretien, je pense.

–Bonne idée ! C'est ce que je vais faire.

–C'est pas urgent toujours ? Est-ce que ça peut attendre à lundi soir ?

–Oui, oui...

Et il y eut échange entre eux et Rose, puis le curé les quitta pour se rendre à l'étable.

Catherine peinturait là-haut le cadre du châssis, et continuait d'observer ce qui se déroulait dans la cour. Cette Rose l'intriguait. Il y avait quelque chose dans sa démarche, dans son vêtement que les autres femmes ne possédaient pas. Elle tâcherait de lui parler au cours des heures à venir, histoire d'en savoir davantage sur son personnage...

Elle en savait peu de cette Rose, mais en savait-elle beaucoup plus sur Samuel ? En savait-elle assez de lui ?

Rose et Samuel se parlèrent de la réponse exceptionnelle des paroissiens à l'appel du curé.

–C'est noir de monde partout ! s'exclama-t-elle en promenant son regard sur les environs. Ah ! que ça me fait donc plaisir de voir ça ! Qu'on a donc du bon monde par icitte, trouves-tu ?

–Ce sont des partages qu'on ne voit pas en ville.

Elle le toucha au bras :

–J'espère que ça va te faire rester longtemps avec nous autres.

–L'avenir le dira. L'avenir sait tout.

–De toute façon, paraît que quand on s'en va de la Beauce, on finit toujours par y revenir.

–J'en suis certain.

–T'as pas l'intention de partir, toujours ?

–J'ai l'air de ça ?

–Ah, ça, c'est une manière de pas répondre !

Il se mit à rire :

–Savez-vous, Rose, que vous êtes pas une femme ordinaire, vous... vrai, vous n'êtes pas comme les autres.

Il se rappelait qu'elle avait feint des bobos afin de se faire ausculter et palper et qu'il lui avait joué un bon tour en lui faisant appliquer de l'huile électrique par sa mère afin de soulager son faux lumbago, mais ce n'est pas pour cette raison qu'il lui tenait ce propos.

–J'me calcule pas meilleure... même que j'me calcule un peu pire...

–Faut surtout pas ! Bonne santé. Bon mari. Beaux enfants. Un bonheur sans tache.

–Tu penses, toi ?

–C'est pas le cas ?

–En bonne vérité, tu sauras que dans la vie, il manque toujours quelque chose.

Samuel posa les yeux sur le deuxième étage de la maison, soupira fort puis ramena son regard sur Rose :

–Je pense que vous avez raison. Et c'est une très bonne chose. C'est cette insatisfaction permanente, cette aspiration à autre chose qui nous fait faire du chemin...

Elle songea à cet arrêt dans l'érablière avec le vicaire.

–Oui, mais le chemin est pas beau tout le temps... pas comme on voudrait.

–Et voilà : c'est ça, l'insatisfaction permanente.

Elle parla à voix retenue comme pour elle-même :

–Insatisfaction permanente : ça, c'est moi, on dirait !... En tout cas, je voudrais te voir ces jours-citte... C'est mon dos. Le mois est humide pis... ça fait mal...

–Maman pourra vous appliquer de l'huile électrique.

–Ça fait du bien, mais... me semble que... les mains d'un docteur, là, qui vont chercher le mal à la bonne place... là où il se cache... le maudit mal qui lâche jamais... qui gravouille en dedans...

–Venez, on verra ce qu'on peut faire.

–J'me suis fait mettre de la glace l'année passée une fois, pis ça faisait ben du bien.

–Difficile de savoir, Rose, même pour la médecine, s'il faut combattre une douleur par le chaud ou par le froid.

–Moi, j'ai envie de dire que c'est par les deux en même temps.

–Ça, c'est pas facile !

–Pour un homme peut-être, mais pour une femme... deux à la fois, ça se peut, tu sais... je veux dire le chaud pis le froid, là...

–Hum hum...

Le docteur contourna la femme et lui tâta les vertèbres du haut du dos avec son pouce. Tous, incluant Catherine là-haut, comprirent qu'il s'agissait d'un acte purement médical. Et c'était cela ! Mais Rose en fit une fleur du jour...

***

Chapitre 8

Ce fut bientôt l'heure de la soupe.

Deux chaudrons noirs remplis de purée de pois attendaient, le ventre chaud, sur des feux de braise, de longues
louches leur sortant de la bouche.

Trois tables érigées par Ernest Maheux à l'aide de cheva-
lets et de planches propres, recouvertes d'un tapis fait de pages dépliées du Soleil, serviraient au repas du midi. Deux
pour des gens assis sur des bancs et chaises tout autour et la
troisième pour le service par soi-même et sur laquelle deux
autres chaudrons trônaient en exhalant une chaleur fumante.
C'était le royaume de la fève au lard, un mets peu coûteux,
facile à préparer et à servir, énergétique au possible et favorable aux farces et à l'art du contrepet.

Toutes les places à l'une des tables étaient réservées pour
des raisons pratiques ou protocolaires. On y viendrait bientôt
servir les occupants, soit à une extrémité, le curé et Clara
Goulet et sur leur gauche dans l'ordre le vicaire, Roméo,
Armandine Goulet, Joseph Boulanger, Germaine Boulanger,
et sur leur droite dans l'ordre Samuel, Catherine, Rose, Luc
Grégoire, Jeanne d'Arc Maheux et Raoul Blais, et pour finir,
à l'autre extrémité Pampalon Grégoire et Dominique Blais.
En fait, en plus des prêtres, il s'agissait des personnes les
plus impliquées dans l'organisation de ces journées de cor-

vée paroissiale à la seule exception de Rose à qui la place libre fut proposée par Bernadette qui, elle, veillait au service général, assistée de Cécile Jacques et Jeanne Bellegarde.

En sus de l'annonce faite au prône, Jeanne d'Arc et Luc avaient préparé à la main des invitations écrites qu'ils avaient distribuées en auto dans tous les rangs, ce qui avait eu comme avantage supplémentaire de leur donner la chance de se bécoter –et parfois plus– entre les chaumières.

Uldéric Blais avait quant à lui catéchisé ses employés et de plus leur payait des heures supplémentaires à demi-salaire pour qu'ils participent à la corvée de fin de semaine, et il avait délégué ses deux fils, Raoul et Dominique pour le re-présenter, lui qui devait rester auprès de son épouse sérieuse-ment malade.

Éva Maheux n'avait pas pu se rendre elle non plus dans le Grand-Shenley, même pour y faire un tour de 'machine' comme elle aimait tant cela, car elle avait tout le mal du monde à relever de son accouchement du mois précédent et à prendre soin du dernier-né, Gilles, le roi de tous les bébés braillards de ce monde.

En tant qu'un des directeurs des travaux, Ernest se sentit humilié de n'avoir pas été choisi pour s'asseoir à la table d'honneur. En fait, selon son habitude, il s'était amené en retard et c'est Rose qui avait pris sa place. Il fut donc relé-gué à la seconde table où un homme lui céda la sienne. Il y avait là François Bélanger sur sa droite, suivi de Zoël Pou-lin, vieux bougon sec, de Philippe Boutin, l'homme à l'évi-dente virilité, et de Thanase Pépin, l'estropié du moulin. Et sur la gauche d'Ernest se trouvait Tommy Gaboury venu pour continuer d'effacer son erreur fatale qui avait coûté la vie à sa petite-fille dans un incendie. Aussi Paul Boutin, un personnage affligé d'un trouble des paupières inférieures, tombantes comme celles d'un clown, et qui laissaient voir un tissu sanglant. Et puis un adolescent de seize ans, Patrice Buteau, beau garçon et discret; et tout au bout, Paulo Ma-heux tout sale et tout noir, et qui avait travaillé comme un nègre depuis le matin tout en surveillant de loin les allées et venues de la belle Clara qu'il aimait de plus en plus fort en secret, se promettant tous les soirs de se déclarer à elle et jamais ne parvenant à ouvrir la bouche pour le faire.

On avait demandé à Clara de prendre place au bout de la table, à côté du curé, à cause de la prestation que l'on attendait d'elle. Elle qui pouvait maintenant s'accompagner toute seule à la guitare pour chanter. Samuel aussi avait été sollicité par d'aucunes dont Bernadette et Cécile, mais leur avait opposé un refus poli, arguant qu'il préférait laisser la vedette à sa fille adoptive, de manière qu'elle fasse grand honneur à Roméo, son père naturel.

Car c'était lui, Roméo Boutin, veuf misérable que la vie faisait émerger de la dèche, le personnage central de ces deux journées de corvée, lui l'objet de la solidarité paroissiale. Et il exprimait sa reconnaissance, allant, depuis l'aube, d'un chantier à l'autre pour remercier et promettre à chacune et chacun ses efforts en retour au besoin, quand l'occasion de leur rendre la pareille se présenterait.

Déjà servis de haricots, de pain de ménage, de sucre d'érable et de beurre dans des assiettes creuses, les gens de la seconde table à l'exception d'Ernest, toujours songeur et grondeur, riaient et se racontaient des faits, tandis que Bernadette et Cécile couraient autour de la première tablée pour poser devant chaque personne une assiette déjà remplie de soupe. Quand toutes furent là, Rose lança au curé une invitation à réciter la prière d'usage. Le vicaire jeta à la femme une oeillade brumeuse et le curé entama le bénédicité.

Les autres paroissiens présents se servaient eux-mêmes depuis les chaudrons et allaient s'asseoir sur une bûche, un tas de planches, une pierre ou simplement dans l'herbe verte pour se sustenter un peu entre deux quarts. Les appétits ne se bousculaient pas auprès de la table de service, mais pas loin, ils le faisaient sans bruit ni heurts.

Pour compenser son absence, Éva avait envoyé par son mari un grand pot de confitures aux petites fraises des champs : un régal appelé à disparaître un jour avec l'invasion des fraises cultivées en abondance, préfabriquées. Il le mit devant le nez noirci de François Bélanger qui avait du mal à résister à la tentation :

–Peu ti woè onfitu ?

Ernest regarda ce pitoyable jeune homme au visage si-miesque et ne répondit pas. Zoël Poulin comprit la question et dit, la tête qui tremblotait :

–Ça doit ben être pour manger, c'tes confitures-là, hein, Arnêsse ?

–Ouè, ouè... Prenez-en tant que vous voulez... J'mangerai pas tout ça tuseul, là, moé...

François s'empara du pot et tenta de l'ouvrir, mais la ré-sistance des serres sur le couvercle était trop grande pour les forces réduites de ses poignets. Zoël le lui prit des mains, fit sauter la broche de retenue et mit le couvercle de vitre sur la table puis tendit le bocal à François qui l'échappa. Et la moi-tié du contenu se vida sur lui, sur son genou et glissa dans le coffre de son pantalon crasseux dont il ne se changeait que le dimanche et dont il avait retroussé les jambes en les rou-lant sur elles-mêmes. C'est là que coula la confiture, s'y mê-lant avec la poussière et quelques éclats de goudron dur.

–Ah ben baptême ! s'exclama le vieux Zoël, faut pas gas-piller du bon 'stuff' de même.

Aussitôt, il s'empara du quignon de pain qu'il s'était taillé à même une fesse et avait commencé de manger avec ses fèves, en déchira un morceau qu'il trempa dans les confi-tures en perdition.

–T'as ben raison, mon Zoël, fit Ernest qui l'imita.

Et François, entraîné par l'exemple, s'en donna à son tour à coeur joie. Rien ne fut perdu. Recyclage complet. Et nettoyage presque à sec du pantalon souillé.

Quelques-uns de l'autre table les virent faire, qui ne pu-rent réprimer une grimace et bientôt, ce furent ces trois-là qui volèrent la vedette à tous les autres, prêtres ou pas, gran-des gueules ou non, dames ou messieurs. On riait de les re-garder et pourtant personne, pas même les prêtres, ne s'était lavé les mains avant de manger. Mains guère plus exemptes de microbes que les culottes à François, personnage honoré par l'événement, lui toujours si seul dans son coin.

Catherine et Rose entreprirent une conversation qui échappa aux autres, même à Samuel pourtant assis voisin de sa fiancée, mais dont toute l'attention allait en ce moment vers les deux prêtres et Roméo. Toutefois, Clara, l'air de rien, saisissait parfois des bouts de phrases et les interrogeait, de même que les visages et les intonations.

–J'peux te dire que le jour de l'enquête, j'avais le coeur de ton bord.

–Je vous remercie.

–En partant, j'pensais comme Bernadette, que ça pouvait pas être une femme qui avait tué une autre femme de quasiment son âge rien que pour la voler. Ça tenait deboutte à peu près comme une histoire de croquemitaine. Entre nous deux, ça prenait un homme pour inventer ça.

–Les hommes en général sont pas de même.

–Non... mais c'est des péteux de broue par exemple. Écoute-les ! Ça parle, ça parle, ça parle, pis quand ça arrive à la maison, ça parle pus... ça tombe muets comme des vieilles grosses carpes.

Catherine rit. Rose reprit :

–Mais... faut ben les aimer comme ils sont !

Catherine leva les yeux à ce moment et rencontra ceux du vicaire qui se dérobèrent. Elle crut qu'il la dévisageait et s'en trouva embarrassée. Et pourtant le prêtre voyait son attention partagée entre les propos du moment sur la table et ceux que Rose lui avait tenus dans l'érablière.

La voix de Bernadette vint tout à coup enterrer toutes les autres :

–Mes amis, j'aurais quelque chose à vous dire de bien important. Je veux vous dire que les bonnes 'binnes' que vous mangez ont été préparées et payées par notre cercle des Fermières. Malheureusement, la présidente, madame Jobin pouvait pas venir aujourd'hui, mais on a avec nous autres la secrétaire, madame Cyrille Beaudoin qui se trouve là-bas, sur la galerie d'en arrière...

La femme s'entendit nommer et salua du chef. Berna-

115

dette reprit la parole :

–Ben... je vous demanderais une bonne main pour notre cercle des Fermières.

–Pis bravo pour Bernadette ! cria Dominique Blais.

–Ben là...

Confuse, la femme mit sa tête en biais et attendit la fin des applaudissements. Pampalon lança aussitôt après :

–Ça nous prendrait un mot par monsieur le curé.

Des oui fusèrent de partout et d'autres mains appelèrent le pasteur bien-aimé à parler en ce lieu, pas si loin que ça de la chaire et bien plus près de la terre. Le prêtre acquiesça d'un signe de tête puis, après avoir essuyé sa bouche avec un mouchoir blanc tout neuf qu'il remit dans une poche intérieure de sa soutane, il se leva et aux quatre coins de la cour, chacun se tut et se mit dans une attention respectueuse.

–Mes amis, mesdames, messieurs, rien ne m'est plus agréable qu'une corvée paroissiale comme celle qui nous a tous réunis ici aujourd'hui et qui nous réunira aussi demain. Par cet acte de solidarité collective, nous allons sortir un homme de son isolement. Nul n'ignore que depuis la mort de sa femme et la dispersion de ses enfants, notre ami Roméo a vécu tout seul dans sa maison de la concession, loin de tout, loin du monde, loin des voisins et pour ainsi dire abandonné par le sort dans la sauvagerie. Le bon Dieu lui a envoyé de dures épreuves, mais avec elles, les moyens de les surmonter. Vous savez, notre Père qui est dans les cieux ne nous éprouve jamais au-dessus de nos forces. Et je vais vous apprendre grâce à qui tout cela a été rendu possible. Ce dont je parle, c'est la transformation d'une terre sanglante, –faut dire les choses comme elles sont... ou furent–, en un bien où régnera la paix, le labeur quotidien, la sécurité, une terre bénie non seulement par la main du prêtre, mais par le coeur de tous les paroissiens en plus, bien entendu, de la bénédiction du ciel elle-même. Bien sûr, il y a eu Roméo et ses efforts louables, bien sûr, il y a eu notre jeune docteur Samuel dont personne n'ignore le mérite dans cette entreprise d'établissement d'un des nôtres, et chacun de vous ici aujourd'hui, votre coup d'épaule qui a sa propre valeur intrinsèque mais aussi qui va longtemps stimuler notre nouveau cultivateur dans ses travaux héroïques, car il se sentira appuyé par tout son monde, car il sera animé par un sentiment d'appartenance à sa communauté paroissiale... Oui, mais parmi vous tous, il y a une jeune personne bien humble et bien talentueuse et qui chaque jour fait son devoir avec tout son coeur, toute son âme, quelqu'un que la vie a mûrie, a fait croître... avec ses propres larmes, et je pense à Clara... Clara, la fille de Roméo et aussi la fille de Samuel, un être sensible et qui nous donne tant de joie à l'église les dimanches et fêtes grâce à sa voix d'ange. Je sais qu'elle va nous chanter quelque chose au dessert. Vous avez tous vu qu'elle a sa guitare avec elle. On a bien hâte de l'entendre. Voyez-vous, c'est elle qui a fait le pont entre les malheurs subis par sa famille et ce que l'on peut voir de si beau ici aujourd'hui...

Le prêtre fut interrompu par des mots épars et applaudissements d'approbation. Son visage paternel changea soudain et de sérieux qu'il était jusque là devint carrément grave, rides profondes barrant son front :

—Mes amis, je vais aborder un autre sujet... mais il ne s'agit pas d'un coq-à-l'âne...

Il sortit le journal plié de sa soutane et le montra haut en le tenant par les deux coins supérieurs :

—Un sujet bien triste, hélas ! Voyez : les Allemands sont dans Paris. La guerre s'intensifie. La terrible guerre. Eh bien la guerre, c'est tout le contraire de cette entraide magnifique dont nous sommes témoins et non seulement témoins mais partie prenante ici en ce si beau jour de juin 1940. Nous sommes en vérité en un lieu où s'est déroulée une forme de guerre. Et par la fraternité humaine, nous sommes à en faire un havre de paix, une terre d'espérance. Voyez la verdure dans ces champs, ces arbres : plus de sang ici, plus jamais de sang ici ! Il faudra bien qu'un jour, tous les peuples de la terre déclarent unanimement : plus jamais la guerre !

—Bravo ! cria Dominique, recevant aussitôt des mots approbatifs.

–Mais l'Europe : le carnage ne fait que commencer. Notre chère France asservie, soumise, abattue, notre chère vieille France écorchée, abîmée par l'envahisseur nazi. Il nous faut prier pour nos cousins et cousines de là-bas. À dire vrai, les Français et les Françaises sont plus que nos cousins et nos cousines, ce sont nos frères et nos soeurs. Car nous avons les mêmes grands-parents... Bien sûr que des hommes comme votre curé ne sont pas de souche pure; et qui parmi vous ignore encore que la moitié de mon sang est irlandais ? Ce qui ne m'empêche pas d'être aussi profondément français... Et vous savez tous que la France est la fille aînée de la sainte Église catholique. Alors une prière pour sauver la France ? Vous savez quelle est la meilleure prière en ce jour de grand deuil pour ce grand pays et pour nous aujourd'hui ? Je vous dirai que tous, debout, bien droits, nous allons chanter *La Marseillaise*, l'hymne national de notre lointaine mère patrie si proche de nos coeurs.

Le premier levé fut Samuel. Il était le seul en fait à saisir tout le sens de l'intervention du prêtre. Pampalon se leva aussitôt, suivi de Luc et Dominique Blais, et rapidement, tous se mirent au garde-à-vous, y compris Ernest qui n'en continuait pas moins de grommeler.

Le curé se pencha vers Samuel et lui glissa à mi-voix :

–Je me suis mis un peu les pieds dans les plats : malheureusement, je ne connais pas les paroles sauf les quelques première lignes. Tu saurais sûrement, toi. Ou bien il me faudra transformer les paroles en 'tra la la'...

–Certainement, je sais !

–Bon, alors je te confie la tâche, veux-tu ?

–Si je veux ? C'est sûr !

Le jeune docteur possédait une culture française indéniable et bien supérieure à la moyenne. Le goût lui en était venu tout d'abord par son père et l'intérêt pour la chose française qu'il avait généré dans la maison par son service sur le front français de la Grande Guerre. Ses lettres puis ses dires à son retour témoignaient de cette culture qu'il avait côtoyée au préalable depuis sa jeunesse et qui l'avait incité à s'enrôler en sus d'autres motivations profondes.

Samuel fréquentait les écrivains de tous les siècles, de Ronsard à Gide en passant par d'incontournables favoris tels que Hugo, Proust, Racine et Corneille, des chansons de geste à Cyrano, sans omettre les comédies de Molière, les travaux scientifiques de Buffon, les mathématiques pascaliennes et la pensée voltairienne. Il se délectait aussi de tous les autres arts, peinture, sculpture, cinéma, chanson. Mais il ne lui avait pas été donné de traverser l'Atlantique pour visiter les lieux de ses ancêtres et voilà qu'une terrible opportunité s'offrait de s'y rendre, encore qu'il ne pourrait même pas accéder au territoire français devenu malgré la volonté de son peuple territoire ennemi.

–Bernadette, Cécile, on vous demande à vous aussi de chanter avec nous autres, dit le prêtre aux deux femmes qui avaient continué leur ouvrage sans se rendre compte des événements en train de se dérouler.

–Oui, oui, monsieur le curé, dit Bernadette en se dépêchant d'entrer dans le rang et de faire comme tout le monde.

–C'est notre ami Samuel qui va diriger le chant patriotique. Qu'il vous suffise de suivre avec les sons de votre gorge si vous ignorez les paroles !

Clara ressentait en ce moment une grande admiration pour son père adoptif dont elle surveillait tous les regards, toutes les mimiques.

Roméo regarda Catherine droit dans les yeux. Elle esquissa un sourire d'encouragement. Il sourit aussi, d'un seul côté du visage. Un fragment de sourire.

Et Samuel s'élança de sa voix la plus puissante :

> *Allons, enfants de la patrie !*
> *Le jour de gloire est arrivé;*
> *Contre-nous de la tyrannie,*
> *L'étendard sanglant est levé !*
> *L'étendard sanglant est levé !*
> *Entendez-vous, dans les campagnes,*

Mugir ces féroces soldats ?
Ils viennent jusque dans nos bras,
Égorger nos fils, nos compagnes !
 Aux armes, citoyens !
 Formez vos bataillons;
 Marchons, marchons,
 Qu'un sang impur abreuve nos sillons !

Pas même dix personnes ne connaissaient les mots du chant à l'exception de la seule ligne dite "aux armes, citoyens !" Et des quatre coins de la paisible ferme, on faisait entendre des sons de ralliement bien plus obligés que convaincus. Dominique Blais imprima dans sa mémoire les quatre lignes du refrain et après le couplet suivant, le troisième de *La Marseillaise*, il entonnerait avec la même puissance que Samuel.

Amour sacré de la patrie
Conduis, soutiens nos bras vengeurs,
Liberté, liberté chérie,
Combats avec tes défenseurs,
Combats avec tes défenseurs.
Sous nos drapeaux, que la victoire
Accoure à tes mâles accents;
Que tes ennemis expirants
Voient ton triomphe et notre gloire.
 Aux armes, citoyens !
 Formez vos bataillons;
 Marchons, marchons,
 Qu'un sang impur abreuve nos sillons !

Roméo avait l'esprit bien ailleurs que dans sa tête et nourrissait une pensée moins noble et pure : il se voyait au lit avec celle que plus personne n'appelait la quêteuse, mais qu'il voyait toujours, lui, en mendiante frappant à sa porte ce matin-là, voilà un an, et qu'il avait revue durant la journée, abattue, écorchée, abîmée, comme venait de le dire le curé à propos de la France. Catherine s'était reconstruite après la défaite tout comme on était en train de reconstruire la terre à Bougie pour lui et c'est une femme semblable qu'il lui faudrait pour récupérer ses enfants récupérables et en faire d'autres par l'amour comme il en faisait un en ce moment même par le désir.

Mais Catherine semblait taillée dans l'indifférence même en ces instants solennels.

Samuel avait les yeux qui luisaient. C'était le vent levé et c'était le vent intérieur venu du grand champ des émotions. Il sauta le quatrième couplet et passa au cinquième et dernier :

> *Nous entrerons dans la carrière,*
> *Quand nos aînés n'y seront plus.*
> *Nous y trouverons leur poussière*
> *Et la trace de leurs vertus.*
> *Et la trace de leurs vertus.*
> *Bien moins jaloux de leur survivre*
> *Que de partager leur cercueil,*
> *Nous aurons le sublime orgueil*
> *De les venger ou de les suivre.*
> > *Aux armes, citoyens !*
> > *Formez vos bataillons;*
> > *Marchons, marchons,*
> > *Qu'un sang impur abreuve nos sillons !*

Le curé redit quelques mots :

–Remercions le ciel de nous donner la paix ici. Et aimons-nous les uns les autres comme nous le faisons de manière concrète par cette corvée. Et si tout à l'heure, j'ai béni la nourriture que nous prenons, maintenant, je bénis l'ensemble des travaux d'aujourd'hui et demain. Et j'invite notre chère Clara à nous chanter ses airs magnifiques qui, m'a-t-elle dit, sont tous sélectionnés dans les albums de la bonne chanson de l'abbé Gadbois... Qu'est-ce que tu vas nous chanter, Clara ?

–*La charité*. (*paroles de A. Desenfans et musique de Ch. Mercier*)

–Quel bon choix !

Le vicaire prit la guitare posée contre une pierre tout près derrière eux et la tendit à la jeune fille qui se mit debout un peu en retrait et livra son chant tandis que les gens restaient à l'attention tout en recommençant à manger lentement.

Voyez vous cet enfant au teint pâle et livide
Comme il lève vers vous son regard suppliant !
La honte est sur son front, et son geste timide
Ose seul implorer la pitié du passant.
    Chrétiens, faites l'aumône,
    Faites la charité !
    C'est un Dieu qui l'ordonne,
    Chrétiens, ayez pitié !

Déjà le chant arrachait des larmes : celles de Bernadette, de plusieurs du groupe des fermières installé sur la galerie, de la femme à Tommy Gaboury qui ne pouvait s'empêcher de penser à la petite Suzanne morte brûlée tandis qu'ils étaient à jouer aux cartes.

Catherine n'était pas entièrement à l'écoute de la jeune fille et tout autant à celle de son trouble intérieur provoqué par celui, visible, de Samuel : un tracas incessant depuis quelque temps et qu'elle ne lui connaissait pas auparavant.

Les étendards de la fierté flottaient sur le coeur du curé : fier de cette corvée, fier de ses origines à moitié françaises, fier de cette jeune paroissienne qu'il imaginait sur les plus grandes scènes du monde voire même sur un écran.

Ah ! s'il osait parler, il dirait que sa mère
Ne possède plus rien pour apaiser sa faim,
Qu'elle est triste et mourante, en proie à la misère,
Que ses petits enfants lui demandent du pain.
Chrétiens, faites l'aumône,
Faites la charité !
C'est un Dieu qui l'ordonne,
Chrétiens, ayez pitié !

Rose aussi avait du coeur quand sa libido se taisait. Et elle se taisait en ce moment pour le temps d'une chanson. Mais la femme avait bon contrôle de ses émotions et savait museler la peine au fond de son âme et pour mieux y parvenir bandait tous les muscles obéissant à sa volonté.

Mais on reste insensible à sa plainte touchante.
Et le riche en passant ne voit pas sa douleur.
S'il élève en pleurant une voix suppliante,
Il redoute un refus qui briserait son coeur.
Chrétiens, faites l'aumône,
Faites la charité !
C'est un Dieu qui l'ordonne,
Chrétiens, ayez pitié !

François Bélanger se sentait, dans sa laideur épouvantable, exactement comme l'enfant de la chanson dans sa misère intolérable, et il n'avait plus à la bouche le goût des confitures et plutôt celui de la cendre qui s'y trouvait depuis ce jour de son enfance où il avait découvert avec horreur cette image monstrueuse dans le miroir de l'eau d'une mare derrière la maison puis celui des visiteurs qui le regardaient avec dégoût. Ses larmes restaient emprisonnées dans les énormes plis de ses paupières. Bras croisés, sans plus rien manger, il écouta religieusement la suite.

Et déjà sur sa lèvre expire la prière,
Quand un ange d'amour vers lui porte ses pas.
Cet enfant qui gémit, cet enfant, c'est un frère
Qu'il presse sur son coeur, qu'il arrache au trépas.
    Chrétiens, faites l'aumône,
    Faites la charité !
    C'est un Dieu qui l'ordonne,
    Chrétiens, ayez pitié !

Rien ne suivit. Aucune réaction. Aucun applaudissement. Ni le moindre bruit. La campagne semblait entrée dans l'éternité. Même Dominique Blais et Luc Grégoire, tous deux enclins à se faire valoir par de tonitruantes valorisations de quelqu'un d'autre, tinrent leur tristesse par le chignon du cou et la gardèrent au sec : une douloureuse sécheresse.

Clara dit :

–Là, je vais vous interpréter une chanson extraite de l'opéra Mignon. Les paroles sont de Michel Carré et Jules Barbier et la musique de Ambroise Thomas.

Puis elle pencha la tête et gratta un accord sur les cordes de l'instrument. Armandine leva le doigt et se racla la gorge pour attirer son attention. Le vicaire dut la toucher au bras puis montrer sa mère adoptive qui lui dit, toute de respect :

–Tu veux-tu nous en donner le titre, s'il te plaît ?

–Ah, je ne l'ai pas dit ? C'est : *Elle ne croyait pas*.

Ceci déclencha les applaudissements que la jeune fille n'avait pas reçus pour sa première chanson. Le vicaire prit la parole sans y être invité :

–Tout le monde aura compris que le silence général après la première chanson de Clara était le plus éloquent de tous les silences. L'émotion nous étreignait tous. Les paroles, la voix, tout était si prenant que nous en étions estomaqués. C'est important, n'est-ce pas, de le souligner ?

–Bravo ! monsieur le vicaire, dirent en choeur Dominique et Luc, comme si leurs ondes s'étaient croisées, rejointes et canalisées dans un même ruisseau.

On les suivit par les mains qui se frappent. Clara salua modestement comme elle le faisait à chacune de ses prestations. Le silence revenu, elle livra son deuxième et dernier chant du jour :

Elle ne croyait pas, dans sa candeur naïve,
Que l'amour innocent qui dormait dans son coeur
Dût se changer un jour en une ardeur plus vive
Et troubler à jamais son rêve de bonheur.
    Pour rendre à la fleur épuisée
    Sa fraîcheur, son éclat vermeil,
    Ô printemps, donne-lui ta goutte de rosée !
    Ô mon coeur, donne-lui, donne-lui ton rayon de
    soleil !

Les mots entraînèrent Rose dans un certain désir, un fantasme inavouable, même et surtout au confessionnal, et qui pouvait si elle y croyait vraiment la mener tout droit aux flammes de l'enfer. Elle écrivait dans sa tête la suite des événements de la sucrerie, mais à sa manière.

Elle touche le genou du prêtre, glisse sa main plus haut. Le pauvre homme a chaud. Des gouttes de sueur perlent sur son front. Mais il n'érige aucune barrière entre eux et tout ce qui s'érige en lui attire plus que ne sépare. Elle tire sa robe vers le haut et s'empare de sa main velue qu'elle insère entre ses cuisses. C'est sans cérémonie, c'est direct, mais nul besoin de préliminaires quand sa chair se prépare fébrilement depuis des mois, des années. Le prêtre sombre soudain, comme envahi par un raz-de-marée de lasciveté ou peut-être par un char que transportent à bout de bras une légion de démons de la chair. A son tour de relever son vêtement et la soutane cesse de faire obstacle, le pantalon non plus qui est descendu aux chevilles. Elle s'étend sur la banquette, s'ouvre, s'offre. Un observateur n'y verrait pas grand-chose

125

d'artistique, mais l'art n'est pas toujours au rendez-vous quand la chair a soif... Il plonge et c'est, sitôt fait, l'apothéose. Et ça dure par l'interminable habitude de l'attente...

C'est en vain que j'attends un aveu de sa bouche,
Je veux connaître enfin ses secrètes douleurs;
Mon regard l'intimide et ma voix l'effarouche,
Un mot trouble son âme et fait couler ses pleurs !
　Pour rendre à la fleur épuisée
　Sa fraîcheur, son éclat vermeil,
　Ô printemps, donne-lui ta goutte de rosée !
　Ô mon coeur, donne-lui, donne-lui ton rayon de
soleil !

Le curé qui avait allumé sa grosse bouffarde entre les deux couplets, continuait de savourer sa fierté et son tabac.

Après un désir proprement charnel, voici que Roméo se sentait grisé par un chatoiement d'amour inspiré par la vue de ce si beau visage qu'était celui de Catherine. Il regrettait bien un peu qu'elle soit la compagne de son ami le docteur et qu'elle soit sa future épouse à coup sûr.

Catherine ressentait de l'admiration pour Clara et de la crainte pour son avenir. Tracassée par l'état d'âme de Samuel, elle aurait voulu pénétrer dans cet univers embrouillé.

Mais de tous, Docteur Campagne était le moins à l'aise avec lui-même. En fait, il se sentait déchiré entre l'amour d'une femme et celui de la liberté, entre son devoir envers celle qu'il a fait avancer avec lui sur le chemin de l'union à vie et son devoir envers l'humanité, envers la France, le Canada, ses proches, devoir qui pourrait lui coûter la vie et bouleverser l'avenir de sa fiancée, de Clara et de sa propre mère. Soufflait une violente tempête dans son âme, qui n'y paraissait pas sur son visage figé dans un sourire satisfait...

***

126

Chapitre 9

Quand la corvée fut terminée, il ne resta rien de l'odeur Bougie dans l'air et les choses de la ferme. Pas même un iota évanescent du passé ! Même la chambre du crime avait été réaménagée. Agrandie. Entièrement décapée au papier d'émeri. Murs recouverts de planchettes. Nouveau plancher de bois dur et surface en prélart fourni par les Goulet, ce qui constituait leur cadeau à Roméo à l'occasion de l'ouverture de sa maison, cadeau signé officiellement de la main de Clara.

À la brunante, il ne restait sur place que trois personnes : Catherine, Samuel et Roméo. Armandine avait mobilisé Clara pour l'aider à préparer le souper et elles avaient trouvé une occasion pour retourner au village.

On était assis dehors, sur des chaises droites laissées là par les fermières à leur départ, à quelque distance de la maison, en un lieu d'où il était possible d'apercevoir à la fois les trois bâtisses aux ombres sombres.

—Ben ça y est, Roméo, il te reste la vie pour travailler dur maintenant, dit Samuel.

—C'est pas l'ouvrage qui fait mourir son homme.

—Tout est fini comme tu voulais ça ?

—Guère s'en manque !

–Il reste quoi à faire encore ?

–L'année prochaine, si les affaires continuent à reprendre, je vas changer les ouvertures de la maison.

–C'est vrai que ça laisse à désirer, ça, encore.

–Comme ça, je vas être certain que l'âme à Mathias vas jamais revenir hanter la place.

–Tu me dis pas que t'es superstitieux, toi, Roméo, un homme de la terre et si bon catholique ?

–On met toutes les chances de notre bord.

Assise à mi-distance entre les deux hommes, Catherine se faisait silencieuse. L'on pouvait apercevoir son grand regard brillant qui captait les dernières lueurs du crépuscule. Cet endroit ressemblait à chez elle et la jeune femme s'y sentait en sécurité malgré les événements terribles de l'année précédente, qui lui avaient laissé des douleurs sporadiques dans la mâchoire inférieure. Non, elle ne croyait pas que l'esprit des disparus puissent rôder par là ou n'importe où ailleurs. Mais elle croyait qu'il puisse hanter l'âme par le souvenir, et le faire en bien ou en mal. Et que le seul moyen pour s'en débarrasser consistait à faire le bien. C'était lui, l'obstacle capable d'endiguer l'ingression du mal. C'était lui qui dans son coeur et son esprit faisait office de portes et châssis solides et neufs empêchant la poudrerie, le vent coulis et les rages de l'orage d'entrer à l'intérieur.

Aimer. Aimer sans jamais plus se laisser abuser. Aimer incluait dans sa définition même l'idée de ne pas se laisser manger la laine sur le dos. Entre le paillasson et la rebelle, se trouvait une place pour la dignité et le respect de soi-même et des autres.

Samuel soupira :

–Ah, j'aimerais ça, moi, vivre ici. Entre la civilisation et la sauvagerie... Mais faut dire que l'électricité me manquerait. Le gouvernement Godbout a pas trop l'air pressé pour entreprendre l'électrification rurale. Faudrait peut-être réélire monsieur Duplessis comme en 36.

–Duplessis, ça, c'est mon homme ! Un homme honnête !

–Proche de la terre.

À ce moment, Samuel tendit la main et prit celle de sa fiancée. Elle la lui donna et pressa les doigts sur les siens pour montrer son bonheur et son amour. De sa localisation, Roméo put se rendre compte de leur contact et il en ressentit un malaise. Pourquoi, se demanda-t-il, d'aucuns en possèdent-ils tant et d'autres si peu ? Mais il devait museler au fond de son âme des sentiments si peu avouables, et n'en rien laisser transparaître devant son bienfaiteur.

On conversa à bâtons rompus pendant une demi-heure encore puis il fut question de s'en aller. Il vint à Samuel l'idée d'inviter Roméo à souper avec eux autres au village. Il viendrait le reconduire ensuite.

–Suis sale comme un cochon.

–On l'est tous. Normal dans les circonstances.

–Bon !

–Je vais téléphoner pour avertir maman.

Samuel entra dans la maison, laissant les deux autres à jaser.

–Comme il l'a dit : ça va être une belle place pour une famille, penses-tu, Catherine ?

–Ah oui, une ben belle place !

–Je vas faire de la terre neuve à chaque année pis dans dix ans, ça va être une des meilleures terres de la paroisse.

–As-tu l'intention de reprendre tous tes enfants ? Je veux dire à part de Clara, c'est sûr.

–J'ai parlé avec les familles qui les ont, pis j'en ai trois qui vont revenir. Pas sûr. Les autres, ils veulent les garder.

–Et lesquels ?

–Les trois petites filles après Clara : Rolande, Françoise pis Yvonne.

–Pas Colette ?

–Non, elle va rester dans le bout d'Ottawa. Faut croire que le bon Dieu la veut par là, celle-là. Je te dis que j'suis pas trop content de moé, de la manière que je les élevais avant que ma femme meure. Trop durement. Des petites filles, faut que ça soye pris par la douceur, pas par la peur. J'me suis ben trompé. Mais je vas me reprendre. Comme on dit : à tout péché miséricorde !

Catherine trouvait très touchant ce regret et la décision de mieux faire d'un homme qui aurait bien pu, comme tant d'autres, se pardonner à lui-même et ne pas s'interroger sur sa conduite ni avouer ses erreurs. Elle se rappelait qu'il avait aussi à quelques reprises exprimé sa douleur d'avoir trop attendu pour faire venir le docteur le jour suivant l'accouchement de Maria alors qu'elle était atteinte de la fièvre. Cet homme apprenait par ses fautes et il avait fait un grand bout de chemin qui l'éloignait du groupe des sans-coeur dont son père et son mari avaient fait partie toute leur vie.

–Ben, j'voulais te remercier pour tout ce que t'as fait pour nous autres.

Elle garda un moment de silence avant de confier :

–Ça m'a rapporté plus qu'à vous autres.

–Mais ça t'a fait souffrir en même temps. Je sais que tu prenais tout ça à coeur... la maladie de ma femme, le sort de mes enfants... Clara surtout...

–Tout va pour le mieux pour elle et j'en suis bien contente.

–Dans son cas, le malheur aura apporté un grand bonheur. Elle pouvait pas être mieux placée qu'elle est là. Ça va devenir quelqu'un dans la vie, c't'a p'tite fille-là.

–Une grande fille asteur, Roméo.

L'on n'entendit pas Samuel refermer la porte après son téléphone et revenir. En fait, il marcha en discrétion, comme à son bureau pour ne pas ajouter au stress subi par les patients en douleur ou en inconfort. Il s'arrêta à quelque distance derrière eux et croisa les bras pour tout voir, tout regarder, réfléchir et trouver une vérité dans la grande grisaille du soir.

–En tout cas, fit Roméo, toé pis moé, on lui en doit pas mal, à Samuel. Lui en demander plus, ça serait pas mal ingrat de notre part... en tout cas de la mienne...

–Et moi aussi, et moi aussi !

Il semblait à la jeune femme que son fiancé se tenait pas loin derrière, mais elle ne tourna pas la tête et se fia plutôt à sa raison lui disant que ce n'était qu'une vague impression de femme amoureuse.

Catherine, après une pause, reprit :

–Mais faudrait pas se sentir lié pour autant... pas dépendant... parce qu'il serait le premier à pas être content de ça... C'est un homme qui veut pour les autres la liberté...

Samuel intervint :

–Et je passe mon temps à te dire que tu devrais cesser de faire les portes, tandis que c'est là que tu trouves la plus grande expression de ta liberté.

–Tu m'as fait faire un saut, là, toi.

Le jeune homme resta debout derrière les deux :

–Je vous regardais et je me disais que si je devais mourir jeune, vous feriez un beau et un bon couple.

Roméo éclata de rire.

–Un docteur, ça vit toujours vieux, dit la jeune femme.

Samuel n'ajouta rien sur le sujet et annonça :

–Bon, on nous attend tous les trois au village. En route ! Roméo, barre la porte et rejoins-nous à l'auto. On part dans une minute...

–C'est beau ! Les chaises, je vas les rentrer en revenant. Pas de danger de se les faire voler par les bêtes sauvages...

Si l'esprit fantasque de Mathias Bougie avait rôdé par là ces derniers temps, il devait savoir maintenant qu'il n'y trouverait plus le moindre espace. Autant s'éloigner sans fafiner...

*

Ce même soir de la Fête-Dieu, dans une lourde pénombre qui baignait l'entière cuisine des Maheux, Éva et Ernest en parlaient encore, de cette corvée mémorable qui ferait de Roméo Boutin un cultivateur honorable.

–Maudit torrieu, pas de danger que moé, j'aurais été invité à manger à la même table que le curé. Y a pas de soin, tchen ben donc !

Il redisait la substance de cette phrase pour au moins la dixième fois depuis la veille.

–Ça, c'était hier ! Le curé est pas allé là aujourd'hui.

–Ben moé, quand y a tchequ'un qui m'insulte, ça dure plus qu'une journée, tu sauras ça. J'y ai fourni la peinture, à Méo Boutin, j'ai mené les travaux sur les combles de grange pis de maison, pis là, ben t'es trop sale pour manger dans les honneurs : mange donc avec François Bélanger, toé, pis le vieux Zoël Poulin.

–Zoël, tu l'engages souvent pour travailler : c'est pas une honte de manger à la même table que lui pis François qui est un si pauvre homme...

–Travailler pis manger, c'est pas pareil, tu sauras.

–T'as même mangé mes confitures dans le coffre de culottes à François Bélanger.

–On pouvait toujours pas gaspiller ça : c'est encore la crise, tu le sais pas ?

–Ça s'en va, la crise, Ernest. T'as un peu plus de clientèle pis ça te paye plus de travailler...

Il se fit une pause. Elle reprit de sa voix la plus douce et pour lui la plus agaçante :

–Ben moé, j'pense que tu seras arrivé en retard comme de coutume, pis que la Rose a pris ta place à la table d'honneur. Elle aura dit : *"Ti-Jean-la-nuitte, il va être en retard pis quand il va arriver, nous autres, on aura fini pis il aura la table à lui tout seul."*

L'insulte suprême venait d'être lancée: lui, ti-Jean la nuitte... Ernest devint noir de colère si bien que son visage disparut complètement dans la demi-obscurité du soir épais. Il cracha sa gourme :

–Je vas ben finir par faire un maître icitte-dans... Le curé serait arrivé en retard qu'il aurait eu sa place à table d'honneur, tchen ben donc, lui...

–Voyons donc, Ernest, y a pas de table d'honneur à une corvée paroissiale. C'est pas une cérémonie...

–Des tables d'honneur, tu sauras que y en a partout où c'est que y'a du monde en gang. Pis je te dirai que le beau Pampalon pis son grand Luc, eux autres, étaient là, à la table du curé. Veux-tu, je m'en vas te dire qui c'est qui a arrangé tout ça, là, ben c'est la Bernadette Grégoire...

–Ben voyons donc, quand y a quelque chose qui va pas à ton goût, tu t'en prends tout le temps à Bernadette. Pauvre elle : elle passe dans le chemin pis si tu vois une mouche dans la maison, tu dis que c'est de sa faute pis tu chiales après elle. Bernadette, c'est une bonne personne qui fait jamais de mal aux autres. Même que c'est grâce à elle si la quêteuse a été sauvée pis Bougie arrêté... Elle devait être là, aujourd'hui, la quêteuse ? Tu lui as parlé ?

Éva savait que cette question calmerait les ardeurs négatives de son homme. Il s'attendrissait inévitablement quand il voyait une belle jeune femme ou qu'on en parlait.

–Ouais !

–Quand elle est ben 'trimmée' pis ben 'grimmée', c'est une vraie belle jeune personne. Au bras du docteur, elle va être la plus belle de la paroisse.

–Ouais...

Ernest se calmait. Après une pause qui permettait la décompression, il reprit :

–Ben moé, j'pense qu'elle s'ra jamais la femme du docteur. Parce que du monde pauvre comme Job pis du monde à l'aise, ça s'mélange pas. Le docteur, c'est avec Marie-Anna Nadeau ou Gaby Champagne qu'il finira par s'rendre au pied de l'autel. Tu vas voir si c'que j'te dis là est pas la vérité.

–Ça se pourrait.

Le cri d'un bébé se fit entendre.

–On a encore parlé trop fort : le Gilles qui s'est réveillé encore une fois.

–Un enfant tannant, celui-là, maudit torrieu !

–On est pas pour jeter un bébé aux vidanges parce qu'il

133

braille tout le temps.

Éva quitta sa chaise. L'homme le sut par les craquements entendus et les pas qui suivirent. Puis les cris diminuèrent et cessèrent tout à fait. Il ne resta plus dans l'air chaud et opaque que les sons apaisants et fatigués d'une mère qui chantonne *Partons la mer est belle*.

Éva, tout en consolant le bébé, restait profondément inquiète et songeait à cette inoubliable malédiction dont son cousin Jos King avait évoqué la possibilité devant elle lors de sa visite l'année précédente tandis qu'elle portait Gilles, et voulant que le Mathias Bougie, mort par pendaison le 26 décembre, revienne par l'esprit se chercher un ventre de future mère à investir.

Elle avait eu beau rire jaune et dire qu'il était trop tard pour Mathias, qu'elle était déjà enceinte, l'idée affreuse lui revenait en tête chaque fois qu'on lui répétait que sans sa parole lourde de conséquences le jour de l'enquête du coroner à la mort de Rose-Anna Bougie, celle accusant le père d'avoir tué sa fille avec l'arme de la peur, Mathias n'aurait pas été condamné à mort et exécuté.

Le bébé se mit à téter gloutonnement. Comme s'il avait voulu aspirer non seulement tout le lait de sa mère mais aussi tout son sang...

*

Rose roulant des hanches vint à pied chez le docteur Goulet.

Devant la maison, elle s'arrêta. Il lui sembla voir un morceau d'avenir en regardant cette longue habitation grise. Comme si ce certain désir qui rôdaillait dans sa substance profonde pour y allumer tout partout et quotidiennement des petits feux dont elle avait de plus en plus de mal à combattre et contenir les flammes, devait y trouver son aboutissement un jour ou l'autre. Peut-être même ce jour-là. Et en ce moment, elle y consentait totalement. Et s'il fallait qu'elle brûle en enfer pour apaiser ce feu charnel, eh bien, qu'elle brûle donc !... Et puis non, il ne fallait pas...

Une voix aussi pointue que réelle remplaça celle de sa

conscience :

–Rose, Rose, je voulais te dire...

Bernadette courait à moitié vers l'autre femme et marchait en même temps, alternant le pas de course à son pas naturel claudiquant.

–Qu'est-ce qu'il arrive donc ?

Essoufflée, Bernadette reprit :

–Tu me croiras pas, Rose, mais ça se pourrait qu'on perde notre docteur. Il s'en irait de l'autre bord...

–De l'autre bord ?

–De l'autre bord : à la guerre. C'est terrible, mon doux Jésus. J'ai su ça à travers les branches.

Rose portait une robe pâle au décolleté laissant voir la naissance de ses seins joufflus, tandis que Bernadette était vêtue sobrement d'une robe en noir et blanc. L'habit faisait le moine ce lendemain de la Fête-Dieu. L'une, femme joyeuse et bien encadrée par la religion et l'autre, femme tourmentée par ses propres penchants de plus en plus forts à mesure que les années se juxtaposaient de chaque côté de ses yeux.

Par la moustiquaire de la porte, Samuel, assis à son bureau entendait. Il prêta oreille et il lui paraissait que Bernadette faisait exprès de parler si fort pour qu'il sache la teneur de son propos.

–Quelles branches ?

–Ben... heu...

–Il te l'a dit lui-même ?

–Pas lui... quelqu'un...

–Bah !... ça sera rien que du parlage...

–Non, non, non, c'est pas du placotage ! Paraît que c'est ben sérieux. Pis faudrait pas, hein ! Faudrait surtout pas ! On a besoin de lui, nous autres. Une si belle voix en plus. Pis y a ben du monde malade par ici. Je te dis que madame Maheux, elle a de la misère depuis que son bébé est au monde. Pis tous les autres. C'est une grosse paroisse. Deux mille

135

personnes au moins. On a été assez longtemps privé d'un docteur... hey, quasiment deux ans. Pis monsieur le curé qui a fait des mains et des pieds pour en trouver un... il trouve le meilleur qu'on peut penser, pis il s'en irait au front... pour peut-être se faire tuer... mon doux Seigneur, faut pas !

–Ben moi, j'pense que c'est du parlage.

–J'te dirai que ça s'est parlé entre hommes au magasin en attendant la malle à matin. Pis Armand est arrivé à la maison en disant ça, lui.

–En disant quoi au juste ?

–Armand... il a dit dans ses mots à lui... Armand est cultivé, tu le sais... "le petit docteur est mentalement prêt pour aller servir outre-mer". Il a déclaré que pour les jeunes Canadiens français, c'est un devoir de défendre la liberté du monde pis la nôtre en même temps.

Rose éclata d'un rire exagéré :

–Prends-moi pas pour une niaiseuse, Bernadette, tout le monde sait que la guerre, c'est pour les jeunes de dix-huit à vingt-cinq ans, pas les vieux de trente-cinq et plus comme le docteur Samuel.

–Qu'est-ce c'est que tu dis là, Rose ? Les docteurs, c'est pas pareil, eux autres, ça peut aller jusqu'à quarante ans. Surtout s'ils s'enrôlent d'eux-autres mêmes. Si Samuel se porte volontaire, on le perd...

–Tu fais des drames avec du commérage de bureau de poste. Pire, du compérage de bureau de poste...

–Hey que tu me choques, Rose Poulin !

–Rose Martin.

–T'es mariée avec Gus Poulin, ben tu t'appelles Rose Poulin.

–Martin.

–En tout cas... Poulin, Martin, ça fait rien à matin... Mais le docteur pourrait se faire tuer de l'autre bord ou ben se faire prendre pis mettre en prison comme le docteur Béland en 1915. J'étais jeune, mais je m'en rappelle comme il faut.

–Je m'en rappelle. J'étais fille. Pis toi, tu l'es toujours.

136

–Ris pas de moi, Rose, ça pourrait te retomber sur le nez d'une autre manière.

–Il était pas en prison, il était dans un camp de prisonniers, le docteur Béland.

–Prison, camp de prisonniers : c'est du pareil au même.

–C'est pas plus pareil que Martin pis Poulin.

–Ah, de ce que t'es donc tannante quand tu veux ! Ben moi, je m'en retourne au magasin.

Elle tourna les talons en maugréant puis s'arrêta, fit un demi-tour sur place et lança à Rose qui avait repris son pas dans l'allée menant à l'escalier de la maison grise :

–J'ai reçu un nouveau parfum à matin, si tu veux venir l'essayer.

–J'y manquerai pas aujourd'hui.

Rose sonna et entra dans le vestibule.

–J'arrive, madame Rose, fit Samuel depuis son bureau.

–Ah, tu savais que c'était moi ?

–Je vous attendais. Vous m'aviez dit que vous viendriez aujourd'hui.

–Ben... suis là.

–Un moment.

La femme resta debout à regarder une photo récente sur laquelle se trouvaient les trois habitants de cette maison, soit Samuel, sa mère et Clara. Elle n'eut pas même le temps de s'en inspirer pour réfléchir que le docteur lui dit d'entrer, c'est-à-dire de franchir l'embrasure d'une porte inexistante séparant le petit vestibule d'attente du bureau lui-même.

On avait quelque peu rénové à l'intérieur depuis l'année d'avant, mais tout était ressemblant et familier pour Rose qui voyait le médecin chaque saison ou presque. Il y avait un nouveau paravent de métal noir et tissu blanc avec fioritures dans le fer forgé. Aussi une nouvelle table d'examen qui servait également pour des chirurgies mineures : plus large et rembourrée sous un cuir noir. Des portes capitonnées pour assurer la confidentialité, ce qui avait contrarié Armandine à leur installation par Donat Bellegarde, un ouvrier du village, mais qui l'avait compris et accepté.

–Alors, comment va votre dos ?

–Mon dos ?

–Oui, je vous l'ai ausculté chez Roméo, samedi.

–Ah oui, mon dos ! C'est pour ça que je viens, mais je...

–Il a bon dos, votre dos, Rose.

–Quoi ?

–Je blague.

–Moi, je trouve pas ça drôle... écoute... y a Bernadette qui vient de me dire des choses qui me...

–Asseyez-vous, Rose. Et dites-moi ce qui vous tracasse.

Samuel portait un sarrau blanc et avait gardé autour du cou son stéthoscope. Il était bien moins homme que docteur, mais c'est à l'homme qu'elle voulait parler et c'est bien plus lui qui intéressait la femme en ce moment qu'elle-même et son état de santé.

–J'ai su que tu vas partir...

–J'ai tout entendu de votre échange avec mademoiselle Bernadette. Il y en a qui font de ces déductions, oh la la !...

–C'est rien que du parlage comme ça ?

Samuel devint sérieux :

–Armand a deviné mon état d'âme et il en a conclu que je partirais pour la guerre. Et... Rose, vous serez la première à qui je vais le dire, avant ma propre mère, avant le curé, avant tous, il est probable, oui, que je vais traverser l'Atlantique et aller me dévouer là-bas pour la liberté. Pas me battre : ce n'est pas le rôle d'un médecin, mais, tout comme mon père en 15, aller sauver des vies au front après la bataille.

–Je suis honorée de savoir que tu me le dis à moi avant tout le monde.

–C'est le hasard qui veut ça. Mais c'est aussi parce que je vous aime beaucoup, Rose.

La femme fit des yeux grands comme des piastres :

–Toi, tu m'aimes ?

–Façon de parler : vous m'êtes sympathique.

–Et pourquoi ça ? Je devrais dire : comment ?

–Vous avez du caractère. Vous avez... une autonomie qui me plaît. Ceci dit entre vous et moi strictement. Je vous trouve une belle âme, tiens...

–C'est ben le temps de me dire ça, asteur que tu pars à diable vauvert.

Il souleva le couvert dur d'un livre posé sur son bureau et sourit faiblement :

–Peut-être que je ne vous l'aurais pas dit autrement. C'est déjà une première bonne conséquence de mon départ... si départ il y a.

–Et ta Catherine adorée, et ta mère, elles vont dire quoi ? Et monsieur le curé pis les autres ?

–Vous savez, la réaction qui m'inquiète le plus, c'est celle de notre chère petite Clara.

–Petite ? Une grande fille asteur.

–Elle a grandi si vite que nous autres, on la voit toujours en petite fille.

–Ben, j'te comprends pas pantoute. On a besoin de toi, comme Bernadette le disait tantôt. Tout le monde par icitte a besoin de toi. Laissons-les se chicaner de l'autre bord; nous autres, on est en paix.

–Rose, la liberté de l'Europe, c'est aussi notre liberté.

–J'comprends trop rien là-dedans. L'Europe, c'est où, ça?

–Un continent... de l'autre côté de la mer.

–Les vieux pays, tu veux dire.

–C'est ça, les vieux pays : l'Angleterre, la France, l'Italie, l'Allemagne...

–Oui, je sais. Quand je dis 'c'est où', je devrais dire 'pis après'. Tout ce que je peux te dire, Samuel Goulet, c'est que tu vas faire mal à ben du monde en partant.

–Je vais faire comme le docteur Béland. Vous avez dit vous en souvenir.

–Sûr que je m'en souviens ! Il a été député fédéral jusqu'en 1925. Réélu tandis qu'il était prisonnier de guerre en Allemagne en 16 ou 17. Le premier couvent était brûlé...

–Il a fait son devoir. Comme mon père a fait le sien. Tous les deux sont allés en Europe. Ils ont sauvé des vies et contribué à sauver la liberté.

–Dis donc, va-t-il falloir qu'à chaque génération, nos jeunes hommes aillent se faire tuer pour séparer des chicaniers en Europe ? On a nos souffrances à soulager, nous autres.

–Vous ne comprenez pas, Rose.

–Je comprends peut-être plus que toi, mon jeune ami. Mais on dirait ben que ton idée est déjà faite.

La femme soupira et reprit :

–J'voudrais pas m'appeler ta Catherine quand tu vas lui annoncer la nouvelle.

–Catherine va comprendre que c'est par amour pour elle, pour Clara, pour maman, pour vous aussi, Rose, que je pars... si je pars. Vous savez, je dois tout arranger ici avant de partir de sorte que les gens de la paroisse ne soient pas privés de soins de santé. C'est primordial. Et pas même la guerre ne justifierait qu'on prive une population des soins de santé qui lui sont requis. Il faudrait des gouvernements barbares pour faire ça. Mais nos gouvernements ne sont pas barbares et ne le seront jamais, jamais dans cent ans... à moins de se nazifier...

–Parle pas pour le futur, c'est trop risqué.

–Rose, l'avenir nous fera tout de même pas régresser.

–On sait jamais ce que l'avenir nous réserve. Suis venue me faire soigner pis j'apprends que mon docteur nous abandonne pour aller soigner des soldats sur le champ de bataille. Non, on sait jamais ce que l'avenir nous réserve...

La suite fut sans émotions. Rose se fit sèche. Il lui donna de nouveau de l'huile électrique et elle s'en alla, plus aucun désir charnel ne la travaillant...

***

140

Chapitre 10

Dans les heures qui suivirent, le curé fut inondé d'appels téléphoniques en provenance des quatre coins de la paroisse à propos du possible enrôlement du docteur Goulet.

"Vous nous l'avez amené, c'est à vous de nous le garder par ici !" d'oser dire Bernadette qui, en certaines occasions de bien faire, ne manquait pas de toupet et pouvait parler au curé comme à Freddé, avec la même audace provocante.

"Dors sur tes deux oreilles, Bernadette, ton curé veille au grain !"

—-☎

"C'est le meilleur petit docteur qu'on peut pas trouver, dit flatteusement Germaine Boulanger. Le laisser partir, ce serait quasiment comme de vous laisser partir, vous, monsieur le curé."

"Tu m'en diras tant, Germaine !"

—-☎

Même Ernest Maheux y alla de son coup de fil. Comme il fallait s'y attendre, il utilisa sa voix de stentor et des arguments négatifs :

"Maudit torrieu, le docteur Poulin de St-Martin, ça vaut pas cher, pis le docteur Roy de St-Éphrem, c'est pas le diable mieux, pis le docteur Cloutier de St-Georges, il veut pas trop soigner le pauvre monde... ça fait que faut pas que le docteur d'icitte sacre son camp... Que le yable les emporte donc, les Français, les Anglais pis les Allemands... bande de chicaneux... ça nous r'garde pas pantoute, leurs maudites chicanes, nous autres..."

"C'est un point de vue, Ernest. Je considère toujours ton point de vue parce que t'es un gars ben raisonnable... qui se sert hautement bien de sa tête... Content de ton appel !"

Ainsi porté aux nues, le forgeron ne savait plus quoi dire. Éva vint à sa rescousse. Il l'annonça avant que le prêtre n'ait le temps de raccrocher :

"C'est pas toute, là, y'a ma femme qui voudrait vous dire tcheuq'chose..."

"Monsieur le curé, je voulais vous dire que... que je me sens ben triste de savoir que le docteur Samuel veut partir pour la guerre. C'est pas un ivrogne, lui... Pas comme le docteur qu'on avait avant... Je vous dirai qu'à mon bébé de 1936, le docteur d'avant —on va taire son nom— il s'est endormi sur sa chaise. Il sentait la tonne à un mille. Pis c'est la femme à Ti-Bé Veilleux qui a fait son ouvrage à lui. Là qu'on a un bon docteur pis fin, il veut s'en aller ? C'est sans bon sens, vous pensez pas ?"

"Que je sache, Éva, il est pas encore parti."

"Ben vous me soulagez un peu, vous, là..."

— -☎

"Mieu ué moé su acteu Ouè eu tir..."

Le curé comprit qu'il avait affaire à François Bélanger et il présuma de ce qu'il avait dit.

"François, si le docteur Goulet va à la guerre, le bon Dieu va nous envoyer moins de maladies pour compenser sa perte, moins d'accidents, tu comprends ?"

"I a ty mram'né a fess ? (Il va-t-il me ramener la face ?)"

Une fois encore, le curé répondit à l'aveuglette et frappa dans le mille :

"Probablement que ça va être bon pour tout le monde... pas qu'il parte —et ça, à qui l'a-t-il dit ? à personne !— mais ce que le bon Dieu va envoyer en remplacement. Le bon Dieu est bon. Tu vois, François, il a rappelé à lui Maria Boutin et la pauvre petite Clara est tombée orpheline. Ensuite, elle a perdu ses petites soeurs parties ailleurs, dans d'autres familles. Qu'est-ce qu'elle aura eu en remplacement ? La meilleure famille qu'on peut trouver au monde. Et voilà qu'elle est devenue une jeune fille brillante... C'est certain que si le docteur devait partir, ce serait moins heureux pour elle... mais madame Armandine saura s'occuper d'elle comme il faut, de la faire instruire, de continuer à l'éduquer pour en faire quelqu'un dans la vie. Sais-tu comment on appelle ça, François ? On appelle ça un juste retour des choses. Et dans le cas de Clara, c'est un généreux retour des choses."

—-☎

"J'ai appris une nouvelle, monsieur le curé, et j'ai pas trop envie d'y croire. Paraît que le docteur..."

"Une rumeur, Marie-Anna, rien qu'une rumeur encore."

"Pas de fumée sans feu ! S'il faut qu'il parte, qu'est-ce qu'il va arriver de notre beau chant choral ? Sans lui, le choeur... une perte énorme."

"La santé, c'est pas mal plus important que le choeur."

"C'est sûr... mais la santé de l'esprit, c'est important. La voix de monsieur Samuel, c'est comme un baume pour... pour..."

"Pour le coeur. On va voir à tout ça ce soir. Le docteur a rendez-vous à sept heures à mon bureau et on va en parler."

"Je sais que j'ai pas besoin de vous pousser dans le dos... je voulais juste vous avertir de ce qui se prépare... peut-être..."

—J'ai jamais été aussi content de rencontrer quelqu'un, fit le prêtre en recevant lui-même le docteur à la porte du presbytère à l'heure dite.

—Vous me flattez pas pour rire, monsieur le curé.

—Entre donc, Samuel, entre !

143

Et le prêtre se fit précéder de l'autre qui en trois coups d'oeil embrassa toute la pièce servant de bureau. Un pan de mur en bibliothèque vitrée. Un second en tentures de chintz couleur bourgogne. Un troisième tapissé de cadres contenant des photos d'anciens curés, de parents du prêtre, de l'évêque, du pape Pie XI récemment décédé et du pape Pie XII l'ayant remplacé l'année précédente. Une horloge grand-père occupait un des coins, un fauteuil de velours rouge l'autre. Et devant le quatrième mur se trouvait le bureau du curé, un meuble brun, massif, imposant sur lequel étaient posés des objets dans l'ordre le plus minutieux : un écritoire, des plumes pour écrire, un registre paroissial, un cendrier et un porte-pipe dans lequel reposait la bouffarde la plus vorace de l'abbé et peut-être de toute la paroisse.

–Assis-toi, Samuel, on en a long à se dire.

–Long ?

–Et large.

–Vous m'inquiétez.

–Et toi aussi, mon ami.

–Ah oui ? Moi, un sujet d'inquiétude ?

–En effet !

Et pendant qu'ils échangeaient, chacun prenait sa place, Samuel sur un fauteuil à bras de style Chippendale et le curé dans le sien, une chaise craquante à bascule et roulettes.

–Je dois te dire que le téléphone n'a pas dérougi depuis le milieu de l'après-midi et tous les appels te concernaient.

–Moi ? s'étonna fort le docteur.

–Oui, toi !

–Là, je me demande...

–Tout le monde dit que tu pars à la guerre.

Samuel éclata de rire :

–Et moi, je ne le sais pas encore.

–Tu n'as dit ça à personne ?

–À personne, je vous le garantis !

–Mais tu as parlé de la guerre.

–Qui n'en parle pas ? Vous plus que tout le monde.

–Les gens n'en parlent pas tant que ça.

–Ben... ceux qui se tiennent au courant par les journaux, la radio : oui. Tiens, c'est vous à la corvée chez monsieur Boutin qui m'avez appris pour l'occupation de la France par les Allemands.

–C'est pas sérieux, Samuel, tu vas pas nous abandonner.

–Je n'ai pas l'intention de vous abandonner.

–À la bonne heure ! Je savais bien...

–Mais je vais peut-être partir pour un bout de temps en Europe.

Le curé fronça les sourcils et son regard pénétrant plongea dans celui de son interlocuteur :

–Si je comprends bien, tu nous abandonnes pas, mais tu t'en vas à la guerre. Non, je ne comprends pas bien. Voudrais-tu m'expliquer ce paradoxe, cette contradiction ?

–La réponse à cela vous sera donnée par deux autres personnes qui doivent nous rejoindre dans quelques minutes : dix ou quinze, pas plus.

–Tu aurais convaincu madame Catherine et madame Armandine qu'il est dans leur intérêt que tu partes pour le champ de bataille ?

–Les médecins ne sont jamais en première ligne, vous le savez, monsieur le curé.

–Je sais, soupira l'abbé, c'est après la boucherie qu'ils vont récupérer ce qui est encore... récupérable.

–Un docteur qui va à la guerre ne va pas faire la guerre.

–Bien évidemment ! Mais... un docteur dans sa paroisse livre aussi une guerre. Une guerre à la maladie, à la peur, au désarroi. Et en plus, comme coroner, tu rends d'inestimables services à ta communauté.

–Je sais tout ça. J'ai pensé à tout ça, mais...

–N'as-tu pas l'impression que tu vas enlever aux gens d'ici pour donner aux gens d'ailleurs ? Monsieur Ernest a une façon, lui, de dire cela que je ne vais pas te répéter.

–Il vous a téléphoné ?

–Et plusieurs autres des quatre coins de la paroisse, ainsi que je te le disais tout à l'heure.

–Je me demande bien où la rumeur a pu naître. Y a madame Rose qui m'en a parlé au bureau cet après-midi. C'est mademoiselle Bernadette qui lui aurait dit ça. Mais plus loin, qui a parlé à Bernadette ?...

Le prêtre ouvrit les mains :

–Mais à quoi ça sert de remonter aux sources puisque d'après ce que tu me dis, la rumeur est fondée. Tu as dû dire des choses qui auront laissé à penser que tu partirais.

–Au magasin, ce matin : c'est sûrement là.

Alors, il songea qu'il l'avait clairement avoué à Rose. La sonnerie se fit entendre à ce moment. Le curé se leva :

–Les personnes que tu attends sûrement.

–Sûrement !

Ce ne fut pas Catherine et Armandine que reçut le prêtre à la porte et plutôt deux médecins, le docteur Poulin et le docteur Roy, appelés par leur collègue pour rassurer le curé et partant, la paroisse entière.

Après les salutations d'usage, les deux arrivants furent invités à prendre place de chaque côté de Samuel, tandis que le curé, comprenant tout ce qui se dirait, reprenait la sienne.

–J'ai demandé à mes collègues de venir faire un tour...

–Pour me rassurer et me dire qu'en ton absence, ils vont donner aux malades de la paroisse tous les soins requis.

–En plein ça, monsieur le curé. Et si se produisait une urgence, le docteur Poulin sera là...

–Et si Raoul est occupé aux malades, c'est moi qui viendrai, fit le docteur Roy, un homme grand et sec, blondin dans la mi-cinquantaine.

–Ce sera notre effort de guerre, reprit le docteur Poulin, personnage rondouillard et d'un flegme constant.

Le curé se recula sur sa chaise et après quelques craquements agaçants, dit tout en lenteur :

–Bon, mes amis, parlons un peu arithmétique. Voyez-vous, si chacun de vous trois travaille... mettons cinquante heures par semaine, cela fait bien cent cinquante heures de médecine pour les trois paroisses. Est-ce à dire que les mêmes cent cinquante heures seront réparties entre deux docteurs désormais pour... soixante-quinze heures à chacun ?

Alors le prêtre se laissa revenir, coudes en avant et grands yeux exorbités pour sonder chaque homme jusqu'aux tréfonds de la conscience.

–C'est simple comme des chiffres parce que c'est des chiffres, messieurs. Ce n'est pas de la dialectique, pas de la morale, pas de la politique : c'est de l'arithmétique à la portée d'un enfant de première année. Je vous écoute. Soixante-quinze heures chacun ? Regardez-moi dans les yeux et dites-moi que vous les travaillerez, docteur Poulin, docteur Roy !

–Suis déchiré, fit le docteur Poulin.

–Déchiré ?

–Je ne veux pas que ma réponse serve d'argument au docteur Goulet dans sa décision de partir ou de rester.

–Mais c'est précisément pour cette justification qu'il vous a fait venir, opposa le curé.

Le docteur Poulin hésita :

–Mon devoir... m'oblige à dire que s'il devait partir... compte tenu de la présence du docteur Roy sur l'autre flanc de la paroisse et de son accord, j'y mettrai les soixante-quinze heures tout le temps que le docteur Goulet sera parti. À moins qu'un autre médecin ne vienne s'installer par ici.

Le curé s'adressa à Samuel :

–As-tu considéré que je puisse me mettre à la recherche d'un nouveau médecin pour te remplacer ?

–Non, mais... vous seriez en droit et justifié de le faire.

–Lis sur mes lèvres, Samuel : il est certain que je vais le faire dès que tu auras mis les pieds sur le chemin de la guerre.

–Et je ne peux que souhaiter que vous en trouviez un. Croyez que je le désire plus que personne ! Les gens d'ici qui m'ont si bien accueilli, si bien traité...

De l'autre côté du couloir, dans son bureau, le vicaire travaillait en silence. Il entendait tout par sa porte entrebâillée et par celle du bureau du curé laissée également entrouverte par l'abbé Ennis qui l'avait fait à dessein, sachant que son collègue aimait l'indiscrétion et se disant que la chose, cette fois du moins, serait utile.

–Et tu les remercies en les abandonnant brutalement.

–Non. Je vais travailler pour eux d'une autre façon et ensuite, si une place est encore libre, je reviendrai travailler ici. Maman va rester dans la maison. Et sachez que le bureau va fonctionner deux jours par semaine : une journée avec le docteur Poulin et une autre avec le docteur Roy.

Le prêtre arrivait au bout de sa patience :

–J'ai une chose à te dire, mon jeune ami, fit-il en pointant son index sur Samuel, et c'est la suivante : si tu nous quittes, tu ne respectes pas nos ententes tacites du départ. Si j'avais su que cela pourrait se produire, je ne t'aurais pas fait venir dans ma paroisse. Parce que vaut mieux un moins bon docteur qu'un docteur non disponible !

–Monsieur le curé, vous m'étonnez. Franchement ! Un médecin tout comme un prêtre est au service d'un idéal, au service de l'humain, pas de tel ou tel humain exclusivement. À la guerre, il y a des milliers de cas urgents chaque jour. Pas ici. Et ceux qui se présenteront, mes collègues y verront. Ils sont venus vous le dire. Il faut des médecins sur le front. On ne peut y aller tous. Mes collègues des paroisses voisines ont passé l'âge. Des trois, je suis le seul apte à servir. Là est mon devoir plus qu'ici pour le temps que cette guerre durera.

–Deux ans, trois, cinq, dix ?

–Le temps qu'elle durera.

–Mais il n'y a même pas de front en Europe. La France est à genoux à la botte des nazis. L'armée française est rayée de la surface de la terre : tous les soldats ont été démobilisés et peut-être que plusieurs ont été incorporés à l'armée allemande.

–La France va se relever un jour ou l'autre; la France se relève toujours.

–En attendant...

–En attendant, il y a la liberté à défendre et cette liberté se trouve en Angleterre. En aidant l'Angleterre, c'est la France et le monde entier que l'on aidera...

Le curé poussa sur son bureau pour en éloigner sa chaise et se leva d'un bond. Il fit dos à ses visiteurs, croisa les bras pour enfin prononcer lentement des mots ultimes :

–Je suis bien obligé de me rendre à tes arguments –à vos arguments, messieurs, puisque vous semblez parler d'une seule voix– mais comme je le fais de mauvaise grâce !

Le docteur Poulin prit la parole :

–Je crois que si le docteur Goulet part avec l'appui généreux et unanime des gens de sa paroisse, il sera accompagné d'une force inébranlable pour le soutenir là-bas. Et qu'il reviendra grandi, meilleur. Et prêt pour mieux soigner ces gens qui l'aiment. Et si je me fie à sa réputation, il y en a beaucoup dans cette paroisse, des gens qui l'aiment.

L'abbé se tourna et scruta le regard de Samuel jusque dans les profondeurs de l'âme :

–Et même en d'autres paroisses... comme Saint-Sébastien, n'est-ce pas, Samuel ?

Pour la première fois, le jeune homme fut ébranlé. Il y aurait une grande déchirure quand il devrait s'éloigner de Catherine, une bien pénible brisure, mais là encore, ce n'était qu'une question de temps... Il voulut se libérer de cette pensée et secoua la tête :

–De toute manière, il y aura peut-être la conscription bientôt et j'aurais été appelé sous les drapeaux.

Le curé tourna le fer dans la plaie :

–Pas si tu étais marié.

Samuel baissa la tête. L'abbé ajouta :

–Et tu serais le dernier conscrit en raison de ton âge.

–Je ne suis pas sûr qu'il y aura conscription comme en

1917, avança le docteur Poulin. Je parle souvent avec notre député fédéral, Édouard Lacroix, et il me dit que pas un seul député du Québec à Ottawa ne serait en faveur de la conscription.

Le curé Ennis ouvrit les mains :

—Tu vois, Samuel, que je ne suis pas tout seul avec Ernest Maheux et les autres paroissiens dans mon camp de... de neutralistes. C'est une guerre entre gens des vieux pays... mais je dois aussi dire que ces messieurs Hitler et Mussolini m'inquiètent au plus haut point. Ah ! quel épouvantable déchirement ! Ah ! que de souffrance morale répand la guerre en plus de l'autre ! Quelle abomination !

Et le prêtre retomba sur sa chaise, l'air résigné :

—Autant faire contre mauvaise fortune bon coeur ! Je me rallie à vous, messieurs. Je vous fais confiance. Je vais faire en sorte que les prières de toute la paroisse deviennent ton meilleur support.

—Et je dois répéter une fois de plus que les médecins ne sont pas exposés sur la ligne de front et qu'ils travaillent derrière les lignes. Ce sont les ambulanciers qui vont quérir les blessés et les ramènent aux hôpitaux militaires.

—Je ne crains pas ta mort; je crains ton absence.

Voilà qui mit un point final à l'échange concernant l'enrôlement de Samuel. Le docteur Roy avait peu parlé; sa présence seule l'avait fait pour lui. Quand l'heure de partir eut sonné, les deux docteurs étrangers quittèrent. Le curé serra la main de Samuel et tourna aussitôt les talons pour retourner dans son bureau. Le vicaire rattrapa son ami le docteur sur la galerie et eut avec lui un bref échange à mi-voix :

—Je te félicite de t'être tenu debout devant monsieur le curé. Tu vois, il a fini par comprendre ton point de vue. C'est un homme entêté, mais bon et raisonnable.

—Je m'en suis rendu compte dès le premier jour.

—Je vais surveiller les malades de façon particulière durant ton absence et signaler tout problème à tes remplaçants.

—Je t'en remercie, Joseph.

–Et... quand as-tu l'intention de partir ?

–Le jour de la Saint-Jean-Baptiste : une belle journée pour partir défendre le Canada.

–En effet, une belle journée pour ça !

–Et ta place parmi nous, tu l'auras à ton retour : tu verras que monsieur le curé te la réservera, malgré ce qu'il t'a dit tout à l'heure et que je pouvais entendre de mon bureau. Par contre...

–Par contre quoi ?

–Est-ce que madame Catherine va t'attendre, elle ? C'est une pauvre veuve et beaucoup d'hommes lui courront après.

–Si son sentiment est assez fort, elle m'attendra.

–C'est beaucoup lui demander.

–Elle est capable de beaucoup. Elle est forte.

–Espérons-le ! Et ta mère ?

–Femme forte, elle aussi. Et puis, elle a l'habitude.

–Et notre jeune Clara ? Elle a perdu sa mère, son père et maintenant son père adoptif.

–Elle ne me perdra pas. Je reviendrai. Elle aime écrire : je suis sûr qu'elle m'écrira toutes les semaines. Et j'écrirai à ma fiancée... faut te dire que je suis fiancé secrètement... le mariage avait été prévu pour juillet de l'année prochaine. Mais ce sera partie remise, c'est tout. D'un an ou deux...

Le vicaire inspira longuement :

–Comme disait monsieur le curé : que de souffrances morales en plus des autres que la guerre !

–Il y a la rançon de la gloire à payer pour ceux qui sont tournés vers eux-mêmes. Il y a la rançon de la liberté à payer pour ceux qui sont tournés vers les autres. Ceci dit sans aucune prétention, Joseph.

–Tiens, donne-moi la main. Et bonne chance ! Et je te dirai que ta place au choeur de chant restera libre tout le temps de ton absence. Et le premier qui sera d'accord avec cette mesure, c'est monsieur le curé.

–Merci, Joseph ! J'aime ton amitié ! Elle est toujours...

fructueuse.

Ils finirent de se serrer la main puis Samuel dévala l'escalier sur une ultime salutation.

Au coin de la sacristie, dans la pénombre, deux femmes avaient tout vu, mais n'avaient rien entendu à cause de la distance et elles étaient obligées de supputer :

—Rien qu'à voir, on voit ben qu'il s'en ira pas.

—Je le savais que le curé laisserait pas faire ça.

—On va le garder, notre docteur.

—On va le garder, notre chanteur.

Il eût été impossible à un observateur de connaître leur identité tant elles se camouflaient soigneusement dans l'obscurité. Même le docteur passa devant elle à faible distance et ne les vit pas, et ne les sentit même pas...

***

Chapitre 11

–Vous venez, les enfants ?

Deux voix firent choeur depuis le second étage :

–Oui, maman !

Et rapidement, Carmen et Lucien descendirent l'escalier, elle devant, tous les deux endimanchés et fiers de leurs vêtements neufs que Samuel leur avait apportés en venant après la basse messe. Pour la première fois, il avait pu traverser d'une paroisse à l'autre sans devoir faire le tour par les villages et en passant par le chemin de la concession que la compagnie forestière avait fait bulldozer, sans raser au sol la maison-grange abandonnée par le squatter Roméo Boutin devenu cultivateur à l'abri des lois et habitant maintenant près d'un chemin verbalisé.

C'est Armandine qui, à sa demande, avait magasiné pour lui chez Paquet à Québec au cours de la semaine. La femme avait emmené Clara avec elle et voyagé en taxi avec Foster Drouin qui l'été, chaque semaine, accomplissait l'aller et retour de Shenley-Québec dans la même journée du mercredi. Sans penser à mal, le chauffeur avait demandé si la rumeur du départ de Samuel pour la guerre était fondée. Pour se rassurer elle-même et ne pas affoler Clara, la femme avait formellement démenti la chose et déclaré ne pas vouloir ajouter quoi que ce soit à ces ragots, ce qui avait cloué le

153

bec à Foster et aux autres passagers du jour. Et Armandine n'avait pas voulu en parler à son fils avant qu'il ne le fasse de son propre chef, à son heure, se promettant de ne pas utiliser les mêmes arguments qu'avec son mari en 15 et de laisser parler son silence, ses larmes, celles de Clara...

Concernant un éventuel départ de son fiancé pour la guerre, Catherine en avait débattu la possibilité et conclu à l'impossibilité. Ce qui l'en convainquait n'était pas leur amour qu'il dirait devoir grandir par son absence comme celui de son père pour sa famille lors de la Première Guerre, mais des arguments terre à terre comme le nombre d'habitants de sa paroisse et donc la nécessité d'un médecin à plein temps, comme le maigre salaire versé aux soldats et officiers, comme les obligations contractées par Samuel notamment par rapport à la maison à finir de payer, comme le fait qu'il soit soutien de famille et que sans lui et un revenu d'une pratique médicale, sa mère et Clara devraient vivre bien frugalement et se priver de tous bords, tous côtés tous les jours de son absence.

–Sont magnifiques ! s'exclama Samuel en apercevant les deux enfants qui fortillaient au pied de l'escalier.

Chacun portait un ensemble matelot aux tons de blanc et de marine avec sur la tête un petit chapeau à ruban, la fillette en jupe à plis et le garçon en pantalons à jambes courtes.

On partait en pique-nique au bord du lac Drolet dans la paroisse suivante. Catherine avait préparé à manger pour cinq en croyant que Clara viendrait avec lui comme ça lui arrivait lors des occasions spéciales telles ce goûter sur l'herbe au bord de l'eau, plaisir impossible dans sa paroisse où il ne se trouvait aucun lac intéressant à proximité.

–Vous êtes beaux, les enfants ! dit-il sur un large sourire.

–Et vous serez sages pour pas salir vos habits, ajouta leur mère sur un ton faussement autoritaire.

–Oui, maman, fit Carmen, imitée aussitôt par son frère.

Catherine aussi étrennait quelque chose : une jolie robe de coton à imprimés jaunes sur fond blanc cassé. Un autre cadeau de son fiancé. Armandine avait fait exprès de l'acheter plus serrée qu'elle n'aurait dû de sorte que les formes de la jeune femme paraissent et exercent leur séduction sur son fils. Car son départ possible avait suscité en elle l'élaboration d'une stratégie silencieuse : et quoi de plus éloquent au regard d'un jeune homme qu'un corps de femme en santé dont on peut deviner les atours et les atouts sous des vêtements révélateurs ? Elle qui n'avait jusque là jamais ouvert la porte à Catherine sans toutefois la refermer non plus, n'hésiterait plus à lui donner son fils sur un plateau d'or pour l'empêcher de s'en aller en Europe.

–Bon, si tout le monde est prêt, on embarque.

Le nécessaire au pique-nique se trouvait déjà dans l'automobile et il ne manquait plus que ses occupants : deux qu'enchantaient la beauté du jour et leurs nouveaux et jolis habits, et deux autres au coeur inquiet, l'esprit dans l'incertitude et le brouillard.

Il fallait que Samuel annonce son départ à sa fiancée. Elle sentait que l'orage menaçait à l'horizon. Et c'est ainsi que se déroula le voyage depuis Saint-Sébastien jusqu'à la paroisse voisine. En contournant la montagne appelée le Morne par un rang dit le Cordon, le pauvre Lucien fut pris de haut-le-coeur et on dut s'arrêter au bord du chemin où il vomit toute sa nourriture du jour. Samuel dit qu'il fallait lui donner une place sur la banquette avant au bord de la portière de sorte qu'il puisse anticiper les montées, les descentes, les virées et surtout qu'il soit capable d'aspirer le maximum d'oxygène. Et on reprit la route jusqu'au but, un lac d'argent en forme de larme où se trouvait une plage déjà assez bourdonnante, limitée par des boisés de conifères eux-mêmes encerclés de terres agricoles.

L'auto fut stationnée parmi d'autres et on transporta le nécessaire au pique-nique en un lieu situé au bout de la surface sablonneuse où il serait possible de jouir du soleil ou de l'ombre sans se séparer, suivant le choix individuel. En fait, le docteur n'était pas le meilleur amant de la nature qui soit et il craignait les effets néfastes du soleil sur la peau à long terme, mais n'en parlait jamais à un public qui s'en serait royalement moqué. Une couverture de lit en patchwork fut étendue sur le sol afin que personne ne soit sali à cause du sable et de l'herbe. Car s'il y avait des baigneurs plus loin, Catherine et les siens ne seraient que des pique-niqueurs. Carmen avait apporté un album de chansons. Lucien attendait qu'on lui dise quoi faire. Enfants impeccables, modèles. Sages comme des images. Et pas malheureux pour ça !

Catherine déposa le panier de nourriture et fut la première à prendre place sur la couverture, imitée par les enfants un instant plus tard. Samuel resta un moment debout à les regarder et à se demander... Quelques grandes questions se bousculèrent dans sa tête. Combien de temps leur séparation durerait-elle ? Comment Catherine prendrait-elle la nouvelle de son départ pour la guerre ? Lui garderait-elle son coeur malgré l'éloignement dans l'espace et le temps ? Recommencerait-elle à mendier malgré les sommes qu'il lui ferrait verser mensuellement par sa mère ? Où en était-elle dans sa définition de la liberté, de l'amour ? Et qu'en était-il de son échelle de valeurs ? Il croyait avoir une bonne idée des réponses, mais voulait les entendre de vive voix ce jour-là, presque leur dernier ensemble.

Ce furent ensuite des moments mémorables de bien-être général sinon de bonheur intégral. Pas une seule fois, il ne fut question de la guerre au cours du repas et ensuite, tant qu'ils furent là.

Après le goûter, l'on trouva une chanson joyeuse et légère du folklore canadien. Elle fut chantée a cappella, Samuel retenant sa voix afin de ne pas enterrer les trois autres dont les échos mélangés rebondissaient sur la surface de l'eau en s'éloignant, comme des petites pierres lancées.

À la claire fontaine m'en allant promener,
J'ai trouvé l'eau si belle que je m'y suis baigné.
Ah ! tu dans's bien, Madeleine,
L'rigodon, Madelon.
T'accord's bien, Madeleine,
Du talon, Madelon.

Les courts couplets étaient chantés à une seule voix et on se passait le cahier de main à main pour en lire les paroles. Seul Lucien ne put le faire, trop jeune pour lire couramment bien qu'il terminerait sa première année de classe dans quelques jours.

Carmen chanta :

J'ai trouvé l'eau si belle que je m'y suis baigné; (bis)
Sous les feuilles d'un chêne, je me suis fait sécher.

Et le choeur :

Ah ! tu dans's bien, Madeleine,
L'rigodon, Madelon.
T'accord's bien, Madeleine,
Du talon, Madelon.

Puis ce fut Catherine en solo :

Sous les feuilles d'un chêne, je me suis fait sécher. *(bis)*
Sur la plus haute branche, un rossignol chantait.

Et en choeur :

Ah ! tu dans's bien, Madeleine,
L'rigodon, Madelon.
T'accord's bien, Madeleine,
Du talon, Madelon.

Toute la plage s'arrêta quand éclata la voix de Samuel *:*
Sur la plus haute branche, un rossignol chantait. (bis)
Chante, rossignol, chante, toi qui as le coeur gai.

En groupe, y compris des baigneurs arrêtés et observant la petite famille heureuse en train de chanter son bonheur *:*
Ah ! tu dans's bien, Madeleine,

L'rigodon, Madelon.
T'accord's bien, Madeleine,
Du talon, Madelon.

Trois nouveaux couplets et refrains terminèrent le chant et quand on s'arrêta, des applaudissements fusèrent de partout. Catherine dit aux enfants de se lever et de saluer, ce qu'ils firent pour la plus grande joie de tous.

Personne ne semblait les connaître, même si pour Catherine qui avait mendié à plusieurs reprises dans cette paroisse, plusieurs visages étaient familiers. On ne l'aurait pas reconnue tant le contraste était fort entre son accoutrement de quêteuse de grands chemins et cette image de magnifique jeune femme de famille aisée.

–Si vous en avez une autre, dit la voix d'un jeune homme blond s'approchant.

Il s'arrêta net et montra Samuel du doigt :

–Je t'ai déjà vu, toé... Attends que je me rappelle...

Et il se gratta les cheveux en épi pour enfin reprendre :

–À Shenley... t'as chanté... c'est toé, le docteur Goulet... Shenley... le Saint-En-Arriére de par là-bas...

–Moi aussi, je me rappelle, dit Samuel. Par hasard, tu te serais pas fait prendre au collet par le grand Luc Grégoire ?

–Celui-là, je vas le retrouver un jour ou l'autre... Il sera pas chanceux dans la vie... j'y ai mis un sort sur la tête... Un baveux, un maudit baveux...

Samuel se leva et s'approcha de cet interlocuteur qui se valait l'attention de plusieurs par sa voix forte, son allure nonchalante et son agressivité évidente. Et lui dit :

–J'dirais pas, moi. Luc, c'est reconnu comme un bon gars dans la paroisse de...

–De Shenley... la mare à gornouilles de l'autre bord de la concession, fit l'autre en ricanant.

–D'où tu viens, toi, pour dire ça ?

–De Courcelles pis j'ai pas honte de le dire.

–Et moi, j'ai pas honte de ma paroisse non plus. Pas honte de mon pays...

–Ben sûr, ben sûr ! C'est tout du beau pis du bon monde par chez vous.

–Exactement !

Le visage cramoisi, les yeux plissés de soleil, l'autre lança comme un défi :

–D'abord, pourquoi c'est que tu viens te trouver une bonne femme dans notre boutte ?

–Rien à voir ! Et toi, pourquoi venais-tu courir Jeanne d'Arc Maheux par chez nous ?

–Elle travaillait à Courcelles : elle était de Courcelles.

–Bon... on va arrêter ça là, là... y a de la place en masse ici tout partout, on va pas commencer à se piler sur les pieds.

Laurier Dubreuil s'était rendu à Shenley afin d'y rencontrer Jeanne d'Arc (qui ne l'avait jamais invité) le jour de la Fête-Dieu de l'année d'avant lors du mémorable pique-nique sur le cap à Foley. Mal engueulé, mal poli, malpropre, il avait hérissé les Grégoire, Bernadette et Armand, à un point tel que Luc avait dû prendre la situation en main et le visiteur indésirable par le chignon du cou pour le chasser.

–Quen quen, mais c'est la quêteuse de grands chemins... qui a trempé dans... une affaire de meurtre ?

Le ton, le sarcasme, la violence qui suintaient de tous les pores des propos du personnage à l'attaque firent voir rouge au jeune docteur qui leva le poing vers lui à quelques pouces de son nez :

–Fais ben attention à ce que tu dis, mon jeune homme.

Dubreuil monta le ton de plusieurs crans pour attirer encore davantage l'intérêt des observateurs et pour attiser le flammes montantes :

–C'est pas parce que t'es docteur que tu vas t'énerver le poil des jambes icitte. Encore moins parce que tu viens de la Beauce. C'est une quêteuse pis elle a été pris dans une histoire de meurtre.

Au moins vingt personnes s'étaient attroupées maintenant pour assister à une de ces batailles dont on avait l'habitude en certains lieux publics et qui visaient à démontrer la supériorité des coqs de village qui, après s'être mesurés à coups de clapet le faisaient à coups de poing.

C'en était trop : Samuel détendit son bras pour assommer l'adversaire de son poing fermé, mais Dubreuil, batailleur d'expérience, para le coup et y répondit par le sien qui atteignit le docteur à l'oeil droit et le mit KO sur-le-champ. Il s'effondra devant le regard ahuri des enfants et celui rageur de Catherine. La jeune femme se leva d'un bond, fourchette à la main et s'interposa entre l'assaillant et le docteur qui était à se remettre péniblement sur ses jambes.

–Toé, le fraîchier de Courcelles, débarrasse ou ben tu vas avoir affaire à moé...

Elle avait perdu son langage plus châtié et s'exprimait comme du temps de son mari abuseur.

Le blondin regarda à gauche, à droite, souriant, savourant sa victoire non seulement sur un homme, mais sur sa paroisse. Peut-être devrait-il en finir avec cette veuve, enfant de misère qui faisait maintenant la pimbêche parce qu'elle était fréquentée par un docteur.

–T'as déjà planté une fourche dans le cul de ton mari pis là, tu voudrais me planter une fourchette dans le cul ? Ben envoye donc, la quêteuse !

Défiant, il se tourna à demi et se pencha en avant pour mettre son derrière au blanc, surveillant quand même les moindres gestes de la femme et les provoquant à la fois. Qu'elle s'avise de porter la main vers lui et il aurait tôt fait de lui arracher l'ustensile de cuisine. Comme le jour où elle avait eu raison de son mari qui cherchait à la violer, elle utilisa la ruse.

–O.K ! on arrête ça là !

Et jeta la fourchette derrière elle sur la couverture. Le jeune homme dit en se retournant :

–Arrêter ? Mais le fun vient de commencer.

Néanmoins son plaisir s'arrêta net car il reçut entre les deux jambes un coup de pied bien aligné par la jeune femme. Elle qui possédait de bons muscles à force de pédaler sur son tandem et de marcher en toutes saisons à l'intérieur mit en plein dans le mille. L'agresseur plia en deux sous la douleur provoquée par l'impact de la chaussure entre ses jambes trop écartées.

–La tabarnac de tabarnac, gémissait-il en prenant sa virilité à deux mains pour la soulager un peu, tandis que son amour-propre en prenait pour son rhume sous les rires des témoins qui applaudissaient la veuve.

Dubreuil tomba à genoux. Les enfants étaient ahuris, figés comme glace. Catherine prit son compagnon par le bras et le conduisit à leur lieu de pique-nique puis elle se rendit à l'eau, mouiller un linge qu'elle vint appliquer sur l'enflure noirâtre entourant l'oeil meurtri.

–Suis pas de taille avec un fermier.

–Pis le fermier est pas de taille avec une quêteuse.

C'est dans l'humour et les sourires que l'incident fut clos pour eux. C'est dans la rage qu'il prit fin pour Dubreuil que des proches vinrent chercher et ramenèrent avec eux à la maison sinon à la raison.

Une heure plus tard, on était de retour chez Catherine. Les enfants quand même enchantés de leur voyage en auto s'en allèrent en haut.

–Au cinéma, c'est moi qui aurais eu le dessus sur lui, dit Samuel quand elle fut de nouveau à éponger doucement sa blessure. Le bon devrait toujours l'emporter sur le méchant.

–Ça prouve que la vie, c'est pas du cinéma. Et puis le méchant a été puni aujourd'hui.

–Qui c'est ce gars-là ? dirait Lucien.

–C'est le batailleur de Courcelles. Il met la chicane partout où il va.

–J'espère qu'il viendra pas te faire du trouble ici.

–J'ai une réputation, tu sais.

–Qui va grandir encore.

–Tant mieux !

Ils se tenaient debout à côté de l'évier de cuisine. Quand elle eut remis le linge sur le comptoir, il la prit dans ses bras pour lui dire en souriant :

–L'année dernière, presque jour pour jour, je te défendais d'un gibier de potence et cette année, c'est à ton tour de le faire.

–Ce qui veut pas dire qu'on est kif-kif vu que tu m'as sorti des griffes d'un ours enragé, tandis que moi, j'ai repoussé un petit chien agressif.

–Qui sait ce qu'il aurait pu me faire ?

–Voyons donc, Samuel, il t'a pris par surprise. Sinon tu lui aurais rivé le nez.

–Tu sais quelle belle chanson il y avait dans le cahier que les enfants avaient tout à l'heure au lac ?

–Tu vas me la montrer.

–Je ne sais pas la mélodie, mais je voudrais te lire les paroles.

–Dès que tu m'auras donné un bec.

Elle fit les grands yeux :

–Prends-le !

Ce qu'il fit. Mais le geste fut en partie douloureux en raison de son oeil. Il grimaça :

–On a le don de s'embrasser quand on a le visage magané. Tu te souviens devant la porte de ta chambre chez moi l'an passé ?

–Comment oublier ? Comment oublier tout ce que je vis avec toi, monsieur Docteur Campagne ? Impossible... impossible jusqu'au jour de ma mort...

C'était la réponse à l'une de ses questions du jour : l'oublierait-elle quand il serait parti à la guerre ?

–Allons voir ça à la table, dit-il après un autre baiser.

Ils prirent place un à côté de l'autre et lurent ensemble les paroles d'un chant ayant pour titre *Femme sensible**.

162

Femme sensible, entends-tu le ramage
De ces oiseaux qui célèbrent leurs feux ?
Ils font redire à l'écho du rivage :
Le printemps fuit : hâtons-nous d'être heureux;
Le printemps fuit : hâtons-nous d'être heureux

Vois-tu ces fleurs, ces fleurs qu'un doux zéphyr
Va caresser de son souffle amoureux ?
En se fanant, elles semblent te dire :
L'hiver accourt, hâtez-vous d'être heureux;
L'hiver accourt, hâtez-vous d'être heureux !
Moments charmants d'amour et de tendresse,
Comme un éclair vous fuyez à nos yeux,
Et tous les jours passés dans la tristesse
Nous sont comptés comme des jours heureux !
Nous sont comptés comme des jours heureux !

*paroles de Hoffmann

–C'est curieux que tu me fasses lire des paroles comme celles-là.

–Ah, oui ?

–Se dépêcher d'être heureux parce que le temps fuit. On dirait que...

Elle coucha sa joue sur les mains de l'homme posées sur la table. Il soutint la tête avec l'une, retira l'autre et commença à lui caresser les cheveux et le côté du visage :

–On dirait que t'as un pressentiment, ma petite Catherine.

–Ça se pourrait...

–Si oui... lequel ?

–Prenons les choses autrement : ai-je raison de... ben d'avoir un pressentiment ?

–Ça dépend quoi.

163

–Je me demande des fois si tu vas pas t'en aller à la guerre en Europe... comme ton père il y a vingt-cinq ans.

–Et si je le faisais ?

–J'en mourrais.

–Ne dis pas ça !

–Je dis ce que je pense.

–On ne meurt pas pour ça : regarde maman.

–Je veux dire que... je mourrais d'une certaine manière. Disons que la Cathou que tu aimes en moi mourrait... et qu'il resterait la Catherine... son enveloppe de chair et de sang.

–Impossible ! Qu'est-ce que t'es en train de me dire ? Ça n'arriverait pas comme ça, tu sais bien. Il en part tous les jours et les personnes chères qui restent attendent avec patience et... et avec amour. C'est leur devoir à elles et c'est leur honneur. Tout comme c'est le devoir du soldat de partir. Lui porte le fusil, elle porte l'enfant. C'est comme ça. Les hommes n'élèvent pas les enfants : c'est le rôle de la femme, c'est son instinct. Les femmes ne vont pas à la guerre : c'est le rôle de l'homme.

–Je sais... je sais tout ça, mais...

–Et permets-moi de te dire que ça pourrait bien être longtemps comme ça. On ne peut pas changer la nature profonde des choses arrangées par le Créateur.

Il apparut clairement dans l'esprit de la femme qu'il était à lui passer un message, mais elle voulait l'entendre de sa propre bouche.

–Es-tu en train de me dire que tu vas partir, Samuel ?

Cette fois, il pouvait malaisément se dérober devant une question aussi directe. Mais il voulut quand même rallonger les détours avant d'arriver au but :

–Tu sais, il se passe des choses terribles en Europe et ça nous concerne tous, même si c'est loin d'ici et si un océan nous en sépare...

–Il faut pas...

–Laisse-moi tout te dire, Cathou. Ce que j'ai à te dire est important et tu dois l'entendre en entier.

Elle garda un silence résigné. Il comprit qu'elle écouterait jusqu'au bout et reprit :

–Tu vois, l'Allemagne est armée jusqu'aux dents. Elle saute sur les pays et les dévore un après l'autre : la Tchécoslovaquie, la Pologne, la France, d'autres sur son passage et avec eux dévore la liberté du monde entier. Si on ne les arrête pas, ils vont s'emparer de l'Angleterre et de tout l'Empire britannique automatiquement. Ça, c'est nous, tu comprends, nous. Les nazis sont féroces. Et atroces pour les autres qui ne sont pas de leur race ou ne les servent pas. Je ne peux pas dire que d'autres vont y voir, que d'autres vont s'en occuper. Ça me concerne, moi, Samuel Goulet, docteur campagne du fond de la province de Québec autant que le médecin anglais de Londres. Il faut des médecins en première ligne, en fait un peu derrière les lignes pour soigner les blessés et sauver des vies. Dans trois paroisses voisines, on est trois docteurs pour à peu près six mille personnes dont la plupart sont en bonne santé ou mieux. Pour un temps, il y aura deux docteurs pour ma paroisse, Saint-Martin et Saint-Éphrem, ce qui voudra dire un pour trois mille plutôt que un pour deux mille personnes. Et le troisième, en l'occurrence moi, sera au front où les cas d'urgence abondent et se comptent chaque jour par dizaines... en fait par centaines ou plus.

Je dis que je dois défendre la liberté, c'est vrai, mais à la limite, on pourrait vivre –disons survivre– sans elle; c'est bien plus que la liberté que je vais défendre, c'est la vie elle-même. Les nazis assassinent ceux qui ne pensent pas comme eux, ils ne font pas qu'assassiner leur liberté. Et les nazis sont à nos portes. Leurs sous-marins sillonnent l'Atlantique. En défonçant la porte de l'Angleterre comme ils viennent de le faire de celle de la France, c'est notre porte qu'ils vont défoncer... Je serai parti un an, deux tout au plus, Catherine. Les médecins ne sont pas exposés en première ligne à la guerre. Je ne cours pas de pires dangers que de me promener en bicycle dans les côtes du Grand-Shenley...

Il faisait allusion à leur première rencontre et ses circonstances bien particulières alors qu'il avait chuté de son vélo et s'était assommé sous le regard et quasiment aux pieds de Catherine qui faisait halte là dans sa tournée de mendiante.

–Dès mon retour, on va se marier. En attendant, on reste des fiancés... des fiancés de la guerre.

–Je peux parler ?

–Oui, oui.

–Si on se mariait, tu serais exempté.

–On ne m'enrôle pas, je m'enrôle volontairement.

–On te refuserait.

–Je dois accomplir mon devoir. C'est la différence.

Il commença de lui caresser une oreille avec le pouce. Elle gardait l'autre collée à sa main sur la table.

–Tu es tendre comme jamais. On dirait que tu cherches à m'attendrir... comme du beurre... pour plonger en moi le couteau et le faire pénétrer jusqu'au coeur.

Il eut un profond soupir :

–C'est vrai, c'est un peu ça, mais je n'ai pas le choix, je n'ai vraiment pas le choix.

–Pourquoi on n'entend personne parler de cette guerre comme toi, tu le fais ? Je sais, c'est pas la première fois que tu m'en parles de cette façon, comme d'une chose qui te concerne, mais j'en connais pas d'autres qui le font.

–Il y en a quelques-uns, tu sais. Par chez nous, il y a l'hôtelier, monsieur Grégoire... tu le connais, monsieur Pampalon... Et même le curé jusqu'à un certain point... Tout le monde est inquiet d'une certaine façon.

–Mais tous les autres ? Les hommes d'ici refusent d'aller à la guerre...

–Sont pas assez lucides. Je sais... un ami de Montréal me disait qu'à l'université, des étudiants vont même jusqu'à porter au bras la croix gammée. C'est de l'inconscience de jeunesse. De la pure inconscience. C'est sûr que des gens comme eux vont toujours japper avec une meute, mais si au lieu de japper avec les loups, on leur apprend à japper avec les chiens... toujours ça de pris...

–Les Canadiens français, ils veulent pas aller se battre en Europe. Sont assez lucides pour pas vouloir se faire tuer, c'est simple.

Il refusa de poursuivre la dialectique sur le bien-fondé de l'enrôlement et fit bifurquer la conversation sur le terrain des sentiments :

–Est-ce que... tu vas m'attendre, ma petite Catherine ?

Elle hésita avant de parler :

–Par amour et par honneur ?

–Par amour et par honneur.

–Oui...

–Comme je t'aime ! dit-il en lui déposant un baiser sur la joue.

–Oui, mais... à une condition.

Il s'étonna :

–Je la remplirai... pourvu que j'en sois capable.

–Ça, je croirais bien que oui.

Elle se dégagea de sa demi-étreinte pour se lever en disant à voix mesurée :

–Je vais voir les enfants deux minutes et je viens te poser ma condition pour t'attendre avec amour et honneur tout le temps que tu seras parti.

Il plongea dans des questions et ne vit pas les larmes qui arrivaient aux yeux de la jeune femme tandis qu'elle gravissait lentement presque péniblement les marches de l'escalier.

Là-haut, elle sécha ses larmes avec ses pouces et réunit les deux petits auprès d'elle sur un lit et leur enveloppa les épaules pour leur parler à mi-voix :

–Carmen, Lucien, aujourd'hui, on a eu beaucoup beaucoup de bonheur avec Sam... et on en aura encore un jour... mais faudra attendre beaucoup de temps. Y a la guerre et Sam doit aller soigner les soldats blessés et leur sauver la vie. Nous, on sera comme avant qu'il vienne nous voir. Pis quand il va revenir, il va être votre papa à tous les deux. Et Clara sera votre grande soeur. Mais... parce qu'il va partir, maman veut être seule avec lui pour... prier avec lui le bon Dieu... pour qu'il soit protégé. Vous allez rester en haut tant que je vous dirai pas de venir. Avez-vous besoin d'aller aux toilettes ?

Les deux firent signe que non.

–Vous pouvez chanter si vous voulez. Il y a un cahier de chants sur la commode à Carmen. Mais vous pouvez pas descendre. C'est moi qui vais venir vous chercher plus tard. Pis avant qu'il parte à soir, on va aller faire un tour de machine jusqu'à Lambton... pour voir le grand lac.

–Oui, maman ! fit Carmen.

–Oui, maman ! répéta son petit frère.

Elle redescendit sous le regard attendri de son fiancé qui n'imaginait toujours pas la condition posée à son attente. Elle lui prit la main :

–Viens que je te dise...

Il la suivit bêtement dans la chambre sans comprendre encore, incapable d'imaginer qu'elle puisse vouloir l'épouser devant Dieu bien avant de le faire devant les hommes.

Elle glissa le loquet une fois à l'intérieur. Et là seulement, il sut ce qu'elle voulait. Et s'inquiéta :

–Les enfants pourraient venir ?

–Ils viendront pas.

–Qu'est-ce que tu leur as dit ?

–Que tu pars à la guerre et que nous allons prier le bon Dieu pour qu'il te protège. Il y a plusieurs manières de prier le bon Dieu et on peut le faire avec notre... avec notre chair, tu penses pas ? J'ai pas menti aux enfants, tu sais.

À mi-chemin entre la porte et le lit, il la prit dans ses bras, par l'arrière, et la retint tout en la pressant sur sa poitrine :

–Ma petite Catherine, mais tu ne crois pas que le bon Dieu intervient en ce monde.

–J'ai tort ?

–Je crois.

–Si Dieu intervenait, il ne permettrait certainement pas la guerre : une horrible manie des hommes. Le lion mange le zèbre et Dieu n'intervient pas. C'est la loi de la nature. Et la guerre, c'est au fond une loi naturelle.

–Mais tu philosophes, toi !

–Ça m'arrive. Pas trop souvent, mais ça m'arrive. Là, je ne veux plus le faire. Je voudrais que dans cette chambre, il n'y ait que des sentiments... beaux et grands comme le nôtre. D'abord que tu t'en vas, je veux que tu sois en moi. Pour toujours. C'est ça, ma condition pour t'attendre avec amour et avec honneur.

–S'il fallait que tu... tombes enceinte... une catastrophe. T'aurais beau m'attendre avec amour, t'aurais le déshonneur pour compagnon durant mon absence.

–À toi d'y voir ! Et puis de toute façon, c'est pas mon temps le plus favorable du mois. Viens...

Elle le prit par la main et l'entraîna jusqu'au lit. Il chercha sans trop de succès à faire de l'humour en attendant que tout s'éclaircisse dans sa tête :

–Les sentiments sont comme les beignes : bien meilleurs quand on les trempe dans le thé de la raison.

Elle répondit du tac au tac, un petit brin de malice dans le ton :

–Oui, mais si leur pâte est un peu trop molle, ils vont s'effoirer.

Voilà qui transforma la tension en joie. Une joie enfantine qui dura le temps de s'asseoir sur le lit.

***

Chapitre 12

Il restait assis sans rien faire, pantelant, haletant, hésitant.

–Je me prépare, dit-elle en se remettant sur ses jambes.

Il faisait dans la chambre une douce chaleur venue d'une moustiquaire, emportée par le vent léger du jour. On ne pouvait voir depuis l'extérieur à travers le treillis et de fins rideaux blancs que battait l'air en mouvement. C'est la raison pour laquelle Catherine laissa les choses ainsi sans craindre que des yeux curieux ne viennent les épier. Et elle tira sur sa robe en la soulevant, puis la passa par-dessus sa tête et s'en dégagea tout à fait. Puis, avant d'en ôter davantage, elle défit les draps et les ouvrit pour qu'ils y entrent.

–Tu couches tout habillé ?

–Ben... n... non, c'est sûr, répondit-il en se remettant à son tour sur ses jambes.

Elle vint se mettre devant lui :

–T'as pas d'expérience, mais un docteur est-il gêné à voir une femme sans sa robe... ou sans rien du tout ?

–Je... c'est...

–Moi, j'ai été mariée, j'ai un peu l'habitude... Laissons tomber les barrières, Samuel, toutes les barrières. Un jour ou l'autre, on en viendrait à ça : pourquoi pas trop vite plutôt que trop tard ?

–Oui, oui, fit-il, hébété, tandis qu'elle l'aidait à retirer sa veste puis faisait glisser hors de ses épaules ses étroites bretelles noires.

Lui qui depuis l'adolescence avait pris sa sexualité en main ne s'accusait plus à confesse de se libérer lui-même de ses pulsions trop fortes, considérant la chose comme la plus naturelle du monde depuis le temps de ses études en médecine et celui aussi de sa chère Elzire malade.

Voilà qui lui avait permis de continuer de fréquenter la jeune femme tuberculeuse, emporté qu'il était chaque semaine vers le sanatorium du Mont Sinaï par un sentiment sublime. Voilà qui lui avait permis de se faire attendre par les jeunes filles en fleur de son entourage à Montréal puis dans la Beauce, y compris la belle Gaby Champagne, une jeune personne délicieuse et bien tournée. Voilà aussi qui lui avait permis de 'respecter' Catherine suivant la définition arrêtée par les moeurs du temps du mot respect, tout aussi galvaudé que le mot amour.

Mais cette attente qui n'avait requis de patience qu'une somme limitée prenait fin abruptement et la surprise lui faisait perdre contenance, et le figeait sur place pour le moment. Ce qui le déstabilisait le plus, c'était de voir qu'elle, le partenaire féminin, dirigeait.

Il se sentait redevenu gamin. Il la sentait en autorité et 'maternaliste'. Et pourtant, Catherine agissait en lenteur et en mesure, guettant le moindre signe lui montrant qu'il se dégageait de sa stupeur pour s'installer dans son rôle naturel de maître d'oeuvre ou de maître tout court...

Elle osa une parole déjà prononcée en substance et pencha légèrement la tête comme un doux chaton :

–Je veux t'appartenir pour toujours, Samuel. Est-ce que tu le veux aussi ?

–Oui, oh oui, je le veux !

Le prêtre n'était pas requis pour que ces mots servent d'échange au sacrement du mariage. Le décor d'une église non plus. Le métier de chacun, elle mendiante et lui médecin, leur faisait percevoir certaines valeurs comme la liberté,

172

le respect, l'amour et le sacré, autrement. Un couple d'exception ! Ce qui n'empêchait par leur culture de les influencer grandement, notamment dans leur rapport homme-femme.

Elle resta à faible distance, mais baissa les yeux pour paraître plus soumise que défiante; aussi afin qu'il puisse sans fausse pudeur abaisser les siens et balayer son corps en jupon blanc.

Quand il l'eut toisée de la tête aux pieds, la jonction se fit en lui entre le charnel et le sublime. Tout comme cette fois où sur ce même lit, au temps des fêtes de l'autre année, ils avaient failli s'aimer totalement et n'avaient pu le réaliser que par la faute de l'apparition dans le décor du détesté mari de Catherine dont elle était séparée à jamais.

L'idée de la posséder, de la pénétrer, de se sentir à elle, en elle, lui injecta toute sa puissance masculine et comme elle le souhaitait, il prit la direction du processus. Il gardait quand même assez de lucidité pour se dire qu'il pratiquerait le coït interrompu qui, combiné à ce que la femme avait révélé quant au temps de ses règles rendrait impossible une conception indésirable. Grossesse qui leur aurait valu la réprobation générale, qui aurait semé le scandale et causé maints autres problèmes, surtout en raison de son éloignement dans l'espace et le temps.

Ce furent tout d'abord une étreinte debout, un baiser profond et des mots d'amour. Il murmura :

—Je pense à mon accident de bicycle... quand j'ai repris conscience et que j'ai vu ton adorable visage au-dessus du mien : je me croyais au paradis.

Elle commenta à mi-voix pleine d'affection :

—Et moi, je me demandais qui c'était, ce si bel homme envoyé par Dieu... je croyais à un ange du paradis...

—Je crois que tu m'as hypnotisé avec tes grands yeux si... si envoûtants.

—C'est parce que t'étais à moitié assommé et que ça tournait encore.

173

—Et ça tourne encore aujourd'hui... Tu m'as fasciné dès la premier instant. Femme fascinante... éblouissante... comme... un rayon de soleil.

Les mots demandaient plus que d'autres mots encore, même ceux-là que l'amour rend fébriles. Les soupirs exigeaient. La chair ordonnait. Les mains obéissaient. Elle laissa son jupon glisser sur ses hanches et jusqu'à terre alors qu'il se débarrassait de sa chemise et de son pantalon pour ne rester habillé que d'un seul caleçon blanc, propre pour n'être sur lui que depuis quelques heures et avoir passé par les mains blanchisseuses de sa mère. Pour une femme aussi proche de l'hygiène corporelle que Catherine quand elle ne se trouvait pas en tournée, un homme aussi impeccable avait de quoi la séduire encore plus sûrement.

Mais ce n'est pas de séduction dont elle avait besoin, c'était du rapport intime le plus intense qui soit et qu'importe s'il devait causer une grossesse ou non. Elle porterait son enfant dans sa lutte pour la survie tandis qu'il porterait le bistouri sur le champ de bataille dans sa lutte pour la liberté, et avec autant de bonheur que d'honneur. Et avec amour. Et avec espérance.

Il se fit une pause dans le romantisme et le désir alors qu'ils se débarrassaient des dessous qui leur restaient encore; ils se glissèrent sous les draps, dans les bras l'un de l'autre. Déjà elle était de braise; déjà il était de feu. Leurs flammes se mêlèrent avec leurs bouches, leurs épidermes frottés, leurs sexes épousés...

Malgré la passion, l'homme parvint à se retenir et quand le point de non-retour frappa à la porte de sa chair, il se retira sans se rendre compte que des gouttelettes préliminaires avaient jailli de lui vers elle. Insignifiantes perles de rosée capables de changer la vie en la reproduisant...

Quand ce fut terminé et qu'il fut à se reposer sur elle, reprenant son souffle, le corps agité par de longs longs frissons, Catherine fut envahie par un flot de larmes. L'idée de son départ imminent venait la chercher et l'entraîner dans des visions de tristesse profonde.

–Qu'est-ce qui t'arrive donc ?

La question fit augmenter son désarroi et la jeune femme ne put retenir ses sanglots.

–Des regrets ? Ou j'ai pas fait comme il fallait.

Elle fit signe que non sans pouvoir parler. Il se glissa hors d'elle et resta tout près, la blottissant contre lui. Ému, coupable :

–Catherine, je suis heureux et je te vois si... profondément malheureuse.

–Je... c'est...

–De penser que je vais aller à la guerre ?

Elle acquiesça d'un signe de tête sur l'oreiller.

–C'est pas la fin du monde, tu sais. Ça ne va durer qu'un temps. Et puis c'est pas dangereux du tout pour un médecin : il est jamais en première ligne, tu sais.

–Tu... pourrais être fait... prisonnier... comme le docteur Béland.

–Comment sais-tu pour le docteur Béland ? Il était de la Beauce et tu venais au monde l'année où il a été fait prisonnier.

–Ta mère en a parlé devant moi.

–Et de quoi a-t-elle parlé aussi ?

–De la vie sans son mari durant la guerre.

–Tu dois savoir que c'est endurable.

–Elle a beaucoup souffert. La guerre l'a blessée en profondeur, l'a marquée...

Il se montra désolé :

–La guerre blesse tout le monde.

–Et elle a dit que ton père n'était plus le même ensuite.

–Bien entendu, mais il ne l'aimait pas moins pour autant. On change toute notre vie et c'est pas rien que la guerre qui nous fait changer. Elle fait qu'on change un peu plus vite, c'est tout.

–Ça marque pour toujours.

–Mais la vie est faite de marques. Un coeur est fait de marques tous azimuts. Il ne faut pas avoir peur des blessures, même s'il ne faut pas courir après. La mort d'Elzire m'a beaucoup fait souffrir, mais elle a fait de moi un être plus tendre, plus amoureux. Sans elle, je ne serais peut-être pas ici, avec toi dans mes bras. Il fallait qu'elle passe pour que nous deux soyons ensemble. Tu veux que je te raconte un rêve que j'ai fait la première fois que je t'ai rencontrée, tandis que nous allions tous les deux sur le tandem après mon accident ? Attends, je vais essayer de te le raconter...

(Extrait de **Docteur Campagne** chapitre premier...)

C'était à l'hôtel Windsor, dans la grande salle de bal, sous les grands lustres de verre taillé aux éclats grandioses. Les musiciens livraient une valse de Strauss. Et les couples de danseurs virevoltaient sur le parquet, volants de robes aux couleurs brillantes flirtant au passage avec les noires queues de pie de ces messieurs. Du bonheur grand luxe.

Samuel tourne et tourne avec sa partenaire et fiancée, Elzire Laplante, fille d'un prospère commerçant de la rue Saint-Laurent, concessionnaire automobile de la General Motors. Et une chanteuse en rose lance pour tous un air de valse populaire : *Étoile amoureuse.**

> *Belle amoureuse,*
> *Étoile d'or d'un ciel pur,*
> *J'adore tes grands yeux d'azur,*
> *Frangés d'une ombre soyeuse.*
> *Ta clarté radieuse*
> *Guide mon coeur vers ton séjour*
> *Et je garde en moi pour toujours*
> *Ton rayon d'amour.*

Paroles de Lepeltier et Champagne

Elzire danse comme une étoile. Samuel, lui, est un cavalier léger et dévoué. Au beau milieu du chant, quelque chose d'inattendu se produit : par une grande porte entre dans la pièce immense un être qui attire les regards de tous, comme venu d'un conte de fée ou bien d'un autre monde, ou peut-être d'une autre époque. C'est une guenillou égarée, l'air effaré et qui regarde toutes ces brillances sans en comprendre le sens. D'où vient et où va donc cette Cendrillon aux grands yeux écarquillés qui semblent chercher quelqu'un parmi le groupe de danseurs ?...

Il y a une fleur rouge dans ses cheveux foncés. Ses pieds sont dénudés. Sûrement qu'elle vient des bas-fonds de Montréal, en tout cas, elle surgit de quelque part où règne la misère humaine la plus sordide. Quelques danseurs s'arrêtent pour l'observer, d'autres les imitent et finalement tout devient immobile quand par la force des choses, les musiciens cessent de jouer.

La mendiante en salopette s'avance vers le jeune diplômé qu'elle semble reconnaître et tend les bras. Samuel délaisse Elzire. Il accueille la nouvelle venue qui, sitôt touchée par lui, devient une femme du monde à l'exceptionnelle beauté...

Et la danse reprend un peu plus vite, accompagnée du couplet de *Étoile amoureuse*.

Tel l'éclat mystérieux
D'une étoile au fond des cieux
Brillent les jolis yeux bleus,
Rêveurs et capricieux,
Sous ton sourire moqueur
Se cache le vrai bonheur,
L'éternel amour vainqueur,
Secret de ton coeur.

(Fin de l'extrait)

–Tu vois là, Elzire a pavé le chemin pour toi... tout comme les personnes de ta vie ont pavé la voie pour moi... même celles qui ont été blessantes comme ton mari. Elles sont nécessaires; elles font partie du voyage. Elles ajoutent quelque chose d'essentiel dans nos bagages. Ainsi seront les gens de la guerre, amis ou ennemis, Anglais ou Allemands, Canadiens français ou nazis... ils seront des pierres dans ma vie : précieuses ou dangereuses mais essentielles. Et si je devais mourir là-bas, ce que je n'ai aucune intention de faire, je serai une des pierres de ta vie... précieuse, j'espère.

–La plus précieuse de toutes !

–Est-ce que tu sais comme je t'aime ?

Elle émit un long soupir :

–Je ne suis qu'une quêteuse amoureuse.

–Nous sommes tous des mendiants en ce monde. On ne cesse de mendier le bonheur autour de nous.

La réalité simple vint les chercher tous deux. Elle dit :

–Le drap est mouillé de nous deux... je vais prendre une serviette.

Il s'en trouvait dans un tiroir de commode. Elle n'eut pas à quitter la chambre. Et revint au lit avec un linge dont elle se servit pour assécher les taches, puis ils placèrent la serviette sous eux et reprirent un timide contact avec l'acte de l'amour.

Pour être sûr qu'elle ne risque pas de tomber enceinte, il ne devait la pénétrer qu'une heure plus tard. Ce qui sans doute était déjà trop tard...

***

178

Chapitre 13

Au moment de son choix au cours de la semaine suivante, Samuel annonça à sa mère et à Clara la pénible nouvelle de son départ prochain. Il s'était rendu à Québec sur un prétexte futile et y avait signé sa feuille d'enrôlement. Armandine s'attendait à cela sans vouloir y croire et en laissant parler les événements et les autres personnes pour elle. Clara quant à elle en fut assommée, frappée de plein fouet et en plein visage.

La scène se déroulait au grand salon. Les deux femmes avaient pris place sur le divan, pas loin l'une de l'autre, bras croisés pour se protéger du malheur qui lui, n'en avait cure et traversait tous les barrages.

–Maman, fille, tout est décidé, préparé, arrangé, signé, je vais m'absenter un petit bout de temps pour aller sauver des vies sur le champ de bataille.

Resté debout et marchant de long en large, il leur livra le même discours patriotique et humaniste qu'au curé et à Catherine, ajoutant que son service commencerait à Valcartier, près de Québec pour ensuite se poursuivre en Angleterre. Il resterait en étroit contact par courrier et téléphone quand possible avec les siens. Toutes les questions monétaires étaient par avance réglées. D'abord une partie de l'argent venu de sa clientèle désormais soignée par les deux autres docteurs serait versée à son compte sous le couvert de la location du bureau : ce serait leur effort de guerre, à eux. D'autres sources de revenu donc une part de sa solde militaire plus des revenus de placements s'ajouteraient, permettant à la maisonnée de survivre sans devoir toucher au capital possédé ni s'endetter. Et puis Armandine possédait en propre sommes et biens garantissant à Clara et à elle-même une vie décente le temps de son absence.

Quand il eut terminé, il les regarda et trouva deux êtres différents devant lui. Déjà et suivant sa propre théorie, la guerre avait changé les personnes. Clara avait la tête basse et des larmes abondantes et brûlantes roulaient comme des perles de souffrance sur ses joues. Armandine gardait la sienne haute et son regard dur dépourvu de toute émotion visible.

Il s'arrêta de marcher et prit place sur un fauteuil, attendant des réactions qui à leur tour lui permettraient de réagir, mais il n'eut à faire face qu'au plus navrant et lourd des silences jamais entendus.

–J'en ai parlé au curé, comme je vous le disais : il a fini par se mettre d'accord avec moi.

Aucun mot ne sortit d'elles encore. Il dut reprendre :

–Vous savez, le bon Dieu veut nous faire comprendre quelque chose par cette guerre. C'est que chaque humain, moi et vous deux aussi, doit se battre, se sacrifier pour la cause la plus juste qui soit : celle de la liberté des peuples de la terre, liberté de sa créature la plus... noble... si on peut parler de noblesse quand on parle de guerre.

Femmes soumises, formées à la pensée judéo-chrétienne, l'une encore affectée de résidus de l'ère victorienne, toutes deux furent hautement sensibles à l'argument du sacrifice, du total déni de soi afin que d'autres survivent, et elles tombèrent dans un état de résignation d'un seul coup du sort comme on tombe en amour d'un seul coup de foudre.

Et quand il ajouta un mot sur le sacrifice de Jésus sur la croix pour la rédemption du monde, ce fut pour elles le chemin de Damas. Il en remit encore avec l'évocation du grandiose et méritoire sacrifice d'Abraham. Ce fut donc en parlant du bon Dieu et de Jésus rédempteur qu'il cloua sur elles tous ses arguments plus terre à terre.

Les larmes de refus de Clara se transformèrent en larmes d'acceptation de l'inévitable, et devinrent encore plus douloureuses et par conséquent plus expiatoires. Quant à l'impassibilité apparente d'Armandine, elle se mua à la vitesse de l'éclair en agitation nerveuse. Elle se leva et enfin prit la parole :

–Bon, en attendant, va falloir voir à tout !

–Tout est arrangé, maman : avec les deux docteurs, avec monsieur le curé, avec Catherine... avec la caisse populaire, avec l'armée canadienne...

–Pas de mariage à l'horizon donc ?

–Oui, maman, mais avant de l'atteindre, cet horizon, il y a le champ de bataille à traverser de part en part.

Elle fit un signe de tête en biais :

–Sais-tu combien d'années il leur a fallu en 14 pour les traverser, les champs de la guerre, de part en part ? Quatre longues... interminables années de feu et de sang, de tuberculose et de tranchées, de faim et de soif. Si ça devait être pareil, ça mettrait notre petite Clara à autour de seize ans et moi... et moi autour de soixante-dix... Mais... on va s'armer de patience.

Il se mit sur ses jambes à son tour :

–Et moi je vais m'armer du bistouri... Maman, je suis content de voir que vous êtes capable de vous adapter à la situation. Je craignais ce moment comme la mort et voilà que ça se passe tout bien.

Elle ne put empêcher l'ironie de teinter son dire :

–J'ai l'accoutumance : ça m'arrive tous les vingt-cinq ans, moi, ou à peu près, les grands départs aux retours incertains. Allez... faut travailler maintenant, faut s'occuper les mains et l'esprit.

Samuel la retint par un bras et fit un signe de tête en direction de Clara qui pleurait à chaudes larmes.

–Peut-être qu'elle a besoin, elle, que tu lui en dises plus.

Pour elle, c'est la première fois : elle a pas l'accoutumance des arrachements comme je l'ai, moi, hein ! ?

Et la femme s'éloigna tandis qu'il s'assoyait près de sa fille adoptive pour la consoler. Il la prit par l'épaule : elle se rua sur lui et s'accrocha sans rien dire et en sanglotant encore plus fort. Nul coeur ne saurait jamais être plus brisé...

—Maman a beau dire, mais on s'habitue pas à la séparation. Parce que tu l'aurais, toi aussi, ma petite Clara, l'accoutumance. Mais si ta mère ne reviendra pas auprès de toi, ni tes soeurs, je vais revenir, moi. Et alors, je te donnerai une autre mère en plus de m'man : celle que tu aimes le plus avec nous et les tiens... Je t'annonce et tu es la première à le savoir après monsieur le vicaire que je suis fiancé avec notre chère Catherine. Et quand je vais revenir, on va faire un magnifique mariage. Et tu seras fille d'honneur. Et tu chanteras comme une grande cantatrice à l'église... Je te laisse le soin de préparer tout ça pendant que je serai parti. Tu écriras à Catherine, tu lui téléphoneras et vous préparerez ensemble la noce et notre vie future... tous ensemble, nous trois avec m'man Mandine... Et maintenant, je veux que tu sèches tes larmes...

La jeune fille n'avait jamais été aussi complètement à son père adoptif : totalement réfugiée dans ses bras, la tête contre sa poitrine, cheveux enveloppés par ses mains douces et fermes, caressantes et apaisantes.

Soudain, Armandine reparut dans l'embrasure de la porte. Il lui fit un signe de tête affirmatif signifiant qu'il avait le contrôle de la situation et que la peine de Clara commençait à se résorber. Elle parla :

—Je... je vais te demander une seule chose, et à toi aussi, Clara...

—On vous écoute, maman.

—Je voudrais que la veille de la Saint-Jean-Baptiste vu que tu pars le lendemain, tous les deux, vous donniez un concert au balcon. Je vais en parler au curé, à Bernadette, à d'autres et...

—On pourrait le donner sur le cap comme l'autre année.

–Je voudrais que ce soit au balcon ici. Pour que les gens vous prennent tous les deux moins pour des artistes que pour des gens de bonheur à l'esprit familial... pour que l'image qui reste soit aussi celle de la maison ici... qui sera pour un soir la maison du bonheur... avec l'odeur des lilas, la tiédeur de la nuit... Il viendra du monde plein la rue. Pas pour le divertissement, pas pour les applaudissements, mais pour l'amour, mais pour l'adieu et surtout, surtout pour que la prière de toute la paroisse te donne l'énergie de nous revenir. Aussi, tu vas aller chercher Catherine pour qu'elle soit avec vous autres sur le balcon.

–Et vous aussi, maman ?

–Moi, je serai dans la balançoire en bas, au milieu des lilas. Parce que moi, je fais surtout partie du passé, tandis que Catherine et Clara, elles, seront à l'horizon... à l'autre bout de l'horizon... de l'autre côté du champ de bataille.

–Maman, vous serez là, vous aussi. Clara, Clara, je te confie le soin de veiller sur maman le temps de mon absence, veux-tu ?

Il la poussa délicatement pour qu'elle se relève la tête et lui redemanda en la regardant droit dans les yeux :

–Vas-tu le faire ?

–Oui, 'pa', fit-elle spontanément mais en hoquetant.

Puis elle regarda de l'autre côté du champ de bataille alors qu'il disait :

–Promis ?

–Oui...

Armandine reprit la parole :

–Tu vas rester pas mal surpris du monde qu'il va y avoir sur le trottoir et dans la rue.

–Peut-être que les gens voudront fêter plus la Saint-Jean que le départ de leur médecin pour la guerre.

–Je pense que ça va être deux choses très intimement mêlées : ils savent que tu vas sauver des vies de Canadiens français de l'autre bord de l'Atlantique.

–Peut-être qu'il faudrait leur faire savoir que je ne vais

pas là-bas avec l'intention de choisir les vies à sauver d'après la nationalité des blessés.

–Savent ça aussi : sont pas plus fous qu'ailleurs, tu sais.

–Bon... je vous l'accorde, maman. Mais moi, je ne peux pas parler au nom de ma fille. Qu'est-ce que t'en dis, toi, Clara ? Vas-tu vouloir chanter aussi au balcon dimanche soir prochain ?

Elle souffla à peine :

–D'accord !

Mais ses larmes cessèrent. Samuel lui dit délicatement :

–Et là, je veux un sourire... le plus large, le plus grand sourire du monde... pour moi et pour maman.

Elle obéit et quelques larmes encore s'y mêlèrent.

–Bon, fit Armandine, à table ! J'ai un dessert aux fraises pour vous deux. Venez, allez, venez...

***

Chapitre 14

Armand Grégoire avec l'accord d'Armandine verrait à installer sur le balcon des Goulet et, dans la rue voisine, des microphones et haut-parleurs afin que les voix de Clara et Samuel portent le plus loin possible et enchantent tous ceux de la communauté paroissiale qui assisteraient au concert ce vingt-trois juin au soir, dimanche, veille de la Saint-Jean et du départ de Samuel pour le camp de Valcartier.

Il y eut un appel général le samedi. Le soin de livrer le message au public des quatre coins de la paroisse fut confié à Pampalon Grégoire qui se rendit à l'heure voulue à la centrale téléphonique. Cécile Jacques lui mit des écouteurs sur les oreilles pour le décorum et elle brancha toutes les fiches actives dans les prises vivantes avant de se préparer à tourner la manivelle un très long coup faisant savoir à tous, par cette sonnerie particulière, que l'appel les concernait, tous et chacun. Et elle s'arrêta et fit un signe de tête à l'homme qui s'adressa à ses concitoyens :

–Mes bons amis, c'est Pampalon Grégoire qui vous parle. Je veux vous faire savoir que demain soir, à la brune, y a notre jeune docteur Goulet et sa fille adoptive qui vont nous donner un tour de chant... on peut appeler ça un concert... au balcon de leu' maison. Tout le monde sait que notre bon docteur part pour aller nous défendre à la guerre. Vous savez, y a un mot qui dit tout à propos de notre bon docteur

185

Samuel... c'est le mot service... Oui, service. Il nous a servi ses talents de docteur, de chanteur et pis là, de défenseur de la patrie, de la liberté. Puis avant son départ, il nous sert encore quelque chose : sa si belle voix que tout le monde aime... Pis ayez pas peur, vous allez l'entendre comme il faut parce que mon petit frère Armand a vu à poser des haut-parleurs. Ça fait qu'on vous invite à venir demain soir au coeur du village pour dire non pas adieu mais au revoir au docteur Goulet. Pis si vous voulez venir nous voir à l'hôtel ou ben au restaurant, ça nous fera plaisir de vous recevoir, ma femme Ida pis moé. Ça fait que demain soir...

Quelques instants plus tard, quand les lignes furent toutes libérées, la sonnerie de la centrale retentit et Cécile qui échangeait un dernier mot avec Pampalon reconnut par la lumière témoin un appel du presbytère. Elle répondit.

–Non, il est pas parti, monsieur le curé. Il est ici. Je vous le passe.

Et elle fit répondre Pampalon à un appareil mural, tandis qu'elle-même se remettait à la tâche de servir la clientèle.

–Oui, monsieur le curé...

La voix du prêtre ressemblait au grondement lointain du tonnerre :

–J'ai pas de félicitations à te faire pantoute, mon Pampalon, à matin, là.

–Qu'est-ce qui se passe, monsieur le curé ? fit l'hôtelier de sa voix la plus grave et douce à la fois.

–Tu me coupes l'herbe sous le pied. Je viens de t'entendre parler au monde.

–Oui pis...

–C'est pas une vente à l'encan ou la visite de la troupe à Grimaldi, c'est le départ du docteur pour la guerre. Leur annoncer à ta manière : des plans pour provoquer des crises cardiaques chez les malades de la paroisse. Je ne te félicite pas, du tout, Pampalon, du tout, du tout. Et en plus, tu fais de la promotion pour ton restaurant aussi ben que pour ton hôtel.

186

–C'est légitime : j'paye d'ma poche pour l'appel général.

–C'est en chaire qu'il faut annoncer une nouvelle comme celle-là qui va affecter la vie de tous les citoyens. Toi, t'as fait ça comme si t'annonçais du dentifrice *Pepsodent* à l'émission *Un homme et son péché*.

–Asteur que c'est fait, monsieur le curé, quoi c'est que vous voulez que je fasse ? Que je rappelle le monde pour dire que j'aurais pas dû les appeler ?

–C'est madame Goulet qui t'a demandé ça ?

–Non, c'est Bernadette, ma soeur, qui m'a demandé si je voudrais pas m'occuper de la publicité pis la payer de ma poche. C'est ça j'ai fait.

L'abbé jeta, le souffle impatient :

–Bernadette... toujours le nez fourré partout...

Puis il raccrocha. Il avait perdu patience. Et cette perte de maîtrise de lui eut pour effet de faire perdre sa maîtrise à Bernadette quand elle apprit ce samedi matin de grand soleil que le curé l'avait critiquée. Le pas fâché, claudiquant plus que jamais et marchant presque en courant, elle se rendit droit au presbytère pour régler ses comptes.

Madame Létourneau vint lui ouvrir la porte. Elle entra sans attendre ni même demander à voir le curé dont elle pouvait apercevoir la soutane noire à travers la craque de la porte de son bureau. Et dès lors, elle se mit à parler et à marcher vers lui sans plus considérer le protocole :

–Monsieur le curé, là, vous, si ce que vous avez dit au téléphone à Pampalon est la vraie vérité, je vous dis que vous allez entendre parler de moi par exemple. Seigneur de Seigneur, dire que j'ai le nez fourré partout, je vas vous en faire, moi.

–Salut, Bernadette. Assis-toi, on va se parler.

–Non, je m'assirai pas. Je vas vous parler deboutte... la tête droite comme mon père Noré l'aurait fait.

–Je ne l'ai pas connu, malheureusement !

–Vous devriez dire : heureusement que vous l'avez pas connu. Ben je vous dis que vous allez le connaître au travers de moi en personne.

Pour impressionner la visiteuse en colère et mieux s'imposer, le prêtre se leva et accrocha ses pouces dans le large ceinturon de sa soutane :

–Sois pas fâchée, Bernadette, j'ai eu un bouillon d'impatience à entendre Pampalon me devancer pour annoncer aux paroissiens le départ du médecin. C'est un événement grave et il faut des mots graves pour y préparer les paroissiens.

–Ben un bouillon d'impatience, j'en ai un, moi itou, dit-elle en piaffant.

Il lui coupa la parole :

–Je te comprends, je t'ai comprise...

Elle lui coupa la parole à son tour :

–Tout le monde le savait déjà d'un bout à l'autre de la paroisse : pourquoi c'est faire vous énerver parce que Pampalon l'a annoncé sur un appel général ? Expliquez-moi ça, là, vous ?

Le prêtre ouvrit les mains. Il écarta les bras dans un geste apostolique, comme pour se désoler et accepter l'attaque :

–Si tu me laissais parler, je parlerais.

–Ben parlez d'abord ! Pis dites-moi dans quoi je me suis fourré le nez où j'avais pas d'affaire...

–J'ai dit ça ?

La pauvre Bernadette vit encore plus rouge :

–C'est ça : dites donc que mon frère Pampalon est un sapré menteur.

Le prêtre hocha la tête, fit planer le doute :

–Ben... c'est un grand joueur de tours : c'est connu dans la paroisse, ça...

–Non, non, c'est pas une menterie, c'est la vérité tout crachée, la vérité pure.

Le prêtre contourna son bureau et s'approcha de la jeune femme. Il resta à quelques pas d'elle en parlant tout en lenteur et en lourdeur solennelle :

–Vois-tu, Bernadette, ce qui se passe parfois... j'ai toujours pensé, moi, depuis que je suis arrivé ici en 1935, ça fait cinq ans cette année, que t'aimais ça, annoncer les bonnes nouvelles... attention, je dis bien les bonnes nouvelles... ou même les mauvaises qui relèvent du sort comme un accident, une maladie... C'est de ma part un jugement très favorable à ton sujet. Mais voilà que survient un état de crise... j'écoute Pampalon au téléphone qui annonce une chose grave qu'il aurait dû me laisser annoncer aux paroissiens, puis je parle à Pampalon et je suis... comment dire... survolté...

La femme glissa vivement des mots égrenés sèchement :

–Qu'est-ce que ça veut dire, ça, là ? J'ai fait des études, mais pas autant que vous.

Le curé leva la tête au plafond, ayant l'air de réfléchir :

–Disons... crinqué... Et là, tu vois, le "nez-fourré-partout" devient une expression péjorative...

–Encore les grands mots...

–Une expression qui te fait paraître mal. Un "nez-fourré-partout" pour faire du bien comme tu le fais, Bernadette, c'est excellent et le bon Dieu aime ça... mieux, il souhaite cela de tout le monde. Mais hélas ! il y a la guerre. Et la guerre vient nous chercher notre docteur. Et ça me rend malheureux comme les pierres, tu comprends. Et quand on est habitué d'être heureux et que frappe le malheur –un malheur causé par les hommes, je ne parle pas d'un coup du sort permis par la Providence– alors il m'arrive d'être un peu... négatif dans ma façon de parler. Je m'emporte : voilà ! Continue, Bernadette, continue de fourrer ton nez partout pour apporter les bonnes nouvelles et pour faire le bien... comme auprès de Rose-Anna Bougie par exemple avant sa mort... faire le bien dans les maisons de porte en porte et... au niveau des organismes paroissiaux dont tu fais partie : Cercle des Fermières, Dames de Ste-Anne, Enfants de Marie...

–Les Jeanne d'Arc pis les Filles d'Isabelle.

–Les Filles d'Isabelle, j'oubliais... Bien sûr, tu as été initiée au Château Frontenac...

–Vous devriez savoir, vous êtes directeur du sous-comité.

–Évidemment ! Je plaisantais... pour te dérider un peu, là.

–Je fais partie de tous les organismes féminins de la paroisse, fit-elle toujours aussi menaçante.

–Extraordinaire ! Sois fière de ce que t'es !

–Suis la fille à Noré Grégoire pis fière de ce que je suis.

Le curé sentait que la femme achevait de décompresser. Il tourna les talons et regagna sa chaise en demandant :

–Et comme ça, c'est le concert au balcon demain soir ? On aurait peut-être pu faire ça à la salle paroissiale, non ?

–Monsieur le docteur voulait rien d'officiel. Il veut pas que les paroissiens pleurent parce qu'il part; il veut qu'ils restent joyeux.

–Tu le comprends ?

–Certain que je le comprends !

–C'est exactement ce que je visais en désirant annoncer le premier du haut de la chaire et son départ et son concert improvisé.

–Vous êtes déchoqué, là ?

–On l'est tous les deux, je pense, Bernadette. On a de la peine de voir partir notre si talentueux jeune docteur, il ne faudrait pas que cette douleur se transforme en colère, n'est-ce pas ?

–Ben... ouais... c'est sûr, ça !

–Je vais donc en chaire demain me servir comme air d'aller ou entrée en matière, ou tremplin si tu veux, des propos de Pampalon au téléphone ce matin, et trouver les mots pour rassurer les malades et même les bien-portants. Assieds-toi, Bernadette, et conte-moi un peu ce qui nous attend à ce petit concert auquel je ne manquerai pas d'assister.

Elle prit place en disant :

–Clara m'a nommé quelques titres de chansons...

–J'en veux savoir...

–Pis Armand installe des micros comme l'autre fois sur le cap à Foley.

–Ah oui ? Comme c'est beau, la paix ! Et dire que cette

guerre...

*

–Mes bien chers frères, je n'irai pas par quatre chemins, je vous annonce le départ demain pour la guerre de notre ami à tous, le docteur Samuel Goulet...

Ce fut une rumeur générale dans l'église et un nombre indéterminé de têtes se tournèrent vers le jubé de l'orgue afin de voir la vedette du jour. Ni Clara ni Armandine ne se trouvaient à la grand-messe et on ne pouvait donc dévisager leur désarroi. Clara avait elle-même appelé la maître de chapelle pour lui dire qu'elle ne serait pas parmi les choristes de ce dimanche et qu'elle ménageait sa voix pour le concert du soir.

Mais deux âmes dans cette église ressentaient chacune une forme de détresse. Celle d'un jeune homme de vingt ans et d'une jeune femme de dix-neuf. Et elles buvaient, ces âmes en peine, une à une les paroles du curé qui coulaient, amères, en elles.

–Il y a la guerre en Europe, vous le savez tous. La France est maintenant occupée. Le Canada est en guerre. Le Canada c'est-à-dire nous. Il faut des volontaires là-bas pour défendre la liberté, eh bien notre paroisse sera l'une des premières du pays à se sacrifier en laissant partir là-bas un de ses fils les plus chers...

Le jeune homme qui possédait un nez caractéristique, le frotta pour soulager le picotement qu'il ressentait dans une narine et tout en écoutant, songeait une fois de plus, qu'il s'enterrait vivant à continuer de rester chez son père à y travailler une petite terre ingrate tandis que les vieux pays l'appelaient de tous leurs voeux et que pour les voir et même les vivre en quelque sorte, il lui suffirait de s'enrôler, lui aussi, tout comme le vaillant docteur Samuel Goulet.

–Il nous faut savoir penser aux autres comme le Christ rédempteur du monde et qui a sacrifié sa vie pour le genre humain. Ce qui ne veut pas dire que notre héros perdra la vie, bien au contraire, il servira sur les champs de bataille pour sauver des vies...

191

La jeune femme, au visage blême comme un matin d'hiver, songeait à sa maladie qui l'avait obligée à quitter ses études un an plus tôt pour rester à la maison en convalescence. Elle souffrait d'une sorte d'anémie contre laquelle la médecine, via un hôpital de Sherbrooke puis le docteur Goulet, prescrivait du repos, de la viande rouge et du boudin, du grand air et beaucoup d'optimisme. (*En fait, elle souffrait de leucémie et si on ne lui avait pas servi le bon diagnostic, par contre, on l'avait mise sur la bonne route pour renforcer son système immunitaire et possiblement la sauver de la mort pourvu qu'elle y mette toute sa volonté agissante.*)

–Et il nous reviendra des vieux pays avec le V de la victoire, un V qui, pour lui cependant, voudra dire Vie. Et voilà qui est beau et grand. Servir pour la Vie humaine...

Ces mots exaltaient le jeune homme en bas. Partir pour lui-même et pour les autres : tout un rêve ! Et s'il devait mourir sur le champ de bataille, il aurait vu le monde et finirait sa vie en héros.

–Nous aussi serons appelés au sacrifice en l'attendant. S'il y a naissance, s'il y a urgence, s'il y a agonie, les bons docteurs Roy de St-Éphrem et Poulin de St-Martin seront là pour veiller au grain à la place du docteur Goulet...

Il y eut des soupirs de soulagement partout dans l'église. La jeune personne malade n'en eut pas, elle. Sa survie, lui semblait-il, dépendait maintenant de Samuel dont elle se sentait amoureuse en secret. Sans du tout s'en rendre compte, le docteur l'avait traitée comme il avait eu soin de sa chère Elzire naguère. Et chaque fois qu'il la visitait ou qu'elle se rendait à son bureau, soit presque toutes les semaines, il lui faisait grand bien et elle comptait ensuite les jours la séparant de sa prochaine visite. Et comptait aussi les battements de son coeur un à un en l'espérant...

–Personne ne mourra parce que le docteur est parti, mais nous allons tous en souffrir. D'aucuns moins, d'autre plus. Et tous les paroissiens en tout cas, en souffriront, tous ces beaux dimanches de grand-messe alors que nous serons privés de sa voix exceptionnelle, de sa voix d'or célébrée par chacun de nous.

Le jeune homme vibrait maintenant et en même temps, il continuait de ressentir un profond mal-être. D'un côté l'aventure de la guerre, risquée mais ô combien fascinante, et de l'autre, la platitude des travaux et des jours sur la dernière terre de la Grande-Ligne où il ne se passait jamais rien qui vaille la peine...

–Par bonheur, cette voix incomparable, nous aurons loisir de l'entendre ce soir dans un concert impromptu donné par Samuel et par sa fille adoptive Clara au balcon de leur demeure du coeur du village. Vous êtes tous invités à y assister. Apportez-vous une chaise pliante. Même que vous pourrez emprunter une telle chaise à la salle paroissiale. Le sacristain sera là pour vous en prêter et il sera là aussi pour l'heure où vous les rapporterez à la salle.

Il y avait maintenant neuf jours que Samuel n'avait pas pris la main flageolante de sa jeune patiente anémique pour sonder le pouls, qu'il n'avait écouté ses poumons dans son appareil, qu'il n'avait touché ses lèvres pour en évaluer la sécheresse, et regardé ses ongles pour en mesurer les taches blanches. Et chaque fois qu'il l'avait fait par le passé, elle avait connu des minutes divines. La nouvelle de son départ l'avait frappée comme un coup de marteau en plein front, elle déjà si peu sûre de ses forces présentes et futures. C'est sa mère qui la lui avait apprise l'autre matin, tandis qu'elle tardait à se lever pour ramasser sous son drap depuis toutes les parties de son corps toutes les énergies dispersées afin de les regrouper au front de sa volonté. Il ne lui serait même plus donné de se voir examinée par lui avant son départ dont tous savaient qu'il aurait lieu le lendemain, fête de la Saint-Jean. La plus triste Saint-Jean de son existence. Peut-être la dernière, se disait-elle, le coeur noyé de larmes.

–J'y serai, moi, ce soir. Monsieur le vicaire y sera. On m'a dit que les docteurs Roy et Poulin y seraient aussi. Et je veux remercier publiquement mademoiselle Bernadette Grégoire pour son rôle dans l'organisation de ce concert comme elle l'avait fait l'autre année à la Fête-Dieu sur le cap à Foley. Grâce à elle, tous les paroissiens ont été au courant par l'appel général de monsieur Pampalon. Grâce à elle, vous pourrez tous entendre les voix de Clara et Samuel ce soir via un système de haut-parleurs installé par monsieur Armand Grégoire. Honneur à la famille Grégoire, voisine et amie des Goulet !

"Honneur à Paul-Eugène Parent, fils de Nil Parent," se disait le jeune homme à propos de lui-même.

–Rendez-vous est donc donné à tous de cette belle et grande paroisse beauceronne. Non seulement nous allons remercier notre bon docteur, mais aussi, nous allons célébrer notre fête nationale des Canadiens français par la même occasion.

La jeune femme, elle, n'écoutait plus le curé. Elle tourna doucement la tête et regarda tout là-haut à la recherche de son docteur bien-aimé. Elle ne put le voir. Assis, Samuel écoutait, la tête proche de ses bras croisés, presque intimidé. Elle aperçut plutôt sa tante, la maître de chapelle, qui laissa chuter vers elle, comme une feuille morte d'un automne avancé, un long et lent sourire triste. Comme si Gaby Champagne qui n'avait pas réussi à se faire aimer d'un amour de mariage par Samuel Goulet en était à dire à sa nièce Marcelle que le sort le priverait à son tour de la présence presque surnaturelle d'un homme aussi attachant...

***

Chapitre 15

En se raclant la gorge et en lissant ses cheveux mouillés sur sa tête, Armand testa une dernière fois son système de son puis il redescendit du balcon des Goulet entièrement satisfait. Si sa voix portait loin, celles des Goulet, père et fille, couvriraient encore plus le coeur du village qui commençait à sortir des résidences et à se regrouper avec des arrivants de partout venus saluer Samuel et l'entendre, ainsi que Clara, dans une prestation qui leur rappellerait celle de l'autre année sur le cap à Foley. Plusieurs passaient par la salle publique y emprunter une chaise pliante pour la courte soirée mémorable.

Il n'avait pas été prévu de maître de cérémonie pour l'occasion et on assisterait donc à une sorte de happening, d'événement qui se tisserait de lui-même au fil des minutes, des réactions et du temps.

Catherine était là, au salon, venue le midi depuis Saint-Sébastien où son fiancé l'avait cueillie avec ses enfants pour la ramener, en passant par la concession, s'arrêtant en chemin chez Roméo pour que Samuel puisse lui dire un aurevoir et le rassurer sur son hypothèque dont le débiteur pourrait en toute légalité effectuer le versement annuel à sa mère Armandine au moment prévu.

En ce moment, Clara amusait les enfants dans sa chambre tandis que son père adoptif recevait à son bureau son tout dernier patient avant de fermer à clef derrière lui et de remettre cette clef à sa mère qui la rendrait disponible aux deux médecins de remplacement.

Armandine pour l'heure travaillait dans la cuisine et se dépêchait d'y mettre bon ordre après avoir refusé l'aide de Clara et de Catherine. Elle achevait sa tâche et rejoindrait la jeune veuve esseulée au salon afin de brosser avec elle un tableau en perspective quant à leur relation future, compte tenu du départ et de l'absence de Samuel.

Chez elle, de l'autre côté de la rue, dans sa chambre, Marie-Anna Nadeau tournait en rond. Elle brûlait du désir de courir chez le docteur et supplier Samuel de rester. Pour son père malade. Pour le chant choral. Pour les paroissiens. Pour elle bien sûr. Mais, elle le savait, le curé avait essayé sans succès. Et d'autres, sa mère, sa chère mendiante et même Clara avaient sûrement essayé aussi. L'appel de la guerre semblait plus fort que tout... Au moins Raoul Blais, son ami de coeur, n'irait jamais lui, conscription ou non, à cause de ses doigts coupés. Quelle idée passe donc par la tête des hommes de toujours vouloir se battre ainsi et de se tuer aussi allégrement !?!? Si leur idée passait par leur coeur, ils trouveraient moyen de faire la paix avant que la bataille n'éclate. Il faudra que les femmes y mettent la main un jour ou l'autre, soupirait-elle sans cesser de marcher de long en large, encore et encore...

Deux chaises à la main, Gus revint de la salle publique en battant la semelle et ne trouva pas sa chère Rose là où il l'avait laissée quelques minutes auparavant. Il s'adressa à l'aveugle Lambert bien installé sur sa galerie au meilleur endroit qui se puisse être pour assister au concert :

–Poléon, t'aurais pas vu ma femme ?

–Non, mais je l'ai sentie, répondit l'autre en éclatant d'un rire tout rouge.

L'épouse Lambert montra du doigt la balançoire à l'autre extrémité de la maison Goulet :

–Est là, en train de se balanciner.

–Ah, ben c'est une bonne idée, on aura pas besoin des chaises.

–Oublie pas de les rapporter, par exemple, dit l'aveugle.

–Suis un homme honnête pis fiable, Poléon.

–J'sais ça, mon garçon.

–Ben comme ça, bonne veillée !

–Toé itou ! dirent ensemble les Lambert.

Dans le bureau de Samuel, le vicaire Turgeon, dernier patient à visiter le docteur avant son départ, avait la tête dans la main et la secouait tout en parlant :

–D'habitude, je suis le confesseur, mais ce soir, je me sens comme à confesse. Et ce que je vais te dire, Samuel, je ne l'ai jamais dit à un autre prêtre, ni en confession ni autrement. Et tu sais pourquoi ? Parce qu'il n'y a pas matière à confession et pourtant, il y a là matière grave, très grave. Je suis désespéré parfois de mon cas... Je me suis toujours dit que la médecine pouvait peut-être m'aider, mais je n'osais demander son aide. J'ai voulu le faire à plusieurs reprises avec toi, mais au dernier moment, quelque chose me l'interdisait... une sorte de peur... sans doute inconsidérée...

–Joseph, comme médecin, tu le sais, je suis tenu au secret professionnel et de plus, je pars demain pour Valcartier puis probablement l'Europe quelque part en automne ou en hiver 1941. N'hésite pas à me confier ton problème. C'est la chance de ta vie peut-être de plonger à la recherche de la solution. Peut-être que la solution serait simplement d'en parler, de te vider en quelque sorte du tracas que cela te cause.

Samuel en sarrau blanc avait les coudes sur le bureau et jouait avec un crayon de bois tenu un peu plus bas que la hauteur de ses yeux.

–Je ne sais pas...

Le docteur crut devoir insister puisque l'autre branlait dans le manche. Il délaissa le crayon et posa sa main sur celle du prêtre en disant :

197

–Regarde-moi dans les yeux, Joseph, et fais-moi confiance : il n'y a aucun problème de santé qui soit honteux.

Joseph releva la tête et eut un frisson visible. Il obéit en bredouillant :

–C'est un problème de santé mentale.

–Souvent ça se soigne aussi.

–C'est très grave, tu sais.

–Au docteur de juger !

–Je souffre de...

Il s'arrêta et lui vint une larme. Il baissa les yeux sur les deux mains réunies l'une sur l'autre sans pouvoir aller de l'avant encore.

–De quoi ? Dis-moi de quoi, mon ami ? insista le docteur qui ajouta son autre main à la première sur celles du prêtre.

Joseph ferma les yeux et lâcha le morceau :

–Je souffre d'homosexualité.

Samuel demeura un moment interdit. Il n'avait jamais eu à traiter pareil cas. Et pour cause puisque l'homosexualité n'était pas considérée comme une maladie mais comme l'une des pires perversions qui soient au monde. Retirer ses mains brusquement aurait trahi sa réaction intime toute de répulsion, et le médecin se retint à temps de le faire pour ne pas exprimer par là le rejet de l'autre et sa condamnation. Par contre, il pensa que de ne pas le faire ajouterait peut-être au problème en laissant croire au prêtre que lui-même possédait un certain penchant pour la chose. N'était-il pas une sorte de célibataire attardé, lui qui franchissait le cap de la mi-trentaine ? Dilemme qu'il décida de résoudre en passant par l'autre :

–Tu me permets de me lever, Joseph ?

–Bien entendu.

–Je réfléchis mieux quand je suis debout et que je marche un peu, tu comprends.

–Comme moi quand je lis mon bréviaire : il faut que je marche d'un bout à l'autre de la galerie du presbytère...

quand la température le permet bien entendu.

Samuel se leva. Ainsi les mains purent se détacher sans écorcher la sensibilité du prêtre.

–Je dois t'avouer que je ne m'attendais pas à pareille confidence de ta part aujourd'hui.

–C'est pas une confidence ou un aveu de culpabilité, Samuel, c'est une demande d'aide médicale. N'y aurait-il pas quelque chose à faire, un médicament à prescrire comme des lithinés pour ceux qui font une dépression... j'ai su que monsieur Maheux en avait pris... je ne sais pas, c'est toi, le médecin.

–Enfin, je ne voudrais pas avoir l'air de... mais qu'est-ce que tu veux dire par 'homosexualité' ? Je vais te poser une question de prêtre : s'agit-il simplement d'une impulsion contrôlée ou bien t'arrive-t-il de passer à... disons la pratique de la chose ?

Le prêtre recula sur sa chaise et tint sa tête droite :

–Non, non... impulsion seulement, désir... quelques expériences au séminaire durant mon adolescence, mais jamais rien depuis que je suis prêtre... Mais parfois, je dois... tu comprends... je dois me faire violence.

–Tu veux dire... l'auto-flagellation ?

–Non, la masturbation.

–Mais, mais, mais... mais, mon ami, tu m'exposes un problème qui n'en est pas un.

–Faux ! Je suis malheureux, torturé par ce problème.

Samuel se pencha vers lui pour dire à voix retenue, craignant sans raison d'être entendu de l'autre côté des portes :

–Mais puisque tu sublimes et que tu canalises tes énergies hors de la pulsion homosexuelle...

–Deux choses, Samuel... D'abord le désir me fait terriblement souffrir... comme si un démon de la chair rôdait sans cesse dans ma chambre comme dans celle du curé d'Ars. Comme si le feu de l'enfer, mais un feu qui comporte une excitation extrême, me consumait, me léchait la chair depuis la plante des pieds jusqu'à la racine des cheveux... Et quand

199

je finis par céder et me délivrer moi-même de l'abominable désir... alors je commets un péché mortel. La masturbation est un péché mortel qui mérite l'enfer. Et par un prêtre, c'est pire encore. Voilà ! Le démon me tourmente jusqu'à me faire céder et ensuite, il me laisse tranquille, sachant bien que je suis alors bon pour son enfer et son éternité maudite. Il m'est venu à l'idée de m'enrôler aussi dans l'armée, espérant aller sur le champ de bataille et y trouver la paix dans la mort.

Samuel retourna à sa place, assis derrière son bureau. Il reprit le crayon pour occuper ses mains et parla :

—Je te redis qu'il n'y a aucun problème dans ce que tu m'exposes si ce n'est que tu en fais un drame, une catastrophe dans ta tête. La solution est déjà là, dans l'exposé de ton faux problème. Tu as ce désir. Tu ne l'as pas cherché. Il te tourmente. Tu t'y refuses. Tu le combats. Et s'il te submerge, tu t'en débarrasses par le moyen dont tu disposes. Un moyen naturel. Si tu veux : un moindre mal. C'est héroïque, ce que tu fais. Beaucoup de prêtres ou d'hommes célibataires sont sans doute aux prises avec pareil déchirement. Que ce soit le désir d'un homme ou celui d'une femme. Quant à ton idée de t'enrôler, elle possède un côté dangereux. Tu seras tous les jours à côtoyer des jeunes hommes, tu coucheras dans des dortoirs avec eux, tu seras à l'entraînement ou sur le champ de bataille, appelé à te trouver dans des situations dramatiques et là, tu pourrais céder à tes pulsions. Surtout si tu fais la rencontre de quelqu'un qui a les mêmes penchants que toi. Je ne te le conseille pas.

—Oui, mais...

—Tu as de meilleures chances de salut et d'équilibre intérieur en demeurant prêtre dans une paroisse, pourvu que tu continues de contrôler ce que tu me dis être de l'homosexualité en la gardant en toi et pour toi. Le hic dans tout ça, c'est la défense faite par l'Église de la masturbation sous peine de faute grave. Tu dois dépasser l'enseignement à ce propos et voir cette pratique comme un exutoire nécessaire dans certaines circonstances. On met dans la tête des jeunes gens qu'ils commettent chaque fois un péché mortel passible de l'enfer.

En tant que médecin, à ce sujet, c'est l'Église que je condamne, pas la masturbation. L'Église fait souffrir inutilement... ça, c'est grave. Et Dieu en demandera des comptes à l'Église catholique...

Joseph hochait sa tête basse :

–Suis obligé de t'exprimer mon... désaccord. Oui, je suis obligé...

–Obligé : t'as dit le mot juste. Parce qu'au fond de toi, tu es d'accord avec moi. Et continue de l'être ! Et continue d'être prêtre ! Les deux sont compatibles. Et si tu dois te confesser de... masturbation, confesse-toi à toi-même, jamais à un autre prêtre. Et si Dieu a quelque chose à te pardonner, ce que je ne crois pas, il te le pardonnera directement. Ne te mets pas entre les mains de quelqu'un d'autre qui exercerait alors un pouvoir sur toi en se servant subtilement de ta confidence ou de ton aveu. Tu l'as dit toi-même : ce n'est ni une confidence ni un aveu, alors n'en parle pas en confession à un autre prêtre, je te le prescris en tant que docteur...

Entre la maison des Lambert et celle des Nadeau se trouvait celle d'un oncle de Rose, Jean Martin, un cultivateur à sa retraite, gros personnage, très court sur pattes, vivant seul avec sa femme tout aussi rondelette, tous deux assis sur la galerie haute, prêts à écouter ces voix magnifiques, familières et toujours étonnantes. Et à côté de chez eux, il y avait une cour basse plantée d'une bonne douzaine d'érables. C'était le bel endroit pour disparaître dans l'ombre aux yeux des autres tout en assistant au concert à une fort bonne place. Là, Marcelle Champagne installa sa chaise et s'assit. Mais son visage était si pâle que si on ne l'avait pas connue, on l'aurait prise pour un spectre. Ceux qui circulaient devant elle sur le trottoir de bois apercevaient aussi les bandes blanches de sa robe matelot et ça leur disait qu'ils voyaient un être humain, pas un fantôme. On ne l'approchait pas. On la savait trop malade. Malade d'on ne savait quoi. Le mieux pour ne pas attraper son mal, c'était d'éviter sa présence, son contact. Et de ne pas même lui parler de peur qu'elle ne tente de s'approcher pour allonger la conversation...

Et pourtant, il vint quelqu'un qui s'appuya deux arbres plus loin contre l'écorce du plus grand érable de la cour. Lui aussi, tout comme Marcelle et le vicaire Turgeon, souffrait de quelque chose qu'il croyait irrémédiable : le besoin d'un ailleurs qu'il ne trouverait ni en lui ni en sa paroisse ou même son pays. Paul-Eugène Parent pressentait qu'il verrait clairement la bonne route à suivre ce soir-là, la route de son destin...

Armandine retrouva Catherine dans le salon. Tout d'abord, elle ajouta à la lumière rougeâtre d'une lampe celle jaunâtre d'une seconde et les deux femmes, assises l'une en face de l'autre en finirent avec la petite conversation pour aller droit au but.

–J'avais pensé que tu réussirais à le retenir de partir, fit la mère de Samuel.

–Vous êtes déçue de moi ?

–Non pas. Triste pour toi, pour Clara et bien sûr pour moi. Faut croire que c'est mieux de même.

–Je vous dirai, madame Goulet, que j'ai tout fait pour que ça n'arrive pas.

–Je savais que je pouvais compter sur toi. C'est pour ça que j'ai aucun reproche à te faire. Et... quand il sera parti, on va faire en sorte de rester en contact et de se parler le plus souvent possible. D'ailleurs c'est son souhait le plus cher. Tu sais ce que j'ai l'intention de faire quand il va être parti. Faut pas lui dire, ni à lui ni à Clara. Je veux demander à Luc Grégoire de montrer à Clara à chauffer la 'machine'.

Catherine sourit largement :

–Non, vous êtes pas sérieuse !

–Moi, j'apprendrais pas, suis trop âgée, mais elle oui.

–Et vous savez quoi ? J'avais l'intention de demander à Luc et à Jeanne d'Arc de me reconduire chez moi après le concert. Je veux avoir pour dernière image de Samuel celle qu'il donnera en chantant avec Clara. Qu'est-ce que vous en pensez, vous ?

–Je crois que c'est une excellente idée. Mais il vous verra partir. Une automobile et deux enfants sans compter toi, Jeanne d'Arc et Luc, ça passera pas dans la rue sous son nez et pour ainsi dire à sa barbe sans qu'il s'en rende compte... Mais je te l'accorde, ce serait la meilleure façon de vous séparer, la moins douloureuse pour vous deux. Et ce serait peut-être une ultime tentative pour le faire changer d'idée même si sa feuille d'enrôlement est déjà signée... En t'épousant, il aurait aussitôt sa 'discharge', j'en suis certaine... même s'il a signé.

Clara écoutait à la porte, venue en sa discrétion coutumière prendre de l'eau fraîche à la cuisine pour les enfants et pour elle-même. Un mal la rongeait elle aussi : celui de l'indécision la plus totale, celle qui fige, qui fait croire que vous n'avez aucune valeur, aucune aptitude à agir pour modifier les choses ou du moins essayer de le faire, mal de ne pas savoir comment réagir, quoi dire, que faire devant un événement aussi capital dans votre vie, mal de l'ego et du coeur tout à la fois, cancer du quant-à-soi.

Il y avait la terrible question que se posent tous les enfants et adolescents au départ des êtres chers vers la mort ou vers ailleurs : suis-je en cause ? Qu'ai-je donc fait de répréhensible pour que ça arrive ? Est-ce ma faute ? En deuxième lieu, et pire que la première question, il y avait celle du retour en arrière s'il advenait le pire à son père adoptif ? Retournerait-elle au fond du Grand-Shenley avec tout ce que cela supposait de régression ? Plus de piano, de leçons de piano, études écourtées, vêtements peu attrayants, durs travaux à l'étable et dans les champs, pas d'électricité, pas de bain, d'eau chaude, pas de radio, de *Grande-Soeur*, de *Un homme et son péché*, pas de journaux non plus, de bonne nourriture, de limonade avec de la glace, de crème glacée, et pas de livres non plus... Et puis tant que son père ne serait pas remarié, il ne ramènerait pas ses petites soeurs; et elle souffrirait d'une profonde solitude et devrait marcher long pour se rendre à l'école par tous les temps comme naguère. Pas d'amis, d'Huguette, de Claudette Viger et toutes les autres... Et pas de Paulo qui la surveille à distance... ou de

Bernadette qui lui crie des beaux mots en passant... Mais tout ça, toutes ces pertes, ce n'était rien à côté de celle de son père adoptif. Chaque minute depuis qu'elle avait appris son départ, elle ressentait et percevait le sentiment profond qui l'attachait à lui, un tel attachement qu'elle pensait devoir mourir s'il devait mourir, lui, à la guerre.

Elle se faisait silencieuse depuis l'annonce fatidique, pour mieux prier, pour concentrer toutes ses forces afin de les lui donner au moment du départ ou avant pour qu'elles lui servent d'énergie de survie, comme sa mère Armandine l'avait évoqué.

Quelque chose lui disait que déjà Catherine lui avait transmis le meilleur d'elle-même et que ce départ à l'anglaise avec ses enfants lui permettrait de se dérober en quelque sorte au pire de la souffrance du coeur. Clara quant à elle n'en serait pas exempte et ne le savait que trop.

Sur le trottoir, marchant avec hésitation, s'arrêtant pour réfléchir, examiner l'état de la situation, se demander où aller, un quinquagénaire aux cheveux en épi, vêtu d'une chemise à carreaux noir et blanc, eut l'idée soudainement de s'adonner à son passe-temps favori : chiquer. Il fouilla dans sa poche profonde, en sortit une plaque de tabac, s'en détacha un morceau et le porta à sa bouche. Même là, il hésita encore. Quelque chose dans la gorge l'ennuyait : il se la racla bruyamment à deux ou trois reprises puis engouffra le morceau de noir tabac entre des dents tout aussi noires. C'était Jos Page au nom véritable de Joseph Lepage, célibataire irremplaçable, venu du rang neuf avec deux de ses soeurs tout aussi célibataires que lui et dont il partageait l'existence avec une troisième dans la maison de leur petite terre de roches. Marie et Elmire s'étaient perdues quelque part aux alentours. Si petites et si noires dans leurs vêtements, la brunante avait tôt fait de les effacer de la surface de la terre et de fondre leur image parmi les ombres. Anna, elle, gardait la maison. Pas de danger de feu en plein été, mais les voleurs, on sait jamais... On ne se souvenait pas de vols à domicile ou d'entrées par effraction de mémoire d'homme dans la paroisse, mais il fallait bien veiller au grain car on gardait l'argent en liquide dans des boîtes de fer-blanc de peur qu'à la caisse populaire ou à la banque, elle ne se volatilise comme dans de nombreux cas par toute l'Amérique quelques années auparavant au début de la crise économique. Marie ne le savait que trop, elle qui alors travaillait dans un moulin de coton du Maine.

Chez elle, Éva Maheux se reposait un peu. Enfin le bébé dormait. Elle restait assise, seule, dans le coin de la laveuse. Tous les enfants étaient dehors, soit au concert soit ailleurs. Et Ernest avait quitté sans rien dire. Comme toujours. Un mois après la naissance de Gilles, elle continuait d'avoir mal au ventre et surtout de se sentir faible, de la guenille dans les jambes, les yeux morts et que l'ombre pochait encore davantage. Et pourtant, elle se mit à fredonner son air favori, *Partons la mer est belle*, mais à mi-voix pour ne pas éveiller le bébé et au contraire, pour le maintenir dans son sommeil. Ce que, elle l'espérait, feraient aussi les voix des chanteurs là-bas quand débuterait leur prestation : sans doute bientôt...

Ernest contourna la maison des Nadeau. Se faufilant sous le porche de la grange Martin, il parvint à la petite érablière où se terraient Marcelle Champagne et Paul-Eugène Parent en quête de leur destin. Il resta loin d'eux, en arrière, observant, attendant... Quelqu'un avait pensé comme lui : il entendit des pas derrière. Se retournant, il reconnut la silhouette familière de Tommy Gaboury, ce grand-père qui tous les jours subissait des reproches dans les regards de ses co-paroissiens, femmes et enfants surtout, lui qui pour jouer aux cartes et regagner ensuite une maison chaude l'avait surchauffée en partant, provoquant un incendie mortel.

–Ça parle au yable, c'est toé, Tommy ?

–Oué...

–Suis venu voir un peu ce qui se passe. J'arais pu écouter ça su'a galerie che nous, mais... Pouah ! une place ou ben une autre...

–Oué...

Ernest tutoyait à peu près tout le monde et même parfois les prêtres. Il voulait se faire ami : on le trouvait mal poli.

–À part de ça, mon Tommy ?

–Tout va rondement comme c'est mené.

–C'est quoi, tu penses, l'idée qu'il a, le docteur, d'aller sur les champs de bataille des vieux pays ?

L'autre commenta en babounant :

–Ben... ça va en faire un de moins dans la paroisse à pas se mêler de ses affaires.

Ernest comprit l'allusion et se tut. Et pourtant le vieil homme ne songeait qu'à son malaise et celui de sa femme quand il avait dû répondre aux questions humiliantes du docteur agissant comme coroner à la mort horrible de la petite Suzanne.

Dominique Blais avait endossé chemise et cravate pour venir à pied au coeur du village. Il n'aurait pas manqué ce concert pour tout l'or du monde. Mais il se promettait de se taire et de ne pas se faire remarquer. L'homme du jour, c'était Samuel Goulet et il le serait jusqu'au bout. Il se rendit à la salle et revint avec une chaise qu'il plaça sur le terrain de Bernadette d'où il pourrait apercevoir en regardant là-haut et bien entendre depuis le haut-parleur du balcon. Il regarda à droite, à gauche, puis fouilla dans sa poche et en sortit un flacon de dix onces de brandy qu'il porta discrètement à sa bouche. Mais son geste fut interrompu par son propre sursaut quand la voix de Bernadette à deux pas de son oreille lui lança :

–T'as trouvé la meilleure place à soir, Dominique. C'est ici que je veux m'asseoir itou.

Il rempocha sa bouteille et commenta en tournant la tête :

–Tire-toi une bûche ! Mais quoi... t'as pas de chaise ?

–Armand s'en vient avec deux. Nous autres, on prend les nôtres : on est tout proche.

Et ce qu'elle avait dit se produisit : Armand s'amena avec dans chaque main une grosse chaise brune à bras qu'il déposa plus loin. Déjà Bernadette avait d'autres gens à voir, à commencer par Rose dans la balançoire. Les deux hommes se parlèrent un peu puis, sans se l'être dit, comme si la télépathie avait joué entre eux, ils sortirent en même temps, d'une poche cachée, une bouteille plate contenant de l'alcool concentré.

—Veux-tu prendre un petit coup ? se dirent-ils presque en même temps.

Et la proposition se mua en un bruyant éclat de rire. Entre buveurs, on se comprenait comme larrons en foire.

Contre toute espérance, car il ne sortait jamais de chez lui sauf pour aller à la messe, porter du bois de chauffage au presbytère ou faire un peu d'achats chez Freddé, Roméo Boutin avait marché jusque chez les Boulanger pour voyager en boghei avec eux jusqu'au village. On avait dételé chez Ozias Champagne, près de l'embranchement du Grand-Shenley avec la rue principale et marché jusque chez les plus proches voisins des Goulet vers l'ouest, les Poirier. On entendrait bien le concert là comme ailleurs aux environs, mais on ne verrait guère Samuel et Clara. Au fond, Roméo préférait ne pas être vu. Les Goulet pourraient lui demander d'entrer et ça l'aurait bien embarrassé. Rarement il n'entrait dans cette maison et seulement par nécessité : il ne se sentait pas à la hauteur et depuis un certain temps, même sa propre fille Clara l'intimidait. Chez les Poirier, on leur prêta des chaises.

Un autre en avait beaucoup à cacher. François Bélanger reprenait un peu d'aplomb dans l'obscurité profonde, mais quand il croisait quelqu'un et que les lueurs d'un lampadaire ou d'une lumière de fenêtre frappaient son visage pour aller y chercher une monstruosité de plus, il hochait péniblement la tête devant les sursauts et autres réactions noires. Il crut bon demander à l'aveugle une place sur sa galerie. Ainsi, les paroles de son interlocuteur ne seraient pas teintées de répulsion ou, pire, de condescendance. Car quand on a la hideur pour lot, il n'y a que les aveugles pour vous comprendre...

Uldéric Blais vint seul et comme ça lui arrivait souvent, il se dirigea vers Pampalon Grégoire qu'il avait repéré parmi ceux formant rangée d'un côté du chemin, près du trottoir. Les deux hommes, malgré une certaine différence d'âge, possédaient des vues assez semblables sur les affaires, sur la politique et parlaient d'une voix qui portait loin et en imposait à plus que l'interlocuteur du moment.

—J'ai trois chaises : j'en ai une pour toé, Déric. Assis-toé.

—T'as pas Ida avec toé ?

—Ida est avec Itha quelque part par là-bas, là... Envoye : assis-toé, on va jaser en attendant...

—Les affaires sont bonnes depuis que la guerre est déclarée ?

—Ah, pas mal meilleures !...

Devant la maison des Nadeau, plusieurs personnes avaient pris place. Il n'y manquait plus que Marie-Anna qui tardait et cherchait encore à dompter son angoisse dans sa chambre. Raoul attendait sagement, un sourire mince figé aux lèvres. La mère Xavier Nadeau aussi gardait le silence et elle écoutait les bruits, les mots et tout ce qui circulait sur la place. Cécile Jacques était venue avec son ami Philippe et ils échangeaient des propos légers avec Gaby Champagne, avec son frère Alphonse à la pipe fumante et sa femme, un personnage obscur vivant plus que toutes les femmes à l'ombre de son mari. Il était prévu que le curé se joindrait à eux, mais le prêtre se faisait attendre et risquait d'arriver une fois le concert commencé. Survint Jean Jobin. Raoul lui céda sa chaise et alla en quérir une autre à l'intérieur. Il s'approcha de la chambre de Marie-Anna et lui demanda si elle venait.

—Ça sera pas long.

—Tu vas être belle pas pour rire, dit le jeune homme.

Ce qui voulait plutôt dire : *ça te prend du temps en pas pour rire.*

Alors qu'on parlait de la venue certaine du curé, la porte

du bureau de Samuel s'ouvrit là-bas, et l'on put apercevoir sous la lumière jaune du vestibule, l'abbé Turgeon dont on présuma qu'il avait fait ses adieux personnels au docteur tout en lui dispensant ses bénédictions les plus protectrices. Mais de là ni de plus près, comme là où fraternisaient Armand et Dominique, on ne pouvait distinguer les mots couverts et bas échangés en guise de conclusion à la visite :

–Si t'avais été comme moi, Samuel, j'aurais certainement sombré dans le péché comme au temps de mes études.

–J'pense pas, mon ami. Je te trouve en parfait contrôle de toi-même. Poursuis ton combat et t'auras le meilleur, et t'auras le dessus. Et comme a dit Charles de Gaulle sur les ondes de la BBC : perdre un combat, c'est pas nécessairement perdre la guerre. Souviens-toi de ces paroles. Elles te seront un stimulant si tu devais tomber...

–Et comme Jésus sur le chemin de la croix, je parviendrai à me relever et à poursuivre ma route.

–Exactement !

–Merci de ton soutien, fit l'abbé en tendant la main. C'est le meilleur médicament.

–Il n'y a aucune pilule pour ce "mal" dont tu m'as parlé. Ça se contrôle : ça ne se soigne pas.

–Bonne chance et ma bénédiction t'accompagne !

–Merci de tout mon coeur.

On se salua. Le prêtre quitta, salua au passage des gens assis devant la maison et traversa l'allée laissée libre au milieu de la rue pour se rendre chez les Nadeau où déjà une chaise l'attendait. Mais il déclina l'offre et annonça qu'il se devait de regagner le presbytère pour un travail urgent qui ne souffrirait pas même une journée de retard.

Bernadette jasa un moment avec Rose puis elle décida d'entrer chez les Goulet afin de s'enquérir de la situation et voir si tout allait comme prévu, d'autant qu'elle avait tenu le rôle de publiciste en chef de l'événement. Elle fut accueillie au salon par Armandine et Catherine.

–C'est à la veille de commencer ? demanda-t-elle sans s'asseoir, retenue debout par sa nervosité.

–Aussitôt que monsieur le vicaire aura quitté son bureau, je pense, fit Armandine. C'est le ciel qui t'envoie, Bernadette. Catherine aurait besoin que t'arranges quelque chose pour elle avec le grand Luc et Jeanne d'Arc : le voudrais-tu ?

Comblée par la demande, la femme s'exclama :

–Si j'suis capable de le faire : certain que je veux !

Et Armandine lui dit qu'il faudrait Luc et l'auto de son père pour reconduire à Saint-Sébastien Catherine et les enfants. La veuve confia que ce serait fait sans que Samuel ne le sache avant pour que la séparation soit moins pénible pour tout le monde.

–Peut-être qu'il va courir après vous autres pour vous rattraper ? se demanda Bernadette, les yeux agrandis par la surprise.

–Il peut pas : Samuel doit partir de bonne heure demain matin avec Foster Drouin pour Québec. Il lui téléphonera.

–Si vous pensez que c'est ce qu'il y a de mieux à faire, je vas le trouver, le grand Luc. Il doit pas être ben loin. D'abord, je vas parler à Pampalon pour avoir sa machine...

Pipe devant, fumant comme une cheminée du Titanic, le curé se rendait en ce moment même au concert. Comme il n'entendait encore rien, il sut qu'il ne serait pas en retard. Et cela le contraria. Quand tout le monde est là et que le prêtre arrive, on lui fait la révérence et on lui réserve un accueil qui fait du bien à l'amour-propre sans pour autant flatter l'orgueil au point de risquer un péché, si véniel soit-il.

Tout à coup le prêtre vit venir vers lui une lampe de poche tenue par il ne savait qui encore. La noirceur était complète maintenant et seules les maigres lueurs des rares lampadaires dispensaient à la place une lumière blafarde. C'était soir de nouvelle lune. Toutefois le curé reconnut la personne par son pas avant qu'elle n'arrive à lui et sursaute en l'apercevant au dernier moment, lui si noir dans la nuit noire.

–Si c'est pas monsieur le curé. Je cherche Luc Grégoire : vous l'auriez pas rencontré en chemin pour venir ?

–J'en déduis qu'il n'est ni chez lui ni au concert ? Il sera peut-être... chez les Maheux ?

–C'est sûr que si je trouve Jeanne d'Arc, je vais le trouver, mais elle est aussi invisible que lui.

Le prêtre pensa de manière fugace que ces deux-là portaient les culottes de leur morale avec des bretelles plutôt longues, mais il garda pour lui son commentaire.

–Tu sais à qui tu me fais penser ce soir, toi ?

–Dites-moi le, je vas vous le dire.

–À Diogène...

–Diogène Bilodeau du rang six ? Pourquoi que vous me dites ça, donc, là, vous ?

–Je veux parler de Diogène, un sage de l'Antiquité qui cherchait avec une lanterne dans les rues d'Athènes.

–Ben moi, je cherche avec une "flash light" pis je veux pas avoir d'l'air bête...

On était presque en face de la maison Maheux et Bernadette y jeta un coup d'oeil tandis que le prêtre poursuivait sa route en riant jaune. Alors elle traversa la rue en répétant sans cesse d'une voix glapissante :

–Luc, Luc, Luc...

La porte sur le balcon des Goulet s'ouvrit lentement. On vit apparaître Clara sous le clair d'étoiles et des applaudissements l'accueillirent. Des mots de satisfaction furent dits aux quatre coins de la place sauf en certains points de la petite érablière où deux êtres tourmentés restaient silencieux et invisibles. Un bout derrière eux, Ernest cracha par terre. Et le vieux Tommy quant à lui avait rebroussé chemin et longé la maison des Nadeau pour se mettre en embuscade derrière ceux qui se trouvaient devant dont, enfin arrivée, Marie-Anna, maintenant assise aux côtés de Raoul et décidée dans son coeur à l'épouser puisque Samuel Goulet s'en allait pour de bon et contre le gré de tout le monde.

Dans le noir absolu et un certain silence, Éva, toujours assise dans le coin de la laveuse, ferma les yeux et se tut. Elle perdit la carte. Entrée dans un état de somnolence, elle se sentait si bien... Tout à coup un rayon de lumière lui fut braqué en plein visage à travers la moustiquaire de la porte et Bernadette lui dit :

–Luc Grégoire serait pas ici toujours ?

–Non, je l'ai pas vu. Jeanne d'Arc est partie après souper et je l'ai pas revue.

–Ah lui, quand on a besoin de lui...

Dans la première rangée devant la maison des Goulet, Ida dit à sa voisine Itha :

–Monsieur le curé est arrivé.

–Ça va commencer.

Le prêtre frappa sa pipe contre le talon dur de sa chaussure pour la vider de ses cendres. Il croisa les bras. On crut que l'odeur de vieux tabac qui rôdait aux alentours venait de lui, mais on ne pouvait voir dans l'ombre Jos Page qui chiquait en remuant lentement les mâchoires comme une vache qui rumine.

Shenley était en liesse. Du plus humble au plus en vue, il y avait sur la place des centaines de personnes qui résumaient en fait l'entière paroisse elle-même en la représentant pour manifester un ultime au revoir au docteur partant...

On était prêt pour l'entendre.

Et le regretter.

Et pour entendre Clara.

Et pour espérer...

***

212

Chapitre 16

Armandine conduisit Catherine à l'extérieur jusqu'à la balançoire où étaient Rose, Gus et la meilleure amie de Clara, Huguette Lapointe. Huguette avait reçu pour tâche de réserver les places de la balançoire pour les deux femmes et par la suite, en l'absence de Clara qui serait à chanter, elle aurait celle de veiller sur les enfants de Catherine à la place de son amie afin de libérer la veuve et la laisser toute à son cher Samuel.

–On le savait que c'était votre place, fit Rose en se levant quand elles furent là. On a des chaises, nous autres. Huguette nous a dit que les places étaient réservées : on vous les a réservées ben comme il faut.

Et la femme eut un éclat de rire demeurant sans réponse.

–Je vais pas t'obstiner parce que l'heure est ben importante pour Catherine et moi.

–On s'en doute... si on s'en doute ! Viens, Gus ! Ramasse les chaises, on va aller s'asseoir dans les érables à mon oncle Ti-Jean de l'autre bord du chemin.

Le couple partit.

–Huguette, les enfants sont dans la chambre à Clara : vas-y si tu veux !

–Oui, madame Goulet.

–Est donc fine, cette petite fille-là, dit Armandine à Catherine avant qu'Huguette ne soit hors de portée de voix.

Stimulée, contente, la jeune adolescente rousse sentit des ailes lui pousser dans le dos et la transporter jusqu'auprès des deux enfants là-haut dans la chambre voisine de celle du balcon où étaient maintenant Clara et Samuel, affairés à gratter des accords de guitare et à vérifier le son au micro.

Rose et son homme eurent tout juste le temps de se rendre à destination et de s'asseoir dans le noir que le concert commença officiellement par une présentation de Samuel :

–Bonsoir tout le monde ! Vous savez, je me sens comme quelqu'un qui se fait cuire un gâteau d'anniversaire... pour lui-même. Mais c'est pas pour me fêter que Clara et moi, on a décidé de vous livrer ce petit concert presque impromptu ce soir, c'est pour vous fêter et vous glorifier, vous, mes amis et concitoyens de cette belle paroisse où j'ai trouvé une joie de vivre que je n'avais jamais connue jusqu'à mon arrivée ici. Vous savez, en ville, on connaît bien peu de monde, même s'il y en a des centaines de milliers, en tout cas à Montréal, tandis que dans une paroisse, on finit par connaître tout le monde. Si mon cercle d'amis était peut-être d'une centaine de personnes à Montréal, il est de plus de deux mille ici. Parce qu'ici, un patient est un ami, un voisin est un ami, un co-paroissien est un ami. Imaginez mon chagrin de devoir m'éloigner pour un temps. Mais c'est précisément parce que j'ai plus de deux mille amis ici que je dois aller les défendre et, s'il le fallait, donner ma vie pour mes amis...

Le père Tommy avait du mal à croire ce que disait le docteur. Il se sentait exclus. Non, il ne lui était pas possible de considérer cet homme comme un ami. Samuel lui avait bien trop chauffé la couenne ce jour de la mort de l'enfant Suzanne dans l'incendie de leur demeure. Assez de perdre sa maison et la petite-fille, il avait dû subir les foudres du coroner puis, à cause de ça, les reproches à peine voilés de toute une population... Non, il n'y avait pas d'amitié entre eux...

–Il est dit dans l'Évangile qu'il n'y a pas plus beau cadeau que de donner sa vie pour ses amis...

Le curé fit plusieurs signes de tête affirmatifs et tous ceux autour de lui, le voyant faire, firent comme lui.

–S'il le faut, je le ferai, mais j'ai pas l'intention de sacrifier ma vie, vous savez. Parce que ma vie est ici et que je vais revenir parmi vous. Et là, je vous la donnerai petit à petit jusqu'au jour de ma mort...

Malgré sa promesse de se taire, Dominique Blais ne put s'empêcher de crier de sa voix qui portait jusqu'au mont Adstock :

–Ça, c'est un docteur : bravo, docteur Goulet !

Des voix se firent entendre de partout ainsi que des applaudissements. Assise, Clara attendait, le coeur dans la joie et dans l'eau : c'était le plus beau et le plus triste moment de sa vie. Et voici qu'elle comprenait un enseignement de Samuel qui lui avait si souvent répété : *les plus belles fleurs du coeur sont arrosées de nos larmes*. À ce moment, il lui parut voir dans la nuit un large bouquet de roses rouges, souvenir impérissable, gravé à jamais dans son âme, une image indélébile à laquelle un nom dans son esprit fut donné : LES FLEURS DU SOIR.

–Le monde court un grave péril. La guerre paraît loin, mais elle est là, tout à côté, et fait gronder sa menace immonde. Vous devez tous déjà savoir qu'hier, le vingt-deux juin, il y a eu la signature d'un armistice entre la France et l'Allemagne à Rethondes, ce qui laisse maintenant l'Angleterre seule face au troisième Reich. Voilà pourquoi un poète a écrit : *"L'Histoire, c'est aujourd'hui et c'est l'Angleterre."* Nos libertés sont menacées, attaquées par Hitler et Mussolini. Il nous faut les défendre, ces libertés fondamentales. La situation exige un effort colossal. Chacun doit faire sa part. En travaillant sur les champs de bataille, je pourrai sauver des vies. Mais cela exigera de chacun de vous, ici-même dans cette paroisse, des sacrifices. Ce sera votre part à vous. Certains souffriront plus que d'autres de mon absence...

Catherine avait la gorge en feu. Armandine aussi. Leurs mains se rejoignirent et se serrèrent à ces mots affligeants.

–Je pense à ma mère, bien entendu...

Femme forte, Ida dit à Itha à l'oreille :

–J'serais pas capable de voir partir Luc pis de penser qu'il mourrait au commencement de sa vie...

–Je pense aussi à Clara, ma chère fille adoptive qui est ici à mes côtés ce soir pour m'aider à vous remercier tous...

–Vive Clara ! lança Dominique à pleins poumons.

–Eh oui, vive Clara ! dit Samuel en riant.

On applaudit aux quatre coins de l'obscurité. Même Ernest qui nourrissait une admiration très vive pour la jeune fille frappa des mains, aidé en cela par la nuit comparse. Quant à Roméo, il cherchait en vain à se vider un oeil, en le frottant avec son mouchoir, d'une soi-disant graine de bois.

–Et je pense aussi, mes amis, à quelqu'un de très important dans ma vie, une personne que je vais épouser puisque je vous le révèle, elle est ma fiancée, quelqu'un que vous avez connu dans des circonstances bien pénibles l'année dernière dans la tristement célèbre affaire Bougie, une personne de grande qualité, un être de coeur et d'âme : Catherine Bussière qui se trouve en ce moment avec ma mère dans la balançoire du côté de monsieur Poirier sous les lilas.

–Bravo Catherine ! lança une voix qui n'était pas cette fois celle de Dominique, et qui l'avait devancée.

Personne ne le reconnut, mais c'était Armand Grégoire qui, emporté par l'exemple de son voisin, croyait à juste titre parler au nom de toute la paroisse, lui si accueillant aux étrangers agréables et si rébarbatif aux étrangers de mauvais poil comme ce Laurier Dubreuil qu'il avait fait expulser par son neveu, le grand Luc, au pique-nique de la Fête-Dieu de l'autre année.

On applaudit autant que pour Armandine mais un peu moins que pour Clara. Quand même, Clara originait de la paroisse, elle, et pas les deux autres.

–Je vous reviendrai avec d'autres paroles à propos de la guerre et de mon absence au cours du concert entre les chansons; et sans plus tarder, Clara et moi, nous allons faire un duo léger, une chanson intitulée *Comm' ça*. Vous remarquerez que les paroles sont un peu modifiées et c'est parce que nous la dédions tout spécialement à tous ceux de cette paroisse qui ont pour prénom Dominique...

–Comme Dominique Blais, hurla Armand Grégoire.

–Oui, dit Samuel, comme Dominique Blais qui s'est porté à la défense de Catherine sans attendre les résultats de l'enquête l'an dernier, ce qui est tout à son honneur.

–Arrêtez, cria Dominique, vous me faites gêner. Pis chantez donc, là, vous autres.

Clara se leva et vint auprès de son père qui lui entoura l'épaule un bref instant et la colla sur lui en disant :

–Ma fille Clara. Et je voudrais saluer son père Roméo qui, on me l'a dit, est ici ce soir. Voici donc notre chanson intitulée *Comm' ça**.

Et ce furent les refrains et couplets. La seule modification consistait à dire Dominique pour Majorique et vice versa, soit :

> *Dans l'rang d'Saint-Majorique,*
> *Par un beau soir comm' ça !*
> *S'en allait Dominique,*
> *Un vrai bon gars comm' ça* !

On ne fit que deux couplets car c'était une longue chanson et parce qu'on en avait plusieurs autres à livrer à l'intérieur d'un horaire limité à onze heures pas davantage.

–C'est le mot liberté que je veux rattacher à cette chanson. Vous avez remarqué que Dominique s'en va librement, libre de chérir à sa façon, libre de demander la main de Phonsine qui est libre de la refuser. Il a peur du père de sa belle parce qu'il est pauvre, mais elle ne pense pas 'comm' ça' et elle met l'amour en tête de liste de ses valeurs pour fonder une famille. Ce sont toutes ces libertés qu'il nous faut aller défendre, vous à travers moi, en Europe, pour qu'elles nous restent acquises. Nous devons faire rempart devant les forces qui les assaillent et c'est pourquoi je pars.

*Lucien Sirois

–D'accord ! lança une autre voix, venue, celle-là du coeur de la mini érablière des Martin.

Personne ne la reconnut, pas même Marcelle Champagne assise quelques pas devant celui qui avait crié. On avait bien reconnu une voix masculine et très jeune, mais pas même Nil Parent, assis dans une rangée dans la rue du côté de chez Bernadette ne comprit que c'était la voix de son fils Paul-Eugène.

–Je laisse à Clara le soin de vous présenter la prochaine chanson qu'elle va faire toute seule comme une grande. Clara, à toi...

Guitare mise en bandoulière après *Comm' ça*, elle prit la parole :

–Je vais vous faire une chanson ayant pour titre *Le Cor*. Paroles de Alfred de Vigny et musique de Flégier. Je veux la dédier à mon père, Roméo Boutin qui est ici ce soir.

Ce pauvre Roméo de toutes les discrétions avait été cité au micro à deux reprises et aurait voulu s'enterrer vif. Mais les ombres du soir camouflaient aussi bien le rouge de son visage que ses larmes à peine retenues. Il entendrait vraiment sa fille aînée pour la première fois. Et il se disait qu'au retour de ses enfants, et s'il devait en avoir d'autres, il ferait en sorte de développer leurs talents naturels plutôt que de les mettre en pénitence comme il l'avait trop souvent fait du temps de sa famille. Clara fit entendre sa voix chantante :

> *J'aime le son du cor, le soir, au fond des bois,*
> *Soit qu'il chante les pleurs de la biche aux abois,*
> *Ou l'adieu du chasseur que l'écho faible accueille;*
> *Et que le vent du nord porte de feuille en feuille.*
> *J'aime le son du cor, le soir, au fond des bois,*
> *Que de fois, seul, dans l'ombre, à minuit demeuré,*
> *J'ai souri de l'entendre, et plus souvent pleuré !*
> *Car je croyais ouïr de ces bruits prophétiques*
> *Qui précédaient la mort des paladins antiques.*

Bien souvent, seul, dans l'ombre à minuit demeuré,
J'ai souri de l'entendre, et plus souvent pleuré !
Âme des chevaliers, revenez vous encor ?
Est-ce vous qui parlez avec la voix du cor ?
Roncevaux ! Roncevaux ! Dans ta sombre vallée,
L'ombre du grand Roland n'est donc pas consolée ?
J'aime le son du cor, le soir, au fond des bois,
J'aime le son du cor, le soir, au fond des bois.

Parmi les assistants, le curé seul connaissait vaguement l'histoire de Roland de Roncevaux. Samuel jugea bon en dire un mot après les applaudissements incertains ayant suivi la prestation de sa fille.

–Roland, un soldat de l'armée de Charlemagne, conduisait l'arrière-garde qui fut massacrée à Roncevaux par les Sarrasins. Il était un homme de grand courage et c'est la raison pour laquelle Clara a dédié cette chanson à son père et je l'en félicite. Et maintenant, je prends la relève pour vous proposer une chanson au titre suivant : *De sa mère, on se souvient**. Et on parlait de Roland, voici que cette chanson est interprétée sur disque par le soldat Roland Lebrun qui, comme je veux le faire, la dédie à toutes les mères de soldats... Attention, je ne serai pas simple soldat mais un médecin officier qui n'aura pas à se battre, rien qu'à soigner. Et donc je dis gloire à tous ces hommes qui donneront leur vie sur le champ de bataille et surtout gloire à toutes ces mères que ces tragédies frapperont au coeur.

Paul-Eugène Parent était si crispé en ce moment qu'il arracha sans le vouloir une écorce de l'érable qu'il tenait dans sa main derrière son dos. L'appel de la gloire en lui égalait voire dépassait celui de l'aventure et des pays lointains. Et pas même l'arbre auquel il s'appuyait pourtant ne saurait le retenir. Il prit sa décision finale : dans les jours à venir, il irait lui aussi à Québec et s'enrôlerait comme volontaire.

Samuel chanta :

*paroles de Deprès-Levy

219

Il est un sentiment vivace,
Plus doux qu'un soleil de printemps,
Un souvenir que rien n'efface,
Pas même la marche du temps.
Dans les passages de la vie
Où s'agite le désespoir,
L'ombre d'une image chérie
Apparaît dans notre ciel noir.

On se rit d'une folle ivresse,
On oublie un jour ses tristesses,
Bonheur et peines tour à tour...
Mais de sa mère, on se souvient toujours !

Le frêle enfant qui vient de naître
Vers elle tend déjà les bras;
Et bientôt, le cher petit être
Sous ses yeux fait ses premiers pas.
Lorsque pour les bancs de l'école,
Il voit qu'il faut la quitter,
Il pleure, et sa peine s'envole
Sous la chaleur d'un bon baiser.

On se rit d'une folle ivresse,
On oublie un jour ses tristesses,
Bonheur et peines tour à tour...
Mais de sa mère, on se souvient toujours !

Dans le cours de notre existence,
Quand nous visitent les douleurs,
C'est son nom que dans la souffrance
Nous répétons avec des pleurs.

Combien, sur les champs de bataille,
Sont tombés d'hommes, vaillamment,
Frappés par l'horrible mitraille,
En murmurant : "Adieu... Maman !"
    On se rit d'une folle ivresse,
    On oublie un jour ses tristesses,
    Bonheur et peines tour à tour...
    Mais de sa mère, on se souvient toujours !

Réveillé, le bébé d'Éva se mit à hurler. La femme sortit de sa torpeur et reprit conscience de sa fatigue, de son enfermement. La seule ligne de la chanson dont elle eut connaissance et qui lui parvenait par la moustiquaire de la chambre était la dernière : *mais de sa mère, on se souvient toujours...*

Au même moment, Ernest en balade avait reconnu Rose et Gus par leurs voix et silhouettes un peu plus tôt, et s'étant approché d'eux à pas feutrés par l'arrière, les fit sursauter en leur parlant dans un rire faux à souhait :

–Sais pas si vont en faire une pour nous autres, une chanson. En tout cas, pas pour moé, le forgeron qui est même pas invité à table d'honneur les journées de corvée... mais pour toé, Rose... Gus, t'es chanceux d'avoir une belle femme potelée comme ça, toé.

Rose rit faux à son tour. Mais Gus rit vrai. Et elle dit :

–Tu nous as quasiment fait mourir de peur, Ernest.

Et à son mari :

–T'avais envie... vas là, sous le porche de la grange... Ernest va me tenir compagnie dans ce temps-là, lui...

–Bonne idée, ça ! fit Gus qui se leva aussitôt et se dirigea vers l'endroit indiqué.

Ernest s'approcha encore et eut le cou de Rose à portée de main. Il se répéta :

–Ouais, pas mal chanceux, le Gus, d'avoir une belle femme ben potelée comme toé.

–Pis rien qu'à lui, c'est quasiment du gaspillage !

Ernest ne décoda pas le message à peine voilé. Ses mains brûlaient de toucher la nuque qu'il parvenait à distinguer dans le noir. Osé dans ses paroles, il ne le traduisait pas dans ses gestes et ça le rendait irascible. Cette réplique de Rose qui eût pu lui paraître excitante fut pourtant choquante. Il ne répondit que deux :

–Ouais, ouais...

Et Rose dut se replier une fois encore sur un certain désir inassouvi.

Gus urinait au hasard sous le porche quand il entendit un petit rire venu de nulle part. Comment savoir ce que c'était dans pareille noirceur, pire que celle sous les arbres ? Et puis qu'importe : on ne pouvait le voir puisqu'il ne pouvait voir personne, lui.

Les deux artistes refirent duo pour *Dans tous les cantons*.

Dans tous les cantons,
Y'a des fill's et des garçons
Qui veul'ne se marier,
C'est la pure vérité.
Les garçons vont les voir,
Le plus souvent le soir;
Les fill's sont réjouies
Quand ell's voi'nt leurs amis;
Ell's se dis'nt en souriant :
Le voilà mon amant !

Le sens du mot amant égalait celui d'amoureux ou sinon le curé aurait logé une plainte après la fête. En ce moment, il bourrait sa pipe et au troisième couplet, il gratta une allumette de bois sous son soulier et alluma en deux temps trois mouvements. D'autres qui le virent l'imitèrent aussitôt. Et vite, il s'éleva dans la nuit jaune des relents de tabac brûlé qui devaient certes atteindre Dieu et lui plaire. Car c'était là le signe du sacrifice. Sacrifice de son docteur pour la bonne cause par une paroisse qui avait souffert sa part en temps de crise de l'absence d'un médecin à plein temps.

Après cet air auquel participèrent plusieurs dans la rue, Samuel annonça la suite. Ils chanteraient à deux, mais pas en duo et l'un après l'autre, chacun son tour, ligne par ligne.

–Celles et ceux qui ont gardé un peu de leur âme d'enfant auront joie d'entendre... *Au clair de la lune...* même si la lune est absente ce soir.

Et tout de suite après, sans paroles de transition, Clara enchaîna avec "*Ça fait peur aux oiseaux*" dont elle mentionnera plus tard le nom du parolier D'Onquaire. Elle s'accompagna elle-même à la guitare, ce qu'elle ne faisait pas et laissait pour tâche à son père adoptif pendant les duos ou bien ses propres chansons solo à lui.

> *Ne parlez pas tant Lisandre*
> *Quand nous tendons nos filets;*
> *Les oiseaux vont vous entendre,*
> *Et s'enfuiront des bosquets.*
> *Aimez-moi sans me le dire,*
> *Aimez-moi sans me le dire,*
> *À quoi bon tous ces grands mots ?*
> *Calmez ce bruyant délire,*
> *Car ça fait peur aux oiseaux;*
> *Calmez ce bruyant délire,*
> *Car ça fait peur aux oiseaux.*

D'une douceur incomparable, sa voix semblait venir d'un pays lointain où se côtoient tendresse et contrariété. Les mots parlaient à Samuel au nom de Catherine, Clara et Armandine, mais qui l'eût compris ainsi ?

Le couplet suivant faisait dire à un des partenaires par l'autre de ne pas se pendre de crainte de faire peur aux oiseaux. Et le troisième finissait l'air dans la tendresse par deux baisers dont la fugacité réduisait le risque de peur aux oiseaux.

Pendant sa prestation, Samuel capta quelque chose de lumineux, une lueur qui ressemblait à un feu follet bouger à travers le feuillage des arbres en face. Il eut beau se questionner, il n'en devina pas la cause. Le mouvement erratique de la chose lui confirma qu'il devait bel et bien s'agir d'une mouche à feu.

Clara présenta ensuite la prochaine chanson qui serait interprétée par Samuel :

–Cette chanson, c'est pour toutes les mères de la paroisse. C'est pour madame Catherine, la maman de Carmen et Lucien et c'est bien sûr pour madame Goulet, la maman de mon père adoptif et qui est aussi ma mère adoptive... vous voyez que je suis chanceuse, j'ai une maman et une grand-maman dans la même personne.

On entendit au loin les cris d'un bébé comme s'il avait voulu faire savoir à tous son existence. Éva prit le petit Gilles dans ses bras fatigués et le berça en lui soufflant au visage des 'chut' qui ne connaissaient pas un grand succès. Le concert n'avait pas gardé l'enfant dans son sommeil et l'en avait plutôt sorti; et rien ne semblait maintenant devoir calmer son malaise et sa colère...

–La chanson s'appelle simplement *Les mamans*∗ et voici pour vous, les mères de ma paroisse, monsieur Goulet. À vous, 'pa'...

> *Sous les caresses maternelles,*
> *Nous grandissons dans un doux nid,*
> *Impatients d'avoir des ailes*
> *Pour voltiger vers l'infini...*
> *Les méchants ingrats que nous sommes,*
> *Se meurs de terribles tourments,*
> *À peine sommes-nous des hommes,*
> *Nous faisons souffrir les mamans !*

∗*paroles de Théodore Botrel*

À peine sommes-nous des hommes,
Nous faisons souffrir les mamans !

–Que c'est donc vrai, ça ! s'exclama Itha à l'oreille d'Ida.

Joyeux bambins, chers petits anges,
Changés vite en petits démons,
Gazouillez comme des mésanges;
Vos gais propos, nous les aimons;
Mais comme nous faisions naguère,
Quand défilaient nos régiments,
Ne parlez jamais de la guerre,
Car ça fait souffrir les mamans !
Ne parlez jamais de la guerre,
Car ça fait souffrir les mamans !

Armandine demeurait de marbre. Catherine respirait fort les lilas pour dégager les noeuds de sa gorge. Près du curé, Gaby Champagne se demandait si elle reprendrait Jean Jobin pour chanter le *Minuit Chrétiens* ou si Clara le ferait encore cette année. Tout dépendrait de sa mère adoptive.

Mais Jean Jobin, pas loin, la tête droite et le corps raide y songeait aussi et se disait que même en l'absence de Clara et de Samuel, jamais il n'accepterait de chanter à nouveau le chant traditionnel de la messe de minuit. On lui avait montré la porte de sortie l'autre année et personne ne le ramènerait à la chorale. Question de fierté ! Question d'amour-propre !

Lorsque vous serez dans la vie,
Livrés à vous-mêmes un jour,
Sans défaillance et sans envie,
Luttez pour vivre à votre tour...
Et si le sort met en déroute

225

Les fiers espoirs de vos romans,
Ne quittez pas la droite route,
Car ça fait pleurer les mamans !
Ne quittez pas la droite route,
Car ça fait pleurer les mamans !

–La droite route, c'est celle qui se trouve en avant de nous autres, se dit à lui-même Paul-Eugène qui ainsi renforçait sa décision de partir dans les plus brefs délais.

Il se disait qu'il reviendrait après la guerre et parlerait à ses parents et à ses frères et soeurs des vieux pays qu'il aurait vus et des événements qu'il aurait traversés...

Puis redoublez de gentillesse
Lorsque leurs cheveux seront blancs,
Pour mieux égayer leur vieillesse,
Redevenez petits enfants;
Entourez-les de vos tendresses,
Soyez câlins, soyez aimants;
Ne ménagez pas vos caresses,
Ça fait tant plaisir aux mamans !
Ne ménagez pas vos caresses,
Ça fait tant plaisir aux mamans !

Cette fois, les applaudissements furent plus modérés. Les émotions ressenties n'y inclinaient pas. Il fallait maintenant, songea Samuel, brasser la joie dans les coeurs et pour ça, il lança les accords pour accompagner *Au fond des campagnes*. Clara sauta sur ses jambes et le rejoignit derrière le microphone. Et encouragé par Marie-Anna et Gaby, le groupe autour du curé se mit à chanter aussi. Un peu partout, on suivit leur exemple. Et bientôt la nuit fut en liesse. Il y avait unisson. Ou presque. Parfois un petit rire fusait sous le porche à Martin, le même que Gus avait entendu. Mais une mouche à feu se dirigeait vers là... Elle devait s'arrêter plus loin pour participer à l'allégresse collective.

Ce fut ensuite *La cantinière*. Puis *La jardinière du roi*. Et alors Dominique Blais se mit à danser sur l'herbe du talus où il se trouvait. Cécile Jacques entraîna Philippe Boutin et le couple dansa la valse aux accents du choeur populaire disséminé aux quatre coins du coeur du village, et qui formait pourtant une seule voix montant vers le ciel.

Ernest restait quand même derrière Gus et sa femme. Parfois, il grommelait en pensant qu'il aurait dû profiter de la chance unique se présentant à lui un peu plus tôt pour toucher la Rose au dos ou bien à un bras, histoire de voir sa réaction. Mais si elle avait protesté, quel air bête il aurait attrapé, même dans cette presque obscurité qui ne permettait de distinguer que des silhouettes à l'exception des artistes qu'éclairait un réflecteur posé par Armand là-haut sur le balcon à la demande de Samuel.

Pit Roy qui s'était promené un peu partout sans trouver personne à traquer pour lui parler de politique, son sujet favori, parvint dans l'érablière et allant d'un arbre à l'autre, il aboutit auprès de Paul-Eugène Parent et put le reconnaître quand ce dernier s'alluma une cigarette.

–Tiens, mon petit Parent, j'aurais pas cru te trouver au village à soir.

–Comment ça ?

–J'dis ça de même.

–Le village, c'est la paroisse... pis la paroisse, c'est le pays... pis le pays, c'est l'univers.

–Pour un jeune qui a pas encore le droit de vote, t'en as des idées.

–J'ai pas le droit de vote, mais j'ai le droit d'aller me battre à la guerre.

–T'as raison, mon garçon. Quand Duplessis va revenir au pouvoir, il va baisser l'âge de vote à dix-huit ans.

–Pourquoi il l'a pas fait quand il était au pouvoir de 36 à 39, hein ?

–Duplessis est un sage. Le temps était pas venu.

–C'est même pas lui qui a donné le droit de vote aux femmes, c'est Godbout.

Pit, duplessiste inconditionnel, et manichéen jusqu'au bout des ongles, aveuglé par sa partisannerie, trouva réponse à l'indéniable objection :

–C'est Duplessis qui a mis la table à Godbout. Godbout lui a volé son idée.

Paul-Eugène savait qu'il parlait avec un mur. Comme s'il avait parlé avec son père. Aussi arrêté dans ses idées. Et ça lui donnait encore plus le goût de s'en aller ailleurs.

–Ça fait déjà plus d'une heure qu'on s'amuse, fit Samuel au microphone. Et bon... je devais vous parler encore à propos de mon départ, mais tiens, je vais laisser parler pour moi les prochaines chansons. Il nous en reste... attendez... une, deux, trois... et quatre encore. Et pour faire suite voici une chanson qui n'est pas triste même si elle parle de la mort d'un soldat. Je vous rappelle qu'un docteur ne va pas en première ligne et court donc bien moins de dangers que les soldats eux-mêmes. Donc on vous fait, Clara et moi *Le baiser promis**.

Une petite voix espiègle sous le porche à Jean Martin dit dans la nuit :

–Donne-moi le donc, le baiser promis...

Et elle se tut, tandis que le duo chantait, chaque voix alternant d'une ligne à l'autre.

C- *Dans un petit village de Lorraine,*

S- *Un bataillon s'avançait à grands pas;*

C- *Un' jeune fille ayant vingt ans à peine,*

S- *De ses doux yeux regardait les soldats.*

C- *Un beau sergent s'approchant de la belle*

S- *Lui demanda un baiser doucement.*

C- *"Ami, sois brave et tu l'auras, dit-elle,*

C- *Quand reviendra ce soir ton régiment,*

*J. Abel

228

C- *Ami sois brave et tu l'auras, dit-elle,*
C- *Quand reviendra ce soir ton régiment."*

Marcelle connaissait la chanson jusqu'au bout et l'avait souvent chantée ou fredonnée avant de s'endormir au couvent. Depuis qu'elle savait à propos du départ imminent de Samuel, l'air lui venait toujours en tête et elle ne cessait de se dire que non seulement, elle voudrait être la jeune fille de la chanson, mais qu'elle voudrait mourir avec le sergent sur le champ de bataille. Peut-être cela arriverait-il, mais pas de la manière rêvée... Elle releva ses cheveux de chaque côté de sa tête et la pâleur extrême de son cou apparut, même dans cette anémique demi-obscurité des alentours.

C- *Le beau sergent part et rejoint l'armée*
S- *Qui se battait tout à côté d'un bois.*
C- *Il disparaît bientôt dans la fumée*
S- *Et des canons seuls on entend la voix.*
C- *La nuit tomba sur le champ de bataille;*
S- *La jeune fille attendit, vain espoir.*
C- *Le bataillon fauché par la mitraille*
S- *Ne revint pas au village le soir.*
C- *Le bataillon fauché par la mitraille*
S- *Ne revint pas au village le soir.*

Entre les deux couplets, sur le son de la guitare, Clara, maintenant tout à fait hors de sa personnalité d'habitude et entrée dans celle de scène, se laissa emporter et cria dans le microphone comme si un aspect d'elle venait tout à coup au secours de l'autre et par la même occasion au secours de tous ceux qui partageaient son anxiété dont particulièrement Marcelle Champagne :

–Il va nous revenir, notre docteur, craignez pas... Priez tous pour lui et il va nous revenir, c'est garanti. La foi peut déplacer des montagnes.

229

Catherine qui ne croyait pas à l'intervention divine, fut obligée de se dire que si d'aventure, la Providence agissait, elle devait le faire par l'entremise du 'tous pour un' et se surprit donc à prier dans le plus profond de son coeur.

Le chant reprit pour la troisième et dernière partie.

C- *Le lendemain, quand l'aube épanouie*

S- *Vint éclairer la place du combat,*

C- *La jeune fille s'en fut dans la prairie*

S- *Chercher celui qui ne revenait pas.*

C- *Elle aperçoit au bord de la Moselle*

S- *Le sergent mort, les traits déjà pâlis.*

C- *"Tiens, beau sergent, je t'apporte, dit-elle*

C- *Le doux baiser que je t'avais promis.*

C & S- *Tiens, beau sergent, je t'apporte, dit-elle*

C & S- *Le doux baiser que je t'avais promis."*

Samuel prit ensuite la parole après une courte pause plutôt silencieuse :

—Mes amis, on dit que chanter, c'est prier et je le crois. Et j'ajouterai que pleurer, c'est se libérer. Se soulager de l'emprise de la souffrance morale par le soulagement de la douleur physique engendrée par cette douleur morale. N'ayez crainte, je ne vais pas vous donner une leçon de médecine ce soir. Je veux juste vous dire de pleurer si vous en avez le goût : ça fait tant de bien. J'entends des hommes penser au fond d'eux-mêmes : si tu crois que je vais verser une larme, tu te trompes. Profitez-en ce soir, laissez-vous aller. Il fait noir, personne ne saura jamais. Pleurez dans la nuit. Demain matin, ça n'y paraîtra plus. Mesdames, messieurs, pleurez, c'est bon pour toutes les santés de la personne humaine. Oh, je ne veux pas que vous pleuriez mon départ, bien au contraire, je vous veux le voir célébrer. Mais j'aimerais savoir que vous pleurez sur tout ce qui vous a fait du mal au cours de votre vie. Sur ce qui vous déplaît. Sur

*paroles d'Armand Bail

230

vos désirs massacrés. Sur vos rêves assassinés. Sur vos misè-res de cette si longue crise que nous avons dû traverser. Et même sur les misères à venir que pourrait vous causer cette guerre. Et pour vous aider à pleurer, je vais vous chanter maintenant *Les adieux du soldat**. Mais attention ne croyez pas que vos larmes soient la mesure de vos pleurs. Oui, vous pouvez pleurer en vous-même et pour vous-même. Vous pouvez aussi mordre fort dans votre douleur, ce qui tarit les larmes mais empire la souffrance. C'est votre droit de le faire. Je me tais et je chante. Et cette chanson, c'est pour toutes les mères, c'est pour toutes les fiancées et c'est aussi pour le pays, le pays que nous allons chanter aussi tout de suite après. À sa mère, le soldat chante...

> *C'est l'adieu, petite mère,*
> *De ton gars qui va partir.*
> *Il prévoit la peine amère*
> *Que ton coeur va souffrir.*
> *Mais je sais que ta vaillance*
> *Portera ce gros chagrin.*
> *Mets en Dieu ta confiance*
> *Pour garder ton benjamin.*

Pauvre Bernadette qui, investie de la mission de trouver le grand Luc, avait tout fait pour y parvenir, tout exploré du coeur du village, n'assistant au concert que dans sa marche et ses nombreux arrêts pour se reposer un peu et goûter le chant. Plusieurs dont Samuel avaient questionné cette lu-mière sans cesse mouvante. Mais tout comme le curé en pre-mier puis Éva par la suite, ils n'avaient pas tardé à savoir quand la femme s'était approchée d'eux comme d'à peu près tous jusque là en disant :

–Luc, vous l'avez vu ?

–Luc ?...

–Ben le grand Luc...

Elle n'avait toutefois pas visité la petite érablière des Martin et décida de le faire en passant par la barrière près du porche, qui lui était familière comme tout le secteur. Et s'y rendit.

Samuel glissa entre les deux premiers couplets sur des notes de guitare :

–Et à sa fiancée, le soldat qui s'en va chante...

J'avais fait un beau rêve :
Travailler à ton bonheur;
Et voici que tout s'achève
En venant briser ton coeur.
Mais sois forte, ô bien-aimée;
Dieu te garde aux jours mauvais !
Sur la terre enfin calmée
Régnera bientôt la paix.

Promenant son rayon d'espoir à gauche et à droite, sans attirer l'attention de quiconque puisque tous avaient la tête tournée vers le balcon du spectacle accaparant toute leur attention, Bernadette traversa la clôture par la barrière et se retrouva presque sous le porche où il lui sembla tout à coup entendre une voix humaine. Elle s'arrêta, prêta oreille. C'était une sorte de 'sniff' et de faible gémissement indiquant quelqu'un qui pleurait. Une voix frêle. Un enfant sans doute qui, attristé par quelque chose avait trouvé refuge par là. Peut-être même un jeune adolescent. Elle songea de suite à Paulo Maheux dont elle savait qu'il était amoureux de Clara et en tirait bien des agonies. Elle promena le rayon sur les choses nombreuses sous le porche et découvrit au fond un boghei dans lequel se trouvait une toile noire recouvrant sur la banquette un paquet important qui bougeait un peu... Quelqu'un sûrement s'y cachait !

–Qui c'est qui est là ? fit-elle doucement en s'approchant à pas mesurés.

Le gros paquet cessa de bouger. La voix se tut. La femme allait toucher la toile quand celle-ci fut brusquement rabattue et montra qui se cachait là.

–Mon Dieu, moi, des plans pour me faire faire une syncope !

L'image qui lui apparut transforma sa peur en rire et elle s'exclama :

–Le grand Luc pis Jeanne d'Arc, mais voulez-vous me dire c'est que vous faites là, vous autres ? Je vous cherchais partout depuis une heure pas moins.

–Nous autres ? fit le jeune homme en feignant l'innocence. Ben, on fait des prières... pour le docteur.

–Mon doux Seigneur, Jeanne d'Arc, mais tu brailles, on dirait. Je t'ai entendue, c'est pour ça que je vous ai trouvés.

La jeune maîtresse d'école dit :

–Moi, entendre *Les adieux du soldat*, ça me rend triste et ça me fait pleurer comme chaque fois que je lis la chanson dans l'album. Je la sais par coeur...

–Je pleurerais ben moi itou, mais j'ai pas le temps. J'ai besoin de toi, Luc, pour aller reconduire la veuve avec ses enfants à Saint-Sébastien. Elle veut partir avant la fin du concert pis comme il reste un chant ou deux, y a pas de temps à perdre, là. J'ai demandé à Pampalon pour te prêter sa machine.. Il veut. Tu y vas avec Jeanne d'Arc, c'est ben certain. Pis... ben vous pourrez faire encore des prières en vous en allant pis en vous en revenant.

–Certain que je veux, ma tante, mais c'est pas le docteur qui...

–Elle veut s'en aller avant la fin pour pas que ça soye trop dur, leur séparation. C'est son idée. Elle veut pas d'adieux qui vous déchirent le coeur...

Émue par tant d'amour, Jeanne d'Arc se remit à pleurer à chaudes larmes et à 'sniffer', elle qui avait ri tant de fois plus tôt, surtout quand Gus était allé pisser par là...

Samuel annonça le troisième et dernier couplet :

–Et voici que le soldat chante à sa patrie...

Beau pays de mes ancêtres,
Église où j'ai prié Dieu,
Doux foyer qui m'a vu naître,
À vous tous, je dis : "Adieu !"
Le devoir là-bas m'appelle :
Bravement il faut partir.
Au drapeau toujours fidèle,
Je saurai vaincre ou mourir.

Même Ida, femme d'un naturel masculinisé, essuya une larme. Le curé se leva et lança à son tour, d'un ton moins excessif que celui qu'aurait pris Dominique :

–Bravo à notre docteur Samuel ! C'est très émouvant...

Pendant qu'il disait ces mots et que tous avaient la larme au coeur, le vicaire, dans sa chambre du presbytère songeait à sa rencontre avec le docteur et à son mal à lui, qui le harcelait chaque jour, chaque soir surtout et chaque nuit. Même que le démon de la chair, par quelque magie de son cru, parvenait à ravauder sous ses habits liturgiques en pleine célébration de la messe. Mais il le combattrait à coups d'Avé et de prières improvisées... il le combattrait...

C'est dans l'âme de Marcelle Champagne que le triste chant causa le plus de souffrance, le terrain étant si fertile. Elle ne retenait des couplets que les mots les plus noirs et les regroupait en ses perspectives d'avenir. Adieu... partir... peine amère... souffrir... chagrin... tout s'achève... briser ton coeur... je saurai vaincre ou mourir... Mourir, mourir... non, elle ne survivrait pas à ce départ, à ce nouveau coup mortel après la découverte de son mal... Elle le précéderait dans le tombeau... pour le protéger peut-être ou bien pour le recevoir dans l'autre monde et l'aimer comme elle aurait tant voulu le faire en celui-ci...

Samuel annonça que le temps de l'Ô Canada était venu :

–Sans guitare, sans aucun instrument, a cappella comme on dit, tous debout, nous allons, avant de mettre fin à ce

*paroles de A.B. Routhier et musique de C. Lavallée

petit concert, chanter ce que tous nous appelons notre hymne national. Pour célébrer la fête de la Saint-Jean, notre fête nationale, chantons avec fierté, avec ce grand sens de l'honneur qui nous caractérise comme peuple...

Il fit une pause puis quand tous furent debout et à l'attention, apercevant ce rayon dans l'érablière dont il ignorait qu'il s'agissait de la lampe de poche de Bernadette, il ajouta :

—Vous savez, nous sommes en pleine noirceur en ce moment, mais il y a la lumière au bout du tunnel, une lumière qui nous appelle, qui nous invite tous à traverser les obstacles afin que nous soyons réunis au plus tôt. Voici donc, tous ensemble, le *Ô Canada**...

Ô Canada ! Terre de nos aïeux,
Ton front est ceint de fleurons glorieux;
Car ton bras sait porter l'épée,
Il sait porter la croix !
Ton histoire est une épopée
Des plus brillants exploits.
Et ta valeur de foi trempée,
Protégera nos foyers et nos droits,
Protégera nos foyers et nos droits.

À trois reprises au cours de la soirée, Armand était retourné à la maison et y avait rempli les deux flacons de nouvel alcool : un brandy de première qualité. Et voici que lui et Dominique étaient fort éméchés et avaient du mal à tenir sur leurs jambes sans vaciller. Mais même quand on est soûl, on se doit de rester droit durant l'*Ô Canada*. Ils s'appuyèrent donc l'un à l'autre, épaule contre épaule, coude à coude...

En ce moment, émergea de la rue de l'hôtel l'auto de Pampalon conduite par Luc qui s'était empressé d'aller chercher les clefs dans la maison et de sauter dans le véhicule, sa blonde à ses côtés, tous deux riant et s'amusant comme des enfants.

Gilles pleurait toujours entre les bras de sa mère.

Et son père, debout derrière Rose et son homme, faiblement éclairés par les lueurs perdues des lampadaires de la rue, rêvait de voir nu le sombre postérieur de cette femme et l'imaginait entre ses mains rugueuses et fébriles. Il ignorait que Bernadette venue par derrière, tenait vers le sol le rayon de la lampe de poche, tandis que Samuel appelait les gens à se lever pour l'hymne national. À bout de nerfs et de patience, Ernest leva la main pour tâter, mais Dieu peut-être ou quelque ange immaculé vint à la rescousse et permit que Bernadette bougeât sa lampe, de sorte que le rayon surprit la main malintentionnée et la retint.

—C'est que tu fais icitte, toé ? lui dit-il Toujours là où c'est que t'as pas d'affaire...

—Chut ! c'est le *Ô Canada*, là...

Samuel livra la deuxième partie :

> *Sous l'oeil de Dieu, près du fleuve géant,*
> *Le Canadien grandit en espérant.*
> *Il est né d'une race fière,*
> *Béni fut son berceau;*
> *Le ciel a marqué sa carrière*
> *Dans ce monde nouveau,*
> *Toujours guidé par sa lumière,*
> *Il gardera l'honneur de son drapeau,*
> *Il gardera l'honneur de son drapeau.*

Près de Marie-Anna, Raoul voulut lui prendre la main. Elle la repoussa en lui jetant un regard de reproche. Ce n'était pas le moment de l'amour, c'était celui de la patrie.

Et voici que l'auto avança tranquillement entre les deux rangs qui avaient l'air de former une haie d'honneur. Samuel se demanda quel étranger venait ainsi déranger sa paroisse puis il songea à la visite royale à laquelle il avait assisté avec sa mère, Clara et Gaby. Mieux valait un souvenir rose qu'une évidence contrariante...

Alors que commençait le couplet suivant, l'auto se gara à hauteur de la balançoire, ce qui intrigua encore davantage le docteur; il put le constater par les lueurs des phares allumés. Mais il lui fallait porter son attention à ceux qui l'écoutaient et comptaient sur lui pour livrer le chant patriotique.

Amour sacré du trône et de l'autel,
Remplis nos coeurs de ton souffle immortel !
Parmi les races étrangères,
Notre guide est la loi;
Sachons être un peuple de frères,
Sous le joug de la foi,
Et répétons comme nos pères
Le cri vainqueur : "Pour le Christ et le roi !"
Le cri vainqueur : "Pour le Christ et le roi !"

–Présent ! vint dire Luc à Catherine et Armandine. Si t'es prête, on l'est pour vous reconduire chez vous, tous les trois. Ma tante Bernadette m'a fait la commission.

Il faisait moins noir là grâce à un fanal qu'était allée prendre Armandine au début du concert. On reconnut aisément le jeune homme.

–Elle a fini par te trouver. Depuis avant le concert qu'elle te cherchait.

–Elle m'a dit ça.

Là-haut, Samuel reprit la parole. Il ne pouvait constater l'échange qui avait lieu à la balançoire à cause de l'obscurité et du mur créé par les arbres à lilas.

–Ça y est : on en arrive à notre dernier chant ce soir. Là, nous allons chanter tous ensemble si vous le voulez. Ça va vous rappeler à tous, et à nous, de bons souvenirs du pique-nique sur le cap à Foley, un pique-nique que vous devriez faire chaque année jusqu'en l'an 2000 au moins. Après l'hymne national, il y a un hymne qui possède une plus grande valeur encore et c'est un hymne à la joie. Ce chant, c'est un véritable hymne à la joie, au bonheur, à l'espérance. Et si j'étais monsieur le curé, je vous dirais que si on le chante bien fort tous ensemble, il s'élèvera au ciel comme une prière à tous ceux qui sont là. Et pour leur faire savoir encore davantage, j'aimerais que tous ceux qui le peuvent fassent du feu... allumez une allumette et bougez-la... Nous, on a une lampe de poche ici et en chantant, on va l'agiter... soit Clara soit moi ou, tiens, on va demander à Huguette Lapointe qui est ici en haut avec nous de venir pour s'occuper de la lampe tandis que Clara et moi, on va... en fait non pas chanter, mais guider le chant avec nos voix... un chant qui va jaillir de votre coeur à chacun... Vous êtes d'accord ?

Il reçut une salve d'applaudissements. Clara en profitait pour courir de l'autre côté demander à Huguette de venir. Son amie laissa les enfants seuls. Lucien dormait tout habillé, étendu sur le lit. Carmen faisait des dessins sous la lumière électrique et ça l'émerveillait.

–Voici donc *Les cloches du hameau*.

Une rumeur de bonheur se fit entendre. L'aveugle Lambert, sonneur de cloches de la paroisse, ne put se retenir de crier de toutes ses forces au nom de tous :

–Pis chaque fois que je vas sonner les cloches de l'église, on va s'en rappeler... on va les faire sonner pour notre docteur... pis pour qu'il nous revienne en bonne santé...

Quelqu'un en bas du balcon demanda à Samuel de répéter ce que Lambert avait dit. C'est Clara qui le fit :

–Monsieur Lambert nous dit que chaque fois qu'il va sonner les cloches, ça va être pour monsieur Goulet... pour qu'il nous revienne en bonne santé.

D'interminables applaudissements suivirent.

Pendant ce temps, Catherine allait chercher les enfants et s'éclipsait sur la pointe des pieds. En passant devant la porte de la chambre du balcon, elle put voir de dos son fiancé et Clara, et à toutes les marches de l'escalier, elle s'écrasait le coeur sous ses pieds. Elle retourna avec les petits à la balançoire et les installa dans l'auto, sur la banquette arrière où le garçon se rendormit aussitôt tandis que Carmen restait à regarder et à écouter par la vitre abaissée.

Assise devant, Jeanne d'Arc l'accueillit avec sa chaleur coutumière. Éclairée par une lanterne, elle lui dit :

–La belle Carmen : eh que j'suis contente de te revoir ! T'as grandi comme ça se peut pas. Et à part de ça que t'es rendue belle en mosus !

Catherine demanda à partir au dernier moment, soit au troisième couplet. Il lui resterait en tête comme souvenir ultime les voix combinées de Clara et de son fiancé.

La femme de l'aveugle courut chercher une lampe de poche à l'intérieur de la maison. On fit de même chez les Poirier, chez les Martin et chez les Nadeau. D'autres sondèrent leurs poches en quête d'allumettes de bois. Plusieurs en trouvèrent en quantité : Ernest, le curé, Tommy Gaboury, Dorilas Lacasse, Campeau la Catiche, Ti-Bec Lachance, Pit Boulanger, Paulo Maheux, caché sur le côté de la maison Goulet sous le balcon et qui fumait en cachette, Albert Bellegarde et combien d'autres. En habits de révolutionnaires, on aurait pu incendier la paroisse en un petit quart d'heure.

C'est Clara qui lança la première à la voûte étoilée sa voix brillante. Samuel fit entendre la sienne au second *on entend* et au second *les bergers*, puis aux *tra la la* alors que délaissant les cordes de la guitare, il faisait suivre la foule.

> *Les cloches du hameau*
> *Chantent dans la campagne,*
> *Le son du chalumeau*
> *Égaye la montagne.*
> *On entend, <u>on entend</u>*
> *Les bergers, <u>les bergers</u>,*
> *Chanter dans les prairies*
> *Ces refrains si légers*
> *Qui charment leurs amies :*
> *Tra la la, tra la la la la la,*

Tra la la la la la la la la la la,
Tra la la, tra la la la la la la,
Tra la la la la la la la la la la.

Et tout partout, des feux bougeaient en cadence.

On entendit des "ayoye sacrement" du côté de chez Dominique et on vit tomber son allumette puis aussitôt rejaillir une nouvelle flamme. Bernadette promenait sa lampe en biais devant elle et le rayon balayait toutes les quelques secondes l'arrière du cou de Gus, des fesses de Rose et la 'moumoute' à Ernest.

Tandis que son vicaire là-bas, au presbytère, continuer de livrer bataille contre le démon de l'impureté, le curé faisait aller sa pipe allumée au bout de sa main comme il l'eût fait d'un ostensoir. Et la fumée dansait dans l'air jaune.

Marcelle Champagne connut comme tous un moment léger. Elle fut transportée par tous ces *tra la la* jusqu'à en oublier l'état de sa santé et de son âme.

Ce fut Samuel qui livra le second couplet et Clara hérita de la partie qu'il avait eue au premier :

C'est l'heure du retour,
Et la jeune bergère,
Voyant la fin du jour,
Regagne sa chaumière.
On entend, <u>on entend</u>
Les bergers, <u>les bergers</u>,
Chanter dans les prairies
Ces refrains si légers
Qui charment leurs amies :
Tra la la, tra la la la la la,
Tra la la la la la la la la la la,
Tra la la, tra la la la la la la,
Tra la la la la la la la la la la.

Malgré ses réticences habituelles à poser ce geste envers quiconque, Armandine prit Catherine dans ses bras pour la réconforter et du même coup, elle le savait bien, pour se rassurer elle-même.

–Ça va ben aller, je vas tout lui expliquer. Il comprendra que tu partes sans lui pleurer dans les bras... Encore une fois, j'te dis qu'on va garder le contact toutes les semaines. On va s'encourager entre nous autres. Oublie pas Clara, elle prend ça dur... c'est peut-être elle qui prend ça le plus dur...

–Je l'oublierai pas, madame Goulet.

–À l'âge qu'elle a, c'est rien que le coeur qui mène, ça, c'est sûr ! Nous autres, on est plus capables qu'elle de se servir de notre tête pour nous refroidir un peu le reste.

Catherine eut un rire qui sonnait faux et enchérit :

–Samuel dit qu'un sentiment, c'est comme un beigne, c'est meilleur quand on le trempe dans le thé de la raison.

–Il dit ça ? s'étonna Armandine. Une idée de son père, ça. J'aurais pas pensé qu'il pourrait se rappeler de ça.

Pendant qu'elles achevaient de se parler, Luc contournait l'auto et montait derrière le volant. Jeanne d'Arc se sentait fière comme un paon de se trouver à ses côtés et en plus dans une 'machine', sans penser que personne en ce moment ne la regardait puisque tous les yeux étaient tournés vers le seul balcon des artistes en herbe.

Carmen hésitait entre le bonheur que lui apportaient ces moments étranges, si exceptionnels, et son malaise à deviner et à sentir la douleur morale de sa mère.

Catherine monta à son tour. La nuit cacha ses larmes. Elle poussa les jambes de son fils et se trouva une place à côté de sa fille qu'elle serra contre elle.

Là-haut, sur le balcon, on avait commencé en duo le dernier couplet de la chanson finale et tous ceux qui le pouvaient sur la place faisaient bouger le feu de la joie et de la foi, la lumière de l'espérance et de la charité, y compris l'aveugle qui devinait le spectacle et le trouvait magnifique, plus beau que tout ce qu'il avait pu voir dans sa vie avant de perdre la vue.

Plusieurs parmi celles que Samuel pensait comme à autant de *fleurs du soir,* Monique Blais, Rachel Grégoire, Cécile Jacques, Gaby Champagne, Marie-Anna-Nadeau, Jeanne Bellegarde se disaient que ce départ et l'absence du docteur termineraient peut-être sa relation avec la quêteuse venue d'ailleurs et qu'à son retour, alors qu'il serait libre, elles auraient leur seconde chance. Aucune ne s'imaginait tout ce qu'entraîne avec elle l'eau qui coule sans jamais s'arrêter sous le pont du temps.

Germaine Boulanger qui se trouvait dans l'assistance aux côtés de son mari, bras croisés sur sa poitrine, pensait que si le prix à payer pour retenir Samuel avait été celui de sa chair, elle n'aurait pas hésité un seul instant, et au diable le neuvième commandement.

Quant à Rose, elle qui s'était cogné le nez au voeu de chasteté du vicaire et aux nombreuses dérobades de Samuel, elle en était à se demander si elle ne devrait pas provoquer un peu plus le désir d'Ernest. Et puis non, jamais elle ne se laisserait toucher par un homme marié, ce que n'étaient ni le prêtre ni le médecin qui de plus possédaient pour atouts inestimables leur jeunesse, leur belle apparence et leur hygiène corporelle.

Parmi la foule, il y avait beaucoup d'êtres à la fois seuls ce soir-là et solitaires dans la vie. Parmi eux, François Bélanger qui, comme toujours, essaya durant le chant final de s'intégrer en faisant brûler les unes après les autres les allumettes qu'il avait dans ses poches. Lui aussi était près d'un érable des Martin et la dernière allumette qu'il fit brûler, il la rejeta encore allumée par-dessus son épaule quand il sentit sur son pouce la chaleur du feu.

–Hey, as-tu envie de me faire brûler vive, François Bélanger, là, toi ?

L'homme se retourna et les résidus de lumière de la lampe de Bernadette lui firent reconnaître la femme à qui il marmonna des excuses. Elle poursuivit à mi-voix :

–Pas grave ! Écoutons, écoutons !...

242

Et ce fut le troisième couplet :

Lorsque dans le rocher,
La tempête tourmente,
Autour du vieux foyer
Joyeusement l'on chante.
On entend, on entend
Les bergers, les bergers,
Chanter dans les prairies
Ces refrains si légers
Qui charment leurs amies :
Tra la la, tra la la la la la,
Tra la la la la la la la la la la,
Tra la la, tra la la la la la,
Tra la la la la la la la la la la.

Durant le concert, Samuel n'avait pas senti le besoin de voir Catherine à ses côtés, sachant qu'il la retrouverait pour une heure de grâce ou deux alors qu'il la reconduirait chez elle avec ses enfants. Elle aurait été mal à l'aise et à l'étroit avec eux sur le balcon. Mais surtout, il la savait entre les si bonnes mains de sa mère en bas dans la balançoire.

Mais il put entrevoir l'auto de Pampalon qu'il avait fini par reconnaître plus tôt quand elle avait passé devant eux. Il la vit se mettre en branle, puis s'en aller furtivement sans faire grand bruit.

Les feux du bonheur étincelaient tant dans la nuit que le duo voulut y ajouter encore un bouquet de tra la la...

Tra la la, tra la la la la la,
Tra la la la la la la la la la la,
Tra la la, tra la la la la la,
Tra la la la la la la la la la la.

On étira les quelques dernières notes puis Samuel lança ses tous dernier mots que beaucoup de personnes prirent pour elles-mêmes :

–Quoi qu'il advienne, nous serons toujours ensemble. Je vous aime beaucoup...

–Merci et bonne nuit ! ajouta Clara.

À l'extérieur, les applaudissements épars mais soutenus éclataient comme les escarbilles d'un feu à mesure que s'éteignaient tous ces lumignons de la fête.

Dominique et Armand pleuraient. Marcelle essuyait ses larmes dans l'ombre. François Bélanger faisait de même. Paul-Eugène serrait les mâchoires. Resté dans l'ombre, l'hirsute Jos Page aux airs de vagabond recommença à chiquer après un long temps d'arrêt. Et Bernadette cherchait quelqu'un avec qui partager ses émotions : de préférence le curé. Au loin, un bébé pleurait. Et plus loin encore, un personnage n'ayant pas assisté au concert pleurait aussi dans sa chambre du presbytère : il avait encore une fois cédé devant le démon de la lubricité...

Ernest tourna les talons et s'en fut de son pas le plus mal content alors que Rose et Gus se suivaient vers le trottoir de bois avec pour dessein de parler aux Lambert sur le chemin du retour, la femme s'amusant de ce que le forgeron s'était montré étrivant.

La moitié de l'assistance ressentait un bonheur triste et l'autre moitié un bonheur angoissé.

Le curé fut rejoint par Pampalon et Uldéric. Leurs voix mélangées occupèrent tout l'espace ou presque. Il en resta quand même un peu pour les pipes de l'industriel et du prêtre. Pampalon, lui, n'avait jamais fumé...

***

Chapitre 17

Samuel brûlait de retrouver sa fiancée dans la balançoire. Mais il dut saluer les gens une dernière fois et quand il déposa la guitare sur le lit et laissa Clara et Huguette derrière lui sans se demander pourquoi les enfants de Catherine ne se trouvaient plus dans la chambre de sa fille, il dévala l'escalier. En sortant de la maison, il buta presque sur un homme venu lui serrer la main et le féliciter de sa prestation. En postillonnant, Jos Page lui dit :

–Moé, j'hai jhamas entendu tcheuq' chhhose de plus beau depus que j'chhus v'nu au monde.

–Je vous remercie ben gros, monsieur Lepage.

–Moé, j'tais assis à terre, là, en dessour des âbres à Ti-Jhan Martin. Jhamas vu du monde de même la nuitte par icitte.

Samuel sentait sa patience raccourcir un peu. Il dut faire appel au médecin en lui-même tout en cherchant à contourner son interlocuteur :

–La santé, ça va comme il faut, vous ?

Jos lui cracha au visage :

–Jhamas malade, nusautr', les Paghe...

"C'est sûrement pas par excès d'hygiène !" songea le docteur qui pour s'esquiver fut obligé de repousser douce-

245

ment l'homme mal rasé et qui dégageait des odeurs plus que douteuses, quelque part entre le rance et le remugle.

–On se reverra plus tard. Je dois absolument voir quelqu'un...

Mais avant de pouvoir emprunter l'escalier menant au trottoir d'en bas, Samuel fut de nouveau arrêté par quelqu'un et joyeusement interpellé. Pampalon venait le féliciter à son tour.

–Je vous croyais parti en automobile il y a une minute ou deux ? s'étonna Samuel.

–Moé ? s'étonna encore plus l'autre homme. Ben non, c'était Luc qui partait reconduire ta madame Catherine pis ses enfants.

Pampalon ignorait la raison du départ prématuré de la jeune femme et il révélait la chose sans la moindre arrière-pensée, s'imaginant que tout était déjà planifié, entendu. Le docteur secoua la tête, mais la pénombre voila sa grimace à la fois inquisitive et contrariée. Il se précipita dans les marches et courut à la balançoire où des femmes entouraient Armandine.

–Mesdames, si vous voulez nous laisser seuls un moment, ma mère et moi.

–On te félicite, Samuel...

–Pis tu féliciteras Clara itou...

–Ouè, ouè, ouè...

Devant tant d'impatiente indifférence, les femmes s'éloignèrent à petits pas.

Il mit un seul pied dans la balançoire et braqua son regard, allumé par le fanal, dans celui de sa mère qui pour une rare fois eut du mal à le supporter :

–Qu'est-ce qui arrive, maman ? Où est Catherine ? Pourquoi elle est partie comme ça ?

–Assis-toi, mon gars !

–Pas une minute, maman ! Parlez tout de suite, je n'ai pas de temps à perdre.

Les femmes curieuses continuaient de prêter oreille à faible distance et à se demander ce qui se passait.

–Elle a pensé que c'était mieux de s'en aller avant la fin du concert parce que ça aurait été beaucoup trop dur pour vous deux.

–Ben c'est dix fois pire de même. Savez-vous s'ils vont passer par la concession ou s'ils vont faire le tour par les villages ?

–Comment veux-tu que je le sache ? Je ne l'ai pas demandé à Luc. Probablement par la concession à ce temps-ci de l'année.

–Moi, je vais le savoir.

Et le jeune homme courut à son auto garée devant la porte du petit garage derrière la maison. Il mit en marche, alluma les phares et s'amena en klaxonnant toutes les cinq secondes afin de prévenir tous ceux qui pourraient se mettre en travers de son chemin. Rendu au trottoir, il frôla presque Clara qui le regarda disparaître dans la nuit en se demandant s'il ne s'en allait pas définitivement. Puis elle se souvint de ce qu'elle avait entendu à la porte du salon plus tôt en soirée. Catherine avait fait comme elle avait dit en quittant les lieux sans adieux déchirants un peu à la façon d'une mendiante discrète, résignée, humble... qui s'efface, se fond dans sa liberté retrouvée, liberté pourtant indésirable quand l'amour est là.

Sa mère adoptive la rejoignit sur le trottoir et l'éclaira de sa lanterne :

–Viens, Clara, on va l'attendre dans la maison. Il va revenir, ça sera pas long.

Elles passèrent sans rien dire devant Bernadette qui garda un silence respecteux.

Samuel appuya sur l'accélérateur. Le mieux, raisonna-t-il, serait d'emprunter le Grand-Shenley. Si Luc avait choisi cette voie, il avait toutes les chances de le rattraper. Sinon, il arriverait à Saint-Sébastien avant eux et y attendrait Cathe-

247

rine pour lui faire promettre une fois ultime de lui rester fidèle par le coeur. Et pour lui crier son sentiment. Non, on ne pouvait pas se séparer ainsi dans une sorte de néant insupportable. Il fallait qu'il la prenne dans ses bras et lui transmette la plus grande certitude de sa vie : celle de son amour pour elle, et de son retour quand il aurait accompli son devoir d'homme, de médecin et de futur époux, et quand par son action combinée à celle de centaines de milliers d'autres hommes d'honneur, il aurait aidé à libérer le monde.

L'auto perdit beaucoup de vitesse dans la grande côte et voilà qui ajouta à son impatience. Il appuya plus à fond sur le dessus pour rattraper le temps perdu. Et s'engagea dans la descente dont il gardait deux souvenirs impérissables malgré que les événements concernés se soient déroulés le jour et non pas comme maintenant en pleine nuit noire. Le premier, ce jour de sa rencontre avec Catherine alors mendiante de grands chemins, et son accident de vélo; le second quand l'orage avait éclaté lors du transport en fourgon de la mère de Clara dans son cercueil et qu'on avait vu Dominique perdre le contrôle des chevaux. Dans les deux cas, l'incident avait plutôt bien tourné.

Le véhicule prit de la vitesse et fut bientôt dans son ascension de la pente suivante sans que ne se réalise –c'était peut-être partie remise– le 'jamais-deux-sans-trois' auquel auraient songé à sa place les nombreux superstitieux de la paroisse dont Germaine Boulanger.

Mais en ce moment, ni les souvenirs, ni l'image de Germaine, ni les renversantes révélations du vicaire qui traversaient son esprit comme ces lueurs fugitives aperçues au cours de la soirée à travers le feuillage des érables, ne parvenaient à jeter le plus petit voile sur ses sentiments mélangés : colère, tristesse, amour, désir, peur... un véritable galimatias d'émois qui lui faisait oublier également tout le bonheur qu'il avait ressenti durant le concert à jeter en bas du balcon toutes sortes de fleurs aux fleurs du soir. Il savait qu'il avait aussi derrière lui la volonté des hommes de la paroisse, eux qui voulaient participer à l'effort de guerre, certains qui avaient passé l'âge et d'autres qui sans se porter volontaires maintenant répondraient sans aucun doute à l'appel de leur pays si la nécessité de la conscription devait un jour se faire sentir.

Sur le haut de la côte suivante, il pourrait voir jusqu'à la concession et savoir si une autre automobile le précédait. Le cas échéant, ce serait à coup sûr Luc et Catherine. Alors il klaxonnerait, éteindrait ses phares et les rallumerait afin d'alerter son devancier pour qu'il s'arrête et l'attende. Chaque seconde qui le rapprochait du dessus de la pente augmentait son rythme cardiaque. Il se surprit même à invoquer le ciel tout haut :

–Seigneur, faites qu'ils soient là, devant...

Puis il se disait de nouveau que ça n'avait pas d'importance étant donné qu'il arriverait à rejoindre Catherine d'une façon ou d'une autre, et que ce n'était qu'une question de temps.

Ensuite, il pesta contre sa mère faute de l'avoir fait avant de partir, le temps alors lui ayant fait cruellement défaut à ce moment-là :

–Maman, vous auriez dû savoir que ça se pouvait pas qu'elle parte comme ça sans un mot ? Il vous a pris quoi de la laisser partir de même ? Ah ! je sais... ça doit être une manière... non, plutôt une manoeuvre pour me faire prendre conscience de mon attachement pour elle... un complot avec Catherine... un complot entre femmes... non... non... Catherine oserait jamais faire une chose pareille. Elle est partie pour éviter du déchirement... Ah ! je le sais pas, ah ! je le sais plus...

Le Chrysler parvint enfin à hauteur de la maison des Boulanger. L'homme aurait dû voir l'auto de Pampalon, des phares, au loin là-bas quelque part pas loin de la maison Bougie devenue maison Boutin : mais rien ! Rien même dans le chemin de la concession au bout de l'horizon imaginé. Les arbres ne voileraient tout de même pas les lueurs. Auraient-ils donc déjà dépassé l'équerre et se trouvaient-ils sur le dernier bout de rang menant au village de Dorset situé sur un plateau et inaccessible à la vue, et au demeurant presque invisible quand on passait en son beau milieu tant il était minuscule, ce patelin ?

Tournant la tête, il lui parut voir un spectre à la fenêtre du deuxième chez les Boulanger. Sûrement la mère Josaphat avec sa canne éternelle guettant le moindre signe de vie à l'extérieur pour tâcher de se persuader qu'elle-même vivait encore et tenait à faire un ultime bout de chemin sur cette terre de tous les ennuis.

L'homme se surprit à prier :

–Seigneur, Seigneur, vous le savez que je pars pour la guerre faire mon devoir, ne me rendez pas les choses trop difficiles !

Tout à coup, dans le lointain, des phares apparurent par le travers. Une auto entrait dans le trécarré bordant la concession. Samuel comprit qu'il n'avait pas vu ces phares-là avant parce que la poussière soulevée par les pneus formait un nuage camouflant les lueurs, nuage dont il pouvait respirer les résidus. Alors il accéléra au maximum pour les rattraper, emporté par l'espoir, et lentement dégagé de l'angoisse qui avait encerclé sa gorge depuis le douloureux constat fait au village après le concert.

Dans l'auto à Pampalon, Luc tâchait de changer les idées de la veuve en racontant comment ils avaient été surpris par la scrupuleuse et joyeuse Bernadette sous le porche des Martin.

–Pourquoi tu contes ça, espèce de Luc à la gomme balloune !? fit Jeanne d'Arc pour en fait renchérir sur le propos et délivrer un peu Catherine de son chagrin en autant que cela fût possible.

–On faisait rien de mal : on disait nos prières.

–Qui c'est qui va croire ça ?

–À force de dire quelque chose, on finit toujours par être cru.

–Je te dis, lui...

Puis se tournant vers l'arrière sans pouvoir apercevoir

l'autre, Jeanne d'Arc lui demanda :

—Comment t'as trouvé ça, ton veuvage, Catherine ?

—Pas mal plus drôle que le mariage.

—C'est vrai ?...

—J'avais marié le diable... Marcel le diable... Le démon sorti de l'enfer...

—J'ai su que tu lui avais piqué une fourche à la bonne place...

—Ça va aider le monde à comprendre qu'un homme peut pas faire ce qu'il veut avec une femme, même si c'est sa femme. Quand une femme veut pas, elle veut pas.

—Ça, c'est vrai ! glissa Luc en frappant le volant de la paume de sa main.

—Ben moi, tomber veuve, j'pense que je me remarierais jamais.

—Pourquoi ça ?

—Ben... aimer assez un homme pour le marier, je l'aimerais assez pour rester veuve le restant de ma vie.

—Je l'aimais, cet homme-là, mais il a changé. Il s'est mis à boire. Un homme qui boit, c'est l'enfer.

—Je comprends. Toi, Catherine, penses-tu que tu vas te remarier ? Y en a qui disent que tu devais te marier avec le beau Samuel, mais là... la guerre... son départ...

—Des fois, je me demande si à choisir entre moi et la guerre... Il dit qu'il me choisit, mais qu'il doit aller sauver des vies en Europe... pis faire rempart contre ceux qui en veulent à nos libertés. Tout ça me mêle pas mal... Dur à suivre, à comprendre.

Luc s'exclama :

—Moi, si j'avais l'âge pis des bons pieds, je ferais comme lui. Il en faut pour défendre la liberté. Hitler s'en vient avec ses grosses bottes. C'est l'homme le plus dangereux depuis des générations. Samuel Goulet, pour moi, c'est un héros... un héros.

—Y en a qui disent que c'est mieux un lâche en vie qu'un

héros mort.

–Ben sacrement, pas moi ! Faut se tenir debout ! Faut défendre sa peau ! Faut défendre les femmes, les enfants, les vieillards, tous les êtres faibles de la création...

–Les êtres faibles, les êtres faibles : tu penses qu'on est des êtres faibles parce qu'on est des femmes. Je vas vivre pas mal plus longtemps que toi, Luc Grégoire, tu vas voir.

Le jeune homme devint nerveux, angoissé :

–Quoi c'est là, là : t'es prophète de malheur asteur, Jeanne d'Arc Maheux ?

–Je dis ça parce que tu te penses trop bon.

–J'me pense pas si bon que ça.

–C'est pas parce que tu lèves cent cinquante livres au bout d'un bras...

–Cent soixante-deux.

–Ben cent soixante-deux d'abord...

Pour se libérer de sa nervosité, il la toucha au bras :

–T'as pas à me jalouser, tu peux lever vingt-deux livres, toi... pour une femme, c'est bon en... en batêche de crime comme dirait Déric Blais.

–En tout cas, pour en revenir à la mort pis au veuvage, moi, je suis sûre que je resterais la veuve joyeuse jusqu'à la fin de mes jours.

–Si c'est moi le mort, j'peux rien dire du tout : j'serai jamais veuf.

À les entendre ainsi parler aussi frivolement de la vie et de la mort, Catherine ressentait une sorte de douleur de soulagement. Cette séparation l'endeuillait certes, mais l'avenir était devant; et demain serait la première journée de ce futur incertain.

Luc regarda dans le rétroviseur et aperçut au loin des lueurs, tandis qu'on approchait de l'équerre :

–Eh ben, quelqu'un qui s'en va à Dorset : c'est rare le jour, imaginez le soir à l'heure qu'il est.

–C'est peut-être Samuel, avança aussitôt Catherine.

–Il aura pas eu le temps de nous rattraper comme ça.

Et si c'était lui, songea la veuve. Il lui reprocherait d'être partie sans le voir. Mais il ne changerait pas d'idée quant à son départ pour la guerre. Et voici qu'elle vivrait un autre déchirement.

–On devrait arrêter pour voir, dit Jeanne d'Arc.

–Non, continuons, dit Catherine.

–Ah, c'est pas moi qui mène, c'est vous autres, dit Luc. On arrête ou ben on continue ?

–C'est comme le veut Catherine.

–Continuons...

Samuel eut beau éteindre et rallumer ses phares, Luc fit comme le voulait la veuve et il s'engagea dans l'équerre puis disparut au regard du docteur qui se mit à gémir pour lui-même :

–Es-tu aveugle ou quoi, toi, le grand Luc ? Tu sens pas qu'une automobile te suit ?

Mais Luc garda une vitesse assez basse ensuite, si bien qu'on fut rejoint en entrant dans le village de Dorset. Et Samuel les dépassa et les obligea à s'arrêter devant l'église de bois aux allures de grange à comble anglais.

–C'est Samuel, dit Carmen sans savoir que les trois autres l'avaient déjà reconnu par son auto.

Il descendit et courut à eux :

–Catherine, viens avec moi, je te reconduis. Emmène les enfants. Si ça vous fait rien, Luc et Jeanne d'Arc...

–Ben non, ben non, dit la jeune fille.

Catherine put enfin parler :

–T'aurais pas dû venir, Samuel. Tu n'as pas respecté ma volonté.

–Tu m'as fait mal et tu t'es fait mal : je n'avais pas à respecter ta volonté.

"Comme ils s'aiment, ces deux-là ! Et que c'est donc beau !" pensa Jeanne d'Arc.

Et elle se sentit tout excitée.

–S'il te plaît, viens avec les enfants. Vous autres, vous pourrez retourner.

–Attends, dit Luc, je vais transférer le petit gars de machine sans le réveiller.

Ce qui fut fait alors que les trois autres changeaient aussi de véhicule et que Jeanne d'Arc restait témoin muette, heureuse de ce qui arrivait somme toute.

Luc fit demi-tour tandis que Samuel repartait d'avant :

–Non, mais on est chanceux, nous autres. On a au moins deux heures en avant de nous autres pour... pour dire des prières...

Et le jeune homme s'esclaffa.

Jeanne d'Arc ne pouvait pas être plus d'accord. Elle se glissa aussitôt jusqu'à lui et se colla tout contre...

–Tu rends les choses deux fois plus dures, dit Catherine une fois encore.

–Quelle importance ! Ça se fait pas de partir comme des étrangers.

–C'est ça que... qu'on va devenir : des étrangers.

–Il... faut... pas...

–Mais tu dois partir aux aurores avec ton taxi pour Québec.

–Je passerai la nuit blanche : c'est pas grave.

–Bon... d'abord que c'est de même.

–C'est qu'il vous a passé par la tête, à toi et à maman, pour que tu t'en ailles sans me dire un mot ? Prendre un taxi en plus.

–C'est ma décision, pas la décision de ta mère.

–Elle aurait pu te raisonner, te retenir.

–C'était mieux comme ça.

–Non, c'était pire.

Encore une vingtaine de minutes les séparaient de la maison de Catherine. Ils se disputèrent à propos du deuil :

–C'est pas un deuil, dit-il pour la troisième fois alors qu'ils arrivaient devant l'école et seraient donc bientôt à la maison. Je vais revenir dans un an, au plus deux.

–Ton père a dit ça et il a passé quatre ans là-bas.

–On verra bien ce que durera cette guerre. Pas longtemps en tout cas si les États embarquent...

–Regarde agir les veufs : suffit d'un an ou deux et ils se remarient.

–Parce qu'ils sont placés devant quelque chose d'inéluctable : la mort de l'autre.

–Mais les divorcés aux États...

–Ils ne s'aiment plus.

Carmen avait tout entendu. Et n'y comprenait rien du tout. Comment comprendre quand on n'est qu'une enfant ? Elle avait beau se laisser aller à des pensées légères, à se laisser bercer pas des joies faciles, à s'abandonner à des souvenirs récents d'événements agréables survenus à son école dont elle venait d'entrevoir la forme sombre près du chemin, la sensation d'une fin, d'une brisure ne cessait de revenir dans sa tête. Il lui semblait qu'elle ne reverrait plus jamais cet homme dont sa mère avait fini par lui dire qu'il serait un jour son père adoptif tout comme il l'était de Clara.

Elle avait envie de pleurer.

Elle avait envie de dormir. Pour ne pas pleurer.

Une fois à la maison, les deux enfants furent couchés et le couple revint à la cuisine pour discuter et s'entendre. Leurs mots furent clairsemés et sans grande substance. En chacun, ils perdirent tout intérêt et se mirent à paraître dérisoires. Ils s'étreignirent. Puis se rendirent à la chambre à coucher et eurent une fusion charnelle, spirituelle, émotionnelle qui dura une heure.

–La prochaine fois, dit-il quand ils furent à se reposer, elle blottie dans ses bras, ce sera le soir de nos noces.

Elle se contenta d'un long soupir.

En chacun, la tension avait baissé de plusieurs crans. Ils

se rhabillèrent. Elle l'accompagna jusqu'à son auto. Ils se firent une étreinte ultime.

"Je t'aime."

"Je t'aime aussi."

La séparation se fit sans larmes.

Il était sûr de son amour.

Elle resta seule dans la nuit à se demander...

***

Chapitre 18

Clara avait travaillé fort cette journée-là. Pas très solide de sa santé, la soirée l'avait rançonnée dans ses énergies. Mais pas question de s'endormir avant le retour de son père adoptif parti en trombe sous ses yeux pour rattraper Catherine sur le chemin menant à Saint-Sébastien.

–Tu devrais aller te reposer ! lui dit patiemment Armandine alors que la jeune fille restait résolument rivée à la table de cuisine.

–J'attends 'pa'.

–Il pourrait ne revenir qu'au beau milieu de la nuit.

–J'ai pas d'école demain.

–C'est vrai, mais...

Clara avait eu beau penser un moment qu'il vaudrait mieux pour elle, comme pour Catherine, une séparation en douce, sans arrachement brutal, en pleine connaissance de cause, voici que les événements avaient chambardé ses vues sur la question, et qu'elle voulait maintenant à tout prix revoir Samuel avant son départ à l'aube prochaine.

D'un autre côté, elle ne voulait pas contrarier sa mère et se dit que le mieux serait peut-être de s'en aller dans sa chambre et d'attendre le retour de Samuel en demeurant assise sur sa chaise et en veillant dans l'expectative.

Elle se leva et se rendit embrasser Armandine qui, le regard attendri et navré, la vit ensuite gravir les marches de l'escalier. La femme se disait que le malheur de voir partir un être cher est pire encore s'il s'agit d'un fils mais qu'il serait allégé un peu du fait de le souffrir à plusieurs, soit Clara et Catherine en plus d'elle-même.

Clara jeta un oeil dans la chambre de Samuel en passant devant la porte et vit sa valise grise prête à être fermée, remplie de tous ses articles de voyage. Elle ne l'entendrait même pas partir si elle devait s'endormir et cela ajouta à son intention de rester coûte que coûte assise sur le fauteuil à bras, en embuscade près de la fenêtre. Aussitôt entrée, elle éteignit la lumière et alla s'installer à l'endroit prévu.

Armandine se rendit dans sa propre chambre et s'étendit tout habillée sur son lit, mains jointes derrière la tête, à se demander si Samuel partait vraiment pour les raisons qu'il avançait ou bien s'il se trouvait au fond de lui quelques éléments s'apparentant à une fuite en avant.

La femme n'entendait dans cette maison que les battements de son coeur sur la triste musique du silence. Et tant mieux si Clara devait dormir, on ne la réveillerait pas au départ de Samuel, à moins qu'il ne se conduise envers elle comme envers Catherine. Mais, tout comme Léon le chat, ne dormirait-elle que d'un seul oeil ?

Clara fit taire son épuisement et garda les yeux grands ouverts pendant près d'une heure, scrutant la nuit que le maigre éclairage des lampadaires perçait de rares lignes droites : les délinéaments des bâtisses, sans laisser voir grand chose des feuillages alanguis des arbres à lilas et des grands érables du voisinage.

Puis elle appuya sa tête au dossier. Et commit bientôt l'imprudence de fermer les yeux. Aussitôt, elle entra dans la somnolence, au bord de sombrer dans l'abîme d'un sommeil interdit. Sa détermination à ne pas s'endormir était si forte qu'elle parvient à respirer d'un coup sec et fort avec un sursaut qui la ramena au monde des conscients. Elle évalua le risque de ne pas voir son père avant son départ et pour le réduire à peu de chose, se leva, fit de la lumière, se rendit à sa commode où elle s'assit. Et trouva une tablette à écrire et un crayon dans un tiroir. Elle lui laisserait deux messages. Le premier pour lui exprimer son état d'âme et qu'elle cacherait bien au fond de sa valise pour qu'il le trouve plus tard, et l'autre pour lui demander de la réveiller avant de partir si elle devait alors s'être endormie.

Elle n'eut pas à réfléchir longtemps avant de les écrire et les mots coulèrent de source, une source située au milieu de son coeur. Elle se rendit placer les feuilles, trois soigneusement pliées, camouflées en fond, constituant en fait deux lettres distinctes, et l'autre à pleines dimensions étalées sur le dessus de la malle posée sur le lit. Armandine l'entendit marcher. Elle se leva et s'embusqua au bord de sa porte et put l'entrevoir grâce à la lueur venue de la chambre de Clara.

La femme lui dit en un respectueux silence :

"Je comprends ta peine, Clara, je la comprends. Et je t'aiderai à la traverser comme tu m'aideras à traverser la mienne. Tu sais, le mot aimer ne se définit vraiment que par un seul autre mot : aider. On va s'aider toutes les deux... tu verras... tu verras..."

Clara retourna dans sa chambre, éteignit la lumière et reprit sa place à la fenêtre. Au bout d'un temps incertain, elle ferma les yeux sans toutefois appuyer sa tête contre le dossier pour éviter de dormir, mais sa tête doucement glissa vers l'arrière sans que les yeux ne se rouvrent...

Quand Samuel fut de retour, elle ne vit pas les phares de sa voiture éclairer la maison, n'entendit pas les portes d'en bas s'ouvrir et se refermer, pas plus que les mots qu'il échangea avec sa mère ou leurs pas dans l'escalier. Elle ne vit pas non plus la lueur venue jusqu'à elle depuis la lumière du passage. Ni n'entendit d'autres mots encore :

—Elle dort assise dans le fauteuil.

—Je vais la coucher dans son lit.

—Elle va se réveiller.

–Peut-être que non.

–Mais son message : elle veut te voir avant ton départ.

–Ce serait peut-être mieux pas.

–Je le pense, moi aussi, mais... je ne pensais pas que tu le pensais...

–Parce que j'ai rattrapé Catherine ? Mais ce n'est pas la même chose... Catherine est ma fiancée... Clara est bien plus... bien plus fragile... à son âge... perdre deux papas en si peu de temps.

–Sont pas morts ni l'un ni l'autre.

–Je vais la transporter dans mes bras.

–Tu vas la trouver pesante : c'est plus une enfant... tu sais qu'elle commence à avoir de la poitrine.

Il se rendit auprès de Clara et glissa ses bras sous ses genoux et ses bras et la souleva comme il l'avait fait si souvent au sanatorium pour sa chère Elzire. Une plume. Elle ne se réveilla pas et eut un faible gémissement. Ses yeux s'ouvrirent mais ils n'aperçurent qu'une forme vague dans la pénombre embrouillée. La jeune fille était dans un état voisin du somnambulisme. Elle garderait toutefois un souvenir bien réel quoique imprécis du moment où il la déposa sur le lit...

Et cette image floue fut la première dans sa tête quand elle rouvrit les yeux alors qu'il faisait déjà jour. Il lui fallut un moment pour se rendre compte de son état. Toujours vêtue de sa robe de concert, toute blanche et aux ornements de tulle bleu aux manches courtes et à l'encolure, elle se leva et se rendit à la fenêtre. Et là, elle sut qu'on ne l'avait pas réveillée malgré ses demandes, en dépit de son message à son père adoptif posé si visiblement sur sa malle. Il était parti aux aurores et il avait dû venir la saluer avant de s'en aller. Peut-être qu'il l'avait cru éveillée : elle en donnait tout l'air parfois avec ses yeux ouverts et ses réponses claires alors qu'il n'en était rien.

Elle aperçut l'aveugle de l'autre côté de la rue, sortant de chez lui, canne à la main, coeur sur l'autre, toujours prêt à aimer quiconque et à rire de ses propres malheurs les pires. Il fallait qu'elle se conduise comme cet homme, il faudrait qu'elle regarde le monde avec optimisme et chaleur, elle devrait tout voir aussi clairement que lui.

–On a pensé que c'était mieux de même, Clara.

Armandine entrait sur la pointe des pieds dans la chambre de la jeune fille.

–Je comprends, ''m'man''.

–Il a voulu voir Catherine, même si elle pensait qu'il valait mieux pas... mais elle est sa fiancée...

–Je comprends, 'm'man'.

Des larmes embrouillaient maintenant le regard de la jeune fille et l'aveugle disparut à sa vue, emporté par ses petits pas mesurés vers une de ses occupations au service de la fabrique paroissiale.

Armandine s'approcha au point de n'être plus qu'à deux pas derrière sa fille adoptive :

–Il reviendra, tu verras.

Clara fit plusieurs signes affirmatifs. La femme avait besoin qu'on la rassure :

–Il reviendra... c'est certain...

La jeune fille se tourna et toutes deux se regardèrent en pleurant puis Clara ouvrit les bras et contre toute logique, c'est elle qui reçut la vieille femme dans ses bras et la réconforta tout en se rassurant elle-même.

–Il reviendra, 'm'man', il reviendra, vous verrez...

***

Chapitre 19

La mère de famille descendit de l'étage avec dans la main gauche un papier qu'elle tenait haut. Au milieu de l'escalier, elle s'arrêta net et dit simplement, comme si la chose allait de soi :

–L'oiseau s'est envolé.

Assis à table, le père demeura un moment interdit. Il s'y attendait lui aussi au départ du moineau, mais pas aussi vite que ça. Et il ne mit guère de temps à se dire que les choses avaient bien pu être précipitées la veille par ce concert du docteur Goulet au village. Le petit homme se recula sur sa chaise et croisa les bras :

–Il dit quoi là-dessus ? Lis-nous ça, maman !

–Mes chers parents... J'ai décidé de partir de la maison. Mon père, y en a d'autres après moi qui vont pouvoir vous aider sur la terre. Moi, la terre, j'aime pas ça, j'ai jamais ben aimé ça. D'un autre côté, j'ai besoin de voir d'autre chose que ma petite paroisse de la Beauce. J'ai la chance de voir les vieux pays, je veux pas la manquer. À mon âge, mon père, vous feriez peut-être comme moi...

–Pantoute ! dit Nil de sa voix nasillarde. Y a eu une Première Guerre pis j'ai pas mis les pieds de l'autre bord.

–Je continue ?

263

–Continue.

Autour de la table, il y avait d'autres enfants, des garçons et des filles d'âges variables allant de cinq à dix-huit ans, six en tout, et qui regardaient leur mère sans trop comprendre encore ce qui arrivait tout en le sachant déjà par les mots entendus.

–Je vas partir demain matin avec le taxi pour Québec. C'est pour rien de chercher à m'empêcher de m'enrôler, je le ferai pareil quand je vas être majeur dans quelques mois. C'est ben tant mieux si vous comprenez, c'est ben tant pis si vous comprenez pas. Ma mère, je vous dis de pas vous en faire, que je vas prendre soin de moi comme il faut dans l'armée pis au front si faut.

La femme regarda son mari droit dans les yeux. Il demeura impassible. Elle n'y trouva pas l'étincelle qu'elle cherchait. L'homme écrasait dans son âme tout sentiment de regret cherchant à pointer le nez. Sur la terre, il s'arrangerait avec les autres enfants et sa femme. Et au lieu d'en établir un, il en établirait un autre. D'abord que son bonheur, au Paul-Eugène, c'était d'aller se battre au champ d'honneur, qu'il le fasse ! Et s'il devait mourir là-bas, on lui planterait une croix dans le cimetière du village, section des militaires de la Première Guerre qui comptait trois tombes embroussaillées.

La femme dit à mi-voix :

–Ça, c'est la faute au jeune docteur Goulet. Tout ce qu'il a dit hier de son balcon. Comme si ça serait c'est que y a de plus beau au monde, que d'aller se faire tuer par les Allemands...

Parmi les enfants, un garçon de onze ans cherchait des réponses à toutes ces questions qui se bousculaient dans sa tête. Tout d'abord, il se demanda qui avait raison, qui avait tort de son père ou de son frère aîné. Puis il se dit que chacun faisait comme il l'entendait et ce qu'il devait faire. Il osa dire à sa mère :

–D'abord que c'est ça qu'il voulait : c'est la faute à personne.

–Quoi, Raymond, tu voudrais-tu partir pour la guerre, toi aussi ?

L'enfant se mit à rire et les autres l'imitèrent, sauf son père qui s'interrogea sur lui-même en quittant la table sans rien ajouter. L'homme se rendit dans le petit réduit des toilettes et se regarda un moment dans un miroir. Il secoua la tête à deux reprises puis songea qu'il restait une famille à finir d'élever. Et à faire instruire. Car il était parmi les premiers cultivateurs de son temps à vouloir que tous ses enfants fassent des études au-delà de la moyenne pour être mieux outillés dans cette vie trop souvent dure.

*

Marcelle Champagne resta au lit ce matin-là. Le concert avait tiré le maximum de ses énergies physiques et mentales. La souffrance de savoir que l'homme qu'elle aimait au plus profond de son coeur sans jamais en avoir dévoilé le secret à quiconque, acheva de ponctionner ce qui, dans ses faibles forces, lui aurait permis de se lever et descendre manger quelque chose à la table avec les autres membres de la famille. Elle rêvait en ce moment du fameux champ de bataille de la chanson *Le baiser promis* et s'y voyait une fois de plus avec le docteur Goulet interprétant le rôle du soldat et elle-même celui de la belle qui non seulement donnait un baiser au jeune homme étendu, mais s'allongeait après de lui pour l'accompagner dans la mort. Les mêmes images lui étaient venues la veille au soir sous les érables au concert. Elle n'avait aucun désir de les chasser...

Soudain, elle ressentit une présence dans la chambre à la porte entrouverte. Une petite voix remplie d'inquiétude se fit entendre :

–Tu viens-tu déjeuner, Marcelle ?

Visage tourné vers le mur, la malade ne réagit pas du premier coup. Et ce fut une pause silencieuse au cours de laquelle son imagination embrumée fabriqua un tableau nouveau à partir de ces images pieuses déposées dans son esprit à l'école de sa petite enfance par la religion de l'époque. Trois anges composaient la scène. Deux qui les représentaient, elle et Samuel, allant main dans la main sur un chemin de roses. Et un troisième aux allures d'enfant s'approchant d'eux, venu de nulle part, le sourire large et les bras tendus. Une petite fille. Ils la connaissaient. Elle leur était familière. C'était leur enfant, entrée comme eux dans la dimension céleste.

–Marcelle, tu dors-tu ? reprit la voix qui maintenant parut bien réelle à la malade en lui faisant prendre conscience de son extrême faiblesse.

–Non, Françoise !

–Tu viens-tu manger ? C'est maman qui veut...

–Elle veut que je vienne ou ben elle veut savoir ?

–Ben...

–Non, j'y vas pas. Suis trop faible.

–Ah !

Malgré son état, la jeune fille se tourna et retint sa petite soeur auprès d'elle :

–Françoise, approche, viens ici, me voir, à côté du lit.

–Ben...

–Viens.

La fillette obéit. Marcelle lui prit la main et la mit contre sa joue :

–Tu veux que je te dise, Françoise, je t'aime beaucoup. Tu es très belle... À mon âge, tu seras la plus jolie de toute la paroisse. Et tu vas te marier avec... le jeune homme le plus brillant de la paroisse... Oui, tu verras. Et ce sera le plus beau mariage qui aura jamais été fait à l'église...

Jamais la fillette n'avait entendu sa mère, une femme réservée, distante, lui dire de si belles choses. Et avec tant de coeur. Et non seulement elle pouvait entendre les mots dans la bouche de sa soeur, mais lire entre chacun dans les étincelles de ses yeux bruns une vérité, une foi inébranlable, un amour simple et sûr. Il parut confusément à l'enfant que la route de son destin venait d'être tracée par sa soeur mourante dont elle ne savait pas, n'imaginait pas la fin prochaine. Mais les mots se perdraient dans sa jeune mémoire. Ou peut-être pas tant que ça...

*

—Encore dimanche passé, elle sortait dehors ! dit la mère de Marcelle au docteur Poulin qui venait au chevet de la jeune malade.

—Excusez mon retard d'une journée à venir, mais j'ai eu deux accouchements hier.

—Je comprends. Et puis Marcelle me paraissait pas en danger de mort. Mais là... on dirait qu'elle a perdu sa volonté de vivre. Les visites du docteur lui faisaient du bien, c'est pour ça que je vous ai demandé de venir hier.

—Vous dites qu'elle est sortie dimanche ? Longtemps ? Elle a fait quoi ?

—Est allée au concert du docteur Goulet... comme pas mal de monde du village.

—Ah bon !

Observateur, le docteur Poulin additionna les quelques paroles entendues de la bouche de la femme et il fit un premier diagnostic : la jeune malade pouvait souffrir d'un déchirement moral suite au départ de son docteur. Cela se pouvait encore plus chez quelqu'un d'assez faible pour rester au lit le plus souvent et ce, depuis des semaines comme il savait que c'était le cas pour cette jeune fille.

Il suivit la femme dans l'escalier et fut bientôt auprès de la malade. Des jambes d'enfant leur emboîtèrent discrètement le pas : c'était Françoise qui voulait savoir et en qui les mots si bons et beaux de sa grande soeur à son endroit avaient opéré en elle une sorte de transformation heureuse, comme s'ils avaient été ceux d'une fée à la baguette magique. Elle resta derrière la porte laissée entrouverte, le dos au mur et les mains derrière le dos...

S'il n'avait été médecin, l'homme aurait été saisi d'effroi devant pareil sac d'os qu'était devenu le corps de la jeune femme. Aussitôt, il ajouta un diagnostic au premier : plus que de l'anémie, Marcelle devait souffrir de leucémie.

267

Une maladie toujours mortelle. À moins d'un miracle. Un miracle qui aurait peut-être pu passer par les mains du docteur Goulet, mais sans doute pas par les siennes. Aucun médicament ne permettait de lutter valablement contre cette pathologie. Seule l'alimentation avait quelques effets sur la formation des globules rouges sanguins. Mais pas assez pour laisser seulement entrevoir une guérison. Toutefois, l'esprit y pouvait quelque chose et on relatait de ces miracles dans les annales médicales. Oui, mais si Samuel Goulet avait emporté avec lui sans le savoir, le vouloir de la jeune femme, son désir de survivre, l'essentiel de ce qui lui restait de joie de vivre et de raison d'espérer ?

Marcelle lui sourit faiblement quand il lui parla :

–Tu sais, on va se tenir la main solidement en attendant que Samuel Goulet revienne... et on va lui faire la surprise et la joie de retrouver une malade remise sur ses pieds. Qu'est-ce que tu en dis ?

–Ça serait une bonne idée !

Elle avait dit une phrase au conditionnel, un 'serait' qui n'était pas libre comme l'aurait été un 'c'est' bien franc. Le docteur y lut un refus, un abandon, une démission.

–Peut-être que d'y penser comme il faut, ça va te le dire de te batailler avec la maladie... sachant que tu seras pas toute seule.

"Moi itou, je vas t'aider," songeait en ce moment Françoise qui se promettait de tenir la main de sa grande soeur chaque fois que l'occasion s'en présenterait et que Marcelle le voudrait. Et de prier pour elle de toutes ses forces.

La chambre était sombre. Marcelle supportait mal la lumière trop vive et avait demandé à son retour à la maison que les rideaux demeurent fermés. Sa mère se rendit les tirer quand même pour obtenir l'aval du docteur si sa fille devait protester, et pour ainsi tâcher de la convaincre des vertus de l'ensoleillement. Les choses apparurent plus nettement. À part le lit blanc de la jeune fille et ses meubles de bois verni, il y avait quelques cadres sur les murs : des images pieuses, l'une de l'Enfant-Jésus en train de perdre sa sandale, dans les bras de sa mère, l'autre du Sacré-Coeur de Jésus montrant un Christ en robe blanche et dont le coeur rouge entouré de roses apparaissait hors de la poitrine. Et sur la table de chevet, un pot d'eau, un verre à boire et un chapelet noir.

La maigreur du corps que le docteur pouvait apercevoir jusqu'aux épaules semblait pire à la lumière du jour et la malade put lire son trouble dans son regard. Elle qui n'espérait plus la vie espéra encore plus la mort.

–Je vous laisse, docteur, et je vais être en bas, dit la mère qui croyait à raison qu'il valait mieux laisser seule sa grande fille avec le médecin.

Il lui parlerait avec plus de vérité, de persuasion. Elle ne vit pas Françoise en sortant et emprunta l'escalier où elle disparut bientôt aux yeux de l'enfant cachée dans la pénombre. La fillette fit quelques pas et Marcelle aperçut, en glissant son regard de l'autre côté du docteur Poulin, le bord de sa jupe, un vêtement familier qu'elle-même avait porté voilà plusieurs années.

–Françoise, Françoise...

Le docteur qui était à poser un brassard sur le bras de la malade afin de lire la pression artérielle, s'étonna.

–C'est ma petite soeur... elle a peur pour moi. Je veux la rassurer.

–Ah, mais qu'elle entre !

–Viens me voir, ma belle Françoise !

La fillette se décida enfin. Elle entra, un peu honteuse d'avoir écouté à la porte.

–Approche, viens me donner ta main.

La fillette fit des pas.

–De l'autre côté... par ici...

Quand elle fut tout près, Marcelle prit sa main, tandis que le docteur pompait sur la poire de son instrument sous le regard attentif et curieux de la fillette.

–Le docteur prend ma pression. C'est pour savoir si...

–Pour savoir quand elle va guérir, intervint le docteur.

–On dirait qu'elle perçoit ma maladie, elle.

–Je te crois... il y a des enfants et même des adultes qui sentent les choses bien plus que d'autres. Ils ont des antennes pour ça... comme des postes de radio.

–Elle est jolie, ma petite soeur, trouvez-vous, docteur ?

–Je te pense ! Des yeux comme ça : les plus beaux du monde.

L'enfant sourit faiblement. Elle avait mal à son coeur. Un mal indéfinissable qui lui serrait la gorge et lui écrasait la poitrine. Elle n'aurait pas pu l'exprimer clairement, mais elle vivait une fin et quelque chose en elle savait que la prochaine fois qu'elle reviendrait dans cette chambre, Marcelle ne serait plus là et qu'il n'y resterait plus qu'un ensoleillement vide et triste.

La jeune fille rendit l'âme le jour suivant. Seule, sans personne pour lui tenir la main. On avait compté sur la visite du médecin pour qu'elle prenne du mieux. Comme quand le docteur Goulet la voyait. Cette fois, la magie n'avait pas été au rendez-vous.

Le corps fut exposé au salon, une pièce qui donnait à l'avant de la maison et qui fut bondée pendant les deux journées et demie d'exposition.

Nil Parent vint au corps avec sa femme et deux de ses enfants le deuxième soir. À un moment donné, il eut une conversation à trois, avec le père de Marcelle, Alphonse, et le curé Ennis venu réconforter la famille éprouvée. Il fut vite question du départ du docteur Goulet et de ses conséquences sur la vie de chacun :

–Je voudrais pas critiquer le docteur Poulin, dit le père de la défunte, mais il lui a pas fait le bien que lui faisait notre jeune docteur. On peut se demander si son devoir, c'était pas de rester au lieu de partir comme il a fait.

–Ça, j'ai envie de penser de même. Comme je disais à ma femme, notre Paul-Eugène a suivi l'exemple du docteur.

Ça fait que... au fond, la guerre, elle m'a pris mon plus vieux pis elle a pris la fille à Alphonse. C'est ça, la guerre !

–Faut pas blâmer Samuel ! objecta le curé. Il a suivi la ligne de son devoir. J'ai été le premier à m'inscrire en faux devant sa décision, mais j'ai fini par me résigner.

–Ah, monsieur le curé, dit Alphonse, nous autres, on l'a aussi, la résignation.

–Nous autres également ! s'empressa d'ajouter Nil.

Et pendant que se poursuivait l'échange, tout entier inscrit sous le signe des enseignements catholiques, le fils des Parent, Raymond, ne cessait de suivre du regard la jeune Françoise qui allait et venait du salon vers les lieux de l'arrière de la maison que lui ne connaissait pas et où il n'aurait pas osé s'aventurer sans permission. Comme il la trouvait belle ainsi tout habillée de noir, ses cheveux châtains sur les épaules et ces yeux d'une douceur incomparable. Il pensait qu'elle ignorait sa présence alors qu'elle l'avait vu dès son arrivée et le surprenait à son retour de nulle part sans qu'il ne s'en rende compte.

Les gens circulaient beaucoup faute d'espace dans la pièce et le jeune garçon pensa qu'à bouger lui-même, il finirait peut-être par la croiser de près. Une idée lui vint qui lui permettrait de s'adresser à elle. Et à force de patience, l'occasion se présenta alors qu'elle revenait une autre fois de l'autre pièce. Il lui demanda dans une phrase bien construite à la manière d'un adulte instruit :

–Est-ce qu'il y a un endroit pour aller aux toilettes ?

Elle fit signe que oui et tourna les talons pour le précéder dans le couloir menant à l'escalier. Il la suivit en haut où elle lui montra la porte des toilettes. On avait laissé les lumières allumées pour accommoder les gens comme ce garçon, qui avaient des besoins à soulager.

Et Françoise s'éloigna puis entra dans la chambre de Marcelle où on avait laissé allumée une lampe de chevet, attirée là par elle ne savait quoi. Elle interrogeait les choses et l'esprit de la défunte quand le garçon la fit sursauter, qui lui demanda :

–Comment tu t'appelles ?

–Françoise Champagne, dit-elle à mi-voix, trop timide pour lui sourire.

–Moi, c'est Raymond Parent, dit-il en souriant.

Ces simples mots suffirent à leur rencontre. Ils ne savaient pas pourquoi ils les avaient dits. Peut-être avaient-ils été inspirés par les chuchotements d'une disparue ou bien par celui du destin.

En tout cas, ils s'épouseraient dans les années 50. Elle serait la plus jolie fille de la paroisse et lui le plus brillant jeune homme; et se réaliserait alors la vision de Marcelle sur son lit de mort.

**

Chapitre 20

"*Il y a urgence : il se pourrait que je sois obligé de partir en catastrophe pour l'Angleterre. On m'a rencontré et on m'a demandé de me tenir prêt à tout moment à partir. J'ai demandé qu'on me laisse le temps d'aller à la maison et chez toi, ma chérie, mais on m'a dit que cela était impossible et que je n'aurais que celui de vous écrire à toutes les trois, toi, Clara et maman. L'état de la guerre en Europe ressemblerait à ceci. Il y a des escarmouches au-dessus de la Manche entre l'aviation allemande et la R.A.F. On craint en Angleterre que cela soit le prélude à une attaque massive du pays par la Luftwaffe (aviation allemande) commandée par le maréchal Goering. Et pourquoi ? Parce que l'Allemagne est incapable d'envahir les îles britanniques par voie de terre ou par la mer. Seule la voie des airs lui est accessible, non sans opposition, il va sans dire. Ils n'ont pas besoin de soldats en Angleterre pour le moment, mais ils auront vite besoin, semble-t-il, de médecins advenant des bombardements massifs comme on les redoute tant. Je ne partirai pas sans t'écrire, je ne partirai pas sans te téléphoner. Tu es celle que j'aimerai toujours et que je retrouverai avec un tel bonheur si tu gardes la patience de m'attendre comme je garde l'impatience de te revoir. Écris-moi vite et donne-moi de tes nouvelles. Prends bon soin de toi ! Prends un soin jaloux de toi, mon amour pour toujours !*"

Catherine relisait cette lettre pour la nième fois tout en regardant par la fenêtre le décor ennuyeux qu'il lui était possible de voir depuis chez elle. Il lui semblait, ce jour de grand soleil blessant, que la fatalité s'attachait à ses pas et que quoi qu'il advienne, elle n'y échapperait jamais. Il lui fallait donc composer avec la malice du sort et toujours garder dans son collimateur ce douloureux sort afin de le déjouer le plus possible pour tirer de cette vie bousculée le plus de bonheur qu'il lui soit possible d'en extraire. Agir comme le prospecteur malchanceux qui ne trouve toute son existence misérable que des filons faméliques, et les gratter avec méticulosité pour en ramasser les maigres résidus. Un de ces filons était pour elle celui de la liberté passant par la mendicité. Ce mode de vie lui permettait d'échapper aux chaînes du quotidien. Il lui donnait trois mois par année de grand air, de solitude, de rêve éveillé, de vie de bohème et de contacts enrichissants, passionnants avec toutes sortes de gens. Mais aussi parfois de mésaventures voire de tragédies comme celle de l'affaire Bougie.

Elle jongla longtemps.

La séparation d'avec les enfants ne posait aucun problème. Elle les revoyait le samedi et le dimanche. Ils trouvaient bonne garde dans une famille du voisinage. Pour eux, c'étaient des vacances.

Mais quelle serait la réaction de la mère de Samuel ? De Clara dans une moindre mesure ? Même si elle ne devait pas se rendre dans leur paroisse, elles sauraient. Quand elles n'obtiendraient pas de réponse au téléphone, elles se renseigneraient. Tout finit par se savoir. Ou bien devait-elle prendre le taureau par les cornes et agir à sa guise ? Après tout, passé vingt-six ans, elle était bien capable de prendre les décisions les plus aptes à mettre un peu de pain sur la table de ses joies simples.

Après plusieurs heures de réflexion, elle prit sa décision. Et se rendit chercher des vêtements de quêteuse, un overall usé et troué, et des chemises du même tissu et dans le même état. Pas celles de naguère car après l'affaire Bougie, elle les avait brûlées, ces hardes sanglantes. Ce n'est donc pas pour cette raison qu'elle lava ceux-ci. Quand ils furent séchés, elle les accrocha sur un cintre qu'elle suspendit dans la porte de sa chambre. Puis elle trouva de vieilles chaussures amochées et les mit près de la porte vis-à-vis de la boîte du téléphone. Et les chaussures attendirent là des jours et des jours, tandis qu'elle s'occupait à divers travaux de jardinage, d'aménagement et d'entretien de la maison. Quand elle se trouvait à l'extérieur, Carmen restait de garde à l'intérieur pour quand le téléphone sonnerait. S'il fallait que ce soit l'ultime appel de son fiancé avant son départ pour les vieux pays, il faudrait qu'elle crie : 'présente'.

Et il finit par sonner le quinze juillet. Et c'était pour lui annoncer la nouvelle bien peu agréable de son départ le lendemain pour l'Angleterre, que Samuel lui parla pendant une courte demi-heure.

–Comment ça se peut : aussi vite ? Tu avais parlé de ton entraînement.

–Un médecin est déjà formé par six années à l'université, il n'a pas besoin d'autant d'entraînement qu'un simple soldat puisqu'il l'est déjà.

–Je croyais... j'espérais qu'on pourrait se revoir au moins une fois.

–Le pire d'une guerre à part les blessures et les tueries, c'est qu'elle prend les décisions à leur place pour des millions et des millions de gens. On se bat pour la liberté et cette bataille même assassine la liberté. C'est ça, la guerre, Catherine.

Elle ne lui révéla pas son intention de reprendre la route. Ni ne lui parla de cette blessure profonde et affreuse que son départ avait infligée à son coeur de femme. Et se fit patiente, douce, compréhensive. Il en fut profondément rassuré. Pour le reste, ce fut l'expression de leur sentiment, celle de leur optimisme serein, celle de leur foi en l'avenir, en leur avenir et surtout celle de leur rêve commun : la fondation d'une famille dès que le combat pour la liberté serait remporté par les forces du bien.

–Aussitôt là-bas, je t'envoie un télégramme.

–Écris-moi plutôt une belle longue lettre.

–Je ferai les deux.

–Je les lirai avec toute ma tendresse.

–Et je te les écrirai avec toute ma tendresse.

Ce furent leurs derniers mots à l'exception des mots d'usage au moment de raccrocher. Elle demeura longuement debout, devant l'appareil, sans dire, sans faire, figée. Puis elle se tourna lentement pour écouter le silence de la maison, celui des enfants là-haut et le silence de son coeur. Il lui parut un moment que ses valeurs et celles de l'homme qu'elle aimait étaient irréconciliables, mais elle chassa cette pensée indésirable de son esprit.

Puis elle soupira à quelques reprises en hochant la tête, et ramassa ses chaussures de mendiante qu'elle alla déposer au pied de son lit. Le lendemain matin, elle prendrait la route sur son vieux tandem...

*

Ce qu'elle fit aux aurores après une nuit passée seule à la maison, les enfants ayant retrouvé leur pension d'été comme les années précédentes.

Elle pédala comme une bête de somme afin d'écraser à chaque tour de roue un morceau de sa tristesse et au lieu de penser à lui, elle comptait chaque coup de pédale jusqu'à cent et recommençait à zéro ensuite. Côte après côte, plateau après plateau, descente après descente. Ce procédé faisait entrer son esprit dans une sorte de spirale où se trouvaient le grand vide intérieur, l'oeil de la tempête, les trous dans les nuages.

Devant l'église de Dorset, elle fit une pause. Mais aucune prière même si le lieu s'y prêtait, ou du moins pour une réflexion sur lui et elle. Elle chassait résolument toute pensée qui faisait mine de creuser un peu dans ses inquiétudes et son questionnement.

Puis elle reprit la route graveleuse, grise, droite et plate pour un bon bout, jusqu'à l'équerre où commençait le chemin de la concession. Elle prenait soin de chasser aussi à mesure de leur apparition dans sa tête les mauvais souvenirs qui lui revenaient de plus en plus tandis qu'elle approchait des lieux de cet épouvantable événement de l'année précédente : cette journée cauchemardesque où on l'avait assommée, ligotée, accusée, questionnée, méjugée puis jugée. Et enfin grâce à Bernadette, Clara, Éva et Samuel, libérée et lavée de tout soupçon dans l'affaire Rose-Anna-Bougie.

Elle parvint bientôt aux abords de l'ancienne maison de Roméo Boutin et son regard tomba sur un ours noir qui rôdait autour de la bâtisse déserte et à l'abandon. En fait, il disparut de sa vue et elle crut qu'ayant perçu sa présence et son approche, il avait détalé et foncé dans la forêt sombre pour se mettre à l'abri de cet être humain qu'il savait devoir redouter et fuir. Et pourtant, les choses allèrent autrement. Quand elle atteignit la hauteur de la maison, l'animal surgit d'à côté et courut vers elle qui s'arrêta aussitôt et descendit du tandem pour mieux l'utiliser comme bouclier advenant une attaque qu'elle avait raison de croire imminente.

Ce ne fut pas le cas. Comme s'il avait voulu jouer, ou impressionner, ou faire fuir cette intruse, l'ours que Catherine pensa être une femelle, s'arrêta net à une vingtaine de pas, secoua la tête, renifla puis recula de quelques pas avant de finir par faire demi-tour et détaler. Ce n'est pas la première fois que la jeune femme voyait un tel animal de près et elle savait quoi faire pour les subjuguer, soit leur faire face en levant les bras pour paraître de plus grande taille qu'eux. Mais de telles attaques se faisaient si rares qu'elle ne s'inquiétait pas quand elle allait dans un bois sans arme ni personne pour la secourir en cas de besoin.

Elle poursuivit et fut bientôt devant la première maison du Grand-Shenley, soit celle de la tragédie dont l'image avait été entièrement changée par une visite qu'avec Samuel elle y avait faite un jour d'hiver et surtout par cette corvée où toute la paroisse était venue laver l'endroit de toute honte susceptible d'y être restée en la plus infime gouttelette de sang.

Quelque chose l'inclina à faire tourner son bicycle dans la montée bien qu'elle ait eu jusque là l'intention de ne s'arrêter nulle part avant la fameuse côte au pied de laquelle Samuel et elle-même avaient fait connaissance deux ans auparavant, lieu où elle espérait trouver du coeur pour traverser le désert qui s'ouvrait devant sa vie, soit le champ de bataille de la vieille Europe.

Peut-être son inconscient voulait-il finir de l'exorciser de ses cauchemars à propos de la mort de Rose-Anna, qui venaient parfois mutiler ses nuits. Elle en avait fait un encore deux nuits après le départ de Samuel. Et quelques souvenirs voulurent s'installer dans son esprit et s'y agrippèrent un moment avant qu'elle ne parvienne à les déloger.

"Il y a cet ours qui rôde et qui n'en est pas un. Et qui est un homme vêtu d'une peau de bête. La bête a surgi non pas de la grande forêt voisine, mais de sa propre jungle intérieure. Et cette peau fut fabriquée à même des sentiments débridés, désordonnés, incontrôlables. Elle est noire, faite de poils hérissés, d'un cuir huileux malodorant. Et sa pauvre victime, cette jeune fille blême que la peur rend encore plus exsangue, va d'une fenêtre à l'autre, animée d'un filet d'espoir, celui d'apercevoir quelqu'un qui l'aidera, qui la sauvera, mais qui ne voit jamais rien d'autre que l'ours qui suit sa fuite intérieure et reste aux aguets en attendant le moment d'entrer dans sa chambre pour lui voler sa vie. Rose-Anna finit par tomber d'épuisement sur son lit puis elle entend gratter et grogner à sa porte. Elle retrouve des forces ultimes et s'y rend, étend ses bras en croix, supplie. La bête s'excite, alimente sa fureur à la faiblesse de sa victime pour la vider encore plus de son sang, frappe, enfonce la porte... La jeune femme est projetée par cette poussée terrible sur le lit où se jette aussitôt cette machine infernale contrôlée et dirigée par le démon lui-même. Aiguisées comme des lames de rasoir, les immenses et puissantes griffes entreprennent de lacérer, de labourer et déchiqueter la chair de la victime. C'est le sommet de la terreur et de la douleur. Et c'est enfin le dernier soupir mais un carnage qui durera longtemps ensuite..."

La porte de la maison s'ouvrit brusquement et parut sur le seuil le nouveau maître de céans, Roméo Boutin habillé de son plus large sourire ainsi que de ses pantalons d'étoffe du pays.

–De la visite rare ! s'exclama-t-il en levant les bras aux mains grandes ouvertes.

–C'est pas tout à fait le même accueil que l'année passée, rit-elle un brin.

–Accote ton bicycle pis viens prendre une bonne tasse de thé. J'en ai qui infuse, là.

–Il va faire une belle journée, dit-elle en accrochant les guidons du tandem au rebord de l'escalier.

–Une vraie belle journée d'été ! Un' maudite belle été, c't'année.

–Un été plein de soleil, oui.

–Viens me donner des nouvelles du docteur pis de Clara si t'en as des fraîches.

–Oui, d'hier.

–Et pis quoi ?

–Ben...

Il la suivit à l'intérieur où elle entra après un bref instant d'hésitation.

–C'est pas des bonnes nouvelles, on dirait.

–C'est ce qui devait arriver, mais ça va plus vite que prévu, dit-elle sur un ton exprimant deux choses, l'une réelle et l'autre toute d'un pénible souvenir.

Roméo suivit son regard et crut comprendre :

–Tu vois, la garde de l'escalier, c'est la dernière affaire qu'il me reste à changer pour que les traces à Bougie, y'en aye pus une maudite icitte. Ça va être une maison comme flambant neuve...

–Ah...

–Mais c'est ben rare que j'pense à ça, hein ! C'est pas long qu'on s'accoutume à vivre dans le présent pis dans le futur.

–Ça va bien dans tes travaux ?

–Ah, ouais, ben comme il faut ! J'ai eu un peu d'aide des

Boulanger dans le pire des foins. Joseph est venu une couple de jours. Mais tout est fini de serrer, là. La grange est pleine jusqu'aux oreilles. Viens, viens t'assire à table.

Il lui toucha le bras. La jeune femme se rendit là même où elle avait passé une journée d'enfer quand on l'avait enchaînée moralement à la table alors qu'elle avait la mâchoire en bouillie ce si pénible jour de l'enquête du coroner après la mort de Rose-Anna.

Ce n'était pas la même table, pas la même chaise, pas le même décor de cuisine. Et la foule n'était pas là, dehors, divisée, les uns, des femmes surtout, prêts à la crucifier, les autres, des femmes surtout, qui la supportaient. Avec elle se trouvait un homme qui avait fait des erreurs et en avait subi les conséquences, et dont le capital de souffrances égalait au moins le sien maintenant.

Il resta debout et leur servit du thé dans des tasses de porcelaine tout en échangeant avec elle :

–Pis bon, c'est quoi qu'il arrive avec Samuel ?

Elle soupira :

–Il part aujourd'hui pour l'Angleterre.

–T'as pas pu le voir avant qu'il parte ?

–Il a parlé d'urgence...

–Tu sais, une fois que t'as signé dans l'armée, t'as pas le choix. Fallait qu'il parte si eux autres ils voulaient qu'il parte. C'est comme ça, l'armée. Tu te bats pour la liberté, mais faut que tu la donnes, ta liberté.

–Je sais, mais... je trouve ça ben dur.

–Tu peux toujours penser qu'il va revenir; moé, j'peux pas penser de même. Ma femme est partie pour tout le temps pis je me le reprocherai toute ma vie.

–Si t'avais su qu'elle mourrait, t'aurais agi autrement.

–J'ai fait comme ben d'autres auraient fait à ma place : j'ai attendu. La maudite misère... ah, pis ça me... ça m'excuse pas de pas avoir eu les yeux mieux ouverts que je les ai eus...

Elle but une gorgée et dit, la tête en biais et un mince

sourire aux lèvres :

–C'est pas tous les hommes qui admettraient ce que t'admets asteur. J'trouve ça beau de ta part, Roméo.

Il secoua la tête, prit une gorgée à son tour :

–Pis ? J'ai comme dans l'idée que tu veux refaire les portes comme dans le temps pas si loin ? Tu le fais pas par besoin d'argent...

–Par besoin de liberté.

–C'est ben c'que j'me dis.

Elle mit sa tête en biais :

–Samuel est généreux : je reçois de l'argent chaque mois pour voir à mes affaires. Mais j'ai peur que sa mère soye pas trop contente si elle sait que j'ai repris à quêter par les portes.

–C'est vrai que c'est pas ben vu, une affaire de même, surtout pour une femme.

–Quand j'ai commencé à faire les portes, ça m'affectait, le jugement du monde, pis je pense qu'il m'a fallu du courage pour continuer, mais avec le temps, j'me suis sentie plus forte. Pis tranquillement, d'une journée à l'autre, j'ai comme dépassé ce que Samuel appelle un préjugé... J'en suis même venue à aimer faire les portes. Voir du monde. Pas toujours rester dans le petit monde de mon petit coin de terre du fond d'un rang de Saint-Sébastien. Le chemin. Vivre libre comme l'air.

–C'est pas sans danger comme t'as vu. Y a des hommes, on sait jamais... C'est sûr que d'une maison à l'autre, y a des femmes pis des enfants... eux autres, ils sont un peu ta protection... mais si un malfaisant te guette dans un chemin de bois... il pourrait te faire mal pas mal.

–Je me défendrais.

–T'as vu icitte l'année passée.

–J'avais affaire à un chenapan, un meurtrier. C'est plutôt rare, ça...

–Y a peut-être ben un meurtrier qui dort dans pas mal d'hommes pis qui pourra se réveiller quand c'est que l'occa-

281

sion va être là.

–Comme Samuel disait : deux fois à la même personne, c'est une chance sur un million.

–J'aurais cru que t'aurais peur de refaire les portes. Surtout une femme...

–Parce qu'une femme, ça serait plus peureux qu'un homme, tu penses ?

–Ben... non... oui... sais pas...

Elle sourit et se fit énigmatique :

–Penses-tu que je suis plus peureuse qu'un homme, toi, Roméo Boutin ?

Il continua de patauger dans la confusion :

–Ben... j'dirais que non... à toé de me le dire.

–Probablement ! Ce qui me rend d'autant plus fière de la surmonter, ma peur.

–Comme le soldat qui part à guerre...

–Ah ?... Peut-être, oui...

–Bon, d'abord que ça fait ton bonheur de même.

–Mais je dois dire que ça pourrait être ma dernière année pis même que j'vas peut-être pas la finir, ma tournée. Je vas voir à mesure.

Il sourit, but, regarda au loin par la fenêtre, dit :

–Pis notre Clara, comment qu'elle va ?

–Elle a pris ça pas mal dur, de voir son deuxième père s'en aller.

–Faut dire qu'elle est plus attachée à lui qu'à moé; mais ça, j'accepte ça ben comme il faut. J'sais itou qu'elle reviendra jamais vivre avec moé, icitte.

–On sait pas, si tu te trouves une femme qu'elle va...

–C'est passé devant la loi, son adoption.

–Je sais, mais...

–Anyway, les affaires sont de même. On peut pas changer c'est que le destin a décidé.

Puis l'homme parla de son enthousiasme devant la tâche

énorme de mettre en valeur la terre négligée de Bougie, mais dont le sol était à son avis et aux dires de Joseph Boulanger très riche et prometteur. Elle finit son thé et annonça son départ. Il la suivit jusque dehors où il osa lui dire quand elle fut à côté de sa bicyclette, sur le point de l'enfourcher.

—Je vas aller chercher Clara une bonne fois pis on va aller te voir à Saint-Sébastien.

—Ah, suffit de venir quand je vas être là pour pas vous cogner à une maison vide.

—T'as le téléphone ? On va t'appeler avant. C'est-il correct de même ?

—C'est ben correct de même.

Ils se saluèrent. Elle reprit sa route. Cette fois, elle ne s'arrêta à aucune porte, quitte à mendier au retour, dans deux ou trois jours, et se rendit directement à ce lieu de l'érablière entre les deux côtes où elle s'arrêta et mit le vélo au même endroit que le jour de l'heureux accident qui lui avait permis de connaître Samuel. Accident sans lequel il est possible qu'elle ne l'ait jamais connu, encore qu'avec cette histoire de Rose-Anna Bougie, ils auraient sans doute eu un premier contact, mais dans d'autres dispositions d'esprit et de tous autres états d'âme.

Elle se rendit étancher sa soif au petit ruisseau d'eau pure puis alla s'asseoir au pied du même érable que ce jour-là, croyant que son imagination lui ferait voir Samuel en train de descendre joyeusement la côte en chantant à tue-tête sa joie de vivre. Cela ne se produisit pas comme imaginé. Et elle ne parvenait à se remettre à l'esprit que l'épisode du convoi funèbre, et cette scène particulière où Clara avait quitté l'auto pour courir au corbillard sous la pluie battante dans une dérisoire tentative de protéger le corps de sa mère d'un danger inexistant.

Puis l'image de Roméo Boutin lui vint en tête. Une fois encore, elle compara l'homme qu'il était devenu à celui qu'elle avait connu un peu avant la mort de sa femme. Elle n'en tira aucune réaction...

Au moment de reprendre sa route, elle se dit que ce qui

l'avait empêchée de rêver au passé relevait de la douleur morale qu'elle ressentait à penser que Samuel s'embarquait en ce moment même ou aux environs de cette heure pour un futur terriblement incertain.

Rendue sur le dessus de la côte, elle s'arrêta, mit pied à terre et regarda derrière, en bas, en songeant :

"Comme il est loin, cet heureux accident de vélo du printemps 1938, comme il est loin dans le passé !"

***

Chapitre 21

Il y avait un mois que le général De Gaulle avait lancé son appel à la résistance à tous les Français sur les ondes de la BBC anglaise. Cela lui avait valu des fonds pour l'organiser depuis des bureaux londoniens en s'appuyant sur un état-major qui établit rapidement des contacts avec des citoyens de la France libre et d'autres de la France occupée. Mais comme toute roue qui commence à tourner, celle-ci grinçait et il n'était pas simple de la mettre vraiment en marche pour que les forces de la France libre soient structurées officiellement.

Il vint à l'idée de quelqu'un d'envoyer à Paris même une sorte de commando avec pour mission de susciter la naissance de noyaux puis de réseaux de résistance, lesquels se multiplieraient ensuite pour en arriver à miner l'occupant dans ses casernes et son moral. Mais puisqu'il fallait du financement anglais, les services britanniques déléguèrent auprès du général français un représentant qui exigea la participation de citoyens autres que français. Après d'âpres discussions, on en était venu à s'entendre sur un appel à des volontaires canadiens de langue française d'où la raison expliquant le départ précipité et prématuré de Samuel pour l'Angleterre.

On l'avait sélectionné pour sa formation médicale et à cause de sa scolarité, de sa culture française au-dessus de la moyenne et sa capacité de s'exprimer quand il le voulait sans l'accent du Canada français dans un langage international bien châtié. Et pour coiffer ses qualifications : il pouvait s'exprimer en anglais.

Samuel toutefois ignorait les véritables motifs de sa sélection. Et ne les connaîtrait qu'une fois rendu à destination quelques jours plus tard après un voyage en mer où les risques d'attaque par les U-boats allemands étaient réduits par le fait que le bateau sur lequel il voyageait faisait partie d'un convoi fortement escorté, l'un des tout premiers du genre par ailleurs.

Au cours de la traversée, il fit la connaissance de plusieurs autres volontaires, pour la plupart dans la jeune vingtaine, mais quelques-uns aussi comme lui dans la trentaine et avec qui, naturellement, il se lia. Parmi eux, Camilien Tremblay, prêtre séculier aux motivations très voisines des siennes, puisqu'il se rendait à la guerre pour sauver, lui, des âmes, réconforter les blessés et dispenser les derniers sacrements aux mourants. Tout comme son collègue médecin, il ignorait les vraies raisons pour lesquelles il avait été choisi et appelé en Angleterre quelques jours à peine après son enrôlement.

Quelque part au milieu de l'Atlantique, sur le pont du bateau, un après-midi de grand soleil et de mer tranquille, ils eurent une première conversation par laquelle ils se connurent mieux. Camilien était originaire de Baie-Saint-Paul et il agissait depuis sa sortie du grand séminaire comme vicaire suppléant dans les paroisses du diocèse, sur appel.

–L'appel des grandes valeurs morales et chrétiennes m'est apparu bien plus important. Je veux dire l'appel à leur défense; et c'est ce à quoi nous allons contribuer.

–Heureux de te l'entendre dire ! Depuis que j'ai pris ma décision, il m'est arrivé à plusieurs reprises de douter de son bien-fondé. Laisser ma fiancée, ma mère, ma fille adoptive, ma paroisse adoptive : à chaque séparation, j'avais le coeur déchiré entre deux voix diamétralement opposées.

–La guerre s'infiltre partout, jusque dans les coeurs, et le champ de bataille des sentiments qui se heurtent les uns les autres est peut-être le plus cruel de tous.

Camilien possédait une chevelure brune abondante. Pas plus que l'autre, il n'avait été rasé court à son arrivée au camp, au contraire des simples soldats qui se taquinaient avec leurs cheveux en brosse et leurs oreilles décollées. Tous deux cependant portaient l'uniforme kaki avec la coiffe bateau pliée et insérée dans l'épaulette.

—Comme ça, t'es un Beauceron ?

—D'adoption comme je te le disais.

—Jamais allé dans la Beauce.

—Superbe vallée de la Chaudière ! Mais je vis sur les hauteurs : un village linéaire. Du bon monde franc !

Le prêtre portait des lunettes rondes derrière lesquelles brillaient des yeux perçants allumés par l'intelligence du personnage. Mais il s'y trouvait comme un voile d'étrangeté, une sorte de paupière invisible qui protégeait son âme des intrusions malveillantes. Ou peut-être empêchait une certaine dureté de traverser la barrière de l'enclos où il avait enfermé ses sentiments.

—Pour en revenir aux appels, je crois que c'est le sien, à Lui, là-haut, qui a prévalu sur tous les autres.

—Dieu sauve la France !

—Et c'est pourquoi il nous montre le chemin à suivre.

L'air salin portait des relents marins qui flottaient tout autour. Quelques goélands survolaient le bateau suivant. Les croiseurs d'escorte fumaient, loin sur la gauche et la droite. Il aurait fallu un fou aux commandes d'un sous-marin allemand pour franchir les lignes qu'ils formaient ou même s'en approcher de trop près; mais l'ennemi avait quand même tout loisir de lancer ses torpilles à distance. L'on ne pensait pas à cela pour ne l'avoir jamais vu, et Camilien questionna son compagnon du moment :

—Fiancée, as-tu dit ?

—C'est ça : une mère de deux beaux enfants. Elle a promis de m'attendre et je sais qu'elle le fera.

–Tu veux m'en parler un peu ? Je suis sûr que ça te ferait du bien... tu parlais de déchirement tantôt...

–Sûr que je peux t'en parler. C'est du vrai roman, ce qui la concerne, ce qui nous concerne. Ma rencontre avec elle. Une histoire de meurtre. C'est à ne pas croire. La mort de son mari et tout. Même au cinéma pareille histoire paraîtrait invraisemblable.

–Attention, Samuel, les êtres exceptionnels sont poursuivis par les événements exceptionnels. Est-ce que tu savais cela ?

–J'ai aucun mal à te croire si je pense à sa vie, à ma chère Catherine.

Tous deux jusque là s'étaient appuyés sur la rambarde, un pied accroché aux montants métalliques. Samuel se tourna et s'y adossa, les coudes en appui sur la barre supérieure.

–Si tu préfères garder ça pour toi : c'est personnel.

–Non, non... mais d'abord, je vais te parler de ma première fiancée, Elzire...

–Le même prénom que la mère des jumelles Dionne.

–On me l'a souvent fait remarquer.

–C'est vrai, ce n'est pas très original comme idée.

Et Samuel raconta tout. Quand il s'arrêtait dans son récit, le prêtre l'aidait par une nouvelle question. Ils établirent un pont si vite entre eux qu'à la fin de leur échange, ils se désignaient, comme des amis d'enfance, chacun par le diminutif du prénom de l'autre : Sam et Cam.

À leur débarquement à Southampton, ils étaient presque devenus des inséparables. La distance rapproche en ces cas-là. Ce fut ensuite le voyage en train pour Londres, la découverte de la campagne anglaise, si verdoyante et si peu faite pour devenir champ de bataille. Celle ensuite du brouillard de la capitale. À leur baraquement en banlieue nord, ils prirent des lits voisins. Et parlèrent longuement à voix basse, exemptés encore de suivre les règles dont ils seraient informés le lendemain alors qu'ils auraient l'occasion de connaître aussi les officiers, leurs supérieurs.

Encore une fois, les choses tournèrent autrement qu'ils ne l'avaient prévu. Tôt ce matin-là, on vint à deux berlines les prendre, eux et deux autres volontaires pour les conduire dans un autre quartier de la ville, à une bâtisse isolée dans un îlot de verdure. On eut beau questionner les soldats d'escorte, ils ignoraient tout eux-mêmes et le contraire échéant, ils seraient restés muets comme des carpes.

Dans la salle d'attente, l'on put faire meilleure connaissance avec les deux autres volontaires emmenés eux aussi dans cette construction vieille d'au moins deux siècles et dont l'architecture semblait emprunter à plusieurs périodes de l'histoire moderne.

On connaissait déjà les noms, les âges, les occupations avant l'enrôlement, les lieux d'origine de chacun. L'un, aux cheveux d'or, s'appelait Alfred Racine et l'autre Jérôme Corriveau, filiforme, servile et joyeux. Alfred avait été commis-comptable pour une entreprise de Saint-Raymond, il avait trente-deux ans et comme ses trois collègues conversait assez couramment en anglais. Quant à l'autre, il était notaire à Beauport et, comme Samuel l'avait fait pour son bureau de médecine, il avait confié son étude à deux autres professionnels du secteur, trop âgés pour s'enrôler et trop heureux de ne pas le faire.

Tout était de marbre et de pierre en cet intérieur imposant. Même les bancs des visiteurs que l'on occupait devant un large escalier tournant qui donnait, leur parut-il, sur l'étage où les activités avaient lieu. Mais de quelles activités s'agissait-il ? En tout cas, ce que l'on savait déjà par les uniformes des soldats qui circulaient, par les képis ronds et par quelques bribes entendues, c'est qu'on avait affaire non pas à des Britanniques, mais à des Français.

L'on ne fut pas à même de remarquer là-haut, qui les observait depuis un moment, un personnage de grande taille et au nez important. Militaire haut gradé, il devisait à voix basse avec un inférieur à qui il donnait des directives. Les deux hommes se séparèrent et l'inférieur toussa, ce qui attira sur lui l'attention des Canadiens qui levèrent tous la tête au même moment pour apercevoir cet officier et à peine entrevoir, de dos seulement, le géant solitaire.

C'était au moins un lieutenant, cet homme que l'on vit descendre le grand escalier en les dévisageant tous à la fois. Et qui en même temps leur adressait des sourires nécessaires, entrecoupés de moues supérieures. Au dernier tiers, il s'adressa à eux dans le plus pur accent parisien :

–Bienvenue à Londres, les Canadiens !

Il tendit la main et se présenta :

–Je suis le colonel Passy des F.F.L.

Camilien fut le premier à lui serrer la main. Il scruta son regard sans toutefois pouvoir le pénétrer vraiment. Puis ce fut au tour de Jérôme, d'Alfred et enfin de Samuel qui déclina son nom à l'instar des trois autres.

Le colonel ouvrit les mains pour dire :

–Première question que vous devez vous poser : qu'est-ce que ces F.F.L. ? Eh bien, ça veut simplement dire les Forces françaises libres. Vous vous trouvez ici en leur QG.

L'homme était petit, il avait le crâne dégarni et arborait une fine moustache qui lui enlevait de l'autorité au lieu de lui en conférer comme il l'espérait. Il eut tendance à s'adresser à Samuel, comme si en son esprit, il avait déjà fait un choix : et l'exprimait par sa gestuelle.

En fait, il pressentait ce jeune homme pour devenir le chef de la mission en cours de gestation et qui consisterait à envoyer sur Paris des hommes motivés et compétents pour y faire naître un réseau de Résistance. Le colonel en savait déjà pas mal sur chacun des quatre Canadiens, sélectionnés au préalable afin de convenir aux Britanniques. Et cela ne tarderait pas à transparaître.

–Si vous voulez me suivre, nous allons nous rendre dans un bureau particulier au deuxième étage. Des gens de qualité y attendent les hommes de qualité que vous êtes, messieurs. Venez. Suivez-moi.

Il les précéda dans l'escalier. Son pas était précis, sec et le corps se faisait raide, la nuque figée. À l'étage, on emprunta un couloir et devant une porte à deux battants, l'on s'arrêta un court instant, celui d'expliquer la signification des lettres composant le sigle B.C.R.A.

—*Bureau central de renseignement et d'action*. Il n'est pas encore ouvert officiellement. Et pourtant, il fonctionne déjà et fort efficacement.

Le colonel frappa à trois reprises, ce qui était un signal entendu d'avance, et il ouvrit les portes et préséda une autre fois les quatre jeunes Canadiens.

C'était une pièce carrée, haute, à fenêtres importantes et nombreuses, remplie de lumière et occupée en son centre par une table longue autour de laquelle se trouvaient trois militaires qui poursuivirent leur débat sans se préoccuper le moindrement des arrivants. N'étant pas sous les ordres de Passy, ils n'avaient donc pas à le saluer automatiquement dès qu'il apparaissait.

On s'affairait sur des dossiers. Le colonel salua en frappant du talon pour faire de l'humour. On se tourna enfin vers lui en souriant.

—Messieurs : les Canadiens sont là !

—Ah, les voilà ! fit l'un des intéressés, visiblement un Anglais mais capable de s'exprimer en français. Prenez place autour de la table, messieurs les Canadiens.

Pendant qu'ils le faisaient, Passy se rendit à l'autre extrémité de la table et prit place à son tour. Comme avec sa moustache, il cherchait, par la distance établie entre lui et cet état-major, à augmenter son autorité, et ne parvenait qu'à la réduire une fois de plus.

—Messieurs, reprit le colonel, vous vouliez des Canadiens pour aller sonder les Français, eh bien les voici ! Je vous les présente : Samuel Goulet, médecin, Camilien Tremblay, prêtre, Alfred Racine, comptable et Jérôme Corriveau, notaire. L'élite canadienne-française.

Ébahis, mystifiés, les jeunes hommes saluèrent leurs vis-à-vis et apprirent qu'il s'agissait en fait de deux Britanniques et d'un Français. On leur expliqua qu'ils avaient été sélectionnés pour une mission spéciale en France sans leur dire de quoi il s'agissait avec précision. Ils avaient beau s'être enrôlés dans l'armée canadienne comme volontaires, on avait besoin tout de même de leur aval avant de les envoyer là-bas remplir une tâche comportant pas mal de risques dont celui d'être passés par les armes allemandes comme espions à la solde des Anglais s'ils venaient à être démasqués.

Le Français, un homme posé, flegmatique, parlant lentement, demanda :

—Messieurs, avant de vous révéler le but de votre mission dont nous vous avons exposé amplement tous les dangers, il nous faut votre accord. Ceux parmi vous qui préfèrent s'abstenir en ont maintenant le privilège et le droit.

—Plutôt difficile de savoir si on a le bagage requis, dit le prêtre.

—Les dossiers de chacun de vous sont là, fit l'un des Anglais, homme adipeux au dos voûté rappelant vaguement l'image du Premier ministre Churchill en quelques dizaines d'années en moins. Prenez-en un au hasard, monsieur Tremblay.

Ce que fit Camilien qui l'ouvrit pour se rendre compte dès la première page qu'il s'agissait de celui de Samuel Goulet.

—Bon, tournez jusqu'à la... disons cinquième page et lisez ce que vous y verrez.

Camilien obéit et lut :

—Liens importants outre sa famille immédiate : Catherine Bussière, Saint-Sébastien. Veuve. Mère de deux enfants : Carmen et Lucien.

Tous portèrent leur regard au docteur qui déclara :

—J'ai jamais donné ces renseignements au bureau de l'armée.

—Sont-ils exacts ? demanda le Français.

—Moi, dit Camilien, je sais que oui. Tu n'as pas d'objection à ce que je confirme, Sam ?

—Non, non, tout est bien.

—Dernière question, fit Samuel, est-ce que ma médecine va me servir à quelque chose en mission ?

–Parfaitement ! dit le Français. Et ce sera pareil pour vous trois. L'occupation qu'avait chacun là-bas au Canada servira au cours de la mission qui pourrait durer jusqu'à la fin de la guerre.

–Et sans possibilité de contacter vos familles, enchérit le Britannique. Aucun de vous n'étant marié, les inconvénients seront moindres. Le seul cas difficile est celui du docteur Goulet, mais il l'a réglé lui-même avant son départ en confiant à deux autres docteurs sa pratique médicale et en assurant ainsi la survie de sa mère et de sa fille adoptive.

–Et vous savez ça également ! fit Samuel en secouant la tête.

–Tout est compilé dans votre dossier.

–Alors que ceux qui se portent volontaires lèvent la main et que les autres veuillent bien se retirer ! ordonna le Français.

Les quatre jeunes hommes levèrent la main sans la moindre hésitation.

Passy leva les yeux et les posa sur une porte au fond de la pièce. Il savait que de l'autre côté se trouvait un fauteuil. Et dans ce fauteuil était assis un grand personnage au nez important qui fit plusieurs signes de tête affirmatifs pour exprimer sa haute satisfaction, car il avait tout entendu.

**

293

Chapitre 22

L'étonnement de Samuel n'avait pas fini d'être alimenté par ces hommes du B.C.R.A., organisme des F.F.L. qui n'avait pas encore obtenu ses lettres de noblesse et devrait faire ses preuves aux yeux des Britanniques méfiants. Et dont le degré de méfiance influait sur le financement des Français en exil et de leurs plans. Car si De Gaulle était fort en gueule, il l'était peu en poche. Or, pour un Anglo-Saxon, la crédibilité d'un homme a le plus souvent pour mesure sa capacité financière.

Chaque dossier sur la table contenait déjà les nouveaux papiers officiels conférant à chacun des quatre jeunes Canadiens sa nouvelle identité : toute et rien que française. Chacun garderait son prénom et seuls les patronymes avaient été modifiés. Racine devenait Bergevin. Corriveau serait Dauphin. Camilien Tremblay s'appellerait désormais Camilien Barbe. Et Samuel porterait le nom de Samuel D'Aubière. Et chacun avait aussi le diplôme correspondant à ses qualifications professionnelles, mais issu d'un établissement du sud de la France. Il lui suffirait de l'afficher là où aurait lieu sa pratique.

Car il s'agissait de cela : s'installer par paires de deux en zone occupée, non pas ensemble mais dans le même secteur. On ne leur dit pas qui serait avec qui et où ils iraient s'établir. Ni comment ils s'y rendraient. Cela viendrait après leur formation d'une durée de quatre semaines qui débuterait le jour suivant et porterait surtout sur l'intégration maximale de leur nouvelle identité ainsi que sur les moyens utiles pour faire naître, soutenir et maintenir un noyau puis un réseau de résistance.

Le premier Britannique dit :

–Votre rôle sera double. Un : surveiller, sous le couvert de votre occupation –mais pas d'assez près pour ajouter aux dangers qui vous guetteront déjà– la collaboration française avec les Allemands dans votre secteur...

–Il n'y a pas de collaboration, il ne peut pas y avoir de collaboration, coupa sans gêne le Français.

–Il y en aura, intervint Passy, parce que les Français sont eux aussi des humains, pas des dieux.

L'Anglais reprit où il avait été interrompu :

–Ce n'est pas et loin de là l'essentiel de votre tâche. Vous aurez surtout, deuxièmement, à voir à la formation de noyaux de résistance, à les organiser en réseaux. Quelqu'un d'autre verra à les équiper.

–Difficulté majeure et première, dit le second Britannique, l'infiltration. C'est pourquoi le recrutement se fera uniquement par la voie des contacts individuels qui, comme des maillons, formeront une chaîne. Un premier résistant recrutera son beau-frère peut-être qui lui, recrutera un parent du côté de son épouse. Et ainsi de suite.

–Mais attention, la structure d'un réseau ne sera pas linéaire afin d'éviter une catastrophe par effet domino s'il devait survenir une délation ou une infiltration.

Le colonel Passy intervint :

–Messieurs, messieurs, inutile de tout mettre sur la table aujourd'hui. Nos amis les Canadiens subiront une formation de quatre semaines comme ils le savent déjà et qui les mettra au courant de ces choses au demeurant fort importantes. Ne brûlons pas les étapes !

Le second Anglais reprit :

–Messieurs les Canadiens, vous avez une heure pour

écrire à vos familles. Vous pourrez parler d'une formation en vue d'une mission spéciale, sans plus. Et dites que vous ne serez pas en mesure de leur écrire de nouveau avant la fin de votre formation, soit dans quatre semaines, ce qui nous amène au milieu du mois d'août.

–Et ce soir, dit le Français, aura lieu votre première et dernière sortie en ville. Vous y serez accompagnés de gardes anglais qui viendront vous prendre ici, à la porte du QG des F.F.L. Puis vous serez conduits quelque part en dehors de la ville en un endroit où votre formation débutera demain. Des questions ?

Samuel leva timidement la main :

–Nos familles. Qu'arrivera-t-il après notre formation ? Comment les rassurer alors que nous serons partis en terri-toire français et incapables de communiquer avec elles, et ce pour peut-être un an ou deux... ou pire jusqu'à la fin de la guerre ?

L'Anglais aux airs de Churchill échangea un regard avec l'autre aux sourcils roux et répondit :

–Mais vous serez en mesure de nous faire parvenir des messages pour vos familles. Par radio. Messages codés, il va de soi. Et que nous transmettrons aux vôtres au Canada sans attendre.

De l'autre côté de la porte du fond de la pièce, le grand personnage assis, souleva la main à plusieurs reprises en en-tendant ces mots. Puis il quitta son fauteuil et s'éloigna len-tement à pas feutrés.

Les Canadiens prirent le temps nécessaire pour écrire quand le matériel requis leur fut apporté puis ils remirent les lettres comme voulu. Et ce fut à peu près tout. L'on donna congé aux quatre jeunes hommes qui furent salués vivement, évasivement par le colonel Passy, et reconduits par son ad-joint aux autos qui les avaient amenés.

La réunion se poursuivit en leur absence.

–Reste à trouver le moyen de les faire mourir officiellement, dit un Anglais.

–Cela n'est pas requis avant la fin de leur formation, dit l'autre.

Le colonel Passy resté debout lança d'une voix convaincue mais désabusée :

–Il serait cruel de faire savoir à leurs familles qu'ils sont morts. Je continue de m'y opposer.

–Monsieur, fit le premier Britannique, mais c'est pour leur protection aussi bien que celle de notre entreprise. Et vous le savez autant que nous.

–Et puis ce sont des célibataires, tous les quatre, mon colonel, ajouta le Français qui approuvait les Britanniques à ce chapitre.

–Rien que ce docteur Goulet, il a une fiancée au pays. Elle l'attendra si elle le sait vivant, pas si elle devait être amenée à croire qu'il est mort. Nous allons briser des vies à faire un excès de zèle.

Tous les hommes se regardèrent pendant un moment puis le premier Britannique déclara sans sourciller :

–Dommage de guerre, monsieur, blessure de guerre ! Inéluctable !

Alors il prit les lettres des Canadiens dont on avait fait une pile et les déchira en plusieurs morceaux sous le silence pesant de l'assistance à laquelle s'était joint un grand personnage au nez important et qui restait dans l'ombre en gardant lui aussi le plus complet des silences...

*

Ce même soir, Samuel et Camilien marchaient dans les rues de Londres. On avait choisi pour eux un quartier chaud. Le soldat a besoin de goûter aux ultimes plaisirs qui lui font prendre une conscience plus aiguë de sa vie afin qu'il cherche par tous les moyens à la sauver quand plus tard, elle sera mise en péril. Ce qui toutefois ne surviendrait pour les quatre jeunes Canadiens qu'en septembre alors qu'ils mettraient le pied sur le sol français.

En attendant, ils seraient tout de même séquestrés loin de

la capitale, séparés de la possibilité d'envoyer des lettres ou des télégrammes à leurs familles, déprogrammés le mieux possible d'eux-mêmes et reprogrammés à l'intérieur d'une autre personnalité.

Des bars illuminés, des enseignes brillantes, un va-et-vient incessant, tout les invitait à la fête. Et souvent des jeunes femmes les approchaient et tentaient d'entrer en contact, mentionnant leur prix quand le sourire ne suffisait pas à accrocher ces gars de l'armée canadienne aux uniformes leur révélant quelques détails dont avaient vite fait de se servir les travailleuses de la rue pour attirer leur gibier.

Les quatre gars se tenaient ensemble, par paires de deux à la suite sur le trottoir, ignorant que des hommes en civil à la solde des services secrets britanniques les suivaient et les surveillaient à distance.

–Bon, on fait quoi, là, nous autres excepté marcher sur la rue ? demanda Alfred aux deux autres devant.

–Allons prendre un verre dans le premier bar venu ! suggéra Camilien.

Puisque la suggestion venait du prêtre, elle fit l'unanimité. Et l'on descendit les quatre marches d'un escalier qui menait à un sous-sol où était situé le bar portant le nom de *Blue Star*. C'était un lieu enfumé et bondé. Soldats, civils, jeunes filles, on y dansait, on y jasait, on y buvait à des tables petites, rondes et rapprochées les unes des autres. On en occupa une et une serveuse au sourire indifférent vint prendre la commande, qui mâchait du chewing-gum. Elle s'adressa à Samuel qui après un ou deux renseignements, opta pour une bière anglaise, suivi en son choix par les trois autres.

Il avait été défendu de dire le moindre mot au sujet de la mission acceptée par chacun. On pourrait le faire durant la période de formation, mais pas avant.

Mais le prêtre en glissa un mot indirectement :

–Les amis, je crois que nous devrions nous pratiquer à nous désigner par notre nouveau nom. Qu'est-ce que vous en dites ?

Au début, les novices investis d'une pareille mission deviennent un peu enfant et font preuve d'un manque flagrant de logique. Chacun s'imaginait confusément que les personnes présentes autour pourraient se souvenir d'eux et de leurs noms et que de plus, hasard impensable et impossible, ces gens-là seraient un jour questionnés à leur sujet par des espions du camp ennemi. Ça les mettait sur leurs gardes sans qu'ils ne sachent trop pourquoi.

–Bon, l'ami Dauphin, comment trouves-tu l'Angleterre ? demanda Tremblay dit Barbe.

–Où est la guerre ?

–Elle est déjà en nous autres, en tout cas, commenta Samuel Goulet dit Samuel D'Aubière.

–Et toi, Bergevin, quelle est ton opinion ?

Les gars se parlaient en français, ce qui intriguait les gens d'une tablée voisine comprenant trois jeunes femmes et un homme plus âgé.

–Vous parlez bien en français ? leur dit l'homme avec un accent britannique en s'adressant à Samuel.

–Nous sommes Français.

–Mais... sur vos épaulettes...

–Français du Canada, reprit Samuel.

L'homme s'esclaffa :

–Quelle drôle d'expression : Français du Canada. Si le général De Gaulle entendait cela, il serait mort de rire, c'est certain.

–Nous sommes plus de trois millions parlant français au Canada, dit le prêtre qui promena son regard sur les jeunes femmes.

L'homme parut ne pas comprendre et dit :

–Oh ! si je ne vous présente pas à ces demoiselles, elles seront furieuses contre moi. Voici donc ma fille Judith et ses amies Gladys and Margaret.

À Samuel, Judith rappela vaguement Catherine. Elle portait un ensemble robe et boléro en tissu à fond blanc imprimé de motifs géométriques de couleur marine. Et sa chevelure descendait par vagues serrées jusque sur la nuque à l'arrière. Toutes trois arboraient du rouge aux lèvres et du fard à joues et donnaient l'image de jeunes femmes à la mode du jour. Leurs sourires à elles non plus ne parlaient aucunement de guerre, et les esprits se sentaient à l'abri derrière l'insularité anglaise. Et pourtant, on ne put même pas entrer en conversation que les sirènes d'alerte se firent entendre : lamenteuses, insistantes.

–Encore un exercice, dit l'homme. À quoi ça sert donc ? Les Allemands ne viendront pas bombarder Londres, en tout cas pas les quartiers résidentiels. À tous les jours, on nous fait courir dans le métro. Par chance, ici, on est dans un sous-sol; autrement, il faudrait en trouver un pour s'y réfugier.

La musique était assurée par un pianiste aux allures de magicien, cheveux noirs et lisses, et moustache fine fendue par le milieu, qui s'arrêta de jouer et dit aux gens qui ne se parlaient presque plus et tendaient l'oreille avec une certaine inquiétude dans le regard :

–Il nous faut nous cacher sous les tables...

Ce fut un éclat de rire général. L'artiste reprit :

–C'est probablement un exercice, mais... mais si c'était vrai...

Histoire de s'amuser et parce qu'il était boute-en-train, le père de Judith dont les Canadiens ne savaient pas encore le nom s'écria :

–C'est pas un exercice, c'est pas un exercice : tout le monde à terre !

Il obtint une réponse immédiate et aux quatre coins de la pièce, soldats et civils s'accroupirent, et se mirent à quatre pattes au sol, y compris le pianiste sous le clavier de son instrument. Les derniers à obtempérer furent les Canadiens à qui leur interlocuteur avait d'abord dit qu'il s'agissait d'un exercice et qui le prenaient encore en riant tout comme aussi les trois jeunes filles.

–Faisons pareil, suggéra le prêtre, ou bien on va se faire remarquer inutilement.

Et il donna l'exemple. Quelques secondes encore et on pouvait se parler ou se taire dans la position des bêtes. Judith fit en sorte de se retrouver dans une sorte de tête-à-tête avec celui qu'elle préférait au premier abord parmi les quatre Canadiens. Ils se regardèrent, se sourirent, rirent et malgré le bruit persistant des sirènes, se parlèrent dans la langue de Shakespeare :

–C'est la première fois ?

–Quoi, ça ? fit-elle, les yeux espiègles.

–L'exercice.

–La première. Et toi ?

–Arrivé du Canada hier soir seulement. On ne joue pas encore ce petit jeu-là à Québec... encore moins dans mon village.

–Si c'est un exercice, ça ne va pas durer bien longtemps encore.

–Sinon, ce pourrait être un premier bombardement sur la ville ?

–Hum hum...

–Tu sais, on devrait prendre nos verres et trinquer ici.

–Bonne idée !

Et chacun étira le bras, s'empara de son bock et le ramena sous la table. Il secoua la tête, sourit de nouveau puis ils trinquèrent comme prévu en se regardant sans trop se voir. Puis il dit :

–Si on m'avait dit il y a un mois que je me retrouverais ce soir ici à boire sous une table avec une jeune Anglaise de qualité, j'aurais éclaté de rire.

–Si on m'avait dit, à moi, que je trinquerais de cette façon avec un beau jeune Canadien parlant français, j'aurais ri tout autant.

–La guerre n'a pas que des désavantages, on dirait.

–Si maman me voyait...

–Ma mère aussi s'étonnerait.

Ils burent encore un peu. Elle ajouta :

–Et ton épouse donc !

–Il n'y a pas d'épouse, mais...

Samuel ne put en dire davantage. Le père de Judith cria à pleins poumons :

–L'alerte est déjà finie. Les Chleuhs (*Allemands*) sont repartis voir Hitler.

En effet, les sirènes s'étaient tues. Et les fêtards se relevaient lentement, hésitant, peu enclins à croire qu'il s'était agi d'une véritable alarme.

–À force de crier au loup pour rien, dit le quinquagénaire, quand le loup sera là pour de vrai, personne n'y prêtera attention. Et alors, des moutons innocents se feront déchiqueter...

–Mais ils annoncent tous les exercices à la B.B.C., papa, voyons !

–C'est pas tout le monde qui se colle l'oreille au poste de radio tous les jours, ma chère fille.

–Nous devrions rapprocher nos tables pour fêter ça, suggéra le prêtre. Et pour se connaître mieux.

–Attention à mes protégées, là, vous autres ! prévint le père de Judith qui répondait au nom de Archie.

–Soyez tranquille, monsieur, je suis curé. Et je les surveille, eux autres qui ne le sont pas.

–Très bonne idée de rapprocher nos tables, même si tu n'étais pas curé.

Ce qui fut vite fait et quand l'on fut sur le point de se rasseoir, l'Anglais obtint l'attention de tous par un geste imposant du bras et de la main :

–Là, l'Angleterre va souhaiter la bienvenue au Canada, ce grand pays d'Amérique.

–Et la France aussi ! s'exclama Jérôme sans y penser.

–La France serait-elle ici ? demanda Archie, le sourcil froncé et le bock haut.

–L'Angleterre nous prête...

Le jeune homme fut brusquement interrompu par Samuel qui du même coup lui serra fort un bras :

–Vous savez, on est des citoyens britanniques, mais il nous coule de la vieille France dans les veines. Beaucoup de la vieille France...

–Ah, mais oui ! Faut surtout pas oublier ! Et trinquons à l'Angleterre, au Canada et... à la France. Vive la France... libre ! Et vive le Canada !

On l'entendit d'un peu partout et des applaudissements s'adressèrent au groupe. La pianiste recommençait à jouer quelques notes éparses.

L'on but. Il s'échangea bien des regards en ces courts moments : Camilien jeta le sien sur Judith, Judith sur Samuel puis son père, Archie sur Alfred, Alfred sur Gladys, Gladys sur Margaret puis Jérôme et Margaret nulle part et dans le vague enfumé de cette salle comble.

Ce fut une soirée mémorable. Agréable. On jasa, on se définit un peu. Jérôme dansa avec Gladys; Margaret avec Alfred; et Judith avec Samuel. On se quitta aux petites heures en se promettant de se revoir et en s'échangeant adresses et numéros de téléphone. Il fallut bien dire aux Anglais qu'il ne serait pas possible de leur donner des nouvelles au cours du mois suivant puisqu'on serait à l'extérieur de la ville pour y faire de l'entraînement.

–Peut-être que vous pourrez nous téléphoner de là-bas ? fit Archie qui fut le dernier, dehors, à serrer la main des jeunes Canadiens.

–On va sûrement essayer, dit Camilien.

Archie hocha la tête en le regardant de pied en cap pour le mieux toiser :

–Toi, un prêtre catholique : j'ai encore bien du mal à le croire.

–C'est pourtant vrai ! affirma Samuel.

Judith avait accompagné le docteur toute la soirée. Quand s'était approchée l'heure du départ, elle lui avait glissé à l'oreille qu'elle se sentait bien en sa compagnie. Il lui avait rendu la pareille. Et en ce moment ultime, elle lui redit le même secret dans un geste qui leur valut des exclamations joyeuses de tous et surtout du père de la jeune femme.

Et on s'éloigna.

–Ouais, fit Jérôme quand ils furent hors de portée de voix, si on revient à Londres, tu pourrais... passer des belles heures avec Judith.

–Parle pour toi avec Gladys, moi, j'ai quelqu'un qui m'attend au Canada.

–Ça l'empêcherait pas d'attendre ! lança Alfred.

–Attention, les amis, dit le prêtre, ne semez pas la zizanie dans le coeur du docteur !

–La quoi ? fit Jérôme.

–La confusion. C'est un homme de fidélité et voilà une qualité admirable.

–T'inquiète pas, Camilien, je sais ce que je dois faire et je le ferai jusqu'au bout, même si je dois patienter durant deux ou trois ans.

–Parlez-moi de ça !

Et les Canadiens montèrent dans les voitures qui les attendaient pour les conduire le soir même à leur camp d'entraînement, autos qui contenaient déjà tous leurs bagages. On se mit aussitôt en route et ceux qui avaient pour mission de les surveiller en douce disparurent dans la nuit londonienne. L'un d'eux nota le numéro de plaque d'immatriculation de la voiture d'Archie et dans les jours suivants, on enquêterait sur lui et sur les jeunes filles se trouvant à sa table ce soir-là. Si on avait su ce qu'ils avaient dit aux Canadiens durant la soirée, on aurait pu se rendre compte que tout concordait et qu'il s'agissait bel et bien d'Anglais typiques au-dessus de tout soupçon, Archie travaillant au ministère de l'Agriculture, sa fille agissant comme infirmière dans un hôpital et ses deux amies des secrétaires dans des entreprises privées. Mais en temps de guerre, on n'est jamais trop sûr...

Tout le long du voyage, Samuel laissa son coeur s'envoler non point vers Judith et le groupe, mais par delà l'Atlantique vers Saint-Sébastien. Mais s'il parvenait à se sentir près d'elle, il n'arrivait pas à se sentir près de ce docteur campagne qu'il avait été auparavant et depuis quelques années trop courtes...

***

Chapitre 23

Chaque jour que le bon Dieu amenait et qu'elle n'était pas sur la route, Catherine allait voir à la boîte à malle au chemin, même si le postillon du roi qui de surcroît ne passait que deux fois par semaine, ne l'avait pas tournée pour signaler du courrier à l'intérieur. Peut-être avait-il oublié de le faire, se disait-elle.

Et quand sonnait le téléphone, ce n'était jamais pour entendre le chef de gare de Saint-Samuel lui faire lecture d'un télégramme, mais invariablement Clara Goulet qui lui demandait en vain des nouvelles de Samuel dont elle-même et sa mère adoptive étaient cruellement privées depuis son départ.

On accusait bien entendu la largeur de l'océan.

On accusa aussi les Allemands qui avaient peut-être coulé le bateau qui transportait le courrier et les lettres de leur cher médecin-soldat.

Catherine s'entretint avec Armandine. Pas une seule fois il ne fut question de sa tournée des portes dont la femme avait eu vent pourtant. Mais pour l'heure, cela prenait allure de détail à côté des difficultés de s'adapter au vide laissé par le départ de Samuel. Et en son for intérieur, la sexagénaire comprenait que c'était là une façon, peut-être la meilleure pour sa future bru, de se battre contre l'ennui et la douleur morale. Bien entendu qu'elle la savait solidement éprise de son fils depuis l'affaire Bougie et avant.

Août entra dans le décor avec ses nuits fraîches et ses préparatifs aux changements de saison. Les arbres semblaient converser entre eux, tout doucement, en balançant la tête comme des hommes parlant de leurs occupations de la semaine sur le perron de l'église après la messe du dimanche. Les jardins potagers rendaient un dernier et puissant effort pour donner le meilleur d'eux-mêmes. Et les animaux de ferme broutaient davantage, comme s'ils avaient craint de manquer de cette herbe qui poussait moins et qui se ramassait des réserves d'énergie sous la surface du sol pour affronter les rigueurs à venir.

Les journaux et la radio apportèrent une nouvelle qui indifféra ceux que la guerre ne touchait pas de proche, mais atterra les autres. L'aviation allemande venait de bombarder certaines villes anglaises de la côte. Prélude à l'invasion des îles britanniques, titraient également certains journalistes. On parlait d'objectifs militaires : ports de mer, terrains d'aviation, camps. Mais l'on appréhendait des bombardements sur le moral des Anglais, c'est-à-dire sur leur tête même. Avec les Nazis, on pouvait s'y attendre. Quelqu'un prédit que pour moucher l'orgueil de Winston Churchill, Hitler ordonnerait à Goering d'envoyer sa Luftwaffe déverser bombes et obus sur la capitale anglaise elle-même : Londres la fière.

*

Par un beau samedi après-midi, Catherine visita les Goulet en passant par le chemin de la concession avec son tandem sans s'arrêter nulle part. Elle avait l'intention de confier un secret à Armandine et de lui demander conseil à ce propos. On l'attendait. Elle avait téléphoné la veille.

–On aurait pu aller te voir, nous autres, en automobile, lui dit Armandine en lui ouvrant. Ça serait bien moins fatigant pour toi.

–Vous savez mener une machine, madame Goulet ?

–Tu sais bien que non; mais on aurait pris Luc Grégoire pour chauffeur. Il connaît son affaire, même s'il a rien que dix-huit ans. Comme disait Samuel : c'est pas un fou du volant. Et puis tu sais, il a donné deux leçons à Clara déjà. Il dit qu'avant la fin de l'été, elle va être capable de se débrouiller toute seule et aller partout. Il dit qu'elle va être la plus jeune 'jeune fille' à être capable de conduire une machine dans la province de Québec.

–Clara est ici ou à sa leçon de piano ?

–Entre, viens, on va s'asseoir au salon. Non, elle est partie avec son amie Huguette, mais pas pour longtemps : elle avait assez hâte de te voir. Assieds-toi.

Catherine prit une place sur le divan et la femme s'assit sur le fauteuil en biais, de manière à ce qu'elles puissent se parler sans devoir tourner la tête.

–Avant tout, j'ai une promesse à remplir. C'est Bernadette qui m'a fait jurer de te dire d'aller la voir. Elle ne va pas venir nous déranger, mais elle aimerait bien te dire un mot. Rien qu'une minute, qu'elle a dit.

–J'y manquerai pas en repartant.

Armandine leva les deux index et les pointa sur la visiteuse :

–Et toi, attends-toi pas de repartir avant demain matin. D'abord que tes deux enfants sont sous bonne garde comme tu me le disais hier au téléphone.

–J'voudrais pas déranger, moi non plus.

–Tu sais : c'est comme si c'était Samuel lui-même qui me rendait visite. Alors...

–D'accord !

–Ça va nous donner tout le temps de tout se dire.

Bien qu'elle eut voyagé en tandem, Catherine avait endossé des vêtements propres, non troués, pantalon gris et chemise à carreaux rouges sur fond noir. Mais, prévoyante, elle avait aussi apporté une robe de rechange, soigneusement pliée dans sa petite valise brune qu'elle avait laissée au bord de la porte en entrant. Elle voulait paraître féminine s'il advenait qu'elle assistât à la messe avec les Goulet le lendemain.

Et elles parlèrent un temps des classes sur le point de recommencer, et de la hâte qu'avait Clara, mais aussi Carmen et Lucien, de retourner à l'école. Il fut question du bureau de Samuel qui restait bien mort toute la semaine, mais qui bourdonnait d'activités les deux jours où les remplaçants y venaient recevoir la clientèle.

–Depuis que les affaires ont repris, y a pas mal plus de monde pour se faire soigner. Les gens ne sont pas plus malades, mais un peu plus attentifs à eux-mêmes.

–On dit que dans toutes les paroisses, des gens sont morts durant la crise faute de s'être fait soigner ou d'avoir trop attendu par manque d'argent.

–Et Dieu sait si Samuel et, je pense, les deux autres docteurs, avaient la main douce sur le crayon pour faire leurs factures.

–Le père de Clara a vécu ça : vous le savez tout comme moi.

–C'est le destin, Catherine, pas la mauvaise volonté. On peut pas trouver meilleur homme que Roméo Boutin, tu penses pas, et pourtant, il s'est trompé lui aussi.

La jeune femme regarda au loin. Il lui paraissait qu'une éternité avait coulé sous les ponts depuis la mort de Maria. Les périodes de grands changements ou parsemées d'événements marquants faussent les perceptions de la mémoire. Elles accélèrent le temps, mais quand elles ont vécu, elles superposent des couches de ce temps au-dessus d'elles et donnent l'impression qu'une longue distance les sépare du moment présent. Voilà le tour que le passé récent jouait à Catherine. Cet instant de réflexion fut écourté par l'arrivée joyeuse de Clara qui avait l'habitude de chantonner avant d'entrer pour manifester sa présence : une manière bien à elle de se montrer polie.

–Mon Dieu, fit Catherine qui se rendit l'accueillir, on dirait qu'elle grandit chaque mois, elle.

–Pourtant, elle mange comme un petit poulet.

–C'est qu'elle mange les bonnes choses.

–Ça, c'est sûr ! Légumes, viande, bon pain, des oeufs et pas trop de sucrage : si c'est mauvais pour les dents, c'est mauvais pour tout le corps.

Catherine prit l'adolescente par les épaules et la détailla de pied en cap :

–Et comme t'es bien habillée !

–C'est m'man qui m'habille.

La jeune fille portait une robe de couleur crème avec des triangles bourgogne perdus çà et là dans le tissu. Et un col à frisons. Et des petits souliers noirs en cuir luisant.

–Notre Clara, on lui a acheté des sous-vêtements de femme, tu sais.

L'adolescente rougit malgré sa pâleur naturelle et suivit Catherine qui reprit sa place. Clara s'assit à l'autre bout du divan.

–C'est ça, quand on grandit, ben il faut s'habiller comme une grande.

–Vous êtes allées où, toi et Huguette ?

–Chez elle.

–Tu devais pas aller au cimetière cet après-midi ?

–Je vais y aller demain.

Armandine s'adressa à Catherine, le regard luisant :

–Le savais-tu ? À toutes les semaines quand il fait beau temps, le printemps, l'été, l'automne, notre Clara va prier sur la tombe de sa mère. Je trouve ça beau. Si édifiant. Et je suis tellement contente de la voir faire cela.

–Vous avez bien raison. Et je te félicite, Clara. C'est ça, avoir du coeur. C'est ça, se souvenir.

–Mais l'hiver, j'y vais pas.

–Ça se comprend : faudrait que tu te chausses avec des raquettes.

Ce fut un rire léger et la conversation prit un autre tour.

–Vous savez ce que j'aimerais le plus ? reprit Catherine. Ce serait de vous entendre chanter toutes les deux. Comme déjà... naguère. Il me semble que ça nous ramènerait l'esprit de Samuel, qu'est-ce que vous en dites ?

Armandine et sa fille s'échangèrent un regard de complicité et d'assentiment.

—Trouve quelque chose, Clara, et je me mets au piano. Ce sera la première fois qu'on chante depuis le concert.

—Et savez-vous, on devrait aller chercher Bernadette : comme ça lui ferait plaisir !

—Bonne idée ! Je lui téléphone le temps que Clara trouve une ou deux chansons de circonstance. Mais pas plus que deux, hein ! Pour se faire plaisir et pour pleurer un peu par l'intérieur...

Clara alla chercher les albums au petit meuble brun qui les contenait et les rapporta tous, et les mit entre elle et Catherine.

—Tu veux que je cherche aussi ?

—C'est pour ça que je les mets là. On en trouve chacune une...

—O.K !

Clara hésita un moment entre *Les deux coeurs* et *Sylvio Pellico*. Elle les connaissait toutes les deux et sa mère aussi. Quant à Catherine, elle opta pour *Près d'un berceau* dont Clara lui dit qu'elle la savait aussi.

Et bientôt, Armandine revint au salon. Il suffit de quelques courts instants de bavardage pour que Bernadette arrive en parlant à travers la moustiquaire puis en entrant comme on lui avait dit de le faire sans frapper.

—Si c'est pas ma belle Catherine ! Ah, chaque fois que je te vois, je vois notre Samuel à tous nous autres, là. Les deux font la paire comme on dit.

Les deux femmes se serrèrent la main.

—Viens t'asseoir sur le divan avec Catherine, Bernadette. Nous autres, à la demande de Catherine, on va peut-être chanter une ou deux chansons pour se rappeler des bons souvenirs.

—Si c'est des bons souvenirs !

—On inviterait bien toute la paroisse comme l'autre jour, mais il manquerait de place dans le salon.

—J'vous pense ! Mais je vas écouter au nom de tout le monde : soit dit sans prétention, là ! Pis toi, Catherine, t'es venue en bicycle : ça prend donc des bonnes jambes ! Moi, avec les miennes, je ferais même pas la moitié de la côte du Grand-Shenley... à moins de la faire en descendant...

—Même là, faut des bonnes jambes pour "braker". Samuel a failli se casser le cou au bas de cette côte-là,

—Oui, oui, j'ai entendu parler de ça. Mais c'est pas d'hier, hein, ça !

Pendant que les deux échangeaient des propos frivoles, Armandine se glissait sur le banc du piano et Clara mit devant elle l'album à la page de *Les deux coeurs**.

—C'est un bon choix : je l'aime bien, celle-là. Et puis tiens, on va la dédier à Catherine et Samuel.

Clara se mit à côté, dos tourné à son public car elle ne connaissait pas les paroles par coeur et devrait suivre, elle aussi, dans le cahier vert. Armandine reprit :

—Et tout à l'heure, on va ouvrir une bonne bouteille de vin de cerise. J'aurais dû le faire avant, mais...

—On va attendre, on va attendre, dit Bernadette. Là, on a hâte de vous entendre. Hein, Catherine !?

—Certain !

Et les notes commencèrent. Puis le duo entama l'air :

Le coeur que tu m'avais donné
Ma douce amie, en gage,
Ne l'ai perdu ni détourné,
Ni mis à fol usage.
L'ai mêlé tant et tant au mien,
Que ne sais plus quel est le tien.
Pourquoi vouloir les diviser,
A ce penser, je tremble,

*paroles de H. Ducas

313

Sans effort pourrait-on briser
Le noeud qui les rassemble !
Sans effort pourrait-on priser
Le noeud qui les rassemble !
Il faudrait déchirer le mien,
Hélas ! peut-être aussi le tien,
À les séparer désormais,
Nous souffririons l'un l'autre,
Laissons-les unis pour jamais,
Ce destin est le nôtre;
Ne cherchons plus quel est le tien,
Ne cherchons plus quel est le mien.

Et Armandine termina par un crescendo musical qui mettait la note finale à la chanson :

–C'est court, mais c'est ça !

–Mon doux Seigneur, je pense que je m'en vas verser une larme, dit Bernadette.

Au fond, chacune d'entre elles quatre, d'une certaine manière s'imaginait être le deuxième coeur de la chanson. Et celui de Samuel l'autre. Armandine dans un sentiment de filiation. Bernadette dans celui de l'amitié. Catherine à travers l'amour. Et Clara dans un sentiment que ni elle-même ni personne n'aurait su et pu définir.

Elle tourna les pages du cahier à la chanson choisie par Catherine qui avait déclaré avoir été conquise par les paroles puisque de toute façon, elle n'en connaissait pas la mélodie. Et le duo chanta *Près d'un berceau.**

Comme un pêcheur, quand l'aube est près d'éclore,
Court épier le réveil de l'aurore,
Pour lire au ciel l'espoir d'un jour serein,
Ta mère, enfant, rêve à ton beau destin !

*paroles de M.A. Nettement

Ange des cieux, que seras-tu sur terre ?
Homme de paix, ou bien homme de guerre ?
Prêtre à l'autel, beau cavalier au bal ?
Brillant poète, orateur, général ?
    En attendant, sur mes genoux,
    Ange aux yeux bleus, endormez-vous,
    En attendant, sur mes genoux,
    Ange aux yeux bleus, endormez-vous.

Tandis qu'elle chantait et jouait, Armandine s'interrogeait sérieusement à propos de Catherine. Pourquoi avoir choisi cette chanson et pas une autre parmi les cinq cents des albums de l'abbé Gadbois ? Le 'pire' pouvait-il être survenu ? Et si son fils l'avait mise enceinte avant de s'en aller, poussé par les sentiments exacerbés du moment ? Plus grave encore, si cela s'était produit peu avant son départ, la jeune femme n'aurait pas pu le lui annoncer, faute de le savoir elle-même. Et comment pourrait-elle le faire, maintenant qu'on restait sans nouvelles de lui ? De toute façon, si un enfant devait naître d'eux hors mariage, quel épouvantable scandale dans la paroisse ! Encore que Catherine n'y demeurait pas, mais ça se saurait. Quelle incitation ! Quel exemple ! Il ne fallait pas que cela se produise, mais...

Et par-dessus tout, quelle déception pour monsieur le curé ! La venue de Samuel, c'était son plus beau fleuron, à ce prêtre si soucieux...

Son oeil le dit, il est né pour la guerre !
De ses lauriers comme je serai fière !
Il est soldat, –le voilà– général,
Il court, il vole, il devient maréchal !
Le voyez-vous au sein de la bataille,
Le front radieux traverser la mitraille ?
L'ennemi fuit, tout cède à sa valeur.

Sonnez, clairons ! Car mon fils est vainqueur !
En attendant, sur mes genoux,
Ange aux yeux bleus, endormez-vous,
En attendant, sur mes genoux,
Ange aux yeux bleus, endormez-vous.

Clara dans sa candeur de jeune adolescente et Bernadette dans sa naïveté bon enfant n'auraient jamais pu imaginer que la veuve puisse attendre un bébé. Aucun cas semblable ne s'était jamais vu, jamais parlé. Et s'il en était advenu quelques-uns, les familles concernées les avaient si soigneusement cachés que personne, même les dames aux nez les plus fins du cercle des Fermières, n'en avait jamais rien pu affirmer sans risquer de tomber dans la calomnie la plus pure, un péché presque aussi grave que celui de la chair, affirmaient les pères de retraite.

Mais non, mon fils ! Ta mère en ses alarmes
Craindrait pour toi le jeu sanglant des armes.
Coule plutôt tes jours dans le saint lieu,
Loin des périls, sous les regards de Dieu !
Sois cette lampe, à l'autel allumée,
De la prière, haleine parfumée;
Sois cet encans qu'offre le Séraphin
À l'éternel avec l'hymne divin !
En attendant, sur mes genoux,
Ange aux yeux bleus, endormez-vous,
En attendant, sur mes genoux,
Ange aux yeux bleus, endormez-vous.

Catherine Bussière se savait enceinte, elle. Et elle avait dessein d'en révéler le secret à la mère de Samuel ce jour-là ou le lendemain si elle devait coucher. Jamais ses menstruations n'avaient retardé; jamais surtout elle n'avait sauté un

316

mois. Elle portait un enfant depuis la veille de la Saint-Jean après le concert et donc depuis six semaines. À moins que le choc de la séparation n'ait agi sur son métabolisme, mais ça lui paraissait bien peu probable.

Armandine et Samuel avaient évoqué cette possibilité. À mots un peu couverts mais pas complètement. Après tout, on était dans une famille de médecins, les premières à appeler les choses par leur vrai nom...

La femme s'en rappelait en ce moment même. Elle avait abordé la question avec lui quelques jours avant son départ. La scène s'était déroulée là même, au salon, en l'absence choisie de Clara.

"Des amoureux se dépêchaient de s'épouser avant que le jeune homme parte à la guerre, mon cher fils. Tu ne le fais pas, toi, mais... mais tu ne te comportes pas avec Catherine comme tu le ferais avec une épouse, n'est-ce pas ?"

"Maman !"

"L'esprit est fort, mais la chair est bien faible !"

"Et si jamais... vous savez bien qu'un docteur sait comment éviter le pire en ces choses-là."

"Ah bon, tu as de l'expérience !"

"Je n'ai pas dit ça, j'ai dit que je savais comment agir."

"Quand un homme est sur le bord de... y'a plus rien d'autre qui existe pour lui : c'est plus fort que son vouloir, comme dit Séraphin Poudrier à un autre sujet. Les grosses familles, c'est pas pour rien..."

"L'Église y est pour quelque chose, maman, vous le savez tout comme moi. Même papa le disait souvent."

"Tu as entendu ça toi !"

"J'ai entendu ça, moi !"

La femme se reprit de quelque attention pour son chant.

Pardon, mon Dieu ! Dans ma folle tendresse,
J'ai de vos lois méconnu la sagesse,

Si j'ai péché, n'en punissez que moi;
J'ai seule en vous, Seigneur, manqué de foi;
Près d'un berceau, le rêve d'une mère
Devrait toujous n'être qu'une prière !
Daignez, mon Dieu, choisir pour mon enfant;
Vous voyez mieux, et vous l'aimez autant.
Et toi, mon ange aux yeux si doux,
Repose en paix sur mes genoux,
Et toi, mon ange aux yeux si doux,
Repose en paix sur mes genoux.

Quand ce fut terminé, Bernadette essuyait ses larmes avec son mouchoir rose tout neuf.

–Tu es sensible, on dirait.

–C'est les paroles. Moi, je pense que j'aurai jamais la chance de me trouver près d'un berceau comme le dit la chanson. Je veux dire avec un petit ange rien qu'à moi dedans. Une chance que j'ai eu la petite Lise à garder : ça m'a fait goûter la joie de voir un enfant courir et s'amuser dans ma maison.

Catherine demeurait impassible. Figée. Blanche et muette. Il y avait en elle des larmes brûlantes prêtes à couler, mais elle les savait induites par de la tristesse non par de la joie.

Clara trouva la page de la dernière chanson au court programme de ce jour et mit l'album devant sa mère adoptive. L'illustration de *Silvio Pellico** faisait voir un homme enfermé derrière des barreaux et une hirondelle passant devant sa fenêtre. Sans s'expliquer pourquoi, c'est Samuel que la jeune fille voyait en ce personnage dessiné.

Chanson triste aussi, plus encore que la précédente, les deux artistes la livrèrent en beauté et Armandine glissa sa voix sous celle de Clara pour lui laisser tout l'espace. Et cette pauvre Bernadette dut de nouveau avoir recours à son mouchoir.

paroles de A. Du Camp

318

Chère et douce hirondelle
Au col noir,
Messagère fidèle
De l'espoir,
Oh ! viens sur ma fenêtre
Te poser,
Je cesserai peut-être
De pleurer.
L'âme attendrie,
J'entends ta voix;
C'est ma patrie
Que je revois.
L'âme attendrie,
J'entends ta voix;
C'est ma patrie
Que je revois.

Au troisième couplet, Armandine dut cesser de chanter et Clara termina seule.

Hirondelle frileuse,
Si tu vas
Baigner de ton aile heureuse
Tout là-bas,
Porte à ceux que j'adore
Quelques fleurs
Tout humides encore
De mes pleurs

Quelques secondes plus tard, tous les yeux dans la pièce pleuraient. Puis chez Armandine, les larmes virèrent au rire :
—As-tu vu pire ? Tant d'émotions dans un salon...

–C'est la faute à monsieur Samuel, dit Bernadette qui se mit à rire aussi tout en essuyant ses joues.

Clara alla trouver Catherine et s'assit près d'elle. Toutes deux en un mouvement spontané se prirent la main pour se réconforter mutuellement. Mais elle demeurèrent silencieuses.

Puis Armandine sauta sur ses pieds :

–Assez chanté ! On se fait du mauvais sang. La prochaine fois, Clara, faudra choisir des airs plus gais. Et là, madame Mandine va fricoter à souper. J'ai besoin d'une aide, une seule : des volontaires ?

Toutes les trois levèrent la main.

–J'ai le choix, à ce que je vois. Je vais prendre...

Bernadette éclata de rire :

–J'y pense, mais c'est comme si je m'invitais à souper.

–Parfait ! Parfait ! T'es quasiment de la famille. Pour ta punition, tu vas venir m'aider et on va laisser Catherine et Clara jaser ensemble. Et puis vous deux, vous irez au bureau de poste quérir la malle du soir... pas là mais plus tard. Et toi, Bernadette, on va pas te réclamer pour le dépaquetage ?

–Le samedi soir, c'est Armand qui prend ma place avec Freddé.

–Dans ce cas-là, tu restes avec nous autres.

–Berthe va s'occuper de notre Lise.

C'est ainsi que se développa une demi-journée agréable et saine. Catherine remit au lendemain son projet de révéler son secret à la mère de Samuel. Quand vinrent les cinq heures, elle et Clara s'en allèrent au bureau de poste. La veuve attira l'attention de plusieurs. Car tous de la paroisse la connaissaient de vue en raison de son implication dans l'affaire Bougie. Et parce qu'elle était fréquentée par le docteur Goulet, on lui mettait sur la tête l'auréole de vedette.

Armand Grégoire délaissa son travail au bureau de poste pour aller lui parler, qui attendait avec l'adolescente près de la montre des cosmétiques.

–Si c'est pas notre belle madame Bussière ! Comment qu'elle va, madame Catherine ?

Elle serra la main tendue, répondit :

–La santé est bonne, mais... on peut pas tout avoir.

Il comprit l'allusion au départ de Samuel, dit :

–Faut qu'une personne s'éloigne pour qu'on se rende compte à quel point on tient à elle.

L'homme touchait deux coeurs à la fois. Clara réagit fortement sans rien laisser transparaître. Catherine avoua son désarroi :

–L'éloignement, c'est rien s'il y a retour.

–Ah, fit Armand en levant les yeux et en faisant une moue de certitude, si on pense à la même personne, craignez pas, il va revenir. C'est écrit dans le ciel.

Ces derniers mots rendirent Clara encore plus songeuse et elle les égrenait dans sa tête : c'est... écrit... dans... le... ciel...

Le magasin était bien moins bondé le samedi soir que les soirs de semaine, mais il y avait quand même quelques badauds et parce qu'ils se faisaient rares, ils pouvaient mieux écouter les propos échangés près de la sortie.

Parmi eux, Pit Roy qui se chargerait dans les heures suivantes d'ébruiter tout ce qu'il avait ainsi entendu. Et d'en remettre un peu sans doute.

Soudain, une voix terrible se fit entendre. Tous s'arrêtèrent, le coeur battant. C'était Freddé qui criait à son frère :

–Armand, viens icitte un peu...

Le personnage interpellé secoua la tête :

–C'est qu'il veut. Il savait que je venais vous parler... Je vais voir...

Il se dirigea vers l'entrée du bureau de poste en marchant de son pas le plus long, le dos légèrement voûté, le front un peu soucieux, le teint rougeaud. C'est un autre personnage au visage rougi par son métabolisme et en ce moment même par un événement important qui l'accueillit, soit l'aveugle

Lambert qui attendait le courrier à l'intérieur même du bureau, à un comptoir amovible et qui dit :

–C'est la nouvelle de l'année. Où c'est qu'on s'en va, où c'est qu'on s'en va ?

–J'arrive, dit Armand.

–Reste là, ordonna Freddé. C'est juste pour te dire...

L'homme baissa le ton et regarda par-dessus ses lunettes vers l'autre bout du magasin avant de reprendre :

–C'est pas une trop bonne nouvelle pour eux autres, là.

–Qui ça ?

–Ben la blonde à Samuel Goulet pis la Clara.

–C'est qu'il arrive ?

–Je viens de prendre ça à radio... gros bombardement sur la ville de Londres.

–C'était pas écrit dans le Soleil.

–Ben non... c'est arrivé durant la nuit. Ben à matin pour nous autres.

Armand émit un long 'ouais' et dit à mi-voix en parlant visiblement de Catherine et Clara :

–On leur dit ? Vont le savoir anyway. Si c'est pas nous autres, ça sera par quelqu'un d'autre.

–Dis-leur que... c'est un petit bombardement... aux alentours de la ville... Pis fais-leur comprendre que Londres, c'est plus gros que le village de Shenley, ça.

*

Il plana au-dessus du repas du soir un nuage sombre et on ne parvint pas à retrouver l'atmosphère de l'après-midi, car la tristesse avait changé de couleur et se teintait maintenant de profonde inquiétude.

À telle enseigne que Catherine changea d'idée et prit la décision de ne pas parler à la mère de Samuel de sa grossesse probable. Quelque chose d'indéfinissable l'en empêchait encore.

***

322

Chapitre 24

Le 24 août 1940

La Cadillac 12 du curé Ennis stoppa devant la porte des Goulet. Le prêtre resta un moment sans bouger, comme ayant l'air de réfléchir et de gonfler l'armature de sa volonté puis descendit sous le regard inquisiteur de la femme Lambert et l'oreille encore plus attentive de son mari aveugle.

–Deux fois qu'il vient aujourd'hui : c'est qu'il se passe, veux-tu ben me dire, ma femme ?

Le couple se tenait à la fenêtre et il épiait l'évolution des choses de l'autre côté de la rue. Elle dit :

–Je vas téléphoner à Bernadette : elle sait peut-être un peu quelque chose.

Ce qu'ils ignoraient toutefois, c'est que le curé était aussi venu la veille, mais de noirceur et à pied, sur appel de la femme Goulet.

–Bernadette, c'est madame Lambert qui parle... saurais-tu c'est qui se passe à côté de chez vous, là, toé ?

–Non... sais pas, y a-t-il quelque chose de pas pareil que de coutume ?

–Ben... à côté de chez vous... monsieur le curé... ça fait deux fois qu'il vient chez madame Goulet... pis en machine à part de ça. T'as rien entendu ?

–Là... sais pas du tout, pas du tout ! Pas des méchantes nouvelles, toujours ?

On supputa pendant quelques instants et du coup, la démangeaison de la curiosité s'empara de toute la personne de Bernadette. Elle dit :

–Je m'en vas téléphoner à madame Catherine à Saint-Sébastien : peut-être qu'elle sait quelque chose, elle. Si c'est en rapport avec Samuel... Mais non, si c'est le pire, elle sera complètement morfondue... Je vas aller faire un tour sur mon parterre et attendre que le curé sorte... Non, ça serait peut-être me faire prendre pour une senteuse, pire, pour une... une... Ah, mon doux Seigneur, que je me sens mal ! Si faut que... que notre bon docteur soit mort...

Une voix cria derrière elle, que la femme Lambert reconnut pour celle d'Armand :

–Prends donc ton mal en patience, Bernadette, on va ben finir par savoir. En attendant, faut attendre.

–En attendant, faut attendre; en attendant faut attendre, grommela Bernadette. Je voudrais ben te voir, toi, dans la peau d'une femme.

Quand madame Lambert eut raccroché, son mari déclara sur un ton presque péremptoire :

–Je dis que le docteur Goulet va mourir de sa belle mort, pas à la guerre de l'autre bord.

–Tais-toé donc Poléon ! Tu prédis la température des mois d'avance, t'arrêtes le feu pis le sang, tu soignes les coliques des chevaux, mais tu vois pas assez clair en avant de toé pour savoir comment c'est qu'une personne va mourir pis quand. Parce que ça serait de la devinâtion...

–Pas de la devinâtion, de la divinâtion...

–C'est pareil : un péché... pis un péché important...

–Tu dis ?

–Je dis.

–Eh ben !

–Viens sur la galerie avec moé, on va se faire voir. Peut-être que quelqu'un va nous parler... Quen, regarde donc : y'a la petite Jeanne d'Arc qui s'en vient avec son beau grand Luc Grégoire...

Les Lambert sortirent de chez eux. Bernadette sortit de chez elle. Et le couple de jeunes gens s'amena à la Cadillac et se mit en attente sans dire un mot, l'air grave et triste. La jeune fille prit la main de son amoureux dans un geste caché par l'auto et par leurs corps plutôt rapprochés et presque appuyés contre la tôle noire du gros véhicule au repos.

–Luc, Luc, cria Bernadette en s'amenant au pas de course, le dos voûté et la démarche égrianchée.

Le jeune homme dit à Jeanne d'Arc à mi-voix :

–Ma tante Bernadette, elle va nous poser des questions, mais...

–Faut rien dire : monsieur le curé veut pas.

La femme curieuse arriva à bout de souffle :

–Voulez-vous ben me dire où c'est que vous allez comme ça à midi, vous deux ?

–On le sait pas, dit aussitôt Jeanne d'Arc. C'est monsieur le curé qui nous a demandé de venir.

–Ben oui, mais...

–On le sait pas, ma tante, répéta Luc. Vous le demanderez à monsieur le curé.

–Es-tu fou, toi ? Je me mêle de mes affaires, moi.

–On sait ça, ma tante.

–C'est que tu veux dire par là, là ?

–Ben, fit le jeune homme rieur, que vous oseriez jamais demander à monsieur le curé où c'est qu'il s'en va comme ça.

–J'ai pas besoin. Il t'aura demandé comme chauffeur comme madame Goulet te le demande depuis que le docteur est parti de l'autre bord.

–De l'autre bord, ça veut dire mort, ma tante.

–Je veux dire de l'autre bord de la mer. Ah, arrête donc de me faire étriver comme ça, Luc Grégoire. Un vrai enfant de nanane !

Le jeune homme éclata de son rire énorme, mais il s'arrêta net en apercevant le curé sortir de chez les Goulet. Le prêtre était suivi de Clara et Armandine, toute deux vêtues en sombre, ce qui en disait long sur ce qui arrivait.

–Non, mon doux Jésus, ça se peut pas ! s'exclamait Bernadette en les voyant venir.

Le curé la salua et monta à l'arrière par la portière que Luc venait d'ouvrir devant lui. Clara, blême comme la mort, suivit le prêtre et prit place aussi sans lever les yeux sur Bernadette à qui Armandine avant de monter à son tour s'adressa en lui prenant les deux mains :

–On a eu une bien triste nouvelle hier soir.

–Pas notre petit docteur Goulet toujours ?

–Celui qu'on appelait le docteur campagne ne nous reviendra pas. On a eu le télégramme hier soir. Tué dans un bombardement sur Londres.

–Mais non, ça se peut pas. Il auront dû se tromper. Me semble que je le sentirais. Je le sentirais, là, en dedans...

–C'est aussi ce que Clara dit depuis hier soir. Mais ça, c'est le refus de voir la réalité en face.

Malgré les événements, malgré ces télégrammes officiels, malgré cette résignation de sa mère adoptive et celle du curé, malgré ces vêtements de deuil et ce voyage qu'on entreprenait pour aller annoncer en personne la terrible nouvelle à la fiancée de Samuel, Clara refusait de croire en la mort de son père adoptif. Et pourtant, derrière son masque d'impassibilité totale, elle ressentait une douleur atroce, fulgurante, qui lui dardait au coeur du coeur et lui tranchait la gorge.

Armandine possédait un certain stoïcisme que confèrent aux gens un certain âge et la dureté des expériences passées. Cette tragique nouvelle qu'elle avait attendue en l'appréhendant pendant quatre longues années lors de la Première Guerre quant à son mari, elle la recevait à propos de son fils quelques semaines seulement après son départ et au bout d'une absence sans nouvelle aucune. Drôle de destin !

Jeanne d'Arc et Luc qui tous deux, jusque là, ignoraient

pourquoi on les avait fait venir si ce n'est pour libérer le curé du volant dans un voyage d'une demi-journée, furent atterrés d'apprendre cela.

—On peut pas mourir si jeune, disait Bernadette, c'est sans aucun bon sens.

—Je te demande de ne pas communiquer avec Catherine : on s'en va la prévenir. On t'emmènerait avec nous autres : tu serais une voix secourable pour elle, là-bas, mais on a décidé de faire monter Roméo Boutin... à cause de Clara... Puis Jeanne d'Arc, c'est pour s'occuper un peu des enfants là-bas. Ils l'ont eue pour maîtresse d'école : elle va trouver les mots pour leur faire comprendre et les consoler. Pis en même temps Luc va servir de chauffeur à monsieur le curé.

—Je comprends tout ça, je comprends tout tout ça comme il faut. Pis je vous présente toutes mes condoléances. C'est comme une tonne de briques qui me tombe sur la tête, à moi aussi. Va falloir prier. C'est ça que je m'en vas faire. Je m'en vas à l'église tout de suite, là.

—T'es pas obligée de dire ça à tout le monde, Bernadette, lui lança le curé. Je vais le faire en chaire demain.

—Oui, monsieur le curé. Vous pouvez être certain que je vas rester muette. À part qu'Armand, là, pis Freddé...

Armandine monta à son tour. Elle et le prêtre encadrèrent Clara sur la seconde banquette. Bernadette trouva moyen d'ajouter :

—Pauvre petite, elle a perdu sa mère, pis d'une manière son père, pis là, c'est son père adoptif. La vie est donc cruelle ! La vie est donc dure !

—C'est une épreuve de la vie, dit le curé. Le bon Dieu sait ce qu'il fait.

—Si y en a un qui sait ce qu'il fait, c'est ben Lui. Mais on comprend pas toujours, nous autres.

—Les voies du Seigneur sont impénétrables, stipula le prêtre sur le plus solennel de tous les tons, fixant une fois encore l'ultime clou à toute réflexion sur le sens de la vie.

—C'est vrai : j'ai déjà entendu ça...

Pendant l'échange, Jeanne d'Arc était montée à l'avant, et Luc prenait le volant après avoir contourné le véhicule. Il salua les Lambert de la main et fit démarrer l'auto dont le moteur émit son bruit d'avion.

–Y a pas de méchantes nouvelles toujours ? osa lancer l'aveugle.

Luc haussa les épaules et secoua la tête en biais sans rien dire. Et le véhicule se mit lourdement en marche, laissant sur le trottoir une Bernadette pantoise que les Lambert questionnèrent aussitôt :

–C'est qu'il arrive donc ? demanda la femme.

Bernadette secoua douloureusement la tête et se mit en marche en leur tournant le dos.

–Pourquoi que tu me dis rien ? lança la femme Lambert. En tant que correspondante au journal L'Éclaireur, j'ai droit à... à l'information.

L'autre s'arrêta à peine et tourna la tête à demi pour lancer :

–'Informationnez'-vous où c'est que vous voulez, moi, j'ai rien à dire asteur... c'est trop triste, c'est trop triste...

–C'est monsieur le docteur qui est mort ? C'est ça, hein, Bernadette ? cria l'aveugle qui croyait en la probabilité de la nouvelle mais pas en sa teneur.

–C'est trop triste, c'est trop triste, ne cessait de répéter Bernadette en se dirigeant vers le magasin où elle annoncerait l'impensable nouvelle à Freddé avant de poursuivre son chemin jusqu'à l'église afin de prier à genoux pour le repos de l'âme du héros paroissial.

Anne-Marie Lambert entra vite dans la maison et alla s'attabler. Elle commença d'écrire sur le papier de la tablette qui se trouvait toujours en attente là :

"La paroisse de Saint-Honoré a la douleur d'apprendre la mort du docteur Samuel Goulet, tué par... (blanc) à la guerre en Europe. Un homme dévoué, généreux, qui ne comptait jamais son temps vient de donner sa vie pour, comme il le disait un soir à son balcon, sauver la liberté... notre liberté.

Le corps sera enterré dans un cimetière de... (*blanc*). On sait que le docteur agissait comme coroner et qu'il a vite rétabli toute la vérité dans l'affaire Bougie l'année passée, sauvant des griffes d'un animal (*le vrai meurtrier*) une pauvre veuve qu'il devait, dit la rumeur, épouser dès son retour de la guerre qui sévit dans les vieux pays. Mais la guerre maudite a frappé de son glaive le coeur de cette paroisse et celui d'une jeune veuve pleine de courage. Le docteur laisse derrière lui, pour pleurer sa perte, sa mère, madame Armandine Goulet, et sa fille adoptive, mademoiselle Clara Goulet, autrefois Clara Boutin, fille de Roméo Boutin du rang le Grand-Shenley. Né en 1905 (*ou 1906*) à Montréal, le docteur est venu s'établir dans notre paroisse en 1938 à la demande de monsieur le curé Ennis. Depuis ce temps, on le surnommait le Docteur Campagne. À la famille que le deuil afflige : nos plus sincères condoléances !

AML, correspondante"

*

Les gens du rang près du village accoururent tous aux fenêtres des maisons pour voir passer le curé dont ils connaissaient le son de la grosse Cadillac noire. Chaque fois, on se demandait à qui le prêtre allait dispenser le réconfort des derniers sacrements ou bien on croyait qu'il allait visiter des familles de Dorset, paroisse dont il avait occupé la cure tout juste avant celle de Saint-Honoré.

Quelle ne fut pas la surprise de chacun d'apercevoir toutes ces têtes dans la voiture ! D'aucuns reconnurent Armandine, d'autres Luc au volant, mais tous purent voir le curé installé sur la banquette arrière et qui gardait la tête bien droite, sérieux comme un pape.

Germaine Boulanger, qui était dehors, entendit son téléphone sonner à l'intérieur en même temps que paraissait la Cadillac sur la côte. Elle hésita un moment entre les deux sons qui l'appelaient et en étirant le temps, obtint le meilleur des deux. Elle vit et reconnut les occupants de la voiture et put courir répondre. Quelqu'un lui apprit la mort du docteur Goulet. Elle le crut sur parole et preuve en était dispensée par le passage de la 'machine' aux occupants à l'air noir.

L'on s'arrêta chez Roméo. L'homme était prêt. Il savait la nouvelle sans qu'elle ne lui eut été transmise explicitement. On voulait éviter qu'elle ne se répande trop vite en raison d'une fuite sur la ligne commune du téléphone et il avait reçu des appels dont les mots couverts lui avaient fait deviner la vérité sans qu'il soit nécessaire de la dire carrément.

Luc klaxonna mais à peine. Déjà l'homme franchissait le seuil de sa porte et descendait l'escalier. Il s'approcha du curé qui venait d'abaisser la vitre de la portière.

—C'est-il pour ce que je pense ? Samuel est... parti...

—Dans un bombardement sur la ville de Londres où il devait se trouver en entraînement militaire ou dans un hôpital de campagne. Monte sur la troisième banquette. Madame Goulet et moi-même, on voudrait que tu tiennes la main de ta fille Clara qui a perdu un gros morceau.

—Oui, oui...

Il fallait passer par la deuxième portière pour avoir accès à la dernière banquette et le prêtre qui de toute façon devait laisser passer Clara descendit. Il regarda le ciel pendant que le changement s'effectuait et soupira :

—La pluie s'en vient, on dirait.

—C'est ce qu'ils annoncent à la radio, approuva le chauffeur.

Et on se remit en route dans un parfait silence. Au bout d'un moment, Armandine fouilla dans son sac et y trouva le fatidique télégramme de la veille qu'elle tendit à Jeanne d'Arc pour qu'il soit lu à l'intention de tous, même si les Goulet et le curé le connaissaient maintenant par coeur. La maîtresse d'école lut posément et à voix forte, la tête tournée vers l'arrière pour qu'on l'entende bien jusqu'au fond du véhicule :

London, England,

To : Armandine Goulet, Main Street, Shenley, Canada.
L'Armée du Canada a le regret de vous informer que Samuel

Goulet a été tué lors d'un bombardement sur la ville de Lon-
dres. (Stop) Sa plaque d'identité sera conservée aux archi-
ves. (Stop) Fut retrouvée sur son corps une lettre déchique-
tée dont teneur approximative vous est adressée dans un se-
cond télégramme ce même jour du 23 août 1940.
Signed... Colonel Wilbert Sullivan

Clara éclata en sanglots. Mais au lieu de se jeter dans les bras de son père, elle lui fit dos et coucha son visage contre la banquette pour laisser s'écouler un morceau de sa terrible souffrance morale.

Le curé intervint et lui parla :

–Pour montrer, Clara, que tu es grande et forte, tu vas chanter demain. Je sais que tu sais l'*Ave Maria* de Schubert. Je sais que c'est le chant que tu aimes le mieux. Gaby m'a dit que tu aurais aimé le chanter à l'église. Mais il est défendu par l'Église catholique de le chanter à l'intérieur des églises. Je vais lever cet interdit par exception. Et si tu le veux, Clara, tu pourras chanter l'*Ave Maria* demain à la grand-messe. Est-ce que tu es d'accord ?

Elle fit signe que oui et parvint même à prononcer un oui tout plein de soubresauts. Luc avait la larme à l'oeil. Armandine prit la parole :

–L'autre télégramme, il est à Clara et seulement à elle. Il contient la lettre qu'elle lui avait écrite avant son départ, la veille même de son départ. Elle l'avait bien cachée au fond de sa valise.

–C'est la preuve qu'il est vraiment mort, conclut le curé.

Les sanglots de l'adolescente redoublèrent d'intensité.

***

Chapitre 25

Le moteur de la Cadillac alerta Catherine qui s'amena à sa fenêtre. Quand il se fut éteint, il se produisit l'annonce la plus silencieuse jamais faite à quelqu'un. Les mots de la phrase terrible s'écrivaient en sa tête par les personnes qu'elle vit émerger de la grosse voiture. Par leur allure. Par leurs regards fuyants. Luc d'abord qu'elle devina être le chauffeur comme cette veille de la Saint-Jean pour elle. Puis le curé Ennis. Puis Jeanne d'Arc qu'elle savait accompagner son grand Luc. Ensuite Roméo dont la présence brouilla quand même les cartes pendant un court moment...

On venait chez elle : il lui fallait sortir. Et pendant qu'elle se rendait à la porte et en franchissait le seuil, les pieds encore accrochés dans un doute imprécis, Armandine et Clara à leur tour avaient eu le temps de descendre. Ce fut pour la jeune femme un violent coup de bâton en plein visage, tout comme le matin de l'affaire Bougie. Les derniers mots de la phrase abominable venaient de s'écrire devant ses yeux en lettres noires et funèbres : **Samuel est mort**. Cette visite imposante le disait. Le choix des personnes le confirmait. Les vêtements portés le certifiaient.

Deux mots, toujours les mêmes, jaillissaient de son esprit mais restaient coincés au fond de sa gorge : pas ça ! pas ça ! pas ça !

Catherine descendit lentement les marches de l'escalier, le regard transpercé par la douleur morale, tandis que Clara courait vers elle pour se jeter dans ses bras et essayer de retirer de son coeur le pieu qui s'y enfonçait.

La jeune femme aurait pu refuser d'y croire, mais si toutes ces personnes le pensaient, elle n'avait pas le choix de refuser d'envisager la réalité en face. Le chagrin de Clara finit de la crucifier.

On s'arrêta, on resta muet, on attendit.

Les secondes duraient des siècles.

Les minutes une éternité.

On les regardait souffrir.

Dans l'impuissance.

En souffrant soi-même.

Surtout Armandine.

Et Roméo pour sa fille et pour Catherine.

Et le curé de voir que la guerre faisait tant de mal à tant de gens dans son seul entourage paroissial.

Et Jeanne d'Arc qui songeait à sa douleur s'il advenait le départ de Luc.

Et Luc qui, une fois encore, eut en tête l'image de lui-même allongé dans un cercueil...

Puis Armandine s'approcha tout doucement. Et sans délaisser Clara qu'elle retint contre elle par le bras gauche, Catherine reçut la mère éplorée dans ses bras de fiancée éplorée. Le flot de larmes ayant déferlé durant l'étreinte de Clara, il se transforma au contact de la sexagénaire en un ruisseau tranquille reprenant un certain cours après avoir traversé des chutes tumultueuses.

Les hommes présents se retenaient de parler tout en sachant bien que le geste réduirait pourtant la tension et délierait les noeuds dans leur poitrine. Et puis par une sorte de respect qui enchaîne, aucun ne voulait briser ce silence sacré encerclant la scène. Même les enfants de Catherine qui étaient venus dans la porte, y demeuraient plantés comme des statues de bois.

C'est pourtant grâce à leur présence si le décor fut secoué de sa torpeur et se remit à bouger un peu par la voix de la maîtresse d'école :

–Salut Carmen ! Salut, le petit Lucien ! c'est mademoiselle Maheux. Comment ça va, les enfants ?

Et Jeanne d'Arc contourna les trois femmes endeuillées pour aller parler aux petits, les faire sourire par son rire bon enfant et ses questions les plus à leur portée.

Le curé se racla la gorge. Il s'adressa à Roméo et Luc :

–On dirait que tout est dit.

–On dirait, dit Luc.

–À bien y penser : peut-être pas !

Clara qui portait une petite bourse à l'épaule, au bout d'une longue sangle, se détacha des deux femmes et l'ouvrit. Elle y trouva un papier plié et s'approcha du prêtre qui lui donna toute son attention tandis que ses deux interlocuteurs se mirent à échanger entre eux.

–Je peux vous parler, monsieur le curé ?

–Je suis là pour toi, pour ta mère et pour madame Bussière. Je suis là pour vous trois.

–Je voudrais lire ça avant de chanter l'*Ave Maria* demain à l'église. C'est ma lettre à mon père Samuel avant qu'il parte pour la guerre. Si vous voulez la lire ?...

Le curé prit le télégramme qui reproduisait la dite lettre et l'ouvrit, mais il le referma aussitôt :

–Certainement que tu pourras la lire au micro de l'orgue avant l'*Ave Maria* ou après, comme tu veux. Et je veux l'entendre à ce moment-là seulement si tu n'y vois pas d'inconvénients.

–C'est bien, monsieur le curé. Merci.

–Bon courage, ma fille ! Je suis là. Ton père est là. Ta mère, Catherine et les autres : on est tous là.

L'adolescente dit à mi-voix :

–Je sais. Je suis contente.

Et elle rejoignit Jeanne d'Arc et les enfants.

335

Catherine glissa à Armandine :

–Je voudrais vous voir, madame Goulet, avant que vous repartiez : seule à seule.

–À ce propos, je le voulais aussi. C'est pour ça qu'on vient te chercher pour que tu viennes avec tes enfants passer quelques jours avec nous autres à la maison. Ça nous aiderait grandement, à Clara, toi et moi. À trois pour entrer dans un deuil, c'est mieux que tout seul, parce que dans le deuil, le plus terrible, c'est justement ça, la solitude. On veut pas te laisser toute seule avec ton chagrin, mais... nous autres non plus, on veut pas rester toutes seules avec le nôtre. On fera venir Bernadette comme l'autre fois : c'est pas long qu'elle va trouver un rayon de soleil à faire briller au-dessus de nos têtes. Tu la connais, elle. Demain soir, par exemple, on va souper tous ensemble et on va faire venir monsieur Boutin pour soutenir le moral de notre Clara. Et on va faire venir monsieur le curé s'il est disponible. Autrement dit, on va prendre le taureau par les cornes et on va se remettre à vivre le plus vite possible comme le souhaiterait Samuel... comme il le souhaite sûrement là-haut où il se trouve.

–C'est correct, madame Goulet. C'est une bonne idée. On va pouvoir se parler, se connaître mieux, vous et moi. J'ai beaucoup de respect et d'admiration pour vous.

–Va préparer les enfants : je m'occupe de les faire patienter, eux autres, ces grands enfants qui sont venus avec nous autres : Luc, monsieur Boutin, monsieur le curé...

La femme adressa un clin d'oeil et un mince sourire à Catherine et lui fit un signe de tête affirmatif rempli de solidarité. Puis se tourna vers les hommes qui devisaient à propos de Saint-Sébastien et de granit.

Tandis qu'elle préparait une petite valise pour elle-même et les enfants dans sa chambre, Catherine déversa de nouveaux flots de larmes. Voilà qui la soulageait car avec elles coulait lentement le deuil profond qui l'assiégeait.

Elle parut bientôt dans l'embrasure de la porte. Tous les regards se portèrent sur elle à l'exception de ceux de Clara et des enfants déjà installés tous trois sur la dernière banquette de la Cadillac. Clara se sentait responsable d'eux et, de ce fait, souffrait un peu moins maintenant. Mais elle, pas plus que sa mère et Catherine, n'en avait pas fini avec la douleur d'une si intolérable perte. Et les nouvelles occasions de pleurer se feraient nombreuses dans le temps prochain à venir.

Il fut demandé à Jeanne d'Arc de voyager elle aussi sur le troisième siège avec Clara et les enfants, ce qu'elle accepta avec empressement. Catherine prit place sur le deuxième entre Armandine et Roméo tandis que le curé, cette fois, fut le passager de la banquette avant. Et on entreprit le voyage de retour sans la pluie prévue, mais sous une couverture nuageuse basse et lourde.

Sitôt après la mise en route, Armandine entreprit de questionner Roméo sur ses travaux de l'été. Elle le rassura tout d'abord quant à l'hypothèque. Tout serait comme avant, sauf qu'il aurait à faire son versement annuel à la succession de Samuel dont elle ne savait encore pas grand-chose. Il avait fait une visite au notaire à Saint-Georges en juin : peut-être que le nom de Clara figurait maintenant sur son testament...

Roméo se dit enthousiaste et encouragé, sans trop l'exprimer à cause d'une certaine retenue imposée par la situation. Catherine les écoutait et cet encadrement laminait quelque peu le sentiment d'abandon que lui valait la disparition de son fiancé, sentiment exacerbé par son état de femme enceinte. Rendu chez lui, Luc arrêta pour lui permettre de descendre. Il salua poliment et eut un dernier mot de compassion pour sa fille :

–Clara, crains pas : on va s'occuper de toé de la manière que tu vas vouloir.

En même temps, il parut interroger Catherine des yeux puis Armandine. Celle-ci l'approuva :

–C'est vrai, j'aurais dû te le dire moi-même : on va s'occuper de toi de la manière que tu voudras.

–C'est correct ! dit la jeune fille.

Et l'homme salua l'ensemble des passagers d'un signe de la main tout en s'éloignant de quelques pas. C'est le prêtre qui lui cria un dernier mot par la vitre abaissée :

–T'as un bel avenir devant toi, mon Roméo. Je n'ai que des félicitations à te faire.

–Je fais mon possible.

–C'est le principal... Tout le reste n'est que... vanité.

Quinze minutes plus tard et une pluie fine ayant fini par se décider à quitter les nuages les accompagnant, les voyageurs entrèrent dans le village. Le retour à la maison pesait aux Goulet et elles gardaient le silence. Le curé fut le premier à se rendre compte qu'ils étaient attendus là-bas. Dès leur sortie du Grand-Shenley, il en fit la remarque :

–On dirait que des gens se sont réunis devant chez vous, Armandine.

–On dirait que la nouvelle s'est répandue...

Luc intervint :

–Aurait pas fallu le dire à ma tante Bernadette. Pour elle, dire un secret à une seule personne, c'est le dire à personne. Elle pense pas que l'autre va le répéter.

L'auto ralentit jusqu'à stopper devant la porte même des Lambert sur la droite, et devant celle des Goulet de l'autre côté de la rue et des gens rassemblés.

Ils étaient tous là, l'oeil en deuil et exempt de toute forme de curiosité morbide, venus spontanément, comme appelés par quelqu'un pour faire corvée, dans une garde muette, attendant malgré le crachin d'un automne prématuré le retour des paroissiens les plus blessés par la disparition du jeune médecin. Pour qu'ils se sachent entourés, supportés, soutenus, aimés.

Il y avait Bernadette en pleurs et en prière. La tête penchée, l'esprit ailleurs, dans son ailleurs insondable.

Il y avait un peu à l'écart, François Bélanger qui pourtant ne craignait pas de montrer son visage, sachant bien qu'on ne verrait que son coeur caché derrière ses traits monstrueux, et qui hochait doucement la tête en signe de désolation.

Il y avait Ernest Maheux qui maugréait entre ses dents

contre Adolf Hitler.

Il y avait le plus silencieux, le plus figé de tous en ce moment, l'aveugle Lambert sur sa galerie, que les bruits guidaient. Une main sortait de sa poitrine pour aller réchauffer celles de Clara et de sa mère adoptive, la main du scepticisme...

Il y avait Jos Page qui gardait les siennes dans ses poches et y faisait tourner une pièce de cinq cents qu'il savait à l'effigie du roi George VI. L'homme se retenait de cracher par terre sa salive noircie par le morceau de tabac qu'il avait en bouche.

Il y avait toutes celles que Samuel appelait *les fleurs du soir*, Gaby Champagne, Marie-Anna Nadeau, Rachel Grégoire, Jeanne Bellegarde, Cécile Jacques et quelques autres, aucune ne songeant à son avenir et toutes venues pour réconforter par leur présence les femmes Goulet, Armandine et Clara.

Il y avait Rose qu'aucune pensée de la moindre couleur sensuelle venait en cette heure effleurer l'esprit. Elle ignorait même que le beau vicaire Turgeon se trouvait à deux pas d'elle, arrivé par derrière en marchant à pas feutrés.

Et il y avait le vicaire qui avec une grande et profonde sincérité regrettait un ami.

Il y avait Pampalon, Freddé et Armand, les trois frères Grégoire dont l'affliction du moment allait chercher dans les nombreux deuils qu'ils avaient traversés depuis un quart de siècle : ceux de leurs frères Ildéphonse et Eugène, fauchés en pleine jeunesse, et de leurs parents, Honoré et Emma, des êtres plus grands que nature.

Il y avait plus loin leur soeur Berthe, discrète dans sa grandeur physique et morale.

Il y avait Dominique Blais, son frère Raoul et leur père Uldéric, tous trois dans le garde-à-vous impeccable de ceux voulant rappeler à tous que l'honneur était dû au docteur-soldat qui avait donné sa vie pour sa paroisse, sa patrie et la liberté des peuples.

Il y avait Athanase Pépin et Pit Roy, deux travailleurs du

moulin, l'un estropié et raccommodé par le docteur Goulet, et l'autre qui au sein du jury à l'enquête du coroner lors de l'affaire Bougie avait représenté les hommes de bonne volonté.

Il y avait Ida, Itha, Irma et Imelda qui priaient sans dire.

Mais il manquait Tommy Gaboury qui ne souffrait pas plus de la mort du docteur que de celle de son chien. Un personnage de taille faisait oublier son absence et celle de tous ceux qui n'avaient pu venir, ignorant encore la fin tragique de Samuel, et c'était le vieux Jean Jobin. Cet homme aurait voulu que Samuel l'assistât dans ses derniers moments qui viendraient peut-être avant la fin même de cette guerre en Europe et dont il suivait l'évolution chaque jour à la radio et dans le Soleil. Et il reprochait à Dieu de ne pas l'avoir choisi, lui, plutôt que ce jeune homme d'avenir et de si haute qualité.

Il manquait aussi Éva Maheux qui, chaque fois qu'elle s'éloignait un peu de la maison, y était ramenée par les cris incessants du bébé Gilles. Toutefois, elle assistait à la cérémonie improvisée depuis une fenêtre de sa chambre.

L'on descendit et il se forma spontanément une haie d'honneur dans la rue. Défilèrent dans ce couloir humain Clara en tête, les enfants de Catherine, Armandine ensuite, puis Catherine et pour fermer la marche et saluer à peine de petits signes de tête à droite et à gauche, le curé. Jeanne d'Arc et Luc demeurèrent près de la Cadillac.

Qui les suivit quelques minutes plus tard, dandinant sa ronde personne derrière un chaudron noir brûlant tenu devant elle à bout de bras, Anne-Marie Lambert, journaliste émérite et cuisinière de talent, transportant un plein contenu de pot-au-feu qu'elle avait mis à bouillir dès le départ de la Cadillac du curé avec ses occupants quelques heures plus tôt. Elle avait présumé qu'à leur retour, ses voisins n'auraient rien de prêt à manger et en prépara pour sept personnes au moins à même ses nouvelles récoltes du jardin potager et du boeuf frais que Poléon était allé chercher sans tarder chez Boutin-la-viande.

340

–Et vous autres pour souper ? demanda Armandine à la porte, sous le regard des gens qui commençaient à se disperser.

–On a ce qui faut. Moins de mangeaille à faire, plus de temps pour parler. Pis là, c'est parler surtout qu'il vous fait faire.

On lui donna raison. Et l'on mangea. Et l'on parla. Et l'on alla au salon. Et on parla encore. Il ne fut pas beaucoup question de Samuel. Sauf quand le prêtre demanda à Clara si une pratique de l'*Ave Maria* était requise.

Armandine prit la parole et déclara :

–Je veux bien l'accompagner encore, mais je ne vais plus chanter, moi.

Clara l'interrogea du regard. La femme répondit :

–Mon deuil à moi, ce sera de ne plus jamais chanter. Mais le tien, Clara, ce sera de ne jamais cesser de chanter. Mon temps est derrière moi; le tien est devant.

De toute manière, Clara avait si souvent chanté l'*Ave Maria* avec sa mère adoptive, avec son père adoptif, seule, qu'elle connaissait par coeur chaque mot latin et n'avait donc besoin d'aucune pratique.

***

Chapitre 26

L'église était remplie à capacité. La foule savait qu'il s'y passerait ce dimanche-là quelque chose d'important, d'exceptionnel, de mémorable. Le curé annoncerait une nouvelle que tous connaissaient déjà. Par sauts de puce d'une oreille à l'autre, et sur la ligne téléphonique, elle avait fait le tour de la paroisse en une heure à peine la veille après-midi tandis que Bernadette priait à l'église pour l'âme de Samuel sans se rendre compte que son indiscrétion, pour elle justifiée puisqu'elle n'avait confié le secret qu'à Freddé, était à l'origine de la rumeur hélas ! fondée.

Et pourtant, chacun retenait son souffle et refusait d'y croire à cent pour cent tant que le curé n'en aurait pas fait en personne l'annonce officielle en chaire. On se sentait comme au corps, à ne se rendre compte de l'irrémédiable qu'au moment ultime, celui où l'homme des pompes funèbres va refermer le couvercle du cercueil sur le visage de la personne défunte.

Tandis que le vicaire disait la messe à l'autel, le curé dirigea le chant du haut de la chaire comme d'habitude. Aussi grave et solennel que toujours. Un homme de contrôle. Solide comme un érable. Mais vulnérable comme les érables les plus fiers le sont devant les assauts de la nature : ouragans, insectes ravageurs, maladie. Ces faiblesses, il les cachait même si on les lui connaissait et c'est cela qui faisait sa force et sa noblesse. Homme de coeur, le curé Ennis, homme de génie, il avait pris la décision la veille de ne pas préparer son sermon afin que ce qu'il dirait à ses ouailles à propos de Samuel Goulet coule de source et touche les coeurs au plus profond.

Vint le moment crucial. L'église reçut le commandement de s'asseoir et le pasteur, lui, se mit debout. En un premier temps, il feuilleta son gros livre-cahier du prône où il avait inséré sous forme de signets des notes éparses. En même temps qu'il les réunissait hors cahier sur la tablette de la chaire, son regard jetait en bas des coups de balai. Et quand il fut prêt, il regarda du côté de l'orgue et vit Clara Goulet qui attendait, prostrée, perdue, assise bien droite dans le petit banc près du microphone et du lutrin. Avant d'ouvrir la bouche pour dire quelque chose dont il ignorait encore les mots exacts, il arrêta ses yeux sur Armandine et Catherine qui encadraient les deux enfants de la veuve dans le banc des Goulet au premier jubé. Elles eurent droit à toutes les lueurs de son regard qui en ce moment traversaient aisément les verres ronds de ses lunettes; et, à l'inverse, lui-même fut inondé de prières et souhaits pieux que tous de ce secteur du temple lui livraient en abondance pour redistribution. Et particulièrement les Grégoire : Freddé et son épouse Amanda, Pampalon et la sienne Ida, Bernadette, Berthe et Armand ainsi que leur petite Lise, et près d'eux dans l'autre allée, le vieux Jean Jobin, figé dans son honnêteté proverbiale. Et aussi Jeanne d'Arc et Luc, trois bancs plus loin.

–Mes bien chers frères... notre belle paroisse vit des heures sombres... les plus pénibles sans doute de son histoire d'une durée de soixante-sept ans en cette... disons-le, désastreuse année 1940... Il y a quelques semaines à peine, je vous annonçais le départ imminent et l'absence peut-être prolongée, mais certainement temporaire, d'un des plus illustres membres de notre communauté paroissiale de 2000 âmes. Il y eut tristesse en bien des coeurs, et pour cause. Il y eut désarroi dans celui des proches de l'homme qui, se sentant appelé par un devoir de haut niveau, partait pour la guerre en Europe. Mais l'espoir de son retour était grand et il baignait de beauté, de grandeur, de générosité cette tristesse profonde, ce désarroi extrême. Hélas ! personne n'est en mesure en ce bas monde de prédire l'avenir. Et les voies du Seigneur sont impénétrables et... imprévisibles...

Les Champagne en bas songeaient à leur fille Marcelle qui, tous deux l'avaient deviné, aimait profondément Samuel et ne tenait à la vie que grâce à lui. Voici qu'elle l'avait sans doute rejoint dans la vallée de Josaphat. De toutes celles de la paroisse qui espéraient en secret que le jeune docteur posât un jour ses yeux sur elles, elle avait été la moins favorisée puisque la maladie la tuait lentement et que la mort l'emportait prématurément. Et pourtant, c'est elle qui la première aurait accès à l'esprit et au coeur du disparu.

–Notre ami à tous, notre frère, notre fils et médecin de la paroisse, le docteur Samuel Goulet n'est plus...

Des exclamations sourdes exprimant la douleur se réunirent, provenant des quatre coins de l'assistance pour former une gerbe funéraire qui s'éleva vers la chaire. Le curé ajouta la sienne et le bouquet prit la direction du firmament par le train des pensées invocatoires.

–Il fut tué lors d'un violent bombardement sur la ville de Londres en Angleterre par l'aviation de l'Allemagne nazie. Dieu, le Créateur de toutes choses, l'a rappelé à Lui. Samuel devait mourir en exil, loin des siens, loin de nous tous, loin de sa paroisse. C'est par d'aussi cruels sacrifices que sera sauvée, comme il était le premier à le dire, la cause de la liberté des peuples... de notre liberté, de la vôtre, de la mienne. Je pourrais vous rappeler les immenses qualités de coeur de notre cher disparu : vous les connaissez autant que moi. Je pourrais vous rappeler les grandes vertus de cet homme : vous les connaissez aussi. Je pourrais vous rappeler les talents que possédait Samuel, art médical, art vocal, mais chacun de vous fut à même de les apprécier... Mais vous savez, notre ami, notre héros devrais-je plutôt dire, n'a pas rien laissé derrière lui. Son oeuvre est noble et belle, pleine d'émotion, de générosité, de grandeur. Une oeuvre remarquable et marquante...

Catherine serrait les mâchoires pour ne pas éclater en sanglots. Elle songeait à cet enfant qu'elle portait et qui n'aurait pas de père. À leur amour assassiné par la mort. Aux rêves perdus.

Armandine aussi songeait à cet enfant-là dont pourtant elle ne connaissait pas encore l'existence et ne faisait que la deviner puisque Catherine et elle n'avaient pas eu l'entretien en vrai tête-à-tête planifié à deux.

–Mes bien chers frères, pour nous résumer de la manière la plus grandiose qui se puisse être ce que fut Samuel Goulet, je vais laisser une petite jeune fille, chère à toute la paroisse, exprimer à sa façon son attachement qui est aussi le nôtre à tous envers celui qui lui a si généreusement tendu la main quand elle était seule et abandonnée à la mort de sa mère. Clara Goulet va vous lire une lettre qu'elle écrivait à son père adoptif avant son départ pour son service dans l'armée canadienne et ensuite, elle va chanter l'*Ave Maria* qui était leur chant préféré à tous les deux. Comme vous le savez, c'est un chant profane généralement interdit dans les églises. Mais sur permission spéciale en cette parenthèse si sombre que nous traversons tous, Clara peut, avec ma bénédiction et j'en suis sûr, celles de la Vierge Marie et du Seigneur, nous livrer cette prière avec sa voix merveilleuse et la laisser monter droit au ciel vers celui que nous avons perdu... en hommage à cet homme de bien mort au champ d'honneur pour nous sauver.

Clara était perdue dans ses pensées noires. Elle n'entendait pas le prêtre ni ne le voyait qui lui disait par le regard d'aller sur la tribune du lutrin...

–Je demande donc à Clara Goulet de nous présenter cette lecture de sa lettre comme elle-même a tenu à le faire et l'a proposé...

Gaby Champagne se pencha sur la jeune fille et lui souffla à l'oreille deux mots la ramenant à la réalité. Après une pause par le curé, le temps qu'elle ouvre la feuille du télégramme et s'installe derrière le microphone, elle s'adressa à tous d'une voix ferme, assurée, posée, courageuse :

–À tous les paroissiens de Saint-Honoré, ma mère et moi, nous disons grand merci pour leur soutien moral depuis hier. Un deuil ainsi partagé est un deuil moins terrible à supporter... Et maintenant, je vous fais lecture de la lettre que j'écrivais à mon père, le docteur Goulet, la veille de son départ en juin. Cette lettre, je l'avais cachée au fond de sa valise pour qu'il la trouve quand il serait là-bas. Je ne suis pas sûre qu'il l'a trouvée, qu'il l'a lue parce que je l'avais bien cachée comme il faut, –et aussi qu'il manque une page ou si vous voulez une deuxième partie– mais aujourd'hui, en même temps que vous tous, il va l'entendre du haut du ciel. Et la voici...

"Pa,

C'est Clara, votre fille adoptive, qui vous écrit ces quelques mots. On est la veille de votre départ pour la guerre. Je guette votre retour de Saint-Sébastien, mais je ne vois que la nuit noire devant moi, là, dehors. Et j'ai eu l'idée de cacher cette lettre dans votre valise en me disant que le jour où vous la lirez, vous saurez à quel point on tient à vous. Et comme disait maman, pour vous envoyer nos prières à tous afin qu'elles vous protègent. Nos sentiments seront comme des gardes de chaque côté de votre chemin, peut-être un dangereux chemin près des champs de bataille.

En ce moment, je crois revoir les érables chez monsieur Martin comme ce soir durant notre concert alors que les lueurs des réverbères dansaient dans les feuilles. Et je me rappelle de ce si beau poème que vous avez récité déjà au salon après m'avoir parlé du pauvre homme malade qui l'a écrit et qui est mort il y a seize ans. Tiens, je vous l'écris, ce poème, comme si j'étais dans le coeur et dans l'âme de ce poète, monsieur Lozeau. Le titre, vous vous souvenez : 'Érable rouge'. En pensant à cet arbre qui tire sa vie des mots de monsieur Lozeau, je pense à vous, mon père adoptif parti au loin, si loin vers ces vieux pays de guerre et de peur.

Dans le vent qui les tord les érables se plaignent,
Et j'en sais un, là-bas, dont tous les rameaux saignent !

347

Il est dans la montagne, auprès d'un chêne vieux,
Sur le bord d'un chemin sombre et silencieux.

L'écarlate s'épand et le rubis s'écoule
De sa large ramure au bruit frais d'eau qui coule.

Il n'est qu'une blessure où, magnifiquement,
Le rayon qui pénètre allume un flamboiement !

Le bel arbre ! On dirait que sa cime qui bouge
A trempé dans les feux mourants du soleil rouge !

Sur le feuillage d'or au sol brun s'amassant,
Par instant, il échappe une feuille de sang.

Et quand le soir éteint l'éclat de chaque chose,
L'ombre qui l'enveloppe en devient toute rose !

La lune bleue et blanche au lointain émergeant,
Dans la nuit vaste et pure y verse une eau d'argent.

Et c'est une splendeur claire que rien n'égale,
Sous le soleil penchant ou la nuit automnale !"

Il se produisit un mouvement dans l'assistance et des centaines de soupirs admiratifs se réunirent en un nouveau bouquet pour l'adresser à Clara, au poète Albert Lozeau de même qu'à celui qui ne reviendrait pas. La jeune fille après une courte pause poursuivit sa lecture.

"Ce jour-là, nous allions reconduire ma mère à son der-
nier repos. Je n'avais plus de maison, plus de parents, plus
de famille et vous avez compris ma détresse, ma solitude, et

vous m'avez tendu la main et vous m'avez ouvert la porte de votre coeur et de votre maison. Vous l'avez fait en votre nom et en celui de celle qui deviendrait ma nouvelle maman et que j'appelle m'man Mandine. En retour, je me suis dit que je vous ferais honneur et que je deviendrais la jeune fille qui vous rendrait fiers un jour tous les deux. Mais pas besoin d'attendre. Avoir pris en adoption une petite misérable, quasiment une petite sauvage du chemin de la concession, c'était le plus beau geste, le plus généreux, le plus noble que quelqu'un pouvait poser. D'autres personnes étaient prêtes à le faire ce même jour : madame Catherine et madame Bernadette. Et ce sont deux personnes que vous aimez tout spécialement. Je sais que bien d'autres gens de chez nous auraient voulu le faire si on avait su. Vous auriez pu attendre et penser que quelqu'un me prendrait, mais vous avez tout de suite ouvert votre porte. Je vous aime, 'pa'. J'aime maman Mandine. Et j'aime Catherine et Bernadette. Et on vous aime. Et toute la paroisse vous aime. Et on vous dit de nous revenir le plus vite que vous pourrez. Et en bonne santé.

Dans son banc du fin fond de la nef, Roméo Boutin songeait à la fois à son passé et à son avenir. Et s'il voyait Clara dans l'un, il ne parvenait pas à la voir dans l'autre. De même pour Catherine qu'il ne voyait pas derrière et pourtant qu'il ne pouvait s'empêcher de voir devant. Et il en ressentait du bonheur.

Clara termina sa lecture. Les mots, le style, les idées ne rendaient pas la lettre particulièrement émouvante, car à cet âge et à son degré de scolarité, la jeune fille n'était pas encore Albert Lozeau, mais les circonstances, les sentiments de chacun et le ton qu'elle y mettait allaient tirer des larmes de bien des poitrines.

"Quand vous serez là-bas dans ce lieu qu'on appelle le front, chaque fois que le danger se présentera devant vous, laissez votre pensée et votre coeur s'envoler vers votre paroisse. Songez à tous ceux qui attendent votre retour..."

Clara dut s'arrêter pour ravaler un sanglot. L'église tout entière souffrait avec elle.

"...à tous ceux qui espèrent votre retour. Et ils vous enverront par-dessus l'océan leurs prières et le danger passera à côté de vous. On a besoin de vous. Tout le monde ici a besoin de vous, 'pa'. Surtout maman Mandine et... moi, votre grande fille...

Revenez-vous bien vite !

Clara, votre fille qui vous aime pour toujours."

Marie-Anna ne voulut pas donner une seule seconde de répit aux sentiments et elle lança son instrument dans l'intro de l'*Ave Maria*.

Et la voix lointaine et puissante de l'adolescente se mit aussitôt à voyager par toutes les âmes et les conduisit hors du temps :

> *Ave, Maria, gratia plena,*
> *Dominus tecum,*
> *Benedicta tu in mulieribus,*
> *Et benedictus fructus ventris tui, Jesus.*
> *Sancta Maria,*
> *Sancta Maria,*
> *Maria,*
> *Ora pro nobis,*
> *Nobis peccatoribus*
> *Nunc et in hora,*
> *In hora mortis nostrae.*
> *Amen !*
> *Amen !*

L'église en choeur mais à mi-voix chanta avec elle le premier *Amen* et sur approbation du curé qui fit un signe de tête, reprit à pleine voix avec la chanteuse le second *Amen* qui retentit sous la voûte de la nef et se répercuta d'un lieu à l'autre, d'un esprit à l'autre pour finir par entrer dans une autre dimension par une voie à sens unique, ou du moins qui semble l'être.

La jeune fille reprit, sans le moindre arrêt de l'orgue de Marie-Anna, le même chant, mais en français cette fois sur d'autres paroles que celles de la version latine et combien plus temporelles et poignantes. Elle qui avait tout donné de son effort vocal sans sombrer dans les pleurs qui formaient un ressac incessant dans son coeur se demanda comment elle parviendrait à résister aux assauts de l'impossible chagrin qui la submergeait.

Ave, Maria !
Toi qui fus mère
Sur cette terre,
Tu souffris comme nous,
Tu partageas nos chaînes,
Allège nos peines;
Vois, nous sommes tous,
Nous sommes tous
À tes genoux.
Sainte Marie,
Sainte Marie,
Marie,
Viens sécher nos larmes,
Viens sécher nos larmes.
Dans nos alarmes
Implore, implore ton Fils pour nous,
Pour nous !

La voix céleste fut noyée au milieu du chant, mais quelque chose la retint de se briser. Une sorte de lueur au fond de l'âme. Un rayon indéfinissable. Était-ce une fleur venue de l'autre dimension et tombée sur elle ? Était-ce le sentiment qu'elle serait un jour pas si lointain près de cet homme déjà grand à qui la mort conférait la stature d'un géant, ce qui signifiait peut-être sa propre fin terrestre à elle, et son entrée prochaine ô combien heureuse dans ce monde éternel où il se trouvait à jamais, lui ? Était-ce une grâce de la Vierge Marie qui allégeait sa peine comme le chant pathétique le lui demandait ?

Jamais une paroisse n'avait autant vibré à l'unisson et jamais plus Saint-Honoré ne parlerait au ciel avec pareille unanimité dans un chœur unique.

En ce moment même, le curé Ennis songeait que la mort de Samuel Goulet faisait pleuvoir sur sa paroisse une averse de fleurs. Il faut bien que la consolation commence quelque part...

***

Chapitre 27

Roméo Boutin fut invité par Armandine à rester à manger chez elle les deux repas du midi et du soir. Il était temps pour elle de faire progresser ce projet né dans sa tête voilà plus d'un an et que la disparition de son fils rendait encore plus pertinent et souhaitable : faire épouser le veuf Boutin par Catherine. Elle avait posé plusieurs jalons, toujours en prenant soin de cacher ses intentions derrière des raisons plus nobles. Comme la veille pour consoler Clara, tandis qu'elle cherchait plutôt à mettre en contact le veuf et la veuve. Le plus tôt : le mieux !

Et voici qu'elle avait la presque certitude de l'état de grossesse chez la jeune femme. Son intuition en la matière l'avait rarement trompée depuis qu'elle s'intéressait à ces choses. Trop d'indices criaient la vérité. Les sanglots de Catherine provoqués plus sûrement quand il était question d'enfants à travers ce deuil que l'on entreprenait. Son choix du chant *Près d'un berceau* l'autre jour. Et cet entretien à deux que recherchait Catherine. Et puis ce sentiment profond ou plutôt ce pressentiment la nuit du 23 juin quand son fils s'était mis à la 'poursuite' de sa fiancée...

Pour l'aider dans la construction de son édifice dont beaucoup de pierres avaient été empilées déjà, les prêtres seraient présents à table. Le vicaire le midi; le curé le soir. C'était jour de deuil et d'obsèques morales; il faudrait que ce soit aussi jour de renaissance, jour d'avenir, d'espoir. De nouvel espoir maintenant que celui du retour de Samuel s'était évanoui.

Ce fut Roméo qui, à table, après le bavardage léger et le bénédicité, lança la première idée propre à capter l'attention de tous.

—Par chance que le bureau du docteur Goulet va rester ouvert ! On n'aura pas besoin de courir à Saint-Martin ou ben à Saint-Éphrem pour se faire soigner.

—Quand il a appris la... mauvaise et si triste nouvelle, dit le vicaire, c'est la première chose que monsieur le curé a faite : téléphoner au docteur Poulin et au docteur Roy. Ils ont accepté de garder ouvert le bureau de Samuel jusqu'à la fin de la guerre. La raison en est que ça pourrait s'avérer impossible de trouver un remplaçant permanent à notre docteur campagne. Plusieurs médecins sont partis comme lui pour les vieux pays.

Si le vide à son bureau serait comblé, celui à table ne le serait pas. On avait laissé libre sa chaise au bout, côté salle à dîner, face au prêtre qui occupait la section le plus près du poêle et du fond de la cuisine. Armandine et Catherine se partageaient la section gauche devant Clara et son père de l'autre côté. On avait fait prendre leur repas aux deux enfants de la veuve qui s'amusaient maintenant dans la chambre de Clara là-haut.

On avait à manger, tout comme la veille du pot-au-feu odorant préparé par la femme de l'aveugle avec les meilleurs ingrédients. Ce n'était pas du même chaudron auquel il avait été fait honneur le samedi, mais une nouvelle brâssée commandée exprès pour ce repas par Armandine à la femme Lambert.

—La fin de la guerre, ce sera pour quand ? réfléchit le prêtre tout haut. D'après plusieurs, il faudra l'entrée des Américains puisque les Russes ont signé avec les Allemands un pacte de non-agression.

—Ça fait un an ben juste hier, le pacte Ribbentrop-Molotov, dit Roméo.

Voilà une phrase qui renversa le vicaire. Comment un petit cultivateur canadien français comme Roméo, tout juste sorti du bois des Breakey, connaissait-il les signataires du pacte germano-soviétique et qui plus est la date du traité ?

–Tu m'épates avec tes connaissances, Roméo. Comment tu fais : pas de radio et tout.

–Je sais lire, monsieur le vicaire. Les journaux, ça m'intéresse. Monsieur Freddé m'en donne des siens. Les nouvelles sont pas tout le temps du jour mais... comme dit monsieur Grégoire, ça devient de l'Histoire. Pis connaître l'Histoire, moé, je dis que c'est important.

Armandine était tiraillée entre deux sentiments. Tout d'abord le contentement de voir que Roméo possédait une certaine culture, ce qui ne manquerait pas d'impressionner la Catherine qui ainsi, trouverait en lui, un beau côté de Samuel. À l'opposé, elle se disait que sans toutes ses connaissances à propos de l'Histoire et de l'état du monde, son fils ne serait pas parti pour la guerre sans doute et qu'il aurait mieux valu pour elle et pour tous qu'il soit, en dehors bien sûr de son art médical, un ignorant en vie qu'un érudit mort. Mais elle ne dit mot et prêta oreille à la suite du propos échangé entre les deux hommes de la table, tandis que les trois femmes se faisaient silencieuses et préféraient apprendre et surtout apprivoiser un peu leur terrible souffrance morale.

–Pour en revenir aux Américains, ils refusent d'entrer en guerre. Sont trop pacifiques comme ils disent dans les journaux !

–Surviendra un événement qui les y forcera. Comme en 1917, l'affaire du Lusitania.

–Un an après, tout était fini, intervint Armandine.

–C'est vrai, ça, fit le vicaire entre deux fourchetées de bouilli. D'aucuns disent qu'ils pourraient entrer en guerre contre les Japonais. Occupés dans le Pacifique, ils vont pas pouvoir se battre en même temps contre les Allemands et les Italiens. Ça ferait la bouchée pas mal grosse...

–Ils pourraient quasiment se battre tout seuls contre le

355

monde entier. C'est un pays fort sans limites.

–Pour résumer la situation : les Américains vont bien finir par entrer en guerre et alors, il restera un an à faire encore, tout au plus. Disons par exemple qu'ils déclarent la guerre à l'Allemagne l'année prochaine, ça voudra dire la fin de la guerre en 1942.

Clara compta dans sa tête. En 1942, son père adoptif aurait eu trente-sept ans et elle-même quatorze. Ce n'était pas rare, elle le savait, dans le passé, que des hommes de cet âge épousent des jeunes filles d'autour de quinze ans. Aux premiers temps de la colonie et au dix-neuvième siècle tout particulièrement, mais même au vingtième siècle. Elle l'avait lu dans l'encyclopédie familiale. Samuel en avait parlé à au moins deux reprises devant elle qui en avait même conçu à l'état de somnolence un rêve inavouable et que jusque là, elle ne s'était même pas avoué à elle-même.

Elle est jeune fille. Habite le fin fond du rang de la concession. Il (Samuel) survient dans son auto. Lui fait signe de la main et du sourire. Elle quitte ses parents qui la bénissent. Part de la maison. Monte avec lui. Près de lui. Il la conduit à l'église. En y entrant, comme Cendrillon, ses vêtements se transforment. La robe grise devient une robe de mariée toute blanche. Et ils s'agenouillent devant le prêtre. Il n'y a personne d'autre dans l'église. Personne au monde ne sait qu'ils s'épousent. Même le prêtre est un inconnu. Et quand il les prononce mari et femme, ils se retournent et s'envolent au jubé de l'orgue où ils forment duo pour chanter à leur propre mariage. Elle a choisi *Le lac des amours**

> *Sur l'onde pure allons sans bruit,*
> *Dans le silence de la nuit,*
> *Pendant qu'au ciel les astres d'or*
> *À nos amours font un décor.*
> *Le flot nous berce doucement,*
> *La lune brille au firmament;*
> *L'oiseau du soir, l'air embaumé,*

*paroles et musique de Chs-Émile Gadbois

356

Tout nous invite à nous aimer.
Dans la splendeur d'un si beau soir,
Comme il fait bon de nous revoir !
Autour de nous tout est beauté;
Le ciel d'azur, le lac doré.
Laissons nos coeurs goûter en paix
Le charme exquis de nos secrets.
Si nous pouvions rester toujours
Sur ce beau lac de nos amours !

–On dirait que notre Clara est perdue dans ses pensées, dit l'abbé Turgeon qui, accoudé de chaque côté de son assiette, croisait les doigts à hauteur de sa bouche tout en mastiquant doctement sa nourriture.

–C'est normal ces jours-citte, dit Roméo qui regarda du côté de sa fille et fit un arrêt des yeux dans ceux de Catherine.

La veuve crut bon ramener la jeune fille à la réalité :

–Clara, j'ai pas eu la chance de le faire encore, mais je veux te dire que j'ai jamais rien entendu de plus beau dans toute ma vie que l'*Ave Maria* que tu as chanté à la messe. C'était beau, si beau...

–Oui, oui, oui, approuva le vicaire. Je t'applaudis, Clara. Allez, applaudissez avec moi.

–Comment donc as-tu fait ? demanda Catherine après les bravo. T'as même pas eu besoin de pratiquer une seule fois. Je te dis que t'es bonne pas pour rire.

Armandine intervint :

–On l'a pratiqué, l'*Ave Maria*, au moins cent fois, hein, Clara ?

–Oui, maman.

La jeune fille n'eut pas à mentir à propos de son rêve et on attribua son absence mentale à sa peine.

Catherine se fit silencieuse tout le reste du repas. Clara

357

également. L'une et l'autre nourrissaient de noires pensées, chacune se pensant porteuse du mauvais sort. Chacune reconnaissait dans le sillage de sa vie une traînée funeste. Suivaient l'une l'emprise de son père, celle de son mari, la misère extrême du temps de la crise, la terrible affaire Bougie et, coup sur coup, le départ de son fiancé pour la guerre et sa mort à Londres. Sans compter l'enfant illégitime qu'elle portait dans son sein. Et l'autre songeait à la mort de sa mère suivie maintenant de celle de son père adoptif. Et peut-être aussi la perte de sa mère adoptive si on devait lui demander d'aller vivre avec son père naturel au fond du Grand-Shenley, ce qu'elle ne voulait en aucune façon mais devrait bien accepter advenant la volonté des adultes, Armandine et Roméo, de la voir recommencer encore sa vie.

Pas longtemps après le repas, le vicaire donna un prétexte pour s'en aller et quitta la maison en garantissant à tous le réconfort puis le bonheur revenu grâce à la prière fervente et au travail. Pas loin sur le trottoir, il devait croiser Rose qui l'interpella...

Et vint le moment où après une attente prolongée, Catherine et la mère de Samuel purent avoir leur échange dans la chambre d'Armandine. La femme avait demandé à Roméo et Clara d'aller prendre l'air et faire une marche à l'extérieur afin de pouvoir se sentir plus à l'aise. Là-haut, les enfants ne faisaient pas de bruit.

Elles s'assirent dans l'ombre au bord du lit. Armandine aida la jeune femme à se livrer en lui tenant la main et en abordant la première la question centrale :

–J'ai... le sentiment que tu portes l'enfant de mon fils et... que tu cherches à me le dire depuis l'autre semaine. Avant de me répondre, sache que ce n'est pas pour moi un scandale ou une histoire répréhensible... Toutefois, la religion catholique a la dent dure quand il est question de concevoir hors mariage comme tu sais. Et ça rend les moeurs intolérantes envers les personnes à qui la chose arrive. Et puis dans la même veine, il y a la mémoire de Samuel à préserver. Et puis il y a cet enfant dans ton ventre et les deux autres là-haut qui auraient besoin d'un père... bon, j'en dis trop avant de connaître ta réponse. Je te le demande : es-tu enceinte, Catherine ?

–Oui, madame Goulet. Du vingt-trois juin.

Armandine sourit tendrement :

–Je l'ai deviné. Et je te redis la même chose : ce n'est pas si terrible pour moi. C'est le fruit de l'amour. Mais il y a les qu'en-dira-t-on, mais il y a la religion. Et à cela s'ajoute ta survie qu'il faut assurer avec trois enfants désormais. Tu sais, il y a un homme bien qui est ici avec nous et c'est le père de Clara... Suffirait que tu te rendes disponible mentale-ment et il n'hésiterait pas à t'épouser, même sachant que tu es enceinte de Samuel, et plus vite encore, l'apprenant. Il serait pour toi un bon mari. Tu vivrais plus proche de moi, de Clara et... de l'esprit de Samuel. Il me semble que cet enfant-là qui va naître appartient à la paroisse, ici. On va faire en sorte avec l'aide du docteur Poulin que les gens pen-sent qu'il vient au monde à l'heure. Pour qu'on le pense de toi et de Roméo. À la condition que tu épouses Roméo dans les plus brefs délais. Tu sais, ma petite Catherine, en ce mo-ment, c'est ma voix qui dit tout cela, mais pense que derrière ma voix, il y a l'esprit de Samuel. Je suis sûre que là où il se trouve, il m'approuve et dit les mêmes choses. Le crois-tu ?

–Oui... oui, je pense que je le crois...

–Et Roméo, crois-tu que tu pourrais l'aimer ?

–Oui, je le crois. Il est un homme meilleur depuis la mort de sa femme.

–Il est capable d'assumer ses erreurs.

–C'est vrai, ça.

Et fut fait le bilan du personnage qui se termina par des sanglots et supplications :

–Mais pourquoi Samuel est-il parti, madame Goulet, pourquoi donc ?

–Pourquoi est-il mort ? Pourquoi donc ?

Elles se réfugièrent dans les bras l'une de l'autre. Les

douloureuses questions restaient en suspens, de travers dans les coeurs, sans même un commencement de réponse...

Roméo pendant ce temps rassurait sa fille en lui disant qu'elle pourrait rester avec sa mère adoptive tant qu'elle voudrait pour ainsi continuer tout ce qu'elle avait entrepris. On savait déjà qu'Armandine avait l'intention de continuer sa vie sur place quitte à retourner vivre à Montréal quand Clara volerait de ses propres ailes.

–Moé, j'pense que si elle reste avec nous autres encore une couple d'années, elle va finir sa vie par icitte.

On les regardait aller. On supputait derrière les fenêtres. *"Il va reprendre Clara." "Madame Goulet va retourner à Montréal." "Elle va louer la maison ou la mettre à vendre." "Non, j'pense pas. Elle va rester. Elle a pas d'autres enfants que Clara." "Oui, mais elle pourrait l'emmener avec elle à Montréal. Après tout, son chez-eux, à elle, c'est par là, pas par icitte..."*

"Pauvre Clara : j'vous dis qu'est pas ben chanceuse, celle-là ! Le malheur s'attache à ses s'melles de suyiés..."

"T'es ben superstitieuse : dis donc pas ça, Alexina !"

"Ti-Bé, tais-toé !"

Rose toucha la main velue du vicaire en demandant :

–Vous avez toujours pas envie de suivre l'exemple du bon docteur Goulet, là, vous, pis de vous en aller dans les vieux pays ?

–J'y ai pensé, mais...

–Ça serait le restant des écus, comme ils disent dans *Séraphin* à la radio. Perdre notre docteur, perdre notre vicaire : les deux plus beaux hommes de la paroisse.

–C'est l'intérieur seul qui compte, madame Rose. Et beaucoup d'hommes, même grognons, même moins propres...

–Comme monsieur Ernest, dit-elle sur le ton de la confidence afin d'éviter qu'on entende depuis les maisons proches, surtout celle des Maheux.

–J'ai nommé personne en particulier... même moins attrayants de leur personne, plusieurs ont une belle âme. Des valeurs et tout...

–Vous avez ben raison : c'est le dedans qui compte.

Elle lui adressa un clin d'oeil voulant dire qu'elle n'en croyait pas un mot. Il n'en saisit pas le sens véritable.

–À la bonne heure !

Et il reprit sa marche en saluant.

–C'est toujours un plaisir, dit-elle à son tour.

*

Il fut demandé à Clara d'aller s'occuper des enfants et bientôt eut lieu une réunion à trois dans la chambre d'Armandine.

–C'est pas pour rien, Roméo, que tu t'es pas remarié. Ton heure était pas venue, dit la sexagénaire après les premiers mots prononcés machinalement et sans intérêt.

–Ah, j'ai regardé de tous bords, tous côtés, mais j'ai pas trouvé la bonne 'parsonne', faut croire.

–Non, au contraire, tu l'as trouvée, fit Armandine avec une étincelle dans l'oeil.

Le langage et la situation s'avéraient assez explicites pour que la veuf comprenne en bonne partie. Pas entièrement mais du moins, il devinait que la femme parlait de Catherine. Il ne lui vint toutefois pas en tête que la jeune veuve puisse être enceinte.

Roméo occupait une chaise droite près du mur avant de la chambre, au bout du lit, tandis que Catherine prenait place le plus loin de lui qu'il lui soit possible d'être dans cette pièce étroite, c'est-à-dire à la tête du lit, assise aussi sur une chaise ordinaire. Quant à madame Goulet, elle se tenait dans une sorte de qui-vive, à demi assise au bord du lit, les mains l'une dans l'autre et concentrant toute sa gestuelle dans les muscles de son visage.

L'homme demanda :

–C'est quoi l'explicâtion ?

Cet accent sur le â du mot faisait ancien et agricole, mais même le chef de l'Opposition de l'Assemblée législative au gouvernement de la province et ex-Premier ministre, Maurice Duplessis, pourtant un brillant avocat, l'utilisait dans tout son langage et cet exemple dédouanait les petits cultivateurs du fin fond des rangs de la Beauce de le faire, eux aussi. Ce qui conférait une partie de son "explicâtion" à l'immense popularité du politicien auprès de ces petites gens...

Armandine ne put tout de même s'empêcher de corriger :

–L'explication, c'est... pourquoi chercher de midi à quatorze heures quand on a devant soi la perle rare ? J'ai promis que ce jour de deuil serait aussi un jour de renaissance. La perle rare, Roméo, c'est Catherine. Elle est là...

Embarrassé et excité à la fois, l'homme émit un petit rire nerveux :

–Ça, je le sais, mais...

–Elle attend que tu la demandes en mariage.

Il secoua la tête comme quelqu'un d'abasourdi :

–C'est pas une journée pour rire, ça fait que je dois vous prendre au sérieux... Mais... c'est pas un peu vite après la mort de Samuel... ah, moé, c'est oui pour demain matin si vous voulez, là... j'ai pensé ben des fois que Catherine, ça serait la 'parsonne' idéale pour moé... la perle rare comme vous dites... mais...

–Pourquoi tous ces mais ? Elle est libre. Elle est jeune. Elle est belle. Elle est en santé. Elle fait bien à manger. Elle est une bonne chrétienne.

–Oui, mais elle, elle veut-il de moé ? Elle était là quand c'est que ma femme est morte...

Catherine intervint à voix forte :

–Et tu as fait tout ton possible dans les circonstances. Y a personne qui va te reprocher quoi que ce soit. Et tu vas cesser de te le reprocher à toi-même. T'as fait d'une tristesse une richesse et c'est tout à ton honneur. Mais, il y en a un, un mais, pis peut-être un gros mais, Roméo... Je vais avoir un enfant.

–Ah ? T'en as déjà deux, ça en ferait trois à adopter. J'en ai eu huit qui ont été adoptés, pourquoi qu'en retour, j'en adopterais pas trois ?

Armandine prit la parole :

–Celui-là, faudrait que tu fasses plus que l'adopter et lui donner ton nom, il faudrait... pour préserver la mémoire de Samuel... que tu... que les gens pensent que c'est à toi, l'enfant... je veux dire de toi. Pour ça, il faudrait un mariage le plus vite possible... avant le quinze de septembre. Et ensuite, faudra que le docteur Poulin nous aide à garder ça secret. Finalement, il faudra peut-être que Catherine accouche ailleurs que chez vous... mettons à Sherbrooke. Entendons-nous, pour moi, c'est pas une honte et ça serait pas quelque chose à cacher, mais le scandale est facile par ici, dans les campagnes. Je voudrais que monsieur le curé et toute la population gardent un souvenir... disons intact de leur cher docteur Samuel Goulet. C'est ça qu'on voulait te dire, Roméo. Catherine et moi, on te sait un homme généreux, un grand coeur et on a pensé que tu comprendrais.

L'homme s'adressa à la jeune veuve :

–Oui, mais de nos jours, se marier sans amour... Si tu m'aimes pas beaucoup, Catherine...

Elle répondit vivement :

–Suis capable de le faire.

–Tu pourras pus partir sur ton tandem, aller quêter par les grands chemins de la liberté, comme tu me disais...

–Y a un temps pour chaque chose ici-bas : la quêteuse, c'est chose du passé.

Il y eut une pause, des soupirs, puis Armandine reprit de nouveau la parole :

–Mariez-vous tous les deux. Comme ça, toi, Roméo, t'auras donné une fille à Samuel et en retour, Samuel te donnera un fils ou une fille.

–Une belle justice ! s'exclama-t-il à deux reprises.

Encore une pause de réflexion et il reprit :

—Pour ce qui est de mes enfants dispersés, on en ferait quoi ? Tu voudrais quoi, Catherine ? Serais-tu prête à te ramasser tout d'un coup avec une famille de huit, dix enfants sur les bras ? Les miens, les tiens et tout. C'est ben trop te demander, ça ?

—Ce que je dis, c'est qu'on reprendra ceux que les familles d'adoption voudront ben nous rendre.

Armandine affirma :

—En tout cas, Clara, moi, je la garde. Pas parce qu'elle est adoptée légalement, pas parce qu'elle manquerait d'amour envers vous deux, mais parce que son foyer, c'est ici jusqu'à ce qu'elle soit en âge de partir de la maison. Clara, c'est ma fille, elle reste avec moi. Vous en aurez d'autres à aimer. Et... et ça vous empêchera pas d'aimer Clara aussi... à distance.

—Moi, je suis d'accord.

—Moé itou !

Tous trois ignoraient qu'un étage plus haut, dans la salle de bains, l'adolescente recueillait leurs mots, l'oreille collée contre un élément de la tuyauterie. Elle avait découvert il y a longtemps ce truc à l'indiscrétion, mais ne l'utilisait jamais. Ce jour-là, les enjeux concernant son futur étaient trop importants et tellement alourdis à cause de son deuil, qu'elle n'avait pu s'empêcher d'écouter à cette porte-tuyau... Elle essuya quelques larmes et retourna dans sa chambre avec les enfants en y marchant sur le bout des orteils, enterrant à jamais dans son âme l'essentiel du propos surpris.

—Une drôle de demande en mariage ! dit l'homme. On dirait que c'est pas réel.

—Ça l'est ! dit Armandine. En plus que... ben je vous annonce tout de suite votre cadeau de noce. Et c'est un cadeau qui vient autant de Samuel que de moi... je vais libérer l'hypothèque sur votre terre. Comme ça, vous allez respirer mieux. Il va vous rester rien que l'hypothèque avec la caisse populaire.

–C'est trop, votre cadeau : j'peux pas accepter ça ! opposa l'homme qui relevait la tête et montrait sa fierté sur son front.

–Moi, j'accepte, s'empressa de glisser Catherine. Madame Goulet nous le donne au nom de Samuel pis moi, je l'accepte au nom de nos enfants, et surtout de celui que je porte en dedans de moi...

–Je demande une petite faveur en retour, dit Armandine. Si vous êtes d'accord tous les deux. En réalité deux petites faveurs. Et rien d'autre.

–On vous écoute, dit Catherine.

–Je voudrais être de cérémonie pour l'enfant. Et deux, je voudrais choisir son nom. Si c'est un garçon, je voudrais qu'il s'appelle Emmanuel. J'aimerais mieux Samuel, mais, pour éviter les cancans...

–Et si c'est une fille ?

–Si c'est une fille, je voudrais que ce soit Dolorès. Parce que votre mariage aura été décidé en ce jour de toutes les douleurs. Dolorès, ça veut dire mater dolorosa : mère de toutes les douleurs. Je souhaite que cet enfant, garçon ou fille, soit la réplique de son père et qu'il lui soit donné par son talent et son savoir de soulager la souffrance humaine à son tour, et qu'une fois adulte, il devienne un être de devoir, d'humanité, de commisération.

–On est ben d'accord, hein, Catherine ?

–Si on est d'accord !

–Bon, fit Armandine qui se remit sur ses pieds, les meilleures décisions sont le plus souvent les plus vite prises. Asteur, je vous laisse. La première chose à faire, c'est de vous embrasser... touchez-vous un peu, pour vous apprivoiser... Parce que l'amour, et je dis comme t'as dit tantôt, Catherine, ça s'apprend. Pis dans le fond, c'est peut-être pas mal mieux de l'amour appris que de l'amour spontané. C'est moins bête... Les chances de durer longtemps sont meilleures en tout cas.

Tout en parlant, elle se dirigea vers la porte qu'elle entrouvrit :

–L'amour, vous savez, c'est un sentiment... c'est émotionnel, mais ça peut-être spirituel aussi... et faut pas oublier que c'est charnel.

–Vous savez ce que Samuel disait, madame Goulet, fit Catherine en riant un peu. Il disait que les sentiments, c'est comme les beignes, c'est meilleur quand on les trempe dans le thé de la raison.

–C'est pas une comparaison pour vous élever l'esprit trop trop, mais elle comporte pas mal de vérité. Je m'en vais au salon. Prenez tout le temps qu'il vous faut pour vous embrasser. À tout à l'heure, là !

–Si t'as pas le coeur à ça, Catherine, on est pas obligés de l'écouter.

–Pour être heureux, il s'agit pas de toujours donner raison au coeur, il faut parfois donner du coeur à la raison.

Ils se levèrent et se dirigèrent l'un vers l'autre. L'homme craignit pour ses odeurs corporelles puis il se rappela qu'il avait fait une bonne toilette ce matin-là et qu'il avait même utilisé une goutte de parfum d'une bouteille de Maria, ce qu'il faisait tous les dimanches pour aller saluer son épouse décédée au cimetière où il lui était souvent arrivé de rencontrer sa fille aînée rendue là dans le même but.

Quand ils furent à un seul pas de distance, il bredouilla, embarrassé :

–Bon, ben essayons ça, d'abord qu'il faut.

–Pour Samuel.

–Oui... pis pour notre enfant...

Il lui toucha le ventre. Elle franchit le dernier pas et se retrouva sur lui. Leurs bouches se trouvèrent. Catherine eut un bouillon de larmes. Puis elle lui donna un second baiser. Il ne put empêcher son corps d'homme de tomber en manque...

Au salon, Armandine pensait que le curé ne serait pas dupe quand il apprendrait la nouvelle de ce mariage précipité, mais que s'il bénissait la chose sans rien dire d'autre, toute la paroisse le suivrait sans se questionner. Et les doutes s'évanouiraient bien vite derrière la sainteté lucide reconnue du prêtre.

Quand le couple revint auprès d'elle et que Catherine lui fit part de leur intention d'aller faire une visite au cimetière sur la tombe de Maria Boutin, la femme trouva que l'idée tombait pile et l'exprima :

–Plus on vous verra ensemble, plus on trouvera votre union naturelle dans les circonstances. Allez, allez...

*

Le repas du soir fut pris à la salle à manger. Le prêtre présent cette fois était le curé. Et comme au midi, les enfants de Catherine soupèrent en premier puis regagnèrent la chambre de Clara qu'ils partageaient avec elle. Et le couple Catherine-Roméo eut droit au même côté de la table tandis que la femme Goulet occupait l'autre avec sa fille adoptive, le curé ayant reçu d'office la place d'honneur au bout.

Et l'abbé Ennis comprit tout sans avoir besoin de la moindre explication. Même qu'il alla au-devant des choses au beau milieu du repas :

–Je pense, Catherine et Roméo, qu'au bout de tous ces malheurs que le sort vous a réservés, le temps de filer le parfait bonheur ensemble est venu pour vous deux. Même si le deuil et la douleur qui va avec sont là, qui vous baignent, surtout madame Catherine, ne perdez pas de temps, plongez dans la suite de votre vie au plus vite. Tout ce que vous avez enduré vous aidera à vivre mieux, à faire face aux autres aléas à venir. Ne perdez pas de temps. Je vais dire à tous que je vous l'ai fortement conseillé. Est-ce que vous êtes d'accord, vous, madame Goulet ?

–Absolument !

–Et... mademoiselle Clara ?

–Oui.

–Vous savez quel est le meilleur remède au malheur ? Eh bien, c'est le bonheur ! Mais, je n'ai pas à me mêler de vos affaires personnelles. À vous de réfléchir à tout ça ! Tes enfants sont bien placés, Roméo... Assez dit : on continue de

savourer cette délicieuse quiche... Je vais demander à madame Létourneau de réclamer votre recette, madame Goulet :
la lui donnerez-vous ?

–Absolument !

Plus tard, au salon, le curé demanda à Clara de reprendre
l'*Ave Maria*. Cette fois, les gorges furent moins serrées, les
poitrines moins écrasées. Le deuil commençait de s'aplanir.
On avait su lui faire face avec courage et lui opposer des
actes concrets.

Le chant sortit par les moustiquaires des portes et fenêtres ouvertes, car c'était une autre soirée tiède du mois
d'août, et sur le trottoir, celles que Samuel appelait les fleurs
du soir commençaient de raccommoder, elles aussi et tant
bien que mal, leurs coeurs saignants...

***

Chapitre 28

Londres, Angleterre, ce jour-là...

Le grand personnage militaire étais assis droit dans un fauteuil, les bras au repos, dans l'ombre du jour déclinant qui finissait d'entrer dans la pièce longue, large et haute. À son interlocuteur, le colonel Passy qui bénéficiait lui d'une certaine lumière venue d'une fenêtre sur sa gauche, il adressa des mots prononcés lentement et accompagnés de légers mouvements de tête que, sans son képi, un observateur en embuscade aurait eu du mal à discerner.

–Il nous faut l'admettre encore et encore, entre nous, cela va sans dire, que des milliers de Français et de Françaises collaborent avec l'occupant allemand. Comment alors imaginer, monsieur, que des Français du Canada, des gens sortis tout droit de l'Histoire comme du chapeau d'un magicien, que ces Français trop britanniques nous soient loyaux et fidèles jusqu'au bout de leur mission, fussent-ils de l'élite même de ce peuple paysan absorbé mais non encore assimilé... précisément parce qu'il est paysan et donc entêté...

–Ne nous perdons pas, mon général, dans les inextricables dédales de l'Histoire. Ces quatre hommes ont subi un entraînement rigoureux qui les a mis à l'épreuve sur toute la ligne. Et à rude épreuve ! J'ai suivi personnellement chacun de près durant cette période qui se termine aujourd'hui.

Grâce à eux et à d'autres peut-être comme eux, nous allumerons le feu qui fera boule de neige, si je peux m'exprimer ainsi, qui grandira et finira bien par purifier la France, toute la France, et lui ramener son identité propre présentement souillée par l'infection germanique.

–Était-il nécessaire pour tendre vers ce noble objectif, de leur faire perdre leur identité, à eux, d'en faire des Français à tous crins ?

–Mon général, ils ne seront jamais que des Français de surface. C'est le moins que nous ayons pu faire pour donner le change aux collaborateurs et aux occupants là-bas.

Le général souleva un doigt, l'auriculaire, et le remit aussitôt où il était en ajoutant :

–Mais bien évidemment, mon cher Passy ! Apprenant qu'ils sont des citoyens britanniques, l'ennemi aurait tôt fait de les jeter dans ses camps de prisonniers puis de se faire d'une vigilance accrue afin d'empêcher l'organisation de la Résistance française. Ce n'est pas de cela qu'il s'agit dans mes mots. Je veux parler de leur... culture. Culture et liberté vont de pair, comme l'oxygène et l'azote de cet air que nous respirons. On ne saurait respirer l'air de la liberté sans son élément culturel...

Passy inséra une phrase dans la pause qu'il devinait servir au général pour chercher une suite à son idée :

–Quelle est au juste votre préoccupation, mon général ? Précisez votre pensée.

–Ces quatre hommes du Canada qui feront partie de notre premier commando de Résistance, quel est leur nom déjà, à chacun ?

–Il y a Samuel D'Aubière, c'est un médecin. Mi-trentaine. Déluré. Cultivé. Patriote. Philosophe.

–Ensuite, ensuite...

–Il y a Camilien Barbe. Un prêtre. Quand il a décidé de s'enrôler, on lui a offert une cure. Il a choisi de venir servir en Europe.

–Et puis, et puis...

–Et il y a Alfred Bergevin, comptable, et il y a Jérôme Dauphin...

–Mais il me semble que ces noms sont tout à fait de chez nous.

–Les prénoms au Canada et les nôtres sont les mêmes. Les patronymes, on les a choisis plus... français de France...

–Passy, Passy, de grâce, donnez-moi les patronymes canadiens de ces hommes. Je veux savoir qui ils sont, pas mirer mon nez dans leur vernis de surface comme vous dites si bien.

–Oui, général. D'Aubière, c'est Goulet.

–Vous dites ?

–Goulet. G-o-u-l-e-t...

–Bien sûr, bien sûr, pas nécessaire d'épeler, suffit de prononcer clairement les mots. Et les autres ?

–Bergevin, c'est Racine.

–Racine, voyons, mais c'est très français.

–Oui, mais dans ce cas, c'est canadien.

–Passy, vous commencez à m'énerver sérieusement, mon bonhomme.

Le général souleva deux doigts, l'auriculaire et son voisin et les remit en place en ajoutant sur le même ton :

–Ce que je veux dire, c'est qu'on aurait pu, histoire d'éviter la confusion et l'entraînement à une autre identité patronymique, laisser à ce monsieur son nom véritable de Racine. Voilà qui tombe sous le sens.

–Je vous avoue que personne n'a dû y penser.

–Voilà pourquoi il y a des généraux, mon cher Passy. Pour penser quand les officiers de rang inférieur oublient de le faire.

Passy se racla la gorge et termina en vitesse afin que l'autre en ait moins à redire à chaque mot et à chacune de ses phrases :

–Dauphin, c'est Corriveau et Tremblay, c'est Barbe. Ou plutôt Barbe, c'est Tremblay.

–Je vois, je vois... Si mes souvenirs sont bons, l'un d'eux est prêtre, n'est-ce pas ?

–Oui, mon général : ce Barbe. Ou ce Tremblay, si vous voulez.

Il y eut une autre pause. Le général souleva toute la main puis la remit en place :

–Vous savez ce que Napoléon disait des prêtres ?

–Heu... non, j'avoue...

"On peut dire des prêtres ce qu'on dit de la langue, que c'est la pire des choses ou la meilleure."

–Bien pensé, général Bona... général !

–Est-ce que vous savez pour quelle raison je vous dis cela tout en vous parlant de ces Français du Canada ? De ces Français britanniques ?

–Heu... non, j'avoue...

–Eh bien, monsieur, je vous invite à vous mettre à la recherche de cette raison. Je vous invite à réfléchir encore sur cette identité perdue des Canadiens envoyés en mission au voisinage du loup allemand. Pensez... pensez et apportez-moi des certitudes. S'il y a une chose qui manque aux F.F.L. c'est de certitude. Voilà qui est bien plus important en ces temps incertains que les fusils et les canons. Rappelez-vous de cela, Passy et là-dessus, je vous accorde la permission de rompre. Il se trouve que ma tâche qui, comme vous le savez, sans être lourde s'avère énorme, me réclame comme toutes les heures de mes journées de travail qui en comptent au moins seize.

Passy n'ajouta rien. Il se leva. Salua. Quitta.

Une fois encore, le général avait mystifié et ainsi couvert le fait qu'il ignorait totalement le sens de son intervention improvisée.

*

À quelques kilomètres de là, dans sa chambre du camp d'entraînement qu'il partageait avec l'abbé Barbe (Tremblay), Samuel mit le point final à sa troisième lettre. Non seulement avait-on accordé aux Canadiens le privilège

372

ultime d'écrire à leurs proches au pays mais on leur en avait donné l'ordre sous le fallacieux prétexte que de la sorte, on les attendrait mieux là-bas quoi qu'il leur advienne, jusqu'au dénouement du conflit. Une fois en France, ils auraient droit quand ils entreraient en possession de l'équipement requis, à quelques mots codés seulement par mois, envoyés à leurs proches au Canada par les services secrets britanniques via le Q.G. de l'armée canadienne.

–Ça y est : mon courrier est complété. Il me reste à relire mes lettres.

La pièce était fort étroite et comprenait deux lits simples séparés par un passage permettant malaisément de se croiser. Au-dessus des têtes se trouvaient les bagages : des malles nouvelles qui remplaçaient celles que les deux hommes possédaient et qui étaient trop canadiennes au goût des décideurs britanniques et français. Le prêtre devait rester couché tandis que son compagnon de chambre travaillait, assis à une table de deux pieds carrés occupant le fond de la cellule.

–Tu n'as pas oublié ma bénédiction à ton monde là-bas.

–Non, j'ai pas oublié. Oui, mon ami, à ma mère, à ma fille et à Catherine. J'imagine leur journée de dimanche. Ma mère à l'église, Clara au chœur de chant et Catherine à la messe à Saint-Sébastien avec ses enfants. Les rites, c'est heureux, ça donne des points de repère à l'imagination quand on est loin de chez soi. Tu veux que je te lise tout haut ce que j'ai écrit ?

–Seulement si t'as le goût de le faire, mon ami. C'est confidentiel.

–Je commence par ma lettre à ma mère...

"Maman Mandine... –c'est comme dirait Clara–

Je finis mon entraînement demain, lundi. Et mardi, nous mettrons le pied en mer pour nous rendre à Marseille après une escale à Tanger. Une fois en France, je ne pourrai vous faire parvenir de nouvelles qu'au compte-gouttes par la voie des ondes courtes. Il faut que vous détruisiez cette lettre sitôt lue et que vous ne parliez à personne de mon départ de l'Angleterre pour la France..."

Allongé sur son lit, la main gauche de travers sur les yeux, le prêtre interrompit la lecture de son ami :

–Ça passera pas, Samuel. T'es bien trop explicite, trop spécifique. Il faudrait que tu utilises des mots plus généraux. Ne donne aucun nom comme Marseille, Tanger ou la France. Ils vont rayer ces mots-là, j'en suis certain. Ils pourraient même détruire ta lettre.

–Tu crois ? Tu as raison. Je n'ai pas assez réfléchi... Je recommence, tiens...

Alors il arracha la feuille de la tablette à écrire et refit ses devoirs. Un quart d'heure plus tard, il se tourna pour se rendre compte que l'autre s'était endormi. Il se contenta de se relire en silence. Après quelques généralités, il livra son état d'âme puis avertit de son long silence à venir. Et redit une fois encore sa certitude de retrouver sa maison, sa famille, quand il aurait fini d'accomplir son devoir outre-mer.

Puis il relut sa lettre à Clara.

"Chère fille,

Tu sais ce que je peux t'écrire de plus beau, ce sont les paroles d'un poème, d'une chanson. Tu la reconnaîtras puisque nous l'avons pratiquée à quelques reprises. Et ça porte le titre de "Désillusion". Tu te souviens, c'est une poésie de Victor Hugo. La voici, ma si chère enfant.

"Toute espérance, enfant, est un roseau.

Dieu dans ses mains tient nos jours, ma colombe;

Il les dévide à son fatal fuseau,

Puis le fil casse et notre joie en tombe;

Car dans tout berceau il germe une tombe,

Car dans tout berceau il germe une tombe.

Si près de toi, quelqu'un pleure en rêvant,

Laisse pleurer sans en chercher la cause.

Pleurer est doux, pleurer est bon souvent.

Pour l'homme hélas ! sur qui le sort se pose.

Toute larme, enfant, lave quelque chose,

Toute larme, enfant, lave quelque chose."

Fais de tes larmes des perles de rosée et dépose-les délicatement sur les fleurs du matin qui sont là, dans ton coeur, prêtes à s'ouvrir, à s'épanouir. Et va porter mes mots les plus joyeux à toutes les fleurs du soir de notre village. À Bernadette, à Marie-Anna, à Rachel, à Marcelle, à Cécile et aux autres. À madame Rose aussi. À Catherine, je les fais parvenir tout droit et tu souriras à répondre au pourquoi.

Je serai long sans te donner de nouvelles, ma si chère fille. Je serai long, mais je serai là. Le soir, avant de t'endormir, tu m'enverras des télégrammes avec ta pensée, avec ton coeur. Et tu me raconteras tes succès à l'école et à l'église. Et je recevrai tous tes messages par delà le grand océan. Où que je puisse être, je t'entendrai et te répondrai.

Je te serre bien fort sur mon coeur.

'Pa'

Samuel décida de n'en pas changer un seul iota, mais il ajouta en post-scriptum les salutations de son ami le prêtre et demanda à Clara de saluer le vicaire Turgeon et le curé Ennis pour lui.

Puis il changea de page et parcourut de ses yeux luisants que des larmes furtives avaient lubrifiés en abondance les lignes amoureuses couchées sur le papier.

"Ma douce petite Catherine,

Tu es ma plus chère espérance, ma plus grande raison de croire en la vie et en la liberté. Je suis venu mener ici un double combat pour la vie et pour la liberté. Ce combat, je le mène donc pour toi, pour vous tous là-bas, pour notre futur. Car il n'y a pas de bonheur possible en l'absence de la liberté. Ou à tout le moins de l'espoir de liberté...

Que fais-tu en ce moment, ma belle amie ? Dehors avec les enfants pour aller rêver dans notre sentier et parler de nous aux premiers arbres habillés d'automne. Ou peut-être en train de travailler dans la petite cuisine d'été à remplir des pots de ketchup vert, baignée des odeurs les plus piquantes et joyeuses. Où es-tu donc, mon soleil, ma joie, ma reine ? Que fais-tu, mon aimée ?

Moi, je ne peux guère t'en dire de mes jours ici et de ceux à venir. Je suis tenu au secret ainsi que je te l'ai confié dans ma dernière lettre. Mais le plus grand secret de toute ma vie et que nous possédons tous les deux, c'est celui de la grandeur de mon sentiment pour toi et tes enfants. Et je te dis que j'aime déjà les enfants que nous aurons un jour quand la vie nous réunira.

Embrasse Carmen et Lucien. Chéris-les pour moi. Et comme je te chéris dans mon coeur. Tiens, je t'envoie comme à Clara un peu de poésie. Mon compagnon de chambre est un prêtre et il m'a fait connaître par son écriture cette poétesse des champs, madame Lamontagne-Beauregard. Voici d'elle à toi par moi...

"Oh ! le bonheur de vivre en cette solitude,
Le coeur plein de chansons, libres du doute amer,
Et de plonger mes yeux épris de certitude,
Dans les infinis de la mer.

Avec le flot qui chante, avec l'azur qui vibre,
Comme les goélands volant toujours plus haut,
Monter à l'unisson, monter, toujours plus libres,
Dans un rêve toujours plus beau !"

Mon ami Camilien a connu cette femme. Il m'en a parlé. Il m'a même montré sa photo. Elle te ressemble. Elle chante la campagne, les paysages, la forêt, la liberté... comme toi, à ta manière. C'est un être courageux, optimiste, comme toi. Aimante et bonne, comme toi. Elle possède un coeur délicat, comme toi. Tout vibre sous sa plume, comme sous ta voix.

Et parlons un peu de ta santé. Tout va ? Au moindre problème, vois le docteur Poulin. Maman veillera à payer *les factures, comme tu le sais déjà.*

J'y pense, tu iras voir Roméo Boutin si l'occasion s'en présente et tu le salueras pour moi. Et si tu es parvenue à apprivoiser sa maison, prépare-lui un bon repas à ta manière avec du lièvre d'automne bien engraissé et des patates nouvelles. Et parlez de moi tous les deux tout en vous régalant. Je vous entendrai là où je serai. Car je serai loin d'ici dans un mois. Mais je ne peux te révéler l'endroit où l'on m'envoie en mission.

Si mes longs silences à venir te font pleurer, sèche tes larmes à l'idée de mon retour. Et parce qu'il aura grandi arrosé de nos pleurs, notre sentiment deviendra éternel. Oui, c'est cela, Cathou, ma douce et passionnée Cathou, grâce aux orages que nous aurons traversé ensemble, nous vivons quelque chose de si rare : un amour éternel.

Quand la nuit tombera, parle à la lune et la lune me parlera. Je t'aime de toutes mes forces.

Samuel, ton fiancé pour toujours."

Camilien rouvrit les yeux mais demeura silencieux, respectueux du moment exquis que son compagnon vivait. Il l'observa qui pliait ses lettres en trois parties, l'une après l'autre et les insérait dans les enveloppes qu'il adressa ensuite avec un soin méticuleux.

–Tout est comme tu veux, mon ami ? demanda le prêtre quand Samuel eut terminé.

L'autre se tourna et montra ses enveloppes :

–Je pensais que tu dormais. C'est pour ça que j'ai lu tout bas. Mais... tu peux imaginer ce que j'ai écrit. En passant, j'ai parlé de ta chère madame la poétesse des champs.

–C'est bien, c'est bien.

–Et quand doivent-ils venir prendre notre courrier ?

Le prêtre regarda sa montre :

–Dans une demi-heure.

À ce moment, l'on put entendre au loin les sirènes de Londres qui annonçaient un bombardement incessant. Avant que les avions ennemis ne survolent la capitale, il restait au maximum trente minutes. Voilà pourquoi le préposé au ramassage du courrier se présenta presque tout de suite et ramassa les lettres des deux hommes qui furent ajoutées à celles de leurs deux amis canadiens logés un peu plus loin. L'estafette repartit en trombe, désireuse de rejoindre sa destination avant le bombardement.

Quarante-cinq minutes plus tard, le courrier était dépouillé par les Britanniques, ceux-là même qui faisaient liaison entre les F.F.L. et les services anglais. Ils lurent les lettres pour en savoir davantage sur ces hommes en partance pour la France et se persuader in extremis qu'ils devaient leur faire confiance. Puis les brûlèrent.

Le feu roulait dans des quartiers de la ville, mais les bombes tombaient trop loin pour qu'on s'en alarme encore.

Là-bas, au loin, au camp d'entraînement, les Canadiens regardaient ce terrible feu d'artifice qui allumait la capitale anglaise. C'est pour en finir avec ça qu'ils seraient espions en France. Et fomenteurs de troubles.

Malgré sa tristesse devant tant de destruction inutile, Samuel ressentait un certain bonheur. Celui d'une mission importante à accomplir. Celui aussi des sentiments exprimés comme jamais dans ses lettres du jour parties pour le pays, le croyait-il...

À la tristesse vint s'ajouter la nostalgie...

***

Chapitre 29

Peu à peu, d'un jour à l'autre, après les émois de cette fin de semaine du vingt-quatre août assombrie par la funeste nouvelle de la mort de Samuel, la vie paroissiale reprit son cours. Armandine chargea Bernadette sans le lui dire explicitement, et simplement en la lui annonçant, de répandre l'autre nouvelle, plus heureuse, du mariage possible et même probable de Catherine et Roméo. Un mariage de raison certes, pour le bien-être de leurs enfants respectifs, mais aussi de coeur puisque les deux se connaissaient bien depuis quelques années...

Entre-temps, des arrangements furent pris par le couple avec le presbytère de Saint-Sébastien afin que l'on puisse célébrer le mariage dans la paroisse de la mariée le deuxième samedi de septembre en date du 14 du mois. Une cérémonie discrète et dépouillée fut envisagée.

Roméo attela son 'team' de chevaux à une plate-forme à foin qu'il entoura de planches et se rendit prendre chez Catherine toutes les choses qu'elle voulait apporter avec elle; il irait chercher le reste après le mariage. Et l'on mit aussitôt sa petite propriété à vendre.

On entra en contact avec toutes les familles qui avaient pris chez elles un enfant de Roméo. Il leur fut expliqué qu'on était prêt à reprendre ceux qu'on voudrait bien leur remettre. Leur décision, quelle qu'elle soit, était d'avance acceptée et louée. Toutes demandèrent à garder l'enfant adopté. Catherine et Roméo pourraient ainsi donc avoir leur propre famille fondée sur celle, déjà bien en marche, de la jeune femme.

Catherine réévalua à maintes reprises sa décision prise sous influence et sous le coup d'une émotion insupportable. Et la maintint, voire la renforça en approfondissant tous les arguments favorables à cette union de convenance, de raison et d'une certaine attirance physique entre les deux intéressés. Et ce qui augmenta le plus sa détermination fut son désir d'en finir le plus tôt possible avec son deuil pour ne plus garder de Samuel que les souvenirs heureux qu'il lui laissait en abondance.

Quand il apprit la nouvelle de ce mariage prochain de la bouche de sa femme qui passait par là, les mains pleines d'oeufs ramassés à l'étable, Ernest se mit à ricaner et déclara devant un client de la boutique de forge :

–Ça serait-il que le p'tit docteur campagne comme ils l'appellent arait 'sumé' d'la graine avant de partir pour la guerre, là, lui ?

Il fut vertement rabroué :

–T'es donc v'nimeux quand tu veux, Ernest. Le sais-tu que du monde, ça peut prendre des décisions autrement que pour du 'sumage' de graines ? C'est monsieur le curé lui-même qui a eu l'idée du mariage de la quêteuse avec Méo Boutin. Bernadette me l'a dit. Veux-tu je vas te dire c'est qu'il a dit, monsieur le curé pour les décider ? Il a dit que le meilleur remède au malheur, c'est le bonheur. Mais toé, des affaires de même, ça te passe dix pieds au-dessus de la tête. Ah, les hommes, ça pense jamais avec d'autre chose que... que...

Elle ne finit pas sa phrase.

Et lui continua de battre le fer sur l'enclume tout en ricanant encore et grommelant pour lui-même mais sans oser dire autre chose de plus.

Malgré son chagrin, Clara se remit sur pieds. Les propos entendus dans l'après-midi du 24 lui furent répétés après le départ du curé. Elle continuerait de vivre avec sa mère adoptive et elle se prépara donc pour l'école sur le point de reprendre. Et pour diluer sa peine, elle pratiqua le piano, la guitare et le chant plusieurs heures par jour. Et puis elle avait hâte d'aller aux noces. Pour elle aussi, cette journée en serait une de bonheur à mettre dans la balance pour faire contrepoids à son si lourd malheur, ainsi que l'avait si bien conseillé monsieur le curé.

Comme pour chacun des époux, il s'agirait d'un second mariage, la tradition demandait que la robe de noce fût sobre. Avec le consentement enthousiaste de Catherine, Armandine prit en charge la préparation de la toilette de la mariée, comme si la jeune femme avait été sa propre fille.

Dans un paradoxe échappant aux analyses les plus subtiles, la mère de Samuel se sentait bien plus proche de Catherine maintenant que son fils était mort qu'auparavant. Il y avait certes l'embryon qui croissait au secret de la jeune veuve, mais ça n'expliquait pas ce rapprochement notable et fortement ressenti. Oui, le deuil les avait rendues solidaires. Peut-être aussi que la femme se sentait plus isolée que jamais maintenant seule, au fond de la campagne, elle qui avait toujours vécu dans la grande ville jusqu'à leur arrivée dans cette paroisse. Bon, la présence vivifiante de Clara en cette maison éclairait la pénombre où elle vivait accompagnée de sa profonde solitude, mais elle ne pouvait combler tout son vide intérieur.

C'est en réfléchissant à ces choses, nébuleuses dans leur ensemble mais claires dans leur individualité, qu'elle ouvrit sa machine à coudre et entreprit de mettre à la mode du jour un costume que Catherine avait elle-même choisi à son invitation dans sa garde-robe. On avait fait un essayage, prit des mesures, posé des épingles. Le reste, elle y verrait...

Dans le même temps, il arrivait quelque chose de mémorable à Clara. Elle prenait de nouvelles leçons de conduite avec Luc Grégoire sur l'auto familiale des Goulet. Il fallait se dépêcher avant le départ du grand jeune homme pour

Montréal où il avait décroché un emploi de débardeur au port fluvial. Il restait à peine trois semaines pour apprendre comme il faut.

Car Luc prendrait le train à Saint-Évariste le même jour que les nouveaux mariés et pour la même destination, après avoir assisté à la petite noce avec sa chère Jeanne d'Arc, son inséparable Jeanne d'Arc dont il devrait pourtant se séparer. L'ambition du jeune homme, c'était de se ramasser suffisamment d'argent pour acheter l'hôtel de son père. Pampalon avait même pris entente avec lui à ce propos. Il établirait donc son plus vieux de famille et se trouverait bien quelque commerce dans les environs pour lui permettre de gagner la vie des siens.

La première chose que fit Luc fut d'ajuster la banquette avant à la bonne distance pour le confort de la jeune fille dont la longueur des jambes faisait loin de celles de Samuel ou des siennes, à lui. Pour la théorie, il lui suffirait de se racotiller un peu. Et tous les jours, l'on vit passer ces deux-là, parfois avec Jeanne d'Arc qui s'installait à l'arrière et faisait rire son Luc. On allait pratiquer en dehors du village sur la voie de la Grande-Ligne du côté de Saint-Martin. Le chemin y était plat sur une bonne distance et il se trouvait juste le bon nombre de côtes et à inclinaison raisonnable pour montrer à Clara les rudiments du métier. Ensuite, on irait sur l'autre chemin de Grande-Ligne vers Saint-Évariste. Et enfin, on aborderait le redoutable Grand-Shenley avec ses pentes abruptes qui requéraient pas mal d'habileté sur les pédales de frein et d'embrayage.

Ce jour-là, alors que Luc venait de s'asseoir à la place du passager et que Clara prenait le volant pour la toute première fois, les deux amoureux eurent un échange qui fit sourire un brin l'adolescente. Peut-être son premier sourire véritable depuis l'arrivée de la terrible nouvelle l'autre jour.

–Le plus tannant dans une côte, c'est d'étouffer le moteur pis de repartir. Mais ça, on va y venir plus tard.

–Quand est-ce que tu me le montres, à moi ? se plaignit sa blonde.

–C'est la machine à madame Goulet, pas la mienne.

–Prends celle à ton père d'abord.

–Justement, c'est à mon père, c'est pas la mienne.

–Ah, maudine de maudine ! Tu t'en vas à Montréal, pis moi, va falloir que je voyage à mon école en bicycle. Tu veux que je me casse la margoulette ou quoi dans la côte à Talbot ?

Luc éclata de rire :

–Tu folle, toi ? T'as voyagé en masse en vélocipède pis t'es jamais morte. En plus que t'as juste à prendre le postillon pour aller à ton école. Ça coûte dix cents par fois. Le père Tom est pas cherrant. Tu pourrais voyager soir et matin : pas besoin de coucher à ton école. Au chaud chez vous.

Elle chantonna, boudeuse :

–J'aimerais ça, mener une machine, moi.

–Une maîtresse d'école, ça devrait dire une automobile, pas une machine.

–Tu m'en diras tant, toi, le grand génie à Pampalon. Le grand instruit...

–Attends donc un peu, toi, fit-il en descendant. Je vas te montrer à pédaler dans les côtes... Clara, je monte en arrière. Je vais te diriger par-dessus le siège...

Et pendant qu'il s'exécutait, Jeanne d'Arc lui disait en levant le nez :

–Un génie comme toi devrait pas dire siège mais devrait dire banquette.

Le jeune homme se rua sur elle et, à travers leurs rires conjugués, et même ceux de Clara, lui attrapa les poignets qu'il appuya contre le dossier.

–Tu serais pas capable de conduire une au-to-mo-bile... t'aimes trop embrasser... tu voudrais embrasser tous les chars qui viendraient dans l'autre direction... pis moi, j'pourrais pus t'embrasser pantoute...

–T'es fou raide, Luc Grégoire. T'es fou comme un foin. As-tu vu pire ?

–Tais-toi ou je te mords les lèvres...

Un peu embarrassée, le regard du côté du boisé voisin, Clara laissa son esprit s'envoler vers un souvenir tendre et si beau : celui de ce jour où son père adoptif avait chanté au salon *Le baiser promis*. Chanson d'une immense tristesse et qui montrait la futilité de la guerre en regard de l'amour. Elle imagina le pouvoir magique du baiser de la jeune fille sur la bouche du soldat mort, puis sa résurrection. L'amour triomphe-t-il de la mort en fin de compte ou bien est-ce le contraire ? Et si la mort était le commencement de l'amour ? Et si la mort était le commencement de l'amour ? se redit-elle une seconde fois.

Le moteur de la Chrysler tournait au ralenti. Il y avait silence là, derrière, qui ne dura pas. Puis Clara sentit une présence et vit la forme de Luc dans sa perception périphérique.

–La seule manière d'empêcher Jeanne d'Arc de parler, c'est de lui clouer le bec. Bon, Clara, tu m'as assez vu faire, c'est à ton tour de chauffer. Pied gauche sur la 'clutch', pied droit sur le 'brake'...

–Pis là, je laisse la pédale des freins et tout en relâchant celle de débrayage, je mets mon pied droit sur la pédale d'accélérateur...

–Elle, elle sait parler comme il faut, s'écria Jeanne d'Arc.

–Oui, mais ça l'empêche pas d'étouffer le moteur.

En effet, l'auto avait eu un soubresaut et le moteur avait calé. On se reprit. Et enfin, Clara obtint son vrai premier succès.

–Faut pas oublier le volant !

La jeune fille le tenait comme une noyée qui s'agrippe à un objet flottant.

–La roue, tu la prends doucement... comme si tu... comme quand tu touches la joue du petit frère à Jeanne d'Arc.

–Écoute-le pas, lui, c'est rien qu'un grand tannant. Et pire que ça...

–Une automobile, il faut respecter ça. Si tu la respectes, elle va te respecter.

–Bon, et voilà les beaux grands principes de philosophie asteur...

–Toi, si tu veux pas te faire clouer le bec encore une fois, t'es mieux de...

–Je demande pas mieux.

–Oui, mais là, c'est pas le temps.

–Comment ça, c'est pas le temps ?...

La jeune femme attrapa son amoureux qui se laissa faire et le poussa, et le fit coucher de travers sur la banquette et sauta sur lui.

Clara riait maintenant et ses mains se faisaient plus 'respectueuses' au volant...

*

Dong ! Dong ! Dong ! Dong !

Une simple cloche annonçait à un village presque indifférent la sortie des mariés de l'église de Saint-Sébastien. La réputation de Catherine dans son patelin ne soulevait pas un très grand intérêt. On la connaissait comme une personne maltraitée mais dure à la fois. Tous avaient entendu parler de l'expulsion de son mari et même de cette agression méritée à la fourche quand il avait voulu l'obliger à faire son devoir conjugal malgré leur séparation et sa répulsion envers lui. On savait qu'elle avait été mêlée à une affaire de meurtre à Shenley. Qu'elle avait été blanchie la journée même et n'avait donc été que la victime de circonstances pénibles et d'un homme à la sauvagerie calculatrice qui lui, avait soulevé bien plus les passions entre le jour de l'affaire et la pendaison du coupable.

Et puis ses amours, on en avait douté. On disait qu'elle avait quêté dans les paroisses ces dernières années, mais elle ne l'avait pas souvent fait dans la sienne. On disait que le docteur de Shenley venait la voir, mais on ne pouvait s'imaginer qu'un homme de ce rang social puisse s'intéresser pour de vrai à une espèce de bohémienne qui vivait en marge de

385

la communauté paroissiale. Des rumeurs avaient circulé voulant qu'elle consentît ses faveurs à cet homme en retour de bien des avantages dont le téléphone.

C'est que Catherine se montrait peu au village et on pensait donc peu à elle. Souvent elle allait à la messe avec ses enfants à Courcelles et puis Carmen et Lucien, en vertu de l'entente entre commissions scolaires, fréquentaient la petite école de Courcelles et non celle de Saint-Sébastien.

On l'oubliait facilement.

Et ce jour de son mariage, même si les bans avaient été publiés, on l'oubliait aussi à peu près totalement. Du moins jusqu'à sa sortie de l'église au bras de cet homme mal équarri, perdu dans son habit noir, affublé de deux bras gauches. La cloche amena à leurs fenêtres le regard de quelques femmes curieuses. Dehors, il faisait bon vent comme souvent en ces lieux juchés haut et exposés. Mais le soleil brillait de ses plus beaux feux d'automne. Il était près de midi et les mariés se sentirent bien quand ils s'arrêtèrent au pied du perron pour la photo traditionnelle, suivis des invités qui formèrent deux petits rangs derrière eux.

Catherine portait donc le costume refait par Armandine qui lui avait posé des bourrures aux épaules et des boutons neufs au corsage qui en comptait cinq. Il s'agissait d'un tissu de gabardine aux motifs noirs alignés en rangs serrés sur fond blanc. Un boléro au contour entièrement ourlé d'un biais noir. Et un chapeau noir aux allures d'assiette ainsi que des gants noirs. Un ensemble de bon goût pour souligner à la fois un deuil et un heureux événement. Et très à la mode de 1940.

Les invités étaient ceux de la proche famille de Catherine, les frères et soeurs, beaux-frères et belles-soeurs de Roméo de même que les Goulet. Et en vertu du lien particulier qui les avait unis, Bernadette Grégoire, son neveu Luc et son amie Jeanne d'Arc Maheux. En tout pas trente personnes. Et aucun enfant à l'exception de Carmen et Lucien, pas même ceux de Roméo. On avait argué que c'était une seconde noce, que le repas se donnait à l'hôtel chez Pampalon et qu'il faudrait à tous les invités venir en automobile afin de se rendre dans l'autre paroisse par le chemin de le grande concession forestière tout en s'arrêtant un moment en route à la maison des futurs.

Rien ne devait attirer l'attention des curieux dans les maisons jusqu'au moment où le convoi se forma devant l'église. Une femme de l'autre côté de la rue tout d'abord se frotta les yeux pour savoir si elle ne se trompait pas. Puis une autre qui téléphona aussitôt à une troisième. Et ainsi de suite jusqu'à la sortie du village. Il fallut un moment avant que le cortège ne s'ébranle et à toutes les fenêtres, on s'étonna de voir une aussi jeune fille conduire l'auto des mariés. En effet, Clara qui était devenue bonne au volant avait été demandée pour agir comme chauffeur de la Chrysler des Goulet après avoir été fille d'honneur au mariage. Il y avait Carmen et Lucien près d'elle sur la banquette avant et les mariés à l'arrière. Les suivaient de près Luc et Jeanne d'Arc qui avaient pour passagers Armandine et Bernadette. Puis la parenté des deux bords.

"Elle peut pas avoir ses licences pour mener une machine à son âge. Ben trop jeune. Elle va se faire poigner par le 'spotteur', elle."

"Le 'spotteur', on le voit jamais dans notre boutte. Y en a un à Mégantic pis un autre à Saint-Georges : deux dans ben grand."

"As-tu vu pire ?"

"Ben on aura tout vu."

Fière comme un paon, Clara ne fit aucune faute et conduisit lentement, sans soulever beaucoup de poussière. Elle demeura attentive et ne parla pas aux mariés de toute la route.

Comme prévu, on s'arrêta prendre un verre de vin chez Roméo puis le convoi nuptial reprit le chemin pour arriver peu après au village. Le beau Luc attira l'attention de tout le monde avec le klaxon de la Buick à Pampalon qui faisait un bruit de grenouille en train d'appeler la grenouille. Nombreux furent ceux qui se mirent aux fenêtres ou qui sortirent à l'extérieur à la faveur d'un si beau temps pour regarder passer les nouveaux mariés. Et c'était l'hilarité chaque fois qu'on apercevait, plus sérieuse encore que le pape Pie XII, Clara au volant de la Chrysler.

–Une ben belle journée pour se marier ! s'exclama l'aveugle Lambert quand sa femme lui dit qui en ce moment passait devant leur maison.

Anne-Marie se dit qu'il voyait mieux qu'elle...

***

Chapitre 30

À l'hôtel Grégoire, il fut servi un repas de noce entièrement payé par Armandine qui avait ajouté ce deuxième gros cadeau à celui de l'hypothèque effacée.

Au groupe se joignit le curé Ennis qui ainsi venait cautionner cette union et dire à tous sans l'exprimer par la parole qu'il misait sur la chasteté de Catherine et Samuel, et ne croyait pas que ce mariage précipité puisse être pris pour le signe que la jeune femme soit enceinte pour avoir, avec le jeune docteur qu'elle aimait, fêté Pâques avant les Rameaux, suivant une expression de l'époque dont le sens n'échappait pas à Ernest et qui allumait son regard rouge devant son feu de forge dans sa noire boutique.

Clara chanta pour les mariés comme elle l'avait fait aussi à l'église. Cette fois, ce fut, peu après le repas quand Ida aidée de Jeanne Bellegarde, eut desservi la table, un air profane intitulé *La surveille de mes noces*.* Elle fut accompagnée au piano par Armandine.

> *La surveille de mes noces,*
> *Ah ! grand Dieu, qu'la nuit dura !*
> *J'mis la tête à la fenêtre,*
> *Vis la lune au coin du bois.*

folklore

389

Le point du jour arrive, arrive.
Le joli jour arrivera.
J'mis la tête à la fenêtre,
Vis la lune au coin du bois.
Je lui dis : Ô belle lune
Tu n'es donc encore que là ?
Le point du jour arrive, arrive.
Le joli jour arrivera.

D'autres chantèrent. Mais pas Armandine. Sachant que la femme refuserait, qu'elle avait fait son deuil de chanter pour le reste de sa vie à cause de la mort de Samuel, personne ne le lui demanda.

Le curé applaudit Clara plus que tous les autres. Il lui fut demandé par Pampalon d'adresser la parole. Le prêtre accepta, se leva et obtint aussitôt l'attention. Et sa voix résonna bientôt dans la petite salle à dîner aux murs beigeâtres qui avait peine à contenir tous les invités.

–C'est une noce bien spéciale que celle réunissant aujourd'hui une jeune femme exceptionnelle qui était déjà une des nôtres et qui le deviendra encore davantage, puisqu'elle a épousé un petit gars de la paroisse et qu'elle viendra résider parmi nous avec ses deux chers enfants... et un jeune cultivateur plein de promesses. Après les drames terribles que nous avons traversés, voici que les horizons s'éclaircissent un peu enfin. Oh, il restera de la tristesse dans nos coeurs... ceux qui sont partis si tragiquement et je pense ici à Maria, la première épouse de Roméo, à Rose-Anna Bougie à la si cruelle fin, et surtout à notre cher, très cher ami Samuel Goulet, ceux-là auxquels j'ajouterai très certainement le nom de Marcelle Champagne à qui le support moral du jeune docteur paraissait essentiel et qui s'est laissée mourir après l'avoir perdu, ceux-là donc laissent en nous des traces importantes de leur passage ici-bas. Nous ne les oublierons jamais, au grand jamais, bien entendu. Mais ce qu'ils ont laissé nous rend meilleurs tous. Mais leur volonté est que nos regards comme des phares lumineux tiennent le cap de notre vie vers l'avenir... Permettez-moi de souhaiter, au nom de tous les paroissiens, aux nouveaux époux un bonheur qui surpassera toutes les difficultés de la vie, tous les drames, toutes les contrariétés qui en font partie et qui sont inévitables. Et de leur souhaiter aussi une belle descendance. Je les bénis donc comme je vous bénis tous.

Bernadette déclencha les applaudissements et approuva de signes de tête adressés à ses voisins, Jeanne d'Arc et Luc. Et pendant que Roméo souriait gauchement d'un côté et de l'autre, Catherine devait, elle, fabriquer de toutes pièces des sourires qui ne correspondaient aucunement à son état d'âme du moment. Cette réalité, qu'elle vivait par la force des événements, fondée sur son rêve brisé, la tenait à la gorge. La vie l'avait condamnée une fois encore à autre chose que la réalisation de ses rêves d'enfant et de jeune fille : il fallait qu'elle en tire le meilleur pour elle-même et surtout pour ses enfants. En ce jour, elle devenait une femme comme une autre : dévouée, donnée, sacrifiée. Désormais, son lot serait le travail, serait sa seule liberté, et le soin des enfants serait son amour, tandis que Roméo serait sans doute un compagnon valable. Et Samuel serait sa nostalgie. Et il serait cette fleur du coeur arrosée de ses larmes, ainsi que le disait si souvent Samuel dans leurs conversations.

Des invités quittèrent la salle à manger pour une pièce voisine. D'autres allèrent parler un brin avec les époux. Mais Catherine surveilla de loin Clara et dès que l'occasion se présenta, elle la rejoignit près du piano, qui fouillait dans des feuilles de chant appartenant à Ida. Elle désirait avoir avec la jeune fille un entretien personnel sans même savoir de quoi il serait question. C'était ainsi. Il fallait qu'elle lui parle de n'importe quoi. Une force indéfinissable, sorte d'instinct inconnu, l'y inclinait.

–Merci pour le chant magnifique à l'église, Clara. Et pour tantôt.

La jeune fille se contenta d'un sourire. Catherine prit une chaise et s'assit près d'elle qui prenait place au banc du piano.

–Si ton père et moi, on a des enfants, et c'est bien proba-ble, je voudrais qu'ils te ressemblent tous.

–Tu parles de qui... quand tu dis mon père ? demanda Clara sans lever les yeux d'une feuille qu'elle tenait dans la main.

Catherine demeura muette un long moment. Puis elle sut que la jeune fille savait qu'elle était enceinte de Samuel. Pour faire comprendre cela à Clara sans le dire explicitement tout comme l'adolescente l'avait fait, elle dit simplement et tout doucement :

–Je parle... des deux.

–Je voudrais être là, Catherine, quand tu auras ton... ben ton premier enfant.

–Si c'est possible. On verra bien.

–Si c'est pas possible, j'y serai avec mes pensées.

–J'aime tes cheveux... la façon que tu les as...

–C'est m'man Mandine.

–Elle a tous les talents, on dirait.

Rien de ce qu'elles se dirent n'approfondissait par les mots, mais tout creusait les sentiments. Elles étaient deux personnes qui s'aimaient sans réserve et partageaient un amour inconditionnel envers un disparu qui leur avait tant appris, qui les avait tant aimées, protégées.

*

Les mariés avaient une chambre là-haut au troisième. Les deux enfants aussi pour la prochaine nuit. Mais eux, pour l'heure et jusqu'au soir, passeraient le temps en compagnie de Clara chez elle.

Catherine et Roméo furent donc dans leurs quartiers étroits aux trois quarts de l'après-midi quand les invités se furent tous égrenés par la sortie après avoir adressé leurs salutations et leurs bons voeux à ces deux-là qui, encore jeu-nes, entreprenaient la principale étape de leur vie dans un cadre bien défini. On leur souhaita de toutes mains, de toutes lèvres et de tout coeur un bonheur simple. Clara et Arman-dine avaient été les tout derniers à quitter avec les enfants en raison de quelques détails pratiques à régler avec Ida et Pampalon.

Le lendemain midi, les mariés prendraient leur repas chez les Goulet. À celui du soir, ils recevraient à leur tour Clara et sa mère dans une rencontre à quatre. Car les deux enfants, Carmen et Lucien, retourneraient à Saint-Sébastien le dimanche après-midi pour s'y faire garder par la famille Rosa, reconduits là-bas par Luc et Jeanne d'Arc.

Tout était planifié, orchestré, prévu, organisé.

Et lundi matin : départ pour le voyage de noce à Montréal par train. Par coïncidence, Luc serait du même voyage.

–Tout va comme tu veux, ma... ma femme ?

Catherine était à débrocher son chapeau devant le miroir de la commode. Ses mains se figèrent à l'expression entendue. Voilà, c'était réglé, consommé : elle appartenait à un homme et cette fois, il ne s'agissait pas d'un ivrogne mais d'un bon travaillant, d'un bon catholique, d'un bon père, d'un bon époux sûrement ! Le bon Dieu recollait les morceaux de son rêve de femme après que la vie et la guerre l'eurent brisé en mille miettes.

Elle reprit son mouvement et posa son chapeau sur le dessus du meuble. La tête penchée en avant, elle ne vit pas venir son nouvel époux et sursauta quand elle sentit ses mains énormes sur ses fesses.

–On aurait quasiment le temps avant de souper de... ben de... d'essayer le litte...

–J'aimerais mieux que...

Il retira vivement ses mains :

–Ah, attendons donc à soir...

–Je voulais dire que j'aimerais mieux que tu dises lit au lieu de litte. Ça fait moins... habitant.

Il recula et alla s'asseoir dans une berçante qui craquait de tous ses os de bois sec :

–C'est 'cartain' que j'parle en habitant, moé, mais ça m'empêche pas de faire pousser des bon 'lédjumes'.

Elle se tourna vers lui, fit un sourire désolé, hocha la

tête, s'approcha, se pencha un peu et lui dit de sa voix la plus douce :

–Faut pas te fâcher pour ça, là ! C'est juste qu'on peut s'améliorer. Ça paraît mieux. Pis ça donne plus le goût des belles choses. Et c'est pas ben dur, surtout pour les jurons que tu échappes des fois. Au lieu de dire : ça, c'est beau en 'christ', tu dis c'est beau en vrai.

–Moé, j'dis vré : c'est pas ben ben plus beau.

–L'idée, c'est de te demander dans ta tête comment tu pourrais le dire autrement. Ça donne le temps de réfléchir. Ça prend une seconde... mais c'est une seconde importante souvent... Des fois, sans vouloir mal faire, rien qu'à cause d'un juron mal placé, tu peux blesser quelqu'un. Je sais ben que t'es pas un homme de même, Roméo.

–Tu sais, moé, j'ai été élevé dans le bois...

–Clara aussi et vois comme elle parle mieux maintenant.

–C'est pas que c'est meilleur, mais c'est plus beau : ah, je comprends ça. J'vas faire attention pis toé, tu me reprendras pour m'aider...

–J'aime t'entendre dire ça. Et là, si tu veux, si t'as le goût, on peut essayer le...

–Le lit...

Ils se mirent à rire. Mais l'on frappa à la porte. C'était Jeanne d'Arc qui venait les visiter.

–Je voulais vous dire encore comme je suis contente pour vous deux. Après les grands malheurs, les grands bonheurs comme dirait monsieur le curé.

–Entre, viens t'asseoir, lui dit Catherine.

–Je vous dérange pas trop, toujours ?

–T'inquiète pas : on a toute la vie pour être tout seuls ensemble, hein Roméo ?

–C'est sûr, ça. Viens t'assire !

La jeune femme accepta et entra d'un pas mal assuré tout en soupirant :

–Vous autres, c'est l'union tandis que moi, c'est la séparation. Pas drôle, ça !...

La jeune femme portait une robe serrée à la taille, couleur bleu ciel avec plis dans la jupe et dans le corsage, et sa chevelure soignée débordait de sa tête avec une huppe sur le dessus et des vagues retombant sur les côtés jusqu'aux épaules.

–Les meilleures unions, dit Catherine qui s'assit au pied du lit, c'est celles qui ont été préparées par des séparations.

–Ça nous dit pas de penser à des choses aussi compliquées quand le moment de se séparer arrive. Luc part lundi matin et je serai même pas là pour le voir partir. Il faut que je sois avec mes élèves à l'école.

Roméo se rendit prendre place dans l'ombre et s'assit à califourchon sur une chaise droite où il se cala dans un silence que lui imposait, en tant qu'homme, l'expression de sentiments aussi féminins. Il se demandait en ce moment s'il arriverait à se défaire du malaise qu'il ressentait chaque fois qu'il pensait à Catherine comme d'une femme enceinte d'un autre homme. Ce malaise s'atténuait un peu du fait que cet autre avait adopté son aînée, qu'il lui avait permis de s'établir et qu'il était mort à la guerre. Mais il en restait quelque chose qui le rendait inconfortable dans son désir, dans ce qu'il anticipait des rapports conjugaux...

–Il s'en va pour la bonne cause.

–C'est sûr, mais on sait pas ce qui peut arriver.

–Un accident ?

–Non... mais à Montréal, y a plein de belles filles qui peuvent se transformer en accident...

–Qu'est-ce que tu vas chercher là ? Luc t'aime comme un fou. Il te laissera jamais. Quand il aura assez d'argent, vous allez avoir l'hôtel et vous allez être heureux longtemps ensemble. C'est écrit dans le ciel.

–Il passe son temps à dire qu'il va mourir jeune.

–Luc ? intervint Roméo. Il est fait pour vivre un siècle, ce gars-là. Fort comme un ourre...

–Un ours, reprit Catherine.

L'homme exprima son désaccord :

–Un ourre, y'en a rien qu'un; un ours, y'en a plusieurs.

Jeanne d'Arc éclata de rire. Souvent elle répétait à ses élèves de parler mieux. Et entendre une nouvelle mariée faire la leçon à son homme lui rappelait celles qu'elle servait parfois elle-même à Luc à ce propos.

–Le bon parler français, Roméo, le bon parler français, dit-elle en riant encore.

–Tu vois : si je parl'rais comme il faut, ça t'arait pas fait rire pantoute.

–T'as raison là-dessus. Faut du pire pour comparer avec le mieux. Comme disait Catherine pour les unions pis les séparations...

–Pis rire, ben ça te fait oublier que Luc part pour la ville.

–Suis contente d'être venue vous voir : ça me fait donc du bien ! C'est tellement beau de voir un couple comme vous deux. Un veuf, une veuve : ça fait les plus belles unions. Ça sait ce que ça veut, ces personnes-là. C'est moins capricieux. C'est plus fort devant la vie. J'aime ça.

–Pas de presse pour tomber veuf ou veuve, Jeanne d'Arc, dit Roméo.

–J'dis pas que j'voudrais ça. Luc pis moi, on va vivre au moins cinquante ans ensemble... pourvu qu'il lui arrive pas un accident... avec des cheveux frisés pis blonds en ville...

–Tu t'en fais pour rien.

–Entre nous autres, allez pas lui dire, j'ai fait application pour travailler à Canadair dans les avions. Paraît qu'ils prennent des femmes pour travailler là-bas. Si ça marche, au mois de juin, je vas partir pour Montréal moi aussi.

–Une mosus de bonne idée !

–Mais faut pas lui dire, hein Roméo ? Je veux lui faire la surprise quand ça sera le temps.

–La tombe ! Il saura rien de moé en toute...

–Pis comme ça, Catherine, tu vas être une bonne femme de cultivateur.

–J'ai été élevée sur une terre : je connais la terre.

–Moi, j'ai été élevée dans le village... ben tu sais où... pis j'pourrais pas faire l'ouvrage sur une terre. Imaginez que j'sais même pas tirer une vache. C'est beau le beau parler français, mais j'dirai pas traire une vache : personne comprend ça, le mot traire.

Et l'échange se poursuivit : léger, sous le signe de la bonhomie. Roméo demeura attentif aux répliques sans prendre part, et seulement comme un spectateur, à une partie de quelque chose à deux joueurs...

Puis un toc toc se fit entendre à la porte.

–C'est Luc : ça sonne comme lui, dit la jeune maîtresse d'école.

En fait, il y avait complot sous roche. Jeanne d'Arc avait utilisé pour prétexte de visiter les Boutin pour se rendre au troisième étage, tandis que Luc annonçait à ses parents qu'il s'en allait au magasin placoter avec les hommes. Ce qu'il avait fait pour une demi-heure. Puis, rentré par la cave, il remontait au premier, prenait l'escalier à l'insu de tous et attendait un peu dans une chambre libre que son amie de coeur l'y rejoigne. Comme elle retardait, il avait décidé de lui faire signe par son toc toc à la porte...

Elle le rejoignit. Ils se réfugièrent dans la chambre choisie et fermèrent la porte. Les chances qu'on les y débusque : plutôt minces. Ce n'était pas la première fois qu'ils s'y retrouvaient. C'est qu'il s'agissait d'une chambre de débarras et d'entreposage. La première chose qu'y fit la jeune femme fut de plonger sa main dans un pot contenant à moitié des bonbons orange en forme de poisson et qui goûtaient la cannelle. Elle en prit deux, en mit un dans sa bouche et dirigea l'autre vers la bouche ouverte du grand Luc qui riait aux éclats tout en ayant coupé le son de sa voix, ce qui lui faisait sautiller les épaules et pleurer les yeux...

*

Le temps avait passé. Les mariés surent qu'il ne leur serait pas possible de se rapprocher avant le repas du soir. Ils jasèrent de pas grand-chose, du soin que mettraient les Boulanger à veiller au grain durant leur semaine d'absence, du plaisir que disait avoir Germaine à l'arrivée d'une voisine avec qui elle s'entendait déjà aussi bien, de la curiosité certaine des fidèles à l'église le lendemain.

Avant de descendre, elle lui glissa un mot à propos de la salle de bains :

–Vu que c'est notre première nuit pis qu'on a la chance, on devrait prendre chacun notre bain tantôt.

–Ah, sais pas trop...

–Ça serait comme... comme si tu me donnerais un bouquet de fleurs.

–Si y a du monde qui vient...

–On barre la porte.

–Si ils veulent aller aux toilettes ?

–Iront au deuxième étage. Y a des toilettes aux trois étages de l'hôtel.

–Ah !...

La jeune femme se rendait bien compte que Roméo ne pratiquait pas l'hygiène corporelle comme le faisait Samuel, mais en cette matière comme en celle du langage, elle tâcherait de faire son éducation. En sa tête, elle se dit que le mieux serait de faire en sorte qu'un jour, eux aussi, possèdent un bain comme les Goulet, comme Bernadette, comme chez Freddé, chez Pampalon, au presbytère et chez les Champagne et les Lapointe. Et s'il fallait être la première maison en dehors du village à disposer d'un pareil luxe, on le serait.

Une heure et demie plus tard, après un repas qui leur fut servi gratuitement par les Grégoire en guise de cadeau de mariage, les époux étaient de retour dans leur chambre. Catherine prit sa robe de chambre, un vêtement blanc, dans sa valise et se rendit comme prévu à la salle de bains. Et quand sa toilette fut terminée, elle revint et dit à Roméo qui était assis sur le lit, penché en avant, comme ayant l'air de réfléchir à son avenir, en chemise et pantalons, mais sans chaussures :

–C'est à ton tour. Toute la chambre de bains t'appartient. J'ai mis des serviettes sur le bord du bain. Du savon.

–L'eau est pas trop frette, toujours ?

–Mais non ! Y a de l'eau chaude à champlure. T'as rien qu'à ajuster les deux : l'eau chaude, l'eau froide.

–Bon, ben coudon...

Il se leva et se dirigea vers la porte :

–Tu vas te sentir assez ben ensuite : tu vas vouloir sauter par-dessus la bâtisse.

–Pas besoin de sauter aussi haut, moé !

–On va t'acheter une robe de chambre à Montréal. Ça serait l'idéal à la maison, l'hiver, quand on gèle en dedans le matin.

–Moé, une robe de chambre ? J'arais l'air fou là-dedans.

–Pantoute ! Les millionnaires en ont pis en portent.

–C'est ça : j'chus pas un millionnaire trop trop, moé.

–Ça coûte pas si cher, une robe de chambre. Trois, quatre piastres pis t'en auras une belle.

–C'est quasiment le revenu d'une semaine sur une terre, ça : trois, quatre piastres.

–On en reparlera. Là, va te laver comme il faut.

Il entrouvrit la porte et glissa un dernier argument en faveur du statu quo, c'est-à-dire du refus d'un bain :

–Me sus lavé à matin.

–On a eu chaud toute la journée.

–Quand t'étais quêteuse de grands chemins, t'étais pas si lavée que ça, toé ?

Elle fut contrariée par les mots qu'il venait d'utiliser pour parler de ce qu'elle avait fait durant la crise pour survivre et faire vivre ses enfants. Cela aurait valu un vocabulaire plus respectueux quant à son moyen de gagner son pain alors. Et donc d'elle-même.

–C'est vrai, mon ami, mais ça, c'est le passé. Quand on peut pas faire autrement, on fait ce qu'on peut. Mais là, y a un bain qui t'attend. Il est libre. Tu t'en sers. En avoir eu un, je l'aurais pris une fois par jour au moins.

L'homme ne dit plus rien. Et en se rendant à la salle de bains, il se demanda s'il n'aurait pas désormais affaire à une femme autoritaire qui se met à décider de tout dès le premier soir de leur mariage. Comme à tant d'autres hommes de son temps, il ne lui venait aucunement à l'idée que le manque d'hygiène corporelle puisse donner aux sentiments les plus beaux des ailes les incitant à s'en aller autre part et le plus souvent nulle part.

Il revint peu après. Elle s'étonna.

—Je fais couler l'eau pour remplir le bain.

—Tu ferais mieux de surveiller pour pas faire un dégât sur le plancher à monsieur Grégoire.

—Ça prend un bon sept, huit minutes à se remplir. C'est une cuve pas mal grande.

—Comme tu voudras.

La femme était assise à la commode et se brossait les cheveux sans effort et sans hâte. L'homme dit sur un ton doux et joyeux, un peu espiègle :

—J'ai envie de te dire que moé, j'ai pas mal hâte qu'on se couche.

—Après ton bain, on se couchera.

—Es-tu contente de ton coup toujours ? demanda-t-il mi-sérieux, mi-rieur.

Elle le regarda par le miroir. L'homme se tenait debout, les bras perdus le long de lui-même, pareil à un enfant puni et mis au coin. En fait, elle reconnut l'adulte et le jeune adolescent en lui.

—C'est l'avenir qui le dira, Roméo. Aujourd'hui, j'ai rien à regretter.

—Ben voyons... Tu regrettes pas de me voir icitte... dans ta chambre de noce, au lieu que ça soye le beau docteur campagne ?

—Tu le sais ben, Roméo, que je l'aurais marié, lui, si la mort me l'avait pas ravi...

–As-tu déjà pensé qu'il pourrait pas être mort justement ? Pis qu'il pourrait revenir un jour ou l'autre ?

–Tu penses que ça se peut ? dit-elle sans conviction.

–Ça peut arriver, des affaires de même durant la guerre.

Catherine se retourna et le regarda droit dans les yeux jusqu'au fond de l'âme :

–Pis pensant que ça se peut, tu m'as mariée pareil ?

–Ben... j'ai pensé que t'étais certaine de ton affaire. Tu dis souvent qu'une femme, ça sent plus la vérité qu'un homme. Pourquoi c'est faire que je t'arais obstinée, moé ?

Elle porta son regard ailleurs que sur la personne de son mari : la couverture chenillée du lit, les rideaux verts et la faible lumière jaunâtre entrant par la fenêtre.

–Je te le reproche pas... mais je te dirai qu'on y a ben pensé toutes les trois... madame Goulet, Clara pis moi. Et monsieur le curé qui s'est penché sur la question durant des heures... C'est sûr qu'en apprenant une nouvelle de même, on se raccroche à n'importe quoi. On refuse d'y croire. On s'imagine la plus petite lueur d'espoir... mais...

Elle hocha la tête et se remit droite devant le miroir :

–Mais ?...

–Mais l'eau de ton bain va couler à terre.

–Non, non, ça fait pas assez longtemps... Tu penses pas que t'as pris une chance qu'il revienne ?

–Non, non...

–Bon...

–Écoute, Roméo, serais-tu jaloux d'un homme qui est mort et enterré, là, toi ?

–Pas d'un homme qui est mort pis enterré, comme tu dis, mais d'un homme en vie qui peut revenir ou ben télégraphier d'une semaine à l'autre par exemple.

Elle se tourna une autre fois vers lui. Les pans de sa robe de chambre ouvrirent et laissèrent voir la naissance de sa poitrine. Roméo porta ailleurs son regard et en le ramenant à ses yeux, le glissa vivement sur ce qui s'avérait aussi la naissance de son désir charnel.

–Y a une raison et c'est la lettre à Clara. Une raison qui nous a fait comprendre que c'était ben fini, que Samuel était ben mort. On a parlé de ça devant toi déjà... Comme a dit monsieur le curé, le lettre que Clara avait cachée dans sa valise, ils nous l'ont envoyée quasiment mot pour mot par télégramme pis ensuite par la malle... avec les mêmes quelques mots qui manquaient... Elle était brisée, brûlée à des places... c'est ça qui a mis le dernier clou dans son cercueil. Y a ta fille Clara qui est pas encore certaine à cent pour cent, mais à son âge, on rêve encore pas mal pis on est capable de croire à l'impossible.

–Ben si le curé le croit, pis si m'ame Goulet le croit, pis si toé, tu le crois itou...

–L'armée canadienne ferait pas des folies avec ça. Quand le soldat disparaît pis qu'on retrouve pas son corps pour l'identifier, ils écrivent MIA... en anglais, ça veut dire *Missing in Action*. Ils écriront pas décédé sans avoir identifié le corps ou ce qu'il en reste.

–Ben content que tu me le dises... pas content que Samuel...

Elle l'interrompit et se remit devant son miroir :

–J'comprends... Tu t'inquiètes de son retour possible : dors sur tes deux oreilles. J'veux pas te faire de peine, mais si y avait eu la moindre petite chance, on serait pas dans notre chambre de noce aujourd'hui.

–Ça veut dire que tu l'aimes encore.

Elle posa sa main tenant la brosse, regarda son propre regard, fouilla jusqu'aux tréfonds de son âme pour dire lentement, un mot à la fois :

–Je vas l'aimer pour l'éternité... pour l'éternité.

–Pis moé ?

–C'est pas parce qu'on est marié avec un homme qu'on peut pas en aimer un autre.

Roméo rentra soudain en lui-même :

–Faut dire que notre mariage a été arrangé pis que j'dois

jamais oublier ça.

–Ce que j'aime de toi, Roméo, c'est que quand tu fais une gaffe parce que tu réagis trop fort à quelque chose, ensuite t'es capable de revirer de bord pis d'accepter que tu t'es trompé.

En l'homme, il rôdait un désir malsain : celui de la dominer, d'établir sa suprématie en se servant de son sexe maintenant à moitié érigé et qui le rendait un peu mal à l'aise dans un autre sens. Mais il dit des mots rassurants :

–Ah, on va s'accoutumer ensemble. Ça peut pas se faire en deux heures ou deux mois... va falloir une couple d'années pour ça.

–Attendons que l'eau coule sous les ponts... et en attendant, elle coule dans ton bain.

–Ouais, j'y vas...

Il tourna les talons et se pressa de sortir. Et se rendit deux portes plus loin. Il trouva le bain rempli aux trois quarts et les robinets fermés. Quelqu'un, Ida ou Jeanne Bellegarde, peut-être même Luc, était passé par là et avait compris, et agi avant un dégât imminent. Il referma la porte, glissa le verrou et se déshabilla en s'asseyant sur le bord de la cuve. Il mit ses vêtements par terre et vérifia du bout du pied droit la température de l'eau avant d'y enfoncer la jambe. Puis l'autre. Il demeura un moment immobile. Il prendrait un vrai bain pour la première fois de son existence et l'instant était mémorable.

Homme de petite taille, à la peau très velue, au corps très musclé, il regarda tout autour de lui comme quelqu'un qui fait enquête alors qu'il s'agissait de s'adapter à une situation nouvelle. Situation qui symbolisait son nouveau mariage. Mais sa chair ne lui donna pas le temps d'entrer dans une réflexion constructive. Son sexe commença à bouger. Il le toucha puis l'empoigna et se masturba un peu sans aller trop loin afin de garder en ses réserves toutes ses énergies et possibilités. Puis il se regarda et ressentit une certaine fierté. C'est qu'il avait été choyé par la nature, le Roméo. Il en avait vu d'autres dans sa jeunesse et dans les chantiers. On lui avait même fait une réputation. Et en s'accroupissant puis en entrant dans l'eau, il se dit que son instrument lui serait d'une grande utilité pour établir un équilibre entre ses vues sur la vie d'un couple de cultivateurs et celles de sa nouvelle épouse à la nature insoumise. Tout comme le faucheur a pour meilleure alliée sa faulx, tout comme le bûcheron a pour prolongement de son bras sa hache, tout comme le taxi a pour fidèle et docile amie sa 'machine', lui aurait pour *outil de vie* cette partie d'un homme capable de transmettre la vie, donc d'une grande noblesse, d'une grande force et d'une certaine manière bénie par la sainte Église par le fait qu'elle bénissait particulièrement les grosses familles et les · célébrait avec toute l'éloquence de la chaire.

Et c'est sans bruit qu'il pénétra dans l'eau et finit par s'y asseoir, le visage impassible.

Pendant ce temps, Catherine finit de brosser ses cheveux et sans tarder, assise sur le pied du lit, enfila un pyjama tout neuf que madame Goulet avait acheté pour elle à la Compagnie Paquet à Québec. Puis elle se rendit éteindre la lumière du plafonnier et ne garda pour éclairage dans la chambre que celui d'une lampe de chevet. Et se glissa sous les draps sans attendre. Elle se prépara mentalement à ce qu'elle savait devoir se produire. Les hommes n'attendaient pas de midi à quatorze heures pour prendre une femme quand celle-ci était leur épouse légitime. Il fallait accomplir son devoir conjugal sans récriminer : c'était la règle, c'était la base du bonheur familial, c'était la garantie de survie de la lignée. L'oeuvre de chair intra mariage était l'oeuvre de Dieu lui-même, tandis qu'en dehors des liens sacrés du mariage, elle relevait du Malin et de ses pompes. Elle se permit même de se rappeler le moment suprême avec Samuel ce grand jour de leur union devant Dieu et devant eux-mêmes.

Son repos, sa somnolence rêveuse ne dura point. Roméo revint. Ne portant que sa combinaison et ayant ses autres vêtements, chemise et pantalon, sur son bras.

–Pis, comment t'as trouvé ?

–Trouvé quoi ?

–Ben... le bain.

–Bah !... c'est un peu comme dans une cuve à maison.

–Moi, j'trouve que c'est pas mal mieux. On s'étend comme on veut. L'eau est à la bonne chaleur.

–Quand on fera un coup d'argent, on s'en fera poser un.

–Quoi ? fit-elle tout étonnée.

–C'est ça : on en aura un...

Elle n'en revenait pas. Comme s'il avait lu dans sa tête. Et comment en si peu de temps s'était-il converti à un luxe rare, lui l'homme qui avait tant peiné depuis sa naissance et vécu sans rien de plus que le strict nécessaire, et surtout qui avait traversé en faisant vivre une famille nombreuse ces terribles années de crise dont il restait en tous et chacun des séquelles ineffaçables.

Voilà qui la disposa favorablement envers lui. Mais Roméo avait dit ça comme ça, sans vraiment y réfléchir. Il posa ses vêtements sur le fauteuil beige et alla s'asseoir sur le côté du lit qu'elle lui laissait. Ils discutèrent de la place de chacun pendant un moment; l'entente se fit aisément. Chacun préférait celle que l'autre voulait moins pour n'y avoir pas été habitué durant son précédent mariage, elle à droite et lui à gauche, côté fenêtre. C'est elle qui ainsi aurait le contrôle de l'éclairage. Il fut bientôt à son tour entre les draps.

–Bon, dit-elle, je vas fermer la lumière.

Il ne dit mot, signe qu'il était d'accord. Et l'on se retrouva dans l'obscurité. Puis une pénombre s'installa dans les pupilles qui s'adaptaient grâce à la présence au ciel d'un quartier de lune et à celle de l'autre côté de la maison voisine à l'entrée de la cour des Maheux d'un lampadaire à grosse ampoule. Ils ne dirent mot pendant un moment puis Roméo brisa la fine glace en train de prendre :

–Vu qu'on connaît le tabac, comme on dit... rapport qu'on a été mariés tous les deux, penses-tu qu'on doit attendre demain...

–Ben non, c'est la nuit de noce. On a un *devoir d'amour* à remplir...

405

–Un devoir d'amour : c'est ben dit, ça, ma femme.

Couché sur le dos, il se tourna vers elle et se rapprocha. Ce ne fut pas long qu'elle sentit son atout en pleine force. Et plus qu'étonnée, en fut effrayée. Seigneur Dieu, faudrait-il qu'elle absorbe tout ça ?

–Es-tu prête ?

–Ben... attends, je vas ôter mon pyjama...

L'homme ressentait une vive chaleur par toute sa personne et son sexe brûlait d'un désir fou. Depuis avant la mort de Maria qu'il n'avait pas connu les plaisirs de la chair à part ceux-là, très défendus, que l'on s'octroie à soi-même. Et comme il l'avait désirée, cette quêteuse de grands chemins depuis ce matin où il l'avait aperçue pour la première fois. Combien de pensées n'avait-il pas nourries à propos d'une relation intime avec elle ! Toucher sa poitrine. Frôler sa chair. Goûter à sa bouche. Laisser folâtrer à l'intérieur de ses cuisses son organe durci. Puis entrer en elle, au creux d'elle, au plus profond d'elle comme lui seul pouvait aller...

Il garda sa combinaison de laine.

Mais en défit les boutons du bas pour que son sexe à demi libéré puisse accomplir le devoir d'amour dont sa nouvelle épousée avait parlé.

N'étant ni l'un ni l'autre des novices, ils n'eurent pas à hésiter, à questionner par des gestes, ou bien à se cacher derrière le chacun pour soi de la découverte primitive. La femme habituée écarta un peu les jambes; l'homme habitué fit un mouvement rapide et fut où il fallait, son sexe à l'attaque. Pas un de ses vieux fantasmes, aucun désir d'elle de naguère ne résista à l'instant de la nécessité, pas de bouche goûtée, pas de poitrine caressée, de chair frôlée et tout fut réuni en un seul plongeon quand l'organe, comme le bout du pied qui un moment plus tôt testait la température de l'eau du bain, eut, en une seule et courte imitation de caresse, exploré la vulve ouverte à cet homme et offerte à un autre qui ne serait jamais plus.

Elle ressentit un pincement à l'intérieur, mais la douleur ne dura qu'une seconde. Se faire prendre ainsi eût été un viol si elle avait été une vierge, tant l'affectivité se faisait absente du processus. La jeune femme n'eut pas d'autre choix que celui d'imaginer Samuel en elle. Et alors elle se sentit mieux, beaucoup mieux, de mieux en mieux à mesure que l'aboutissement approchait et il venait à grande vitesse, les grognements et souffles le criaient.

Et quand ce fut sa fin à lui, il y eut un commencement en elle : un barrage émotionnel s'érigea qui contra tous les efforts de l'immense bélier cherchant à s'enfoncer jusqu'à son coeur. Et pour empêcher à jamais l'ingression de son âme, elle eut l'aide incommensurable d'un être minuscule en elle : l'enfant de Samuel.

L'homme se dégagea quand tout fut terminé et remercia en des mots peu romantiques :

—Ouais, ben on va pas s'ennuyer nous autres dans notre vie...

Elle ne dit mot. Et lui, avant de s'endormir demanda :

—Ça va-t-il te choquer des fois si la nuitte, je te réveille pour... heu... ?

—Ben non, voyons ! Mais à une condition... Demande-le encore une fois en disant la nuit au lieu de la nuitte...

—Ben... ça va-t-il te choquer si la nuit...

—Quand tu voudras, mon cher mari !

—Ben j'pense que j'me sus pas trompé aujourd'hui.

—Toujours peur du docteur campagne ?

—Non...pus pantoute...

Et l'homme reboutonna son vêtement et resta immobile. Moins d'une minute plus tard, il émit un long soupir indiquant qu'il venait de s'endormir.

Catherine attendit un moment puis elle se leva discrètement et, sur le bout des pieds, elle se rendit à la fenêtre avant de la chambre, celle qui donnait sur la rue principale. Elle y resta pour écouter le sommeil de son homme puis s'agenouilla et appuya ses bras à la tablette du châssis. Son regard descendit la rue jusque sur la maison Goulet que la chute des feuilles des arbres voisins permettait de voir en ombre chinoise. Même le fameux balcon du concert lui apparut. Pendant un instant, il redevint celui des grands élans, le lieu de la vie qui chante. Puis une main invisible tira sur une chaîne et le balcon s'éteignit, et il devint le balcon du silence. En bas, sur le trottoir, une femme dont elle ne pouvait connaître l'identité marchait lentement, entourant son corps de ses bras pour le protéger de cette fraîcheur de nuit d'automne. Elle devait être, songea la jeune femme au souvenir de mots entendus de la bouche de son fiancé parti, une fleur du soir...

***

Chapitre 31

Les Allemands, contrairement aux Français et aux Britanniques, se préparaient à la guerre depuis des années. Réarmement certes, reconstitution d'une aviation militaire, construction d'usines à munitions et d'autres qui pourraient aisément se transformer en ateliers de matériel militaire. Mais aussi, le pays s'était doté d'une infrastructure routière et industrielle qui le mettait en tête de liste des puissances européennes. On n'était dépassé que par les États-Unis d'Amérique comme force économique, mais sur bien d'autres plans, on battait les Américains et les Européens.

Parmi ces domaines, il y avait l'intelligence. C'est-à-dire les services de renseignements dont le plus officiel en Allemagne portait le nom de Gestapo. Cette organisation travaillait activement depuis bien des lunes à établir un réseau d'espionnage dans les pays occidentaux. Il y avait partout en Europe, dans toutes les capitales, des hommes et des femmes à leur solde. Certains parmi ces traîtres oeuvraient pour l'argent seulement et d'autres pour l'aventure ou bien les deux. Ils n'imaginaient pas le tort considérable voire irréparable que leur action pourrait causer à d'autres personnes humaines, ou simplement ils occultaient dans leur esprit la pensée même de telles conséquences désastreuses.

Au moment même où ils débarquèrent à Marseille, les

quatre Canadiens envoyés pour faire naître un noyau de résistance dont le but premier consistait à organiser un réseau de passeurs pour faire sortir de France des personnes à soustraire aux nazis, étaient déjà dans le collimateur des hommes de l'intelligence allemande.

Un type de la Gestapo prit aussitôt en filature les deux hommes du premier duo formé de Bergevin (Racine) et Dauphin (Corriveau). Mais ce fut une agente qui se chargea des deux autres qu'on savait en route pour Paris. Sans le savoir, sans même l'imaginer, Samuel et Camilien eurent sur leurs talons cette femme discrète et secrète qui n'apparut jamais à leurs yeux de tout le voyage en train jusqu'à la capitale de la France occupée, et qui même favorisa leur entrée au point de passage entre les deux mondes français de 1940-44, intervenant à leur insu pour qu'on ne leur fasse aucun inconvénient.

Et pourtant, si elle avait été homme, on l'eût vite prise pour un agent secret tant elle en avait l'air. Trench coat gris, col relevé, visage maigre, regard perçant et petit à la fois, trente-trois ans... Mais elle était femme, mais elle était française... par sa mère. Même son nom avait été francisé en Marjolaine Lalande depuis Marlene Leiter.

Sous étroite surveillance, Samuel et Camilien agirent comme prévu. Le premier fut intégré au personnel soignant d'un hôpital ordinaire, sans liens connus avec l'étranger comme l'hôpital américain datant du premier conflit mondial. Le prêtre fut quant à lui intégré au groupe de vicaires de service de l'évêché de Paris. Camilien agirait en France tout comme il l'avait fait au Canada, afin d'aider les curés qui en avaient besoin pour une raison ou pour une autre.

Il avait été planifié que Samuel ouvrirait plus tard, dans un an, un bureau de pratique médicale qui servirait de couverture et d'ouverture au noyau embryonnaire de résistance que l'on ferait surgir de nulle part entre-temps. Pour l'heure, il demeurait dans un petit logement au premier étage d'une maison située aux environs de son lieu de travail.

Leur cas avait été étudié au bureau de la Gestapo. Et on avait décidé de les laisser s'installer et entreprendre sans la

410

moindre contrainte leur tâche de noyautage. On savait tout d'eux, en tout cas autant qu'un des Britanniques rattaché par les services anglais aux F.F.L. de Londres. On avait en dossier jusqu'au nom de Catherine Bussière, la fiancée canadienne de Samuel Goulet dit D'Aubière. Il avait été décidé de laisser trois mois aux deux hommes avant de les cueillir pour les expédier dans un camp d'Allemagne. C'est le cadeau de Noël qu'on leur ferait. Ainsi, le coup de filet serait bien plus profitable et on pourrait mettre devant les gens de Berlin une belle dépouille, un trophée de chasse de taille et pas rien que deux insignifiants, petits provinciaux venus de l'arrière-pays canadien-français. Et en trois mois, leur réseau n'aurait eu le temps que de faire du recrutement, commencer son installation sans pour autant causer de réels dommages à l'occupant, ni maintenant, ni plus tard. On en apprendrait sur les méthodes utilisées, les codes et tout ce qui n'avait pas pu être transmis par l'agent double des F.F.L. en poste à Londres et qui n'avait pas ses entrées au camp d'entraînement où avaient séjourné les Canadiens pour y être préparés à leur mission.

Samuel ne tarda pas à fréquenter un café-terrasse du voisinage où il venait parfois des soldats allemands qui se montraient réservés et ne buvaient pas au point de devenir agressifs, impolis ou encombrants. Et Camilien venait l'y rencontrer occasionnellement pour harmoniser ensemble les actions en marche dont on ne parlait qu'à mots couverts. Et quand il fallait mettre quelque chose sur la table, on se parlait en code sans jamais se transmettre quoi que ce soit par écrit.

On ne tarda pas à remarquer la présence d'une jeune femme solitaire qui donnait tout l'air d'une habituée et qui, chaque fois que passait une patrouille allemande ou que se présentaient deux ou trois soldats, quittait les lieux comme si elle avait fui la peste noire. Elle sirotait une coupe de vin, regardait au loin vers l'insondable et ne levait jamais les yeux vers les deux amis ou Samuel quand il lui arrivait, ce qui était le plus courant, de s'y trouver seul.

—Quelle étrange jeune personne ! s'exclama Samuel un lourd soir de novembre.

–Peut-être une... péripatéticienne ? supputa Camilien. Elles sont plusieurs à exercer ce... métier à Paris.

–Je ne l'ai jamais vue partir au bras d'un mec.

–Peut-être que ça se fait à notre insu. Par signes quand ses clients passent devant la baraque. Ensuite elle s'en va les retrouver près de chez elle ou à un hôtel de passes, qu'est-ce que j'en sais, moi ! ?

–Dis donc, t'en sais pas mal pour un curé !... Les Allemands la font fuir en tout cas... Une fille comme tu dis... elle choisit pas ses clients. Elle prend ceux qui veulent bien acheter ses... services.

–Y a peut-être aussi des patriotes parmi ces femmes-là.

–Peut-être... et peut-être aussi que ce serait bien avisé de l'approcher, de la connaître mieux... on sait jamais.

–Fais-lui porter un pinard : c'est la manière classique.

Les deux hommes tâchaient de conserver l'accent français qu'ils avaient longuement pratiqué chez les Britanniques et de glisser le plus souvent possible des mots d'argot dans les phrases. Et ça leur réussissait assez pour duper n'importe quel Allemand et beaucoup de Français. Les autres qui flairaient de l'étranger dans leurs sons et leurs tons n'allaient jamais jusqu'à leur poser des questions embarrassantes. Se mettre à questionner quand on est en zone occupée aurait fait suspect. Se taire était la règle. Tout comme parler en abondance de rien et des effets de rien.

Vint un serveur bedonnant et moustachu qui adressa un clin d'oeil à Samuel quand il lui fut demandé de servir un verre de salutation à la femme mystérieuse. Il révéla qu'elle rôdait dans le quartier depuis peu, ignorant tout d'elle sinon qu'elle était certainement une Française et encore plus sûrement une anti-Allemands.

–Qu'est-ce qu'elle est maigre ! Elle me rappelle quelqu'un...

Samuel songeait à sa chère Elzire, emportée par la tuberculose il y avait un siècle déjà dans sa mémoire.

–Je sais à qui tu penses, mais il faut... oublier...

—Les plus belles fleurs du coeur sont celles qui furent arrosées de nos larmes.

—Tu parles comme madame Lamontagne-Beauregard.

—Et pourquoi je ne parlerais pas comme Samuel... Samuel D'Aubière ?

—Faut pas confondre le Samuel profond et le Samuel de surface, tout de même.

—Comme Saint-Samuel village et Saint-Samuel station...

—Cesse de penser au passé...

—Je blaguais.

—En réalité, tu te tenais autour de Saint-Sébastien.

—Mettons, là...

La jeune femme reçut le verre. Les mots du serveur lui indiquèrent à l'autre bout de la pièce la provenance du salut-santé. Elle leva les yeux vers les deux jeunes hommes et sans sourire esquissa un léger signe de tête puis reprit son occupation de griffonner à la table sur un bout de papier pour occuper, semblait-il, son esprit tout en réfléchissant à quelque chose de personnel et secret.

—Indépendante ! fit Samuel.

—C'est sûr qu'elle croit à une avance de notre part.

—Tu es prêtre; je suis fiancé.

—Elle l'ignore.

—Elle ne le saura pas si elle nous tourne le dos.

—Le pas est fait : faut attendre.

—Et puis qu'on soit ce qu'on voudra, si elle est ce qu'on pense, quelle différence pour elle ?

—Mais... elle l'est peut-être pas. J'ai dit ça à la blague.

Le temps passa. La femme se leva et partit sans bruit, sans dire, sans regarder, sans rien. Et elle s'éteignit bientôt dans la rue étroite, telle une ombre fugitive dans le soir gris et brumeux.

Les deux Canadiens, francisés jusqu'au bout des ongles, l'un portant béret et l'autre baguette, poursuivirent leur bavardage. Ils étaient absorbés au beau milieu d'un échange sans profondeur lorsqu'une voix féminine d'une infinie douceur, à deux longueurs de bras, se fit entendre dans la pénombre qui empêchait d'apercevoir nettement son visage :

—Messieurs, je veux vous remercier pour le verre de tout à l'heure.

Elle se rapprocha encore.

—Ah, faut bien se consoler mutuellement de ce qui va de travers en ce monde ! dit Samuel.

Il y avait dans cette phrase une allusion vague à l'occupation et ses fâcheuses conséquences. La femme parut saisir vite et rétorqua :

—Ce qui en fait pas mal à regretter par les temps qui courent.

—Est-ce ambitieux de notre part de vous inviter à notre table ? demanda le prêtre en montrant une chaise.

—Tout dépend de vos ambitions.

—Elles sont modestes, fit Samuel.

—J'accepte... mais sans obligation ni... préjudice...

—Ni l'un ni l'autre ! dit Camilien. Juste jaser en passant.

—Je veux bien. Mais... est-ce que vous fumez la cigarette ou... la pipe ?

En le disant, elle faisait jaillir de sa bourse un porte-cigarettes qu'elle ouvrit et tendit vers eux.

—Ni l'un ni l'autre ! reprit Camilien.

—Et vous permettez ?

Elle n'attendit pas la réponse et porta une cigarette à ses lèvres puis fit cliquer un allume-cigarettes qui enfin éclaira son visage mais l'éblouit de sorte qu'on n'obtint pour image que celui d'une femme maigre aux traits éclaboussés d'une lumière dansante bientôt voilée par la fumée.

Camilien se leva de table et contourna une chaise qu'il tira. La femme vint prendre place. Elle déclina aussitôt son nom. En tout cas un nom :

—Je m'appelle Marjolaine Lalande...

Elle regarda chacun quand il dit le sien :

–Et moi Samuel D'Aubière.

–Moi, Camilien Barbe. Je suis prêtre.

–Un prêtre ?!? Il manquait plus que ça. Ne me dites pas que vous aussi...

–Non, moi, je suis médecin. Rattaché à l'hôpital de la Salp...

Elle le coupa :

–J'avais cru que le verre que vous m'avez offert, c'était pour établir contact avec moi. Mais je crois que je me suis trompée royalement.

–Si vous nous disiez pourquoi on aurait pu vouloir établir un contact avec vous.

–Attention, je ne suis pas une... horizontale.

Les deux hommes s'interrogèrent l'un l'autre du regard. Ils n'avaient jamais entendu ce mot d'argot, mais le contexte en rendait l'évidence.

–Nous n'avons pensé qu'une chose, c'est que vous êtes pour le moins mystérieuse.

–Vous ne l'êtes pas moins... dans un sens. On dirait des provinciaux perdus dans Paris.

–Suis originaire de la Beauce (*allusion à celle de la France*), commenta vivement Samuel.

–De la Beauce, voyez-vous ça ?

–Et moi de Toulouse.

–Samuel qui déjà ?

–D'Aubière. Et Camilien Barbe. Barbe, ça se retient bien, non ?

Elle fit son premier sourire et son visage de marbre apparut charmeur; et ses lèvres minces devinrent voluptueuses, d'une volupté de fleur qui s'ouvre.

–Parlez-moi de vous deux... Un docteur, par ces temps de tumulte, c'est un personnage recherché, mais un prêtre, ça n'a pas la cote... avec la pensée étrangère qui se promène dans nos rues...

–Les Allemands, pour ne pas les nommer, seraient-ils anticléricaux ? Je ne pense pas.

–Les Allemands dit-on en France sont *anti* tout ce qui n'est pas allemand. Qu'en pensez-vous ?

–Nous, on n'a pas vraiment d'opinion. Samuel se doit de soigner les corps des gens quels qu'ils soient et c'est pareil, moi, pour les âmes.

–Vous aimez l'odeur que je dégage au moins ?

–Mais bien sûr ! s'empressa de dire le prêtre.

–Attention, je ne parle pas de ma... personne, je parle de ce que je fume.

La jeune femme tout en s'approchant avait inséré sa longue cigarette dans un fume-cigarette noir qu'elle tenait maintenant entre ses doigts graciles, ce qui lui conférait le style de la vamp fatale à la Marlene Dietrich, l'actrice allemande américanisée.

Elle ne leur donna pas le temps de répliquer et reprit la parole :

–Je sais, vous ne fumez pas.

Puis sur le ton de la confidence :

–Et vous ne haïssez pas les Allemands.

Les deux hommes crurent bon rester muets et la laisser dire. Elle dit encore :

–Je prends un risque avec vous deux. Pour trois fois rien. À cause peut-être de ce verre que vous m'avez offert sans me connaître... Je fais... du marché noir. Cigarettes. Bas nylon. Chewing gum. Et autres petites choses qu'on ne trouve guère par ces temps difficiles... comprenez ?

Chacun des hommes interrogea l'autre du regard, pensant à plus sérieux comme marchandise : dynamite, munitions, matériel radio... Ils devaient garder le contact avec cette personne assez confiante pour qu'ils lui donnent en retour une certaine confiance et assez distante et évasive, en tout cas dans ses gestes, pour qu'ils conservent à son endroit une grande prudence doublée d'une réserve qu'ils se devaient de manifester envers tous les Français et toutes les Françaises.

–Des produits américains.

–Et si on était des agents allemands ?

–Vous m'auriez déjà arrêtée, non ?

Samuel haussa les épaules.

Le jeune docteur intéressait tout particulièrement celle qui disait s'appeler Marjolaine. Elle le sentait moins sur ses gardes et plus beau à regarder. Et elle savait qu'il chantait à merveille sans jamais l'avoir entendu. Peut-être que si elle faisait en sorte qu'une relation s'établisse ?...

–En réalité, les Allemands s'en moquent pas mal de ceux qui font du marché noir. Même que ça leur est utile puisque les produits américains qui, comme vous le savez, n'entrent plus par la grande porte en France et en Allemagne, entrent ainsi par la porte arrière. C'est tout juste illégal. À condition qu'il s'agisse de biens d'usage courant, bien entendu. Vous seriez des agents allemands que vous m'arrêteriez juste pour la forme...

–Et donc, qu'est-ce qu'on fait ?

–L'un de vous pourra venir où se trouve la marchandise... si vous voulez l'entrepôt et choisira ce qui lui convient. Payable en dollars, en francs ou en marks... Et maintenant, parlons donc de la vie à Paris. Qu'est-ce qui vous intéresse ? La culture ? Le théâtre ? Le cinéma ? Les musées ? Quelle ville riche, vous ne trouvez pas ?

*

Quelques jours plus tard, la jeune femme fit visiter la cache de biens de consommation à Samuel qui acheta des cigarettes pour donner à certains de ses patients. Et au fil des jours et des rencontres, il s'établit cette relation que Marlene alias Marjolaine avait souhaitée.

Au café, elle lui parla de sa famille à Calais, de sa solitude à Paris, de sa peur des Allemands. Et lui de sa famille imaginaire dans le sud et de sa soi-disant pratique médicale au Maroc et en France.

Entre-temps, le noyau de résistance se formait autour du médecin qui recruta des hommes à l'hôpital et du prêtre qui

417

de son côté en avait approché quelques-uns. Ils n'étaient ni les seuls ni les premiers. Dès juin, des groupes de résistants 'naturels' s'étaient formés dans la région parisienne et on en parlait un peu sans qu'aucune action de sabotage ne leur soit encore imputable.

Un après-midi, Samuel emmena Marjolaine chez lui. Il lui donna préalablement la garantie de ne pas se servir de cette visite pour prétexte à autre chose. Une garantie dont elle n'avait cure puisqu'elle en était vite venue à le désirer, ce faux Français qui exhalait l'odeur de la forêt canadienne.

En fait, c'est lui-même et surtout sa fidélité à Catherine que l'homme voulait protéger. Assez de ne pouvoir lui écrire. Assez de n'être pas en mesure encore de lui télégraphier des mots codés quand on serait doté de l'équipement requis. Assez de la distance.

D'un commun accord avec Camilien, il fut décidé d'approcher Marjolaine dès après les fêtes de fin d'année afin de lui ouvrir une porte pour entrer à la Résistance. Une petite porte lui donnant accès à pas plus de deux autres personnes pour un temps. Cela permettrait de la sonder quant aux armes et munitions qu'elle pouvait obtenir de ses fournisseurs de produits américains. On voulait l'inciter à faire quelques pas dans leurs pas...

Plus Noël approchait, plus la femme de la Gestapo désirait atteindre ses objectifs : en avoir le plus possible à mettre sous la dent de ses supérieurs immédiats et de la bureaucratie de Berlin et en avoir le plus possible aussi pour elle-même, soit la personne même de Samuel, sa chair, son sexe...

Mais il refusa toujours de le vouloir de son plein gré. Pourtant, elle se montrait disponible. Elle alla jusqu'aux propositions de rapprochement pour tromper la solitude de Paris. Il déclina. Elle ragea sans le faire voir. Dit comprendre. Songeait alors à cette fiancée canadienne qu'il avait si profondément dans la peau...

***

418

Chapitre 32

Vint Noël.

Ils ne s'étaient pas vus depuis trois jours. Ni téléphoné.

C'était l'après-midi. Une pluie fine tombait dehors. On frappa à la porte de Samuel. L'homme, allongé sur son lit, se demanda une fois encore si quelque chose de compromettant pouvait se trouver chez lui. Et il répondit :

–Qui est-ce ?

–Marjolaine.

Il se leva, alla ouvrir, chemise ouverte sur sa poitrine nue. Quand elle entra et eut repoussé la porte, elle alla vers lui et l'empêcha de remettre les pans du vêtement blanc dans ses pantalons tout en réussissant à se défaire de ses gants noirs qu'elle jeta n'importe où. Et posa ses mains à plat sur sa poitrine.

–Ne devrions-nous pas fêter Noël ?

Interloqué un instant, il finit par bredouiller :

–Oui, mais pas comme ça.

–Je n'ai pas ce qu'il faut ? J'ai ce qu'il faut... dans mon sac... pour ta protection et la mienne... Du caoutchouc américain...

–C'est que j'ai... quelqu'un.

–Alors raconte.

–Je... je ne peux pas. Ça n'appartient qu'à moi seul.

Elle le poussa lentement vers le lit :

–Alors pourquoi n'es-tu pas avec elle aujourd'hui plutôt que de te morfondre dans ton petit appartement de Paris ? La campagne, ce n'est pas si loin...

–J'ai mes raisons.

–L'après-midi n'appartient qu'à nous deux.

Il l'obligea à s'arrêter. Elle poussa l'audace jusqu'à glisser sa main entre ses jambes à la recherche de sa virilité :

–Je veux juste t'emprunter pour quelques heures. Celle que tu aimes n'en mourra pas. Surtout que c'est la guerre et qu'il faut tout prendre ce qui passe.

Il s'assit pour se dérober à la main qui le torturait de plaisir en même temps que de contrariété :

–Je ne fais pas la guerre.

–Ni moi non plus... alors faisons l'amour.

–C'est mieux faire l'amour, oui, mais je ne peux pas. Par amour justement. Par fidélité amoureuse. Aimerais-tu être à sa place et savoir que je couche avec une autre parce que je suis au loin.

–Pas parce que tu es au loin, parce que tu es toi et que tu me désires : je l'ai lu dans tes yeux à plusieurs reprises. Dis-moi que ce n'est pas la vérité.

Il la repoussa et prit sa distance entre le lit et la porte, incertain à l'intérieur mais décidé à l'extérieur :

–Écoute, Marjolaine, si tu es une vraie patriote, tu vas rester le temps que tu voudras, mais pas question de ce que tu voudrais. Tu es une fort jolie femme. Il y a plein d'hommes pour ça. Je suis fidèle. J'aime quelqu'un et je n'appartient qu'à elle seule.

Elle éclata de rire :

–Un homme fidèle ? Ça n'existe pas. Et ça existerait que la distance et la guerre tueraient toutes les fidélités de ce monde. Tu as peur, c'est tout. Tu ne me veux qu'à ta seule manière, pas à la mienne. Les hommes sont comme ça, il est vrai. Mais tu ne pourras pas être fidèle à ta Catherine aujourd'hui...

Samuel devint pâle comme la mort. Tandis qu'elle allait à la fenêtre, il cherchait à comprendre. Comment pouvait-elle avoir ce nom sur les lèvres ? Impossible que cela puisse venir de Camilien ! Qui était donc cette femme ? Il s'approcha d'elle par derrière. Elle se mit en retrait, en embuscade à côté de la fenêtre et le laissa regarder ce qu'elle-même regardait. En bas, dans la rue, il y avait une voiture noire et deux hommes en civil qui attendaient à côté.

—Le prêtre est déjà en état d'arrestation. Il sera envoyé dans un camp en Allemagne. Je suis venue pour toi... mais tu peux encore sauver ta peau... Et si on reprenait à compter du moment où j'ai fermé la porte ?

Elle se remit à la fenêtre, fit un signe de la main et les hommes de la Gestapo regagnèrent la voiture.

—Ils ne vont plus nous déranger.

Samuel restait bouche bée. Il pencha la tête. Elle lui prit le bras et l'entraîna :

—Tu verras : une femme allemande, ce n'est pas si mal dans un plumard.

—Mais...

—Je suis à moitié française. Par ma mère. Mais mon nom véritable est Marlene Leiter. Viens... mon ami canadien... mon beau Canadien...

—Tu sais tout de moi ?

—Et je te connais depuis Marseille. J'étais là à ton arrivée. Je sais d'où tu viens : de la Beauce canadienne et non de la Beauce française. Je sais pourquoi tu es venu. Ta seule chance, c'est moi maintenant. Viens, on a tout l'après-midi devant nous.

Glacé, il parvint néanmoins à bredouiller :

—C'est une forme de viol, ça, non ?

Elle le toucha de nouveau à l'endroit de sa virilité :

—Une verge durcie, cela ne veut-il pas dire absence de

viol ? Et même si c'était un viol ? Cela ne fait-il pas partie des risques de la guerre ?

Cette femme faisait preuve d'une maîtrise de soi peu commune. Le type parfait de la femme allemande que façonnent la discipline et la dureté. Ou bien c'était l'amour avec elle et ensuite la liberté qu'elle voudrait bien lui laisser, ou bien ce serait l'enfer concentrationnaire dont on ne savait pas encore qu'il était mortel à haute échelle, ce qu'il serait plus tard, mais dont on entendait parler qu'il était cruel, tout juste en deçà des clauses de la convention de Genève sur les prisonniers de guerre.

Elle commença de se déshabiller, enlevant d'abord son imper gris dont elle ne s'était pas encore défait, puis déboutonnant lentement sa robe noire en regardant Samuel qui n'eut d'autre choix que de laisser tomber son pantalon puis sa chemise.

–Fait froid, trouves-tu ?

Elle le regarda profondément :

–Il y a les draps et il y a nous.

Il s'assit sur le lit :

–J'ai peur de toi. Comment peut-on aimer une femme dont on a peur ?

–Ne t'inquiète pas, tout ira bien. Regarde mon corps et pense à l'amour.

Elle portait un vêtement tout d'un morceau : corset et bustier qui ne parvenaient pas à cacher sa maigreur. Samuel ferma les yeux et pensa à sa chère Elzire au sanatorium. C'est à elle qu'il ferait l'amour à travers cette femme allemande. Et ainsi, il ne commettrait pas d'infidélité envers sa chère Catherine. Entre-temps, elle s'était défait de ses chaussures et de ses bas.

Puis elle dégrafa le bustier et délaça le corset jusqu'au moment où le vêtement glissa sur elle et laissa voir sa nudité totale. Lui portait toujours un dessous à la taille. Elle regarda vers son ventre puis releva les yeux :

–Non, tu n'ôtes pas tout maintenant. Plus tard. Allons

sous les draps.

Elle allait le rejoindre quand il lui servit une objection ultime :

–Et le... caoutchouc ?...

–Je prends une autre chance sur toi. Et sur la vie. Et puis il y a l'avortement. Au besoin, suffira de dire que le père est un Juif et que je l'ignorais. Il se trouvera pas mal de médecins allemands pour procéder...

Elle fut bientôt près de lui sous les couvertures, étendue sur le dos. Forte de son pouvoir. Froide et calculatrice. Sensuelle et dominatrice.

–J'ai toujours voulu t'entendre chanter.

–Parce que tu sais ça aussi ?

–Je sais tout de toi. Et j'aimerais que tu me chantes quelque chose avant de...

–A cappella ? Comme ça, ici ?

–Tu aurais dû apporter ta guitare du Canada... Comme ça, ici et maintenant.

–Du choix de la chanson et de ma façon de la chanter dépendront-ils certains événements de mon futur ?

–Non. Aucunement ! Tu peux même refuser de le faire. Mais pas l'autre chose.

Il choisit de mettre toutes les chances de son côté. Il avait devant lui une profiteuse sans âme à qui rien ne résisterait et qui ne se retenait plus pour jeter dans l'air ses certitudes inquiétantes. Il lui fallait miser à fond sur tout ce qui pourrait ajouter à son plaisir de le violer à la manière féminine, c'est-à-dire sans en avoir l'air.

–Tu veux que je te chante quelque chose de sérieux ou bien de léger ?

–Le choix te revient.

–La musique adoucit les moeurs, dit-on. Je vais... heu... tiens...

Il se leva et alla se mettre debout au pied du lit, s'appuyant au montant de laiton.

423

–Tu veux prendre mon étui à cigarettes et du feu dans la poche de mon manteau ? Aussi mon fume-cigarettes dans ma bourse. Et apporte...

Il s'exécuta tout en parlant :

–Et si je te prenais comme otage ?

–Dans quel but ?

–De me libérer de la France, de quitter le pays et retourner au Canada.

–D'abord, tu ne retournerais pas au Canada.

–Et pourquoi donc ?

–Et pourquoi y retourner ?

–Par amour.

–Pour toi santé et liberté sont des valeurs premières sans lesquelles l'amour est impossible. Tu t'es enrôlé pour faire la guerre à ta façon, mais la guerre s'est emparée de toi pour la servir à sa façon.

–Et je reviens à la question : et si je m'emparais de toi ? dit-il en lui tendant ce qu'elle voulait.

En introduisant sa cigarette dans le fume-cigarette, elle répondit :

–La Gestapo te descendrait sans aucune question.

–Et toi ?

–Et moi par la même occasion.

–Et ça finirait là ?

–Et ça finirait là.

–Donc je n'ai rien à gagner...

–Et tu dois faire ce que je te demande.

–Alors je chante !

–Pendant que je fume.

Ce fut *La chanson de l'adieu* dont il annonça de la musique qu'elle était de Frédéric Chopin.

–Quelques Polonais ont eu du talent, dit-elle entre deux bouffées de fumée.

Le souvenir de nos adieux
En traits de feu
Est gravé dans mon coeur
Pour mon malheur.
Tous les jours, je pense à toi, chérie,
Et je pleure souvent...
Ton doux regard me suit partout,
J'entends ta voix murmurer :
"Aimons-nous."
Instants très doux !
L'avenir viendra, j'espère,
Dissiper ma peine amère,
Et bientôt nous serons réunis :
Ô jour béni !
Nous nous reverrons,
Nous nous aimerons
Et notre amour
Vivra toujours.

Il fit une pause entre les deux couplets.

–Comme c'est charmant, comme c'est touchant ! dit-elle en hochant la tête, mais dans une froideur de marbre.

Les souvenirs de nos adieux
Sont un soupir,
Un regret de tes yeux,
Un sourd bonsoir,
Une route ouverte sur l'ennui
Sur la nuit de l'espoir,
L'ennui m'étreint,
Mon cher amour,
L'ennui m'étreint

Mon cher amour,
La voix d'un train
Se plaint dans le ciel lourd
Comme un adieu...
Entends cette plainte immense
Prolongée par la distance :
C'est mon âme qui se meurt de toi;
Tu la reçois
En pluie de désirs
Que porte le vent de nos souvenirs.

–Une voix d'or vraiment ! Mais... ton coeur est vaga-bond.

–Tu m'as laissé le choix.

Elle le sonda jusqu'au fond de l'âme et après une pause et d'autres bouffées lancées de travers :

–Je te le laisse encore, le choix.

Il comprit qu'il ne l'avait plus. Et annonça quelque chose d'autre :

–Je te chante Lily Marlène... mais en tra la la. Car je n'en sais pas les mots, bien sûr pas en allemand, mais ni en an-glais ou en français.

–Je traduirai les tra la la en la langue que je veux.

–C'est comme tu voudras !

Samuel chanta tout doucement tandis qu'elle le regardait droit dans les yeux, une main cachant ses seins avec un drap et l'autre occupée à tenir le fume-cigarette qui allait et venait depuis ses lèvres vers une tasse posée sur la table de chevet et qu'elle utilisait comme cendrier.

Tam ta lam ta lam tam
Tam ta lam ta lam
Tam ta lam ta lam tam

Ta lam ta lam ta lam

...

Tous deux, Lily Marlène...

Il servit le second couplet en sifflant puis en livra un autre alors que Marlene éteignait sa cigarette en la jetant distraitement et avec indifférence dans le liquide de la tasse. Mais cette fois, ce fut en *tra la la* que l'homme chanta.

Avant qu'il ne termine, elle applaudit en espaçant les claquements des mains puis dit :

–Viens, mon Canadien !

–Est-ce que je dois dire Heil Hitler ! avant de sauter au lit avec toi ?

Elle se contenta d'un mince sourire. Et quand il fut à son côté lui dit :

–Occupe-toi de moi, de mon corps, de ma chair. Fais-moi vibrer jusqu'au fin fond de toutes mes fibres féminines. Fais-moi femme...

–Tu permets que...

Il eut le geste de faire glisser son vêtement sur ses jambes. Elle soupira longuement et ferma les yeux. Il termina et entreprit une caresse tournoyante à l'aide du revers de ses doigts de la main droite, frôlant la joue, la tempe, le front... Quand il sentit que ses muscles se relâchaient et que la détente la gagnait, il questionna en soufflant les mots d'une voix faible et chantante. Et jamais ne fit cesser sa caresse qui atteignit le menton, le cou, les épaules sous les draps, les seins petits, le ventre creusé. Puis il se servit du plat de la main pour frotter l'intérieur des cuisses avant d'atteindre enfin le pubis de velours et la vulve mouillée.

Il apprit qu'elle était mariée à un officier de la Waffen-S.S. dont l'unité se trouvait en Hollande mais prête à prendre rapidement une autre destination. Samuel comprit qu'Adolf Hitler envisageait d'attaquer un autre pays avec ses armées puissantes, très probablement l'Angleterre que son aviation n'avait pas pu agenouiller malgré l'acharnement de

Goering depuis l'été précédent. Il faisait fausse route car les yeux du dictateur étaient rivés sur l'URSS qu'en dépit du pacte Molotov-Ribbentrop la machine militaire allemande frapperait de plein fouet et sans pitié dans quelques mois.

–Je veux ta bouche, mon Canadien... sur mes lèvres, sur mon visage, partout sur mon corps.

Il continua d'apprendre sur elle. C'était une Alsacienne. On l'avait élevée en français et en allemand. Elle dit posséder une âme germanique dans un corps latin : un mélange explosif. Sa famille et elle-même avaient été littéralement envoûtées par la pensée nazie et avaient adhéré à la doctrine dès le milieu des années 30. Pour elle, les autres hommes que ceux de la race aryenne faisaient partie à divers degrés des sous-hommes de l'humanité et faire l'amour avec l'un d'eux ne lui donnait pas le sentiment de tromper son froid et sec époux.

Et ces lèvres volées voyagèrent de la bouche française à la poitrine allemande en faisant halte aux joues creuses, à la nuque froide, aux épaules pointues.

Malgré lui, Samuel cessa de percevoir ce corps nu comme celui de sa chère Elzire, encore moins celui de Catherine. Il lui avait paru en effet que de la considérer tel eût été un sacrilège, un outrage à fiancées. Et il lui vint à l'esprit que, les signes de ce corps caressé, guidant ses mains et sa bouche, il passerait de la 'tendresse' préparatoire à l'agressivité dévorante du mâle animal, pour ainsi satisfaire sans aucune retenue l'entière féminité de cette bête latino-germanique.

Il fut alors aidé par une expression silencieuse née dans la bouche de Catherine le soir de ses noces et survenue de la patrie lointaine à leur insu, traversant le large océan pour l'atteindre à ce moment même comme une onde de choc : *devoir d'amour.*

Il reconnut ce devoir qu'il accomplirait au mieux : devoir envers lui-même, envers les siens là-bas, envers son pays, envers la liberté. Ce viol n'était qu'un acte de guerre. Il était dans un lit de guerre. S'il montrait à cette femme ambivalente le chemin de la passion violente, il avait une chance de sauver sa peau. Elle voudrait en vivre d'autres, de ces ouragans charnels et ne le sacrifierait pas à la cause. En tout cas pas avant un temps qui lui permettrait d'agir, de s'évanouir dans la nature, de regagner la France libre puis l'Angleterre. On aurait beau le surveiller avec les plus gros yeux du monde, il trouverait bien moyen à l'hôpital de disparaître grâce à quelque subterfuge...

–T'as bien fait de venir ici et de forcer les choses... parce que je commence à me trouver un appétit féroce de toi, Lily Marlene...

–L'amour est aussi une denrée rationnée en temps de guerre. Passe donc à l'attaque, mon Canadien ! Enfonce mes lignes tandis que mes défenses sont endormies... Pleine puissance, le char d'assaut !...

Elle disait ces choses en paraissant dans un état second, dans celui d'une libido en train de chavirer, soupirant, vibrante, le cerveau bourré d'endorphines.

Affamée.

Il faisait une bonne chaleur sous les draps. Une douce odeur mélangeant les parfums de la masculinité et de la féminité. L'homme se trouvait maintenant dans un état de semi-invasion du corps de la femme. De côté contre elle étendue sur le dos. Poitrine sur épaule. Jambe droite accrochée à celle de la compagne. Sexe érigé, écrasé sur sa cuisse pour mieux retenir les débordements prématurés. Main entre les jambes, y prolongeant les mots d'amour de la bouche enfiévrée. Et souffle tiède dans les cheveux, l'oreille, sur la paupière fermée aux battements lascifs.

Orgasme : sommet du plaisir. Samuel eut ces mots techniques en tête et il se laissa imaginer l'ascension d'une haute montagne. La plus élevée du monde. Le toit de la planète. L'Everest, c'était ce corps qui commençait à fondre et cette essence profonde qui l'appelait en le magnétisant.

Il se mit à l'affût du moindre signe, du plus petit frisson de la montagne. Peine perdue, il en obtint d'énormes par ses mains baladeuses, ses lèvres chercheuses. Les flancs de glace devinrent vite chauds puis brûlants et les avalanches ainsi provoquées transportèrent des fluides qui s'écoulèrent par longs flots, entraînant dans leur sillage tremblements et contractions.

Mécaniques, les doigts cruels de la femme plongèrent leurs griffes dans le dos de l'alpiniste comme autant d'arêtes rocheuses contre lesquelles on se frotte sans le vouloir, et qui vous coûtent du sang mais empêchent le dérapage.

Elle était à geindre. Il sut que le moment de la grande halte arrivait. En harmonie et en violence commune, leurs corps s'emboîtèrent. Bientôt, dans une longue seconde vociférée, le petit Canadien devenu géant des neiges s'emparerait de la fière montagne à bras-le-corps, l'empalerait pour se donner l'illusion de la dominer tandis qu'elle l'avalerait dans ses profondeurs ténébreuses.

C'est alors que survint un geste imprévu, inespéré : la main de la femme s'empara de son sexe, le palpa, comme pour en mesurer la force. Il crut à un test. C'était une habitude machinale ancrée en elle par l'homme de la Waffen-S.S. Elle le trouva à sa pleine puissance et le dirigea aussitôt vers son cratère béant, bouillant où il plongea avec une rage perverse.

Ses soupirs sifflèrent entre ses dents serrés et des mots qu'il crut déceler passèrent aussi :

–Fonce, maudit Canadien, fonce, sale Canadien... encore... encore... encore... encore...

Il ajusta son rythme au souffle féminin, aux mots marmonnés, aux coups de griffes dans son dos, au plaisir intolérable qu'il subissait dans toute sa chair, toutes ses cellules d'homme et bien plus que celles de la génitalité pure et dure.

Elle cria et cria. Elle parut pleurer. Elle sembla supplier. Au bout de son effort héroïque pour contrôler son terrible élan, lui lâcha toute prise et toute emprise. Ses muscles prirent la relève de sa volonté et dans de formidables mouvements automatiques, ils expulsèrent vers l'intérieur secret du mont de Vénus qui les capta vivement et les retint prisonniers, les effluents de l'homme violé.

Elle ressentit mille jouissances en autant de secondes fractionnées, parcellées d'étoiles et de lumière, teintées de mépris appris et de furie douce.

Après plusieurs long soupirs, elle ricana :

–Sale Canadien, tu fais mieux l'amour qu'un vrai Aryen.

–J'étais pas seul à le faire, on était deux.

–... Non, on n'était pas deux vraiment. Je ne crois pas que tu étais vraiment là.

–Un homme peut-il être ailleurs quand sa verge est là ? Il est là où sa verge en feu se trouve. Les fantasmes, c'est le domaine des femmes. Peut-être que c'est toi qui te trouvais avec Hans, ton mari. Tu es femme, donc double. Tu es à la fois allemande et française...

–Et je suis née sous le signe des Gémeaux...

Il se glissa hors d'elle et s'allongea tout près. L'inquiétude s'empara de lui :

–Que va-t-il arriver à mon ami le prêtre ?

–Il va passer la guerre dans un camp puis retourner au Canada.

–Et que va-t-il arriver de moi ?

–Que voudrais-tu qu'il t'arrive ?

–Si je suis dans le collimateur de la Gestapo depuis plusieurs mois déjà, les choses pourraient continuer de la même façon. Toi, tu continues à me surveiller et... on continue à se voir tous les deux...

–Voudrais-tu travailler pour nous ?

–Trahir ?

–Le mot est gros.

Il secoua la tête :

–Faire quoi ? Vendre la peau de pauvres bougres ? En envoyer d'autres à ma place dans les camps de concentration d'Allemagne ?

–Je disais ça comme ça. Je sais que tu ne le ferais jamais, que tu ne lèverais pas le petit doigt pour l'Allemagne et notre führer. Ton dossier montre bien que ce sont tes convictions personnelles qui t'ont fait partir pour la guerre. Tout comme ce sont mes convictions personnelles qui me font travailler au sein de la police secrète. Nous sommes donc deux ennemis irréconciliables.

Elle se souleva et se recula sur l'oreiller puis allongea le bras et prit une cigarette qu'elle alluma après l'avoir insérée dans le bouquin de bois et métal. Il demeura silencieux en l'attendant. Elle reprit la parole après avoir aspiré et rejeté une poffe :

–Le pire qui pourra t'arriver, c'est qu'on te fusille comme espion. Le moins pire serait qu'on te laisse soigner les gens à ton hôpital, ici, à Paris, pourvu que tu cesses toute activité subversive. Et entre les deux, il y a le camp de Dachau ou de Ravensbrück. Ce n'est pas facile, la vie de camp de prisonniers.

–Et qui va choisir entre les trois ? Toi ?

–J'ai mon mot à dire.

Elle sourit faiblement et lui toucha la main de ses doigts glacés en ajoutant :

–T'inquiète pas, je vais dire le bon.

Puis consultant sa montre :

–Je vais devoir partir : ma journée n'est pas terminée. Je suis venue te souhaiter un joyeux Noël. Tu es content de ta rencontre avec moi ?

–Tu es... incomparable. En fait, je ne peux te comparer à aucune autre.

Elle éteignit sa cigarette de la même façon que précédemment puis quitta le lit et se rhabilla tout en lui posant des questions anodines sur le Canada au temps des fêtes. Il lui parla de neige, d'espace, de caribou, de carrioles et de tourtières...

Puis elle s'en alla sans le regarder, sans dire autre chose qu'un évasif *Auf wiedersehen* ! Il savait que cela signifiait au revoir, donc deux mots dans lesquels il trouva un certain espoir de rester en liberté et par conséquent de quitter la France.

Il se rendit à sa fenêtre. Marlene marcha de son pas le plus long vers l'auto noire revenue. Quand elle fut devant la portière ouverte, elle leva la tête et le regarda un bref instant puis monta. Et l'auto s'évanouit bientôt dans la grisaille du jour.

Samuel respira encore mieux...

*

Le soleil baissa puis se coucha. Paris entra dans la nuit. Samuel prit dans une armoire une moitié de sandwich qui lui restait du midi et grignota sans appétit. Depuis le départ de la femme allemande, il était sur un pied d'alerte, surveillant les bruits extérieurs, notamment ceux des rares voitures passant par la rue étroite.

Il finissait de manger lorsque soudain un poing frappa lourdement dans sa porte.

–Qui est-ce ?

On continua de frapper. Il n'avait d'autre choix que d'aller ouvrir. Aussitôt, il fut repoussé et un pistolet lui fut mis sur la tempe par un homme en noir qu'il crut reconnaître comme un de ceux de la Gestapo qu'il avait vus dans l'après-midi depuis sa fenêtre avec Marlene.

L'autre promena son regard sur la pièce, sur le lit, puis parla à son collègue en allemand. Et il dit à Samuel dans un français cassé :

–Prépare ta valise, tu viens avec nous.

–Mais...

–Schnell... schnell...

Et l'Allemand le menaça du canon de son revolver ainsi qu'avec la férocité et la cruauté de son regard. Samuel comprit le sens du mot schnell qu'il entendrait si souvent dans les années à venir. Et il comprit tout aussi vite que Marlene n'avait pas dit en sa faveur le mot qu'elle aurait pu. On ne lui laissa le temps de prendre que le strict nécessaire, de revêtir ce qu'il trouva de plus chaud, car il craignait ce qu'elle avait dit se situer entre la mort et la liberté, c'est-à-dire le camp dans une Allemagne en hiver.

433

Sans politesse et dans une froide indifférence, les hommes le conduisirent à l'extérieur jusqu'à la voiture noire, à peine visible dans le soir, et dans laquelle il fut poussé sans aucun ménagement.

On démarra. Au coin de la rue, on s'arrêta. L'homme assis à l'arrière avec le prisonnier abaissa la vitre. Un papier lui fut tendu. Une voix de femme lui marmonna des mots en allemand. Samuel crut qu'il s'agissait de Marlene. Il voulut se pencher vers l'homme pour la voir. Mais le canon de l'arme sur son front l'en empêcha. Il décela une vague odeur de cigarette américaine.

L'auto repartit brusquement. Et Marlene resta dans l'ombre en disant sans émotion à petite voix froide :

–Va, mon Canadien, va vers ton destin. C'est ici que nos chemins se séparent.

L'Allemand donna le papier reçu au prisonnier à qui il fut impossible de le lire tout de suite. Il ne le pourrait que plus tard dans une salle vide où on l'avait interné en attendant la suite. Une lumière jaune suspendue à un fil tordu lui permit de prendre connaissance de la note. C'étaient les paroles de la chanson Lily Marlène en français. Mais avant les lignes, il y avait un mot disant : *ça pourrait t'aider à survivre, mon Canadien.*

Voilà qui remit un mince filet d'espérance dans le coeur de ce docteur campagne toujours optimiste. Puis il lut les couplets un à un, lentement.

> *Devant la caserne*
> *Quand le jour s'enfuit,*
> *La vieille lanterne*
> *Soudain s'allume et luit.*
> *C'est dans ce coin-là que le soir,*
> *On s'attendait remplis d'espoir*
> *Tous deux, Lily Marlène. (bis)*

Et dans la nuit sombre
Nos corps enlacés
Ne faisaient qu'une ombre
Lorsque je t'embrassais
Nous échangions ingénument
Joue contre joue bien des serments
Tous deux, Lily Marlène. (bis)

Le temps passe vite
Lorsqu'on est deux,
Hélas ! on se quitte :
Voici le couvre-feu.
Te souviens-tu de nos regrets
Lorsqu'il fallait nous séparer
Dis-moi, Lily Marlène. (bis)

La vieille lanterne
S'allume toujours
Devant la caserne
Lorsque finit le jour.
Mais tout me paraît étranger
Aurais-je donc beaucoup changé ?
Dis-moi, Lily Marlène. (bis)

Cette tendre histoire
De nos chers vingt ans
Chante en ma mémoire
Malgré les jours, les ans,
Il me semble entendre ton pas
Et je te serre entre mes bras
Lily... Lily Marlène. (bis)

En route pour Dachau dans un convoi ferroviaire rempli de prisonniers, Juifs, Tziganes, homosexuels et handicapés mentaux auxquels on avait ajouté des aviateurs anglais et quelques Français convaincus d'activisme, Samuel à un moment donné voulut tuer le temps et se donner du moral en fredonnant *Lily Marlène*. Mal lui en prit car il s'attira les regards foudroyants de tous dans leur wagon à bestiaux. Ce n'était pas un air à chanter. C'était une chanson ennemie...

Il dut se taire et s'enveloppa dans son manteau pour lutter contre le froid intense qui les environnait...

***

Chapitre 33

Et pendant que le train de son destin emmenait Samuel Goulet vers la froide Bavière de cet hiver 1940, il y avait chez les siens dans son lointain pays de neige que le vent balayait ce jour par intermittence un repas de Noël offert par Catherine chez elle dans la maison renouvelée qu'elle habitait depuis plus de trois mois maintenant avec son second mari.

Roméo se sentait l'âme d'un père accompli voire d'un patriarche, ainsi assis au bout des tables juxtaposées, ainsi entouré de sa femme que son état arrondissait, de sa fille aînée toujours aimante mais lointaine par ses manières toutes de politesse, de prévenance, de réserve, et de trois autres de ses filles venues pour la circonstance. Il y avait aussi Bernadette Grégoire pour qui Catherine nourrirait une reconnaissance éternelle en raison de son généreux et indéfectible soutien dans les moments les plus noirs.

Affligée d'un vilain rhume, Armandine avait dû la veille décliner l'invitation mais elle avait tenu ferme à ce que Clara et Bernadette soient quand même de la fête. Au fond, la femme avait envie de se retrouver seule avec elle-même et ce mal passager le lui permettait sans causer de peine à quiconque.

Clara, ses soeurs et Bernadette étaient venues ensemble,

437

reconduites en autoneige par Foster Drouin. Le taxi des neiges comme on l'appelait viendrait les reprendre toutes aux alentours de neuf heures pour les ramener au village où les fillettes demeureraient avec leur soeur chez elle jusqu'au lendemain.

C'est leur grande soeur que les autres voulaient visiter et ce repas leur en donnait le prétexte. On savait qu'elles s'ennuyaient gros de leur aînée plus que de leur propre mère décédée. Ce que l'on ignorait, c'est que leur cerveau d'enfant avait occulté l'image de leur mère pour éviter de trop souffrir de sa disparition définitive, tandis qu'on gardait en tête celle de Clara et qu'on l'embellissait à souhait. Et puis Clara n'était-elle pas une étoile de la paroisse, peut-être la plus brillante, maintenant que celle de Samuel n'y brillait plus que par le souvenir et les larmes qui parfois encore tombaient pour lui dans la neige en s'y figeant.

Et puis l'homme caressait une grande idée dans son coeur, un projet qui émerveillerait tout le monde sûrement quand il l'annoncerait tout à l'heure. Pour le moment, il mangeait comme un safre sans trop se laisser distraire par une ombre au tableau : cette chaise laissée vide à l'autre extrémité et que Catherine avait penchée vers l'avant comme si la place avait appartenu à quelqu'un, à un fantôme, à un absent...

Sur sa droite, il y avait deux de ses filles, Françoise et Rolande ainsi que Bernadette et Carmen, et sur sa gauche les autres, soit Catherine qui avait pu s'asseoir à son tour après avoir tout mis sur la table et qui encadrait Yvonne avec Clara ainsi que Lucien, le sage Lucien, toujours si effacé, toujours silencieux.

Il en vint à se demander si la place sombre correspondait bel et bien à celle qu'aurait occupée Armandine Goulet si elle était venue ou bien si Catherine dans son esprit n'y voyait pas son cher Samuel dont elle portait l'âme en son sein avec un fruit de sa chair.

Mais Roméo se consolait en songeant qu'il avait entre les jambes un allié de taille, toujours prêt à le consoler, toujours prêt à combattre, toujours prêt à conquérir, fier comme un champion, fier comme sa race, fier comme un soldat vainqueur et triomphant.

On mangeait du coq. L'animal était détesté de Catherine. Chaque fois qu'il le pouvait, il l'agressait par derrière. Plus traître que ça, il aurait fallu compter sur Mathias Bougie en personne. Elle en avait porté des cicatrices aux jambes à l'automne. Protecteur de sa femme, Roméo avait à quelques reprises voulu donner une leçon au volatile par la vertu d'un coup de pied avisé. Mais une tête de coq est dure et folle. Et puis l'impact du pied coléreux s'était perdu dans l'épaisseur des plumes et dans l'orgueil de l'oiseau roux au col noir.

C'est sans le moindre chagrin que l'homme lui avait coupé le gargoton la veille après lui avoir posé la tête sur une bûche puis égorgé d'un puissant et habile coup de couteau bien aiguisé.

On se rendait compte que l'oiseau de malheur faisait le bonheur de tous, maintenant qu'il se dispersait dans les assiettes, et qu'il avait peut-être raison quand il se dressait sur ses ergots et chantait sa propre gloire aux matins annoncés, car sa chair était abondante, tendre et d'excellent goût. Un coq de qualité avait péri pour enchanter une table de Noël. Il n'était pas le seul au pays de la tourtière à perdre la guerre de cette façon en ce temps de réjouissances et libations.

Bernadette ne tarda pas à déclarer de sa voix la plus chantante :

—En tout cas, tu fais ben à manger, toi, Catherine. Un vrai cordon-bleu !

Les yeux des fillettes se tournèrent tous vers Clara pour savoir ce que signifiait ce mot dont on devinait pourtant le sens. L'adolescente leur répondit par un sourire. Cela suffit à leur compréhension.

La demoiselle reprit ensuite pour faire plaisir au mari tout autant :

—Pis toi, Roméo, je te félicite pour ton sapin de Noël. Les enfants aiment ça... pis le grand monde itou. Que ça fait donc joyeux dans une maison au temps des fêtes ! Je te dis que nous autres, on manquerait pas d'en avoir un. La semaine passée, j'ai mis la hache entre les mains d'Armand et une calotte carreautée sur sa tête, et je l'ai reconduit devant la porte en lui disant : *va couper un sapin sur le cap à Foley pis trouve le plus beau.* Pauvre lui, il s'est quasiment gelé une oreille. Des plans pour lui faire attraper son coup de mort. Ah, c'est à lui de s'habiller comme du monde ! C'est pas un enfant d'école, il a quoi... trente-trois ans, là, lui. J'ai beau lui dire de faire attention... il se promène tout le temps la tête nu-fesse...

Et la femme éclata d'un rire qui lui rougit les joues et le front. Les fillettes firent de même. Clara sourit. Catherine se fit joyeuse et Roméo rit fort et haut la tête. Anodine, la blague avait une portée certaine du fait qu'elle touchait une partie cachée et secrète du corps et qu'elle était faite devant des enfants de cet âge. De quoi faire grimacer le curé s'il avait été là.

Clara pouvait dessiner dans sa vision périphérique le ventre de Catherine. Tout en écoutant d'une oreille les propos de la table, elle se rappelait comment elle avait fini par savoir la façon de faire les bébés. Il avait fallu qu'elle le devine à partir de l'accouchement de sa mère qu'elle avait surpris par le fenêtre où elle s'était mise en embuscade à la naissance du bébé Elzire. Et à partir de la conduite des animaux, du taureau et des vaches, des chevaux et des cochons. Mais la connaissance était restée nébuleuse en son esprit tant que sa mère adoptive ne lui avait pas dit carrément la vérité à sa première menstruation durant ce voyage à Montréal pour y voir en personne le roi et la reine.

–Qu'est-ce que tu vas nous chanter de beau à soir, Clara ? demanda soudain Bernadette.

–Non, pas ce soir.

–Hein !? Quoi !? Tu me dis pas que tu vas pas chanter pour tes petites soeurs, pis ton père, pis notre Catherine et surtout pour moi ?

–J'en ai pas le goût. Je veux dire que... je voudrais vous faire plaisir, mais chaque fois, faudrait que je chante...

Catherine intervint :

–C'est vrai : elle peut pas en avoir envie tout le temps. Surtout que...

Mais elle ne poursuivit pas sa phrase. Roméo le fit dans sa tête :

"Surtout que le beau Samuel est au paradis ! Vont-ils finir par l'enterrer, celui-là ?"

Mais il se reprit aussitôt :

"C'est qu'il m'arrive donc ? C'est lui qui m'a prêté l'argent pour acheter ma terre. Pas eu besoin de le remettre. Ils ont adopté Clara..."

Puis il pondéra :

"Bah ! l'important, c'est de faire voir de rien."

À six mois de grossesse, Catherine avait le ventre rebondi. Mais Bernadette ne fit pas le calcul. Si l'enfant à naître avait été de Roméo, il n'y paraîtrait pas encore puisque le mariage avait eu lieu le quatorze septembre. Et même si le vent du doute avait poudré quelques idées du genre en sa tête, jamais la soeur du marchand n'aurait ébruité ces interrogations. Les fillettes étaient dépassées encore par ces choses-là. Clara savait, elle. Quant aux gens du voisinage et de la paroisse, ils seraient dupés jusqu'à fin février par les apparences qui sauveraient les apparences et seraient toutes dans le grand et large manteau d'hiver de la femme enceinte. Et puis cette volonté de taire la vérité ferait taire ceux qui, malgré tout, n'étaient pas dupes. Comme la Germaine Boulanger. Comme Ernest qui, derrière son feu de forge, continuait de rire sans mot dire.

Les fillettes étaient toutes bien adoptées et intégrées à leur nouvelle famille. Elles parlaient aisément de leurs nouveaux frères et soeurs comme de vrais. Aucune ne semblait souffrir de son état.

–Ben, je t'achalerai pas plus avec ça ! Pis si jamais ça te le dit, de chanter, tu chanteras.

–C'est que... ben y a pas de piano ici... et pas de guitare non plus.

Roméo se sentit piqué au vif. Il ne pouvait tout faire, tout avoir après en avoir eu si peu depuis toujours et n'avoir pas pu engranger à cause de cette maudite crise interminable. Il se dit que le moment était venu d'annoncer sa nouvelle et prit la parole entre le coq et la bûche de Noël :

–Ben, moé, j'ai un' afféré à vous dire. À toé itou, ma femme... que tu sais pas...

Tous lui portèrent attention :

–L'année prochaine, vous allez être dans une maison pas pareille comme c't'année parce que j'm'en vas régrandir. Pis là, de c'te bord-là, va y avoir une grande cuisine avec des chambres en haut. Pis d'la place, on va en avoir. Pis quand vous allez v'nir, vous arez pas besoin de vous en retourner au village avant la nuitte...

–La nuit, glissa Catherine avec un sourire.

Il la pointa du doigt, de l'index, fronça les sourcils, poursuivit :

–Toé, je vas te dire une afféré itou : dans la partie neuve, j'vas faire poser un bain...

–Un bain comme chez moi ? dit Bernadette.

–C'est ça, flambant neu'. Pis comme dans la maison à Clara au village.

–C'est pas ma maison...

Le mot de l'adolescente passa inaperçu.

–Ben voyons donc, dit Catherine, où c'est que tu vas prendre l'argent ? On est pauvres comme Job.

L'homme regarda la tarte la plus rapprochée de lui et bougea lentement la tête en disant :

–Ça, c'est mon problème ! Je m'en occupe.

Bernadette agrandit les yeux :

–Tu y vas pas à petit coup, Méo : régrandir pis poser un bain. On rit pas. Endette-toi pas trop ! C'est dangereux, tu sauras. Y en a plusieurs qui ont perdu leur terre dans le temps de la crise à cause de leur dettes. Pense aux Leblond du quatre, pis au Maheux du six, pis aux Bégin du Petit-

Shenley. Même que les Page sont venus proche, eux autres itou. Une chance que Freddé leur a fait du bon à plein au magasin...

Ces paroles ne tombaient pas dans l'oreille d'une sourde. Catherine se promit d'y voir de près. Roméo lui dirait ses sources, lui expliquerait comment on pourrait réaliser son projet sans prendre des risques énormes, sans s'étouffer dans l'endettement. Il n'y avait plus Samuel maintenant pour les sauver...

Clara se retira mentalement de la discussion et se mit à rêver une fois encore. Il lui avait été parlé par soeur Thérèse qui lui enseignait maintenant et par soeur Clara, de la vie de religieuse. On voyait en elle une candidate de tout premier choix. Intelligente, talentueuse, de belle éducation et assez pieuse pour aller prier tous les beaux dimanches au cimetière, pour assister aux messes du matin au temps du carême, pour chanter mieux que quiconque les louanges du Seigneur. C'est à l'audition de cet *Ave Maria* sur permission spéciale de monsieur le curé que Mère Supérieure avait eu l'idée de semer en la jeune fille l'idéal religieux, la graine qui ferait peut-être germer en elle la vocation. Et quelle belle occasion à utiliser que ce deuil profond vécu par la jeune fille et sa mère adoptive !

Clara continuait de parler à Laurent-Paul, mais rarement. Et lui restait tapi dans l'ombre avec son petit amour à caresser comme un chaton sans jamais pouvoir le partager comme il l'aurait voulu, et qui le laissait toujours sur sa soif la plus sèche.

Après le dessert, elle aida Catherine. Puis quand les travaux usuels furent accomplis, elle glissa un mot à l'oreille de Bernadette qui ne tarda pas à demander l'attention de tous, assis maintenant dans l'autre partie de la pièce autour du sapin odorant sous un éclairage jaunâtre :

–Suis assez contente, Clara m'a dit qu'elle était prête à chanter. Un chant, pas plus. Mais le plus beau du monde. Avec la plus belle voix du monde. Un bel hommage à la Vierge Marie...

Clara se mit au milieu de tous. Bernadette s'assit à l'entrée. Roméo alluma sa pipe après s'être demandé s'il ne devrait pas mettre une nouvelle attisée dans la fournaise. Il se répandit dans toute la maison l'odeur âcre du tabac à travers celle de la résine de bois. Et ce fut de nouveau, après ce funeste dimanche de fin d'été, l'*Ave Maria* qui cette fois prit un air religieux bien plus qu'un air de deuil.

Mais en Catherine, il réveilla, tisonna la tristesse et le désarroi. L'air de rien, il lui fallut essuyer quelques larmes dans l'ombre.

Une heure plus tard, on entendit le bruit sourd du véhicule-taxi se préciser au loin et finir par ronronner près de la maison et enfin droit devant la porte. Déjà Catherine et Bernadette aidaient aux fillettes à s'habiller. Roméo adressa quelques mots à Clara :

–Tu viendras quand c'est que tu voudras, nous voir. Ta mère Catherine... sais-tu que t'as trois mères, toé ?... ben elle parle souvent de toé. Je vas te dire même qu'elle s'ennuie de toé... Ça fait que...

–O.K !

Et elle finit de boutonner son manteau noir. Puis enfila un casque de laine épaisse et des mitaines blanches. Bernadette sortit la première. Pour faire le chemin aux enfants comme elle le dit. Clara ferma la marche après les trois fillettes.

–On va se revoir au jour de l'An, dit-elle avant de se fondre dans la nuit glaciale.

Dehors, tandis que les autres montaient dans le véhicule, elle regarda le ciel constellé d'étoiles. Il lui parut qu'une d'entre elles brillait plus que les autres et ce n'était pas l'étoile polaire dont elle connaissait l'emplacement exact dans le ciel. Il lui semblait que cette étoile tout aussi unique avait quelque chose à lui dire...

Quelques moments ensuite, on était emporté par l'auto-neige et assourdi par le bruit de son moteur. Clara regardait par un hublot et suivait son étoile bleue qui sautait là-haut sans jamais bouger...

Là-bas, en Bavière, dans le bruit monotone et incessant des roues du train sur les rails, enfermé dans les odeurs infectes des seaux à déchets, Samuel parvenait à voir par un interstice la voûte étoilée. Et l'intéressait tout spécialement une belle étoile bleue qui lui semblait particulière, pas du tout comme les autres...

Au village, Armandine, l'âme et les voies respiratoires enchifrenées, ne parvenait pas à s'endormir. Elle se tenait à la fenêtre de sa chambre à regarder elle aussi l'insondable firmament du silence éternel. Comme si une force étrange l'y avait poussée. Mais elle ne pouvait voir l'astre mystérieux qui pour d'autres au même moment évoquait l'étoile des rois mages.

Catherine eut un moment de répit. Roméo s'habilla après le départ des visiteurs et se rendit à l'étable avec une lanterne pour voir aux vaches. Une d'elles lui paraissait malade depuis deux jours et l'inquiétait.

Elle se rendit à la fenêtre du côté du rang et ne put voir dehors, les carreaux étant trop givrés. Elle dut s'approcher la bouche et souffler pour dégeler la vitre. Il lui parut soudain qu'une présence animait la pièce derrière elle. En l'espace d'un éclair lui revint en mémoire l'image indélébile d'elle-même enchaînée au poteau de l'escalier, battue, brisée, accusée, désespérée... Puis celle ô combien rassurante de Samuel qui la regardait avec tendresse. Elle se dit alors que le plus beau sentiment humain, bien plus fort que tous les autres, bien plus beau que l'amour, c'était la tendresse. Celle de la mère pour son enfant. Celle du bébé pour sa maman. Celle d'un coeur pour un autre. Celle d'une âme pour l'âme du partage. Suffit de fermer les yeux et de s'abandonner à cette force divine.

L'*Ave Maria* de Clara lui revint en tête. Elle colla son oeil sur le trou sombre dans le frimas et vit des milliers d'étoiles là-haut tandis que le chant magnifique enchantait son coeur.

Et elle vit à son tour, mais en fait au même moment que Clara et Samuel, l'étoile bleue qui lui parut une flèche lui indiquant la voie divine dans la nuit du monde.

**

Chapitre 34

Pour Clara, Huguette et les jeunes filles de cet âge, c'était une année charnière que cette septième à l'école. Se terminait pour de bon leur enfance et commençait leur âge adulte dans une adolescence qui les rapprochait entre elles et du même coup les éloignait des garçons.

Sa froideur envers Laurent-Paul devint plus pénible encore pour lui qui n'osait même plus lui adresser la parole tant elle gardait la tête droite et haute en passant devant chez lui et le magasin général chez Freddé. Des gars de son âge disaient d'elle qu'elle s'en "faisait accroire" parce qu'elle était une Goulet et qu'elle possédait une voix d'ange. Lui la défendait dans son coeur sans toutefois rien dire tout haut et il se cachait parfois pour verser quelques larmes. Par chance que son adolescence à lui, qui l'avait surpris et rendu encore plus secret et renfermé, lui permettait de déverser aussi autre chose que des larmes...

Un après-midi de janvier ensoleillé mais d'une température glaciale au froid mordant et aux coups de vent cinglants et vicieux, la jeune fille rentra à la maison et fit entrer aussi Huguette pour que son amie puisse y faire halte pendant quelques instants et ramasser un peu de chaleur afin de poursuivre jusque chez elle.

–Fermez vite, les filles, cria Armandine depuis la cuisine,

la maison est dure à chauffer pas pour rire de ce temps-là. On pourrait manquer de bois avant la fin de l'hiver.

–Oui, m'man !

Elles ôtèrent leurs bottes, enfilèrent des pantoufles froides en attente sur la laize de catalogne à côté de la porte, et s'en allèrent au salon. Et s'assirent sans enlever autre chose, gardant même leurs mitaines de laine. Et jasèrent de leur journée scolaire.

–Tiens, je vous apporte des biscuits et du lait...

Armandine venait avec un plateau. Elle les servit. Huguette n'en revenait pas tout simplement. Une mère, surtout adoptive, en faire autant : c'était pour elle la fin du monde. Comme elle enviait son amie d'être tant choyée, signe qu'elle était tant aimée ! Les deux amies durent se débarrasser de leurs mitaines, et ce, sans inconvénient puisqu'il régnait une chaleur plutôt agréable dans la pièce.

–M'man, papa, il en a encore en masse du bois de poêle, si on en manque...

–Ben oui, si on en manque, Roméo va nous en vendre.

–M'man, le docteur est pas là ?

–Oui, il est là... même qu'il est avec quelqu'un que tu connais bien.

–C'est drôle, y a pas d'auto dehors.

Le docteur Poulin se rendait faire du bureau à la maison Goulet en automobile quand les chemins de la Grande-Ligne étaient déblayés, ce qui se produisait presque tout l'hiver maintenant grâce à une décision heureuse du conseil municipal. Mais cette journée était bien trop froide pour qu'il utilise sa voiture et il s'était fait reconduire par taxi en autoneige, un véhicule appartenant à Louis Pomerleau de Saint-Martin. Il repartirait plus tard et se ferait reconduire cette fois par Foster Drouin.

–Il est venu en taxi.

–Y a pas de voiture à chevaux non plus.

–C'est notre Catherine qui est là, annonça Armandine, le regard éclairé. Ton père est allé dételer. Il doit être au magasin. Il va venir tout à l'heure.

Huguette se sentit de trop et soutint qu'elle était attendue pour entrer du bois de chauffage à sa mère. Clara lui défendit de s'en aller avant d'avoir mangé son biscuit et bu son lait. Ce qu'elle fit sans traîner avant de partir tout en remerciant.

Clara se défit de son manteau qu'elle se rendit accrocher dans le placard de l'entrée puis elle revint au salon. Elle rajusta les épaulettes de sa robe de couvent et prit place avec sa mère qui l'interrogea avec intérêt et affection sur les petites choses de sa journée.

Mais la jeune fille voulut aborder un sujet combien plus sérieux : celui-là même de son avenir. Elle voulait le faire depuis quelque temps; le moment propice semblait toujours lui échapper. Maintenant que viendraient son père et Catherine, il fallait qu'elle se confie à sa mère adoptive qui annoncerait sa vocation aux deux autres.

Car c'est de ça qu'il s'agissait. Ses nombreuses rencontres avec l'une ou l'autre des religieuses recruteuses avaient porté leurs saints fruits. Et Clara possédait maintenant l'intime et profonde conviction que dans son futur, il y avait sur son image, écrites en caractères en or les lettres de son nom de couventine : soeur Samuel. Mais avant de dévoiler ce choix d'un nom, longtemps avant, voici qu'elle devait dévoiler son choix de vie. Clara Boutin n'était plus. Clara Goulet ne serait plus. Naîtrait des deux Clara soeur Samuel. La plupart des religieuses, elle en avait l'information, portaient un nom féminin, mais d'aucunes un nom masculin comme soeur Saint-François-de-Paul et soeur Isidore, et la pensée de porter à jamais le prénom de son père adoptif avait achevé de la convaincre. Ainsi, leur union spirituelle serait éternelle.

—M'man, j'ai pris une grande décision et je voudrais vous en parler.

Armandine le savait déjà au fond d'elle-même. Il lui avait paru que le mysticisme naturel de Clara avait pris de l'ampleur après la mort de Samuel sans cesser d'augmenter ces derniers mois.

–Tu voudrais pas attendre la venue de ton père et de Catherine pour me le dire ?

–Ça serait mieux si vous...

–Non, ma fille. Quand on prend une décision, il faut l'assumer. J'ai une amie à Montréal, madame Barbeau, une personne de coeur et d'esprit, qui me dit toujours ça. Et elle a bien raison. Si tu pouvais la connaître : elle pétille de santé et de vérité, cette femme-là...

Clara mit sa tête en biais, sourit un brin et acquiesça :

–Vous aussi, vous avez raison.

–Parfait ! Asteur que tu peux nous le dire à nous trois, tu peux me le dire à moi tout de suite comme tu le voulais. Mais c'est toi qui l'annonceras à ton père et Catherine.

–Vous savez ce que je veux vous dire ?

Clara était assise sur le divan et Armandine sur le fauteuil en biais. La femme eut dans le regard une lueur de tendresse :

–Une mère, tu sais, ça devine pas mal de choses dans le coeur de ses enfants.

–Après ma onzième année ici au couvent, je veux m'en aller étudier au couvent de Bienville et là, devenir une soeur enseignante.

–Il y a du temps encore.

–Je ne vais pas changer d'idée, j'en suis sûre, m'man, j'en suis trop sûre.

–C'est ce que j'allais dire : le temps va rendre ta décision encore plus ferme, plus forte.

–Ah oui !

–Et tu seras très jolie dans ta robe de religieuse. Je t'imagine, tu sais...

–Soeur Clara dit qu'en religion, il faut s'éloigner des frivolités.

–Oui, bien sûr qu'il le faut !

En son for intérieur, Armandine ne croyait guère en cette vocation. Il y avait en Clara tous les éléments pour la rendre

450

apte à devenir soeur : mysticisme, altruisme, sensibilité, talent, intelligence, coeur, mais il manquait un petit quelque chose que la femme ne parvenait pas à définir et qui se perçoit en présence d'une religieuse dont la vocation est bien réelle et authentique. Pour éviter de provoquer de la distorsion dans le plan de l'adolescente, elle voulut se cantonner dans la neutralité.

–Toi seule et Dieu savez si ton choix est le bon. Moi, en tout cas, je l'accepte et je le bénis. Et si tu devais un jour changer d'idée, je l'accepterai et je le bénirai tout autant. Il est aussi noble d'aimer un homme et d'avoir des enfants que de servir le Seigneur à la façon d'une religieuse. Trop de gens pensent qu'un état de vie est meilleur que l'autre. Pas moi ! Quand on fait le bien et qu'on le fait bien, on est là où il faut qu'on soit.

–J'avais peur que vous soyez pas contente.

–Jamais de la vie, Clara, voyons ! Et je suis sûre que là où il se trouve, notre Samuel approuve ton choix aussi. Et tu verras tout à l'heure, je suis sûre que ton père en sera aussi heureux que moi.

–C'est que vous en dites, vous, madame Goulet ? demandait Roméo une demi-heure plus tard quand il se retrouva là avec Catherine et avec sa fille qui venait de leur annoncer sa nouvelle.

L'homme la trouvait bien prématurée, cette décision, et il craignait que les soeurs ne lui forcent la main et la vocation. Mais il ne voulait pas se mouiller non plus et jouait de prudence. Armandine dit que la décision appartenait à Clara et qu'elle la respectait. Catherine échappa une phrase qui contraria son mari :

–Je voudrais te voir avec ta robe de soeur et mon petit bébé dans les bras.

Certes, la chose ne se pouvait pas pour ce qui était de l'enfant qu'elle portait puisqu'il aurait dans les cinq ou six ans quand Clara aurait son costume de religieuse; mais par la magie de l'esprit, la jeune femme enceinte avait imaginé la scène. Et Clara l'imagina aussi, qui rétorqua, la pupille enflammée :

–Ça serait un des plus beaux jours de ma vie, je pense. Oui, sûrement !

–Bon, bon, mais là, ma femme, c'est ben beau, mais dehors, il fait pas beau ! La jument, elle a beau avoir une couverte de cheval sur le dos, elle aime pas ça rester deboutte... rester debout pis à pas se réchauffer en marchant. On s'ennuie pas, ma'm Goulet, mais...

La prétexte était excellent pour un départ précipité, ce qui enterrait les sentiments trop exprimés et qu'il savait reliés au disparu.

Armandine eut juste le temps de se renseigner sur l'état de santé de Catherine dont c'était la première et seule visite au docteur depuis qu'elle était enceinte. Pas que Roméo s'y soit objecté, bien au contraire. C'est lui qui avait insisté pour faire cette visite médicale ce jour-là. De plus, le voyage en carriole leur avait permis de reconduire les deux enfants à l'école et on les y reprendrait au retour pour les ramener à la maison en les dispensant ainsi de marcher un mille dans le froid vif de ce janvier plutôt dur au pays de la Beauce.

Anne-Marie Lambert se mit en embuscade pour voir sortir Catherine et quand elle l'aperçut monter dans la voiture, elle confia à Napoléon :

–La femme à Roméo Boutin, elle est à temps, on dirait ben.

Mais elle ne le pensait pas. Pour elle, Catherine était enceinte de sept mois sûrement et donc suite à un événement précédant son mariage avec Roméo. Y avait-il du Samuel Goulet là-dessous ? Elle avait beau être journaliste, elle avait une conscience morale. Et jamais elle n'aurait éclairé qui que ce soit avec une pareille idée douteuse, pas même son mari aveugle.

*

Mi-février, Catherine quitta la maison pour Montréal. Initialement, il avait été prévu un séjour à Sherbrooke puis on avait changé les plans afin de réduire les risques de cancans.

Armandine avait tout arrangé avec son amie de longue date, madame Barbeau, et c'est là que la jeune femme résiderait avant et après son court passage à l'hôpital où devait naître l'enfant.

Carmen et Lucien croyaient qu'elle allait se faire soigner. C'était la raison qu'on leur avait fournie pour justifier son départ et son absence. Pendant ce temps, eux séjourneraient au village chez les Goulet et fréquenteraient temporairement le couvent. Cette perspective les effraya un moment, mais on les avait tout à fait rassurés grâce à Clara qui, leur dit-on, veillerait sur eux, les emmènerait à l'école.

La rumeur courut dans la paroisse voulant que Catherine souffre de tuberculose et se fasse hospitaliser dans un sanatorium des Laurentides. Entre deux coups de marteau sur un fer à cheval rougi au feu et posé sur son enclume, Ernest ricana une fois encore, assommant la rumeur sous son instrument et la façonnant comme il voulait :

–Ça la fera pas mourir, la quêteuse, la consomption.

Éva lui rétorqua :

–Toé, un jour, y va y avoir un quêteux qui va te jeter un mauvais sort...

Le visage de l'homme devint sévère et tout noir, et il se tut comme il finissait toujours par le faire quand sa femme s'opposait à ses idées trop égrianchées.

*

Le vingt-quatre mars, à l'hôpital Notre-Dame, Catherine donna naissance à un garçon de huit livres et deux onces. Armandine se trouvait alors en ville depuis deux jours. Elle avait laissé Clara à la maison pour s'occuper de Carmen et Lucien. Et ce jour-là, elle visita la nouvelle maman en compagnie de son amie, madame Barbeau.

Les deux femmes se présentèrent dans la chambre au moment de l'allaitement. Après les félicitations d'usage, Catherine déclara :

–C'est le plus beau bébé du monde.

Armandine regarda l'enfant et en eut aussitôt la larme à

l'oeil. Le fils de son fils était là, sous ses yeux. Celui qui comme son père, l'espérait-elle, apporterait un jour aux autres santé et joie de vivre, et porterait le nom d'Emmanuel comme le lui avait promis Catherine.

Aline Barbeau était une femme de soixante-dix ans. Petite, souriante, le regard joyeux et intelligent, pétulante, pétillante et sautillante, elle possédait une démarche alerte et ne faisait pas son âge. On l'avait mise au parfum dès avant l'entente concernant Catherine et c'est avec un grand respect qu'elle avait accepté d'héberger la jeune femme enceinte jusqu'à trois semaines après l'accouchement. Ni elle ni son mari de toute façon ne connaissaient âme qui vive en Beauce et ils ne risquaient pas d'ébruiter la chose, même le voulant. Rien ne filtrerait d'eux non plus parmi les connaissances que les Goulet avaient encore à Montréal.

Femme sentimentale aux coups de coeur faciles, elle se prit d'une admiration sans borne pour le bébé. Quand se termina l'allaitement, il fallut qu'elle le prenne dans ses bras et le cajole comme s'il avait été son propre enfant ou petit-enfant. Armandine se montra un peu plus réservée. L'émotion le prenait tout entière. Pour l'heure, elle se limita à des mots mesurés :

–La soeur nous a dit que tout a bien été.

–Je vous remercie, madame Goulet. Grâce à vous, j'ai pu accoucher à l'hôpital. C'est rare, ça.

La femme sourit en biais :

–Malheureusement, on pourra pas toujours arranger ça de cette façon dans l'avenir.

–C'est certain. Non, si jamais j'ai d'autres enfants, je les aurai à la maison comme toutes les femmes.

–Attention, fit Aline, y en a de plus en plus qui vont à l'hôpital. Un accouchement, c'est sérieux.

–D'un autre côté, à l'hôpital, on est avec des étrangers. Tandis qu'à la maison, la voisine y est, le docteur, le mari. Des gens qu'on connaît nous entourent. Mais on est plus en sécurité ici.

Armandine fit des hochements de haut en bas :

—À l'hôpital, ils sont mieux équipés. Les complications sont pas mal moindres. L'hygiène est meilleure. La mère de Clara serait peut-être encore de ce monde s'il y avait eu moins de mouches autour d'elle quand elle a accouché l'autre année.

—Ça, vous pouvez le dire ! Rien de plus vrai ! Je l'ai toujours pensé, moi...

La jeune mère avait aisément traversé l'épreuve. Son visage montrait un peu de fatigue mais un air de santé assuré. Sa voix portait comme d'habitude. Personne ne s'attendait à des complications. Il n'y en aurait pas.

—C'est Clara qui a hâte de voir le bébé. Elle espérait un petit garçon, elle aura été exaucée. Elle croit que la prière peut tout.

—Mais elle a bien raison ! s'exclama Aline de sa voix la plus convaincue. Moi, quand je veux quelque chose de raisonnable, je demande à la vierge Marie.

—Et vous l'obtenez toujours ? s'enquit Catherine avec une touche de scepticisme dans le regard, dans le ton et dans son visage quelque peu ironique.

Madame Barbeau lut ces choses et fit plusieurs hochements de tête en disant :

—J'étais comme toi quand j'étais jeune : sceptique comme pas une. Mais j'ai appris que la foi peut transporter des montagnes. Le rêve de ma vie, ce serait d'aller à Lourdes. Les lieux de Bernadette et tout. J'irai peut-être un jour. Mais ça coûte tellement cher d'aller en Europe.

Armandine commenta :

—Surtout que c'est pas trop le temps, en pleine guerre, de traverser l'océan.

—Pas question ! Jamais on me fera monter sur un bateau pour traverser en temps de guerre. C'est bourré de requins allemands dans toute la mer... Tu veux le prendre, le bébé, Mandine ?

—Certain... mais tu t'es dépêchée de sauter sur lui la première en arrivant.

–Tiens, tiens, tiens, la petite grand-maman qui est un p'tit peu jalouse, là...

Et Aline transféra le petit paquet douillet de ses bras à ceux de madame Goulet qui eut beau faire des risettes au bébé, lui, il dormait à poings fermés. De toute façon, il ne trouverait sa pleine faculté de voir que dans quelques jours.

–Qu'est-ce que ça sera, cette petite crotte-là, plus tard, hein, dites-moi ! fit Aline en s'adressant aux deux femmes.

Chacune fit une moue interrogative.

–On devrait faire chacune un voeu. Dis, Catherine, tu voudrais qu'il soit... docteur peut-être ? Ou prêtre, ça serait si beau. Allez, dites-moi quelque chose, vous deux ! Toi, Catherine, là ? La mère doit bien avoir des visées pour ses enfants...

La jeune femme cacha son choix véritable. Elle s'habituait à tout camoufler, jusqu'à ses pensées, à propos de ce nouveau-né.

–Sais pas... un ingénieur... pour bâtir des ponts, des gratte-ciel à Montréal... pour voir haut le monde...

–Moi, dit Armandine, j'aimerais qu'il soit médecin. Oui, comme son père et son grand-père... C'est si utile, un médecin, c'est si nécessaire et tellement aimé !

–Ben moi, dit Aline en appuyant son souhait des brillantes lueurs de son regard vert, je dis qu'il devrait devenir un grand écrivain... comme... comme mon cher Ernest...

–Ernest ? questionna la jeune mère.

–Ernest Hemingway... le plus grand.

–Connais pas, se désola Catherine.

–Ou encore... monseigneur Savard ou tenez Valdombre... Claude-Henri Grignon si vous voulez... *Un homme et son péché*, c'est donc beau, cette histoire-là ! J'ai lu le livre trois fois et je veux le relire.

Armandine ramena la rêveuse sur terre :

–Aline, voyons, ça lui prend un métier pour manger et

faire vivre sa famille.

L'autre prit sa voix la plus mélodieuse :

–C'est pas grave, ça ! Les oiseaux du ciel ne sèment ni ne moissonnent et...

Catherine trancha :

–Non, mais nous autres, on sème pis les oiseaux, eux autres, ils viennent nous voler nos récoltes... Faut que quelque part quelqu'un sème... Aide-toi et le ciel t'aidera, hein !

Emportée par son élan, Aline reprit :

–Si tu savais seulement... rien qu'une belle phrase dans un livre, ça fait réfléchir, ça vous bouleverse les sentiments, ça nourrit l'esprit pendant des minutes et des minutes de grandeur... ça vous sort de la vie de tous les jours.

–J'ai une idée, proposa Armandine en titillant la joue de l'enfant avec son doigt. On va en faire un petit docteur poète, un peu comme... notre cher Samuel.

On se tourna vers Catherine qui dit sans ambages :

–La meilleure voie à suivre pour lui sera celle de sa petite voix intérieure.

En même temps, son geste de la main accompagnant le mot voie rappela un chemin sinueux tandis que l'autre, main à la gorge, fit comprendre qu'elle voulait signifier l'homonyme de voie, cette fois voix avec un X.

–Ah, ça, c'est bon ! s'écria Aline. Dans le fond, on dirait que j'ai toujours pensé de même, moi aussi. La petite voix intérieure... j'aime donc ça...

Il se fit alors un long et heureux silence...

*

Ce ne fut pas chose aisée pour les Boutin de continuer de jouer à cache-cache avec cette naissance. Germaine Boulanger parmi d'autres plissait les yeux chaque fois qu'elle y songeait et calculait les mois.

Mais on tint secrète sa présence à la maison au retour de Catherine. Mais on avait fait baptiser l'enfant à Montréal. Mais la mère et l'enfant rentrèrent par train et à la gare furent reconduits à la maison par un taxi qui passa par Dorset et les laissa à l'entrée du rang de la concession où les attendait Roméo en voiture à chevaux. Mais Catherine se montra deux fois en public le ventre gonflé artificiellement. Mais les enfants Carmen et Lucien ne réintégrèrent pas leur domicile avant trois semaines. Mais le docteur Poulin, au moment choisi, se rendit chez les Boutin et rien ne filtra de sa visite. On crut qu'il était allé faire l'accouchement...

Ce fut très compliqué, ce jeu de cache-cache.

Mais il fallait bien préserver la mémoire de Samuel...

***

Chapitre 35

La nuit était caniculaire.

Imprégnée d'humidité, la chaleur étendait son emprise sur toutes choses inanimées comme sur tout ce qui respirait dans les baraquements du grand camp. Ce n'était toutefois pas l'écoeurante lourdeur du moment qui écrasait les esprits et plutôt la perspective du lendemain, un autre jour de travaux excessifs à la carrière, à quelque distance de l'enceinte clôturée, barbelée, électrifiée, dans la partie ouest de la petite agglomération bavaroise de Dachau, près de Munich, soit à l'autre bout du camp que l'on était à agrandir et qui, entre le 26 octobre 40 et février 41, n'avait reçu de nouveaux détenus que ceux du train ayant amené là Samuel.

Samuel ne dormait pas. D'autres oui. Exténués. Affaiblis. Le cerveau vermoulu, rongé par les cauchemars. Le corps écrasé par la fatigue, le travail éreintant et les privations de plus en plus pénibles imposées aux prisonniers.

Samuel connaissait un meilleur traitement que les autres et ça l'interpellait tous les jours, toutes les nuits. Avait-il le droit, lui, à des faveurs auxquelles les autres n'avaient pas accès ? Devait-il continuer de les accepter ? Les partager, il les perdrait aussitôt. Les refuser au nom de la justice et en guise de protestation devant le traitement fait aux autres, voilà qui risquerait de lui valoir des conditions pires que les leurs, bien pires.

Ce dilemme le confrontait depuis son arrivée au camp.

Et cette nuit-là, il se remémorait les événements depuis Noël, depuis son arrestation après le viol dont il avait été victime par cette franco-allemande de la Gestapo qui pour seul héritage à part celui de la captivité lui avait laissé sur un papier froissé les mots griffonnés de Lily Marlène.

Après l'interrogatoire de routine à Paris au cours duquel on ne lui avait fait subir aucune torture, puis le terrible voyage en train alors que le froid l'avait attaqué sur chaque kilomètre, chaque minute, on était enfin arrivé à Dachau. À la descente du train dont les rails là-bas ne se rendaient pas, à ce moment, jusqu'à l'intérieur de l'enceinte, il avait été frappé par les mots alignés en arc de cercle au fronton de l'entrée : ARBEIT MACHT FREI.

"La liberté par le travail : quelle ironie !" avait alors murmuré un Français d'origine juive que le hasard avait placé près de lui. Samuel lui parla alors :

—C'est ce que ça dit, ces mots-là ?

—Ça le dit : c'est tout ce que ça fait.

Le nez juif, le front fuyant, les cheveux noirs ondulés et les joues prononcées et rougies par le froid et la colère, l'homme avait été arrêté à Paris en raison, disait-il, de son appartenance raciale. Mais il y avait plus. Et il avait fallu une soi-disant transgression de la loi au dossier du personnage pour qu'on en profite afin de le livrer à l'univers concentrationnaire. Il aurait agi d'une manière qui avait les apparences de la fraude dans une affaire de faillite.

Ayant passé trois de ses jeunes années chez une tante en Autriche, il y avait appris la langue allemande qu'il possédait bien et parlait couramment. Mais au quotidien, il parlait toujours le français avec l'accent parisien le plus pur.

—Je m'appelle David Haussmann.

—Et moi Samuel D'Aub... Goulet, Samuel Goulet.

—Vous avez failli dire un autre nom.

Samuel se mit à rire :

–La planète le sait, pourquoi le cacher ? On m'a rebaptisé D'Aubière en Angleterre, mais je suis bel et bien Goulet.

–Quel est cet accent ?

–Canadien.

–Un Canadien ? Pas un Canadien ? s'étonna-t-il.

–Et pourquoi pas ?

–Habiter le Canada : mon rêve de toujours.

L'homme arrivait à la fin de la trentaine, peut-être quelques années de plus que Samuel. Vêtu d'un manteau noir à col de fourrure, il essuyait parfois la roupie avec l'une ou l'autre de ses mains gantées.

Il posa son doigt devant sa bouche en signe d'alerte et pour que Samuel se taise, car il venait un gardien allemand. Le temps que le soldat passe devant eux sans même leur jeter un coup d'oeil, on garda le silence et quand il fut assez loin, Haussmann murmura :

–Autant ne pas faire de vagues ici ! Refouler tout ce qu'on peut ressentir. Attendre. Baisser la tête. Raser les murs. C'est le mieux à faire.

–C'est un monastère ou un camp de concentration ?

–Voilà, tu l'as dit : on se conduit comme des moines plutôt que des prisonniers. Obéissance. Silence. Chasteté.

–Charité...

–Ça... peut-être que le 'chacun-pour-soi' est plus indiqué ici, faudra voir.

Samuel engrangeait les informations sans toujours les comprendre, mais il lui semblait que ce juif percevait d'emblée les données de leur immense problème et les ajustait, comme les pièces d'un puzzle, au mieux de ses intérêts dans sa réflexion.

–La survie sera exigeante ici, mon ami canadien.

–Du Canayen français, ça vous a la couenne épaisse, comme on dit par chez nous. La survie de mon peuple n'a pas été facile non plus.

–Ça, dans peu de temps, tu trouveras peut-être que c'est de la petite bière, du joyeux folklore comparativement à ce que nous devrons traverser ici.

Leur échange fut interrompu par des ordres secs, hurlés à la S.S. et alors deux rangs se formèrent lentement même si on entendait des 'schnell' fuser de partout. Ils s'alignèrent de façon perpendiculaire à la voie ferrée, ceux comprenant l'allemand ayant passé la consigne aux autres.

Tous les prisonniers étaient des adultes de sexe masculin, femmes et enfants étant dirigés vers Ravensbrück. Samuel se retrouva devant David qui entreprit de faire son éducation aux rumeurs dont le Canadien pourrait extraire une vérité au fil des jours.

Il s'agissait selon lui d'une simple mise en rang préliminaire servant à les faire avancer dans l'ordre à l'intérieur de l'enceinte de bois surmontée tous les cinquante pas d'un mirador où des gardes armés restaient assis dans leur indifférence, laissant porter leurs regards las sur les lointains gris de Dachau.

–Mais une fois les portes refermées, dit Haussmann, on fait le tri. À gauche les Juifs comme moi, les homosexuels, les Tziganes. A droite, les autres.

–Comment tu le sais, toi ?

–J'ai posé des questions à droite, à gauche. Quand on leur parle allemand, les soldats vous répondent parfois. Pas ceux de la Waffen-S.S., mais les autres...

–Et après le triage ?

–C'est l'inconnu, le grand mystère. Je n'ai rien là-dessus et c'est bien ce qui m'inquiète. Moins drôle pour ceux de gauche à ce qu'il paraît.

L'on se mit en marche. Passé l'entrée apparurent les longues baraques noires, alignées comme des soldats disciplinés, menaçantes, froides comme de la mathématique.

Ce qui frappa le plus Samuel à ce moment fut l'absence de vie dans cet endroit surréaliste. Où donc étaient tous les prisonniers ? Le camp n'existait tout de même pas depuis la veille et il le savait. Il connaissait même la date de son ouverture : mars 1933.

–Sont tous à la carrière ou dans les usines de Dachau, répondit David à la question du Canadien.

–Personne dans les baraques ?

–Sais pas. Toi ? J'imagine que non...

–La question est ridicule de ma part.

Ce n'était pas encore l'époque des fours crématoires si ce n'est pour ceux qui mouraient de mort dite 'naturelle'. Il y avait donc un four utilitaire en activité pour disposer des restes de ceux que la maladie emportait. Mais ceux-là passaient généralement par l'hôpital du camp avant de finir en cendres à être ensuite répandues sur un champ de pommes de terre dont les récoltes servaient à l'alimentation des prisonniers.

Commença bientôt le tri. Un fonctionnaire au long manteau brun venu des officines du camp, casquette de gradé sur la tête, s'amena devant les deux lignes d'arrivants et expliqua en allemand qu'à l'appel de son nom, chacun des quelque cent cinquante nouveaux venus de ce matin-là s'intégrerait à une colonne ou l'autre au simple mot de gauche (links) ou droite (recht). L'énumération débuta. Les prisonniers comprirent vite, un soldat adjoint poussant sans ménagement ceux qui ne bougeaient pas assez rapidement à son goût et leur crachant par la tête des 'schnell' dont le son agressait les tympans et distillait la crainte.

Haussmann et Goulet se trouvaient déjà dans la ligne de gauche. À sa grande surprise, l'homme juif fut transféré dans la file de droite tandis que pourtant les autres juifs qu'il savait l'être par les noms criés, allaient tous à gauche ou bien y restaient. Encore plus étonnant fut l'appel de Samuel Goulet qui ne comprit pas le charabia allemand du caporal fonctionnaire, car ce n'était semblable à aucun des précédents, et qu'il voyait s'approcher avec appréhension le soldat détestable. Haussmann lui glissa :

–Tiens-toi au milieu : tu dois être un cas spécial.

Samuel resta sur place. Le soldat l'ignora. Le tri continua et se termina. Le fonctionnaire alors demanda à tous :

–Si quelqu'un sait parler l'allemand, qu'il se mette au centre, entre les deux lignes.

David Haussmann hésita pendant une seconde. Son cerveau devait analyser la situation à la vitesse de l'éclair. Serait-ce un avantage de se déclarer non seulement bilingue mais aussi trilingue puisqu'il s'y entendait tout aussi bien en anglais qu'en français ou en allemand. Voulait-on empêcher la communication entre les prisonniers et les responsables et travailleurs allemands du camp en isolant ceux qui auraient pu établir un meilleur lien ?

Il prit le parti de l'optimisme et bougea vers le centre à quelques pas seulement de Samuel en attente. Joueur de nature, et c'est ce qui l'avait acculé à la faillite, il avait ajouté à son argument un pari : celui qu'on l'avait envoyé dans la file de droite pour une raison pratique, parce qu'on voulait se servir de lui d'une façon ou d'une autre. Mais si c'était pour un valable dessein, sa maîtrise de l'allemand lui serait un atout supplémentaire et à l'opposé, si c'était en vue d'un sombre dessein, alors cette connaissance de leur langue brouillerait les cartes du jeu tordu et imprévisible de ces petits maîtres hitlériens.

Il ne tarderait pas à comprendre. Pour mener un camp, les Allemands croyaient à juste titre simplifier considérablement leur tâche en utilisant des adjoints issus de cette lie même qu'ils emprisonnaient; et ça leur évitait de mettre des personnes de la race supérieure en contact direct prolongé avec trop de ces sous-hommes des races inférieures. Il aurait pu se nouer des liens indésirables, liens d'amitié voire même homosexuels. Car en ces lieux de misère et de minimum vital, tous les prisonniers finissaient un jour ou l'autre par monnayer leur corps pour le sauver de la dèche.

Ces adjoints, on les appelait des kapos. Et on les recrutait parmi des hommes qui savaient par expérience conduire d'autres hommes, donc capables de penser non pas en subalternes, mais en 'boss' ou 'meister'... Or Haussmann avait hérité très jeune d'une usine de dormants créosotés et mené une trentaine d'employés pendant plusieurs années jusqu'à l'arrêt des activités en 37, provoqué par les effets combinés de la dépression et de son penchant compulsif pour le jeu. Et par-dessus tout, on était à agrandir le camp de Dachau, à l'autre extrémité, et c'est là que servirait le mieux l'ancien industriel. Il fallait réouvrir officiellement le camp dans les plus brefs délais à la demande de Berlin.

Samuel ne tarderait pas à comprendre lui non plus pourquoi on l'avait traité comme un cas d'exception dès son arrivée. La raison en était la convention de Genève. Ses clauses à propos des prisonniers stipulaient que ceux-ci avaient droit à des soins médicaux raisonnables. Il y avait dans chaque camp un hôpital comptant du personnel allemand et, quand cela était possible, des adjoints d'une certaine compétence sélectionnés parmi les prisonniers. Le jeune docteur canadien ne passa pas inaperçu. Aux yeux des Allemands, il devint négligeable qu'il soit un sujet britannique et valable que Samuel soit issu d'un peuple, ces Canadiens de langue française, parmi les mieux vus des nazis chez les non aryens.

Il fut donc rattaché au personnel de l'hôpital.

Que des inspecteurs neutres, suisses ou autres, soient invités à visiter les camps et on aurait quelque chose à leur montrer, à leur mettre sous la bonne dent. On ne le faisait pas par grandeur d'âme mais pour assurer aux Allemands prisonniers de l'ennemi, en Angleterre ou au Canada, un traitement tout aussi favorable. Bref, il fallait sauver les apparences et pour cela, un personnage comme Samuel Goulet constituait une belle pièce sur l'échiquier d'un camp comme celui-là.

Et comme il fallait lui montrer au plus vite la langue, on profita de la présence utile et utilisée de Haussmann pour accélérer le processus. Les deux hommes reçurent pour quartiers une chambre à l'entrée du Block 25 nouvellement érigé. Cette pièce était sise à part des alignements de lits superposés servant aux prisonniers. Ils seraient mieux chauffés, mieux nourris, mieux traités par l'administration. Mais davantage responsables que les autres prisonniers. Et l'un reçut l'ordre d'enseigner à l'autre l'allemand qui reçut celui de l'apprendre au plus tôt.

465

Ces événements se produisirent ce jour même de leur arrivée. Les deux hommes furent instruits de leurs fonctions au bureau du commandant en second qui le fit sans hauteur mais sans la moindre chaleur, et conduits à leurs locaux où ils purent apporter avec eux leur valise à main après une inspection sommaire de son contenu par un subalterne.

Le choc fut brutal pour eux lorsque vers la fin du jour, au coucher du soleil, ils virent la population miséreuse du camp, absente durant la journée, revenir des carrières, des usines et du chantier de construction dans les profondeurs du camp. Tous ces hommes amaigris, hagards, enchaînés les uns aux autres, improprement vêtus par ce froid hivernal, encadrés par des soldats aux regards de glace, pauvres bougres dont il était vite possible de savoir qu'ils dépensaient plus d'énergie qu'ils n'en absorbaient par leur nourriture, regagnèrent leurs baraques et parmi eux, une trentaine qui avaient leur nouveau lit près des quartiers des deux nouveaux venus. Ces trente-là qui avaient cruellement souffert du froid depuis deux semaines dans cette nouvelle bâtisse trouvèrent à se réjouir de l'addition de cent cinquante hommes. Plus on était de monde, mieux on pouvait lutter contre les basses températures par la chaleur des corps qui faisaient barrière ou du moins obstacle au vent coulis.

Un seul d'entre eux, déchaîné celui-là, se portait bien. Il fut conduit au commandant en second, démis de sa fonction de kapo et renvoyé parmi les autres prisonniers où plus aucun privilège ne lui serait accordé tandis que ses collègues lui feraient subir un pénible et durable isolement psychologique.

Le nouveau kapo du Block 25, c'était David Haussmann, et les prisonniers attendaient avec inquiétude le moment de le connaître. Déjà la rumeur avait circulé voulant qu'il s'agisse d'un juif tout juste arrivé le matin même. Quand le brouet du soir leur fut servi et qu'ils eurent un peu repris des forces, alors qu'ils attendaient étendus, l'homme leur adressa la parole dans les trois langues qu'il connaissait. Et il les rassura par son sens de la persuasion et son affabilité dilués dans un sourire constant tout le temps qu'il leur parla, ce qui fut quand même bref :

–Mes amis, dès mon arrivée, on m'a nommé nouveau kapo du Block 25. Sachez bien que je n'ai pas demandé cette 'affectation'. La chance a voulu que je parle allemand pour avoir passé trois ans chez ma tante en Autriche durant mon enfance. On m'a arrêté à Paris. Je vous en dirai la raison officielle un de ces quatre. Je ferai mon possible pour que la vie vous soit supportable. En tout cas, je ne vous la rendrai pas insupportable inutilement. Ce n'est pas le paradis terrestre ici, mais en nous tenant les coudes serrés, nous y arriverons. Comme toute chose, cette guerre aura une fin. Mon nom est David Haussmann. Je suis juif comme vous l'avez sans doute deviné. Et je vous salue tous.

Quand il eut fini de le dire dans chacune des langues, on lui servit quelques applaudissements, un peu plus après le laïus en anglais, mais bien moins après celui en allemand.

Plusieurs mois après cette arrivée au camp, Samuel en cette nuit insupportable, continuait de se souvenir.

Pire que le choc initial avait été pour lui et David de voir comment allait la vie au camp : latrines infectes, soins d'hygiène à l'eau glaciale, absence totale de savon, nourriture insuffisante et douteuse, température de la baraque trop basse ou trop élevée, toux répandue, costumes de prisonnier usés et troués... Mais on ne remarqua pas d'hommes blessés par des crosses de fusil ou des tortures quelconques.

–Faut parler au commandant ! s'était écrié Samuel le premier soir dans leur chambre à part. La convention de Genève n'est pas appliquée ici.

–Pas si vite, mon ami, pas si vite !

–Et pourquoi pas si vite ?

–Tout d'abord, il s'agit d'un camp de concentration, pas d'un camp de prisonniers de guerre et la convention de Genève ne s'applique pas ici. Et puis... faut voir avant... saisir l'esprit qui règne ici, prendre le pouls des lieux et prendre le temps de réfléchir un peu...

–C'est pourtant clair comme de l'eau de roche.

–Oh que non ! Tout a l'air tranché ici et absolument manichéen : le bien d'un côté, le nôtre, et tout le mal du côté de l'Allemand. Mais... le mal absolu n'existe pas en ce monde, pas plus que le bien absolu. C'est pourquoi il nous faut d'abord cerner les zones grises ici, en mesurer l'importance, les délimiter...

–On ne peut faire de compromis pareils quand il est question du minimum vital.

–Le compromis dans les situations extrêmes est souvent la seule voie de l'amélioration des conditions.

–Mais c'est de la philosophie, tout ça ! Et de la philosophie, ça ne met rien dans les estomacs !

–Si les doctrines ont tué tant d'hommes au cours de l'Histoire, une seule pensée pourrait bien faire la différence entre la vie et la mort.

–Quoi, est-ce que tu penses que des hommes sont ici fusillés ? Assassinés ?

–Je n'irais pas jusque là... pas encore... mais ils sont peut-être tués par les travaux forcés et une alimentation insuffisante : c'est juste plus long à souffrir avant de mourir. Tu as vu la maigreur de certains ? Probablement les plus anciens au camp. Les autres ont l'air de se mieux porter... peut-être qu'ils puisent dans leurs réserves...

Le sentiment d'horreur augmenta le lendemain et ce fut le troisième choc subi par Samuel et, dans une moindre mesure car il s'y attendait, par David, quand furent formés dans la cour les pelotons de prisonniers bientôt conduits comme à tous les jours aux usines, à la carrière et au chantier de construction. À l'intérieur des groupes, une chaîne reliait chacun par le poignet gauche. La cruauté du procédé résidait dans les risques d'engelures provoqués par la température du métal. Les hommes s'en défendaient tant bien que mal à l'aide de guenilles entourant le poignet.

Il fut donné à Samuel d'observer toutes ces choses sans

toutefois avoir à les subir. Ses compétences l'appelaient, lui, vers d'autres horizons, ceux de l'hôpital du camp. Quant à Haussmann, à titre de kapo, il n'était pas enchaîné et au contraire, devait veiller à ce que tous les prisonniers du Block 25 le soient pour circuler en groupe hors du camp. Une seule évasion et il en porterait toute la responsabilité à lui seul.

Les deux nouveaux venus avaient loisir de garder leurs propres vêtements et cela était souhaité par l'administration afin de les démarquer des autres et les placer dans une situation intermédiaire tout comme à leur arrivée entre les deux lignes.

On devait vite apprendre à ce propos que ceux de la file de gauche allaient simplement vivre dans les blocks à chiffre pair et les autres dans ceux à chiffre impair. Sauf qu'il y avait concentration d'ethnies : Juifs avec Juifs, Tziganes avec Tziganes, Anglais avec Anglais. (Et plus tard, Russes avec Russes après l'opération Barbarossa, soit l'invasion de l'Union soviétique lancée le 22 juin suivant.) On apprit aussi que le camp ne comptait qu'une très faible population à ce moment et depuis octobre, soit moins de 400 détenus, puisqu'il était officiellement fermé pour agrandissement. Mais il fallait aussi compter dans un secteur protégé plusieurs centaines d'Allemands des S.S.-Totenkopfverbände venus là pour s'entraîner.

Samuel se présenta à l'hôpital sis dans le troisième block de gauche près de la sortie du camp, de l'autre côté de la place d'appel. Le personnel y était composé d'une douzaine de personnes, hommes et femmes, tous allemands, tous froids, tous indifférents. Aucun ne parlait français et l'infirmière-réceptionniste le fit attendre une demi-journée dans la pièce qui servait de bureau au médecin-chef, le docteur Josef Raschner, lequel se présenta enfin aux abords de midi. Lui possédait quelques rudiments de la langue française. Il salua vaguement et alla s'asseoir derrière son bureau où il examina le dossier concernant le Canadien.

Cela eut l'heur de lui plaire et après lecture, il se leva et tendit la main et se présenta. C'était un personnage de taille moyenne, de visage ordinaire, moustachu, l'oeil bleu parfois petit et ironique, le sourire amène.

–Suis déjà allé à Montréal et Québec, dit-il en guise d'entrée en matière. Un beau pays, votre pays ! Ici, c'est un camp... mais autour, là-bas, c'est la Bavière... un beau pays aussi...

Samuel serra la main tendue, l'esprit écartelé entre deux pensées, celle concernant les conditions faites aux prisonniers et le souvenir des paroles de David sur la nécessité de voir avant de faire.

Et le docteur invita l'autre à le suivre afin de lui faire visiter tous les locaux, ce qui fut complété en une vingtaine de minutes. Au hasard des rencontres, il faisait les présentations avec les membres du personnel. On restait froid, attentif et tous le scrutèrent avec des regards étranges, y compris une femme blonde, ronde et nauséabonde au prénom de Gretel. Raschner lui fit comprendre qu'il était le premier non-allemand à travailler là, tandis qu'on se rendait au dispensaire, puis à la salle de chirurgie et à la section des lits. Ce fut une surprise pour Samuel de n'y trouver là aucun convalescent ni aucun malade en phase préparatoire à un traitement ou bien à une intervention chirurgicale, comme si tous ceux qui passaient par là étaient guéris par miracle et retournaient aussitôt dans les baraques. Son étonnement fut d'autant plus grand qu'on se trouvait fin décembre, début de la période où courent les virus et commencent les épidémies. Le docteur lui expliqua que la population du camp étant aussi réduite, les malades se faisaient rares.

Le reste de la journée, il put circuler à sa guise et examiner les installations qui lui parurent adéquates. Médicaments en quantité suffisante pour un camp de ce nombre de personnes, sensiblement le même, en comptant les soldats en entraînement, que dans sa paroisse beauceronne à la différence qu'ici, toute la population était de sexe masculin et âgée de dix-sept à quarante ans, la plupart des détenus et soldats se situant dans la vingtaine ou la trentaine. Les instruments chirurgicaux, leur remisage, leur stérilisation : tout lui parut conforme aux règles de l'art. Au pays, les accouchements aux maisons se faisaient dans des conditions bien moins favorables et un moment, il lui revint en mémoire ce nuage de mouches qui se ruait sur les suites du bébé quand Maria Boutin avait accouché de la petite Elzire, enfant soi-disant dotée d'un don, mais dont la naissance avait causé le décès de sa mère.

Il mangea à une table isolée dans une pièce voisine du réfectoire où les Allemands se partageaient un repas en s'amusant comme des enfants indisciplinés, ce qui contrastait fort avec leur attitude si austère et sévère en temps de travail. Il arriva que Gretel, femme dans la jeune trentaine, trouve prétexte à passer près du Canadien. Elle le regarda droit dans les yeux sans sourire, sans mépris non plus, simplement comme on voit un animal attaché qui ne vous fait courir aucun danger. À lui, elle rappela vaguement l'aguichante Cécile Jacques, l'une des plus agréables à regarder parmi ses 'fleurs du soir' de Shenley, à la différence que la Cécile exhalait toujours des odeurs subtiles, tandis que l'Allemande sentait à la fois le remugle et la sueur de vieille date. Il ne se fit aucune idée à son sujet, pas même quand elle retourna parmi les siens et provoqua à ce moment un éclat de rire général et des quolibets copieux dont il ne saisit pas le sens véritable.

Samuel ignorait qu'il en était l'objet en bonne partie et que la femme délaissée par les hommes de son entourage commençait déjà d'établir son droit d'occuper le territoire, soit de s'approprier la personne du Canadien comme une autre Allemande venait de le faire à Paris l'après-midi de Noël.

Et ce fut tout ce jour-là, à l'hôpital, pour lui. Il retourna sans escorte à ses quartiers du Block 25 et y demeura tout l'après-midi à réfléchir à son passé, à appréhender l'avenir et à se sentir mal à l'aise dans ces privilèges qui lui étaient accordés sans qu'il n'ait rien fait pour les mériter.

David et les événements à venir devaient lui faire prendre conscience qu'il n'était rien de plus qu'un pion utile entre les mains de l'administration du camp.

En vertu de la convention de Genève, il aurait dû être

interné dans un camp de prisonniers de guerre comme celui de Bergen-Belsen et non un camp de concentration comme celui de Dachau. Mais on l'avait arrêté en tant qu'espion et on avait trouvé qu'il pourrait servir de couverture à Dachau, en temps de guerre et après la guerre, quoi qu'il advienne. Aussitôt utilisé aussitôt obsolète, ce motif de l'envoyer là-bas, mais une fois prisonnier des dédales de l'administration, Samuel était destiné à y demeurer le temps que durerait le conflit, ce qui d'un autre côté, assurerait sa survie. Pourvu qu'il le veuille et n'agisse pas d'une façon qui provoque sa perte.

Voilà ce qu'avec la langue allemande, David Haussmann s'attacherait à lui entrer dans le crâne au cours des mois suivants.

***

Chapitre 36

La voix chantante de l'homme juif s'étira dans la nuit torride :

–Allez, mon cher ami canadien, à quoi es-tu encore en train de penser ?

–À une question toujours sans réponse.

–Je sais laquelle, mais redis la moi.

–Ben... on m'a envoyé en France pour susciter de la résistance et me voici devenu collabo des nazis dans un camp de concentration.

–Mais non, mon ami, mais non ! Je te parle souvent de zones grises. Nous en traversons une. Il y a de l'espace entre la résistance impossible et la collaboration nécessaire. Toi et moi, chaque jour, on sauve des vies...

–En commençant par la nôtre.

–Où est le mal à sauver sa peau si on ne le fait pas sur le dos des autres ? On sauve la nôtre et celle des autres du même coup : quel mal à ça ?

Samuel en savait quand même pas mal sur le sort fait aux juifs allemands depuis l'accession au pouvoir du chancelier Adolf Hitler en 1933. Et en plus de la langue, Haussmann en avait appris à l'autre sur cet antisémitisme actif maintenant répandu en dehors des frontières du Reich.

–Comment peux-tu rester sur cette idée, toi, un juif ? Et pourquoi est-ce que je te suis sur ce terrain-là, moi ?

Et Samuel entreprit la nomenclature des grands événements anti-juifs survenus depuis 1933. Ouverture du premier camp de concentration, celui même de Dachau. Boycott des magasins juifs. Interdiction aux juifs de travailler dans les services publics. Exclusion des juifs de l'armée. Et en 35, les odieuses Lois de Nuremberg en vertu desquelles les juifs avaient été déchus de leur citoyenneté allemande. Puis d'autres camps ouverts : Sachsenhausen, Buchenwald. Et puis d'autres encore en 38 : Flossenborg et Mauthausen...

Haussmann l'interrompit afin de poursuivre la sombre énumération :

–La Kristallnacht et le décret du 12 novembre 1938, forçant les juifs à vendre leurs entreprises à des aryens.

Dans la nuit de cristal, 7,500 magasins juifs avaient été pillés, 200 synagogues détruites et 30,000 hommes arrêtés et envoyés dans des camps dont Dachau en bonne partie.

–Il y a bien plus dangereux que toutes ces choses, reprit Haussmann en réduisant encore le son de sa voix qui ne sortait plus que dans un filet mince, et c'est le discours prononcé par Hitler au Reichtag en janvier 39...

–Je sais, il a menacé d'extermination la race juive au cas où éclaterait une guerre en Europe.

–L'extermination est commencée, et ça, on le sait tous les deux.

Samuel, assis sur son lit, soupira :

–Et on y participe, et on y collabore...

L'autre, assis à la table devant un vieux journal écrit en allemand s'opposa :

–Pas du tout, pas du tout...

Samuel savait bien en son for intérieur que David avait raison. Il se tut et revit d'autres événements survenus depuis son arrivée.

Des hommes malades qui entraient à l'hôpital et mouraient plus vite que leur état ne le laissait croire. Des pendaisons publiques. Des exécutions par fusillade. On ne savait jamais les raisons de ces mises à mort. Qu'avaient donc pu faire ces hommes pour tout à coup mériter le peloton d'exécution ? S'agissait-il de garder un meilleur contrôle sur les détenus en utilisant la peur, et les victimes étaient-elle sélectionnées de façon tout à fait arbitraire ? On ne le savait pas.

La vie du camp prit un tout autre visage à compter du 18 février alors qu'il fut réouvert officiellement et commença dès le lendemain de recevoir par trains bondés de nouveaux détenus. Le travail à l'hôpital décupla. Les approches de Gretel qui ne s'étaient pas démenties tout au long de janvier et février, débouchèrent sur un autre viol, survenu celui-là dans un petit local attenant au dispensaire. Conduit là par la femme allemande, Samuel dut s'y soumettre à ses exigences. Il fit comme quelqu'un à qui la chose plaît. Heureusement, l'infirmière, dans son entreprise de séduction, avait eu la bonne idée de se livrer à de meilleurs soins d'hygiène corporelle. Pour le Canadien, accepter, c'était mettre de l'argent en banque et refuser aurait été un énorme gaspillage de chance, un risque mortel à courir.

Elle se dit ensuite en confidence à ses collègues, sa maîtresse, sachant que Samuel n'était pas si mal vu, bien moins en tout cas par eux que toute la racaille du camp qui comprendrait bientôt des Russes, des Ukrainiens et autres prisonniers de l'Est en plus des Tziganes, Témoins de Jéhovah, Juifs et homosexuels. D'ailleurs, si Samuel avait été de ceux-là, Gretel aurait été vite chassée du camp. S'il avait été un Français ou un Anglais, on aurait toléré. Puisqu'il était un Canadien, on souriait sans rien dire. Après tout, cette femme aryenne avait droit elle aussi à ses petits plaisirs de la vie.

D'autres viols se produisirent au rythme d'un ou deux chaque mois et chaque fois, Samuel se lavait de l'Allemande par une simple douche. C'était devenu un rituel sacrificiel de sa part et il n'y pensait même plus, une fois terminé. Aucune importance ! Une broutille en comparaison des misères endurées par les détenus du camp. Lui mangeait à sa faim. Elle en laissait traîner près de lui afin qu'il se sustente mieux. Elle le voulait en meilleure santé et meilleure forme, et mieux disposé pour la mieux servir quand son besoin devenait plus exigeant.

Il y avait une pièce dans laquelle le Canadien n'était pas admis mais où travaillait souvent Gretel. C'était la chambre des derniers recours, celle dont on ne revient pas. Qu'arrivait-il là à ceux que l'on y admettait ? Samuel supputait, voulait croire que les malades en sortaient sur leurs deux jambes, même s'il ne les revoyait pas. Et chaque jour, il lorgnait vers cette porte étroite située de l'autre côté d'une cloison ajourée.

Son travail consistait à recevoir les malades en première ligne et à en faire le tri par maladie, à prescrire médicaments et traitements puis à soumettre son étude à un autre des médecins, parfois même au médecin-chef qui à peu près toujours approuvait sans approfondir l'enquête diagnostique. Ils pouvaient d'ailleurs s'y fier. Samuel possédait autant de connaissances qu'eux et aussi il avait du flair pour détecter la vraie cause d'un mal.

Mais au-delà de cette étape, il n'avait plus aucune prise sur la suite des événements et le malade échappait totalement à son contrôle. Certes, il prodiguait d'autres soins mais sans jamais pouvoir modifier les ordonnances qu'il avait lui-même établies, ou ordonnées par d'autres.

Quand il put communiquer aisément avec Gretel, une fois en maîtrise des rudiments de la langue, elle voulut en savoir plus sur sa vie canadienne. Il jugea bon cacher l'existence d'une femme aimée; et sa chère Elzire, si longtemps malade et morte de consomption, lui servit de paravent et d'excuse pour son célibat tardif. Ces explications plurent à l'aryenne à qui il arriva même à son domicile du village de rêver à un mariage avec son 'protégé' si les circonstances devaient s'y prêter un jour ou l'autre.

*

Non seulement juillet vit déferler sur le camp une vague de chaleur extrême, mais devait s'y ajouter la vague russe, soit l'arrivée massive de ceux que les Allemands méprisaient à l'égal des Juifs et appelaient les barbares de l'Est, des êtres du même bas niveau que les Tziganes et les Juifs avec en plus pour les faire dévaloriser une absence presque totale de manières civilisées. Des paysans rustres.

Plus il en venait, plus on entendait de fusillades au crépuscule, suivies de coups de feu isolés, signes qu'on achevait les blessés d'une dernière balle.

–Mais qu'est-ce qu'on peut faire pour eux !? s'exclamait chaque fois David devant Samuel. Rien du tout. Ou peut-être faudrait-il se mettre entre eux et le peloton d'exécution ? Et recevoir la première balle ? Pour quelle utilité puisqu'ils recevront les suivantes jusqu'à ce que mort s'ensuive ?!

On savait que les condamnés à mort creusaient eux-mêmes les fosses communes près desquelles avait lieu leur exécution. Ceux parmi les détenus qui devaient assister pour ensuite enterrer les corps, n'en parlaient jamais et c'est au compte-gouttes qu'on en tirait de l'information. Et s'il s'agissait de Russes, la barrière de la langue empêchait le dialogue, sans compter la nature plus que méfiante des Soviétiques envers les Juifs et les autres prisonniers.

Le dilemme qui avait toujours tiraillé Samuel au fond de lui-même finit par s'endormir à cause de la routine doublée de la pensée même de David.

On entendit parler de l'ouverture d'un camp de concentration en France, celui de Natzweiler-Struthof. Samuel et David caressèrent l'idée un moment de faire valoir des arguments pour provoquer leur transfert là-bas. Mais le projet demeura au stade du rêve tant il était absurde, ce qu'ils constataient sans peine tous les deux. Car les raisons de s'en aller là-bas si elles relevaient d'une amélioration de leur sort feraient rire les Allemands. Quant à celles démontrant leur utilité dans un camp situé en territoire français, elles n'avaient pas moins de sens pour un camp en Allemagne. Ce qui leur valait à chacun certaines faveurs à Dachau les y emmurait aussi à jamais ou bien jusqu'à la délivrance finale, soit par l'exécution, soit par la libération.

Haussmann s'attendait d'un jour à l'autre à être relevé de

ses fonctions de kapo pour commettre la faute de les exercer avec trop de retenue et de laxisme envers les Juifs. Des subalternes se plaignaient de lui régulièrement, mais l'administration les ignorait. L'homme comparut à quelques reprises cette année-là devant le commandant en second et chaque fois, il put s'en sortir grâce à sa capacité de compromis et à sa maîtrise parfaite de la langue allemande.

Le docteur Goulet, lui, se mit à fredonner Lily Marlène dont il savait maintenant les mots en allemand. Cela plaisait à son entourage médical. On en vint même à le faire travailler dans un lieu isolé dont toutefois on laissait la porte ouverte pour mieux l'entendre. Quand il se rendit compte que son talent vocal faisait de l'effet, il en remit, mais avec mesure, afin de garder chez son drôle de public le désir de l'entendre encore.

Un jour qu'il ressentait de la nostalgie, et tandis que personne ne se trouvait dans la chambre qu'en son for intérieur, il appelait la chambre de la mort, il chanta l'*Ave Maria*, tout en travaillant dans la compilation de dossiers alors qu'il tournait le dos à la porte d'entrée. Sans même s'en rendre compte, il put compter bientôt sur un auditeur, collègue médecin, qui se glissa à son insu dans la pièce, puis un autre, puis deux infirmières, un travailleur d'infirmerie et même le médecin-chef qui fut la premier à l'applaudir quand il prit conscience de leur présence.

Mais Gretel ne vint pas. Elle ressentit du mécontentement de voir qu'on semblait vouloir s'accaparer une parcelle de cet homme sur lequel ses droits étaient pourtant clairement établis. Et le fit venir par la suite dans cette chambre de la mort qu'il n'avait jamais pu visiter, pour le semoncer et lui faire des menaces de dénonciation.

—Tu n'appartiens pas aux autres, tu m'appartiens, à moi. Est-ce que tu comprends cela ? lui hurla-t-elle, mains sur les hanches dans ses allures de matrone.

—Je le sais.

—Alors ne t'avise plus de chanter pour eux.

—Je le faisais aussi pour toi.

Elle lui mit un index devant le nez :

–Tu le feras pour moi, uniquement pour moi et pour personne d'autre.

–Pas même le commandant du camp s'il devait me demander de participer à un spectacle ?

–Pour personne, tu m'entends ?

Il devait gagner du temps et se dit qu'il traverserait la rivière s'il devait se trouver un jour à la rivière :

–Je suis d'accord, je suis parfaitement d'accord.

–C'est ce que je voulais t'entendre dire.

Alors elle se rendit à la porte qu'elle verrouilla de l'intérieur. Pendant ce temps, Samuel examina les lieux d'un regard circulaire; il en eut le frisson. Autant de nudité le désespérait. Pouvait-on laisser mourir quelqu'un en un lieu aussi désert où il n'y avait rien à part une table de bois massif au beau milieu de la pièce sous l'éclairage d'une seule ampoule jaune suspendue à un fil de pas un pied de longueur. Il remarqua toutefois des objets sous la table et put distinguer des seringues et des fioles. Alors il lui sembla, sans en être certain car il repoussait l'idée avec horreur, que cette table servait à des exécutions par injection létale. Et que ce pouvait bien être Gretel elle-même qui les faisait, ces piqûres mortelles.

Elle voulut qu'il lui fasse l'amour en cet endroit même, ce qui augmenta les appréhensions de l'homme en lui suggérant qu'elle désirait qu'un acte de vie se produise là même où était donnée la mort, dans une sorte de rituel macabre concocté par une conscience torturée et désireuse de trouver un semblant de paix. Voilà qui dépassait sa volonté et empêchait sa virilité de se manifester à pleine force comme il l'aurait voulu, même si en toutes ses certitudes, il s'agissait d'un autre acte de viol tout aussi répugnant que les précédents commis à son endroit.

Le ventre dénudé, couchée sur le dos sur la table, jambes largement ouvertes, l'Allemande blonde aux chairs abondantes ordonna à son amant forçat de se livrer à ses mains. L'homme qui pratiquait l'auto-hypnose depuis quelque temps s'y adonna et, par son effort de concentration, ne tarda pas à répondre à la manipulation.

Le rapport sexuel fut possible.

Chacun d'eux en tira une jouissance immonde, Gretel comme elle le recherchait, Samuel à l'encontre de sa volonté.

***

Chapitre 37

–Elle a vingt ans pis elle gagne sa vie ça fait trois ans : il nous reste rien qu'à fermer notre boîte pis la laisser faire.

–On peut pas l'attacher icitte-dans, mais on peut toujours ben y parler, maudit torrieu !

–Tu sais comment qu'elle est : ça va faire juste de la chicane dans la maison encore. Pis elle va partir enragée.

On se parlait du départ de Jeanne d'Arc pour Montréal. L'aînée de la famille avait pris la décision depuis un bon moment déjà de se rapprocher de son bien-aimé. Ayant décroché un emploi à Canadair, ses bagages l'attendaient au bord de la porte. Dans peu de temps, elle descendrait de sa chambre et irait monter avec le postillon pour se rendre à la gare. Destination : Montréal via Québec. Et en ce moment, dans sa chambre du fond du second étage, elle s'affairait à écrire à sa mère un mot qu'elle laisserait là et que la femme trouverait plus tard. Ce message contenait des conseils d'émancipation et suggérait à Éva d'essayer de se partir un petit commerce pour ne plus dépendre d'Ernest pour sa subsistance et celle des enfants.

En disant à son mari à propos de leur plus vieille *'tu sais comment qu'elle est'*, Éva pensait surtout *'tu sais comment que t'es, toi'*. À quarante-deux ans, Ernest devenait de plus en plus le pisse-vinaigre qu'il avait toujours été. Et de ce temps-là, il filait un très mauvais coton. Georges Pelchat lui avait subtilisé trois de ses meilleurs clients et ça l'obsédait, ça le faisait maugréer à coeur de jour au-dessus de son feu. Il accusait l'autre forgeron de tricherie, de mauvaise foi, et rêvait de le provoquer dans un duel à l'enclume afin de montrer à toute la paroisse, au monde entier, qui des deux était capable en le moins de temps de battre un fer rouge et de l'ajuster à la bonne mesure au sabot d'un cheval.

En ce moment, il fumait la pipe dans son coin sombre, tandis que sa femme finissait de laver la vaisselle du matin. Tous les enfants s'étaient dispersés dans la nature en ce beau jour de grand soleil de juillet qui promettait des sueurs et des chaleurs. Tous sauf le bébé de quatorze mois qui toujours aussi braillard et hurleur cherchait dans ses rêves agités au fond de sa couchette bleue des raisons de se mettre à crier. Tous sauf aussi la Suzanne, trois ans, assise dehors sur la galerie près de la porte d'entrée, à surveiller d'une oreille les bruits survenus par la moustiquaire et à guetter de l'autre ceux de la rue où il passait de temps à autre une automobile, une voiture à chevaux ou un piéton.

—Va donc y dire de se dépêcher, là : le Tom Gaboury, il attendra pas, lui.

—Tom est jamais au bureau de poste avant huit heures.

En réalité, Ernest voulait qu'il lui soit accordé un peu de temps pour apostropher sa fille; et sa femme quant à elle, souhaitait qu'il n'en ait pas. Il devait cependant en avoir car presque aussitôt, Jeanne d'Arc parut en haut de l'escalier et descendit tranquillement, flamboyante dans sa robe blanche à motifs spiralés verts, serrée à la taille, la poitrine forte, droite et en évidence, le visage maquillé aux lèvres rouge sang, au visage rosé, aux yeux ceinturés par du crayon noir. Son père lui-même en fut estomaqué. Mais cela augmenta encore sa colère. Il se disait qu'une aussi belle créature se ferait vite dévorer dans la grande ville, sans penser que là-bas, elle serait sous la protection du grand Luc. Puis il y songea et ce ne fut pas mieux : elle tomberait enceinte et devrait laisser son enfant bâtard à la crèche de la Miséricorde. Une honte qui rejaillirait sur l'honneur de la famille.

—As-tu ben pensé à ton affaire, toé, de partir de même. Une maîtresse d'école qui s'en va travailler dans les obus : c'est-il tcheuq'chose qu'a de l'allure, ça ?

Éva soupira et mit dans l'armoire la dernière assiette creuse, la préférée d'Ernest qui la remplissait tous les matins de flocons de maïs. Elle se demanda si ce n'était pas justement sa nourriture qui le rendait aussi 'tannant'.

—Pâpâ, regardez mes deux valises, là : tout est décidé, ça donne rien d'en parler.

—Maudit torrieu, c'est justement ça qu'il faut faire : en parler...

—J'ai rien à dire. Je pars pour Montréal. J'ai de l'ouvrage qui m'attend à Canadair.

—As-tu pensé que c'est pus des avions qu'ils font là... pis que c'est des obus qui peuvent te sauter dans la face n'importe quand ?

—Je le sais depuis qu'ils ont transformé l'usine pour la guerre. C'est pas pire travailler sur un obus que sur une patte de cheval comme vous. Peut-être que demain matin, c'est vous qui allez vous ramasser au cimetière comme le petit Lucien Breton... parce qu'un cheval va vous avoir rué dans la face. Je vous le souhaite pas, mais...

—Les pattes des chevaux, ben tu sauras que c'est mon problème, maudit torrieu !

—Ben les obus, c'est mon problème, maudit torrieu !

Désarçonné un instant, l'homme trouva un autre motif à engueulade :

—Pis r'gârd'-toé donc : habillée de même, quoi c'est que tu penses qu'il va t'arriver à Montréal ? On dirait une fille de rien en toute... une catin...

Jeanne d'Arc vit rouge. Elle ne dit mot, prit ses valises et les mit dehors près de l'escalier puis vint se mettre le nez dans la moustiquaire afin de répondre à son père qui continuait de grommeler contre elle.

—Je m'en vas vous dire une affaire, vous, là : c'est pas mal mieux de s'habiller de même que quand j'allais encore à l'école pis que j'étais habillée avec votre argent. J'pouvais même pas avoir une brassière pis j'avais les tétons gros pis mous.

Et elle se les souleva des deux mains pour provoquer encore davantage avant d'en finir :

–Asteur que j'ai l'air d'une femme, vous me dites que j'ai l'air d'une catin. Je m'en vas, pis je vous salue même pas. Maman, bonjour !

Éva avait la larme à l'oeil et hochait la tête. Elle parvint à murmurer un faible 'bonjour Jeanne d'Arc' qui resta en partie accroché dans sa gorge. Alors elle emprunta l'escalier et gravit quelques marches avec l'intention d'aller pleurer dans une chambre de là-haut, mais l'homme l'arrêta :

–Viens dans la chambre avec moé, là.

–Pourquoi c'est fére ?

–Pourquoi c'est fére, pourquoi c'est fére... pour fére c'est qu'il faut fére...

Elle comprit qu'il voulait une relation intime et ne put s'empêcher d'émettre une opinion :

–Attendons à demain... ça serait ben moins dangereux que j'r'tombe enceinte. Le Gilles a rien que quatorze mois encore...

–T'as pas un mot à dire... envoye... viens... pis tusuite...

Éva soupira encore, souhaitant que sa ménopause survienne au plus tôt pour en finir avec ces ventres lourds, ces nausées, ces misères de la grossesse qu'elle avait connues quatorze fois déjà, incluant les deux fausses couches qu'elle avait subies.

Et elle se rendit au désir de son homme.

Dès la pénétration, le bébé se mit à hurler, mais il fut ignoré par son père trop 'occupé' et par sa mère que la force des choses obligeait à attendre la fin de son devoir.

C'est le spermatozoïde le plus coléreux qui atteignit le premier l'ovule et le féconda. Éva eut l'impression de savoir quand cela se produisit. Et il lui revint à l'esprit cette terrible parole de Jos King, son cousin américain, qui à l'annonce de la pendaison prochaine de Mathias Bougie avait déclaré en ricanant :

"Anyway, mourir, c'est pas grave, on revient sur la terre dans un autre corps. Peut-être que le Mathias Bougie, il va se réincarner par icitte... pour être pas loin des lieux qu'il a habités... C'est toé, Éva, qui pourrait porter l'enfant qui aurait dans le corps l'âme à Mathias..."

*

Le curé annonça l'événement en chaire le dimanche 13 juillet et dans l'après-midi, il se réunit une foule de plus de cent personnes dans le cimetière devant la section des soldats morts à la guerre. Il y avait cérémonie d'inhumation symbolique en l'honneur du docteur Samuel Goulet, premier enfant de la paroisse à mourir depuis la déclaration du second conflit mondial, toutes les autres croix de fer plantées dans cette terre bénie portant une date entre 1914 et 1918.

C'était en fait un libera 'home made'. Car le curé Ennis avait mis la main à la pâte et modifié le rituel à sa façon. L'ordre du jour était le suivant : 1. quelques brèves prières de réchauffement; 2. le *De profundis*, prière pour les défunts récitée en latin par le vicaire Turgeon; 3. les litanies des saints chantées par Alphonse Champagne et Georges Boulanger, incluant les noms déclinés en latin de plusieurs saints, auxquels le prêtre avait fait ajouter le nom de saint Samuel; 4. une réflexion de quelques minutes faite par lui-même; 5. un chant profane livré a cappella par Clara Goulet.

Le soleil brûlant semblait avoir mis le cimetière sous verre. Mais tous, même Ernest qui assistait à deux pas de Rose, s'en accommodaient. Au premier rang se trouvait Cécile Jacques au bras de Philippe Boutin qu'elle épouserait dans quelques jours. Et Marie-Anna avec Raoul devenu son fiancé. Gaby Champagne était là aussi, qui avait visité la tombe de sa nièce Marcelle avant de venir, mais seule, sans personne, le coeur en attente, le regret dans l'âme. Elle jetait parfois des regards furtifs du côté de Clara qui se tenait debout de l'autre côté de l'emplacement où l'esprit de Samuel

485

dormirait en paix et lui lançait des reproches. À la jeune fille aussi bien qu'aux deux femmes qui l'encadraient : sa mère adoptive et sa belle-mère Catherine Boutin. Sans elles, Samuel serait peut-être maintenant son époux et bien vivant, Car elle aurait su, elle, le retenir de partir à la guerre. En comblant ses jours de fleurs et de beauté, de chants et de bonnes paroles.

Au deuxième rang, il y avait Roméo Boutin qui ne se sentait pas, lui non plus, très à l'aise. On en faisait tant pour un homme qui avait servi son monde à peine deux ans et avait délaissé ses paroissiens pour aller défendre à diable vauvert une cause qui lui paraissait plutôt vague. Et il avait eu beau retourner la question dans tous les sens, il en arrivait invariablement à penser que Samuel avait eu tort puisqu'il était mort. Mais il ne pouvait pas non plus ignorer les bienfaits que cette disparition avait signifiés pour lui : une terre à moitié claire maintenant et une femme dépareillée en toutes choses. Et puis ce fils Emmanuel en échange de sa Clara...

Bernadette gardait les yeux clos depuis les premiers mots du *De profundis*. Venue avec sa nièce Rachel, la plus vieille à Freddé, elle était seule maintenant dans son univers de prières et de spiritualité profonde. Elle était à la recherche de l'âme de Samuel dans un au-delà qu'elle cherchait souvent à visiter, mais sans succès, comme si le docteur ne l'avait pas encore rendue à son Créateur, sa si belle âme...

Pampalon, avant que la cérémonie ne commence, avait réussi à faire rire l'austère Jean Jobin, son voisin au vieux visage de marbre creusé de rigoles et d'années, en lui racontant une histoire drôle. Mais en ce moment de recueillement, il songeait à Luc dont il était sans nouvelles depuis plusieurs semaines : pas pour s'en désoler mais pour en sourire intérieurement en pensant que son aîné ne devait pas s'ennuyer là-bas après les journées de dur labeur au port quand il retrouvait sa Jeanne d'Arc qu'il disait vouloir épouser sitôt la guerre finie...

Le vicaire Turgeon n'était pas resté après sa lecture du *De profundis*. Tous comprirent qu'une tâche urgente l'attendait et le remercièrent par la pensée d'avoir daigné venir et participer au rituel, lui, si occupé tous les jours de sa vie. Mais le prêtre profiterait de l'absence du curé au presbytère pour violenter sa chair et la museler par flagellation.

Si Bernadette ressentait quelque part dans son âme, –petite lueur à peine perceptible–, que Samuel n'était pas mort, Rose le percevait quant à elle dans sa chair, tandis que Clara en nourrissait une graine intuitive dans la partie la plus secrète du fond de son coeur, sous une terre qui l'emprisonnait et la gardait en couveuse.

La femme de quarante ans, au sommet de son épanouissement sexuel, demeurait aussi au sommet de ses appétits et chaque jour que Dieu amenait, il lui semblait perdre un morceau de sa vie. Gus n'était pas à la hauteur de ses attentes. Les moeurs du temps et les événements forgeaient une muraille infranchissable entre ses soifs emprisonnées et les occasions de les délivrer. Et ce qui n'avait longtemps été qu'*un certain désir* était devenu avec les frustrations distillées en sa substance un appétit féroce.

Le curé prit la parole :

–Mes bien chers frères... et soeurs –car notre défunt honoré aujourd'hui était l'ami de tous et de toutes–, nous voici donc réunis ici pour saluer une dernière fois tous ensemble notre frère Samuel qui a donné sa vie pour la défense de la liberté, des droits humains et de la sainte Église. Oui, il a fait le sacrifice de sa vie pour la sainte Église catholique et c'est pourquoi l'Église veut aujourd'hui lui rendre un hommage posthume en inhumant officiellement son corps absent dans le cimetière de notre paroisse où il dormira paisiblement pour toute l'éternité...

Armandine écoutait le curé dont les yeux rencontraient parfois les siens, en se disant que son corps à elle aussi reposerait dans ce cimetière, loin de celui de son mari enterré à Montréal, loin de celui de Samuel enterré dans une fosse commune à Londres, mais les réunissant autour d'elle par l'esprit en un lieu où beaucoup de personnes viendraient prier pendant longtemps, ce qui lui semblait très avantageux pour le repos de leur âme à tous trois et plus tard peut-être

celui aussi de l'âme de sa fille adoptive. Cette décision constituait un changement à ses vues précédentes. Elle s'adaptait
au fil du temps...

Catherine ne se demandait plus si Samuel était mort. Entière à sa nouvelle vie, elle pouvait maintenant aimer Samuel
en Emmanuel. Elle aussi comme bien d'autres avait été contrainte de s'adapter et de transformer son sentiment pour
qu'il ne meure jamais et soit utile dans son quotidien et celui
de sa famille.

–Il y a ici tous ceux qui l'ont aimé. D'autres sont ailleurs
qui n'ont pas pu être là. Et chacun sait que Samuel n'est
plus à côté de soi pour aider et réconforter, mais à jamais en
soi pour sanctifier et pour enluminer nos pensées et nos
jours. Et nous allons maintenant entendre un chant par notre
si talentueuse Clara et je sais, pour en avoir lu les paroles,
qu'il vous transportera tous et vous invitera à regarder le ciel
le soir pour y trouver quelque part une étincelle qui vous
rappellera l'âme de notre disparu. Nous avons tous prié.
Voici venu le temps de chanter. À toi, Clara !

La jeune fille portait sa robe de couvent. Elle se tenait
droite, le regard ailleurs, les mains derrière le dos. Certes,
elle connaissait par coeur la chanson aux paroles signées Alfred de Musset, qu'elle s'apprêtait à livrer. Elle l'avait sou-
ventes fois chantée avec Samuel et Armandine dans le salon,
près du piano. Mais le chant avait une valeur bien plus
grande et une richesse particulière quand il était livré à deux
voix et même trois comme on le faisait alors, elle en solo
dans la partie haute, et Samuel et sa mère dans la partie
basse.

Catherine lui prit le bras à deux mains et serra pour lui
dire : *je suis avec toi pour lui.* Armandine demeura de glace.
Elle qui à la mort de Samuel avait fait le serment de ne plus
jamais chanter de toute sa vie était à retenir son souffle et à
prier pour son fils. Et Clara chanta :

Pâle étoile du soir, messagère lointaine,
Dont le front sort brillant des voiles du couchant,

De ton palais d'azur, au sein du firmament,
Que regardes-tu dans la plaine ?

Quel ne fut pas l'étonnement de la jeune fille quand elle entendit tout à coup la voix de sa mère adoptive derrière la sienne. La femme possédait une voix grave et pouvait à elle seule soutenir comme l'aurait fait son fils le chant de soprano livré par Clara.

La tempête s'éloigne et les vents sont calmés.
La forêt qui frémit pleure sur la bruyère,
La phalène dorée, dans sa course légère,
Traverse les prés, les prés embaumés.

Bernadette ouvrit les yeux et ne fut pas longue à essuyer une larme. Rose serrait les mâchoires pour ravaler les siennes. Catherine avait au coeur un large sourire. Et Marie-Anna serra la main de Raoul qui lui adressa un clin d'oeil.

Que cherches-tu sur la terre endormie ?
Mais déjà je te vois t'abaisser.
Tu fuis en souriant, mélancolique amie
Et ton tremblant regard est près de s'effacer.

Le curé multipliait les hochements de tête approbateurs aux airs d'applaudissements chaleureux et Pampalon gardait la tête penchée, appuyée sur ses doigts, les bras croisés, tandis que Jean Jobin qu'un chat dans la gorge harcelait depuis le début de la prestation se jurait d'attendre la fin pour l'en déloger ou bien de mourir là, tout net et tout raide. Ernest lui restait sur son quant-à-soi. Certes, il était venu, mais pas question de rendre hommage au docteur Goulet qui avait en quelque sorte trahi cette paroisse en la délaissant.

Étoile qui descends sur la verte colline,
Triste larme d'argent du manteau de la nuit,
Toi qui regardes au loin le pâtre qui chemine,
Tandis que pas à pas son long troupeau le suit;
Étoile, où t'en vas-tu, dans cette nuit immense ?
Cherches-tu sur la rive un nid dans les roseaux ?
Où t'en vas-tu si belle à l'heure du silence,
Tomber comme une perle au sein profond des eaux ?

Une fois encore, la foule fut enchantée par cette voix céleste. Catherine se souvint de cette étoile bleue qu'elle ne voyait plus mais dont l'éclat transformé brillait toujours dans son coeur. Armandine entoura l'épaule de Clara qui vit dans son regard tout l'amour du monde. Si elle avait donc pu réunir ces sentiments aux siens et ceux de Catherine, et les transformer en armes de tendresse, alors la guerre aurait éteint ses feux pour jamais.

Les gens se dispersèrent sans bruit, à l'écoute de leur coeur ému, les uns après les autres, certains comme Bernadette allant déposer une fleur du coeur sur une tombe déjà fleurie.

Les derniers à quitter avant Clara furent Armandine et Catherine qui comprirent sa volonté de rester seule à parler à l'âme du défunt. En guise d'adieu, elle fredonna devant la croix de fer portant son nom, le dernier couplet de son chant sous forme de *tra la la*, contemplant les mots eux-mêmes dans son esprit :

Étoile, où t'en vas-tu, dans cette nuit immense ?
Cherches-tu sur la rive un nid dans les roseaux ?
Où t'en vas-tu si belle à l'heure du silence,
Tomber comme une perle au sein profond des eaux ?

***

490

Chapitre 38

Le 10 avril 1942

–Bump ! Bump ! Bump ! Bump !

Il tombait une petite neige molle en ces petites heures du matin. Mais l'homme qui frappait à la porte chez Bernadette Grégoire ne se préoccupait guère du temps qu'il faisait dehors et lui-même ne portait, à part ses pantalons d'étoffe du pays, qu'un sous-vêtement de laine en haut de la ceinture.

–Bernadette, maudit torrieu, dis au docteur Pelletier de venir tusuite : ma femme est su'l'bord là...

Éva en effet en était au stade des contractions qui lui avait fait réclamer la présence et l'aide du nouveau docteur.

Et ce jeune homme, frais émoulu de l'école de médecine était venu essayer 'ça', comme il l'avait dit alors, dans cette paroisse, au grand soulagement des docteurs Poulin et Roy ainsi libérés de leurs obligations morales.

Mais s'il utilisait le bureau du docteur Goulet, le jeune médecin résidait temporairement chez Bernadette qui lui louait une chambre sous les combles. Au moins là, s'était-il dit en arrivant, il y avait un bain. Certes, il aurait voulu habiter chez les Goulet en attendant de s'installer à demeure dans une maison convenable et bien aménagée pour lui et fonctionnelle, mais Armandine avait refusé net et sec, et Clara avait approuvé la décision de sa mère adoptive. Bien assez qu'il se serve du bureau de Samuel et ses commodités, bien assez qu'il donne l'impression d'empiéter sur le territoire d'un autre, d'un cher disparu, on ne l'hébergerait tout de même pas en plus.

Venu de la ville de Québec début janvier à la demande expresse du curé qui une fois de plus avait sorti des tiroirs de son esprit quelques arguments bien pesés et solides comme lui seul savait en débusquer dans ses pensées toujours teintées de chauvinisme paroissial, il ne s'adaptait pas. Il ne possédait guère les aptitudes pour devenir, lui, un autre docteur campagne, et se rendit vite compte qu'il lui faudrait au moins dix ans pour remplacer tant bien que mal son prédécesseur dans le coeur des paroissiens.

Et puis il ne chantait pas, lui !

On avait sauté sur sa personne dès la première semaine afin de l'associer à ceci ou cela. Gaby Champagne l'avait approché pour en faire un choriste, nourrissant le secret dessein d'en faire aussi une star paroissiale. Le jeune homme de pas trente ans encore avait dû finir par invoquer une absence totale de talent à cet égard et pour le démontrer avait essayé de chanter devant elle, près de la patinoire, à la veille d'une partie de hockey opposant les Loups de Shenley aux Chats Sauvages de Lambton, le Ô Canada. La maître de chapelle avait bien dû se rendre à l'évidence, surtout à entendre ce véritable massacre du "car ton bras sait porter l'épée" et remercier poliment en se rendant aux arguments plutôt convaincants du petit docteur Pelletier.

Il faisait très noir sur la galerie de Bernadette en raison de l'heure et de ce brouillard qui masquait la lumière des lampadaires. Et soudain la lumière parut. Celle de la galerie puis aussitôt celle de la cuisine dont la porte s'ouvrit. Ernest répéta sa requête.

–Tu m'dis pas que ta femme va accoucher à matin, toujours.

–Ben l'air.

–Je cours chercher le docteur Pelletier, là. Rentre. Tu vas attraper la mort rien qu'en 'suit' de même.

À un autre moment, la femme aurait trouvé drôle de le

492

voir ainsi vêtu, ou dévêtu, mais l'heure n'était pas à la rigolade. Tandis que Bernadette courait à l'autre étage, Armand paraissait en bâillant et en s'étirant, bretelles des pantalons qui pendaient à ses côtés, les cheveux en broussaille, questionnant de sa grosse voix basse du matin :

—Un autre qui arrive, Ernest ?

—Le dixième... sans compter les trois qui sont morts.

—T'as ça dans le manche !

L'autre se sentit froissé et rétorqua :

—Pour moé, c'est mieux d'en avoir dix que pas un pantoute.

—Comme moi ?

—Prends-le comme tu veux.

Armand soupira. Il n'avait aucune envie de s'obstiner avec son voisin et surtout comprenait sa nervosité :

—Je te fais pas étriver, là... parce que je le sais, ça prend du courage pour élever une grosse famille de même. Moi, je l'aurais pas, ce courage-là.

Malgré cette phrase de bonne volonté, le pauvre Armand dut essuyer une insulte cinglante :

—Bois moins pis travaille plus.

En son for intérieur, Armand savait que Ernest avait raison. Qu'il ne faisait que répéter les propres paroles de sa mère Émélie morte en 30 et même celles de son père Honoré parti, lui, en 32 pour un monde meilleur. Mais il était accroché depuis son adolescence à la boisson et ne trouvait pas en lui la volonté de combattre son penchant et le goût de mener une vie semblable aux autres de son âge.

Il détourna le fil de la conversation pour mieux faire patienter le visiteur et prévenir ses attaques verbales.

—Quel temps qu'il fait à matin ? On dirait qu'il neige à plein ?

—Ouais... il neige... Mais quand c'est que l'soleil va se lever, ça va revirer en 'plie'...

—En pluie ?

–C'est ça j'dis : en 'plie'.

Armand qui avait fait des études comme tous ses frères et soeurs, souriait parfois intérieurement à cette langue parlée par Ernest qu'il savait originer d'un autre âge, d'un autre siècle, mais il ne s'en moquait pas et ne l'aurait jamais tournée en dérision. Au contraire, il y trouvait une couleur intéressante. Il dit à mi-voix sur le ton de la confidence :

–Ça sera moins compliqué quand le docteur va se trouver une maison.

–Ouais...

–Sais-tu, je pense que je vas mettre un ou deux rondins dans le poêle : fait pas chaud dans la cabane.

–Pas l'air trop d'une cabane icitte-dans.

–Une manière de parler.

–Ouais...

Avant de se rendre au poêle, Armand mit ses mains au-dessus d'une grille en disant :

–La fournaise doit être morte.

–Ouais...

Et en pigeant dans la boîte à bois puis en insérant les morceaux dans le poêle, il fredonna un air qui n'avait pas d'air.

–Si t'as pas de braises dans le fond de la cendre, comment veux-tu que ton bois brûle ?

–Tu connais ça, les feux, Ernest. Mais je pense qu'il reste deux, trois tisons dans le fond.

–Tu vas les étouffer ben noir.

–C'est ce qu'on va voir.

Le docteur arrivait, précédé de Bernadette qui l'avait mis au fait. C'était un homme de petite taille, le teint foncé, les plis prononcés aux ailes du nez, la chevelure mince. Il prit un long manteau noir accroché à une patère dans l'entrée du salon et l'enfila puis se rendit mettre des bottes près d'Ernest et de la porte.

–Faut que je me rende chercher ma trousse au bureau.

–Un docteur, fit Ernest impatient, c'est pas supposé garder sa trousse avec lui tout le temps ?

–Vous êtes forgeron : traînez-vous votre marteau dans votre chambre à coucher ?

–Ferrer un cheval pis mettre un bébé au monde, c'est pas trop pareil... le cheval attend, le bébé attend pas...

Le ton de la voix était fort déplaisant pour quelqu'un comme le docteur qui ne connaissait pas beaucoup le forgeron. Bernadette et Armand s'échangèrent un regard qui en disait long. La femme dit :

–Ernest, le temps que le docteur va chercher sa trousse, je vas aller avec toi auprès de madame Éva... si j'peux aider en quelque chose...

–C'est comme tu voudras. T'es pas obligée.

Et l'homme sortit sans rien dire d'autre ni attendre. Bernadette s'habilla en vitesse et chercha à le rattraper en criant et gesticulant, mais elle n'y parvint pas.

Et bientôt tous trois furent dans la chambre où gisait la femme enceinte qui gémissait presque chaque minute maintenant, ce qui signifiait l'imminence de la naissance de l'enfant. Entre deux contractions, Éva demanda à son époux d'envoyer tous les enfants dans la vieille maison, soit une habitation basse appartenant à la famille et sise voisin de leur demeure. Aussi d'aller chercher une certaine madame Bégin dans la rue des cadenas pour agir comme sage-femme auprès du docteur. L'homme mit une chemise et se rendit au second étage où Laurent-Paul et Fernande attendaient, déjà habillés, ainsi que les autres enfants, Dolorès et deux garçons et Suzanne, tous prêts à partir. Car Éva pendant l'absence de son mari avait fait venir Fernande auprès d'elle et lui avait demandé de préparer ses frères et soeurs pour les envoyer séjourner dans la maison inhabitée.

Et les enfants à l'exception de Dolorès furent envoyés dans la maison froide et sombre où ils ne pouvaient même pas s'asseoir sur des chaises, avec tout de même une lanterne apportée par Laurent-Paul. Ernest dépêcha Dolorès chez la madame Bégin requise. La femme refusa de venir, prétextant un mal de jambes qui lui rendait la marche à l'extérieur trop difficile.

Bernadette qui n'avait aucune expérience en ce domaine, prit néanmoins les choses en main. Elle fit bouillir des linges et prépara le nécessaire, guidée en cela par Éva elle-même et par le docteur.

Une demi-heure après cela naissait l'enfant. Un garçon dont on craignit un moment qu'il fût affligé d'une tête d'eau tant son crâne était volumineux. Quand il fut lavé grâce aux soins de Bernadette et que son père l'aperçut, il s'écria :

–Maudit torrieu : une grosse tête d'eau !

–Mais voyons, dit le docteur, vous connaissez pas ça. Il n'est pas hydrocéphale, ce bébé. Il va juste en avoir plus dans la tête que...

Mais le docteur excédé ne finit pas sa phrase. Et puis quelque chose de bien plus important retenait son attention en ce moment : l'état de la mère.

Tout aussi excédé par la réponse, Ernest quitta la chambre en grommelant :

–Lui pis ses mots de trois cents piastres, qu'il se les fourre donc dans le trou du cul... pis dans le haut du trou du cul, à part de ça !...

Et il trouva sa pipe laissée entre les barreaux de la rampe d'escalier, la chargea du tabac qu'il avait dans une blague en papier froissé et l'alluma avec une allumette en cèdre plongée dans le feu du poêle. Puis il s'assit dans sa berçante réservée et croisa les bras en attendant que tout se termine dans la chambre. L'odeur âcre du canayen fort se répandit dans l'air de toute la maison. Cela n'aidait pas Éva dont la pression artérielle avait dégringolé. La femme était maintenant plongée dans un dangereux état comateux. Le placenta tardait à venir. Le jeune docteur s'énervait.

Le bébé cria un moment puis se tut. Mais son frère qu'on avait mis dans son ber bleu dans la pièce d'en avant à côté de la cuisine se réveilla et se mit à pleurer. Ernest délaissa sa pipe un moment et sortit chercher Fernande pour qu'elle vienne s'en occuper.

Quand il fut de retour, le docteur le fit venir dans la chambre. Bernadette était en prière, ce qui apparut à Ernest comme un signe de très mauvais augure.

–La situation est extrême. Elle ne sort pas du coma. Je vais devoir lui donner la piqûre pour la vie... ou pour la mort.

L'homme fut sidéré. Il demeura bouche bée. Puis tandis que le docteur préparait l'injection, il parvint à dire de peine et de misère :

–C'est quoi... qu'il se passe... qu'il se passe donc là, maudit torrieu ?

–Complications associées au post-partum.

–Le quoi ?

–Le post-partum.

Ernest demeura muet un long moment. Puis toutes les incompétences qu'il attribuait au jeune médecin lui firent monter la moutarde au nez, moutarde dont un pot toujours bien rempli se trouvait déjà quelque part à l'arrière du nez, prêt à s'ouvrir et à se répandre. Il détestait par-dessus tout le vocabulaire inaccessible du docteur qui le privait de comprendre. Il attrapa le poignet du bras qui tenait la seringue et détaillant le personnage de pied en cap lui dit à mots lents et mordus :

–Toé, mon maudit bougon d'homme, je m'en vas te 'post-partoumer' comme il faut, moé... si tu la ramènes pas... t'as-tu ben compris, là ?

Cette volonté coléreuse aux allures de rage froide figèrent la personne du soignant. Il balbutia :

–Elle... elle de... devrait revenir...

–Envoye ! Pis grouille-toé le 'post-partoum' !

Éva fut ramenée à la vie.

Mais l'événement fut la goutte d'eau qui fit déborder le vase du docteur Pelletier et mit un point final à sa pratique dans ce territoire où on le prenait, lui semblait-il, pour un ennemi. Un mois plus tard, il quitterait les lieux avec ses minces bagages et un grand soupir de soulagement.

Quand elle vit le bébé pour la première fois, alors que Bernadette le lui montrait dans ses langes, la mère songea une fois encore aux inquiétantes paroles de Jos King. Et cette grosse tête : Mathias Bougie aussi en avait une. Et pour sauver quelque chose advenant une aussi déplorable réincarnation, elle choisit de donner pour prénom à l'enfant celui de deux apôtres : Joseph-Jacques-André.

*

Mais si bébé André était un produit de la réincarnation, l'âme transfuge pouvait bien être une autre que celle de l'homme pendu pour un crime qu'il n'avait pas vraiment commis et qui pourtant méritait son châtiment. Par toute l'Europe, en ce moment même, les êtres humains mouraient par milliers chaque jour à cause de la guerre sur le front de l'Est et de la politique abominable visant à l'extermination des Juifs édictée par Heydrich en janvier à la conférence de Wannsee de Berlin. Dès mars, l'extermination avait commencé à Belzec; et dans tous les autres camps, l'on apportait les modifications nécessaires, construction de salles de déshabillage, de chambres de douches camouflées, de morgue et de crématoires en vue d'appliquer efficacement la solution finale prônée par le Führer, exposée par Heydrich et appliquée par l'intelligentsia nazie.

Pour une âme décorporée, voyager de Dachau à Shenley ne présentait aucun problème de temps ou de moyens. Il y avait donc peut-être dans cette tête en forme de Zeppelin une âme russe, ou celle d'un Tzigane, ou celle d'un Juif, ou peut-être même celle d'un Témoin de Jéhovah...

***

Chapitre 39

–Satan n'existe pas; il n'est que le bras gauche de Dieu.

La voix qui venait de proférer ce blasphème était au bord du hurlement désespéré et pourtant son auteur avait à manger tous les jours, à boire, à se reposer.

Une autre voix, persuasive, presque suave commenta :

–Il y a en toi, mon ami, un terrible sentiment de révolte... que je comprends, oui, que je comprends. Mais comment peux-tu imaginer une seule seconde qu'un Dieu d'amour, de paix, de compassion puisse être pour quelque chose dans toute cette horreur ? Seul Satan y met la main...

–Mais regarde-toi, mon ami... vois ce qu'on a fait de toi !

–Je suis encore vivant grâce à Dieu !

–Grâce à Dieu ? Grâce à Dieu ? Et tous ceux qui souffrent et qui meurent dans les camps ou sur le front de l'Est... Je croyais vivre un cauchemar ici, à Dachau, mais ce n'est qu'un rêve désagréable et quasiment une fleur à comparer à ce que tu as vu ailleurs. Et c'est toi qui rends grâce à Dieu ?

Samuel était assis sur le lit voisin de celui de l'homme hospitalisé, un personnage terriblement amaigri, visage osseux, yeux chassieux entourés de bistre, peau desséchée, tirée à fendre sur les os de soutien. Il y avait place pour une immensité entre l'image atroce qu'il donnait maintenant et celles qui revenaient en souvenir à l'esprit du docteur interné. L'une d'elles sur le pont du navire qui les avait transportés tous deux du Canada vers l'Europe. Une autre au camp d'entraînement au nord de Londres. Et une autre encore à le voir déambuler portant béret et baguette par les rues étroites de la ville lumière éteinte par l'occupation allemande.

Camilien Tremblay dit Barbe, le prêtre canadien avec qui Samuel avait connu des jours d'espérance n'était plus maintenant qu'une parfaite loque humaine. Nouvellement arrivé à Dachau, il avait été transféré d'un camp à l'autre depuis Noël 40, sauvé de la mort à chaque endroit par sa nationalité de Canadien français mais rejeté partout au bout de quelques mois pour des considérations administratives. Numéroté 753821, le détenu faisait office de Canadien errant dans l'univers concentrationnaire.

Au départ, la fermeture de Dachau fin 40 et les rénovations du camp, qui avaient valu au docteur Goulet et son ami David Haussmann d'y être envoyés en détention, avaient empêché Camilien de s'y trouver. Dès son arrestation, on l'avait expédié à Flossenburg. Il avait ensuite connu Mauthausen en Autriche puis en dernier lieu Ravensbrück où se trouvaient très peu d'hommes. Ses conditions de détention avaient empiré chaque fois. Partout, il avait essayé de prendre sur lui les souffrances des autres, tout spécialement à Ravensbrück où tant de femmes et d'enfants trouvaient la mort en cette année 1942.

Lui aussi avait vite appris l'allemand début 41 et au fil des mois, il avait recueilli divers renseignements sur la situation ailleurs et c'est de tout cela dont il venait de faire part à son ami du Canada. Il lui avait parlé des exterminations de Juifs menées un peu partout : à Belzec, à Sobibor, à Treblinka depuis le 22 juillet.

Pris par leur conversation dans cette salle où il ne se trouvait qu'une dizaine de malades et beaucoup plus loin, hors de portée de leur ouïe, Samuel oublia le judas de la porte de la petite salle de la mort qui s'était ouvert de l'intérieur et par lequel des yeux féminins les observaient qui lisaient sur les visages et dans les gestuelles les émotions exprimées et le sens des propos.

–Je ne veux pas ajouter encore à ton malaise, Samuel, mais ton attitude et ton discours sont... blasphématoires. Je remercie Dieu tous les jours de m'avoir gardé en vie...

Samuel sauta sur ses pieds et montra le corps décharné de son ami en grimaçant :

–Remercier Dieu pour ça ?

Il montra la salle déserte et ajouta :

–Remercier Dieu pour ça ? Ceux qui devraient être là ou bien être retournés dans les baraques sont dans une fosse commune là-bas au bois entourant le camp, et moi, je n'y peux rien, rien du tout. Pour conserver ma vie et pour soulager les souffrances, je dois être partie prenante de toute cette... abomination. Où est Dieu, Camilien, où donc est-il, ce Dieu que tu remercies... où, dis-moi !?...

Puis se référant à tout ce que le prêtre lui avait raconté d'ailleurs, ces exactions bien pires encore que celles dont il avait été l'impuissant témoin ou qu'il savait, surtout par Haussmann, exister à Dachau, quand même le moins cruel de tous les camps de concentration, il enchérit :

–Remercier Dieu pour Flossenburg ? Pour Mauthausen ? Pour Ravensbrück ? Mais qu'est-ce que c'est que cette histoire ? S'il existe, Dieu dort.

–Il interviendra à son heure.

–Mais en attendant... Tu sais ce que l'on vient de construire ici même, à Dachau ? Une installation comme celles dont tu m'as parlé et qui servent aux exterminations massives à Belzec, à Sobibor, à Treblinka. Je le sais par le kapo Haussmann qui habite avec moi au Block 25. Parce que c'est lui qui a dirigé les travaux à l'autre bout du camp fin juillet. Salles de déshabillage, de chambre de douches camouflée, de morgue. Le crématoire, il était déjà là pour brûler les restes de ceux qui sont sacrifiés ici à l'hôpital. Quant à ceux qui sont exécutés par fusillade, là-bas, de l'autre côté de l'enceinte du camp, on les fait basculer dans une fosse que d'autres détenus recouvrent ensuite de terre. Où est Dieu,

Camilien ? Dieu dort. Satan, c'est de la salade. Dieu est par-tout. Dieu est tout. Dieu dort... Il est endormi, la tête sur sa main gauche.

–Pauvre, pauvre Samuel !

–Pauvre ?

–Ils ont détruit mon corps; ils ont détruit ton âme... Non, une âme ne se détruit pas. Il suffit que tu t'amendes aux yeux du Seigneur. Je... je n'hésiterais pas à donner ma vie pour que tu reviennes à de meilleures dispositions envers ton Créateur. Ne te laisse pas envahir par cet air satanique qui rôde partout dans les camps et ici aussi.

Samuel soupira, mit les mains dans les poches de son blanc sarrau et hocha la tête :

–Bon, je vais aller vaquer à mes charmantes "occupa-tions". Je possède une certaine liberté à l'intérieur de ces murs... mais à la condition de ne pas m'en servir.

–Reviens à de meilleurs sentiments envers le Seigneur notre Dieu, Samuel Goulet. Pense à ça...

–Pourquoi les gens qui souffrent en viennent-ils tous un jour ou l'autre à aimer qu'on les frappe ?

–Résignation n'est pas masochisme, mon ami.

Samuel mit sa tête en biais pour clore l'entretien :

–Mets la résignation devant un miroir et l'image que tu verras sera celle du masochisme.

–Un dernier mot, Samuel... ne te fie pas trop à un kapo juif... le rôle des kapos, c'est de piéger les détenus pour le compte de l'administration...

–Pas David Haussmann. Je te le ferai connaître quand tu sortiras de l'hôpital.

Samuel ne craignait pas pour la vie de Camilien à moins que ne survienne une mort naturelle. Il y avait une note au dossier inscrite à sa demande par le médecin-chef afin que le prêtre ne soit jamais passé par la chambre de la mort.

En ce moment même toutefois, quelqu'un était à biffer

cette annotation par de nombreux coups de crayon. Une main anonyme. Une main féminine.

L'entretien entre Camilien et Samuel datait de quelques heures déjà, soit une demi-journée après l'arrivée du prêtre à Dachau parmi une vingtaine de détenus de sexe masculin expédiés par train de Ravensbrück. Et Gretel avait eu le temps d'en apprendre pas mal sur le nouveau Canadien et ses relations passées avec Samuel. À l'insu du docteur, elle avait fouillé dans le dossier concernant le 753821. Incapable de comprendre et d'accepter une amitié profonde entre deux hommes, elle les soupçonna aussitôt d'homosexualité. Et en conçut vivement une colère jalouse et sourde. Ce prêtre était de trop dans les baraques et comme il souffrait déjà d'un grave état pneumonique, autant soulager sa misère. Et son mal de toute manière inguérissable. En même temps, il lui parut qu'elle devait infliger une autre souffrance morale à Samuel, son esclave, et l'envoya chercher, lui et le kapo Haussmann, par deux gardes S.S.

Et puis il était temps de satisfaire enfin la dérisoire curiosité du Canadien à propos de cette chambre mystérieuse où il n'était allé qu'une fois et avait pu supposer ce qu'il en était de son usage, horreur dont il n'avait jamais eu confirmation et qu'il avait longtemps occultée en son for intérieur.

En ses moments les plus loquaces, Gretel avait laissé entendre qu'après les soins reçus dans cette salle, les détenus allaient au crématoire parce qu'ils étaient morts ou bien étaient transférés dans un bloc de soins intensifs à l'autre bout de ce camp qui constituait une ville de vingt mille détenus dont la plupart ignoraient à peu près tout ce qui pouvait s'y passer à part les horreurs réelles mais amplifiées par les rumeurs. C'était la raison pour laquelle on ne les revoyait jamais à l'hôpital. Le mensonge était grossier, mais Samuel l'utilisait comme d'une drogue du désespoir.

En entrant dans la grande salle, Samuel et David, précédés et suivis d'un garde, constatèrent l'absence de Camilien. Voilà qui leur parut étrange, d'autant que le prêtre devait y rester au moins une semaine. On les conduisit jusqu'à la porte de la petite salle de la mort où ils durent attendre sans savoir pourquoi.

Dix minutes de supputation s'écoulèrent. Puis la porte s'ouvrit et parurent trois personnes dont Gretel qui ordonna aux gardes S.S. de disposer du corps. David et Samuel comprirent qu'ils avaient été emmenés pour transporter un cadavre vers le crématoire, ce qui n'était pourtant pas dans leurs attributions coutumières. Sauf que ces basses oeuvres n'étaient jamais accomplies par les maîtres du camp pas plus que par leurs subalternes de la race supérieure.

Les deux hommes entrèrent sur ordre des S.S. et aperçurent aussitôt un corps nu sur cette table de bois que Samuel croyait depuis longtemps être une table de mort. Il ne tarda pas à reconnaître le prêtre canadien, son ami Camilien Tremblay. Dieu ne l'avait pas sauvé en fin de compte. Et tout indiquait qu'il avait reçu une injection létale. Écume à la bouche, pupille dilatée, spasmes inscrits dans les doigts.

–Impossible ! Impensable ! disait Samuel en hochant la tête sans arrêt. Ils l'ont tué...

–Essaie de croire que non... qu'il est mort de mort naturelle.

–On ne meurt pas de mort naturelle dans... cet abattoir. Et c'est elle, cette femme de mort, qui l'a tué. Elle a bafoué mon corps sur cette table et voici qu'elle a maintenant violé mon âme. Et elle a voulu que je le sache... regarde dans ce contenant à rebuts...

Il était par terre, près de la tête du mort et contenait une seringue et une fiole. Samuel prit la fiole et sentit.

–C'est du poison. Je ne sais lequel, mais c'est du poison. Je vais la rapporter au médecin-chef.

–Entreprise vaine, mon ami.

–Il a mis une annotation au dossier. On ne tue pas les prisonniers canadiens.

–Entreprise vaine quand même. En 38, il y aurait peut-être eu enquête et blâme, pas en 42. Tu sais tout ce que ton ami t'a raconté au sujet de ce qui se passe par toute l'Allemagne et que tu m'as redit tout à l'heure. Ce pays est devenu celui de l'horreur et de la terreur pour les 'ennemis' de la nation. Attends que finisse cette guerre et témoigne contre cette femme. Tu ne peux rien faire de mieux pour l'instant.

–Encore cette maudite résignation que tu me prêches depuis que nous sommes ici et qu'il me prêchait lui aussi aujourd'hui : tu es à même d'en constater les résultats.

–Pas résignation, Samuel, pas résignation : attente. Atten-te et encore at-ten-te...

–Tu seras là au moins pour témoigner avec moi.

–Ça... probable que non.

–Ce qui veut dire ?

–Tu vois ce qu'il t'a dit à propos des juifs à Belzec, Sobibor et Treblinka : c'est le sort qui m'attend. La chambre à gaz que j'aurai moi-même aidé à construire. Les nazis vont détruire tous les Juifs d'Europe sans exception.

Les S.S. restés en retrait comme l'avait demandé Gretel, jugèrent venu le moment de disposer du corps et lancèrent un ordre en allemand. Samuel voulut ôter sa chemise pour recouvrir le corps : ça lui fut interdit. Des bâtons dépassaient déjà de la table et avec la toile qui les enveloppait, servaient de brancard. Les deux détenus soulevèrent Camilien et suivirent un garde qui ouvrit une porte donnant sur l'extérieur. On transporta le cadavre par les rues sous les étoiles immuables jusqu'au crématoire à quinze minutes de là. Il fut glissé derrière l'une des portes de fer sur une dalle faite d'une grille dont le métal contenait de l'amiante. D'autres, des spécialistes de la question, verraient à brûler le corps au matin.

Samuel et David regagnèrent en silence leurs quartiers du Block 25. Le Canadien se coucha et quand David l'entendit pleurer, craignant qu'il s'agisse de rage autant qu'en raison de la perte de son ami, il lui parla :

–Mon ami, la guerre finira et nous allons la gagner. Ils n'ont pas pu prendre Londres, pas pu prendre Moscou et maintenant, ils ont les Américains sur le dos. Et tu seras en mesure de témoigner pourvu que tu sois toujours vivant. Quand viendra la libération, tu courras un grand risque. On aura tout intérêt à te faire disparaître avant. Il faudra que tu fasses preuve d'une très grande vigilance alors.

–Mais il faudra que je témoigne contre moi-même.

Haussmann s'énerva et parla à en frôler l'étouffement :

–Arrête-moi cette salade, on ne va pas recommencer avec tes remords de conscience. Tu fais ce que tu dois faire. Et si ta conscience te tiraille encore après la libération, tu donneras trois mois de ta vie pour soigner ceux qui en auront un criant besoin. Et ensuite, tu retourneras au Canada l'âme en paix et non seulement l'âme en paix, mais avec au coeur la fierté de ce que tu auras fait.

Craignant un incident qui lui causerait des problèmes chez le commandant en second, le médecin-chef, après avoir appris la mort du prêtre et constaté que son annotation au dossier médical avait été biffée, crut bon éloigner Gretel. Il lui donna une affectation à l'autre bout du camp, à cette unité des soins intensifs dont elle avait parlé à Samuel. Le docteur canadien ne devait plus jamais la revoir avant la libération.

*

Les rares Juifs du camp furent emmenés ailleurs avant la fin de l'année. David n'eut que le temps de laisser un mot à son ami Samuel qui le trouva à son retour de l'hôpital un soir de novembre. Il y était écrit :

"*Mon ami,*

C'est la fin ici. Et sans doute aussi là où je vais. Je disparais dans la tourmente. Toi, tu survivras. Ne pense plus à moi avant ton retour au Canada. Et quand tu toucheras ton sol natal, dis-toi que le grand rêve du Juif errant que je suis fut d'y vivre aussi, en paix et en liberté. Tout aura changé là-bas. Plus personne peut-être ne t'y attendra. Ne te résigne pas, mais, mon ami, sache y mettre le temps de t'adapter aux changements survenus. J'ai déjà entendu quelqu'un dire : espérer, c'est le bonheur; attendre, c'est la vie. Qui sait attendre sait entendre ! Je t'aurai à l'oeil, tu sais. Salutations !

David Haussmann"

Samuel ne put s'empêcher de pleurer. Mais il finirait par croire que le mieux était en effet d'attendre. C'est David qui aurait aimé l'apprendre.

Et s'il n'avait rien à entendre en ses quartiers d'ombre et de silence, le docteur se dit que Dieu pourrait peut-être, sait-on jamais, l'entendre, lui. Il fit donc une très courte prière aux allures de récrimination :

"Seigneur, le temps est venu de te réveiller..."

Puis il soupira en bougeant la tête de gauche à droite et en transformant la prière en litanie répétitive :

"Seigneur, le temps est venu de te réveiller..."

"Seigneur, le temps est venu de te réveiller..."

"Seigneur, le temps est venu de te réveiller..."

    ...

***

Chapitre 40

Printemps 1945

Catherine Boutin se pencha au-dessus du berceau et sourit à un enfant qui lui répondit par un sourire de confiance et d'abandon mais mal appuyé, comme si les muscles du visage refusaient d'obéir à la réaction sentimentale qui l'avait fait naître.

Le visage de la femme exprimait aussi une profonde tristesse. La fillette de deux ans était affligée d'un handicap important : elle souffrait de paralysie cérébrale. On n'avait pas tardé à s'en rendre compte après sa naissance. Prénommée Jeannine, elle requérait des soins constants et chaque jour ponctionnait chez sa mère une énorme rançon d'énergie.

Roméo ne s'habituait pas, lui, à l'humiliation ressentie en apprenant cela. Tandis qu'Emmanuel, à quatre ans maintenant, se présentait comme un enfant vif, plein de santé, joyeux et pétillant, voici que la première née de Catherine et de lui s'avérait un fardeau et une enfant dont il ne pouvait qu'avoir honte en son for intérieur. Par delà la tombe et le temps, l'emprise de Samuel Goulet sur sa vie et son ménage devenait de plus en plus dure à supporter. Il ressentait maintenant la venue du docteur campagne dans sa vie comme une intrusion par la persuasion, la commisération et trop de bonté, en tout cas de bonté apparente, mettant de moins en moins dans l'autre plateau de la balance les avantages du passage de Samuel dans le fil de ses jours. Il en venait à se demander certains jours si le grandiose et insondable tricot de toutes les destinées humaines ne se trouvait pas quelque part dans la volonté des uns au détriment des autres. Qui sait si Samuel Goulet ne s'était pas infiltré dans sa vie, un bouquet de bonheur dans une main et une gerbe de malheurs dans l'autre ?

En d'autres jours, il se demandait avec Catherine si Jeannine pouvait être la réincarnation de quelqu'un de la famille Bougie : ou Rose-Anna ou sa mère. Mais comme il s'agissait d'un enfant de sexe féminin, pas un ne songea une seule fois à Mathias.

Au confessionnal, le curé Ennis rassura tout à fait l'un et l'autre des époux. La réincarnation n'existe pas. L'Église défend d'y croire. Et puis Dieu éprouve le plus ceux qu'Il aime le plus. Mais après quelques semaines loin des sacrements, le doute leur revenait, à Catherine surtout qui n'avait jamais eu la foi profondément enracinée et faisait partie de ces tièdes dont la bible disait que le Seigneur les vomirait de sa bouche... Et surtout qui ne croyait guère en l'intervention divine dans le sens du malheur comme dans le sens du bonheur, et avait fini par influencer Samuel là-dessus, lui qui au camp de concentration, devant l'horreur suprême, en était arrivé aussi à remettre en question l'idée de la Providence.

Catherine se pencha davantage et prit l'enfant dans ses bras. Elle l'aimait tout autant que son fils. Mais d'une tout autre manière.

*

Armandine s'arrêta au pied de l'escalier et cria de sa voix la plus pointue :

—Clara, Clara, ton (poste de) radio est-il ouvert ?

—Non, m'man ! répondit la jeune fille que sa mère adoptive entendait mais ne pouvait apercevoir.

—Tu devrais l'ouvrir. Y a une grande nouvelle.

—Ah, c'est quoi ?

—La guerre est finie.

–Ah !

–Ça n'a pas l'air de te rendre heureuse ?

–D'une manière, oui; de l'autre, non. Et je sais... que ça doit être la même chose pour vous.

La voix de Clara, celle d'une personne adulte, venait de sa chambre d'en haut par la porte entrebâillée. Il se fit une pause. Armandine était le plus souvent vêtue de noir maintenant qu'elle avait franchi le cap des soixante-dix ans, et elle portait en ce premier jour de mai, tandis que le monde entier fêtait la victoire rêvée par Samuel dans ce combat pour défendre la liberté des peuples et des individus, une autre robe noire avec de rares dessins blancs imprimés çà et là.

–Vous êtes encore là ?

–Oui, oui, je pensais à ce que tu viens de dire. C'est certain que la fin de la guerre nous ramènera pas Samuel et c'est ça qui fait que c'est pas un événement heureux pour une famille comme nous autres.

–En plein ce que je voulais dire, maman !

–Eh bien, comment ça se fait que tu me dises maman tout d'un coup ?

–C'est vrai, ça. Je dis toujours m'man. J'y ai pas pensé. Mais des jours comme aujourd'hui... où on partage tant les mêmes sentiments, je vous sens plus grande, bien plus grande qu'une vraie maman.

Armandine sourit, hocha la tête. Puis elle trouva un mouchoir dans sa poche et essuya une larme.

–Tu viens-tu déjeuner, là ?

–Je finis de me maquiller et je viens.

–Le gruau t'attend.

*

Sur le chemin du presbytère, Bernadette, essoufflée d'avoir marché trop vite depuis le magasin, croisa le vicaire et s'arrêta pour lui parler :

–Ah, monsieur le vicaire, êtes-vous au courant pour la guerre ?

–Monsieur le curé est venu me le dire à ma chambre, ce matin. Finie en Europe, mais pas dans le Pacifique...

–Moi, ça me bouleverse. C'est épouvantable, tout ce qui s'est passé dans les camps de concentration...

–C'est pas d'hier qu'on sait ça, mademoiselle Grégoire, les journaux en parlent depuis plusieurs semaines déjà.

–Appelez-moi donc Bernadette comme l'abbé Turgeon avant vous ! Ça fait deux ans que vous l'avez remplacé et vous me dites toujours mademoiselle gros comme le bras. Moi, ça me gêne.

Le rouge monta rapidement au visage du prêtre. On lui avait enseigné à garder ses distances avec les jeunes femmes y compris celles dans la quarantaine comme Bernadette, et il le faisait, son visage sanguin l'y aidant. Le curé en l'accueillant dans la paroisse lui avait parlé de son prédécesseur qui se permettait des familiarités mal vues avec certaines paroissiennes qu'il n'avait pas nommées, mais que l'abbé Gilbert avait fini par repérer, tout particulièrement Germaine et Rose. Mais quand même pas Bernadette qui ne savait que prier, travailler et courir les portes pour distribuer des rires, des roses et de la ciboulette.

Soudain, plus loin, parut le curé dans sa grosse voiture qu'il avait fini par détester pour maintes raisons, mais ne pouvait en changer en raison de la faible production d'automobiles en temps de guerre et parce qu'il en voulait une flambant neuve, jamais une usagée. On s'écarta du chemin pour le laisser passer, mais il s'arrêta à leur hauteur et s'adressa au vicaire Gilbert :

–Je m'en vais faire une visite chez notre ami Nil Parent. Ils ont eu la nouvelle que Paul-Eugène est mort en Allemagne dans les tous derniers jours de la guerre. La guerre : quelle calamité !

–En tout cas, fit Bernadette, ils diront pas que notre paroisse a pas fait sa part pour...

Elle ne termina pas et tourna les talons :

–Ben, je m'en vas dire ça à Freddé au plus vite. Il connaît ben les Parent...

Le vicaire et le curé poursuivirent leur chemin. Bernadette bifurqua vers la boutique de forge avant d'aller annoncer la nouvelle à son frère au magasin. Ernest, qui lui faisait
toujours un peu peur, lui serait reconnaissant de sa visite
éclair. Mais devant l'escalier de la maison, elle tomba sur un
bébé assis et qui la regardait dans un grand silence. Elle s'arrêta :

–Si c'est pas le petit André ! Hey, que t'as donc l'air
intelligent, toi ! Je te dis que... ben que y a de la place dans
cette tête-là...

L'enfant ne réagissait pas. À trois ans, il était aussi effacé
que depuis sa naissance, sauf qu'on ne manquait jamais de
s'étonner de la grosseur de son crâne. Éva ouvrit la porte de
la maison et se montra. Bernadette leva la tête et lui dit aussitôt :

–Si tu savais la méchante nouvelle qui nous frappe encore...

–C'est quoi qui se passe donc ?

–Paul-Eugène Parent... mort à la guerre. Ça fait rien que
quelques jours. J'allais dire ça à monsieur Maheux, là...
C'est madame Lambert qui va être surprise, elle itou... Je
vas aller la voir tantôt... Elle pourra marquer ça dans le journal... Une triste nouvelle, ah, mon Dieu !

–André, si t'as frette, rentre dans la maison.

L'enfant balança sa tête de droite à gauche. Vêtu d'un
petit veston d'étoffe brune, les mains sur les genoux, il observait tout ce qu'il voyait sans jamais dire un mot, sans jamais se plaindre et pouvait passer des heures au même endroit. Il arrivait à sa mère de craindre pour sa santé mentale.
La belle-soeur de Bernadette, épouse de Freddé, avait passé
dix ans dans un asile d'aliénés et traversait parfois pour raconter à Éva comment les choses se passaient à Saint-Mi-
chel-Archange. Entre autres les longues prostrations des malades comme ça qui ne bougeaient pas durant des heures et
des heures et se contentaient de chantonner, de tout regarder
ou de ne rien regarder du tout...

C'est pourquoi Éva, dans un voyage aux États pour y visiter son frère Alfred et son cousin Jos King, avait acheté un jeu de blocs de bois, avec des lettres et des chiffres sur quatre faces et des dessins sur les deux autres, qu'elle avait donné à l'enfant pour évaluer son état mental. Et c'est ainsi qu'à douter sérieusement de son intelligence, elle lui permit d'apprendre à lire avant son temps.

Quand Bernadette lui apprit la mort du jeune Parent, le forgeron bougon donna un coup de marteau sur l'enclume et grogna :

–Ben y'avait embelle pas aller là !

La femme tourna les talons. Déçue de cette réponse bête, elle courut vers le magasin. Freddé ouvrit la porte alors qu'elle arrivait au trottoir et lui lança :

–As-tu su que le Paul-Eugène Parent est mort à guerre ?

Elle tourna de nouveau les talons et se dirigea de son pas le plus pressé vers la maison des Lambert. Elle passa droit devant la demeure Nadeau habitée par le couple Marie-Anna et Raoul Blais en se disant que le curé avait sûrement annoncé lui-même la nouvelle à l'organiste au téléphone ou autrement. Mais au dernier moment, elle bifurqua vers celle des Goulet...

Elle entra par la porte du bureau où Rose attendait sans trop de patience l'arrivée du docteur Roy dont c'était le jour de garde en ce mardi, le premier mai. Alors qu'elle s'apprêtait à dire quelque chose, Armandine fit irruption par une porte intérieure et dit :

–Ils disent à la radio qu'Adolf Hitler et sa maîtresse Eva Braun se seraient suicidés dans le bunker de Berlin. Mais ils ont pas trouvé les corps...

Rose ne se sentit pas très concernée par ces événements trop éloignés de sa chair. Non plus par l'annonce de la mort de Paul-Eugène Parent... Elle avait des crampes dans le bas-ventre depuis quelques jours et se demandait s'il ne s'agissait pas de signes avant-coureurs de son retour d'âge (ménopause). Après tout, elle venait d'entrer dans sa quarante-cinquième année.

*

Les choses n'avaient pas traîné en Europe durant le mois d'avril. Les Russes d'un côté, les Alliés de l'autre, on avait fini d'écraser le troisième Reich. Libération du camp de Buchenwald le 8. Celui de Bergen-Belsen le 15. Sachsenhausen le 22. Flossenburg le 23. Et enfin Dachau le 29. Et Ravensbrück le jour suivant.

Contrairement aux sombres prévisions de David Haussmann, Samuel n'avait pas couru de grands dangers dans les derniers jours avant la libération. Il y avait eu débandade morale autant que physique chez les Allemands. On avait brûlé des tas de dossiers. On avait pris panique. On avait déguerpi, laissant les prisonniers s'arranger seuls. Et puis à Dachau, il n'y avait jamais eu que des exécutions par pendaison, fusillade ou injection, et pas d'extermination massive comme ailleurs. La chambre à gaz qui avait fonctionné à plein régime dans beaucoup d'autres camps n'avait jamais servi dans celui-là.

Samuel Goulet avait pris deux engagements tacites devant son ami juif : témoigner contre Gretel et les autres responsables, et consacrer trois mois de sa vie à réparer les dégâts nazis. Retrouver cette femme aurait demandé des jours voire des semaines ou des mois : il en abandonna l'idée. Mais il dut se faire violence de nombreuses fois. Et se faire violence aussi pour ne pas tenter de communiquer avec les siens au Canada.

Dépourvu de papiers authentiques, il en obtint de temporaires via les Américains, sur simple déclaration d'identité. On lui proposa alors de rentrer au plus vite au pays. Il manifesta son désir de servir encore trois mois pour aider à soulager des souffrances et peut-être sauver des vies. Parce qu'il maîtrisait l'allemand et avait vécu plus de quatre ans à Dachau, on pensa qu'il pourrait être d'une grande utilité en restant à portée de la main, et il fut rattaché à un hôpital de campagne des troupes américaines.

Et tout l'été, il travailla d'arrache-pied pour remplir sa promesse faite devant David d'apaiser sa conscience en donnant trois autres mois de sa vie malgré son immense désir de retrouver les siens. Et il continua de résister à la tentation de communiquer avec eux au Canada. Il croyait préférable de voir les choses de près et de se situer par rapport aux changements importants auxquels il serait inévitablement confronté à son retour...

***

Chapitre 41

Septembre 1945

Le train pour Québec entrait en gare de Saint-Évariste, à cinq milles de Shenley. Un voyageur solitaire, perdu dans un wagon, semblait ne posséder aucun bagage et il restait rivé à sa banquette, l'esprit ailleurs.

Les cheveux et la barbe abondants et en broussaille, les yeux rougis, fatigué par les années et un manque de sommeil la nuit d'avant, le costume noir peu commun, tout cela rendait l'homme méconnaissable. Il regrettait un peu de n'être pas descendu la veille du train et estimait avoir perdu un jour de plus avant de rentrer à la maison. Mais il avait passé tout droit et il était descendu plutôt à Saint-Samuel afin de se rendre directement chez celle qui remplissait toujours son coeur et ses espérances : Catherine, sa fiancée.

Malgré les avertissements de David Haussmann, malgré ses propres réflexions et desseins, la dernière chose qu'il aurait voulu savoir, c'est qu'elle puisse être morte ou mariée. Il n'en avait jamais envisagé la possibilité pour n'avoir pas à en évaluer les désastreuses conséquences, et c'est pourquoi il avait voulu se rendre directement chez elle à Saint-Sébastien. Comme au cinéma. Comme dans les grands romans. Frapper. Ouvrir les bras quand elle ouvrirait la porte. Éclater de soulagement et de bonheur. Enfin remonter à la surface des horreurs de l'enfer. Pour, avec son aide et sa tendresse, tâcher de s'en extraire à jamais. L'aimer totalement dans une seule étreinte au seuil de sa demeure : fusionner de nouveau l'âme et le coeur. Ne plus faire qu'un dans les sanglots d'une joie infinie. Ouvrir l'invisible porte de l'amour éternel et la voir ouverte à la façon d'un aveugle.

Il n'avait trouvé qu'une maison délabrée. Abandonnée. Déserte. Sombre et inquiétante. Alors il n'avait pas voulu qu'un voisin lui apprenne le pire. S'il y avait le pire, c'est de la bouche de sa mère qu'il voulait l'entendre. Et il était retourné en taxi à Mégantic pour y reprendre le train de Québec aux aurores avec son petit sac de voyage noir. Et sa canne aussi, car il s'était fait une vilaine entorse avant son départ de l'Allemagne pour le Canada.

Le train arriva lentement à hauteur du quai de la gare. La massive et noire locomotive cracha encore quelques expirations, dépassa la bâtisse brune et jaune, suivie de trois wagons utilitaires, puis s'arrêta quand les deux voitures à voyageurs furent à quai.

Samuel jeta un coup d'oeil pour s'assurer de la présence du postillon Tom Gaboury qui le ramènerait chez lui avec le courrier. Il ne le vit pas et n'aperçut qu'un couple formé d'un grand et jeune personnage tout en noir, y compris un vaste chapeau sur la tête, et d'une jeune fille joliment vêtue de rose et de noir dans une robe qui affirmait ses hanches et son buste, pimpante sur ses talons hauts, agréable à voir. Le jeune homme portait deux valises, une bleue et une grise.

–Un beau petit couple ! s'exclama tout haut Samuel qui pourtant ne l'avait entrevu que de profil et maintenant ne le voyait que de dos.

Il s'aida de la banquette devant lui pour se mettre sur ses deux jambes. Et prit sa canne et son sac, et se rendit à la sortie avant. Il fut un peu contrarié de ne pas croiser le couple qu'il aperçut de nouveau en descendant, et sur le point de monter dans le premier wagon à voyageurs.

Prenant appui sur sa canne, sac en bandoulière, il se mit à observer ces deux-là qui partaient d'aussi bon matin vers leur bonheur quelque part ailleurs... mais... mais... voilà qu'il sentit en son esprit se réunir quelques éléments d'une prise de conscience...

La jeune femme monta deux marches devant son compagnon, puis, se sentant épiée, et mue par un sens propre à tous mais qui s'exerce rarement, elle tourna la tête vers Samuel et lui jeta un regard à la fois amusé et intrigué. Ce n'était pas la première fois qu'on l'évaluait ainsi, mais elle ne s'en offusquait pas.

Samuel comprit soudain, quand l'homme tendit une à une les valises à la voyageuse, qu'il ne s'agissait aucunement d'un couple, mais d'une jeune femme de fort belle apparence et du Blanc Gaboury qui, en postillon galant, l'aidait à transporter ses bagages. Mais quel changement chez lui : à peine reconnaissable, le Blanc ! Si grand, si maigre, si blanc du visage, si vieux pour quelqu'un dans la vingtaine. Il avait dû remplacer son père Tom au transport du courrier. Samuel le héla tandis que la voyageuse disparaissait dans le train avec ses deux valises.

–Blanc, Blanc, c'est toi ? demanda Samuel à qui il restait un certain doute.

Albert (Blanc) fit quelques pas en sa direction, s'arrêta, rapetissa les yeux :

–C'est moi.

–Tu me reconnais pas ?

Blanc s'approcha. Dans le wagon, la jeune femme marchait à sa hauteur. Elle prit une banquette et mit ses valises à ses pieds en même temps que le Blanc s'arrêtait à dix pas de son interlocuteur inconnu :

–Sais pas trop...

–Samuel Goulet.

Blanc porta sa main droite à sa bouche, cherchant dans tous ses souvenirs. Samuel reprit :

–Voyons donc, je t'ai soigné... et pas trop bien à ce que je vois parce que t'es pâle comme la mort ce matin... c'est moi, le docteur Goulet.

–Ah, ben baptême, un fantôme sorti de l'enfer !... Ben de

l'enfer de la guerre, disons...

–Mais non ! Regarde, fait beau soleil de septembre : la guerre est finie et je suis de retour.

Déjà le train se remettait en marche. De nouveau appelée par une voix mystérieuse, la jeune fille tourna la tête vers les deux hommes qui étaient à se serrer la main. Qui donc le Blanc pouvait-il connaître qu'elle ne connaissait pas, elle ? Bon, elle saurait peut-être un jour; et elle haussa les épaules et tourna la tête.

Du premier wagon suivant celui où Samuel avait voyagé depuis Mégantic atterrirent sur la quai deux sacs de courrier qui avec le 'revenant' accaparèrent toute l'attention du Blanc. Il les prit tout en manifestant son étonnement :

–Mais t'es enterré dans le cimetière ! Ils t'ont fait une cérémonie un an après ta... mort... Un mois après que tu sois parti, ta mère a reçu un télégramme disant que t'avais été tué dans un bombardement sur la ville de Londres. Ça fait... cinq ans... Mais là, j'te reconnais, c'est ben toé...

La tuberculose couvait dans les poumons du Blanc et au premier coup d'oeil, Samuel l'avait reconnue, la terrible maladie, lui qui l'avait tant côtoyée et soignée en Europe. Pour le moment, ce n'était pas la santé du jeune homme qui prenait son attention et son intérêt, mais toutes les conséquences désastreuses qu'il imaginait suite à son décès présumé et annoncé. L'image de la maison morte vue la veille lui revint en tête. Si elle l'avait su vivant, Catherine l'y aurait attendu...

Mais il n'osa questionner sur elle et dit :

–Ma mère : toujours en vie ?

–Oui monsieur... Mais... mais j'y pense...

Et le Blanc laissa tomber les deux sacs et porta son regard plus loin... Il s'écria :

–Je l'ai vue à matin, j'ai pris Clara pour l'emmener icitte prendre les gros chars. Tu l'as vue, Clara, avec moé tantôt ?

Samuel se tourna vivement et regarda le train aller. Il fut sur le point de s'élancer pour rattraper le wagon, mais sa foulure au pied le garda immobile.

–Elle, ma petite Clara ? Elle ? Je... je...

–Une belle grande fille, hein ! Elle part aux études à Québec. Un bout de temps, elle devait faire une soeur, mais je pense qu'elle hésite encore à entrer en communauté. Elle s'en va dans un pensionnat privé. Je te dis que sa mère... ben ta mère, avait de la peine à matin de la voir partir.

Samuel hochait la tête. Il avait des larmes plein les yeux. S'il avait donc pu arrêter ce train, courir au wagon, frapper dans la vitre, se faire connaître, monter, la serrer sur lui...

–Elle chante... toujours ?

–Une grosse perte au choeur de chant.

–J'ai embrassé une enfant en partant et c'est une femme que je revois.

–Ben oui, mais ça fait cinq ans... Des jeunes de cet âge-là, ça change vite pis à plein en rien qu'un an. On y va ?

Blanc reprit ses sacs et se dirigea avec Samuel vers son automobile noire garée plus loin près de la voie ferrée.

–Son père... Roméo, il est toujours sur sa terre ?

–Oui... pis remarié en deuxième noce ça fait un bon bout de temps... deux ou trois enfants du deuxième lit...

–Marié avec qui ?

Une fois encore, le postillon n'avait pas fait le lien entre l'arrivant et la personne dont on parlait. Il le fit et donna une réponse élusive une fois dans l'auto :

–Marié avec une personne d'en dehors... Ta mère doit savoir qui c'est...

Samuel n'insista pas. Ne songea pas à Catherine. Il avait maintenant bien hâte de frapper à la porte de chez lui pour tout apprendre de ces changements auxquels il devrait se faire, surtout en raison de cette fausse nouvelle de son décès.

C'est alors que la vérité lui éclata en plein visage. En Angleterre, on l'avait trompé en lui demandant d'écrire aux siens. On avait effacé son identité jusqu'ici auprès des siens. Cette idée lui parut si abominable qu'elle lui fut insupportable. Il voulut l'enterrer par des questions :

–Et le bureau ? Toujours utilisé par le docteur Poulin et le docteur Roy.

–Oui. Sauf durant quelques mois en 42. Un nouveau docteur est venu. Il est parti au bout de trois ou quatre mois. Monsieur le curé a été pas mal humilié de ça.

–Toujours le même bon curé Ennis...

–Mais un nouveau vicaire.

–Et les fleurs du soir ? Je veux dire Marie-Anna Nadeau, Gaby Champagne, Cécile Jacques...

Durant le trajet, le Blanc le renseigna sur presque tous sauf sur Catherine. Samuel apprit que Luc Grégoire avait passé plusieurs années à Montréal mais qu'il en était revenu pour faire l'achat de l'hôtel de son père et s'y établir avec Jeanne d'Arc qui elle, enseignait à Notre-Dame-des-Bois. Il sut que Bernadette courait toujours de son jardin au cimetière en passant par l'église et les maisons visitées. Et que ce pauvre Armand buvait plus que jamais.

–Et madame Maheux ? D'autres enfants ?

–Un. Une grosse tête de même... Je le vois souvent assis sur la galerie et qui bouge jamais...

Le temps passa. Les cinq milles aussi. Avant de s'arrêter devant la maison, Blanc se demanda tout haut :

–Ça serait pas mieux d'avoir le curé pour annoncer ton retour à ta mère.

–Non... j'ai l'habitude des chocs psychologiques... et pas rien que ceux-là...

–T'as dû en voir de toutes les couleurs de l'autre côté ?

Blanc savait maintenant que Samuel avait été arrêté en France où il était en mission spéciale en 40, et interné dans un camp de concentration pour toute la durée de la guerre, à l'exemple du docteur Béland lors du premier conflit mondial. Il voulait en savoir plus mais Samuel n'avait ni le temps pour l'heure ni le goût pour plus tard de raconter ce qu'il avait vu et entendu à Dachau. Il salua et descendit.

De l'autre côté de la rue, Madame Lambert qui le vit monter l'escalier, dit à son mari :

–Je me demande qui c'est, avec une barbe de même, une canne et...

L'aveugle se mit à la fenêtre aussi. Il plissa ses paupières éteintes fermant ses globes oculaires vides et imagina...

–Ça doit être Samuel qui nous revient.

–Voyons donc, Poléon, il est mort pis enterré, celui-là.

Armandine vint ouvrir. Elle ne reconnut pas son fils de quarante ans. Interrogea du regard ce mendiant distingué qui lui adressa un seul et simple mot mais ô combien grand dans le langage des humains :

–Maman.

Elle pencha la tête, la releva, attendit quelques secondes que ses yeux s'habituent à la clarté du jour.

–Samuel ?

Le ton de la voix avait quelque chose d'irréel, comme si la femme était à s'adresser à un être venu d'un autre monde, mais pourtant d'un monde situé à l'intérieur d'elle-même.

Lui fut un moment incapable de dire quoi que ce soit. Il finit par balbutier :

–Suis pas... un fantôme... On vous a dit que j'étais... que j'étais mort, mais ce n'est pas vrai, maman... je suis là, je suis revenu... touchez-moi... touchez...

Il lui prit la main et la mit sur son bras. Elle dit à voix blanche sans broncher, l'air absent :

–C'est donc... Clara qui avait raison dans le fond de son coeur.

–Clara, je viens de la voir à la gare. Mais elle est partie avant que je puisse lui parler.

–C'est toi, Samuel, c'est bien toi ?

–Mais oui, c'est moi... J'ai été fait prisonnier. Je ne suis pas mort. Je suis là...

–Seigneur Jésus... entre...

Et quand il fut à l'intérieur, elle dit :

–J'ai perdu ma fille voilà une heure et là, je retrouve mon fils : le bon Dieu veille sur moi faut croire...

Ils s'étreignirent. Mais la joie en la vieille femme était baignée d'un profond sentiment de désolation. Elle recula, se mit à hocher la tête en disant :

–Pauvre Catherine ! Pauvre Catherine !

Il devina aussitôt la vérité. Et la vérité d'une infinie tristesse passa par leurs regards qui paraissaient si lourds, lourds de toutes les souffrances de cette guerre maudite. Il prononça à mi-voix un mot qui n'était pas celui de l'attente, cette attente si souvent prônée par son ami David Haussmann, mais de résignation :

–Remariée ?

–À cause de toi... de... ton fils... Je l'ai poussée à le faire. Pour préserver ta mémoire... Elle était enceinte de toi... Je ne voulais pas que ça se sache...

Samuel pencha la tête. Les épaules lui tombèrent aussi. Comme si on venait de trancher le dernier filament de ces ailes de plus en plus brisées qu'il avait réussi à conserver tout de même durant son internement pour tâcher de voler un peu quand l'air de la liberté se ferait de nouveau sentir. Des ailes auxquelles son retour la veille avait redonné une nouvelle forme d'énergie...

Il se mit à pleurer. Et à pleurer encore. À chaudes larmes. À gémir comme un enfant puni, là, au milieu de la pièce. À nier dans l'impuissance par des sons inintelligibles. Non seulement il pleurait sa fiancée perdue mais toutes les larmes accumulées pendant ces années de misère et d'horreur... Et il pleurait ce fils inconnu qui ne serait jamais le sien...

Et comme pour repousser encore un peu la vérité pure, il ne demanda pas sur-le-champ le nom de l'homme qui partageait maintenant la vie de sa chère Catherine...

***

à suivre dans le troisième tome intitulé
Clara

La saga des Grégoire

en 7 tomes

La saga des Grégoire comporte 7 romans biographiques : (*recherches biographiques faites par Hélène Jolicoeur, petite-fille d'Honoré et Émélie Grégoire*)

1. *La forêt verte* (1854-1884) 2. *La maison rouge* (1884-1895) 3. *La moisson d'or* (1895-1908) 4. *Les années grises* (1908-1918) 5. *Les nuits blanches* (1918-1929) 6. *La misère noire* (1929-1950) 7. *Le cheval roux* (1950-1995)

Cette saga beauceronne compte 3,700 pages remplies de fraternité humaine, d'entraide, d'amitié, d'amour... et aussi de grands deuils. Mais à part quelques chicanes folkloriques sur fond de respect, elle est quasiment dénuée de violence, de colère et repose de tout ce qui hurle si fort de nos jours...

Au coeur de la série : le **magasin général** depuis sa fondation en 1880 par une jeune fille de 15 ans (Émélie Allaire) et son père. Un siècle en avance sur son temps, femme aguerrie par les drames incessants, Émélie épouse en 1885 leur commis Honoré Grégoire. Le couple se bâtira un avenir prospère et aura 13 enfants (1887-1910).

Tome 1

Tome 2

Tome 3

André Mathieu
*La moisson
d'or* roman
(saga des Grégoire : tome 3)

par l'auteur d'Aurore

Tome 4

André Mathieu
*Les années
grises* roman
(saga des Grégoire : tome 4)

par l'auteur d'Aurore

Tome 5

André Mathieu
*Les nuits
blanches* roman
(saga des Grégoire : tome 5)

par l'auteur d'Aurore

Tome 6

André Mathieu
*La misère
noire* roman
(saga des Grégoire : tome 6)

par l'auteur d'Aurore

Tome 7

André Mathieu
Le cheval roux
(saga des Grégoire : tome 7)

roman

par l'auteur d'Aurore

<u>La saga des Grégoire, c'est 3,700 pages sans violence.</u>